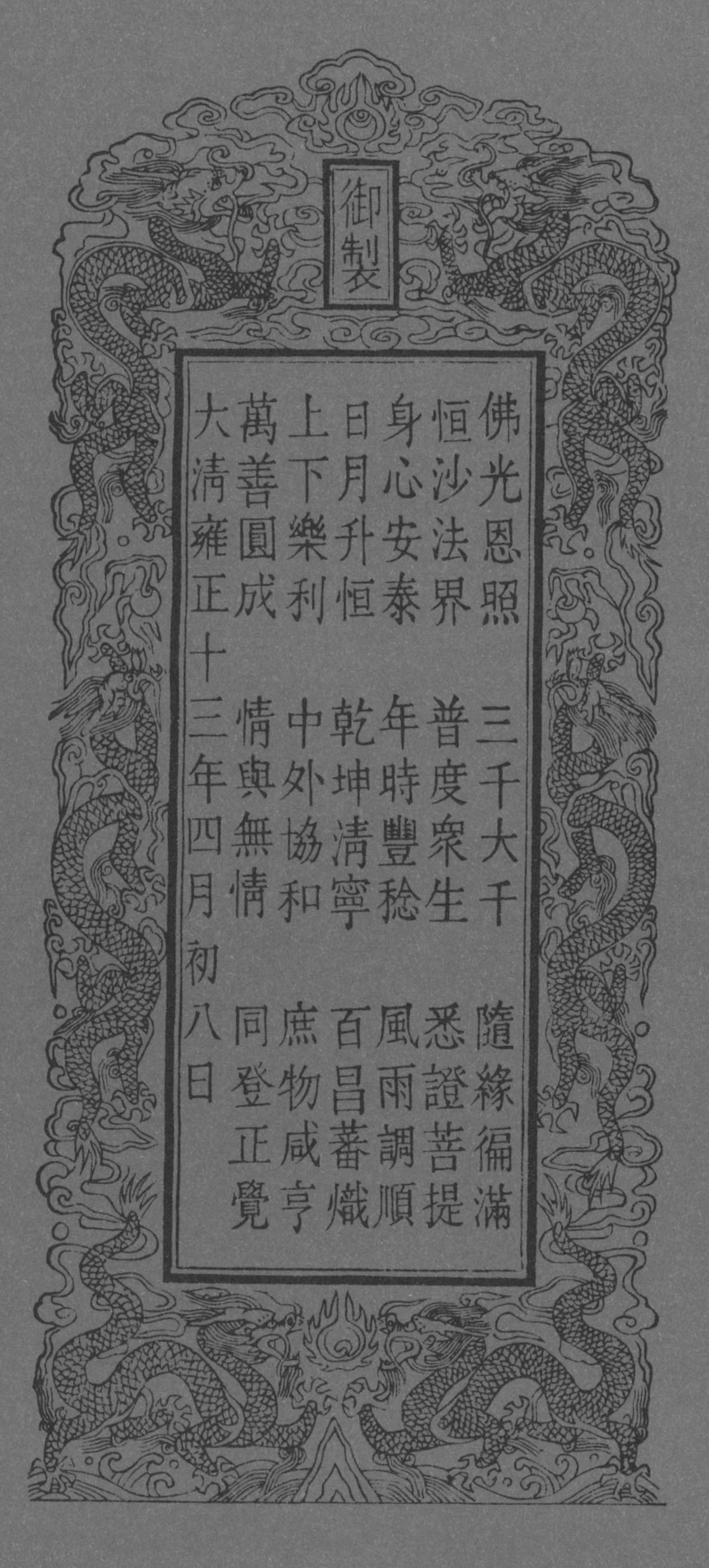

御製

佛光恩照　三千大千　隨緣徧滿
恒沙法界　普度衆生　悉證菩提
身心安泰　年時豐稔　風雨調順
日月升恒　乾坤清寧　百昌蕃熾
上下樂利　中外協和　庶物咸亨
萬善圓成　情與無情　同登正覺

大清雍正十三年四月初八日

第六三册　宋元入藏諸大小乘經（五）

大乘理趣六波羅蜜多經
唐罽賓國三藏般若奉　詔譯

清刻龍藏佛說法變相圖

大乘理趣六波羅蜜多經卷第六

唐罽賓國三藏般若奉　詔譯

安忍波羅蜜多品第七

爾時佛薄伽梵顯說如是淨戒波羅蜜多巳時慈氏菩薩即從座起偏袒右肩右膝著地頂禮佛足而白佛言世尊菩薩修行安忍波羅蜜多云何進求而得圓滿然此安忍復有幾種若修行者功用如何惟願開示我等樂聞爾時佛薄伽梵讚慈氏菩薩摩訶薩言善哉善哉汝今爲欲利益安樂一切衆生能問如是甚深義趣汝今諦聽善思念之吾今爲汝分別解說善男子當知生死涅槃悉皆平等以無分別是名安忍波羅蜜多復次若有愚下狂亂衆生來罵辱者皆忍受之譬如醉象難可禁制應以鐵鉤而調伏之瞋心醉象

亦復如是以忍辱鉤而制禦之令其調伏名爲安忍波羅蜜多復次若諸有情爲彼三十六俱胝天魔鬼神藥叉羅刹而來侵害菩薩唯將安忍波羅蜜多能破彼軍乃至八萬四千煩惱怨賊欲摧伏者亦以安忍而除滅之非唯如是天魔大軍煩惱怨賊乃至極下微小怨賊亦以安忍而調伏之是名安忍波羅蜜多復次譬如王子善習王法父王崩已次紹王位當以正法頒告四方率土之内悉皆奉行五種正法云何爲五一不斷生命二不行盜竊三離欲邪行四不虛誑語五不分外賦稅財物若王境内有犯殺者其王便獲第六分罪偷盜邪行及以妄語亦復如是何以故若法非法王爲根本於罪於福第六一分皆屬於王菩薩摩訶薩亦復如是心爲國土大悲爲王以五忍法宣布境内所謂打罵忿恚戲弄如是五法皆安忍之若違犯者獲大重罪復次慈氏譬如農夫欲種植時爲引水故先治溝渠興功之次中遇山石穿掘無由於斯便止菩薩摩訶薩則不如是於生死流轉大曠野中欲穿智渠引甘露水既修習次遇瞋恚石無方除遣唯有安忍審諦觀察而穿破之復次一切國王大臣長者居士恒以瓔珞而爲莊嚴諸佛法王大菩薩等常以安忍瓔珞而自嚴身若遇衆生非理欺負大悲安忍而救護之又此安忍與苾芻苾芻尼而爲師範以信進念定慧而爲林樹以淨戒爲枝葉於此林内瞋火欻起焚戒枝葉無由撲滅以安忍雨而得滅除現在未來一切苦難求無憂惠無安忍者於現世中行住坐卧無

有安樂於未來世豈有樂耶菩薩摩訶薩以安忍力而爲甲冑彼造罪人爲旃荼羅以瞋恚手執妄想弓放麤語箭射安忍甲而彼弓箭自然摧折安忍甲冑一無損壞其碎弓箭變爲蓮華當知菩薩如是修行是則名爲安忍波羅蜜多復次譬如世間阿伽陀藥能除自他一切毒病菩薩亦爾忍伽陀藥能治自他一切瞋恚煩惱毒病是名安忍波羅蜜多譬如世間明月寶珠商主持行度大曠野砂磧之中絕無水處於夜月中持珠向月以器承之水即隨出商主飲之得度曠野菩薩亦爾持此安忍明月寶珠度於生死曠野磧中絕無智水煩惱之處於佛智月持忍辱珠承佛法水菩薩飲之出於生死至涅槃岸復次慈氏譬如大地一切草木依之得生一切有情依之而住安忍亦爾一切菩薩摩訶薩於十地中修習六種波羅蜜多依之生長由斯而住復次如有梯隥極爲高大衆生登陟直至梵天安忍之梯高大亦爾菩薩登陟至天中天復次如巧畫師畫種種像莊彩成就安忍畫師亦復如是莊嚴功德圓滿成就復次譬如虛空起大密雲降注洪雨瀑水汎漲漂蕩一切草木華果入殑伽河轉至大海菩薩亦爾心如虛空能起一切大悲密雲降大法雨安忍瀑流漂蕩一切瞋恚草木愚癡華果流入智河轉至涅槃清淨大海復次菩薩雖見生死流轉諸苦以安忍力代爲受之經無量劫不辭厭倦亦無棄捨而取涅槃復次菩薩摩訶薩以安忍力能捨一切頭目髓腦身肉手足及與身命心無悋惜凡夫無智聞之

驚怖身毛皆竪何能捨之菩薩如是以安忍力所生之處容貌端正一切衆生之所樂見於大會中常爲諸佛之所稱歎復次菩薩摩訶薩安住忍力堅固不動如妙高山旋嵐猛風所不能動忍妙高山亦復如是瞋恚猛風所不能動復次一切外道因惡知識生邪見心修諸苦行裸形自餓五熱炙身投巖赴火謂得生天不信正法菩薩見已起大悲心示同苦行倍過於彼是諸外道尊敬菩薩以爲師範然後導之示以正法令彼邪徒住於正見復有外道而作是言此身有我住在心中如大母指而無障礙亦無形相唯天眼者方得見之而此眼根爲我侍者眼既得已尋報我知耳鼻舌身意亦如是以此因緣若有衆生毀罵我者人能殺之得生天上忍受罵者死墮三塗譬如多人同事一將若毀我將衆共殺之若不殺者衆人有罪菩薩以安忍力愍彼邪見皆忍受之以種種方便除彼邪見譬如時雨隨彼草木而能滋潤增長成實菩薩安忍亦復如是爾時薄伽梵而說頌言

如天欲雨蟻出穴　聚土爲封作穴居
父母不淨集成身　妄識於中執爲我
相續色力恃豪强　智者諦觀如幻燄
一念之頃作微塵　如象蹈封皆散壞
眴息剎那速生滅　行住坐卧皆爲苦
若了身色苦無常　智人於此何貪著
諸天梵住苦行者　毒蛇視觸無能害
設有中傷呪藥解　無常毒螫誰爲救
善法易修悉棄捨　欲樂敗類苦貪求
智者觀之無所成　垢弊之衣難染著

菩薩摩訶薩應爲外道說無我法汝所執我爲在内耶爲在外耶前際去耶後際去耶汝言有者汝命終時應能救汝既不能救明知無我譬如忠臣一心奉主若在危難主必救之今既不能定知無我若有我者應得自在云何乃被無常壞耶而諸衆生被無常鬼衆苦所逼肢節分離奄然而逝若有我者應得免之既不免離故知無我以是因縁汝諸外道從無始來奉事於我造諸惡業受苦無窮當知此我無少恩分汝久事他捨汝而去遂將汝身付諸惡獸豺狼虎豹而爲啗食然我棄汝别覔餘身從無始來捐棄汝等若計其數無量無邊現在未來亦復如是復次汝若謂心即是神我身爲僮僕當知此身即是我所從無始來受身無量莫知其數如是諸身

爲一我耶爲多我耶若我多者即是無常以無常故我義不成若我是一即應常住恒守一身不應移去以不住故一亦不成由此因縁汝應思察多我一我義並不成以是當知心非是我復當觀察身非我所亦非僮僕身若屬我行住坐卧生老病死須我處分我未教勑相次而來明不屬我若屬我者生應常生不應老死行住坐卧亦復如是改易非常定非我所以此定知無我我所復次當知所執我者汝之大怨何以故汝於前世積集善根五欲果報今世受盡現在造作種種惡業以業力故付與獄卒若有我者何不相救菩薩摩訶薩以安忍力於我我所惡鬼之中拔濟有情皆令正見離我我所見一切法本性空寂是名菩薩修習安忍波羅蜜多復次慈

氏猶如有人爲護子故造作呪術令諸惡鬼不得侵害菩薩亦爾用安忍呪護諸衆生瞋等怨賊無能損害復次慈氏譬如有人爲刺刺脚欲以諸皮徧覆大地於上遊行免有憂患智者問曰汝所求皮欲作何事此人具報如上因緣智者訶云咄哉愚人不應如是但以少皮用充革屣足得行李不被損傷何用多皮覆於大地凡夫衆生亦復如是徧造怨害持刀欲殺大地怨家菩薩見之深生悲愍但以安忍而爲革屣護汝身心何有衆怨持刀徧害是則名爲安忍波羅蜜多復次有人以毒惡言種種毀罵菩薩聞之不應卒暴而起瞋心當觀察之如是罵者爲是誰耶受毀罵者復是誰耶彼此二身各十二處眼處見色耳處聞聲鼻處齅香舌處嘗味身處覺觸意處知法而是眼處實非是我若非我者自他眼處誰過失耶若有過者應須治罰如是觀察俱無過失旣無過失誰受誰罵而瞋恚耶如是觀察乃至法處亦復如是十二處外更無一物罵者受者二俱是空以此思惟瞋心頓息若聞麤語應諦觀察如是語言何者是麤麤語二字生不同時麤時非語語時非麤刹那生滅各不相待二字尚無況多毀罵以是觀察百千劫中作是麤言不成罵辱又復觀察能罵之人及所罵法二俱無常刹那不住何有瞋耶以是當知過去已滅未來未至現在不住罵法旣空我身亦爾同彼無常生滅不住以不住故一切皆空作是觀時無量怨賊一時銷滅若離此觀取相分别但名安忍不得名爲波羅蜜多五蘊無我乃至十

八界等悉亦無我如幻如化毁讃平等本性空寂亦復如是復次慈氏菩薩摩訶薩見毁駡者當生憐愍如是之人瞋魔所持煩惱所覆作是毁駡我今爲欲辟除此魔應善修學忍陀羅尼不生瞋恨無令瞋恚及餘煩惱損害衆生我若瞋者鬼魅我身由此因縁於彼駡者生大悲愍而安忍之雖能如是但名安忍若離分別是則名曰波羅蜜多復次慈氏菩薩摩訶薩行安忍時若見有人執持利刀斷其手足當於是人生欣慰心善知識想猶如有人施已歡悦我於今者得大福報於彼受者常懷恩德傍人見之皆生隨喜菩薩亦爾見割截者生大慶慰除我罪業施我法財由爲我故受惡名稱失於人天解脱之樂受三塗苦以是因縁爲我善友作我良伴成我

安忍波羅蜜多我於彼人應生敬重乃至菩提不忘恩德況反生瞋若起瞋恚是負恩德由是縁故倍生敬心作善師想雖能如是難忍能忍由於自他未亡分別但名安忍不得名爲波羅蜜多復次菩薩住閑寂處而有人來謗菩薩言汝不與取作婬欲行打駡治罰菩薩摩訶薩而安忍之作是思惟非他過失是我宿世曾謗於他打駡治罰以我餘殃招彼治責彼因害我當墮惡趣應於是人生大悲愍復自思惟我今此心極爲姦詐畏墮地獄生安忍心又欲自成忍波羅蜜今割截者當墮三塗如是思惟深生慙媿菩薩是時見已過已於割截者生媿恧心善知識想深生尊重但名安忍非波羅蜜多何以故由於自他有分別故復次菩薩了瞋恚法諸苦所因

知行安忍萬行根本以是因緣而行忍辱但名安忍非波羅蜜何以故由於善惡生分別故復次菩薩觀五蘊身五種過失衆苦所集剎那無常五種不淨三十六物無我我所一切皆空外道邪見執身安樂常住無變是清淨法有我我所菩薩諦觀此五種法一切有情亦復如是既知是已聞罵不瞋讃譽不喜但名安忍非波羅蜜多復次慈氏略説菩薩安忍三十二種所謂無貪是安忍不害是安忍無熱惱是安忍無瞋是安忍無恨是安忍無忿是安忍無諍論是安忍不染欲境是安忍能護自他是安忍順菩提心是安忍無分別心是安忍不著生死是安忍順業果是安忍身清淨是安忍口意清淨是安忍堅固不退是安忍言説自在是安忍無徧計是安忍

自覺聖智是安忍將護彼意是安忍修四梵行不隨禪生是安忍於人天樂得自在是安忍相好圓滿是安忍梵音深妙是安忍滅除諸惡是安忍遠離慳垢是安忍除斷嫉妬是安忍捨諸怨賊是安忍近菩提分是安忍離諸不善是安忍樂處寂靜是安忍獲諸佛法是安忍慈氏如是三十二種安忍波羅蜜多菩薩修行能得無生法忍速成阿耨多羅三藐三菩提復次慈氏云何名爲安忍波羅蜜多若人惡罵當觀此聲猶如谷響若被打時當觀此身猶如鏡像若被瞋時當觀此心猶如幻化若見忿怒當觀此心性無諠動若得利養當觀此心自性調伏不生歡喜若失利養當觀此心善妙寂靜不生瞋恚若遭毀謗當觀此身猶如虛空不應加報若遇讃譽當

觀自身性無我慢而不高舉若得稱歎當觀心性本來空寂不生忻慰若被譏嫌當觀本心性離怖畏不生憂慼若遇苦時當觀法性本無逼迫不見苦相若受樂時當觀實性常住不變無苦樂相菩薩摩訶薩住安忍時如是八風不能動轉何以故以菩提心住眞實相離於彼我見法身故復次有不安事皆忍受之爲欲降伏諸魔怨故當行一切難行苦行爲調外道諸邪見故慈氏當知我今略説安忍波羅蜜多復次慈氏若觀無常離彼我相心得安忍非眞實忍若觀諸法善不善相心得安忍非眞實忍若復諦觀十二處忍於諸根塵離恚罵相而得安忍非眞實忍若觀恚罵以爲顛倒忍爲眞正辯邪正思非眞實忍復次見忍有理恚罵無理此取相忍非眞實忍復次住八正忍離八邪忍道非道忍非眞實忍復次不觀諸法無常無我不淨苦忍唯觀諸法常樂我淨無生法忍此相違忍非眞實忍復次於空法忍諸見不忍無相法忍有相不忍無願法忍有願不忍無行法忍有行不忍無煩惱法忍有煩惱不忍諸善法忍非善不忍出世法忍世間不忍無過法忍有過不忍無漏法忍有漏不忍涅槃法忍生死不忍如是諸忍是對治忍非究竟忍爾時慈氏菩薩摩訶薩白佛言世尊如是忍者既非究竟云何名曰究竟忍耶惟願如來分別解説爾時薄伽梵告慈氏菩薩摩訶薩言善男子眞實忍者以正智慧了一切法本性皆空即此空性與一切法本性無二故一切法性空性正智本性清淨無二無二分無別無斷

故以是當知世間法即是空空即是世間法二法本性不相離故如是忍者名究竟忍復次以正智慧了一切法性即無相性無相性即一切法性本性無二故一切法性無相性正智本性清淨無二無二分無別無斷故以是當知一切法性即無相性無相性即一切法性二法本性不相離故如是忍者名爲究竟忍復次以正智慧了一切法性即無願性無願性即一切法性本性無二故無願性一切法性正智本性清淨無二無二分無別無斷故以是當知一切法性即無願性無願性即一切法性二法本性不相離故如是忍者名究竟忍復次以正智慧了一切行性即無行性此無行性與一切行性本性無二故一切行性無行性正智本性清淨無二無二分

無別無斷故乃至如是忍者是究竟忍復次以正智慧了煩惱性即無煩惱性無煩惱性即煩惱性本性無二故煩惱性無煩惱性正智本性清淨無二無二分無別無斷故乃至如是忍者是究竟忍復次以正智慧了一切善性即不善性不善性即一切善性本性無二故善性不善性正智本性清淨無二無二分無別無斷故乃至如是忍者是究竟忍復次以正智慧了出世法性即世間法性世間法性即出世間法性本性無二故出世法性世間法性正智本性清淨無二無二分無別無斷故乃至如是忍者是究竟忍復次以正智慧了無過失性即過失性過失性即無過失性本性無二故無過失性過失性正智本性清淨無二無二分無別無斷故乃至如是

忍者是究竟忍復次以正智慧了無漏法性即有漏法性有漏法性即無漏法性本性無二故無漏法性有漏法性正智本性清淨無二無二分無別無斷故乃至如是忍者是究竟忍復次以正智慧了涅槃性即生死性生死性即涅槃性本性無二故涅槃性生死性正智本性清淨無二無二分無別無斷故乃至如是忍者是究竟忍佛告慈氏如是眞實究竟安忍於一切法非自非他非有非無非生非不生非滅非不滅獲此忍者名眞究竟無生法忍是名安忍波羅蜜多佛說此安忍波羅蜜多時慈氏菩薩而爲上首與無量諸大菩薩摩訶薩衆及此大會異口同音讚薄伽梵言善哉善哉希有善逝甚奇世尊即以無量珍妙供具而供養之所謂種種妙香瞻蔔華香燒香塗香末香種種華鬘衣服繒綵幢幡寶蓋擲虛空中以爲供養種種音樂而爲娛樂種種歌頌讚歎如來是諸衆生聞佛說此安忍波羅蜜多不驚不懼不怖不畏悉得如來眞實法忍所散香華種種供養在虛空中徧滿三千大千世界爾時薄伽梵告慈氏菩薩摩訶薩言善男子汝應安置如是種種華香衣服乃至播蓋時慈氏菩薩摩訶薩白佛言世尊我已安置如是香華種種衣服各各置在諸菩薩等天龍衆會本身之中而爲處所爾時慈氏菩薩說是語已即入一切色身三昧入是定已所有三千大千世界徧滿虛空種種華香衣服繒綵乃至播蓋以定力故悉入慈氏臍輪之中不相障礙而諸供具亦不減小菩薩之身亦不廣大爾時無盡

藏菩薩摩訶薩問慈氏菩薩摩訶薩言善男子此三昧名字何等住此定中能令如是諸供養具悉入臍中汝身不增衆物不減慈氏菩薩言善男子此三昧名普入一切色身無盡藏菩薩復言大士此三昧神變境界其事云何慈氏菩薩言仁者三千大千世界一切所有入我臍輪我身不增彼像不減何以故法性如是爾時會中或有菩薩天龍鬼神人非人等竊作是念我等欲見是三昧境界神變不知云何爾時薄伽梵知諸菩薩天龍大衆心之所念告慈氏菩薩摩訶薩言善男子汝當現此三昧神變令衆同知時慈氏菩薩久已修習如是三昧善得純熟無諸障礙令諸菩薩他方大衆及在此會諸苾芻僧及佛世尊一切悉入慈氏身中而諸有情亦無驚怖得未曾有身心安樂譬如東方過無量阿僧企耶世界有世界名寶瓔珞莊嚴而彼衆生所受用物皆以種種珍寶而爲莊嚴受諸快樂而此身中天人大衆所受快樂如彼世界等無有異此諸大會皆悉了知在慈氏身都無障礙爾時慈氏菩薩還攝神力時諸大衆及佛世尊各復本座儼然而住是諸大衆一切有情都不覺知有往來相爾時無盡藏菩薩白慈氏菩薩言希有大士此三摩地神變之事得未曾有昔所未見慈氏菩薩言仁者非但此會一切大衆入我身中設以三千大千世界諸妙高山及十寶山大鐵圍山大海江河日月星辰天宫龍宫諸尊神宫五趣四生人非人等悉内身中亦無妨礙我身不增彼亦無減是諸衆生亦不覺知有往來相

法性如是況此會耶時薄伽梵說此安忍波羅蜜多及現大神變時會中有七十六那庾多人天皆發阿耨多羅三藐三菩提心三萬二千菩薩皆得無生法忍佛告慈氏若有善男子善女人暫聞此安忍波羅蜜多名能生信心是人決定不墮地獄鬼趣傍生於阿耨多羅三藐三菩提永無退轉我今說是安忍波羅蜜多究竟圓滿利益安樂一切衆生

大乘理趣六波羅蜜多經卷第六

音釋

隥丁鄧切登陟之道也　螫施隻切蟲行貌也　忻許斤切喜也

大乘理趣六波羅蜜多經卷第七

唐罽賓國三藏般若奉　詔譯

精進波羅蜜多品第八

爾時薄伽梵說是安忍波羅蜜多已時慈氏菩薩摩訶薩即從座起偏袒右肩右膝著地合掌恭敬而白佛言大聖世尊已說安忍波羅蜜多應當廣說精進波羅蜜多菩薩摩訶薩應云何住云何降伏云何修行云何圓滿精進波羅蜜多惟願世尊分別廣說爾時薄伽梵告慈氏菩薩摩訶薩言善男子汝今諦聽善思念之吾當為汝分別解說所謂修餘五種波羅蜜多皆精進力而能成就精進波羅蜜多謂身口意此三善業皆因精進方得發生於三業中意業最勝菩薩摩訶薩修習意業有二種心一者精進二者退轉所謂發起菩提心是精進止息菩提心是退轉云何發起於諸有情起大悲故云何止息住我空故云何發起攝取一切衆生故云何止息捨一切衆生故云何發起於生死中無疲倦故云何止息求出三界故云何發起一切悉捨故云何止息輕心不施故云何發起堅持淨戒故云何止息毀犯戒故云何發起善住安忍故云何止息不修忍辱故云何發起修集善根故云何止息懈怠懶惰故云何發起住禪定故云何止息心散亂故云何發起智慧相應故云何止息無明相應故云何發起多聞善說故云何止息不聞正法故云何發起積集智慧故云何止息取相分別故云何發起觀蘊如幻故云何止息於蘊生厭故云何發起知處如夢故云何止息永滅根境故云

何發起觀界無生故云何止息滅身滅智故云何發起增長梵行故云何止息捨實智慧故云何發起五通自在故云何止息厭離有漏故云何發起正觀念處故云何止息不修念住故云何發起正斷相應故云何止息不行正斷故云何發起神足自在故云何止息神足不具故云何發起勤習五根故云何止息不增五根故云何發起樂修五力故云何止息不修五力故云何發起圓滿覺支故云何止息不具七覺故云何發起勤修正道故云何止息不修八正故云何發起修奢摩佗故云何止息不善修止故云何發起正觀緣生故云何止息厭患緣生故云何發起聞所未聞故云何止息以有所聞故云何發起以戒嚴身故云何止息厭患蘊身故云何發起辯說無礙故云何止息無學默然故云何發起修習三解脫門故云何止息不修三解脫門故云何發起降伏魔怨故云何止息樂著涅槃故云何發起善修方便故云何止息愛樂寂靜故云何發起進求不息故云何止息所作已辦故云何發起了俗諦故云何止息證滅諦故佛告慈氏如是種種精進行法皆精進力而能圓滿無增無減方能利益一切衆生所以者何以能遠離一切相故皆由智力而能圓滿精進波羅蜜多云何菩薩摩訶薩修智事業所謂修習大定大悲不捨有爲證眞無爲不退不轉乃至無上正等菩提慈氏當知此即菩薩摩訶薩意業清淨精進波羅蜜多復次慈氏菩薩摩訶薩有四種精進云何爲四所謂未生不善能令不生已起不

善速令除滅未生之善當令速生已起之善能令增長慈氏當知此即菩薩摩訶薩四種精進若無此四云何圓滿精進波羅蜜多菩薩摩訶薩所起精進乃至布施持戒安忍精進難捨能捨難作能作如是種種難事精勤勇猛心無懈倦所修勝行一切諸天釋梵護世所不能作何以故菩薩摩訶薩廣度衆生出生死海而無所度皆精進力之所成辦是則名爲精進波羅蜜多復次慈氏懈怠衆生所修事業功德微少猶如水滴不至大海懈怠之人亦復如是不能得至無上菩提譬如有人手足俱無行住坐卧不得隨意乃至微小作業皆不成就如是之人豈能越度江河大海懈怠衆生無精進足亦復如是此懶惰人於家事業尚無所成豈有慈悲具修戒慧能度有情出於火宅修行菩薩六波羅蜜菩提資糧菩薩摩訶薩以精進波羅蜜多而爲船筏三無數劫福智所成與諸有情同乘此船超越生死大海彼岸復次世間衆生總有三種一者懈怠二者非勤非惰三者精勤勇鋭言懈怠者於己家務悉亦棄捨況能爲他營建事業非勤非惰者於大事業都不能作設欲進求遇緣便退勤精進者恒爲有情受大勞苦但利益彼無念己身復次窳惰之人爲懈怠鬼常所拘執惑亂身心譬如有人入於大海至七寶山於是山中寶珠無量方欲採取爲鬼所著欻然之間遂步而退不獲一寶裸露而歸懈怠衆生亦復如是此贍部洲福德之地十善業功來生其中菩薩觀之無量無邊十善珠寶徧滿大地而諸衆生爲懈

怠鬼之所魅著狂亂失心設見妙寶都無取心如妙高山不可移動若精進人取斯寶物不足爲難如舉一毛菩薩摩訶薩爲欲圓滿精進波羅蜜多普爲衆生從無量劫生死長夜不惜軀命勤行精進方至菩提菩薩觀之心無懈倦猶如食頃復更思惟過去諸佛行菩薩行爲欲滿足六波羅蜜經無量劫亦如食頃菩薩摩訶薩復觀現在未來無量無邊一切諸佛行菩薩行經無量劫方成正覺如是劫數難可校量譬如有城極爲高廣四面高下各百由旬於此城内滿中油麻經百千劫除去一粒如是劫數漸漸除一乃至城空爲一大劫如是大劫積數滿三阿僧企耶菩薩摩訶薩經如是劫常爲五趣一一有情勤行精進受諸苦惱方至菩提譬如大地末爲微塵如是微塵寧爲多不慈氏白佛言甚多世尊佛告慈氏假使衆生如彼塵數菩薩爲彼一一有情如上劫中勤行精進不惜身命受諸苦惱然後乃成無上菩提菩薩摩訶薩復應如是思惟我於過去如前劫數勤加精進具足圓滿六種波羅蜜多得不退轉方至菩提作是思惟如是長遠勇猛精進況於人間年月劫數而比於彼如刹那頃而成正覺何不進求菩薩摩訶薩應勤精進堅固其心所捨頭目髓腦手足肢節無所悋惜如是思已一心精進恒無懈倦此即名爲菩薩摩訶薩精進波羅蜜多時薄伽梵而說頌言

世間諸果實　皆由精進生　大地水火風
根塵由彼有　貪恚癡疑惑　皆由懈怠生
菩薩於此中　常懼如毒箭　如人有技藝

懶惰無所成　懈怠諸男女　慈毋不忻見
有智勤精進　菩薩行成就　是人開覺花
能成佛果位　智人常勇猛　了達深義趣
愚癡懶惰人　世所不稱讚　若人無精進
亦無世名稱　無善法資糧　如糞穢不淨
如草及磚石　猶堪世所用　懈怠懶惰人
一切無堪用　譬如衣垢弊　亦如華鬘萎
人若無精進　端正不任用　如人有名稱
由精進安忍　無忍無精進　非女亦非男
懈怠乏資財　卑賤多驕慢　常懼他人語
家務悉不成　如是無精進　雖有衆技藝
恒被人所輕　如蛇無毒氣　雖無諸技藝
唯有勤精進　佛果大菩提　決定皆成就
一切修福業　皆由精進力　如欲受使者
專待王敎勑　精進尊貴本　應當勤勇猛
菩薩樂修行　必成無上果　恒住於精進
智者所稱讚　無智執由天　邪見生死本
智者住正見　捨天而精進　應當勤勇猛
能度於彼天　愚劣無精進　捨勤而事天
智者樂精勤　遠離於天教　天命及精進
愚智有差殊　信天邪見因　精進招勝果
如有地無種　耕墾何所益　無勤亦復然
天命何所獲　譬如風吹火　隨小漸成大
精進亦復然　善法而增廣　能行諸難行
而獲增勝果　身命無悋惜　當紹於法王

爾時佛告慈氏菩薩摩訶薩求菩提時擐精進甲以大誓願而爲器仗日夜精勤增長功德猶初白月漸漸圓滿譬如有人聞彼遠方有佛舍利窣堵法塔及有善說正法之人此人聞已歡喜踊躍不待資糧車乘伴侶徒跣

而往詣彼塔廟所經道路唯是猛火及布利刀是人勇鋭其心不退決定前進達於彼所瞻禮佛塔聽聞正法於火刀中舉足下足步步思惟而發是願我於今日刀火中行得聞正法願我當於生死大苦之中拔濟有情置於涅槃安樂之處菩薩摩訶薩發是願已雖踐刀火如履蓮華足下柔輭如須曼那華復似栴檀香水而灑其上清涼芬馥無以爲喻復作是願我從今日乃至無上正等菩提於是中間身口意業常作佛事若行餘事願我此身如枯槁木口說餘言願我瘖瘂意思餘法願我狂亂除正法外自餘音教無所樂著如是三業所修諸善皆悉迴向無上菩提復願一切衆生咸成正覺功德無盡廣大如法界究竟若虛空窮未來際無有休息譬如虛空密雲彌布降注大雨若至陸地砂鹵之處不久便乾若雨一滴入大海中海水未竭其雨無盡菩薩所作功德亦復如是若爲自身求於解脫如陸地雨不久還乾若爲法界一切有情修於善業投涅槃海以大悲願衆生無盡善亦無盡復次慈氏譬如菩薩壽命無量往於東方經過無量俱胝三千大千世界所經國土衆生之類悉皆令得大般涅槃安樂之處如是無量阿僧祇劫廣度衆生我今觀之如爪上土其未度者如大地土如是東方世界未度既然南西北方四維上下亦復如是雖有如是無量有情菩薩摩訶薩亦不厭捨而生退轉勤行精進終無休息菩薩摩訶薩能發如是廣大之心無有少法難修行者於三界中所有福智尊貴自在無勞功力

自然得之佛告慈氏菩薩摩訶薩於諸世間所有過去現在未來一切衆生學無學人及辟支佛如是有情精勤修集無量無邊所有功德比於如來一毛功德百千萬分不及其一如是所有一一毛端皆從如來無量功德之所出生如來之身一切毛端所有功德共成如來一髮功德如是佛髮八萬四千一一髮中各具如上毛端功德如是合集共成如來一隨好功德如是隨好具八十種一一好中各有如上佛髮功德如是合集共成如來一相功德如是諸相具三十二各具如上隨好功德如是合集至百千倍成佛眉間毫相功德其相圓滿婉轉右旋如頗胝迦寶明淨鮮白夜闇之中猶如明星毫相舒之上至色界阿迦膩吒天捲之如舊復爲毫相於眉間住以此毫相所有功德至百千倍成佛頂上肉髻之相所有功德無有人天能見頂者如是肉髻千倍功德不及如來梵音聲相所有功德其聲下徹阿鼻地獄上至色界究竟天中如是所說無量功德皆是如來大悲化現如是化身皆由無量功德集成無比無喩無與等者如是化身千倍功德成佛報身如是報身所有功德百千萬倍成佛法身所有功德莫知其量若有善男子善女人聞說諸佛如來無邊功德不驚不怖不畏者當知是人成就精進波羅蜜多應發如是廣大之心佛身功德無量福聚我今觀之誓當修證勤行精進不惜身命爲一切衆生於無量劫受三塗苦心不生悔皆令圓滿具足成就六種波羅蜜多得成無上正等菩提佛告慈氏菩薩

摩訶薩善男子應當諦觀佛之智慧汝今諦聽當爲汝說如舍利弗諸聲聞中智慧第一此贍部洲北廣南狹如頗車相周帀七千踰繕那量東勝身洲形如半月周帀八千踰繕那量西牛貨洲形如滿月周帀九千踰繕那量北拘盧洲地形旻方周帀十千踰繕那量妙高山王其相四方入水八萬踰繕那量衆寶所成出水量等四寶合成周圍四面各有八萬踰繕那量次外即有金山七重周帀圍遶有八海水最外復有大鐵圍山如是四洲及諸山王用爲紙素八大海水以爲其墨一切草木用爲其筆一切人天一劫書寫已舍利弗所得智慧十六分中不及其一又於此三千大千世界其中衆生所有智慧如舍利弗等無有異菩薩摩訶薩了達布施波羅蜜多所有智慧過彼百倍又此三千大千世界所有衆生皆具布施波羅蜜多智慧不及一菩薩摩訶薩所得淨戒波羅蜜多智慧乃至般若波羅蜜多亦復如是又此三千大千世界所有衆生皆具如是六種波羅蜜多智慧不及一初地菩薩摩訶薩所得智慧乃至十地菩薩摩訶薩所得智慧展轉倍增亦復如是又此十地菩薩所得智慧比汝慈氏一生補處菩薩摩訶薩所得智慧百千分中不及其一時慈氏菩薩摩訶薩聞佛語已而作是念今者如來在大衆中作是稱讚深生慷慄爾時佛薄伽梵告慈氏菩薩摩訶薩言善男子汝今諦聽於此三十大千世界一切衆生所有智慧皆如慈氏等無有異如是等菩薩摩訶薩詣菩提樹坐於道場降伏魔怨將成

正覺所有智慧於佛如來所得智慧百千萬分不及其一慈氏當知如來智慧甚深無量不可思議亦非譬喻之所校量若菩薩摩訶薩聞是諸佛甚深智慧不驚不怖不畏者應加精進成就波羅蜜多懈怠之人世間小善尚不成就況於如來大智彼岸而能廣度一切衆生復次慈氏有三種精進云何爲三一者聞此甚深如來廣大智慧心不傾動二者能隨過去諸菩薩摩訶薩大悲之行三者所行之行設逢苦難心不退轉又以精進力觀察一切世出世間情非情境皆悉是空以觀如是勝義空故無一衆生有相可得雖知無相而爲衆生於無數劫修諸苦行不辭勞倦常以四攝布施愛語利行同事攝取有情教以三乘令得解脫次復安置於最上乘得不退轉一切行願皆悉成就具足圓滿精進波羅蜜多諸佛如來與授記別近無等等無上菩提猶如白月十四日夜漸向圓滿菩薩亦爾於佛菩提漸向圓滿得無功用自然獲得十種勝事云何爲十一者諸佛正法不由聽習而悉現前能爲有情宣說妙法二者不思議力自然能發堅固誓願能令一切衆生發菩提心三者而得自在身口意業隨願現生一切無礙四者能現種種神通變化隨心自在無所障礙五者能作希奇未曾有事皆得自在六者受生自在於王趣中隨機利益而能生彼七者寶藏隨生賙給無盡八者常爲心師不師於心無有卒暴如調伏象九者自然覺悟生死涅槃二皆平等不由師訓十者得無上智利樂有情於生死中拔濟令出置

於三乘涅槃正路究竟無上正等菩提復次精進之人於生死中說諸過患顯大涅槃無量功德大悲般若常所輔翼由斯不住生死涅槃利樂有情窮未來際是即精進波羅蜜多復次精進之人聽聞正法總持自在以精進力身無疾病一切怨害慈心相向毗那夜迦作障礙者無所能爲菩薩言教悉皆承順復次精進之人一切諸天恭敬愛念危難之中一切善神之所擁護復次精進之人小有所施而能圓滿檀波羅蜜復次精進之人護持淨戒不爲懶惰之所攝受速能圓滿淨戒波羅蜜多復次精進之人善能安忍怨親平等無有二心速能圓滿安忍波羅蜜多復次精進之人勇猛不退被精進甲大慈大悲恒不捨離速能圓滿精進波羅蜜多復次精進之人勤修靜慮於三摩地安住不動速能圓滿禪波羅蜜多復次精進之人多聞智慧諷誦無倦而無懈息速能圓滿般若波羅蜜多然此般若波羅蜜多甚深大海一切聲聞獨覺及諸菩薩無有方便而能測量唯有精進波羅蜜多而能究盡復次精進之人日夜增長無量功德如青蓮華生淤泥中日夜增長漸舒出水其華開敷香氣芬馥見者咸悅取以作髮鬘置佛頂上若天魔梵國王大臣長者居士一切人民皆悉愛樂精進之人亦復如是於彼生死淤泥之中生菩提芽出二乘執開眞實相顯示涅槃種智敷榮香氣芬馥徧十方界利益人天如青蓮華人皆愛樂是則名爲精進波羅蜜多復次懈怠之人猶如春杵有二種事一者不能自使日益損壞二者

不能自立棄地即臥漸不堪用以火焚之懶惰之人亦復如是一者不自策使色力日減二者不能勤理家業常臥睡眠身壞命終地獄火中焚燒受苦精進之人如如意樹在於生死曠野之中與諸有情作歸依處飢渴之者爲作飲食裸露之者而作衣服乃至能度生死險難盡此形壽無所乏少令一切衆生安隱快樂以精進力速能成就阿耨多羅三藐三菩提時薄伽梵說此精進波羅蜜多時會中七十八俱胝那庾多若人若天皆發阿耨多羅三藐三菩提心三萬二千菩薩摩訶薩皆得無生法忍至不退轉佛告慈氏此即名爲精進波羅蜜多

大乘理趣六波羅蜜多經卷第七

音釋

窳惰 窳勇主切懶也惰徒果切怠也 欻然 欻許勿切猶忽也 墾 口很切耕田用力也 鹵 籠五切沙鹵謂确薄之地也 畟方 畟察色切畟方謂正方也 賙 之由切振贍也

大乘理趣六波羅蜜多經卷第八

唐罽賓國三藏般若奉　詔譯

靜慮波羅蜜多品第九之一

爾時佛薄伽梵處種種摩尼寶王師子之座為無量無數大菩薩摩訶薩衆之所圍遶是諸菩薩或現天身天衆圍遶或現龍身龍衆圍遶乃至或現非人身非人衆圍遶或現菩薩身菩薩衆圍遶光明晃曜普及大會靡不周徧時慈氏菩薩摩訶薩即從座起偏袒右肩右膝著地合掌恭敬而白佛言大聖世尊以大慈悲利益安樂諸菩薩衆已說精進波羅蜜多惟願哀愍宣說靜慮波羅蜜多令諸有情起大乘行云何思惟云何修習如是靜慮波羅蜜多而得圓滿惟願宣說我等樂聞爾時薄伽梵告慈氏菩薩摩訶薩言善哉善哉善男子汝今能問如是深義利益安樂一切有情汝等諦聽善思念之吾當為汝分別解說若善男子善女人發阿耨多羅三藐三菩提心應作如是諦念思惟佛道懸遠無人能到唯有一法饒益有情所謂正定若諸菩薩未獲此定其心未得清淨不動生死涅槃無有二相由此義故為度衆生以巧方便精勤修習相應靜慮無相正智猶如虛空清淨無垢常住不變復觀此定猶如滿月一切妄想猶若浮雲又此正定起智如清涼風能除虛空一切雲翳朗然清淨光明照耀一切有情見皆生喜如是滿月光明莊嚴能施有情清涼安樂如是定慧清涼之風能除性空妄想雲翳正定滿月出現世間大悲光明能除有情諸煩惱熱使得清淨安樂涅槃爾時薄

伽梵而說頌言

靜慮能生智　智與理相應　佛果大菩提
定慧爲根本　供養讀誦持　施戒及安忍
正智見不二　無二何可得　靜慮爲親友
究竟不相離　世間一切法　身歿皆相捨
未來無善伴　父母不能救　況餘諸眷屬
唯靜慮能護　捨此身命時　如棄於土木
親戚皆相離　唯禪定隨逐　此身不堅固
散亂造諸惡　若不修禪定　死墮三惡趣
如人理家務　事畢應止息　如牛践穀時
被捶猶應食　如盲還本家　慣習不失路
若人樂修定　必歸空寂舍　衆生妄心起
如瞖見空華　唯定慧能治　諸佛說如是
衆生心躁動　猶如旋火輪　若欲止息時
無過修靜慮　若於一念中　不勤修靜慮
如人遭賊劫　身命難保全　捨定修餘業
雖獲大果報　猶如雜毒藥　智者不應食
財寶如塵穢　盛色方駛流　若不勤修定
甘露門難啓　如薪火所燒　壯年老所逼
愚不修靜慮　爲欲之所害　一切無常呑
皆由貪五欲　禪定棄不修　云何得常住
如人莫少米　惜薪燒栴檀　捨定不修行
散亂亦如是　愚人耽睡眠　流轉生死海
犛牛自愛尾　貪惜喪其軀　輪王壽盡時
七寶皆散失　大臣及妃后　一切無隨者
唯有修靜慮　隨逐不相離　智者樂修行
必到涅槃岸

復次慈氏若菩薩摩訶薩欲修靜慮波羅蜜多先當親近大善知識復應遠離諸惡知識世間不善及惡名聞由惡友生諸善法利名

聞福德皆因善友之所生起以依善友受持淨戒莊嚴法身破戒之人如燋穀種一切善法皆不得生況能滋長無漏深定如是知已應當一心奉持淨戒乃至小罪應生怖畏寧喪身命不毀禁戒如淨戒中已廣分別復次菩薩摩訶薩欲修靜慮先應捨離一切世間治生販賣種殖根栽何以故若不捨離擾亂其心何能安住甚深禪定以是因緣菩薩摩訶薩於四威儀斷除妄想善攝其心設聞衆聲亦無動亂譬如毒蛇置竹筒內其身自直菩薩亦爾妄想迴曲置靜慮中正見端直不住生死不入涅槃離諸邪曲若能如是善攝六根不令放逸眼雖見色而不取相安住甚深寂靜解脫耳鼻舌身意亦如是恒以正智觀察思惟而此三業所作善根爲是自利爲是利他爲益現在爲益未來若無如是利益事者菩薩觀察決定不爲猶如世間安立石像身口意業不動亦然設遇瞋罵應起慈心或侵利養不生忿恨或被打罵應捨本居自求寂靜無患難處結跏趺坐正念觀察以大悲心而爲屋宅智慧爲鼓以覺悟杖而扣擊之告諸煩惱汝等當知諸煩惱賊從妄想生我法王家有善事起非汝所爲汝宜速出若不時出當斷汝命如是告已諸煩惱賊尋自退散次於自身善起防護不應放逸以大悲眞言令諸有情所求滿足以方便慧而爲大將用四念處以爲守護本覺心王住第一義禪定宮闕安處不動猶若金剛以智慧劒斬煩惱賊破生死軍摧伏魔怨荷負一切令諸衆生皆得解脫爾時菩薩復語其心汝於昔

時已發誓願令當自勉令其圓滿過去如來已記別汝當得菩提廣度一切汝於爾時對十方佛三乘賢聖作是誓願拔濟一切五趣有情咸令解脱令諸有情無依無怙無救無歸若入涅槃捨於生死違本誓願凡諸世間儒行忠信言尚無二況汝昔願而不依行汝於今者應當正念一心不動拔濟有情出生死獄安置無上大般涅槃如是思已住於大乘甚深禪定是即名爲菩薩摩訶薩修習靜慮波羅蜜多佛告慈氏有十六種靜慮波羅蜜多一切聲聞獨覺所不能知云何十六一者了達生死而無生死是菩薩靜慮安住如來清淨禪故二者於諸禪定不生味著是菩薩靜慮不住一切定亂相故三者起大悲心是菩薩靜慮除諸有情二重障故四者增長正定是菩薩靜慮不如三界見三界故五者成就神通是菩薩靜慮能了有情諸心行故六者善調伏心是菩薩靜慮不住調伏不調伏故七者依無相智得淨解脱超諸禪定是菩薩靜慮於色無色界得自在故八者寂靜極寂靜是菩薩靜慮勝出一切聲聞獨覺諸禪定故九者無能嬈亂是菩薩靜慮了心清淨本無動故十者對治毀禁是菩薩靜慮除諸有情煩惱習故十一者入智慧門是菩薩靜慮善達世間如幻夢故十二者知衆生心是菩薩靜慮了諸有情本性空故十三者紹三寶種是菩薩靜慮能現如來出世間故十四者得法自在是菩薩靜慮了一切法皆佛法故十五者常住不壞是菩薩靜慮普門示現用恒寂故十六者徧照一切是菩薩靜慮

法界平等無不鑒故慈氏當知此即名爲菩薩摩訶薩十六種靜慮波羅蜜多一切聲聞獨覺所未曾有復次慈氏菩薩摩訶薩於此勝三摩地如是發起如人要火取木作燧以手鑽搖動求不懈方得火生若數休息終難得火菩薩摩訶薩亦復如是求種智火以定爲燧安忍爲手精勤不息便能發生一切智火是火生已燒煩惱薪以布施水沐浴清淨用持戒香塗摩其身處大悲座受法王位雨大法雨利樂有情至大涅槃安樂解脱復次慈氏若諸菩薩心未純熟於三摩地心有動轉猶如惡馬難可調伏當知是人退失禪定應於如是勝三摩地四威儀中無暫放捨若諸菩薩三種心生一者嬾惰二者精進三非勤惰如是知已應善調伏勤加精進當除懈怠嬾惰睡眠及世緣務治生艱難若離勤惰其心正直湛然寂靜如人遠行速即疲極緩即不至遲疾處中任運能達菩薩摩訶薩亦復如是應以中道安止其心設身火然安處不動住三摩地亦無味著以大智力常住寂靜於生死海拔濟有情令得解脱應以十六種三摩地印記別其心於刹那中有少動念應當觀察以正智鉤制令止住精勤不息修行靜慮波羅蜜多復次慈氏菩薩摩訶薩修靜慮者有五種障一切有情皆被覆翳所謂五蓋一者貪欲二者瞋恚三者掉悔四者昏眠五者疑蓋除此五蓋方得禪定身心不動是故菩薩而觀察之何因而起云何遠離菩薩應當先觀色欲猶如水月水動月動心生法生貪欲之心亦復如是念念不住速起速

滅復觀色欲猶如蟒蛇在曠野中瞋毒發時頭如蔭蓋行人熱逼投此蓋下爲毒所觸因致命終貪欲之人亦復如是行於生死曠野磧中妄見欲境生染著心欲想纔起喪失禪定是即名爲貪欲蓋障復次觀於欲性如地獄火燒炙有情如水瀑流漂没一切無有慈悲猶如羅刹損害有情亦如獄卒損人手足猶如利刀復如魁膾斷衆生命又如礳毒犯必命終如墜高山受大苦惱如夜黑闇無所知見如白癩病不可療治又如大海難使乾竭貪欲深廣過於巨海五欲麤重如妙高山如緊波果端正可觀若人執之觸便喪命如屠羊柱懸者必亡如熱金冠戴之燒死猶如過去轉輪聖王釋提桓因四天王等及諸力士那羅延天一切有情皆因貪欲興兵相伐所積身骨如毗富羅山過去既然現在未來亦復如是復次世間之人於己親屬父母兄弟極相憐愛乃至身命無所悋惜爲貪欲故更相憎嫉起毒惡心互相殺害貪色之人有二苦因一者富貴爲貪色欲受諸卑賤種種輕欺二者爲貪欲刀挑智慧眼無所分别猶如盲人爲此因緣死墮地獄受無量苦復次貪欲之人心無厭足如火添薪亦如國王貪於土境亦如商主貪其財利如求慧解貪於聽聞如諸菩薩樂度衆生如是等人各於已事皆無厭足貪欲之人亦復如是無有厭足求於欲境憂苦艱難得已守護纏縛倍增死墮地獄受大劇苦求靜慮者常於如是色欲怨家不應想念況親近之以是名爲貪欲重蓋復次瞋恚蓋者如耽酒人飲已色變瞋恚

亦爾顏容改變作種種相身心戰掉或行毀謗損惱自他瞋火燒心何能修定劫功德賊無過瞋恚修靜慮者應當遠離復次掉悔蓋者猶如狂人身心錯亂或緣親里國邑壽命苦樂等事妄起尋求生善惡念追悔所作如是躁動不能寂靜覆蔽行捨障奢摩他如是名爲掉悔重蓋復次昏眠蓋者疲極瞢瞪顰伸欠呿昏昧不任能覆輕安障觀慧品修靜慮者應當除棄是則名爲昏眠重蓋復次疑惑蓋者常懷疑惑理事不決障礙施戒安忍精進禪定智慧三世因果三寶性相皆不顯現如何能生微妙靜慮是名疑蓋由此五蓋學行難成戒定慧門不能顯了如是知已審諦思惟修定之人應當遠離精勤修習能除欲苦獲深禪定而不味著由此靜慮起五神通云何爲五所謂天眼天耳他心宿住神境智證通云何名爲天眼智通以天眼力徹見十方無量無邊諸佛世界所有一切衆生之類若卵生若胎生濕生化生有色無色有想無想非有想非無想等一切有情如觀掌中阿摩勒果如是有情皆被諸苦之所纏縛菩薩觀已起大悲心此等有情墮生死海糞穢大坑我今云何放捨不救以是應當勤加精進身心無倦便能發起念佛三昧以定力故能見十方一切諸佛徧滿虛空坐金剛座成等正覺或見諸佛初轉法輪或見諸佛往於天上或見如來從寶階下或見如來入里乞食或見如來隨根說法或爲國王大臣長者居士婆羅門身如應說法或爲苾芻苾芻尼信男信女如應說法或現天龍藥叉阿蘇羅

健闥婆迦嚕羅緊捺羅摩呼洛迦人非人等薜荔多畢舍遮鳩畔吒補怛那迦吒補怛那闍摩羅王餓鬼傍生各隨本音皆言如來爲我說法悉得解悟歡喜踊躍或見諸佛爲諸菩薩說六波羅蜜或爲緣覺說十二因緣或爲聲聞說四諦法或勸有情安十善道或見諸佛現梵王身如應說法或現帝釋身如應說法或現護世四王身如應說法或現大自在天身如應說法或現那羅延天身如應說法或現日天子身如應說法或現月天子身如應說法或現龍神藥叉諸仙婆羅門等身如應說法或有應現轉輪王身國王宰官諸男女身和尚阿闍梨及佛如來尊重弟子皆爲現之如應說法或現地獄餓鬼傍生異類之身而爲說法各各聞已離諸苦難及離飢渴不相殘害慈心相向或有應見娑羅樹林入般涅槃而爲現之如應說法或有應見般涅槃後分布舍利起諸塔廟而爲現之令申供養而得解脫如是諸佛現種種相皆令得度生老病死如是諸相徧滿虛空皆佛神通自在變現種種奇特諸希有事菩薩雖見如是種種神通變化但名靜慮所起天眼不得名爲波羅蜜多復次菩薩摩訶薩所得天眼勝於一切天龍八部有學無學聲聞獨覺所得天眼最上最勝最妙最尊最極明淨最大勢力以此天眼能見過去無量無邊諸佛菩薩行住坐卧種種威儀種種行門禪定解脫十地妙智陀羅尼門無礙辯才善巧方便悉令圓滿如是菩薩天眼清淨見諸色像無有障礙無染無著不取一切色像之相能離一

切隨眠執見然其眼根本性清淨亦不依止一切境界又此眼根不從一切隨眠煩惱習氣所生亦無染著不迷不亂亦無翳障無復分別不爲一切諸煩惱障及所知障之所纏縛於一切法而得自在又此眼根能了一切諸法平等住眞解脱能知一切差別根性無能壞相於一刹那能見一切有情之類又此天眼體性明淨能離一切濁亂之法而能覺知慈悲之性不捨有情亦無縛著無貪無害又此天眼勝義境界從眞諦生智爲先導住於大悲了達諸法及甚深義離諸戲論如所見聞能如實說遠離一切諸不善法趣向無上正等菩提心無障礙見慳悋者勸令捨施見毁禁者生悲愍心見多瞋者令住乎忍見懈怠者令起精進見散亂者令修靜慮見愚癡者令學智慧行邪徑者示以正道狹劣心者示以大乘令諸有情入一切智發勝神通圓滿菩提一切智智慈氏當知此即名爲菩薩摩訶薩修行靜慮所起清淨天眼智通復次慈氏云何名爲菩薩摩訶薩修行靜慮波羅蜜多起天耳通所謂以天耳力勝於一切天龍八部聲聞獨覺菩薩摩訶薩所得天耳最上最勝最妙最尊最極明淨有大勢力何以故由此功德迴向無上正等菩提菩薩摩訶薩以此天耳能聞十方無量世界諸佛如來獨覺聲聞天龍八部人與非人乃至地獄餓鬼畜生情非情等所有音聲悉皆得聞彼諸有情若干種心三業差別所出音聲如是菩薩皆如實知凡所發言作善惡因起貪著語迷惑之聲亦如實知或有言音理雖眞正

言詞麤獷或有言音理雖不正言詞柔輭或有言音二俱妙好或有言音二俱麤鄙以此天耳皆如實知又此天耳能聞一切凡聖之聲於凡不厭於聖不忻於賢聖境起愛樂心於凡夫境起大悲心如是一切前中後際所有音聲皆如實知不生執著又此天耳普聞十方無量無邊所有世界一切諸佛說法音聲皆如實知心無錯亂亦不忘失隨根為說了知法性無堅不堅非虛非實聞一如來所說正法無邊諸佛所有法門一時悉聞不錯不亂不相妨礙悉能領受文字章句義理性相皆如實知又聞如來為諸衆生各隨類音而為說法令諸有情了真實相皆得解脫以此功德迴向如來清淨天耳願於未來不聞一切聲聞獨覺二乘之名慈氏當知此即名為菩薩摩訶薩修行靜慮所起清淨天耳智通復次慈氏云何名為菩薩摩訶薩佗心智通所謂一切有情過去未來現在之心善惡無記皆悉能知復知過去一切有情所作諸業因果差別又知衆生大心小心非大小心有欲無欲垢無垢心愚心智心廣心略心定亂縛脫勝劣差別上心下心皆悉知之又知有情布施持戒忍辱精進禪定智慧有相無相慈悲喜捨相應之心或聲聞獨覺大乘菩薩相應之心此諸有情能具如是善根之因或復有情生於貴族所為下劣或生下賤心性清淨或心性不善所為清淨或二俱清淨或二俱不善如是有情過去所有心行差別皆如實知隨其所應而為說法此即名為了知過去一切有情佗心智通復能了知未來

有情現在布施能生未來淨持戒因復知有情現在持戒能生未来安忍之因又知現在安忍因緣能生未來精進之因又知有情現在精進能生未來靜慮之因又知有情現修相善能生未來無相慧因又知有情現修小善能作未來大乘之因如是諸心因緣相貌菩薩摩訶薩皆如實知隨緣救拔心無勞倦令諸有情深入佛慧無有增減如是說法無有斷絶未曾於法生慳悋心此即菩薩能知未來佗心智通復知現在一切有情有貪欲心無貪欲心有過失心無過失心愚心智心廣心略心定心亂心動心不動心縛無縛心垢無垢心廣大心無量心上下心皆如實知一一有情無量煩惱之所繫縛皆如實知如是知已隨根差別如應說法了心無心不著自佗以善方便禪定智慧決擇有情根性利鈍永斷生死煩惱根源了本性空圓滿無缺無染無著亦無過失無滓無穢亦無麁澀了知諸法如幻如化能知有情心行差別慈氏當知此即名爲菩薩摩訶薩修行靜慮所起清淨佗心智通復次慈氏云何名爲菩薩摩訶薩修行靜慮波羅蜜多起宿住隨念智證通所謂住不動地得法平等善能了知諸法實性清淨智慧住奢摩佗毗鉢舍那止觀相應於一切事心無忘失智爲先導三業清淨福德智慧二種莊嚴自然覺悟不由師教到於涅槃常樂彼岸菩薩摩訶薩以如是智能憶過去一生二生若十二十乃至一劫百千萬億那庚多劫若成若壞皆悉憶知彼諸劫中如是有情生如是家如是父母如是種族

如是姓字如是相貌色力壽量苦樂等事無不明了又諸有情此滅彼生種種家族自身他身無量劫生悉皆憶念及彼生處所有善根及相勸發憶念知已悉皆迴向無上菩提又觀過去生死之身無常苦空無我不淨如是知已於諸色相壽命脩短富貴自在不生我慢不求釋梵護世四王人天果報但以大悲利樂有情隨願受生又知過去無量生中所造惡業深生媿悔於現在世能捨身命不造諸惡於無量世所有善業悉皆迴向阿耨多羅三藐三菩提普施法界一切有情不求世間最上果報紹三寶種盡未來際無有斷絕永無休息慈氏當知此即名爲菩薩摩訶薩修行靜慮所起清淨宿住智通復次慈氏云何名爲菩薩摩訶薩修行靜慮波羅蜜多起神境智通利樂無盡所謂菩薩住不動地得眞寂靜除去憂苦尋伺喜樂出入息等不生不滅住眞法界能現種種神通變化或身如火聚放大光明徧滿三千大千世界或身上出水如注大雨捫摸日月威光自在或現大身上至梵天或現小身猶如芥子或震動大地如水濤波或以一身而現多身或以多身還復一身或隱或顯說種種法或沒山石或復直過若上若下如電流光往還自在行坐空中如鳥飛翔或履地如水履水如地出沒自在無所障礙如是神力皆爲利樂一切有情復以大悲普門示現或現佛身或菩薩身聲聞獨覺釋梵等身及諸異類種種之身隨其根性皆悉爲現隨其樂欲而爲說法或諸有情恃其力勢而起貢高隨彼所應而爲

現身調伏說法或爲釋梵護世四王那羅延等諸大力士爲降伏故舉妙高山擲置佗方無量世界猶如擲彼阿摩勒果還置本處而諸天人無往來想菩薩神力亦無損減又復於此三千大千世界上至色究竟天下至水際以其右手掌此世界住經一劫行住坐卧而無妨礙還置本處而諸有情水性之屬亦無嬈害都不覺知往來之想如是菩薩示現自在神通力時令諸有情驕慢之心悉皆調伏而爲說法復次菩薩以神通力隨意所欲皆得自在如如意寶所求皆得或變大海而爲牛跡或以牛跡而爲大海或現火災至於初禪或現水災至於二禪或現風災至於三禪或變水作火變火爲水如是種種上中下法隨心變化而得自在更無有人能動轉者除佛世尊餘無能壞菩薩以此廣大神變隨其根緣說廣略法令諸有情而得解脫如是菩薩自在神力一切天魔及煩惱魔所不能障以是菩薩過彼天魔及煩惱魔入佛境界隨其根緣拔濟有情得大自在常不斷絕無能動轉慈氏當知此即名爲菩薩摩訶薩修行靜慮所起神境智通化用無盡如是五通但名靜慮不得名爲波羅蜜多復次慈氏若諸菩薩得此通已精勤修習靜慮波羅蜜多於無上菩提得不退轉譬如貧人掘一伏藏未見異相猶懷懈慢穿掘不已漸見少相勇鋭精勤無有休息以不息故便能得之菩薩摩訶薩亦復如是未得阿耨多羅三藐三菩提日夜精勤修眞靜慮不休不息乃至證得無上菩提復次慈氏如是靜慮一切有情發

心非難長時不懈能成就者是則爲難譬如勝軍侵奪佗國取之不難得已善守是則爲難外道邪師修定亦爾不近善友不聞正法邪求解脫獲無色定謂得涅槃壽盡之時趣地獄報復如癡人畜養毒蛇常飲牛乳所以者何世醫皆言牛乳除毒蛇飲乳已瞋毒轉盛如是癡人謂蛇毒盡而摩教之爲蛇所螫中毒而死一切衆生亦復如是日夜畜養如是毒身爲求安樂常供飲食無常忽至死魔毒發失諸善法趣向三塗復次慈氏聲聞獨覺所得靜慮斷煩惱障無大悲心而入涅槃非眞靜慮凡夫有情身口意業恒爲八萬四千煩惱之所纏縛不得自在譬如有人供養怨家羅刹惡鬼供給不已漸得調伏煩惱怨家惡羅刹鬼則不如是供給色香煩惱轉熾難可調伏何能修習禪定解脫既無禪定何有智慧既無正智十善亦無當墮地獄餓鬼傍生以是因緣菩薩摩訶薩應修梵行四無量心起無緣慈普徧法界何以故菩薩大慈無有齊限不可思量無邊際故一切有情徧十方界菩薩大慈亦復如是譬如虛空無有邊際菩薩大慈亦復如是以是當知有情無盡菩薩大慈心亦無盡眞空無盡慈亦無盡以是因緣菩薩大慈眞實無盡爾時慈氏菩薩白佛言世尊菩薩普於如是有情起大慈悲頗有譬喻得宣說者願爲開示爾時薄伽梵告慈氏菩薩摩訶薩言善男子不可以少因緣譬喻而得宣說慈氏當知譬如東方有殑伽沙等世界南西北方四維上下亦復如是如是十方殑伽沙數世界合爲一海滿中

海水如是十方殑伽沙數世界滿中有情一一有情各持一毛取大海水滴於餘處至滿一劫是海有竭彼諸有情尚未窮盡善男子如是有情徧於十方殑伽沙數世界菩薩於彼一一有情起大慈心善男子於意云何如是慈心有邊際不慈氏菩薩白佛言世尊假使虛空尚可測量此大慈心不可窮盡佛告慈氏若菩薩摩訶薩聞是慈心無邊無盡不驚怖者當知是人亦得如是慈心無盡其慈心者能護自他滅除一切諍訟諸惡能覆有情所有過失令諸衆生三業調善常得安樂離諸怨怖多瞋恨者令其慈忍息諸戰陣刀兵等苦悉能救護一切有情離諸欺誑名聞十方釋梵四王恭敬供養慈心瓔珞以自莊嚴爲諸有情解脫導首能令二乘迴心向大積集一切菩提資糧不爲世福之所屈伏恒以相好莊嚴其身能除一切諸根殘缺捨離八難得生人天行八聖道涅槃正路菩薩修慈不貪五欲但於有情起平等心行布施時心無分別護淨尸羅救犯禁者示安忍力令離瞋恚所行精進皆順正法住三摩地心救一切發大智慧出離世間煩惱菩提無有二相無緣大慈降魔軍衆而能安樂一切有情此生來生常不捨離行住坐卧恒勤修持我慢銷除離諸放逸又慈心者慙愧衣服淨戒塗香能斷世間煩惱習氣饒益有情施一切樂聲聞慈心唯求自利菩薩大慈救護一切復次慈氏慈有三種一衆生緣慈二法緣慈三無緣慈云何衆生緣慈若初發心徧觀有情起大慈心云何法緣慈若修行時觀一切

法名法緣慈云何無緣慈得無生忍無有二相名無緣慈慈氏當知此即菩薩摩訶薩住真法界大慈心也

大乘理趣六波羅蜜多經卷第八

音釋

駃踈士切疾也　燧徐醉切取火之木也　磣初錦切　䔲瞢䔲都鄧切瞢母亘切䔲瞢不明也　欠呿呿丘加切欠呿張口解氣也

大乘理趣六波羅蜜多經卷第九

唐罽賓國三藏般若奉　詔譯

靜慮波羅蜜多品第九之二

佛告慈氏菩薩摩訶薩修行靜慮波羅蜜多應當修習大悲無量爲此大悲於諸善業而爲導首譬如命根於出入息而爲其先輪王七寶輪寶爲先大乘萬行大悲爲先譬如長者唯有一子父母鍾念徹於骨髓菩薩大悲亦復如是於諸有情住於極愛一子之地云何大悲大名麼賀麼者名我我以大悲利樂有情故名大悲又賀者名性自性大悲能濟有情不由他教故名大悲又娑嚩者名屬已分一切有情我應救護故名大悲又迦者名護不令他人得其便故名爲大悲又此大悲者能作方便成辦一切助菩提故又此大悲能悟無師自然智故又此大悲能除一切自心熱惱隨順有情爲饒益故復次慈氏此大悲心有五十種云何大悲無諂誑故云何大悲身口相應故云何大悲無虛誑故云何大悲住實際故云何大悲不退轉故云何大悲了本覺故云何大悲無詐僞故云何大悲自性清淨故云何大悲行質直故云何大悲住正性故云何大悲求佛身故云何大悲求佛壽故云何大悲不起一切過故云何大悲護有情故云何大悲所度有情無有量故云何大悲同虛空故云何大悲不捨貧窮諸衆生故云何大悲拔諸苦故云何大悲自性不動荷負一切故云何大悲行清淨行不誑自他故云何大悲能作自利諸善業故云何大悲普與樂故云何大悲不生疲倦故云何大悲

能除重擔示勝義故云何大悲堅持施忍精勤行故云何大悲能忍下劣所輕慢故云何大悲不懷一切宿憾恨故云何大悲作無上醫故云何大悲以大乘慧攝下劣乘等無二故云何大悲善覆自德讚他善故云何大悲能與無漏真法樂故云何大悲能捨所愛心無悋故云何大悲爲諸有情心無悔故云何大悲善持淨戒護毀禁故云何大悲能忍已苦令諸有情得佛樂故云何大悲成熟有情住法身故云何大悲不惜自身捨肢節故云何大悲樂修功德不求報故云何大悲能調有情修靜慮故云何大悲了三界空不染著故云何大悲積集善根離不善故云何大悲能滿一切有情所求願故云何大悲不捨昔願住無爲故云何大悲捨有爲法故云何大悲慳貪有情令行捨故云何大悲能令有情住佛戒故云何大悲多瞋有情令住忍故云何大悲懈怠有情令精進故云何大悲散亂有情令住定故云何大悲愚癡有情令智慧故佛告慈氏如是大悲能令自他一切善根皆得成就是則名爲大悲無量復次慈氏菩薩摩訶薩修行靜慮波羅蜜多云何修習大喜無量所謂憶念一切佛法愛樂恭敬不住生死不壞喜心除諸邪見離五欲蓋能安有情住真實際恒求如來三十二相八十種好聽聞正法順第一義恒樂修行達於彼岸圓滿具足喜慶心生譬如世間大節會日一切親族善友集會勝妙五欲歡娛喜悅菩薩亦爾起大神變遊戲之時八部龍天四衆雲集戒定智慧解脫知見悅樂其心是名大喜又

此喜者諸有情無損害心勤求一切諸佛妙法已得未得心無暫捨於大乘法心恒正解於二乘法不生取著捨離慳悋增長檀那見乞者來心樂惠施於佗持戒生淨信心見毀禁人極懷憐愍於已尸羅清淨圓滿離三惡怖迴向法身設有毀罵安忍受之於軌範師奉順言教頂戴尊重勤而行之於諸有情善言含笑遠離嚬蹙先意問訊住眞寂定無諂無誑不麤不曲常讚人善不說佗過樂與衆同行六和敬作大法師開示涅槃顯眞實相於尊重所起父母想等視衆生猶如一子於親教師尊重如佛於修行者猶海導師諸波羅蜜如無價寶於說法人如如意珠無漏法林自在遊戲教授我者深自慶喜聞說過非如醫示病聞說正法如病獲藥是名爲喜了苦無常無我不淨隨順涅槃常樂我淨一相一味故名爲喜又大喜者體眞勝義性無生滅不沉不舉無去無來常爾一心名眞喜悅又大喜者如聞善言身心適悅安住不動猶若須彌又大喜者明了因果無迷謬故又大喜者如地不動爲所依故又大喜者如威德人無能敵故又大喜者如勝義諦不毀壞故又大喜者如佛法僧功德圓滿求無猒故慈氏當知此即名爲菩薩摩訶薩大喜無量復次慈氏菩薩摩訶薩修行靜慮波羅蜜多云何修習大捨無量菩薩摩訶薩修捨無量總有三種云何爲三一者煩惱捨二者護自佗捨三者時非時捨云何名煩惱捨若遇恭敬心不高舉設遇輕慢不鄙卑賤得利不喜失利不憂毀罵不瞋讚亦無喜稱揚不欣聞譏

不恚遭苦難時觀空無我悅樂事至但觀無常於所愛境心無貪著設見嫌恨亦不生瞋於怨於親持戒破戒其心平等作善作惡若愛若憎都無二相聞善惡言正不正法亦復如是於諸有情其心平等於身命財不生慳悋是則名爲煩惱大捨云何名爲護自他捨菩薩摩訶薩若有人來節節支解菩薩於彼無瞋恨心如是菩薩於身語中未常變易是名爲捨復次乞叉(二合)多者是名雙義及瘡痕義謂眼及色如有二人於菩薩所一人打罵一則香塗菩薩觀之等心無二瘡痕義者菩薩觀之第一義中誰爲打人誰爲塗者不見損益亦無彼我不害自他是名爲捨眼根色境雙義既然耳聲鼻香舌味身觸意法寂滅平等亦復如是於毀讚者及我六根第一義中無傷無害是名爲捨設被傷害亦不損他是名爲捨或護自他俱無傷損是名爲捨於利非利常爾一心無害自他故名爲捨常自覺察護他人心離於諍訟亦名爲捨復深觀察無有是非是名爲捨如是名爲護自他捨云何名爲時非時捨若諸有情不受教誨非法器者菩薩不瞋名非時捨於聲聞人觀四聖諦獲苦法忍趣羅漢果菩薩不障名非時捨行布施時且止持戒修淨戒時且止於施忍辱精進禪定智慧亦復如是名非時捨若於諸法應成就事決定應作精進勇猛長時無倦無暇無退不辭勞苦乃至事畢方可放捨是名時捨如是名爲時非時捨如是修習慈悲喜捨但名靜慮不得名爲波羅蜜多爾時慈氏白佛言世尊如是修習靜慮爲因悉

能具足神通智慧云何名爲神通智慧爾時薄伽梵告慈氏言善男子是神通者能以通力見極微色是名神通以淨法眼知色性空亦不取著是名智慧復次聞諸世間極微小聲是名神通於諸音聲悟無言說離諸譬喻是名智慧復次能知一切有情心行是名神通了諸有情妄心非心是名智慧復次於過未際悉皆憶念是名神通了佛土空是名智慧復次了知根性差別之相是名神通了勝義空是名智慧復次能知諸法是名神通了俗如幻是名智慧復次力能超彼釋梵四王是名神通超過一切聲聞獨覺是名智慧慈氏當知如是名爲菩薩摩訶薩修眞靜慮得不思議神通果報復次慈氏一切衆生恒爲無量煩惱擾亂其心菩薩摩訶薩得眞三昧

隨彼有情煩惱品類現如是等諸三昧門令其解脫菩薩摩訶薩應加精進住是三昧令諸有情安住如是平等法中所謂得心平等行平等相應平等布施持戒忍辱精進禪定智慧悉皆平等即一切法普皆平等是名法性三昧復次慈氏此三昧平等即菩提平等菩提平等即一切有情平等一切有情平等即一切法平等得如是平等法已是名住眞三昧復次慈氏此菩提平等即虛空平等虛空平等即一切有情平等一切有情平等即一切法平等得如是平等法已是則名爲住眞三昧復次慈氏一切世間性平等即清淨性平等清淨性平等即一切有情平等一切有情平等即一切法平等得此一切法平等是則名爲性眞三昧復次慈氏若知自心平

等即知一切有情心平等是則名爲住眞三昧復次慈氏若諸有情能於我身作於饒益及不饒益我於彼等心如大地普皆平等其心不動所以者何由住如是三昧平等性故以住三昧無散亂語無率爾語了達諸法解第一義善知時節隨順而説八風不動菩薩能住如是平等法性不捨三昧不離世間自在無礙是名菩薩摩訶薩方便智慧靜慮波羅蜜多復次慈氏云何菩薩摩訶薩修行出世方便智慧若菩薩修靜慮時於諸有情起慈悲心名爲方便觀法寂滅是名智慧復次修靜慮時歸依於佛是名方便了無取著是名智慧求一切法是名方便了法性空是名智慧觀佛色身是名方便觀佛法身是名智慧觀佛梵音是名方便了無言説是名智慧若正觀時是名方便觀照亦空是名智慧拔濟有情是名方便了衆生空是名智慧知衆生根是名方便根性亦空是名智慧觀佛土淨是名方便了佛土空是名智慧得佛菩提是名方便了本寂滅是名智慧請轉法輪是名方便法無轉相是名智慧觀七覺支是名方便了眞本覺是名智慧菩薩摩訶薩如是相應修習靜慮波羅蜜多一切天魔不得其便即能成就無上菩提爾時薄伽梵説此靜慮波羅蜜多時會中三萬二千菩薩得日燈三昧此日燈三昧亦名一莊嚴三昧云何名爲日燈三昧如日出時一切燈燭星月無復光明菩薩得此三昧者亦復如是有學無學聲聞獨覺諸有情智映蔽不現是故名爲日燈三昧復次云何名一莊嚴三昧所言一者

即是無生無生者即是法空又一者名徧一切處譬如油麻油徧麻中無生法者亦復如是體徧一切是名一莊嚴三昧此一莊嚴亦名一增長三昧一者即婀婀即法界所謂契經令法界現前法界現前巳所有諸法神通增長明了現前是故名爲一增長三昧此一增長亦名一法界三昧所言一者即是法界法界亦空以定力故其空現前是名一法界莊嚴三昧此一法界亦名一空三昧所言一者猶如虛空一切萬物生長空中菩薩眞空現在前時信等善法悉皆增長是故名爲一空三昧復次慈氏菩薩摩訶薩住此靜慮波羅蜜多時能入俱胝那庾多百千三昧今爲汝說少分名字所謂電光三昧月光三昧善增長三昧毗盧遮那三昧增長不思議三昧如如光照三昧無垢三昧海德三昧能自在轉一切法輪三昧成就禁戒三昧無憂三昧堅固三昧蘇迷盧三昧法炬三昧法勇三昧轉法智自在三昧散積聚法三昧持一切法三昧持白法三昧知佗心三昧莊嚴寶幢三昧滅煩惱三昧壞四魔三昧發起十力三昧無著三昧斷縛著三昧燈手三昧聞施名三昧持地三昧安住心三昧須彌燈三昧摧伏怨敵三昧智炬三昧發生智三昧教授三昧自在轉無邊法門三昧令心堪任三昧知勝妙善三昧震日月音三昧無所行三昧壞魔三昧無種種想三昧善調伏心三昧釋獅子三昧念佛三昧念法三昧念僧三昧不退轉三昧不眴三昧最勝無我三昧似空處三昧常覺悟三昧除煩惱緣三昧如虛空三昧入

功能三昧念慧覺三昧無盡辯三昧大悲聲三昧現眞諦三昧不毀壞三昧善行三昧有情歡喜三昧知愛樂三昧生愛樂三昧勝慈三昧性淨三昧大悲三昧大喜三昧無所捨著三昧法義三昧法悲三昧慧炬三昧智海三昧無動三昧善調伏身三昧解脫智自在三昧金剛幢三昧勝蓮華道場三昧離世間法三昧勝智三昧佛觀行三昧威光三昧威燄三昧與解脫智三昧佛身莊嚴三昧光明普徧三昧刹土徧淨三昧入有情性三昧滿一切願三昧順菩提路三昧波羅蜜莊嚴三昧寶髻三昧覺華三昧與解脫果三昧甘露音三昧無滯三昧疾風行三昧寶冠三昧截海流三昧金剛峯三昧大神通三昧出生義三昧見無邊佛三昧憶持一切所聞三昧與刹那智三昧清淨無邊功德三昧如是無量俱胝三昧若諸菩薩摩訶薩得是三昧者是則名爲靜慮波羅蜜多時薄伽梵說此靜慮波羅蜜多時會中七十八那庾多人天發阿耨多羅三藐三菩提心三萬二千菩薩證無生法忍

般若波羅蜜多品第十之一

爾時薄伽梵處於種種摩尼寶王師子座上現種種相純以菩薩摩訶薩衆而共圍遶時慈氏菩薩摩訶薩即從座起偏袒右肩右膝著地合掌恭敬而白佛言大聖世尊已爲利益安樂諸菩薩故說靜慮波羅蜜多惟願世尊爲諸菩薩說般若波羅蜜多又此般若波羅蜜多復有幾種修何方便而能得之惟願如來分別解說爾時薄伽梵告慈氏菩薩摩

訶薩言善男子汝今諦聽善思念之吾當爲汝分別解説若諸菩薩修行布施波羅蜜多乃至靜慮波羅蜜多皆從般若波羅蜜多本毋所生而爲根本譬如眼等五根發生五識能取五塵皆有作用如是一一皆以識心而爲根本若離其心無所成辦菩薩摩訶薩修前五種波羅蜜多恒以智慧而爲其毋若離智慧無所剋獲亦如有情身有命根能有所作命根謝已無復堪任修行諸度若無智慧亦復如是譬如國境無有智臣陰陽失序一切人民皆不安樂法王國土若無智慧亦復如是修行布施乃至靜慮波羅蜜多皆不成就解脱涅槃終不能得如是商主入海採寶要得船師方達寶所隨意而取菩薩亦爾於生死海以五波羅蜜多而爲舟船載功德寶要因般若波羅蜜多無上船師至於彼岸爾時薄伽梵而説頌言

智慧爲根本　能生善法芽　佛果大菩提
無法智所作　如人遭苦難　智者能救護
愚者造諸惡　如石投深水　若無眞智慧
多聞妄分別　斯人不解義　如器安知味
所爲長老相　不必在耆年　雖少有智慧
是爲眞長老　如世有德人　正直無邪曲
不能辯邪正　寧知理是非　正智聞深法
智與理相應　隨順於大乘　是名眞智者
於得失無著　憂喜不能動　安住如須彌
是名眞智者　恭敬不生喜　輕慢無瞋恚
智慧如大海　是名眞智者　不説他人過
亦不稱已德　智照無自他　當獲大名稱
勇猛勤精進　遠離一切相　我慢悉皆除

是名眞智者　常當正觀察　不見佗人過
深信善惡報　是名眞智者　智者在衆中
不說自功德　若人所稱讚　媿心無取著
成就諸功德　虛已常謙下　如果樹繁熟
枝條自低屈　福智生豪族　雖貴無憍慢
愚者自矜高　智者應觀察　智慧爲善伴
遠離惡知識　斷滅諸煩惱　自然得解脫
樂將護惡人　亦當常遠離　崇重於賢善
是名眞智慧　菩薩多悲智　損惱猶慈愍
如斫栴檀樹　流香普芬馥　不念佗人惡
常思其善事　智慧離分別　人中最第一
智者住空寂　被毀心無惱　諸惡不能燒
如火焚大海　大悲離分別　見惡常憐愍
如日放光明　不棄旃荼舍　智人雖小過
爲益應同住　如入瞻蔔林　自然皆蒙熏
正智離分別　如日無私照　亦如清涼月
能淨諸雲翳　智者多慈悲　常濟於貧乏
見乞不輕賤　應生歡喜心　如樹初生長
日夜無休息　智者樂修行　增長亦如是
智者遇大怨　慈悲猶不捨　如折蓮華莖
藕絲恒不斷　生死如毒樹　悟即法身果
生死與涅槃　本性皆平等　淨慧賢聖行
大悲常利物　不擇於怨親　恒離於分別
耆年多智慧　淨戒悉圓滿　親近如是人
速成安樂行　智慧無垢人　三業恒清淨
應親近是人　尊重過父母　無智難親近
能壞善人心　如火燒枯木　應當常遠離
供給於惡人　欲益反招損　如人飲猛獸
無不傷害者　供養智慧人　少善獲多福
如人飲甘露　永得安隱樂

佛告慈氏菩薩摩訶薩此般若波羅蜜多皆從善友聞正法生邪見之人是智慧怨汝等應當親近善友遠惡知識此般若波羅蜜多非唯出生一切善法過去未來現在諸佛皆從此生當知此經即是一切諸佛之母復次慈氏菩薩摩訶薩行布施時有二種智一者小智二者大智小智施者爲求人天二乘解脫如是施者但名布施不得名爲波羅蜜多大智施者心無所得無所得故得佛菩提如是施者名檀波羅蜜以是故知檀波羅蜜從智慧生尸波羅蜜亦有二種一者小智二者大智小智持戒怖三惡道求生人天二乘解脫如是持戒心不清淨不得名爲尸波羅蜜大智持戒普爲利樂一切有情不住於相而無所得趣大菩提如是持戒是則名爲尸波羅蜜以是故知戒波羅蜜從智慧生忍辱波羅蜜多亦從般若波羅蜜生一切有情本智如日無明覆蔽忍光不現修安忍者除斷無明聖智現前佛日斯照譬如國邑無有智臣識用不均人民流散設有智者亦當迴避無忍慧者亦復如是又此智慧如明眼人遥見毒蛇即便遠避有智慧眼避瞋毒蛇亦復如是無慧眼者謂於過去無量劫中修行諸善無安忍力及智慧眼一念瞋火燒滅無餘如乾草積飈火入中焚燒皆盡智慧之人有安忍力設遇惡人打罵訶責正智安忍能調伏之譬如香象既已調伏臨陣驅策能破敵軍菩薩摩訶薩亦復如是住無相忍不起瞋恚無緣大悲廣度一切以是當知安忍波羅蜜多從般若波羅蜜生精進波羅蜜亦從般若

波羅蜜多而得發生何以故若無般若波羅蜜多一切所作皆不成就大菩提果無邊法門安住最勝巧便大智周徧觀察要精進力方能圓滿六波羅蜜以是當知精進波羅蜜皆從般若波羅蜜生禪波羅蜜亦從般若波羅蜜生所以者何意業微細難可測量身口所作則易除滅妄心所起難可制伏如風飄火猛燄可制如海濤波亦可息之唯有妄心甚難調伏何以故無始無明迷心性故譬如世間多思覺者妄起尋求而伺察之如是妄想設入定門心猶取著無智慧故經百千劫終不能得三昧現前亦如愚人妄執諸見或執我常或執我斷見不清淨云何能得三昧現前有智慧人觀察二事一者見其自身多有疾病苦樂等事皆由先世妄想顛倒造作諸業而今受之若無癡愛何有病耶身本自空因緣幻有無造無作誰受苦耶二者復應重更觀察雖無我相所作福業皆不唐捐當願法界一切有情無盡福河滌令清淨悉得成就六波羅蜜戒定智慧以爲莊嚴以是故知一切萬行皆以般若波羅蜜多而爲其母猶如大地皆依虛空而得安立而彼虛空無有所依般若波羅蜜多亦復如是以是故知禪波羅蜜智慧爲母非唯五度從智慧生一切世間福德名聞人天果報乃至出世無漏善根皆以智慧而爲生處猶如大地皆依虛空而得安立一切衆生執我取相有五怖畏一不活畏常積資財恐不活故二惡趣畏造不善業恐墮三塗恒怖畏故三者死畏愛惜身命恐喪失故四者惡名畏恒作諸惡以自

覆藏恐人聞知常怖畏故五者大衆威德畏於大衆中所發言詞懷怖畏故菩薩摩訶薩智慧觀察具證二空能益自佗無不活畏除斷邪行具淨尸羅必至涅槃無惡趣畏深入緣起了本無生則無死畏住無相理身心寂靜無自佗相離惡名畏成就微妙四無礙辯處衆無畏猶師子王是故名爲無大衆畏復次慈氏一切衆生根性差別慳貪者令惠施瞋恚者令慈忍我慢者令謙下愚癡者得智慧開示涅槃顯眞實相無量功德皆從般若波羅蜜生一切諸佛及諸菩薩天龍八部咸皆讚歎尊重恭敬猶如父母譬如慈母唯有一子鞠育誨示漸漸成長令得尊貴菩薩亦爾憐愛有情等如一子般若甘露而爲法食五波羅蜜爲大資糧十力四無所畏十八不共法諸妙功德莊嚴法身成就無上法王之位復次慈氏有十種事能障智燈掩蔽光明不能顯了增長癡闇無所覺知一者嬾惰於世事業皆不成就豈能修行出世妙善二者近惡知識造諸惡業增長無明三者耽著睡眠身心昏昧不能修習無上菩提四者聽聞大乘尋復忘失五者樂習世間一切技藝不知如幻而生執著六者我慢覆藏雖遇善友不能諮問無上正法七者於大乘教微妙深理不能解悟我慢自高便生退屈八者恥已愚昧不能親近有智之人九者攻乎異端詐謂知見有所論難皆涉邪徒十者於最上乘不生信樂設有所聞師心邪解由是十事障礙大乘正法不聞淪溺生死離此十事有十勝法便能悟入無上菩提一者精勤樂習禪

定二者親近善友聽聞正法三者損減睡眠恒自覺悟四者於大乘法所聞不忘五者順世事業常觀如幻無所著故六者無所藏隱決衆疑故七者不輕巳身勤修行故八者常樂法施興大會故九者恒自謙下不誑衆生故十者不自師心深入佛慧故菩薩摩訶薩以此十事具足圓滿六波羅蜜成就法身清淨解脱復次慈氏菩薩摩訶薩此般若波羅蜜多不與十六種法而爲相應一者不與十二因縁相應所謂無明乃至老死二者不與無明滅乃至老死滅而爲相應菩薩摩訶薩離分别心無二相故三者不與身見邊見乃至六十二見而爲相應四者不與世間八風相應所謂利養稱讃譏毀苦樂衰損等事而爲相應五者不與隨煩惱等忿恨相應六者不與我慢增上慢等相應七者不與根本貪瞋癡等而爲相應八者不與煩惱魔死魔等而爲相應九者不與我相人相作者受者養育士夫補特伽羅意生儒童業障報障煩惱等障而爲相應十者不與妄念分别見聞覺知而爲相應十一者不與四顛倒法而爲相應無常計常常計無常無樂計樂樂計無樂無我計我我計無我不淨計淨淨計不淨如是妄計名顛倒法有情心行乃至諸塵勞門而爲相應十二者不與慳悋犯戒瞋恚懈怠散亂愚癡而爲相應亦不與有相行施持戒忍辱精進禪定智慧相應十三者不與不善等法性罪有罪有漏有爲而爲相應亦不分别世出世善法無漏無爲而爲相應十四者不與二十二根相應所謂眼耳鼻舌身根相

應亦不與苦樂憂喜捨受相應亦不與男女等根意根命根信等五根三無漏根而爲相應十五者不與三界五趣種種有情而爲相應亦不分別大乘小乘佛法僧寶差別之相而爲相應十六者不分別眞諦俗諦有爲無爲有智無智有識無識作意無作意有體性無體性有相無相心意差別而爲相應慈氏當知摩訶般若波羅蜜多無染無著離諸分別平等清淨一相一味不與如是差別等法而爲相應復次慈氏菩薩摩訶薩善巧方便行深般若波羅蜜多時住奢摩他毗鉢舍那住身寂靜了因緣法如幻如化順勝義諦離有離無非斷非常隨順因果無我人相眞實不動不壞威儀住三脫門而不取證無動無靜是如來禪遊戲神通深入實際不住生死不入涅槃不盡有爲不住無爲雖觀無相不捨大悲雖住三界而恒出離知眞無染而不修證離於戲論常樂宣說復次慈氏菩薩摩訶薩修行般若波羅蜜多應於善友聽聞正法具足八十四種勝上之心方能發生般若波羅蜜多微妙勝慧所謂住眞實相最極微妙相般若相應相善知識相離憍慢相恭敬相右遶相無量相善言相至誠相善作意相無亂相無定相妙寶相妙藥相除病相法器相示導相入智慧相聞法無猒相增長捨相善調象馬相敬事多聞相樂聞深法相觀身寂滅相清淨適悅相聞法無倦相聞義相聞法相隨說修行相爲他說法相聞所未聞相聞神通相不求餘乘相樂聞般若相樂聞菩薩藏相樂聞善巧方便相四攝相聞梵行相

念正定相能生善巧無生相大慈心相緣起相無常相苦相空相無我相不淨相寂靜相空相無相相無願相無不善行相勝義諦相不壞相自在相護自心相不捨精進相思惟妙法相對治煩惱相宗重正法相對治邪見相獲聖財相除斷貧窮相智者稱讚相智人極喜相智者所樂相崇重賢善相見諦相觀蘊過失相有爲過患相依法相依義相依智相依了義經相不依不了義經相不作諸惡相自利益相利益佗相善作業相無熱惱相勝行相獲一切諸佛法門相慈氏當知聽法之人具足如是勝妙之心能善聽聞甚深般若波羅蜜多知一切法無我無人本來清淨生死涅槃平等無二復次菩薩摩訶薩觀於眼等五根苦樂等受男女意命能起煩惱生死根本信等五根三無漏根能捨煩惱是涅槃因知煩惱性從本以來不生不滅性相常住如是修習是名般若波羅蜜多復次慈氏菩薩摩訶薩所修勝行與智慧相應及不相應無有分別二智平等不捨衆生恒起大悲普覆一切清淨不動如是修習是則名爲般若波羅蜜多復告慈氏此般若波羅蜜多句義不可思議是相應句如理句如量句佛語句了緣句無礙句無滅句大捨句不動句一切不動句無依止句平等句無難句無高下句實際句不變易句無著句無住句無所依句對治句寂靜句極寂靜句徧寂靜句無戲論句無起句即眞句不缺句無餘句無際句無對治句最勝句眞實句如如句絕言句不別異句無彼此句三世平等句無三世句不

住五蘊句不住六界句不住十二處句不住十八界句依法句依義句依智句依了義句如是句義是菩薩摩訶薩修行般若波羅蜜多不可思議離言説故眞勝義故不可思議故無因喻故無比量故無有上故自利利佗故大希有故唯佛與佛能證能説餘無測知何以故般若波羅蜜多無性無相無比無喻唯佛如來方能究盡復次慈氏此般若波羅蜜多非即蘊處界無依無止不生不滅不内不外不在中間是故般若波羅蜜多不可思議爾時慈氏菩薩聞是般若波羅蜜多歡喜踊躍以偈讃曰

大雄世尊智無量　十力無畏眞解脱
神通廣大無邊際　一切無能測量者
昔曾侍覲無量佛　獲得甚深微妙智
難行苦行恒沙劫　是故能成調御師
佛證自然一切智　住眞寂滅難思議
唯佛如來自證知　能現無邊佛境界
法性眞常離二邊　寂滅無爲出三有
煩惱業苦悉皆除　法身清淨眞解脱
菩提道場成正覺　唯有諸佛能證知
清淨湛然無去來　無相無行無説示
涅槃無比無能喻　凡夫二乘莫能測
等覺菩薩不能知　唯佛世尊獨明了
佛會一切聲聞衆　逮得已利如來讃
漏盡皆住最後身　此等不知佛境界
一切辟支佛利智　徧滿十方如稻麻
百千萬劫共思惟　不能測知佛智慧

大乘理趣六波羅蜜多經卷第九

音釋

嚬蹙（嚬，毗賓切；蹙，子六切。嚬蹙，愁貌。） 婀（倚可切） 煗（乃管切，温也） 飇（甲遥切，旋風也）

大乘理趣六波羅蜜多經卷第十

唐罽賓國三藏般若奉　詔譯

般若波羅蜜多品第十之二

佛告慈氏菩薩摩訶薩有七種事能得如是不可思議無盡法門謂因無盡有情界無盡大悲無盡妙用無盡法門無盡壞生死魔故智無盡故如是般若波羅蜜多無行無相無生無滅菩薩於一切法應如是知佛說是甚深般若波羅蜜多時會中有一外道名微末底即從座起而白佛言世尊佛說一切諸法本來不生自性清淨此義不然自在天常而是一切萬物父母能生諸法能造能作安立世間復有說云神我能生一切諸法然此我者住於心中猶如拇指復有說云一切諸法從和合生云何今者乃說無生爾時薄伽梵告微末底汝所問者隨汝意答斷汝疑心應當諦聽如汝所說自在天常能生一切所生萬物應同一性悉亦是常若謂所生前後變易非常住者理亦不然用不離體應是常住體不離用應非常故自在常者生應常生云何有時或生不生既不常生云何是常以是義故同彼所生定是無常所生既多亦非是一若是一者應無差別萬類區分如何是一又自在天能生一切無有慈悲若有慈悲應令有情悉生人天常受快樂云何令諸有情受於八苦生三惡趣受種種苦若有慈悲云何自生自立自害若自在天是一是常所生一切應無變易云何異類生滅無常五趣之中受茲不淨譬如見果即知其因當知自在非一非常若言妙好是自在作麤鄙不善畢

舍遮爲如是之言亦不應理善由自在惡由舍遮善惡相違何名自在又諸有情作惡人多修善者少即畢舍遮鬼勝自在天又諸有情所作善事自在處分所作諸惡鬼所教者汝諸弟子恒作是言爲善生天惡墮地獄若生天墮獄由造善惡云何言彼自在作耶譬如國王使人宣令賜財受職但言王賜終不言是宣教命人又如國王使人斷命但言王殺不言魁膾是即造善歸自在天若造諸惡畢舍遮受有情何故受苦樂耶以是當知大自在天決定不能造作一切若言一者有情何故能生無量善惡心耶以是故知亦非是一若言一切由自在天即應純善何有惡耶如人有時於多人所作諸惡事即是惡人若衆生惡由自在者世間咸謂地獄罪人自作惡業汝獨云何推自在耶又如有人謗佗作惡得無量罪汝謗自在獲罪亦然復次微末底自在造作過失如前神我過失倍過於彼若我是常能造作者此身去住應得自由無人能害云何號哭而懼死耶若我是常應能憶念過去造業受諸苦報故於今生不應造惡又我常者即應自在捨於衰老恒受少壯如脱故衣更著新好云何而有老病死耶以是當知我非作者復次微末底我觀諸法亦非和合因緣所生所以者何因無生性因若有生不應待緣緣無生性亦復如是若説因緣我能和合此亦不然如二盲人各别行住不能見色設令同住不見亦然當知神我和合因緣亦不能生若能生者應是無常有作用故如所生果定是無常以是當知離所生

外無別能生或說五大極微是常能生諸法此亦不然猶如水米和合成酒飲即令醉如是醉力不從外來非水中出亦非米出水米和合轉變而生一切諸法無有作者亦無有我而爲因緣所以者何大地虛空水火風界當知亦爾豈無情物生有情耶一切諸法假有實無非自在天亦非神我非和合因緣五大能生是故當知一切諸法本性不生從緣幻有無來無去非斷非常清淨湛然是眞平等爾時薄伽梵而說偈言

一切有爲法　如乾闥婆城　衆生妄心取
雖現非實有　諸法非因生　亦非無因生
虛妄分別有　是故說唯心　無明妄想見
而是色相因　藏識爲所依　隨緣現衆像
如人目有翳　妄見空中華　習氣擾濁心
從是三有現　眼識依賴耶　能現種種色
譬如鏡中像　分別不在外　所見皆自心
非常亦非斷　賴耶識所變　能現於世間
法性皆平等　一切法所依　藏識恒不斷
末那計爲我　集起說爲心　思量性名意
了別義爲識　是故說爲心　心外諸境界
妄見毛輪華　所執實皆無　咸是識心變
色具色功能　皆依賴耶識　凡愚妄分別
謂是眞實有　睡眠與昏醉　行住及坐卧
作業及士用　皆依藏識起　有情器世間
非由自在作　亦非神我造　非世性微塵
如木中火性　雖有未能燒　因燧方火生
由此破諸闇　展轉互爲因　賴耶爲依止
諸識從彼生　能起漏無漏　如海遇風緣
起種種波浪　現前作用轉　無有間斷時

藏識海亦然　境界風所動　恒起諸識浪
無間斷亦然　如酪未鑽搖　其酥人不見
施功既不已　醍醐方可得　賴耶妄熏習
隱覆如來藏　修習純熟時　正智方明了
諸識隨緣轉　不見本覺心　自覺智現前
眞性常不動　猶如金在礦　處石不堪用
銷鍊得眞金　作衆莊嚴具　賴耶性清淨
妄識所熏習　圓鏡智相應　如日出雲翳
若有修空者　順空而取空　觀空與色殊
不名眞觀者　觀色即是空　色空不可得
此即勝義空　是眞解脱者　客塵無自性
無明妄分別　實相非有無　衆生虛妄見
猶如日月明　流光能普照　如來清淨藏
具足諸功德　眞妄互相熏　猶如二象鬬
弱者去無迴　妄盡無來去　蓮華性無染
出水離淤泥　菡萏開敷時　見者皆歡喜
如來無垢識　永斷諸習氣　清淨智圓明
賢聖所歸趣　猶如最勝寶　無復諸瑕翳
輪王爲寶冠　常置於頂上　如來清淨藏
永離諸分別　體具恒沙德　諸佛之法身
住眞無漏界　清淨解脱身　寂滅等虛空
法性無來去　佛現三界中　不生亦不滅
此界及佗方　湛然常不動　平等眞法界
佛與衆生如　非斷亦非常　大悲恒不盡
諸佛法性身　本覺自然智　是眞勝義諦
唯佛方證知　自性體無生　牟尼本寂靜
流轉諸三有　畢竟歸依處　法無來去相
三世常寂然　住眞三昧者　見彼法界身
清淨不思議　恒沙衆德備　此即無漏界
諸佛之所依　佛具三種身　體相用平等

甚深廣大性　勝義無差別　無漏無變易
遠離一切相　煩惱及所知　本性恒清淨
無垢無染著　是眞調御師　性淨即涅槃
亦是法身佛　體備恒沙德　無垢不思議
六度常圓滿　此即薩婆若　廣大無邊際
永斷於思想　斷習成菩提　具恒沙功德
於諸法自在　普現諸色像　大悲清淨果
常利益一切　無漏無分別　願力皆圓滿
猶如摩尼珠　隨色皆能現　譬如工畫師
能畫種種相　所現諸境界　皆是識心變
衆生諸性欲　如來悉能知　法身恒不動
願力隨緣現　示現兜率天　降神乘白象
生處於王宮　出家修苦行　即詣菩提樹
降伏諸魔怨　成佛轉法輪　或現涅槃相
示現有生滅　眞身恒不動　鈍根樂小法
方便說涅槃　眞如法界中　無有涅槃相
大悲樂饒益　引導於衆生　猶如大商主
誘進諸愚小　菩薩廣大心　咸令入涅槃

爾時微末底聞佛說已身心適悅歡喜無量從座而起整理衣服右膝著地合掌恭敬以妙伽陀而讚佛曰

墮在生死河　邪見所纏縛　迦毗微野娑
迦那仙外道　凡愚被昏蔽　邪見由是生
十力善逝尊　慧日能明照　或聞那羅延
自在天等教　增長於貪著　令心發狂亂
正見破諸暗　是眞如來教　我當至心聽
歸依大聖尊　大梵身四臂　四面蓮華生
演說四圍陀　增長於邪見　唯佛薄伽梵
慧日大聖尊　能破我等疑　眞實歸依處

時微末底讚歎佛已而白佛言大聖世尊我

於今者得大善利蒙佛慧日正智光明邪見疑心一切都盡我今歸依大聖世尊復白佛言世尊我今所以名微末底爲求異道心轉疑惑今於佛前獲正法眼滅疑惑心名蘇末底我及弟子同於今日歸佛法僧修行大乘願無退轉所得善利迴施有情皆向佛道爾時薄伽梵爲微末底說是法時會中無量衆生發阿耨多羅三藐三菩提心六十二那庾多菩薩證無生法忍復次慈氏菩薩摩訶薩修行般若波羅蜜多應修八法云何爲八所謂蘊善巧處善巧界善巧諦善巧緣起善巧三世善巧一切乘善巧一切法善巧云何蘊善巧謂觀色蘊猶如聚沫愚人見之謂是白氎入水而取其沫散滅不可撮摩菩薩摩訶薩以正智慧見第一義了色性空猶如聚沫以是因緣名正知見復觀受蘊如水上泡速起速滅剎那不住菩薩摩訶薩以正智慧見第一義了受性空猶如水泡以是因緣名正知見復觀想蘊猶如陽燄如人熱渴遠見陽燄謂之爲水馳走尋覓近之則無菩薩摩訶薩以正智慧見第一義了想性空以是因緣名正知見復觀行蘊猶如芭蕉中無有堅剝之不已竟無所得菩薩摩訶薩以正智慧見第一義知行性空以是因緣名正知見復觀識蘊猶如幻化如世幻師幻作金銀珍寶眞珠瓔珞求其實體了不可得菩薩摩訶薩以正智慧見第一義了識性空猶如幻化以是因緣名正知見作是觀已於諸有情起大悲心興拔濟意如是觀察名蘊善巧復觀五蘊猶如幻夢皆從妄想顚倒心生無我無人無

衆生無壽命非養育非士夫非補特伽羅意生儒童作者受者以善巧方便了蘊性空猶如夢想都不可得是名菩薩摩訶薩蘊善巧智復次菩薩摩訶薩觀蘊如響無我無人乃至無作者受者如是蘊性如空谷響屬諸因緣如實了知等無二相是則名爲菩薩摩訶薩蘊善巧智復次觀蘊如影從業緣現無我無人乃至受者如是影性了不可得等無二相是名菩薩摩訶薩蘊善巧智復次觀蘊如鏡中像無我無人乃至受者如是鏡像非内非外了不可得平等無二是名菩薩摩訶薩蘊善巧智復次觀蘊從緣而有如幻如化無我無人乃至受者以善巧智如實了知等無二相是名菩薩摩訶薩蘊善巧智復次觀蘊是變壞相無常苦空無我不淨性本空寂非壞非不壞如實了知名蘊善巧智復次云何名爲處善巧謂觀眼處耳鼻舌身意處内法皆空次觀色聲香味觸法處外法亦空以正智慧觀第一義非内非外名正知見是則名爲處善巧智復有處善巧所謂了眼耳鼻舌身意處皆悉是空亦無見聞覺知之相名法處智復有了法處智了色聲香味觸法處自性空寂非眼耳鼻舌身意處境界相名了法處智復有處善巧謂眼處耳鼻舌身意處法性空無我我所色處聲香味觸法處法性皆空無我我所非相應非不相應非善法非不善法不增不減無有二相本來空寂是名菩薩摩訶薩處善巧智復有處善巧智眼處色處本來清淨無染無著眼處堅固寂然常住如是耳聲鼻香舌味身觸意法性本清淨無

染無著乃至意根堅固寂然常住不變是名菩薩處善巧智復次云何名爲處善巧所謂聖人處非凡夫處能生聖道是名爲處凡夫邪行生於惡道名爲非處菩薩摩訶薩住八聖道起大悲心令諸有情入正定聚是則名爲處善巧智復次云何名爲菩薩界善巧智謂觀眼界色界眼識界無我亦不屬我亦非眼界色界眼識爲緣而起乃至意界法界無我亦不繫屬於我乃至意識界無我亦非意識爲緣而起如是菩薩以正智慧觀第一義知十八界性即是空無我無人法界平等清淨不動是名菩薩摩訶薩界善巧智復有界善巧所謂了法界智了知地水火風界性是空堅濕煖動皆不可得同眞際等法性是菩薩摩訶薩了法界智復有了法界智了眼界

乃至意界性空色界乃至法界性空眼識界乃至意識界性空亦無見聞覺知分別之相是則名爲了法界智復次云何名爲諦善巧所謂四諦苦集滅道觀此五蘊苦苦行苦壞苦名苦聖諦智了知無明增長五蘊名集諦智不起貪欲滅盡諸苦名滅諦智爲此滅故修八聖道名道諦智是名菩薩摩訶薩諦善巧智復有諦善巧所謂知苦無生名苦諦智知集不起名集諦智了本不生今則無滅名滅諦智於不二相修中道觀名道諦智是則名爲諦善巧智復次菩薩摩訶薩了知苦受空無自性能觀正智亦復皆空名苦中苦智觀集緣起從緣幻有能觀正智亦皆是空名集中集智知貪愛滅既本性空正智現前清淨平等名滅中滅智知出苦道了不可得正

智觀察自性皆空名道中道智如是正智離諸分別是名菩薩摩訶薩諦善巧智復次能知生苦體即無生名苦中真智知生集起集無和合名集中真智知生本無即無有滅名滅中真智知出苦道離有離無是名道諦真智菩薩摩訶薩如實了知名諦善巧復有諦善巧所謂三諦世俗諦勝義諦實相諦世俗諦者謂一切世間語言文字見聞覺知勝義諦者謂心行處滅無復文字離於一切見聞覺知實相諦者所謂一切相即無相如是無相即是實相菩薩摩訶薩於俗不染觀真不住一相平等是則名爲菩薩摩訶薩諦善巧智復有二諦所謂世諦真諦世諦者所謂一切世間色心等法如實而見稱實而知真諦者謂二空理清淨湛然究竟寂滅化之不厭知真無取無法可得是名菩薩摩訶薩諦善巧智復有一諦謂即真如清淨法界無生無滅非斷非常遠離二邊究竟安樂於生無生心無二相是名菩薩摩訶薩諦善巧智復次云何名緣起善巧菩薩摩訶薩觀察緣起流轉不斷無明緣行行緣識識緣名色名色緣六入六入緣觸觸緣受受緣愛愛緣取取緣有有緣生生緣老死憂悲苦惱菩薩以正智慧如實了知緣起無性無生無滅法性現前無心無作無主無攝是名菩薩摩訶薩緣起善巧智復次所有善因不善因動因不動因生死因涅槃因如此因等皆如實知所有衆生利根鈍根如是根性如是因如是緣如是果報如是本末皆如實知隨其因緣生善修集而無所失是名菩薩摩訶薩緣起善巧智

復次妄想滅則無明滅無明滅則行滅行滅則識滅識滅則名色滅名色滅則六入滅六入滅則觸滅觸滅則受滅受滅則愛滅愛滅則取滅取滅則有滅有滅則生滅生滅則老死愁歎苦憂惱滅菩薩摩訶薩以正智慧了知緣起無生無滅無主無攝是名緣起善巧智復次慈氏一切因緣皆假和合無有自性不從我人衆生壽命而得生長爲是有情說如是法無量無邊無有窮盡如實了知是名緣起善巧智復次菩薩摩訶薩了知一切緣生之法無生無滅無盡之相此無盡相即菩提相是名菩薩摩訶薩緣起善巧智復次云何三世善巧謂念過去所有善法如實修行不善之法常當遠離如實知已悉皆廻施一切有情是名菩薩摩訶薩過去善巧智復念未來所有善根菩提資糧皆悉廻向一切智智是名菩薩摩訶薩未來善巧智復次現在所有正念相應善法不起邪念相應不善是名菩薩摩訶薩現在善巧智復次觀於過去皆悉是空現在未來亦復皆空三世平等住第一義是眞解脱復觀現在未來一切諸佛福德智慧生隨喜心是名菩薩摩訶薩三世善巧智復次觀過去寂滅未來未至現在不住三世善法所修勝行悉願廻向無上菩提現在善法刹那不住而恒發起菩提之心是名菩薩摩訶薩三世善巧智復次過去已滅未來未至現在不住如是生滅念念不住心常覺悟是名菩薩摩訶薩三世善巧智復次菩薩不思議自在神通能憶過去所種善根未來覺心當願圓滿現在所修諸善願皆廻

向無上菩提是名菩薩三世善巧智復次為欲成熟諸有情故憶念過去所有善根一切有情隨彼彼根依願成就所有供養未來諸佛一切有情隨彼彼根當來成就所有現在一切有情神通說法種種教化隨根成熟如是三世利益自佗圓滿菩提勝妙之行是名菩薩三世善巧智復次云何名乘善巧謂聲聞乘獨覺乘菩薩乘依此三乘而求出離云何菩薩摩訶薩於聲聞乘善巧智慧遇佛出世聞四諦法因聲悟理生正見故是名聲聞修淨戒故圓滿戒身得禪定故圓滿定身見諦理故得智慧解脫解脫知見身是名菩薩摩訶薩於聲聞乘得善巧智復有聲聞乘善巧於三界中生疲倦想於有為法深觀無常見一切法悉皆無我涅槃寂靜歡喜愛樂復觀五蘊如怨賊觀諸界如毒蛇觀十二處如空聚常願出離樂於涅槃起依怙想是名菩薩摩訶薩於聲聞乘而得善巧復次云何菩薩摩訶薩於獨覺乘善巧謂厭諸有為樂於出離少欲知足離諸戲論樂居閑寂於諸因緣自然覺悟諸法無常而得解脫是名菩薩摩訶薩於獨覺乘善巧智復次云何菩薩摩訶薩於大乘法而得善巧大乘功德無量無邊悉令有情咸皆悟入彼最上乘無有障礙無生無滅得大智慧積集一切福德善根一切有情所受用故成就諸波羅蜜令諸心行善調伏故增長無上大菩提故有大威力詣菩提樹坐於道場觀衆生根大悲不捨無障無礙普於一切悉皆憐愍等如一子能越一切惡道諸怖畏故能令一切佛法皆現前故

摧伏外道諸魔怨故建立菩提勝法幢故能除斷常諸結使故得佛如來無礙智故豐益佛法諸珍寶故隨根利益無錯失故養育有情大悲成故十力無畏不共佛法相好功德瓔珞莊嚴無過失故如是所有一切善巧是名菩薩摩訶薩大乘善巧智復次一切諸佛之所乘故具足七法佛爲大乘如轉輪王具足七寶云何爲七所謂大觀察故大隨順故大智慧故大精進故大方便故大證悟故大事業故大觀察者菩薩摩訶薩親近善友聽聞正法於一刹那悟一切法實相現前大隨順者菩薩摩訶薩成就大智大定大悲利益自他故大智慧者菩薩摩訶薩見眞實相我法皆空大精進者菩薩摩訶薩於無量阿僧祇劫大悲萬行能成辦故大方便者菩薩摩訶薩得平等忍不住生死不證涅槃大證悟者菩薩摩訶薩證力無畏不共佛法無量無邊大功德故大事業者菩薩摩訶薩於生死中得大菩提成就圓滿恒沙萬德佛事業故具足如是七種勝法而爲法王是名菩薩摩訶薩大乘善巧智復次云何一切法善巧謂有爲無爲菩薩於此二法巧便最勝於身善行口善行意善行清淨增長迴向無上正等菩提是名菩薩有爲善巧智菩薩於身口意具三無作清淨平等迴向無上正等菩提是名菩薩無爲善巧智復有善巧謂菩薩摩訶薩於布施持戒乃至靜慮增長修習迴向無上正等菩提是名菩薩有爲善巧智復以般若波羅蜜多離一切相修諸波羅蜜多迴向無上正等菩提是名菩薩摩訶薩無爲善巧

智復有善巧以方便智行四攝法攝取衆生是名菩薩摩訶薩有爲善巧智復有善巧住第一義雖攝衆生而無取著迴向菩提是名菩薩無爲善巧智復有善巧了知煩惱增長生死菩提分法斷絶生死是名菩薩有爲善巧智復次知空無相無願三解脫門能於無上正等菩提決定平等無二無別無有退轉是名菩薩無爲善巧智復次有善巧行於三界不著三界是名菩薩有爲善巧智了知三界性皆是空如幻如化而不取著是名菩薩無爲善巧智復次如是了知法性清淨無相無名具一切智名爲實智爲度衆生假名方便如是分別是名權智菩薩摩訶薩於此八法二智自在名爲般若波羅蜜多復次悉能了知一切法性名爲智慧所有觀察善不善法名爲方便隨順解脫離諸分別聖智現前名爲般若波羅蜜多復能如是善巧分別諸見結使以奢摩他毗鉢舍那如是拔除是名方便而能圓滿無上大願是名智慧除彼熱惱使得清涼是名方便能解煩惱性不可得是名智慧除身心苦得輕安樂是名方便遊法園苑得念總持理智現前是名智慧與諸有情作依止處是名方便能依所依無住無著是名智慧獲三十七菩提分法是名方便應常離念而與實相智慧相應得大法樂是名智慧復能生長五波羅蜜是名方便隨所樂乘同歸佛慧自性照明是名智慧能度一切生死瀑流是名方便實無衆生得滅度者是名智慧建立正行是名方便見本性空是名智慧除客煩惱是名方便善能覺悟智性

無染是名智慧行無所行是名方便悟於法空是名智慧不著三界是名方便令諸菩薩了第一義是名智慧攝諸衆生行於萬善是名方便一切賢聖同一法界是名智慧隨其根性除妄分别是名方便見本清淨寂滅無生是名智慧能起方便斷滅癡闇是名方便深入禪定不住禪定是名智慧誘導二乘是名方便除斷法執入佛知見是名智慧隨衆生根令生勝解是名方便了根性空是名智慧超妄境界是名方便示勝義諦是名智慧權說四諦是名方便於諸修行了不可得是名智慧勤求功德悲願無盡是名方便了應非眞不來不去法界平等是名智慧隨緣普示教化一切是名方便了煩惱性本來解脱是名智慧了智結使虛妄分别是名方便了衆生心本來寂靜是名智慧勸令修斷隨眠習氣是名方便一切衆生心行差别八萬四千諸塵勞門即佛慧門是名智慧聲聞緣覺善巧勸修漸入佛道是名方便菩薩修行如是般若波羅蜜多疾證阿耨多羅三藐三菩提是名般若波羅蜜多佛說此摩訶般若波羅蜜多時會中三十二俱胝菩薩摩訶薩得無生法忍七十萬八千衆生發阿耨多羅三藐三菩提心此會大衆各以種種妙華寶幢旛蓋諸莊嚴具瞻蔔華香供養般若波羅蜜多散於如來及慈氏菩薩摩訶薩等諸菩薩上一切諸天於虛空中作天妓樂種種歌頌讚歎如來於無量劫成就菩提無邊功德爾時佛告一切大衆慈氏菩薩摩訶薩汝等能問甚深般若波羅蜜多大乘功德無盡法門

不可思議彼諸會衆聞是經者亦當圓滿如是功德若聞是經生信解心受持讀誦書寫解說如是等人利益無量不可思議亦非譬喻筭數之所能及爾時薄伽梵解絡掖衣授與慈氏而作是言善哉善哉善男子汝能問此甚深般若波羅蜜多一切十方諸佛如來悉皆隨喜時慈氏菩薩受佛衣已頂戴尊敬而作是言此衣即是如來真身制底一切天龍人非人等皆應作禮右遶恭敬種種供養爾時大衆忽見無量雜華寶鬘旛蓋從十方來住佛頂上在虛空中須臾之間遍覆大會慈氏菩薩大衆之上又於旛蓋供養具中出大音聲讚言善哉善哉慈氏菩薩摩訶薩快問斯義我等深心隨喜供養爾時舍利弗白佛言世尊此等華鬘旛蓋從何而來出是音

聲讚歎隨喜爾時薄伽梵告舍利弗言善男子此慈氏菩薩於過去世行菩薩行度脫無量百千萬億諸衆生等于今有住菩薩不退地者或在聲聞獨覺人天之中彼諸衆生以宿因緣於十方界各以種種寶華鬘蓋供養般若波羅蜜多經及佛如來讚歎慈氏如是功德有是音聲說此語已一切衆會於慈氏菩薩摩訶薩所深生尊重咸作是言我等今日得大善利得見是人親近供養於如來所得聞是經世尊此諸衆生得聞佛名及慈氏菩薩摩訶薩名尚得無量無邊功德何況親於佛前得聞是經信解受持爾時世尊告舍利弗若有善男子善女人於一劫中種種布施金銀瑠璃珊瑚碼碯真珠摩尼頭目髓腦無所悋惜護持禁戒安忍精進修諸禪定若

聞此經一四句偈我說此人成就大乘般若波羅蜜多而此功德勝前功德若離此法諸波羅蜜悉不成就舍利弗以是因緣若善男子善女人聞此經典信解受持思惟修習我說是人速能成就無上菩提當知是人則爲已得諸佛如來菩提法印舍利弗若有菩薩說此經時應發是願我今應當諷誦此經廣爲人說能生此念即名圓滿檀波羅蜜何以故一切施中法施最勝若持此經守護法身即是圓滿戒波羅蜜順無生忍亦即名爲忍波羅蜜如理不懈此即名爲精進波羅蜜安住寂滅此即名爲靜慮波羅蜜得自然慧不由佗悟是即名爲般若波羅蜜舍利弗若復有人受持此經四句偈等速能圓滿無上菩提若諸菩薩持此法要讀誦書寫或持經卷所在之處則爲有佛當知是人已得如來一切法藏若有受持此經典者形雖差別而菩提心無有二相何以故舍利弗此經則是不退菩提實相法印以是當知若諸菩薩隨順此經當知是人得不退轉無上菩提若諸菩薩隨順此經當知則是隨順一切佛法爾時護世四天王及諸眷屬悉皆合掌尊重恭敬一心正念而白佛言世尊我等四王今爲如來作護法衆若善男子善女人持此經者即是法師我當承事供養恭敬如佛無異何以故一切諸佛及大乘法皆從此經出故爾時天帝釋白佛言世尊我雖從佛得聞餘經未曾得聞如是甚深最勝經典我今堪任與諸天衆隨此經典所在國土城邑聚落山林樹下空閑之處有受持讀誦書寫解說我等諸

天爲作聽衆以是經故令彼國王后妃眷屬色力增盛永無憂患大臣卿相一切人民及說法師我等常當共作擁護令無衰患令諸國界陰陽順序無諸災失一切怨敵無能侵害稼穡成熟人民安樂增彼法師色力辯才自在無礙又令法師處大衆中得大無畏如師子王廣爲他說爾時薄伽梵告天帝言善哉善哉憍尸迦汝於此經及說法師如是擁護令無衰患汝今當知若護法師則是護法若護法者則護國土及一切衆生爾時索訶世界主大梵天王白佛言世尊我與梵衆天等捨禪定樂隨此經典及說法師所在之處我當往彼爲現四相令彼法師知我等來云何爲四一者見大光明二者聞有異香三者令彼法師辯才無礙四者令諸聽衆專念一心以此四相知我在會聽聞正法爲作擁護

爾時魔王波旬白佛言世尊佛說此經令我宫殿皆無光色震動不安力勢衰損所以者何以諸菩薩摩訶薩聽此經故若此經典在在處處有善男子善女人等受持此經乃至一偈一句一經於耳信解受持當知此人已受阿耨多羅三藐三菩提記當紹佛位爾時魔王波旬白佛言世尊彼善男子善女人以受持是經令我眷屬威德勢力悉皆摧滅若有受持讀誦書寫解說此經典者所在之處我等誓願常作擁護不起一念障礙之心爾時薄伽梵告舍利弗汝當於未來世受持讀誦流布此經爲令正法得久住故舍利弗言唯然世尊我當受持復告阿難言汝當受持讀誦流布此經阿難陀言唯然世尊我當受

持我等雖能奉行不得如諸菩薩廣宣流布佛告阿難勿憂此經不能流布無量菩薩摩訶薩盡在此大會悉願傳通會中有六十俱胝菩薩摩訶薩爲欲護持此經典故從座而起白佛言大聖世尊我等誓當於十方界流通此經此索訶世界自有慈氏宣布是經不令斷絕若佛滅後後五百歲有諸衆生於此經典暫得聽聞一經於耳當知此人佛所記別受持此經一偈一句當知皆是慈氏等菩薩摩訶薩威神之所建立爾時薄伽梵告諸菩薩言善哉善哉善男子汝等今於我所護持此經當於無量殑伽沙佛亦護是經時慈氏菩薩摩訶薩長跪合掌而白佛言大聖世尊我聞此經觸犯如來今於佛前至誠懺悔惟願慈悲哀恕我過及諸菩薩亦當受我如是悔過佛告慈氏汝於是經得深理趣般若波羅蜜多於大乘法無有疑惑於身口意無有誤失一切諸佛共印可汝我亦如是汝所說法如我無異爾時阿難白佛言世尊當何名此經我等云何奉持時薄伽梵告阿難言此經是過現未來菩薩摩訶薩大乘理趣亦爲一切衆生眼目亦爲諸佛本母所以此經名大乘菩薩理趣六波羅蜜多無量無邊無盡義經以是名字汝當奉持佛說是經已具壽阿難陀等諸大聲聞慈氏菩薩摩訶薩等諸大菩薩一切世間天龍藥叉阿蘇羅健闥婆迦嚕羅緊捺羅摩怙洛迦人非人等及不眴世界無盡藏菩薩摩訶薩等一切大衆聞佛所說皆大歡喜信受奉行

大乘理趣六波羅蜜多經卷第十

音釋

淤泥(淤依據切。滓濁泥也。)

菡萏(菡戶感切。萏徒感切。荷華未舒爲菡萏。)

撮(麤括切。取也。)

芭蕉(芭音巴。蕉音焦。芭蕉草名。)

絡掖(絡歷各切。聯絡也。掖夷益切。左右肘腋間也。)

佛說大乘菩薩藏正法經

宋西天三藏朝散大夫試光祿卿傳梵大師法護等奉詔譯

清刻龍藏佛說法變相圖

佛說大乘菩薩藏正法經卷第一 第二同卷

宋西天三藏朝散大夫試光禄卿傳梵大師法護等奉詔譯

長者賢護品第一之一

如是我聞一時世尊在舍衛國坐夏安居滿三月已出行訪其裁製成辦衣服之者與大苾芻衆千二百五十人俱并餘苾芻苾芻尼優婆塞優婆夷國王大臣沙門婆羅門長者及諸外道乃至天龍夜叉乾闥婆阿修羅迦樓羅緊那羅摩睺羅伽等於佛世尊尊重恭信志誠供養世尊受世供利與世福田所謂飲食衣服坐卧之具病緣醫藥及餘廣多受用等物以佛世尊名稱善譽殊勝高顯超出世間如來應供正等正覺明行足善逝世間解無上士調御丈夫天人師佛世尊十號具足於天人阿修羅沙門婆羅門若魔若梵一

切世間大衆之中以自通力而證聖果隨所遊止宣説正法初善中善後善文義深遠純一無雜圓滿清白梵行之相爾時世尊徐緩而至摩伽陀國次第經行至王舍大城到已止於鷲峯山中是時王舍城中有一長者其名賢護宿植善本於先佛所廣作佛事具大財富廣多主宰受用之物積以金銀財穀庫藏增集摩尼眞珠硨磲珊瑚吠瑠璃等及諸象馬牛羊奴婢侍從并營作人時賢護長者聞沙門瞿曇從王宫出淨信出家與大苾芻衆千二百五十人俱經遊摩伽陀國次第至於王舍大城止其鷲峯山中而彼沙門瞿曇具足廣大色相功德名稱善譽超出世間成正覺果如來應供正等正覺明行足善逝世間解無上士調御丈夫天人師佛世尊隨其所應宣説正法初善中善後善文義深遠純一無雜圓滿清白梵行之相長者即作是念我今宜應詣彼沙門瞿曇之所親近瞻禮彼佛如來應供正等正覺色相功德斯爲甚善時賢護長者作是念已即與五百長者俱出王舍大城詣佛瞻禮爾時世尊日初分時著衣持鉢與苾芻衆恭信圍繞入王舍大城次第乞食而佛世尊威儀嚴肅履步調寂清淨光明普照世間進止屈伸端直清淨時賢護等五百長者遥見世尊徐徐而來威容相好清淨端嚴諸根調柔意念寂靜勝善調伏如大龍王復類泉流清淨無染有無數天人大衆導從圍繞身相巍巍猶紫金色三十二相八十種好莊嚴具足天雨衆花廣大殊妙其所雨花周徧稠密復有千俱胝葉七寶蓮花

隨足而蹈世尊具足無數百千威儀功德自遠而來時諸長者於其路左如是見已於佛世尊深生淨信以清淨心前詣佛所到佛所已頭面禮足肅躬恭信住立佛前時賢護等五百長者俱白佛言世尊瞿曇於大衆中相好增勝世尊瞿曇於大衆中威德增勝世尊於大衆中名稱增勝世尊瞿曇於大衆中光明增勝世尊瞿曇眞金色相最上增勝世尊身相如古金仙世尊身相妙無等等世尊諸相具希有法世尊瞿曇一切世間無與等者我見世尊具足如是威相功德以何緣故捨家出家爾時賢護長者即以偈詞而伸讚歎

如我昔聞佛世尊　名稱吉祥及威德
最上妙相我今觀　殊勝光明具如是
清淨妙好眞金相　金色高勝衆所觀
離塵無染處衆中　如衆星中妙月現
我昔歸命人中尊　如須彌山極高勝
猶天妙蓋頂相嚴　周徧次第而普覆
頂骨首髮輭復滑　同彼帝青妙色相
頸相猶如孔雀王　右旋宛轉而柔輭
額廣平正復潔白　雙眉猶如帝釋弓
眉間毫相淨復明　如星中王善照曜
兩目善妙喜愛相　覩者咸生歡悅意
諦觀不起猒足心　頂禮世尊清淨目
我觀人中尊鼻相　隆高脩直如金山
脣如琥珀類頻婆　清淨復如淨珠寶
齒相明淨復潔白　如乳如藕及如鴨
堅牢清淨密復齊　隨所動轉而善愛
大小諸齒密不厚　四牙鋒利而無垢
猶如鵝王處鵝群　光瑩清潔白中白

面如初日淨光照　青優鉢羅及銅色
舌相淨妙而廣長　徧覆面門悉清淨
我於天人梵世中　未嘗見佛妙相好
耳輪猶如師子王　具師子相善無畏
我觀喉相具威德　善納衆味淨光明
正直頸項無曲邪　常得味中之上味
容儀敦肅而殊妙　七處平滿世所聞
最勝吉祥人中尊　如日光明現峯頂
七處平滿其所謂　二手足心及二肩
一頸平滿七處同　圓具清淨而明煥
雙臂修直腹臃圓　其猶龍王妙清淨
無高無下二臂同　雙垂二臂立過膝
上半身如師子王　如尼拘陀身圓滿
猶那羅延不壞身　大力忍力皆具足
身毛上靡而柔輭　彼一一毛皆右旋
塵翳不染淨妙身　譬彼蓮花不著水
陰藏隱覆而復密　猶如調善妙馬王
雙胜其猶輭草同　雙腨次第而安住
足跟平滿趺相稱　手足皆具網鞔相
復如鵝王指纖長　手足數周二十指
手指纖長赤銅甲　諸指柔毛而下覆
足下圓具千輻輪　踝骨不麤而不現
履步平滿無高下　行時離地及四指
世間最勝妙相圓　按地寶蓮隨足蹈
世尊行步大無畏　如師子王無高下
不遲不速處中平　遊戲自在無恐畏
諸天雨衆微妙花　空中競奏妙音樂
非人供養啓恭虔　此佛神通希有相
色相超越毗沙門　威光勝踰百千日
天人魔梵諸衆中　悉無如是勝功德

今我内心起疑念　佛具最上神通力
復見何等功德門　故佛出家成聖果

爾時世尊告賢護等諸長者言諸長者我見十種諸嬈亂法世間合集斯苦甚大何等爲十一者生爲嬈亂二者老爲嬈亂三者病爲嬈亂四者死爲嬈亂五者憂爲嬈亂六者悲爲嬈亂七者苦爲嬈亂八者煩惱爲嬈亂九者愁歎爲嬈亂十者輪迴爲嬈亂如是十種諸嬈亂法世間合集我見是已是故我乃淨信出家趣證阿耨多羅三藐三菩提果爾時世尊欲重宣此義而説偈言

諸愚夫異生　輪迴網羈絆　生嬈亂愁歎
老病旋逼逐　憂悲故苦惱　死法來呑食
若救度出離　解脱三有網

復次長者瞋之一法互相損害世間合集斯苦甚大損害有十何等爲十一者以我心故過去已作諸損害事二者生起思念現在今作諸損害事三者生起思念未來當作諸損害事四者我所愛者生起思念而不已作諸損害事五者我所愛者生起思念而不今作諸損害事六者我所愛者生起思念而不當作諸損害事七者非我愛者生起思念過去已作諸損害事八者非我愛者生起思念現在今作諸損害事九者非我愛者生起思念未來當作諸損害事十者生起思念作無義利損害過失如是十種諸損害事世間合集我見是已爲今離彼諸損害故是故我乃淨信出家趣證阿耨多羅三藐三菩提果爾時世尊重説偈言

衆生瞋最大　各各互相害　已現當損害

成十損害事　愛者不生害　已作及當作
現作亦復然　不成損害法　於我非友愛
作諸損害事　已現當亦然　生損害罪業
并無義過失　十損害纏縛　我見損害法
乃淨信出家

復次長者種種見中諸險惡見世間合集斯苦甚大險惡見者有其十種何等爲十一者於我見中起險惡見二者衆生見中起險惡見三者壽者見中起險惡見四者於人見中起險惡見五者於斷見中起險惡見六者於常見中起險惡見七者無作見中起險惡見八者無因見中起險惡見九者不平等見中起險惡見十者於邪見中起險惡見如是十種諸險惡見我見是已爲欲普令破諸見故是故我乃淨信出家趣證阿耨多羅三藐三菩提果爾時世尊重説偈言

我人衆生見　壽者見亦然　諸愚夫異生
險惡見所覆　斷常及無作　邪無因不平
令安立正見　是故我出家　我於阿僧祇
那庾多百千　俱胝劫數中　爲衆生利樂

復次長者有大病箭世間合集斯苦甚大大病箭者有其十種何等爲十一者愛箭二者無明箭三者欲箭四者貪箭五者瞋箭六者癡箭七者慢箭八者見箭九者成箭十者壞箭如是十種諸大病箭我欲普令悉得拔除是故我乃淨信出家趣證阿耨多羅三藐三菩提果爾時世尊重説偈言

愛箭故貪積　無智故瞖冥　無明癡暗覆
旋趣於佗藴　欲箭隨射激　貪箭故吞食
瞋箭起昏迷　癡箭都所覆　見箭起違背

慢成壞亦然　諸愚夫異生　乃互相毀呰
此妄此眞實　互相興違諍　破世間病箭
唯佛無生法　世間諸衆生　常爲箭所射
爲救護拔除　悉令離諸苦

佛說大乘菩薩藏正法經卷第一

佛說大乘菩薩藏正法經卷第二

宋西天三藏朝散大夫試光祿卿傳梵大師法護等奉　詔譯

長者賢護品第一之二

復次長者愛等諸法建立根本世間合集斯苦甚大愛根本法有其十種何等爲十一者以愛緣故而起追求二者追求緣故乃生貪著三者以貪緣故而興我見四者我見緣故計爲決定五者法定緣故乃生欲貪六者欲貪緣故即起計著七者計著緣故而生慳悋八者慳悋緣故而爲執取九者執取緣故即不防護十者不防護緣而生衆苦以不護故執持刀杖鬬戰諍訟由此因故興兩舌等多種罪業不善之法如是十種愛根本法世間合集我見是已欲令安立無根本法是故我乃淨信出家趣證阿耨多羅三藐三菩提果爾時世尊重說偈言

衆生愛所吞　於此彼追求　得利貪我見
所受爲決定　此事我當作　乃欲貪增長
欲貪增長已　計著生慳悋　世間慳過失
堅固而執著　以執故不護　起罪咎相續
愚者以不護　執刀杖損害　廣作諸罪業
其後苦增長　愛緣增長已　乃生於衆苦
我證勝菩提　令住無根本

復次長者邪定聚法世間合集斯苦甚大邪法有十何等爲十一者邪見二者邪思惟三者邪語四者邪業五者邪命六者邪勤七者邪念八者邪定九者邪解脫十者邪智如是十種邪定聚法世間合集斯苦甚大我見是已普令超越一切邪法是故我乃淨信出家趣證阿耨多羅三藐三菩提果爾時世尊重

說偈言

邪見所含藏　邪思惟境界　談說邪語言
起作諸邪業　邪命及邪勤　邪念與邪命
起彼邪解脫　一向生邪智　此諸邪定聚
諸愚者安立　令翻邪入正　是故我出家

復次長者惡道深險世間合集斯苦甚大漸向惡趣增長惡趣廣開惡趣謂不善業有其十種何等爲十一者殺生二者偷盜三者邪染四者妄言五者綺語六者兩舌七者惡口八者貪九者瞋十者邪見如是十種不善業道漸向惡趣增長惡趣廣開惡趣我見是已爲令出離諸險惡道是故我乃淨信出家趣證阿耨多羅三藐三菩提果爾時世尊重說偈言

衆生起殺命　侵取他財物　欲邪行徧行
速墮於地獄　兩舌及惡口　妄言無決定
愚者綺飾語　異生煩惱縛　貪心樂他富
瞋起諸過失　邪見破壞多　當墮於惡趣
身有三種罪　語四種應知　意三罪亦然
作者墮惡趣　若造諸罪者　定墮於惡趣
若離此三罪　必不墮惡趣

復次長者煩惱隨煩惱諸雜染垢世間合集斯苦甚大雜染有十何等爲十一者慳悋垢雜染二者毀戒垢雜染三者瞋恚垢雜染四者懈怠垢雜染五者散亂垢雜染六者惡慧垢雜染七者無間垢雜染八者疑惑垢雜染九者無信解垢雜染十者不尊重垢雜染如是十種諸雜染法世間合集我見是已普令安住無雜染法是故我乃淨信出家趣證阿耨多羅三藐三菩提果爾時世尊重說偈言

世間相續法　十雜染逼迫　著有爲雜染
暫時無疲懈　諸愚夫異生　慳垢所染污
戒學攝衆生　破壞而不具　愚者背忍辱
懈怠劣精進　不能安定心　惡慧而癡鈍
父母及尊長　師尊皆遠離　不見世光明
惡慧起疑念　佛説甚深法　而生於毀謗
癡暗法所覆　聖法不尊重　見雜染法已
不著於有爲　無爲無染污　令衆生寂滅
復次長者生死怖畏世間合集斯苦甚大此
有十種何等爲十一者慳之與嫉覆蓋成結
斯苦甚大二者無明分法常所縈纏斯苦甚
大三者欲海汎溢斯苦甚大四者欲中艱苦
支節摧壞斯苦甚大五者親愛纏縛欲箭所
射斯苦甚大六者忿恨煙塵蓬㶿充塞發明
熾焰斯苦甚大七者貪火燒然斯苦甚大八
者瞋毒隱覆斯苦甚大九者癡障如刺斯苦
甚大十者生死曠野險難怖畏纏縛隨逐斯
苦甚大我見如是十種法已欲令除斷是故
我乃淨信出家趣證阿耨多羅三藐三菩提
果爾時世尊總以前義重説偈言
生及壯年老吞食　色相壞爲非色相
無念無慧損減門　此法能壞世間相
病能吞食於色力　勢分精進悉摧毀
而復損減於諸根　貧劣力而無依怙
死怖其猶羅刹吼　常時隨逐群生類
時來命盡無愛心　壞滅世間諸壽命
老病死法極猛惡　嬈亂世間諸衆生
不老不死安樂門　我出家爲勤求故
三火燒然於世間　不見世間救護者
我起救護世間心　願灑甘雨息諸火

世間正道皆破壞　無目昏冥復癡暗
願開淨目施衆生　出家顯示於正道
衆生疑惑心所起　乃爲諸障所障覆
我願當除惡作心　故出家已宣正法
衆生互相起違背　伺求過失而斷壞
故我出家利世間　普願衆生息瞋恚
世間父母極親愛　衆生慢心不尊重
欲令摧折我慢幢　是故出家爲救護
我見衆生貪所覆　由財物緣致墜墮
若能獲得七聖財　當令世間離貧苦
衆生互相起違害　以無義利已資養
決定破壞於自身　是故我令離三有
愚人不了於義利　如是徧滿三界中
我欲利益故出家　當示世間正義法
衆生躭湎於地獄　我見極受諸苦惱
種種惡毒廣無邊　我出家故令解脫
衆生互相起殺害　旋復畜生諸趣中
起悲願故我出家　無依衆生作依怙
我見餓鬼趣衆生　極受飢渴諸苦惱
我證無上大菩提　普施最上甘露食
人中追求爲大苦　天中謝滅苦極增
了知三界諸苦深　故我出家爲救拔
世間有諸無慚者　爲欲迷亂惡衆生
不擇眷屬及尊親　欲染吞食猶猪犬
著欲繫屬於女人　我見衆生爲所縛
起無義利憍醉心　故我出家爲救護
衆生破壞不自在　恐怖至死不解脫
我出家已得菩提　普令覺悟皆自在
白衣舍中無義利　我見百千種過失
我今轉此諸地方　皆令出離生死際

爾時賢護等五百長者聞佛所說發希有心咸作是言佛菩提者斯爲廣大我等方知佛爲眞覺時諸長者異口同音而說偈言

我等五百諸長者　以老怖故來投佛
願說無上勝法門　出離老死苦邊際
世尊圓淨相清淨　已離三有得解脫
救度三有成壞門　離三有舍令自在
離貪解脫無所畏　離塵無垢清淨心
無上善調大導師　開明無上甘露法
無上丈夫住勝相　天人世間無與等
無等等者世間尊　演上中上大悲法
盡諸過失三垢斷　具清淨目離昏冥
塵暗癡網悉蠲除　宣說無邊離塵法
悲愍世間無依怙　三有流中爲提拔
悲心中起大慈心　速令出離善安住
憍慢癡惡生死海　病苦違害如潮流
無救沉溺諸衆生　佛悲愍故爲救度
佛身清淨如金山　圓具百種勝威光
甘美最上大梵音　妙寶語言宣勝法
諸法自性皆清淨　本來明亮淨亦然
無作作受亦不亡　爲無聞者善開示
無邊名稱所行善　十方無畏自然智
意等虛空智無邊　善說沙門誓願法

爾時世尊即起是念此五百長者善根成熟我今應當隨其所宜爲說正法令此地方轉白衣舍成出家相盡諸有漏作證邊際爾時世尊即於空中加趺而坐是時五百長者於佛世尊深生愛樂淨信尊重種種施作善妙親近爾時世尊告五百長者汝諸長者世間所有生老病死憂悲苦惱愁歎輪迴如是十

種諸嬈亂法汝等各欲求解脫邪又復世間已作現作及彼當作愛非愛中起無義利如是十種諸損害事汝等各欲求解脫邪又復世間種種見中諸險惡見所謂我人衆生壽者斷常無作無因不平及彼邪見如是十種諸險惡見汝等各欲求解脫邪又復世間十大病箭所謂愛無明欲貪瞋癡慢見及成壞如是十種諸大病箭汝等各欲求解脫邪又復世間愛根本法所謂愛故追求追求故貪貪故我見我見故決定決定故欲貪欲貪故計著計著故慳悋慳悋故執取執取故不防護不防護故生苦如是十種愛根本法汝等各欲求解脫邪又復世間邪定聚法所謂邪見邪思惟邪語邪業邪命邪勤邪念邪定邪解脫邪智如是十種邪定聚法汝等各欲求解脫邪

佛說大乘菩薩藏正法經卷第二

音釋

蹈 徒到切 踐也　輭 乳兗切 柔也　𦟛 丑容切 直也　腨 市兗切 腓腸也　鞔 莫官切 覆也　踝 戶瓦切 足骨也　嬈 而沼切 亂也　羈絆 羈居宜切 絆博漫切 縶也　呰 將移切 口毀也　忿 撫吻切 怒也　㶿 蒲沒切 煙起貌　躭湎 躭都含切 湎彌兗切 躭湎 沈溺也

佛說大乘菩薩藏正法經卷第三同卷第四

宋西天三藏朝散大夫試光祿卿傳梵大師法護等奉詔譯

長者賢護品第一之三

復次長者又復世間十不善業所謂殺生偷盜邪染妄言綺語兩舌惡口貪瞋邪見如是十種不善業道汝等各欲求解脫邪又復世間十雜染法所謂慳悋雜染毀戒雜染瞋恚雜染懈怠雜染散亂雜染惡慧雜染無聞雜染疑惑雜染無信解雜染不尊重雜染如是十種雜染之法汝等各欲求解脫邪又復世間有其十種生死怖畏所謂慳嫉覆蓋無明縈纏欲海汎溢欲中艱苦欲箭所射忿恨煙塞貪火燒然瞋毒隱覆癡障如刺生死曠野險難怖畏如是十種生死怖畏汝等各欲求解脫邪爾時五百長者異口同音前白佛言世尊我等各欲解脫十種嬈亂之法總略而言乃至十種生死怖畏彼彼十法我等各欲悉求解脫爾時世尊告五百長者言汝等各欲求解脫者而彼解脫從何所求諸長者眼不欲解脫何以故眼本無轉亦復無作眼無所思亦無了知是故應知眼本不從我之建立諸長者耳鼻舌身意本無轉亦復無作意無所思亦無了知是故應知意本不從我之建立諸長者色不欲解脫何以故色無所轉亦復無作色無所思亦無了知是故應知色本不從我之建立聲香味觸法不欲解脫何以故法無所轉亦復無作法無所思亦無了知是故應知法本不從我之建立又復長者色蘊不欲解脫何以故色蘊無轉亦復無作色蘊無思亦無了知是故應知色蘊不從我

之建立受蘊想蘊行蘊識蘊不欲解脫何以故識蘊無轉亦復無作識蘊無思亦無了知是故應知識蘊不從我之建立又復長者地界不欲解脫何以故地界無轉亦復無作地界無思亦無了知是故應知地界不從我之建立水火風空識界不欲解脫何以故識界無轉亦無所作識界無思亦無了知是故應知識界不從我之建立諸長者當知一切法皆從虛妄分別所起繫屬於緣無力劣弱從緣而轉若有緣法而彼諸法即可施設緣法若無諸法亦復無所施設然於一切法所施設中無有少法而可了知亦無少法若生若滅若起若盡復無別法爲斷爲常汝諸長者以是緣故應如是知彼一切法皆從虛妄分別所起繫屬於緣無力劣弱從緣而轉若有緣故而彼諸法即可施設緣法若無諸法亦復無所施設然於一切法所施設中亦無少法而可了知亦無少法若生若滅若起若盡復無別法爲斷爲常汝等當知若有虛妄分別不如理作意即可施設若無虛妄分別不如理作意無所施設若有不如理作意而彼無明即可施設若無不如理作意無明亦復無所施設無明有故行有施設無明無故行無施設諸行有故識有施設諸行無故識無施設識法有故而彼名色即可施設識法無故名色亦復無所施設名色有故而彼六處即可施設名色無故六處亦復無所施設六處有故觸可施設六處無故觸法亦復無所施設觸法有故受可施設觸法無故受法亦復無所施設受法有故愛可施設受法無故

愛法亦復無所施設愛法有故取可施設愛法無故取法亦復無所施設取法有故有可施設取法無故有法亦復無所施設有法有故生可施設有法無故生法亦復無所施設生法有故而彼老死即可施設生法無故老死亦復無所施設此中應知何名爲老謂狀貌衰變喘息呻吟策杖而行諸根熟異壽命滅没行相朽舊如是所説故名爲老何名爲死謂終殁時至滅所滅相諸蘊離散身墜於地彼衆同分壞謝變異如是所説故名爲死此是老相此是死相總而言之名爲老死生法有故而彼老死即可施設生法無故老死亦復無所施設何名爲生謂發生徧起出胎成立五藴起聚六處圓具彼衆同分次第合集如是所説故名爲生有法有故生可施設

有法無故生法亦復無所施設何名爲有謂欲有色有無色有此名爲有取法有故有可施設取法無故有法亦復無所施設何名爲取謂欲取見取戒禁取我語取如是所説故名爲取愛法有故取可施設愛法無故取法亦復無所施設何名爲愛謂色愛聲愛香愛味愛觸愛法愛如是所説故名爲愛受法有故愛可施設受法無故愛法亦復無所施設何名爲受謂眼觸爲緣所生諸受耳觸爲緣所生諸受鼻觸爲緣所生諸受舌觸爲緣所生諸受身觸爲緣所生諸受意觸爲緣所生諸受如是所説故名爲受觸法有故受可施設觸法無故受法亦復無所施設何名爲觸謂眼觸耳觸鼻觸舌觸身觸意觸如是所説故名爲觸六處有故觸可施設六處無故觸

法亦復無所施設何名六處謂眼處耳處鼻處舌處身處意處如是所說故名六處名色有故而彼六處即可施設名色無故六處亦復無所施設何爲名色謂受想行號之爲名受觸作意及彼四大四大所造號之爲色總而言之故曰名色識法有故而彼名色即可施設識法無故名色亦復無所施設何名爲識謂眼識耳識鼻識舌識身識意識如是所說故名爲識行法有故識可施設行法無故識法亦復無所施設何名爲行謂色徧思聲徧思香徧思味徧思觸徧思法徧思如是所說故名爲行無明有故行可施設無明無故諸行亦復無所施設何名無明謂不知先際不知後際不知先後際不知內不知外不知中間不知苦集滅道四聖諦法不知於緣不知緣生法中若黑若白不知緣與非緣不知對礙非對礙不知有罪無罪不知所應親近不應親近於諸法中不知不見不能覺了現前三昧如是所說故名無明不如理作意有故而彼無明即可施設不如理作意無故無明亦復無所施設何名不如理作意謂我於先世爲有爲無我於先世已過去耶未過去耶我於先世爲類何等我於未來世當復何等爲有爲無未來世中當在何處我於未來世復類何等於內法中其復云何有我無我而生疑惑爲有爲無何者是生何者不生若有所生復類何等由起如是不如理作意故於其六見及餘見中有所生起即起有我之見無我之見於我我所中不能平等如理而觀以不平等如理觀故如是乃有諸見生起

是故有我及有世間即有緣法其緣法者無常無強無力無堅是不究竟變壞之法於不究竟法中計爲正住及正安立此見成已是故說名不如理作意虛妄分別有故不如理作意即可施設虛妄分別無故不如理作意無所施設何名虛妄分別謂我人衆生壽者補特伽羅儒童意生作者受者此名虛妄愚夫異生無聞之者於我人衆生壽者等中而生徧計此名分別總而言之故名虛妄分別此虛妄分別有故不如理作意即可施設虛妄分別無故不如理作意無所施設此虛妄分別及不如理作意有故無明即可施設二法無故無明亦復無所施設無明有故而彼諸行即可施設無明無故諸行亦復無所施設總略而言乃至生法有故而彼老死即可施設生法無故老死亦復無所施設諸長者當知一切法皆是虛妄分別所起繫屬於緣其緣法者無常無強無力無堅從緣而轉緣法有故而彼諸法即可施設緣法無故諸法亦復無所施設然於一切法所施設中亦無少法而可了知亦無少法若生若滅若起若盡亦無別法爲斷爲常諸長者譬如池中大水流注有諸蟲魚棲止其内於汝意云何而彼諸魚依何力邪長者白佛言世尊依水爲力佛言長者於汝意云何水實有力邪長者白佛言不也世尊不也善逝佛言長者水本無逝佛言長者虛妄分別所起諸法亦復如是無力無堅從緣所轉緣法有故而彼諸法即可施設緣法無故諸法亦復無所施設然於一切法所施設中亦無少法而可了知亦

無少法若生若滅若起若盡復無別法爲斷爲常諸長者而彼緣法若或如理伺察之時實不可信不可信故即生驚怖由驚怖故四向馳走又復諦誠如理伺察云何是此法云何是彼法以伺察故即不見有驚怖馳走又復如理伺察之時即無有法以無法故云何馳走何以故諸長者以一切法無所得故一切心意亦無所得又復諸長者一切法無我以離塵垢故一切法無衆生以離我故一切法無壽者超越一切生老病死憂悲苦惱愁歎等法故一切法無人三世斷故一切法無文字一切音聲語言離故一切法本來無塵無所緣故一切法寂靜近寂相故一切法一切處通達如虚空自性故一切法依止於空無決定對現故一切法無動無依止故一切法安住實際無住無動相應故一切法無言説離語言波浪故一切法無色相離形顯色及對礙所行故一切法無等離我相故一切法無所了知離心意識故一切法無含藏超越眼之境界道故一切法不可信超越耳鼻舌身意境界道故

佛説大乘菩薩藏正法經卷第三

佛說大乘菩薩藏正法經卷第四

宋三藏朝散大夫試光禄卿光梵大師惟淨等奉詔譯

長者賢護品第一之四

復次佛告諸長者言一切法無觀無不觀何以故離生住滅故一切法無轉無作離心意識故一切法繫屬於緣自性無力故又諸長者眼者四大所造無常無強而不究竟無堅無力速朽之法斯不可信多苦多惱衆病所集是故諸長者眼無依止亦無造作耳鼻舌身意亦復如是四大所造無常無強而不究竟無堅無力速朽之法斯不可信多苦多惱衆病所集是故諸長者意無依止亦無造作諸長者是等諸法應如是學此眼如聚沫不可撮摩眼如浮泡不得久立眼如陽焰從業煩惱渴愛所生眼如芭蕉自體無實眼如幻化從顛倒起眼如夢寐爲虚妄見眼如其響繫屬於緣眼如影像由業對現眼如浮雲刹那離相眼如電光須臾變滅此眼無主爲如地此眼無我爲如水此眼無衆生爲如火此眼無量爲如風此眼無人猶如虛空此眼不實四大爲家此眼性空離我我所此眼無知如草木瓦礫此眼無作風力所轉此眼爲空不淨充滿此眼虛僞雖復治事營飾終歸散滅此眼如丘井爲老所逼此眼畢竟無邊際處後當歸死諸長者汝等當知眼既如是耳鼻舌身意其義亦然總略乃至彼一切法應如是知諸愚夫異生於彼一切所欲法中而生愛著謂眼耳鼻舌身意色聲香味觸法又復於彼色蘊受蘊想蘊行蘊識蘊眼界色界眼識界乃至意界法界意識界地界水界火

界風界空界識界此等法中所欲愛著乃至一切有爲無爲名相法中所欲愛著是故諸長者汝等當於所欲法中勿生愛著謂妻子舍宅財寶等法勿生貪取當發淨信捨家出家得出家已不生樂欲無樂欲故圓具淨戒修持清淨波羅提木叉之法圓滿潔白法式儀範乃至小罪猶懷大懼諸長者如是學即得戒蘊具足戒具足故耳鼻舌身意色聲香味觸法而無所取色蘊受蘊想蘊行蘊識蘊而無所取眼界色界眼識界乃至意界法界意識界而無所取地界水界火界風界空界識界而無所取總略而言彼一切法都無所取以無取故即無滅失何法無滅失謂眼耳鼻舌身意色聲香味觸法無滅失色蘊受蘊想蘊行蘊識蘊無滅失眼界色界眼識界乃

至意界法界意識界無滅失地界水界火界風界空界識界無滅失此等諸法若無滅失即無染污無染污故即速得輕安何法輕安謂無所見若無所見即一切所向無有少法而作障礙若無障礙即自無所害佗無所害自佗無所害由無害故心無所壞即能趣入彼無餘依清淨涅槃又諸長者所言入者何所入邪謂非眼所入非耳鼻舌身意所入又諸長者若執眼從緣成此即著我我所離於涅槃云何離涅槃謂貪故離涅槃瞋故離涅槃癡故離涅槃無智故離涅槃諸長者無智者不離過去不離未來不離現在決定無智所生何名爲智所謂盡智何名盡智謂即過去無盡智未來無盡智現在無盡智緣法無智離智所生彼無智離智即眼從緣離智所

生眼者無我若無我即無取若無取即無捨若無捨即解脱云何解脱謂我執解脱衆生執解脱壽者執解脱人執解脱斷常執解脱一切執解脱分別執解脱彼無分別已即無能分別所分別法無分別亦不離分別云何無分別謂我我所俱無分別若我無分別即無取捨若無取捨即所入解脱若法離繫若法非離繫皆得出離何所離邪謂離一切苦諸長者當求如是出離之法然於是中無法可取何以故若有所取即生怖畏爾時世尊欲重宣明如是等義説伽陀曰

以取法故即生怖　由怖當墮惡趣中
若見如是怖起因　識法有故而生取
若能如理觀正道　慧光明見破諸暗
見故即得勝慧明　當知異性無所得
應當審觀諸空處　運動虚假而不實
此中勿作安樂門　渴愛虚誑世間故
如實了知於空法　知諸法空皆無實
我得安樂離憂門　亦得無動最上樂
若能如是正了知　即知一切法皆空
由斯解脱諸苦因　是故諍訟無所立
因諸所欲生執著　執故而生諸嬈惱
執者即是取之名　因取故生於三有
有故有生即輪轉　三有止息即不生
老病死法亦隨無　畢竟不受無常苦
當知無欲即無取　以無取故無三有
有苦止息即無生　老病死苦皆不受
是故汝等諸長者　同發捨離取著心
棄諸眷屬所愛因　速當圓具苾芻相
知識財利諸所欲　應當互生於喜足

隨處謙恭起下心　所向爲他增善利
勿起意謂自守戒　勿觀侘爲破戒者
於其戒相持犯中　勿非毀侘爲犯者
譬如野鹿投繩網　當知彼爲自損害
魔索縛心害亦然　毀他生害亦如是
愚人生諸損害意　自讚毀侘深爲咎
毀戒尚息於謗言　何況梵行持戒者
具學仙衆勇智者　常修遠離寂靜行
棄捨身命無愛心　勤求解脫寂靜法
諸外道輩及典章　無利根本皆遠離
愛樂甚深正法門　彼法宣說眞空理
心根本處此當知　所謂內外十二處
從彼生起諸業因　業久住處謂思法
眼根色境二種緣　眼識生緣爲三事
若不和合破散時　如無薪火義如是
如是所生一切法　互相和合故有生
作者受者二俱無　正道常現諸所作
內外諸法所成身　是中應知我空法
愚人顚倒執著心　於我我所不知故
眼內無法而可有　於外亦復無所得
無我無作壽者無　應知諸法亦如是
非眼徧思欲解脫　耳鼻舌身意亦然
色等無轉無作門　當觀諸法亦如是
如大海水起聚時　暫生泡沫而無實
諦觀眼等亦復然　無堅無力如泡沫
五蘊自性假和合　如彼聚沫無堅力
解脫一切燒惱門　及彼生老等憂惱
汝於我教出家已　了知一切法如幻
不虛受彼信施心　復能普供十方佛
爾時五百長者聞佛宣說甚深正法即於如

是中路方處遠塵離垢得法眼淨譬如白衣不雜塵黑易受染色此五百長者於是方處遠離塵垢法眼清淨亦復如是爾時世尊復爲五百長者宣說法要示教利喜佛言諸長者眼極熾焰云何熾焰謂貪火瞋火癡火熾焰生老病死憂悲苦惱等火熾焰我說此法自受苦惱耳鼻舌身意熾焰亦然云何熾焰謂貪火瞋火癡火熾焰生老病死憂悲苦惱等火熾焰我說此法自受苦惱色塵熾焰云何熾焰謂貪火瞋火癡火熾焰聲香味觸法塵諸火熾焰亦復如是又諸長者色蘊熾焰云何熾焰謂貪火瞋火癡火熾焰受蘊想蘊行蘊識蘊諸火熾焰亦復如是十八界法其義亦然又諸長者地界熾焰謂貪火瞋火癡火熾焰水界火界風界空界識界熾焰亦復

如是謂貪火瞋火癡火熾焰生老病死憂悲苦惱熾焰亦然我說此法自受苦惱復次長者眼無所取應如是學耳鼻舌身意亦無所取色無所取聲香味觸法亦無所取應如是學又諸長者色蘊無所取受蘊想蘊行蘊識蘊及十八界皆無所取應如是學又諸長者地界無所取水界火界風界空界識界亦無所取應如是學又諸長者此界無所取佗界無所取應如是學復次諸長者若眼耳鼻舌身意無所取故即無依止色聲香味觸法無所取故即於諸處中得無依止又諸長者色蘊受蘊想蘊行蘊識蘊及十八界無所取故即於蘊中得無依止又諸長者地界水界火界風界空界識界無所取故即於六界中得無依止又諸長者此界佗界無所取故即於

一切世界之中得無依止又諸長者若一切法無所取故即於一切法中得無依止諸長者一切法無所得亦非無得若能了知無得非無得即能解脫生老病死憂悲苦惱我說此爲解脫諸苦爾時世尊欲重宣明如是等義說伽陀曰

此諸世間極熾焰　死生二火鎮燒然
無救燒惱諸愚夫　唯聖道法常不滅
何法世間作光明　有佛如來今出現
刹那善觀正道門　發起精進常堅固
當觀諸法無依止　慧光明見破諸暗
見故即得勝慧明　應知異性無所得
若能觀察無依止　了知一切法皆空
如是了知空法門　菩提心空無所有
當知貪瞋癡等法　此三熾焰極猛惡
世間壽命普燒然　久處睡眠愚不覺
所有生老及病死　憂悲苦惱常逼迫
當知燒惱諸世間　彼一切法無依止

爾時五百長者聞佛所說如是正法心開意解前白佛言世尊我等今者快得善利於佛法中淨信出家復於佛所圓具淨戒爾時佛言善來諸苾芻即時諸長者鬚髮自落袈裟著身成苾芻相爾時世尊說伽陀曰

汝等受持袈裟衣　鬚髮自落皆清淨
執持應器善相圓　一切皆成阿羅漢
既證果已依師法　各說清淨嗢陀南
於諸天人大衆前　圓滿清淨苾芻相
往昔曾於諸佛所　皆修廣大布施行
一呼善來歡喜生　處處廣修諸善法
今得見我出世間　發清淨心復增勝

由彼增勝清淨心　聽說最上清淨法
聞佛語已證聖果　遠離我見諸執著
現前空法悟圓成　我生已盡皆解脫

佛說大乘菩薩藏正法經卷第四

音釋

喘尺兖切疾息也　撮七活切捎取也　磔郎狄切小石也　嗢陀南梵語也此云自說
嗢烏沒切

佛說大乘菩薩藏正法經卷第五同卷第六

宋三藏朝散大夫試光祿卿光梵大師惟淨等奉詔譯

無怖夜叉品第二

爾時世尊於其中路化度五百長者已即於是處安然詳審將入王舍大城爾時王舍大城諸賢聖中有大夜叉名曰無怖即作是念值佛世尊斯極難得我今應以勝妙飲食奉上世尊時無怖夜叉即以色香味觸清淨具足上妙飲食恭奉世尊爾時世尊爲悲愍彼無怖夜叉故受所施食佛受食訖即時空中有六萬八千諸夜叉衆作是讚言善哉善哉隨意讚聲徧聞空界時無怖夜叉告自會中諸夜叉衆言我已持奉如來清淨上妙飲食汝等諸衆宜應奉施諸苾芻衆清淨飲食當令汝等施長夜中利益安樂時諸夜叉即皆奉施諸苾芻衆最上飲食時苾芻衆爲悲愍故悉受其食爾時世尊及苾芻衆受其食已漸次進詣王舍大城是時即有無數千天衆無數千龍衆夜叉衆乾闥婆衆阿修羅衆迦樓羅衆緊那羅衆摩睺羅伽衆人衆非人衆及彼無數百千俱胝那庾多諸衆生衆咸悉圍繞隨從世尊爾時世尊未至王舍大城先詣一處廣大地方到已敷設勝妙之座佛處其座時無怖夜叉即以天妙曼陀羅花優鉢羅花鉢訥摩花俱母陀花奔拏利迦花及彼天妙栴檀香末散於佛上而伸供養普散徧散周廣而散散已合掌住立佛前爾時世尊知無怖夜叉及諸夜叉衆深心清淨已即時放大殊妙光明法爾已來諸佛世尊所放光明具無數色及種種色從口門出所謂青黃

赤白紅紫碧緑光明普照無邊世界映蔽日月威光不現其光照耀下至地獄上至梵世光明旋還至於佛所右繞七帀而彼光明從佛頂隱或從肩隱或從膝隱法爾已來諸佛世尊若爲地獄衆生授記光即從佛雙足而隱若爲傍生授記光從背隱若爲餓鬼衆生授記光從前隱若爲人趣授記光從左隱若爲天趣授記光從右隱若爲聲聞授記光從膝隱若爲緣覺授記光從肩隱若諸佛世尊爲諸菩薩授阿耨多羅三藐三菩提記光從頂隱爾時尊者阿難見佛世尊所放廣大淨光明已偏袒右肩右膝著地合掌向佛說伽陀曰

世尊今日以何因　放大光明普照耀
廣作利益諸世間　現斯光相何所爲
何人今日植聖種　聞佛菩提廣大因
何人授記在今時　何人安住解脫果
大智放光非無因　爲調伏故現光相
所放光相作開明　牟尼聖尊光何現

爾時世尊說伽陀曰

有一夜叉名無怖　信向佛故施飲食
彼發最上清淨心　故我今時現光相
而是夜叉此界滅　即當往生忉利天
於彼天中壽終時　後當生於夜摩天
夜摩滅已生兜率　以欲塵故造染業
還復墮生於人間　當得爲王具神力
作轉輪王人中主　統四大洲而自在
人間滅已復得生　彼梵世中受勝報
後經二十俱胝劫　常爲一切所恭信
於彼天上及人間　數數往來受諸樂

其後棄捨於王位　淨信捨家而出家
於彼緣覺妙菩提　如是畢竟當獲得
經於三十千生中　而數滅彼夜叉身
後復還生忉利天　恭敬於佛作佛事
彌勒尊佛當見已　而彼夜叉即獲得
阿羅漢果證圓成　隨佛大師伸供養
後滿一千夜叉生　安立無上大菩提
以彼彼生不善根　永不復墮諸惡趣
或復值遇於千佛　尊重恭敬人中尊
爲求無上大菩提　利益一切衆生故
或二三千夜叉生　以華鬘等作供養
爲佛菩提最上因　千俱胝生供養佛
次復清淨觀已身　後復尊敬佛菩提
夜叉有子名大山　受夜叉身具神力
大山夜叉發淨心　願我當得成佛果
後常恭敬佛世尊　於一切處發洪願
今見我已伸供養　發起最勝菩提心
即當以此衆善根　永離三塗諸惡趣
當見彌勒尊佛已　施佛俱胝妙寶蓋
施寶蓋已復淨心　施佛俱胝妙衣服
如是廣大供施已　然後發心求出家
五百歲中起精勤　清淨修持於梵行
爲求無上大菩提　利益一切衆生故
彼於如是勝上緣　普修布施持戒行
如彼殑伽沙數量　若干劫中廣修行
若干劫數我所知　如所知見而宣說
此後修行經劫數　非我所知不可說
如先所說譬喻中　殑伽河沙數等量
彼見若干佛世尊　於彼彼佛咸尊敬
奇哉勝智大智者　即彼大心無有上

廣伸供養於諸佛　普利衆生數莫知
後當成佛大聖尊　一切世間無有上
大山夜叉當成佛　名稱醫王於佛號
七十俱胝歲數中　廣爲衆生宣正法
名稱醫王佛會中　二十俱胝大衆會
而彼衆會所發心　一切當修布施行
其後復增苾芻衆　數滿二十一俱胝
於彼廣多衆會中　具有無量聲聞衆
彼會所有聲聞衆　而悉趣向大菩提
彼佛利益諸衆生　化事周圓當入滅
彼時正法住於世　當滿百千歲數中
五百劫中得具圓　有佛及彼苾芻衆
其後或復經一劫　或復經彼一千劫
智者出現化世間　使令親近於佛法
說彼極善樂欲意　深固多聞爲最上
不深固心悉滅除　常當深固善觀察
宣說諸有多聞者　彼能增長於勝慧
四根本法正義門　爲諸菩薩所歸向
所謂施戒聞捨等　於菩薩道極賢善
宣說菩提正道聞　最勝乘中而無上
其有宣說聲聞道　除斷疑網復賢善
廣爲利益諸衆生　我放光明普照耀
佛出世爲大光明　當知最上極難得
宣說甚深妙法門　普利一切世間故

爾時大山夜叉即作是念世尊今時往詣王舍大城鷲峯山中我今宜應於世尊所少植善根即時告語彼自會中夜叉衆言諸仁者汝等當知世尊將詣王舍大城鷲峯山中汝等宜應發勤勇心各隨力能爲佛世尊作供養事時大山夜叉言已即與自會眷屬從王

舍大城乃至鷲峯山中所經道路皆悉除去土石砂礫如淨圓鏡於道路中以淨香水周帀徧洒復以妙衣於其道中相續布設復於道中處處安施等人分量諸殊妙花幢幡寶蓋種種莊嚴置殊妙塗香寶甁及諸妙香寶繩交絡垂諸花纓以爲嚴飾復於空中奏妙音樂又復敷置盡一箭道優鉢羅花俱母陀花奔拏利迦花等復有異鳥翔鳴道中金繩交絡有七寶網及以金網彌覆其上爾時大山夜叉於其道中廣莊嚴已即自化身并其衆會身喜心喜清淨悅意發歡喜心極純善心柔軟心清淨心無障礙心悅樂心向佛心向法心向僧心菩提無動心無恐畏心無等等心一切三界最勝心慈愍一切衆生心悲心喜心捨心成諸佛法大器之心眞實心堅固心不破壞心增勝心於聲聞緣覺地中生棄捨心於菩薩地中起成辦心發如是等清淨之心來詣佛所到已頭面頂禮佛足右繞三帀住立一面合掌向佛說伽陀曰

我今爲佛廣施設　最上最勝諸供養
願我當得佛聖尊　宣說最上微妙法
願我當圓於十力　歡喜善住四無畏
廣大利益諸衆生　如佛世尊諸所作
具三十二勝妙相　八十種好衆莊嚴
當作世間大光明　如佛世尊普照耀
轉彼清淨妙法輪　十二行相而最上
宣說甘露正法門　普爲衆生作利益
廣現神通變化事　如佛世尊現亦然
善作利益諸群生　乃至無數俱胝衆
世尊出現大光明　如大龍王無所畏

如是正道廣宣揚　開覺菩提而無上
爲舍亦復爲歸救　爲趣攝化諸衆生
願我當得亦復然　利益生事皆圓滿
五趣所生諸群品　願我當爲作主宰
悉令解脫諸苦因　如佛世尊所解脫
爲二足尊作供養　無邊威德光明照
天主龍及阿修羅　普供世間無等比
我作最上勝事業　願我當如大法主
三十二種勝相圓　天上人間爲最上

爾時世尊爲大山夜叉說伽陀曰

如佛世尊所說教　修作無上正法因
衆生當得勝法門　無上菩提不難得
世間光明大聖主　作供養已佛光照
諸天龍神人衆中　所應受彼諸供養
成證無上大菩提　安坐樹王衆集會
摧伏大惡諸魔軍　廣爲衆生宣正法

爾時世尊即與無數百千天龍夜叉乾闥婆阿修羅迦樓羅緊那羅摩睺羅伽人非人等幷餘無數百千俱胝那庾多諸衆生類恭敬圍繞而佛世尊具大威德有大神力起大變化廣大施作放大威光振動剎土雨大蓮花鼓百千衆殊妙音樂有妙蓮花大若車輪隨足而蹈世尊從彼大山夜叉妙巧施作莊嚴道路往詣鷲峯山中世尊到已即告尊者阿難言汝可爲佛施設殊妙之座所謂法座最上之座三界勝座及妙寶座如來登其座已攝受一切衆生稱揚演說彼菩薩藏甚深正法成辦一切菩薩勝行除去一切衆生諸有疑惑開明正慧斷諸疑網如來說此甚深經典廣爲悲愍利益安樂天人世間一切衆生

爾時尊者阿難受佛勑已乃爲如來施設勝座是時即有六十八俱胝天衆各各爲佛施設寶座而爲獻奉請佛如來登斯座已即於佛前異口同音說伽陀曰

我今爲佛廣敷設　殊妙寶座及妙衣
願佛悲愍諸天人　如其所應登寶座
若佛如來登座已　宣說正法趣彼岸
六種振動於世間　一切皆生大歡喜
佛光普照諸大衆　煥明佛剎及山王
普得見佛大聖尊　開生清淨諸法欲
所有天龍及人衆　八部一切諸品類
互相得見彼彼身　是中一切無障礙
所有俱胝那庾多　百千天人大衆等
各得見佛大聖尊　宣說難得妙法句
是時頻婆娑羅王　與諸臣佐并眷屬
剎那來至佛會中　親近聖尊爲聽法
佛知衆座悉已定　普徧四方善觀察
一切衆會及天人　廣徧四生作利益
世尊普告諸大衆　疑者當問二足尊
隨諸所問我開明　普令除斷諸疑惑

爾時三千大千世界一切衆生及天人世間諸衆等咸悉恭敬瞻仰世尊起清淨心屏息外聞專注聽受如來宣說甚深正法爾時世尊即告尊者大目乾連言汝勿就座應當觀彼諸苾芻衆其有未來赴斯會者汝今往彼雪山南面大迦葉所召來赴會時尊者大目乾連受佛勑已即運神力往詣雪山南面大迦葉所到已白言尊者當知世尊如來今在鷲峯山中與沙門婆羅門人天大衆集會說法佛遣我來呼召尊者唯願尊者如佛敎命

往赴佛會無令互得隱法之罪爾時尊者大
迦葉謂尊者大目乾連言汝宜先往我即隨
當往詣佛所是時尊者大迦葉即於座中運
自所有神通化用四衆圍繞於刹那間即到
鷲峯山中佛世尊所到已頭面頂禮佛足去
佛不遠於一面坐時尊者大目乾連以神通
力旋至佛所見尊者大迦葉先至佛會在一
面坐見已白言尊者大迦葉神力具足先至
佛會其何速耶尊者大迦葉即謂大目乾連
言如佛說汝神通第一何故今時徐緩如是

佛說大乘菩薩藏正法經卷第五

佛說大乘菩薩藏正法經卷第六

宋三藏朝散大夫試光祿卿光梵大師惟淨等奉詔譯

菩薩觀察品第三之一

爾時尊者舍利子即從座起偏袒右肩右膝著地合掌向佛而白佛言世尊我有少疑欲當請問惟願如來應供正等正覺善爲宣說若佛世尊聽許所請我即當問佛言舍利子恣汝所問如來應供正等正覺隨有問者即當爲說使其皆得開釋疑心爾時尊者舍利子即白佛言世尊菩薩摩訶薩成就幾法即得身業無諸過失語業無諸過失意業無諸過失身業清淨語業清淨意業清淨身業無動語業無動意業無動天魔外道力不能制然後深發一切智心地位諸善次第得成能爲一切衆生作所歸向作光明炬作大河流作大橋梁作大船筏濟渡一切到於彼岸爲舍爲救爲歸爲趣於一切智心而無動轉爾時尊者舍利子爲欲稱揚如是義故以偈問佛

以何義故勇智者　而能安住大菩提
宣揚功德妙法門　成證無上菩提果
諸勇智者何所行　利益一切諸群品
又復觀察何法門　而能成佛無上道
復以何法降魔衆　安處菩提大道場
振動俱胝刹土中　圓證菩提勝妙果
以何義故名菩薩　如是之句復云何
此中願說菩提門　一切佛法中最上
於諸世間何所行　而能廣利諸衆生
離諸染著如蓮花　解脫俱胝諸群品
云何應受彼供養　諸天諸龍及智者

乃至一切人非人　今問斯義願宣説
爾時世尊告尊者舍利子言舍利子汝今當知菩薩若能成就一法於一處於多處普能攝受無量佛法何者一法所謂發起深固大菩提心此即是爲菩薩成就一法於一處於多處普能攝受無量佛法舍利子白佛言世尊云何名深固云何名菩提心佛告舍利子言深固者即是真實不破壞故堅固無動即無退屈故無退屈即善安住故善安住即無退轉故無退轉即善觀察衆生故善觀察衆生即大悲根本故大悲根本即廣大心故廣大心即善知成熟衆生法式故善知成熟衆生法式即自在妙樂故自在妙樂即無種類故無種類即無愛著故無愛著即攝受衆生故攝受衆生即善能觀察劣弱衆生故善能觀察劣弱衆生即爲救爲歸不起恚心故不起恚心即善觀視故善觀視即無所得故無所得即善意樂故善意樂即無所有故無所有即善清淨故善清淨即自潔白故自潔白即內無垢故內無垢即外清淨故舍利子此如是等從真實不破壞至內無垢外清淨斯諸法門乃名深固又舍利子菩提心者謂即彼心無諸過失一切煩惱不能隨逐彼心不樂餘乘彼心堅固不爲一切邪外語言之所壞亂彼心不破一切魔衆而不能動彼心決定長養一切善根本行彼心不動愛樂佛法故彼心善住登菩薩地故彼心無上無對治故彼心如金剛一切佛法善決擇故彼心平等無高下故彼心於一切衆生意樂清淨自性無染故彼心無垢慧光照故彼心廣大容

受一切眾生故彼心無染如虛空故彼心無障礙觀無礙智故彼心於一切處隨應了知大悲無斷故彼心現證清淨稱讚故彼心成就一切智種子圓滿一切佛法故彼心安住普施一切樂事誓願最勝故彼心圓具淨戒無缺犯故彼心修持忍辱離諸恚故彼心精進不懈怠故彼心禪定近寂靜故彼心無害具慧行故又復彼心是真實根本成就如來戒蘊定蘊慧蘊解脫蘊解脫知見蘊彼心是真實根本圓滿如來十力四無所畏十八不共法故又舍利子菩提所成之心名菩提心而此薩埵求菩提心深固具足是故得名菩提薩埵此亦說名廣大眾生最上眾生三界最勝眾生此即身業無諸過失語業無諸過失意業無諸過失身業清淨語業清淨意業清淨身業無動語業無動意業無動不為一切天魔外道而能動轉深發一切智心地位諸善次第當得一切世法不能染污能為一切眾生善作調伏作徧調伏作所歸向作光明炬作大河流作大橋梁作大船筏濟渡一切到於彼岸為舍為救為歸為趣深發一切智心不為天魔外道之所轉動此菩薩於阿耨多羅三藐三菩提心淨信深固廣多清淨樂見諸聖樂聞深法心無慳惜廣行施捨常樂出離心無障礙於一切眾生無雜亂心無退墮心無流散心有業有報淨信無疑諸所施作悉離疑惑於善惡法不壞果報此如是等善了知已於身命緣不造罪業遠離殺生偷盜邪染妄言綺語兩舌惡口貪瞋邪見如是十不善業皆悉斷除十善之業常所修集

淨信諦理於沙門婆羅門中常修正道具戒清淨廣多聽受一切善法聞已勤行深固作意而善調伏徧寂近寂離諸諍訟無非愛語心意純善無不善意勤行善法離不善法無高無下亦不輕動離諸讚毀安住正念妙等引心斷三有縛拔除毒箭去諸重擔樂住寂靜度諸疑悔不受後有常於諸佛世尊菩薩摩訶薩及沙門婆羅門所親近恭敬隨順奉事無相違背而常不離諸善知識攝受正法宣正法門示教利喜謂布施大富持戒生天多聞大慧修習相應如是宣說此是布施得布施果此是慳悋得慳悋果此是持戒得持戒果此是犯戒得犯戒果此是忍辱得忍辱果此是瞋恚得瞋恚果此是精進得精進果此是懈怠得懈怠果此是禪定得禪定果此是散亂得散亂果此是智慧得智慧果此是愚癡得愚癡果此身善所行得身善所行果此身惡所行得身惡所行果此語善所行得語善所行果此語惡所行得語惡所行果此意善所行得意善所行果此意惡所行得意惡所行果此是善此是不善此所應作此不應作此所施作於長夜中利益安樂一切衆生此如是等於善知識所宣說正法示教利喜知是大法器者即當宣說甚深法門謂空解脫門無相解脫門無願解脫門無造無作無生無起無我無人無衆生無壽者及說甚深緣生之法所謂有法有故有生即無明緣行行緣識識緣名色名色緣六處六處緣觸觸緣受受緣愛愛緣取取緣有有緣生生緣老死憂悲苦惱如是即一大苦蘊集以不有

故即無所生無生即滅謂無明滅即行滅行滅即識滅識滅即名色滅名色滅即六處滅六處滅即觸滅觸滅即受滅受滅即愛滅愛滅即取滅取滅即有滅有滅即生滅生滅即老死憂悲苦惱滅如是即一大苦蘊滅然於是中無有少法若生若滅而實可得何以故一切法緣生故無主宰無作者無受者因緣所轉是故此中無法可轉亦非無轉亦非隨轉無實所生三界施設從煩惱轉從苦所轉故有施設一切皆是無實所生若於此中如實觀察即無有少法而爲作者若無作者即無所作於勝義諦中都無所得如是所說無法可轉亦非無轉菩薩摩訶薩於如是等甚深之法聞已信解不生疑悔入一切法無礙智門是故不著色受想行識不著眼耳鼻舌身意色聲香味觸法不著眼界色界眼識界乃至意界法界意識界如是信解一切法自性皆空舍利子菩薩若住如是信解即不減失常見諸佛亦不減失常聞正法復不減失常承事衆世世所生不離見佛不離聞法不離承事清淨之衆現前值遇諸佛出世在在所生發大精進勤求善法所發精進不爲無義利事謂舍宅居止無義利事妻子眷屬財寶受用及奴婢等無義利事又餘一切欲樂遊戲取著過失無義利事善能棄捨於佛如來正法之中淨信出家以彼清淨出家心故近善知識而常不懈思惟善法得善意樂所聞善法眞實修行不著文字所成勝慧深心具足樂法無厭勤求多聞如所聞法爲他廣說無愛著心不爲悕求名聞利養爲他說法

不背自語爲佗廣說如所聞法起大慈心不越一切衆生大悲之心爲多聞故不惜身命少欲喜足樂寂靜處離諸憒閙善能資養隨所聞法善觀察義攝受正義不著於文隨所攝受於一切世間天人阿修羅衆中不獨行於自利益事但爲勤求無上大乘利樂一切衆生所謂佛智無等等智一切三界最勝智於佗所作而不放逸

佛說大乘菩薩藏正法經卷第六

音釋

訥（奴骨切）鬘（莫班切）煥（呼玩切明也）憒閙（憒古對切亂也閙奴教切不靜也）

佛説大乘菩薩藏正法經卷第七同卷第八

宋西天三藏朝散大夫試光禄卿傳梵大師法護等奉詔譯

菩薩觀察品第三之二

復次佛告舍利子言云何名爲不放逸法所謂常當攝護諸根云何名爲攝護諸根謂眼見色已不執其相亦復不執隨形妙好亦不愛著色等諸味如實了知出離之法如是耳聞其聲鼻嗅其香舌了其味身覺其觸意知其法皆不執相亦復不執隨形妙好亦不愛著諸法等味如實了知出離之法如是所説名不放逸又舍利子不放逸者謂自調心已善護佗心去除煩惱現證法樂無所伺察欲尋瞋尋害尋無所伺察貪不善根瞋不善根癡不善根無所伺察身業惡行語業惡行意業惡行無所伺察不深固作意無所伺察總略乃至一切罪業不善諸法皆無伺察如是所説名不放逸又舍利子不放逸菩薩深固作意勤行相應若法是有如實知有若法是無如實知無云何是有云何是無所謂正道勤行能生信解即有邪道勤行能生信解即無諸業有報即有諸業無報即無眼即是有彼眼實性即無耳鼻舌身意即是有耳鼻舌身意實性即無色是無常是苦是不究竟是不堅牢是散壞法即有計色是常是樂是究竟是堅牢是不散壞法即無受想行識是無常是苦是不究竟是不堅牢是散壞法即有計受想行識是常是樂是究竟是堅牢是不散壞法即無

復次無明緣行等諸法中不實無明緣行乃至生緣老死即有定實無明緣行乃至生緣

老死即無行布施者能感大富即有行布施者返招貧匱即無持戒生天即有破戒生天即無多聞大慧即有愚癡大慧即無修習相應即有修習不相應即無深固作意相應即有不深固作意相應即無發勤精進菩薩得菩提果即有懈怠菩薩得菩提果即無無增上慢人作出家事即有增上慢人證涅槃即無於一切處通達空性即有計執我人衆生壽者即無復次舍利子是故當知不放逸菩薩能深固作意勤行相應即普徧世間有諸智者廣爲開示普徧世間若無智者即不能開示於世俗諦不知其有不知其無何能隨順諸佛世尊所説實義舍利子諸佛如來總略以其四種法印攝一切法何等爲四一者諸行無常二者諸行是苦三者諸法無我四者涅槃寂靜而一切衆生於諸行無常中計有常想若諸衆生斷除常想此即是爲如來所説又諸衆生於諸行苦中計爲樂想若諸衆生斷除樂想此即是爲如來所説又諸衆生於一切法無我中計爲我想若諸衆生斷除我想此即是爲如來所説又諸衆生於涅槃寂靜理中起有所得顛倒之心若諸衆生斷除有所得顛倒心者此即是爲如來所説又舍利子若能了知諸行無常即能解入空無常性若能了知諸行是苦即能離諸願求若能了知諸法無我即能觀想空三摩地解脱法門若能了知涅槃寂靜即能於諸相中有所修作亦不非時取證實際舍利子如是等法若諸菩薩勤行相應即不減失一切善法速能圓滿一切佛法

如來不思議品第四之一

爾時佛告舍利子言信心住菩薩於佛如來應供正等正覺十種不思議法中信解清淨超越分別離諸疑悔後復生起身喜心喜適悅之相發希有想何等爲十一者於佛如來最勝身相不可思議信解清淨乃至適悅之相發希有想二者於佛如來妙好音聲不可思議信解清淨乃至發希有想三者於佛如來最上大智不可思議信解清淨乃至發希有想四者於佛如來微妙光明不可思議信解清淨乃至發希有想五者於佛如來圓滿戒定不可思議信解清淨乃至發希有想六者於佛如來廣大神足不可思議信解清淨乃至發希有想七者於佛如來十種智力不可思議信解清淨乃至發希有想八者於佛如來四無所畏不可思議信解清淨乃至發希有想九者於佛如來大悲之心不可思議信解清淨乃至發希有想十者於佛如來不共佛法不可思議信解清淨乃至發希有想如是十種如來應供正等正覺不可思議希有之法住信菩薩精進勤求不怖不懈心無動轉乃至身肉皮骨筋脉血髓乾枯焦瘁若未能得如來十種不思議法於其中間不生疲倦精進勤求必當獲得舍利子住信菩薩於佛如來如是十種不思議法應當如是信解清淨乃至發希有想爾時世尊重明斯義說伽陀曰

如來身相不思議　應觀微妙淨法身
無相亦無對礙門　菩薩能生於信解
乃至諸趣廣分別　音聲惟佛不思議

於一切處實法門　應當信解佛境界
所有一切衆生類　上中下根有差别
惟佛勝智普能知　信解智力不思議
諸佛無邊大光明　淨光明網不思議
廣大照曜於十方　無邊刹海皆洞徹
牟尼出世淨妙成　而不依止世間法
住信菩薩淨信心　信佛神足不思議
諸佛神通境界門　而諸菩薩不能知
諸佛常住等引心　佛解脱門不思議
法界廣大無分别　惟佛勝力悉能知
具足智力大仙尊　無邊無際虚空等
假使一切衆生類　互發問端辭猶海
隨問徧答生喜心　如來無畏不思議
爲一衆生作利益　無邊衆生亦復然
普令安住調伏心　如來大悲不思議
如來諸相皆具足　而能覺了一切法
不共佛法功德門　於一切處智顯示
如是十種不思議　攝諸佛法入法性
若能徧起信解心　菩薩善住於淨信

復次舍利子云何名爲住信菩薩於佛如來最勝身相信解清淨乃至發希有想謂佛如來其身清淨於彼一切不善法中普能除斷復於一切善法之中皆悉具足如來身者已離一切不淨穢惡筋骨血肉流散漏失諸染污法如來身者自性明亮清淨瑩潔永離一切煩惱垢染超出世間不爲一切世法所染如來身者積集無量福智妙行長養衆生修習無量戒定慧解脱解脱知見等諸善法嚴具一切勝功德花如大圓鏡現衆色像復如清淨水月影現又如來身者如虚空界普攝

一切復如法界最上最勝佛身無漏諸漏已盡佛身無爲不墮諸數如虛空身無等等身一切三界最勝之身又如來身者不可喻身無所喻身清淨無垢離諸染汚自性光明非先際可觀非後際可觀非現在可觀非種族可觀非色可觀非相可觀非隨形妙好可觀非心可觀非意可觀非識可觀非見可觀非聞可觀非念可觀非表了可觀非蘊可觀非處可觀非界可觀非生可觀非住可觀非滅可觀非取可觀非捨可觀非出離可觀非行可觀非顯色可觀非狀貌可觀非形色可觀非來可觀非去可觀非戒可觀非定可觀非慧可觀非解脫可觀非解脫知見可觀非有相可觀非離相可觀非法相可觀非諸相成辦可觀非無所畏可觀非無礙解可觀非神通可觀非大悲可觀非不共佛法成辦可觀諸佛出現如幻如焰如水中月自性妙身空無相無願無際岸身無種類身無積聚身無分別身無依止身無別異身已得善住不動轉身無色非色自性身無受非受無想非想無行非行無識非識自性身無實無生非大種身未曾有未曾有業身非眼所生不從色中出亦非在外非耳依止不從聲中出亦非在外非鼻所嗅不從香中出亦非在外非舌了別不從味中出亦非在外非身和合不從觸中出亦非在外非心所轉非意所轉非識所轉亦非不轉亦非隨轉得安住無動等虛空身法界最上混入虛空界舍利子如是等法住信菩薩能於如來不可思議淨妙身相信解清淨超越分別離諸疑悔後復生起身

喜心喜適悅之相發希有想爾時世尊重明斯義說伽陀曰

無量俱胝那庾多　歷劫廣修菩薩行
身業三種善淨中　勤求無等善逝身
十方世界起慈意　廣以身命行布施
常離欲邪行染心　勤求無上虛空身
清淨微妙上衣飾　無量劫中行布施
施波羅蜜妙行圓　廣施最上諸佛子
犛牛愛尾猶護戒　能捨身命忍無怨
願求佛身無懈心　廣修精進波羅蜜
樂觀諸佛定境界　內心樂起慧方便
法界最上善逝身　願我如是當獲得
佛諸善行廣作已　得菩提果人中上
當獲廣大虛空身　善離塵染淨無垢
離我人相自性空　無相無言無所得
出過諸眼境界門　大牟尼身如是得
離色離聲意清淨　無生無作本來空
當得如來無動身　十方善逝亦如是
如幻化出種種身　諸象馬等及人相
愚癡虛妄顛倒心　佛十力尊色相見
過去無量諸善逝　未來諸佛亦復然
同一無等法性身　法界最上虛空等

舍利子彼住信菩薩於如是等諸佛如來最勝身相不可思議信解清淨超越分別離諸疑悔後復生起身喜心喜適悅之相發希有想復次舍利子云何名爲住信菩薩於佛如來妙好音聲不可思議信解清淨乃至發希有想舍利子謂佛如來於彼一切衆會之中所出音聲皆爲調伏隨順作諸善利所有十方世界一切衆生普徧意樂悉令生喜然佛

如來不作是念我能爲此苾芻衆會宣說諸法爲此苾芻尼衆會優婆塞優婆夷婆羅門刹帝利長者居士梵衆會等爲其說法又佛如來隨宜宣說契經諷頌記別應頌自說譬喻緣起本事本生方廣希法論議如是等法普爲一切衆會乃至梵衆如應宣說所有上中下根種種差別諸衆生類悉聞法句而彼法句皆從如來口門而出隨諸根性各得解了於其中間亦無語言互相違礙各各於法明了知解此即如來宿福果報現轉妙音令諸衆生隨轉解入又舍利子如來聲者所出細滑悦意可樂清淨無垢美妙樂聞復善明了不麤不惡聞者身喜心無猒倦聞者心喜樂隨生分明解了咸生愛樂心意調適如師子音聲雲雷音聲海潮音聲迦陵頻伽微妙音聲清梵音聲大鼓音聲吉祥音聲柔輭音聲振響音聲令彼衆生諸根適悦淨妙音聲一切衆會忻樂音聲諸相具足最勝音聲諸佛如來若此若彼皆悉具足無量功德清淨音聲舍利子此如是等是爲住信菩薩於佛如來妙好音聲不可思議信解清淨乃至發希有想爾時世尊重明斯義說伽陀曰

如來梵音妙聲相　所出音聲善調伏
梵衆不及佛音聲　如是諸法皆具足
佛聲能與慈相應　廣大悲心復高勝
喜捨相應亦復然　牟尼聖尊妙音出
聞聲能息衆生類　貪火瞋毒諸不善
愚癡暗冥亦消除　如是音聲皆具足
種種方處諸人衆　普徧一切人類中
乃至極此閻浮提　種種語言佛善了

衆生隨聞佛音聲　地居空居諸天衆
得聞牟尼妙音聲　隨佛音聲能解入
二足四足及多足　無足等類聞佛聲
隨觸隨聞寂意生　彼一切處隨聲轉
三千大千世界中　開明調伏衆生類
普攝上中下諸根　隨佛音聲而善轉
應調伏者聞解脱　離諸分別非分別
等引心説聖諦門　是中無執亦無縛
無邊衆生聞佛聲　聞已息除諸煩惱
志誠歸命佛法僧　聞已戒忍皆具足
如來最上妙音聲　是聲深廣無邊量
音聲無邊智無邊　菩薩智信無疑悔

佛説大乘菩薩藏正法經卷第七

佛說大乘菩薩藏正法經卷第八

宋三藏朝散大夫試光禄卿光梵大師惟淨等奉詔譯

如來不思議品第四之二

復次舍利子云何名爲住信菩薩於佛如來最上大智不可思議信解清淨超越分別離諸疑悔後復生起身喜心喜適悅之相發希有想舍利子諸佛如來以無礙知見轉一切法復次舍利子我今爲汝譬諭宣說發明如來智波羅蜜多令彼住信菩薩信解清淨乃至發希有想舍利子譬如殑伽沙等諸世界中一切草木枝葉莖榦總取爲四指分量中或有人攝聚一處聚一處已用火焚之焚已一切悉成灰燼散擲於彼殑伽沙數一切世界大海之中其灰在海經百千歲分布而有如來智力圓滿具足能於彼彼大海之中取彼彼灰分布於彼一切世界謂若干灰若干世界若干根本若干蘊聚若干枝葉悉布在於若干方處而無減失何以故諸佛如來於法界中善覺了故以其覺了而悉能知如是若干一切世界廣大所作如來應供正等正覺具大威德有大神通廣大名稱世間若有諸善男子善女人等於佛如來最上大智信解清淨離分別者皆是如來慈心建立現證一切善根邊際而復能盡諸苦邊際何以故諸佛如來於法界中善覺了故若有能於佛如來所發生一念信解心者所獲功德而不壞失又舍利子我今復說譬喻顯明斯義或有智人於我喻說而能解了譬如有人壽限百歲或於一時取以一毛端量一滴之水析作百分持詣佛所作是白言世尊我今持此

水渧寄置佛所後復來取佛當與我佛即受之以其水渧置在殑伽河中隨流汎溢次第入於大海之中爾時彼人過百歲已來詣佛所作是白言世尊我昔以水渧寄在佛所願佛今時還當授我舍利子如來應供正等正覺最上大智圓滿具足即於大海之中取彼先寄一毛端量析百分者一渧之水授與彼人其一渧水不爲海水損觸壞失舍利子我所說喻表示分明況復有人能見是義如是水渧經久時中以如來智力而不能壞如來應供正等正覺亦復如是若善男子善女人能於如來如是大智信解清淨離分別者皆是如來慈心建立緣佛功德空中雨華現證一切善根邊際而復作盡諸苦邊際何以故諸佛如來於法界中善覺了故若有能於佛如來所發生一念信解心者所獲功德而不壞失爾時尊者舍利子白佛言世尊諸佛如來離如來智能轉諸法不佛言不也舍利子是時舍利子復白佛言當何名爲智何名爲識舍利子當知識者住於四處一者識隨色住色緣色住而常親近增長堅牢廣大所成二者識隨受住受緣受住而常親近增長堅牢廣大所成三者識隨想住想緣想住而常親近增長堅牢廣大所成四者識隨行住行緣行住而常親近增長堅牢廣大所成此說名識何名爲智謂住五取蘊中智蘊了知此說名智若復地界水界火界風界空界識各了知住於識界此說名識若復識於法界有所分別此說名智若復眼所了知色中施設耳所了知聲中施設鼻所了知香中施設舌

所了知味中施設身所了知觸中施設意所了知法中施設此說名識者復內心寂靜外無所行以智收攝無有少法而可分別此說名智若復所緣識生作意識生分別識生此說名識若復無所執無所取無所緣無表了此說名智若復有爲所行法中識有所住識於有爲中行此說名識若於無爲法中無識可行若無爲智即說名智若是識於生住滅法中了別無生無滅無住此說名識舍利子於如是等諸法之中如是名識如是名智是故當知如來大智不可思議住信菩薩信解清淨超越分別離諸疑悔後復生起身喜心喜適悅之相發希有想爾時世尊重明斯義說伽陀曰

所有殑伽沙數等　十方世界諸草木
若人焚爇悉成灰　置大海中百千歲
佛十力尊微妙智　後復能取海中灰
若干根種及諸方　而悉分布無減失
心持十方衆生界　貪瞋癡行悉了知
一切意樂及所行　無增無減皆悟解
大智十力世間尊　十方乃至徧法界
調御不生分別心　一切佛子皆信解

復次舍利子云何名爲如來微妙光明不可思議住信菩薩信解清淨超越分別離諸疑悔後復生起身喜心喜適悅之相發希有想謂佛如來應供正等正覺於法界中善能覺了所有光明廣大微妙而此三千大千世界總攝一切普徧光明炎赫照曜如無雲覆翳日光高出如來應供正等正覺亦復如是於此三千大千世界廣大光明炎赫照曜映蔽

大地所有一切星宿山石藥木燈光及大火聚超出最勝廣大微妙明焰熾盛至于日月光明及四大王天所化宫殿身莊嚴具等諸光明三十三天夜摩天兜率天化樂天佗化自在天所化宫殿身莊嚴具等諸光明彼梵衆天梵輔天梵會天大梵天所化宫殿身莊嚴具等諸光明超出最勝廣大微妙明焰熾盛彼少光天無量光天光音天少淨天無量淨天徧淨天無雲天福生天廣果天無想天無煩天無熱天善見天善現天色究竟天所化宫殿天莊嚴具諸光明中如來應供正等正覺清淨光明超出最勝廣大微妙明焰熾盛何以故如來圓滿廣大無量戒定慧解脱解脱知見故舍利子若此三千大千世界一切光明施設表示比佛如來所有光明百分不及一乃至烏波尼殺曇分皆不及一譬如世間常等真金置於閻浮檀金聚中而彼常金無有光明亦不炎赫不能照耀而此三千大千世界所有一切光明施設表示於佛如來最上光中悉無光明炎赫照耀如來光者無有過上廣大最勝亦無分限極善業報現前隨轉於此三千大千世界之中廣大照耀不以日月晝夜時分所照爲明如來悲愍世間一切衆生普令安住淨圓光中如來應供正等正覺乃於阿僧祇世界之中廣大照耀何以故如來已得最上波羅蜜多及般若波羅蜜多故舍利子我今復説譬喻以明斯義譬如有人取此三千大千世界大地諸土盡末爲塵持詣東方過一世界下一塵點第二世界復下一點如是乃至南西北方各各世

界悉下塵點舍利子於汝意云何而彼塵末於諸世界盡邊際不舍利子言不也世尊不也善逝佛言舍利子如來應供正等正覺亦復如是於彼一切世界之中以淨光明廣大照曜而諸光明比佛光明百分不及一乃至烏波尼殺曇分皆不及一何以故如來應供正等正覺已得最上波羅蜜多及般若波羅蜜多故又舍利子大地所有草木樹林鐵圍諸山乃至須彌山王皆是如來大光明力所住持故乃於三千大千世界廣大照曜然其下劣衆生不能信解或有衆生不能瞻見如來圓光或有衆生於圓光中廣大瞻覩或有一俱盧舍見佛光者或有一由旬内見佛光者或有三千大千世界之内見佛光者又舍利子如來光明何人能於百千世界悉瞻覩者謂諸登地菩薩能於無邊一切世界見佛光明如來悲愍一切衆生盡虛空界及衆生界以淨光明普徧照曜彼住信菩薩聞是說已信解清淨超越分别離諸疑悔後復生起身喜心喜適悅之相發希有想爾時世尊重明斯義說伽陀曰

所有日月諸光明　帝釋梵王光明等
乃至色究竟天光　而悉不及佛光相
色究竟天等諸光　乃至三千大千界
比佛一毛孔中光　十六分中不及一
虛空光明爲廣大　衆生廣大亦復然
若覩如來淨光明　無邊無際虛空等
應化度者見佛光　不比世間生盲類
彼不能見日光明　迺謂日光無所有
下劣衆生亦如是　佛以光明常照曜

自不能覩淨光明　返謂佛光無所有
諸有見佛圓光者　或俱盧舍或由旬
或復三千世界中　而能覩佛光明相
八地九地及十地　已登地位諸菩薩
悉能安住大地中　覩佛光明具大慧
菩薩趣向佛大慧　依止無邊光明輪
作諸佛事利衆生　諸佛刹土不思議
諸佛如來不思議　不思議光亦復然
不思議開淨信心　諸福蘊門不思議

復次舍利子云何名爲如來圓滿戒定不可思議住信菩薩信解清淨超越分別離諸疑悔後復生起身喜心喜適悦之相發希有想舍利子如來正實之語作如是説世間所生一切衆生若淨戒蘊清淨身業清淨語業清淨意業而諸衆生於世間生於世間老不染世法得婆羅門離罪之法復得沙門寂靜觀想三摩地法當得最上波羅蜜多如來又以正實之語作如是説我不見有世間一切若魔若梵若沙門婆羅門天人阿修羅等而能清淨戒蘊定蘊同佛如來無量清淨戒定蘊者何以故如來應供正等正覺已得最上波羅蜜多已得戒定波羅蜜多舍利子我今復説譬喻以明斯義可樂聞不舍利子白佛言世尊今正是時願佛爲説若諸苾芻得聞如來清淨戒定波羅蜜多法者隨所聞已信奉受持

佛説大乘菩薩藏正法經卷第八

音釋

匱求位切乏也　筋舉欣切骨絡也　焦瘁焦慈消切與顦同瘁秦醉切與顇同　犛謨交切長氂牛也　忻許斤切喜也　殑伽梵語也此云天堂來河名也殑其陵切　燼徐刃切火餘也　渧丁歷切水點也　析先的切分也　爇儒劣切燒也

佛說大乘菩薩藏正法經卷第九 第十同卷

宋西天三藏朝散大夫試光祿卿傳梵大師法護等奉詔譯

如來不思議品第四之三

復次佛告舍利子言於汝意云何地界與衆生界孰爲多耶舍利子白佛言世尊地界非多衆生界多佛言舍利子如是如是衆生界多舍利子假使三千大千世界所有一切衆生若卵生若胎生若濕生若化生若有色若無色若有想若無想若非有想非無想乃至普及諸有情界於一刹那一臘縛一須臾頃無前無後悉得人身即彼如上得人身者一切衆生於一刹那一臘縛一須臾頃悉證阿耨多羅三藐三菩提果即彼一切所成諸佛如來一一如來現前所化各有千頭而一一頭各有千面其一一面各有千舌是諸如來具足如來十力四無所畏四無礙解無礙辯才舍利子而彼如來同共稱讚如來所有戒波羅蜜多及戒蘊功德經俱胝那庾多劫而悉不能得其邊際又舍利子一佛如來戒蘊功德無有邊際如是諸佛如來戒蘊功德無上大慧解入辯才乃至入大涅槃於其中間皆悉同等何以故於無性中起有性思議是故如來戒蘊功德無上大慧最勝辯才無量無數無有邊際與虛空等舍利子且置如上所說一三千大千世界乃至東西南北四維上下普徧十方殑伽沙數等諸世界一切衆生於一刹那一臘縛一須臾頃悉得人身乃至悉證阿耨多羅三藐三菩提果總畧廣說乃至於無性中起有性思議是故如來戒蘊功德無上大慧最勝辯才無量無數無有邊

際與虛空等何以故如來已得最上波羅蜜多圓滿清淨戒波羅蜜多復次舍利子我今復以顯明事相宣說如來定波羅蜜多汝樂聞不舍利子白佛言世尊今正是時願佛爲說令諸苾芻聞所說已信奉受持佛言舍利子後時後分當有七日出現世間於彼時中三千大千世界燄熾徧燄熾極徧燄熾都一燄聚彼時如來若行若住若坐若卧具有十種希有之法現彼地方何等爲十一者地平如掌是爲第一希有之法二者於彼時中三千大千世界燄熾徧燄熾極徧燄熾都一燄聚彼時如來若行若住若坐若卧彼地方中悉無荆棘涌出金寶是爲第二希有之法三者於彼三千大千世界燄熾徧燄熾極徧燄熾都一燄聚彼時如來若行若住若坐若卧其地廣闊如來受用是爲第三希有之法四者於彼時中三千大千世界燄熾徧燄熾極徧燄熾都一燄聚彼時如來若行若住若坐若卧彼地方中自生異草青潤柔輭右旋宛轉如迦唧隣那寶復有妙香是爲第四希有之法五者於彼時中三千大千世界燄熾徧燄熾極徧燄熾都一燄聚彼時如來若行若住若坐若卧彼地方中自然涌出八功德水所謂一冷二輕三軟四香五美六清七飲時無猒八多飲無患如是具足八功德水是爲第五希有之法六者於彼時中三千大千世界燄熾徧燄熾極徧燄熾都一燄聚彼時如來若行若住若坐若卧彼地方中有清涼風自然吹觸舍利子譬如夏月盛熱之時人極疲倦時或有人往詣殑伽河岸承彼清涼漸

入河中澡沐身體去除熱惱乃得輕安調暢適悅出河在岸往復經行其去不遠見大樹林清潤蓊鬱枝葉扶踈影蔭清虛周帀垂覆其中殊麗宛如珠寶間錯嚴飾是人即時詣彼林所安詳而坐四面涼風散來吹觸舍利子如來亦復如是以宿善業果報熧明清淨涼風自然吹觸是爲第六希有之法七者於彼時中三千大千世界餤熾徧餤熾極徧餤熾都一餤聚彼時如來若行若住若坐若卧彼地方中自然而有水生諸華所謂優鉢羅華鉢訥摩華俱母陁華奔拏利迦華等是爲第七希有之法八者於彼時中三千大千世界餤熾徧餤熾極徧餤熾都一餤聚彼時如來若行若住若坐若卧彼地方中自然而有陸生諸華所謂阿帝目訖多華瞻波迦華蘇摩那華縛利尸迦華阿輸迦華波吒羅華迦蘭尼迦華多囉尼華等如是等華色香具足是爲第八希有之法九者於彼時中三千大千世界餤熾徧餤熾極徧餤熾都一餤聚彼時如來若行若住若坐若卧彼地方中見有殊妙寶塔出現一切天人若魔若梵沙門婆羅門等瞻禮供養是爲第十希有之法舍利子如是十種希有之法於彼地方次第出現以其如來應供正等正覺於法界性善覺了故隨其色相入三摩地住等引心純一樂受經殑伽沙數等劫謂如食頃如來於三摩地無所壞失舍利子如來在定住經一劫或百劫千劫百千劫一俱胝劫百俱胝劫千俱胝劫百千俱胝劫百千俱胝那庾多劫後從定起何以故如來應供正等正覺已得最上波

羅蜜多故而彼最上波羅蜜多者具大神通有大威德得大自在是故如來圓滿具足舍利子如彼非想非非想天中天子生已緣一境住謂識所緣經八萬四千劫而識不於餘識所轉乃至壽限盡時即便趣滅舍利子如來始於初夜分中證成阿耨多羅三藐三菩提果於中夜分入大涅槃於其中間而不壞滅三摩地法如來在定無心可轉無心所行無心伺察無心徧行無心可增無心可減無心散亂無心可高無心可下無心攝護無心隱密無心隨順無心違背無心沉下無心動轉無心喜悅無心愛著無心分別無心離分別無心計度無心隨識流轉無心依止眼耳鼻舌身意無心依止色聲香味觸法無心於彼法中行無心於彼智中行無心於彼過去觀察無心於彼未來觀察無心於彼現在觀察如來應供正等正覺如是安住三摩地中心無少法而可生起然於一切法中以無礙知見而常隨轉都無發悟如來離心意識於定分位亦不減失復常施作一切佛事然無發悟爾時世尊重明斯義說伽陀曰

佛於無量百千劫　徧三有中修道行

戒聞定忍無散心　圓成無上菩提果

佛善業果報如是　超勝世間戒清淨

無戲論垢淨如空　十力淨戒虛空等

佛於初夜成正覺　後於中夜入涅槃

佛無心行無徧行　於諸寂定無減失

十力戒蘊亦無減　神力解脫分亦然

百千劫中住一心　佛無分別離分別

佛於如空定境界　三義轉佛無礙智

心意伺察不遺除　佛子信解佛十力

舍利子如是等法住信菩薩應於如來戒定法中信解清淨超越分别離諸疑悔後復生起身喜心喜適悦之相發希有想復次舍利子云何名爲住信菩薩於佛如來神足通力信解清淨乃至發希有想舍利子如來應供正等正覺常所宣説尊者大目乾連於聲聞苾芻衆中神通第一於彼菩薩衆中若以聲聞神通同等較量我不見有聲聞神通與菩薩等者若以菩薩神通與佛神通同等較量我不見有菩薩神通與如來神通而相等者彼諸菩薩常作是念如來神通不可思議我等發勤精進願求成辦如來神力復次舍利子我今復以喻説發明如來神通智力汝樂聞不舍利子白佛言世尊今正是時願佛爲説令諸苾芻聞所説已信奉受持佛言舍利子於汝意云何大目乾連有大神通邪舍利子白佛言世尊我親聞佛説親所聽受大目乾連於聲聞苾芻衆中神通第一佛言舍利子假使三千大千世界滿中一切聲聞彼彼神力皆與大目乾連神力同等猶如稻麻竹葦甘蔗叢林如是同等如是色相所有一切聲聞功德威勢精進力能神通變化隨所表示比佛如來百分不及一千分不及一百千分不及一一俱胝分不及一百俱胝分不及一千俱胝分不及一百千俱胝分不及一筭分數分及譬喻分乃至烏波尼殺曇分皆不及一何以故如來應供正等正覺已得最上波羅蜜多故舍利子如來以神通力於此地中置一芥子以佛如來加持力故彼諸聲聞

一切威勢神通力能而悉不能舉彼芥子復不能動一毛端量何以故如來應供正等正覺已得最上波羅蜜多及神通波羅蜜多故舍利子且置上説此三千大千世界乃至東西南北四維上下普徧十方殑伽沙等一切世界所有一切衆生之類若卵生若胎生若濕生若化生若有色若無色若有想若無想若非有想非無想彼諸衆生一時皆得聲聞之果具大神通悉如大目乾連彼諸聲聞同以威勢力能神通變化而悉不能舉動芥子一毛端量何以故如來應供正等正覺已得最上波羅蜜多及神通波羅蜜多故具大威德有大神通得大自在爾時世尊復告尊者舍利子言汝昔曾聞風災劫時有大風起名毗藍婆振吼吹擊此三千大千世界須彌山王鐵圍諸山大鐵圍山等及四大洲至八萬洲彼彼大海吹鼓高起流散周徧一由旬量舍利子白佛言世尊我昔親聞如來宣説如是等事佛言舍利子風災劫時大風吹擊此三千大千世界須彌山王及諸山大海吹鼓高起破壞流散周徧一切乃至無數百千由旬分量地居諸天亦悉飃鼓流散周徧塵尚不見況山石等所有夜摩天中諸宮殿等飃鼓破壞流散周徧塵尚不見何況宮殿彼兜率天化樂天佗化自在天梵衆天梵輔天梵會天大梵天少光天無量光天光音天少淨天無量淨天徧淨天如是等天諸宮殿等飃鼓破壞流散周徧塵尚不見何況宮殿舍利子如是大風飃鼓吹擊爾時如來所有妙衣不能損動一毛端量況復衣角所以者何以

佛如來不思議神力不思議緣不思議所行不思議大悲悉具足故舍利子當彼大風飃鼓之時東西南北四維上下周徧十方殑伽沙等一切世界大風不止是時如來舉以指端指大風輪即時大風皆悉止息此是如來神通智力無所減失不思議故舍利子彼住信菩薩應於如來神通智力信解清淨超越分别離諸疑悔後復生起身喜心喜適悦之相發希有想爾時世尊重明斯義説伽陀曰

所有三界諸衆生　皆作聲聞具智慧
與大目連智皆同　悉具神通波羅蜜
如來於此地方中　置一芥子極微塵
彼彼一切現神通　而悉不能爲舉動
所有殑伽沙數等　十方一切世界中
毗藍婆風振擊時　普徧諸方皆吹鼓
當彼如是大風起　佛上妙衣悉舉示
不能動其一毛端　由佛神力不思議
大風吹擊極猛惡　牟尼舉一毛端量
神力能止大風輪　無邊廣大虚空等

舍利子住信菩薩應於如來如是神力信解清淨乃至發希有想

佛説大乘菩薩藏正法經卷第九

佛說大乘菩薩藏正法經卷第十

宋三藏朝散大夫試光祿卿光梵大師惟淨等奉詔譯

如來不思議品第四之四

復次舍利子住信菩薩於佛如來十種智力不可思議聞已淨信超越分別離諸疑惑後復生起身喜心喜適悅之相發希有想如來以具十智力故了知勝處於天人世間能師子吼轉妙梵輪所有一切天人魔梵悉不能轉無與如來同其法者云何十力一者處非處智力二者業報智力三者種種信解智力四者種種界智力五者根勝劣智力六者至處道智力七者禪定解脫等持等至染淨智力八者宿住隨念作證智力九者天眼作證智力十者漏盡作證智力舍利子如是名為如來十種智力如來以具十智力故了知勝處於大衆中能師子吼轉妙梵輪乃至一切世間無與如來同其法者云何如來處非處智力謂佛如來以其無上最勝智力於處非處如實了知何者是處何者非處舍利子所言非處者謂不容受身作惡者語作惡者意作惡者能感悅意光澤可愛果報若如此者無有是處而或可容受者謂身語意造作諸惡不能招感悅意光澤可愛果報斯有是處又非處者謂身語意業造作諸善而能招感不悅意光澤可愛果報無有是處可容受者謂身語意造作諸善而能招感悅意光澤可愛果報斯有是處又非處者謂慳悋人感大富果無有是處若慳悋人感貧窮果斯有是處又非處者謂行施人感貧窮果無有是處若行施人感大富果斯有是處又非處者謂

破戒人得生天人無有是處若破戒人當墮地獄餓鬼傍生趣中斯有是處又非處者謂持戒人返墮地獄餓鬼傍生趣中無有是處若持戒人生天人中斯有是處又非處者謂瞋恚人感端正果無有是處若瞋恚人感醜陋果斯有是處又非處者謂忍辱人感醜陋果無有是處若忍辱人感端正果斯有是處又非處者謂懈怠人而能獲得現前三昧無有是處若懈怠人不得現前三昧斯有是處又非處者謂精進人不得現前三昧無有是處若精進人而能獲得現前三昧斯有是處又非處者謂散亂心人得出離道無有是處若散亂心人不能獲得出離之道斯有是處又非處者謂能安住心一境性之人不能獲得彼出離道無有是處若能安住心一境性

之人得出離道斯有是處又非處者謂無慧人而能除斷一切種子習氣無有是處若無慧人不能除斷一切種子習氣斯有是處又非處者謂有慧人不能除斷一切種子習氣無有是處若有慧人能斷一切種子習氣斯有是處又非處者謂殺生人起殺害因感長壽果無有是處若殺生人感短壽果斯有是處又非處者謂離殺生之人感短壽果無有是處若離殺生之人感長壽果斯有是處又非處者謂偷盜之人感大富果無有是處若偷盜之人感貧窮果斯有是處又非處者謂離偷盜之人感貧窮果無有是處若離偷盜之人感大富果斯有是處又非處者謂邪染之人得有子妻室無有是處若邪染之人不得有子妻室斯有是處又非處者謂離邪染人

不得有子妻室無有是處若離邪染之人得有子妻室斯有是處又非處者謂妄語之人不招毀謗無有是處招其謗者斯有是處又非處者謂離妄語之人返招毀謗無有是處不招謗者斯有是處又非處者謂兩舌之人眷屬不離無有是處若眷屬分離斯有是處又非處者謂離兩舌之人眷屬分離無有是處若眷屬不離斯有是處又非處者謂惡口之人常聞悦意語言無有是處若其不聞悦意語言斯有是處又非處者謂離惡口之人不聞悦意語言無有是處若其聞者斯有是處又非處者謂綺語之人得決定辯才無有是處若其不得斯有是處又非處者謂離綺語之人不得決定辯才無有是處若其得者斯有是處又非處者謂多貪人得大富者無

有是處若其不得斯有是處又非處者謂離貪人大富斷續無有是處若不斷續斯有是處又非處者謂瞋恚心人不墮地獄無有是處若其墮者斯有是處又非處者謂離瞋人不於善趣天界中生無有是處若其生者斯有是處又非處者謂邪見人積集邪見之因能得聖道無有是處若邪見人積集邪見之因不得聖道斯有是處又非處者謂正見人積集正見因故不得聖道無有是處若正見人積集正見因故獲得聖道斯有是處又非處者謂修施行之人若不得淨心分位無有是處若其得者斯有是處又非處者謂持淨戒人不得淨心分位無有是處若其得者斯有是處又非處者若起有所得見之人獲順忍者無有是處若其不得斯有是處又非處

者若證空解脫人不得順忍者無有是處若其得者斯有是處又非處者謂惡作之人得住輕安心者無有是處若其不得斯有是處又非處者謂惡作之人得心調伏及輕安者無有是處若其不得斯有是處又非處者若諸女人成轉輪聖王無有是處若男子得成斯有是處又非處者若諸女人成帝釋天主無有是處若男子得成斯有是處又非處者若諸女人成梵王無有是處若男子得成斯有是處又非處者若諸女人現成佛果者無有是處若八人地次第得果斯有是處又非處者謂須陀洹人現轉證成第八位者無有是處若於此蘊中趣涅槃者斯有是處又非處者謂斯陀含人現轉第三位者無有是處若於此蘊中趣涅槃者斯有是處又非處者

若阿那含人還來人間無有是處於此蘊中趣涅槃者斯有是處又非處者若阿羅漢人有結習者無有是處若其無者斯有是處又非處者謂諸聖人趣求異類師尊教授異義所生法者無有是處若不然者斯有是處又非處者若得無生法忍之人有退轉者無有是處乃至得證菩提斯有是處又非處者若諸菩薩坐菩提場已而不證成菩提果無有是處若諸菩薩坐菩提場已決定證成阿耨多羅三藐三菩提果然後起座斯有是處又非處者謂諸佛如來於種子習氣有所表現者無有是處若佛如來所有一切種子習氣悉能除斷斯有是處又非處者謂佛如來智有障礙無有是處若佛如來智無障礙斯有是處又非處者謂能觀見諸佛如來最勝頂

相無有是處若不能見佛頂相者斯有是處又非處者謂能知佛心所行者無有是處若不能知諸佛如來心所行者斯有是處又非處者謂佛如來住等引心有所得相者無有是處若佛如來常住等引心者斯有是處又非處者若謂如來語言虛妄不決定者無有是處若佛如來言無虛妄斯有是處又非處者若謂如來有其過失無有是處諸佛如來離諸過失斯有是處舍利子如是等法如四無所畏十八不共法法中廣說

復次舍利子若謂諸佛如來於現在世中若知若見有障礙者無有是處若諸佛如來於現在世中若知若見無障礙者斯有是處舍利子如是所說如來所有處非處智力無有邊際若欲知其邊際之者譬如虛空所可知耶若其虛空不知邊際如來應供正等正覺處非處智力邊際亦然諸住信菩薩得聞如來不可思議處非處智力已發生信淨超越分別離諸疑惑後復生起身喜心喜適悅之相發希有想爾時世尊重明斯義說伽陀曰

十方虛空無邊量　處非處智力亦然

智力眞實徧世間　廣說最上眞實法

若人圓具解脫器　知彼所行爲說法

彼圓法器諸衆生　知處非處住捨行

虛空大地尚可動　佛說果報無虛妄

處非處智若圓成　世出世間十力具

舍利子此是如來第一智力如來應供正等正覺以具如是勝智力故了知勝處於大衆中能師子吼轉妙梵輪乃至世間無與如來同其法者復次舍利子云何名爲如來業報

智力謂佛如來以無上智於過去未來現在一切衆生所作諸業積集因處諸果報等皆如實知云何了知舍利子謂諸如來應供正等正覺於諸衆生過去諸業所集善因離諸不善於未來世與其善果如來一一如實了知若諸衆生造不善業集不善因離諸善法於未來世獲不善果如來一一如實了知若諸衆生積集業因於未來世感下劣分位如來決定如實了知若諸衆生積集業因於現在世感殊勝分位於未來世亦感殊勝分位如來決定如實了知若諸衆生積集業因於過去世起下劣行未來世中起廣大行如來決定如實了知若諸衆生積集業因少分發起當感廣大殊勝分位如來決定如實了知若諸衆生積集業因廣大發起當感少分殊勝分位如來決定如實了知若諸衆生修聲聞行感聲聞果如來決定如實了知若諸衆生修緣覺行感緣覺果如來決定如實了知若諸衆生修佛智因感佛智果如來決定如實了知若諸衆生於現在世積集苦因未來世中感其樂報如來決定如實了知若諸衆生於現在世積集樂因未來世中感其苦報如來決定如實了知若諸衆生於現在世積集苦因未來世中感其苦報如來決定如實了知若諸衆生於現在世積集樂因未來世中感其樂報如來決定如實了知舍利子如來於過去未來現在世中一切衆生所有諸業若因若果如來眞實無異無別決定一一如實了知如來隨所知已如其所應皆爲說法舍利子如來應供正等正覺於過去未來

現在一切衆生諸業果報積集因處皆如實知如來智力無有邊際若欲知其邊際之者譬如虚空所可知耶若其虚空不知邊際如來應供正等正覺業報智力邊際亦然諸住信菩薩得聞如來不可思議業報智力已發生淨信超越分别離諸疑惑後復生起身喜心喜適悦之相發希有想爾時世尊重明斯義説伽陀曰

佛善了知諸因果　業法智眼悉能觀
無礙智徧三世中　諸衆生行悉明達
苦樂諸因及所願　徧諸衆生五趣中
輪轉一切諸苦因　善逝決定皆明了
所有黑白諸業報　因果願求亦復然
能仁真實悉了知　猶觀掌中如意寶
若諸業法修因少　當來果報獲無量
若因無量果還微　善逝真實皆曉了
修聲聞行果如願　緣覺菩提因願同
無上智果願亦然　善逝如實皆曉了
若於先業修苦因　後復當招於樂果
若於諸業修樂因　後復當招於苦果
苦因苦果如是法　樂因樂果亦復然
自業自果和合因　善逝如實皆曉了
諸有苦法三世轉　徧諸衆生五趣中
真實無斷無異門　佛無上智皆明了

舍利子此是如來第二智力如來以其勝智力故了知勝處於大衆中能師子吼轉妙梵輪一切世間天人魔梵皆不能轉乃至無與如來同其法者

佛説大乘菩薩藏正法經卷第十

音釋

𣗥訖力切凡有刺者皆曰𣗥　蓊鬱蓊烏孔切鬱紆勿切蓊鬱草木盛貌　篳于鬼切竹篳也　飃紕招切風飃與飄同

佛說大乘菩薩藏正法經卷第十一 第十二同卷

宋三藏朝散大夫試光祿卿傳梵大師惟淨等奉詔譯

如來不思議品第四之五

復次舍利子云何名爲如來種種信解智力謂佛如來於諸衆生諸補特伽羅所有信解種種差別如來一一如實了知若諸衆生本住貪愛於瞋起解廣如經說若諸衆生本住著癡於瞋起解如來一一如實了知若諸衆生本住不善之法於不善法起解如來一一如實了知若諸衆生本住善法於善法起解如來一一如實了知若諸衆生修下劣行於殊勝法而起信解如來悉如實知若諸衆生修殊勝行於下劣法而起信解如來悉如實知若諸衆生修下劣行於殊勝分位而起信解如來悉如實知若諸衆生修殊勝行起下劣解如來悉如實知若諸衆生於邪定聚而起信解取彼定法如來悉如實知若諸衆生於正定聚而起信解取彼定法如來悉如實知若諸衆生於正定聚取彼解脫如來悉如實知若諸衆生信解欲界定法從欲界入如來悉如實知若諸衆生信解色界定法從色界入如來悉如實知若諸衆生信解無色界定法從無色界入如來悉如實知若諸衆生信解三界定法徧三界入如來悉如實知若諸衆生本住下劣分位而得殊勝之法如來悉如實知若諸衆生本住殊勝分位而得下劣之法如來悉如實知若諸衆生起種種信解種種色相種種受用種種領納如來悉如實知若諸衆生信解以先業故當感墜墮如來悉如實知若諸衆生信解脫之法取彼解

脱如來悉如實知如來如是如實知已隨其所應即爲説法舍利子此是如來信解智力無有邊際與虚空等若諸住信菩薩於佛如來種種信解最勝智力聞已淨信超越分别離諸疑惑後復生起身喜心喜適悦之相發希有想爾時世尊重明斯義説伽陀曰

世間種種信解法　過未現在無限量
即彼信解如所思　佛人中尊皆曉了
若於貪法起信解　而本住著瞋分位
若瞋若癡義亦然　佛隨信解皆明了
住貪住癡等諸法　隨心所持難思度
相續無間徧所行　能仁勝智皆明了
若諸衆生下劣行　還復信解廣大法
行勝解劣義亦然　佛調御尊皆明了
若衆生取邪定聚　來還所起亦復然
所有三界解脱門　佛隨信解皆明了
所生色相種種異　受用差别亦復然
隨先業故報無差　二足聖尊皆明了
隨其信解了知已　如其所應爲説法
第三勝解智力門　佛子當生清淨信

舍利子如是如來第三信解智力如來應供正等正覺以具勝智力故了知勝處於大衆中能師子吼轉妙梵輪一切世間天人魔梵悉不能轉無與如來同其法者復次舍利子云何如來種種界智力謂佛如來於種種界如實了知若諸衆生於諸世間以諸福行而爲長養如來悉能如實了知若諸衆生以非福行而爲長養如來悉如實知若諸衆生以不動行而爲長養如來悉如實知若諸衆生行修出離行如來悉如實知又舍利子如來悉

如實了知眼界色界眼識界云何能知謂佛了知内空外空内外空故乃至意界法界意識界悉如實知云何能知謂佛了知内空外空内外空故又舍利子如來了知地界水界火界風界及虚空界悉如實知云何能知謂如虚空故亦然了知如來悉知欲界色界及無色界分別所起知有爲界是造作相知無爲界是無造作相知雜染界是客塵煩惱相知清淨界是自性明亮相知諸行界是不如理作意無明相知涅槃界是如理作意明智相又舍利子若諸界依止諸界安住諸界隨順諸界建立諸界作用諸界意趣諸界寂定諸界住著如來一一如實了知隨所知已即爲説法舍利子此是如來種種界智力如是勝力無有邊際若諸住信菩薩於佛如來如是智力聞已淨信超越分別離諸疑惑後復生起身喜心喜適悅之相發希有想爾時世尊重明斯義説伽陀曰

一切世間諸衆生　以種種界爲依止
隨轉界趣義亦然　佛無上尊皆明了
福非福及不動行　諸出離界義亦然
隨諸界趣安住心　涅槃無動常寂靜
所有眼界及色界　彼眼識界亦復然
耳鼻舌身意界中　如來如實皆明了
於其法界了知已　彼意識界亦復然
了知諸法内外空　此即能仁大智力
地界水界及火界　而彼風界亦復然
如是諸界徧了知　猶如虚空等無異
所有欲界及色界　彼無色界亦復然
如來如是徧了知　及彼分別所起等

而彼虚空無邊際　諸界無邊亦復然
佛於一切雖徧知　不起我心能了解
了知諸界無所生　亦知諸界無所滅
如是諸界寂静心　無上丈夫皆明了
如其虚空無邊際　佛智無邊亦復然
以無礙智悉了知　種種信解皆解脱
知心所起信解已　俱胝衆生悉調伏
如來第四力圓成　佛十當生清淨信

舍利子如是如來第四智力廣説乃至無與如來同其法者復次舍利子云何名爲如來根勝劣智力謂諸衆生所有根性若勝若劣如來一一如實了知云何能知謂下根中根及彼利根亦復徧知殊勝諸根乃至積集分别從貪所起諸業根性從瞋所起諸業根性從癡所起諸業根性如來悉如實知如是分别諸業虚妄所起貪瞋癡等皆如實知如是分别諸根從貪瞋癡少分所起者如來悉如實知分别諸根從貪瞋癡廣大所起者亦如實知分别諸根從貪瞋癡執著所起者亦如實知若善因根性若不善因根性若不動因根性若出離因根性如來悉如實知又舍利子如來徧知一切衆生眼根耳根鼻根舌根身根意根女根男根命根苦根樂根憂根喜根捨根信根精進根念根定根慧根未知當知根已知根具知根如是二十二根如來悉如實知又諸根中若眼根因通耳根分位非鼻根舌根身根如來悉如實知若耳根因通鼻根分位若鼻根因通舌根分位若舌根因通身根分位若身根因通眼根分位如是諸根因及分位如來悉如實知若諸衆生有布

施根性修持戒行如來了知自佗根故即爲宣說布施之法若諸衆生有持戒根性修布施行如來了知自佗根故即爲宣說持戒之法若諸衆生有忍辱根性修精進行如來了知自佗根故即爲宣說忍辱之法若諸衆生有精進根性修忍辱行如來了知自佗根故即爲宣說精進之法若諸衆生有禪定根性修勝慧行如來了知自佗根故即爲宣說禪定之法若諸衆生有勝慧根性修禪定行如來了知自佗根故即爲宣說勝慧之法總略乃至諸菩提分法亦如是說若諸衆生具聲聞根性修緣覺乘行如來了知自佗根故即爲宣說聲聞乘法若諸衆生具緣覺根性修聲聞乘行如來了知自佗根故即爲宣說緣覺乘法若諸衆生具大乘根性而修聲聞緣覺乘行如來了知自佗根故即爲宣說大乘之法若諸衆生具最上乘根性修大乘行如來了知自佗根故即爲宣說最上乘法若諸衆生具不堪任非法器根性如來了知無所堪任非法器已即當捐棄若諸衆生有所堪任是法器者如來即爲宣說正法舍利子如來於一切衆生中若觀察諸根而悉了知不觀察諸根亦悉了知若出離根者而悉了知不出離根者亦悉了知隨諸衆生何等根性若諸行法若意樂因若緣若障若究竟處若最後根如來一一皆如實知爾時世尊重明斯義說伽陀曰

趣向彼岸諸根性　知衆生性及意樂
世間諸根徧了知　人中師子宣正法
普觀下中上根器　未曾有智而徧轉

知解脫器諸衆生　智宣勝法令開曉
決定煩惱諸所起　隨衆生根少或多
如諸根性遍了知　隨順宣說智行法
若諸衆生具善根　或具不善諸根者
眼耳鼻舌身意根　苦樂憂喜捨根性
信進念定慧根等　男女命根亦復然
如其宣說彼信根　餘根勝義亦如是
根性所行及諸相　隨衆生意而徧轉
應根宣說勝法門　智善明了諸苦法
聲聞者根難解脫　唯佛菩提善出離
聲聞不知佛智因　爲說菩提最勝力

舍利子此是如來第五智力廣說乃至無與如來同其法者復次舍利子云何名爲如來至處道智力謂佛如來徧一切處所向之道皆如實知云何能知若衆生界住正定聚者住不定聚者住邪定聚者一一了知若住正定聚衆生界者所有因力及彼先行而悉具足開明利根如來知彼有所堪任是解脫器隨昔因力而爲說法若住不定聚衆生界者以彼緣力成熟相故隨其所應說法教授即得解脫若緣力未熟即不解脫如來俟其因緣和合值佛出世即爲說法彼於佛所得聞法已深固勤行乃得勝果若住邪定聚衆生界者不修正業根性癡暗非其正器如來不爲說法以其無所堪任非解脫器如來知已即當捐棄是故諸菩薩應當勤行被精進鎧又舍利子如來了知三種貪處謂有貪處善相所起復有貪處邊際相所起復有貪處先因所起如來了知三種瞋處謂有瞋處惱害相所起復有瞋處貪不滿意所起復有瞋處

宿習所起如來了知三種癡處謂有癡處無明因所起復有癡處有身見因所起復有癡處疑惑因所起如來一一如實了知又舍利子如來於諸苦處以迅速神通而能了知以其利根或於苦處以遲緩神通而能了知以其柔軟根故又復如來於諸樂處以迅速神通而能了知以其利根故或於樂處以遲緩神通而能了知以其柔軟根故又於遲緩處以遲緩神通而能了知以障道故於遲緩處以迅速神通而能了知令得輕安故於迅速處以遲緩神通而能了知以無畢竟安隱故於迅速處以迅速神通而能了知以無別異故又復有處得決擇力圓滿非修習力有得修習力圓滿非決擇力有修習力及決擇力皆得圓滿有修習力及決擇力皆不圓滿如來一一如實了知又復有處意樂具足行不具足有行具足意樂不具足有意樂具足行亦具足有意樂不具足行亦不具足如來一一如實了知又復有處身業清淨非語非心又復有處心業清淨非身非語又復有處身語心業皆不清淨又復有處身語心業皆悉清淨如來一一如實了知舍利子所有一切衆生於一切處所作因業若動若寂如來以無礙智隨衆生轉舍利子如是如來至處道智力無其邊際與虚空等諸住信菩薩聞已淨信超越分別離諸疑惑後復生起身喜心喜適悦之相發希有想爾時世尊重明斯義説伽陀曰

佛善了知至處力　諸正定聚知彼因
及不定聚諸衆生　彼成熟相皆明了

三種貪處佛善了　瞋癡三種亦復然
三種煩惱差別門　佛悉了知因緣處
苦處了知利根性　遲緩神通柔軟根
樂處利根亦復然　佛悉了知遲緩相
有遲緩處遲緩力　或遲緩處利根性
或迅速處遲緩根　迅速神通無異相
有決擇力無修力　或有修力決擇無
決擇修力或俱圓　二種俱無皆明了
有處意樂或圓具　而復行業未能圓
俱有俱無二種門　佛能遍觀皆明了
有處身業得清淨　非語非心淨亦然
或復語身清淨時　非心清淨義如是
或有清淨於心業　非語非身義亦然
或復語心清淨時　非身清淨義如是
身語心業皆清淨　佛徧觀察悉能知
如其所成寂靜門　此佛第六勝智力

舍利子此是如來第六至處道智力如來以具勝智力故了知勝處乃至世間無與如來同其法者

佛說大乘菩薩藏正法經卷第十一

佛說大乘菩薩藏正法經卷第十二

宋西天三藏朝散大夫試光祿卿傳梵大師法護等奉詔譯

如來不思議品第四之六

復次舍利子云何名爲如來禪定解脫等持等至滌淨所起智力謂佛如來於自於他所有禪定解脫等持等至滌淨等法悉如實知云何能知所有一切衆生諸雜染法若因若緣悉如實知及彼衆生諸清淨法若因若緣亦如實知云何是因云何是緣謂即一切衆生諸雜染中不如理作意是因無明是緣無明爲因行爲緣行爲因識爲緣識爲因名色爲緣名色爲因六處爲緣六處爲因觸爲緣觸爲因受爲緣受爲因愛爲緣愛爲因取爲緣取爲因有爲緣有爲因生爲緣生爲因所緣爲緣煩惱爲因業爲緣見爲因愛爲緣隨眠爲因所起爲緣一切衆生諸雜染處此如是因此如是緣如來一一皆如實知又因緣者所有一切衆生於清淨法中有二因二緣若諸衆生聞佗隨順語言音聲即能各各深固作意於三摩地能善觀想善住心一境性又二因二緣者謂所起智及未起智又二因二緣者謂伺察生法不證涅槃又二因二緣者謂明行具足取證解脫又二因二緣者謂修習解脫門自性解脫智又二因二緣者謂盡智無生智又二因二緣者謂真實覺了真實所得如是一切衆生於清淨法中有如是因有如是緣如來一一皆如實知又舍利子所有一切衆生有其多種清淨所緣雜染所緣有取清淨所緣者如實伺察故有取雜染所緣者如實伺察故有雜染所緣中取清淨

所緣者如實伺察故有清淨所緣中取雜染所緣者增上慢所執故舍利子如來勝智廣大無邊而能徧轉如實徧知所謂離諸罪業尋伺善法入離生喜樂初禪定門從初禪定入至滅受想定起乃至從滅受想定入還至初禪定起八解脱者謂順入逆入及逆順入何等爲八一者有色觀諸色解脱二者内無色想觀外諸色解脱三者淨解脱身作證具足住四者空無邊處解脱五者識無邊處解脱六者無所有處解脱七者非想非非想處解脱八者滅受想解脱此八解脱若順若逆等持等至及三昧耶皆能觀想然佛如來於三摩地悉無分別亦無所緣及彼所入如來於一三摩地中徧入一切三摩地門從一定起諸定亦然如來於等引心無相續轉無所得心無能觀心所有一切緣覺三摩地出過聲聞三摩地菩薩三摩地出過緣覺三摩地諸佛三摩地出過菩薩三摩地何以故如來增上勝智悉徧轉故若發聲聞心者諸有語言及教授法如來悉知若發緣覺心者若發菩薩心者亦如實知隨其所應説法教授舍利子此是如來第七禪定解脱等持等至染淨所起智力無邊無際與虚空等諸住信菩薩聞已淨信起越分別離諸疑惑後復生起身喜心喜適悦之相發希有想爾時世尊重明斯義説伽陀曰

諸有衆生雜染性　及諸衆生清淨因
大無畏尊悉了知　知已隨應爲説法
而諸煩惱所因者　從彼無明緣所生
無明爲因行爲緣　乃至有支生諸苦

一切煩惱諸根本　源由不如理作意
從是因緣生有支　佛善了故爲開曉
諸業根本所謂行　無明及識而爲緣
乃至諸苦有支生　隨佗音聲起諸法
深固作意而內觀　審知二因及二緣
衆生如實覺了因　以彼因故能寂止
衆生若求解脫因　應當善觀諸緣法
調御聖尊悉了知　深固安住戒清淨
如應審諦觀空法　而善修習解脫門
解脫三有苦難中　如實清淨善開曉
衆生信佛清淨法　空無相願解脫門
三摩鉢底復善宣　聲聞緣覺諸禪定
衆生備具諸煩惱　佛說禪定解脫門
無染第七力圓成　能調難調佛善說

舍利子如是如來第七智力如來以具勝智力故了知勝處乃至無與如來同其法者復次舍利子云何名爲如來宿住隨念智力謂佛如來以無上智若自若佗無數多種諸宿住事隨念了知若一生若二生三四五生若十二十三四五十百生千生及百千生乃至無數俱胝那庾多百千生事隨念悉知若成劫若壞劫若成壞劫乃至無數成壞劫中於某方某處往昔世中諸有衆生如是名字如是種族如是姓氏如是狀貌如是色相如是形體如是壽量如是久住如是苦受如是樂受於某處滅於某處生復於某處滅已復某處生若有表示若無表示若自若佗有無數多種宿住隨念等事若諸衆生有如是因由彼因故諸所從來如來一一如實了知知已爲說法要所有一切衆生過去心行如來悉

能住持了知若心相續若心所緣若心生起於所緣心不壞不滅舍利子如來於一衆生心相續知故乃至於何等心而悉相續如實了知從其心起設經殑伽沙數等劫說不能盡是故應知諸佛如來了知一切衆生心行無其邊際經俱胝劫說不能盡如來無上勝智亦無邊際舍利子如是如來宿住隨念作證智力不可思議無有等比無其限量不可筭數不可記說於諸衆生無邊際處以佛神通智力隨念能知若諸衆生隨所生起種諸善根若佛乘若緣覺乘若聲聞乘若諸善法如來隨念而悉能知如來以大威力隨諸衆生善根所緣即爲說法令彼衆生不退轉於阿耨多羅三藐三菩提果如其信解皆得出離若發聲聞乘心若發緣覺乘心若發無上正等菩提之心舍利子此是如來第八宿住隨念作證智力無其邊際與虚空等諸住信菩薩聞已淨信超越分別離諸疑惑乃至發希有想爾時世尊重明斯義說伽陀曰

百俱胝劫無邊際　佛世燈照宿住事
徧知自他五類心　如觀掌中菴摩果
壽量劫數及色相　生滅衆生所起因
具法器者亦悉知　過去無邊無際等
世間衆生心心所　相續所生無間斷
聖尊大智徧了知　過去無量諸心法
一衆生心佛知已　殑伽沙數等亦然
三有無際復無邊　乃至後際不可盡
如是所行智無盡　無數亦復無限量
世尊智海廣無邊　悉知衆生善意樂
尊重能仁具無量　神通智力悉廣大

如昔所修善法因　以威神力能思念
如是無量大福事　三種智通善思念
安住不退轉大心　已修勝行解脱道
善逝正智無邊量　能知一切衆生心
第八智力廣無邊　佛子當生清淨信
舍利子如是如來第八智力如來以具勝智力故了知勝處乃至無與如來同其法者復次舍利子云何名爲如來天眼隨念作證智力謂佛如來以無上智清淨天眼過於肉眼觀見世間一切衆生生時滅時尊貴卑賤善相惡相趣向善趣趣向惡趣隨諸衆生業報成熟所受其果如來悉知又若衆生身語意業作諸不善毀謗賢聖起諸邪見以其積集邪見因故身壞命終墮於惡趣地獄餓鬼傍生趣中若諸衆生身語意業作諸善行不謗賢聖起於正見以其積集正見因故身壞命終生天界中又復如來清淨天眼徧觀十方一切佛刹如虛空界無其邊際亦如法界無有限量不可記説所有十方殑伽沙數等一切佛刹如來智光而悉照現或見一切大火炎熾或見一切成壞等相或見衆生光明中來或見衆生生時滅時或見菩薩光明中現或見菩薩從兜率天没來生人間降神母胎菩薩生已即行七步所有菩薩住胎入胎悉能觀見或見諸佛世尊光明中現或見菩薩成正覺果或見諸佛轉大法輪或見諸佛猒捨壽命所有緣行入大涅槃或見諸聲聞衆光明中現又見聲聞趣證涅槃或見諸緣覺衆光明中現又見緣覺現諸神通作大清淨或有衆生不能乘佛光明來者謂外道衆及

五通仙衆不與聲聞緣覺菩薩相等是故不能乗光而來以佛清淨最上天眼智力光明亦悉乗光而來或復如來現車輪量廣大光明有諸衆生乗光而來如是乃至三千大千世界無量無邊徧衆生界一切天人悉於如來智光中現又舍利子如來清淨天眼徧觀一切佛刹諸衆生界何等衆生所應化度隨其觀已有應度者佛即爲現其前而化度之是彼衆生既得度已餘諸衆生亦悉不知舍利子此是如來第九天眼作證智力無其邊際與虛空等諸住信菩薩聞已淨信廣說乃至發希有想爾時世尊重明斯義說伽陀曰

善逝天眼淨無垢　俱胝劫集善業因
佛眼觀照徧十方　佛刹廣大不思議
若成若壞諸事相　或見炎熾大火鬘
或見多界渾然空　佛自然智皆明照
廣大難思衆生界　若色無色亦復然
或墮善趣惡趣中　佛自然智皆明照
現在俱胝諸如來　及已涅槃諸聖尊
并諸緣覺與聲聞　佛自然智皆明照
菩薩爲欲利衆生　諸所修行菩提行
覺智明達無攝藏　佛自然智皆明照
如是善逝無垢眼　衆生微細悉能觀
第九智眼力難思　佛子應當生淨信

舍利子如是如來第九智力如來以具勝智力故了知勝處乃至無與如來同其法者復次舍利子云何名爲如來漏盡作證智力謂佛如來以無上智力諸漏悉盡非漏隨增心善解脫慧善解脫證自通已隨諸所行我生已盡梵行已立所作已辦不受後有如來以

是漏盡智力清淨明亮悉斷一切種子習氣不與一切聲聞緣覺而相等比聲聞漏盡者有其限量不斷習氣緣覺漏盡者亦有限量捨離大悲及離辯才如來漏盡者諸相具足一切種子習氣皆悉除斷大悲攝受無畏辯才深善伺察一切世間無勝過者住一心相和合所成何以故如來已無業種子故無煩惱種故於威儀道無過失故其猶虛空清淨澄瑩煙雲塵霧悉不能染如來漏盡智力亦復如是一切煩惱種子悉不能染如來安住如是清淨漏盡智力已盡諸漏說漏盡法亦復宣說斷取著法令諸衆生了知一切虛妄分別諸所取著而悉不起普令衆生如實伺察如來以善方便說譬喻法令諸衆生於彼諸漏不實法中如實知已於一切法無少法可取於諸取著而悉寂止舍利子如來了知一切衆生諸漏所集諸漏滅法諸漏向滅之道如來如實知已隨其所應爲說法要諸住信菩薩於佛如來漏盡作證智力聞已淨信超越分別離諸疑惑乃至發希有想爾時世尊重明斯義說伽陀曰

漏盡智力佛圓具　廣大無量淨無障
成滿十方勝智門　趣正無上菩提果
不同聲聞漏盡智　種習限量結縛障
人中最上最勝尊　蠲除種習及限量
所有緣覺漏盡智　捐捨大悲及辯才
世尊漏盡智圓成　大悲辯才皆無量
佛善安住漏盡智　悉知世間漏不實
於一切法虛妄中　此理如應皆善了
悲念世間極苦惱　說法無我空無常

虛假不實諸相中　應觀最上寂靜地
無我無人無衆生　作者受者悉皆無
於一切法虛妄中　佛悲心觀解脱道
如來已離諸疲懈　實智亦無忘失法
能仁常住相應門　廣利世間宣正法
十力能摧於佗法　十力無邊等虛空
善能安住十力尊　轉最上輪無等比

舍利子如是如來十種智力如來以具十智力故了知勝處於天人世間能師子吼轉妙梵輪所有一切天人魔梵悉不能轉無與如來同其法者諸住信菩薩於佛如來不可思議最勝智力應當淨信超越分別離諸疑惑後復生起身喜心喜適悦之相發希有想

佛説大乘菩薩藏正法經卷第十二

佛說大乘菩薩藏正法經卷第十三 第十四同卷

宋西天三藏朝散大夫試光祿卿傳梵大師法護等奉詔譯

如來不思議品第四之七

復次舍利子云何名爲如來四無所畏不可思議諸住信菩薩應發淨信超越分別離諸疑惑乃至發希有想舍利子如來無所畏法其有四種如來由具四無畏故了知勝處於大衆中能獅子吼轉妙梵輪餘諸沙門婆羅門悉不能轉一切世間天人魔梵無與如來同其法者舍利子何等是爲四無所畏一者一切智無畏謂佛如來已能圓具無上勝智於大衆中作如是言我成無上正等正覺此法唯佛自所證知餘諸天人世間不能與佛同其法語如來以此法故成等正覺云何說名如來成等正覺謂佛如來以一切法平等故而成正覺於諸法中無高無下若異生法若聖人法若諸佛法若有學法若無學法若緣覺法若菩薩法若世間法若出世間法若有罪法若無罪法若有漏法若無漏法若有爲法若無爲法於如是等一切法中如來悉平等故此名如來現成正覺此中云何名爲平等謂空平等見自性故無相平等相自性故無願平等三界自性故無生平等生自性故無作平等作自性故無起平等起自性故無舍藏平等舍藏自性故如所說平等三世自性故明解脫平等無明有愛自性故涅槃平等諸行自性故舍利子以如是等諸法平等是故如來現成正覺如來於大衆中得無所畏以如是法教示衆會令諸衆會咸生歡喜身得喜故心極信順復令衆會適悅快樂

如來大悲相應具眞實故平等性故如實性故無異性故無種類性故無所觀性故無生性故無離性故無所取性故如來所具無畏法中實無少法可取亦非無取如來無畏法中亦無虛誑如實故平等法界平等於是平等法中普盡一切世界舒坦無礙如來如實之法甚深微妙難解難知如來起大悲心即以是法起種種方便爲諸衆生廣大宣說聖出離法能盡諸苦如來以大願力一切衆生無師範者爲作師範未成正覺者令成正覺所有一切衆生馳流諸境斷見等者如來以無畏法悉令清淨舍利子如來無所畏法無邊無際與虛空等若欲知其虛空邊際即知如來無畏邊際諸住信菩薩聞是法已應生淨信超越分別離諸疑惑乃至發希有想此說是名如來第一無畏復次舍利子二者漏盡無畏謂佛如來具足無上勝智於大衆中作如是言我盡諸漏得無所畏而彼一切天人世間無能與佛同法語者此復云何如來已盡諸漏謂佛如來欲漏已盡心得解脫斷滅一切貪行種子如來有漏已盡心得解脫斷滅一切瞋行種子如來無明漏已盡心得解脫斷滅一切癡行種子如來見漏已盡心得解脫斷滅一切煩惱所行種子此等是名如來諸漏已盡如是所說皆世俗所成非勝義諦勝義諦者謂最上聖智慧中若智若斷若修若證而無少法可住何以故如所說盡彼即無生無生即無盡於畢竟盡中無所對治此說名盡如所說盡亦復無有盡法可盡即是無爲無爲即無滅無住若說有生如來

即無生法性常住法界常住諸法亦復隨智所行然其所行悉無所行亦非無行亦復無漏法可得雖復如是如來安住大悲心已亦爲衆生廣大宣說斷除諸漏之法如來於大衆中得無所畏以如是法教示衆會令諸衆會咸生歡喜身得喜故心極信順復令衆會適悅快樂如來大悲相應具真實故平等性故如實性故無異性故無種類性故無所觀性故無生性故無離性故無所取性故如來所具無畏法中實無少法可取亦非無取如來無畏法中亦無虛誑如實故平等法界平等於是平等法中普盡一切世界舒坦無礙此如是等不可思議無量無數甚深正法如來悉具足已大悲之心所逼切故爲諸衆生廣大宣說如是之法舍利子如來無所畏法無邊無際與虛空等若欲知其虛空邊際即知如來無畏邊際諸住信菩薩聞是法已應生淨信超越分別離諸疑惑乃至發希有想此說是名如來第二無所畏法如來由具無所畏故一切天人世間無與如來同其法者

復次舍利子三者說障道無畏謂佛如來具足無上勝智於大衆中作如是言我說諸障道法能障聖道乃至一切天人世間無能與佛同法語者云何名爲障道之法有其一法能障聖道何等爲一謂諸衆生心不清淨二法能障聖道謂無慚無愧三法能障聖道謂身惡作語惡作意惡作四法能障聖道其四種法皆墮惡趣謂貪欲當墮惡趣瞋恚當墮惡趣愚癡當墮惡趣怖畏當墮惡趣五法能障聖道謂殺生偷盜邪染妄語飲酒六法能

障聖道謂不尊重佛不尊重法不尊重僧不尊重戒學不尊重定學不尊重修頭陀行者七法能障聖道謂慢過慢慢過慢我慢邪慢增上慢卑慢八法能障聖道謂邪見邪思惟邪語邪業邪命邪勤邪念邪定九法能障聖道謂於我身作無義利生起害心已作現作當作於我所愛作無義利生起害心已作現作當作於我非愛作無義利生起害心已作現作當作十法能障聖道謂殺生偷盜邪染妄言綺語兩舌惡口貪瞋邪見舍利子如是等法能障聖道乃至不如理作意相應所生結使此法無味是不可觀是不可行由顛倒勤行故不出離生起一切愛見取著於身語意業愛著增熾如來了知諸法能障聖道知已如實爲諸衆生廣大宣說障道之法令諸衆生寂止近止說除斷法普爲教示令諸衆會咸生歡喜身得喜故心極信順復令衆會適悅快樂如來大悲相應具眞實故平等性故如實性故無異性故無種類性故無所觀性故無生性故無離性故無所取性故如來所具無畏法中實無少法可取亦非無取如來無畏法中亦無虛誑如實故平等法界平等於是平等法中普盡一切世界舒坦無礙此如是等不可思議無量無數甚深正法如來悉具足已大悲之心所遍切故爲諸衆生說斷障道之法普令一切寂止近止舍利子如來無所畏法無邊無際與虛空等若欲知其虛空邊際即知如來無畏邊際諸住信菩薩聞是法已應生淨信超越分別離諸疑惑乃至發希有想此是如來第三無所畏法如

來由具無所畏故一切天人世間無與如來同其法者復次舍利子四者盡苦道無畏謂佛如來具足無上勝智於大衆中作如是言我說聖出離法能盡苦道乃至一切天人世間無能與佛同法語者云何名爲聖出離法能盡苦道其有一法是聖出離道何等爲一謂諸衆生心悉清淨二法是聖出離道謂奢摩他毗鉢舍那三法是聖出離道謂空無相無願四法是聖出離道謂身念處受念處心念處法念處五法是聖出離道謂信根精進根念根定根慧根六法是聖出離道謂念佛念法念僧念戒念施念天七法是聖出離道謂擇法覺支精進覺支喜覺支輕安覺支捨覺支念覺支定覺支八法是聖出離道謂正見正思惟正語正業正命正精進正念正定九種歡喜根本法是聖出離道謂歡喜適悅輕安快樂等持如實知見寂靜離染解脫十法是聖出離道謂遠離殺生遠離偷盜遠離邪染遠離妄言遠離綺語遠離兩舌遠離惡口遠離貪欲遠離瞋恚能具正見舍利子如是所說諸聖出離法能盡苦道乃至諸善菩提分法戒蘊相應定蘊相應慧蘊相應解脫蘊相應解脫知見蘊相應四聖諦法相應此等所說皆名聖出離道復有聖出離道謂正所行此正所行彼即無法可行亦非無行無入無出無取無捨何以故若已行若當行二法皆離彼一切法無二亦然此如實知見是聖出離道如來於此聖出離道自了知已爲諸衆生廣大宣說令諸衆會咸生歡喜身得喜故心極信順復令衆會適悅快樂如來大

悲相應具真實故平等性故如實性故無異性故無種類性故無所觀性故無生性故無離性故無所取性故如來所具無畏法中實無少法可取亦非無取如來無畏法中亦無虛誑如實故平等法界平等於是平等法中普盡一切世界舒坦無礙此如是等不可思議無量無數甚深正法如來悉具足已大悲之心所逼切故爲諸衆生廣大宣說聖出離法令諸衆生咸悉覺了盡苦邊際舍利子此是如來第四無所畏法如來由具四無所畏故了知勝處於大衆中作獅子吼轉妙梵輪餘諸沙門婆羅門悉不能轉乃至一切世間天人魔梵無與如來同其法者舍利子如來如是四無所畏無邊無際與虛空等若欲知其虛空邊際即知如來無畏邊際諸住信菩薩得聞如來如是不可思議無畏之法應生淨信超越分別離諸疑惑後復生起身喜心喜發希有想爾時世尊重明斯義說伽陀曰

彼一切法皆平等　佛自然智隨覺了
由是現證佛菩提　如來平等普觀視
世間一切異生法　與諸佛法悉平等
有學無學諸法門　及緣覺法亦如是
所有世間一切法　及彼出世勝法門
善惡無動法亦然　與涅槃道皆同等
所有空法無相法　彼無願法亦復然
無生無作諸法中　如來平等同觀照
此平等法了知已　佛爲衆生廣宣說
化衆生歸解脫門　牟尼第一無所畏
解脫世間三種法　爲衆生說解脫門
佛大無畏人中尊　此名第二無畏法

雖知諸佛演正法　何故親近不解脫
心不清淨慚愧無　由斯一二爲障礙
復由身語意三業　不遵戒法而惡作
貪瞋癡怖起四愆　彼諸殺害并偷盜
邪染妄言飲酒五　六不尊重七慢生
八種邪法旋復興　彼九惱處多過失
後起十種不善業　於解脫道爲障礙
深固作意不了知　爲癡暗道所覆蔽
取著虛妄及迷醉　顛倒勤行了知已
乃復親近正法門　此名第三無畏法
清淨法門無限量　近正法故證菩提
唯佛智知寂靜門　知已廣施甘露法
佛最稱讚菩提分　乃至廣多諸善法
習近故爲解脫門　佛十力尊善宣說
深固勤行離諸染　於其善法悉相應
是法非法無著心　寂靜解脫離憂怖
如實了知諸善法　如空寥廓而無礙
無執著法亦復然　彼能出離三有海
三有海中迷著者　十方尊說業所生
佛令解脫悲愍心　四無畏法虛空等
舍利子如是所說如來四無畏法不可思議
諸住信菩薩聞是法已應生淨信超越分別
離諸疑惑乃至發希有想

佛說大乘菩薩藏正法經卷第十三

佛說大乘菩薩藏正法經卷第十四

宋西天三藏朝散大夫試光祿卿傳梵大師法護等奉詔譯

如來不思議品第四之八

復次舍利子云何名爲如來大悲之心不可思議諸住信菩薩聞是說已應生淨信超越分別離諸疑惑乃至發希有想舍利子如來大悲心者所謂不捨一切衆生常行悲愍爲成熟故隨悲心轉而無不轉是故當知如來大悲之心無有限量不可思議復無等比亦無數量不可稱說最爲甚深如其語業不能宣說何以故隨佛如來所證菩提亦然如是爲諸衆生起大悲心隨如是菩提即如是大悲舍利子云何如來得證菩提如來無根本無所住故乃證菩提云何名根本復何名住謂有身見爲根本依虛妄分別而住如來以其菩提平等故平等了知二法亦悉平等是故說名無住無根本如來由是現成正等菩提而諸衆生於無住無根本法不能了知如來爲令一切衆生悉覺了故乃於衆生轉大悲心又舍利子菩提者寂靜近寂由如是故我成正覺何名寂靜何名近寂內謂寂靜外謂近寂所以者何謂眼空故我我所無自性此名寂靜如是耳鼻舌身意空故我我所無自性此名近寂知眼空已色無所取此名寂靜乃至知意空已法無所取此名近寂而諸衆生於此菩提寂靜等法不能了知如來爲令一切衆生悉覺了故乃於衆生轉大悲心又舍利子菩提者自性明亮由如是故我成正覺云何名爲自性明亮謂由自性無所染故與虛空等虛空自性周徧一切以虛空平

等故一切法平等畢竟自性如是明亮此明亮性所應覺了諸愚夫異生以客塵煩惱之所染故於此自性明亮法中不能了知如來爲令一切衆生悉覺了故乃於衆生轉大悲心又舍利子菩提者無出無入由如是故我成正覺何名無出以無相故無出又無出者一切法無捨故無入者一切法無取故如來於是無出無入法中平等觀照如來無此無彼一切法離彼此故是故如來現成正覺如是無出無入法中而諸衆生不能了知如來爲令一切衆生悉覺了故乃於衆生轉大悲心又舍利子菩提者無相無所緣由如是故我成正覺何名無相何名無所緣謂眼識無所得名爲無相色無所觀名無所緣乃至意識無所得名爲無相法無所觀名無所緣舍利子此無相無所緣法是諸聖境界何名聖境界謂即三界是聖境界若諸聖境界彼即無境界而愚夫異生不能了知如來爲令一切衆生悉覺了故乃於衆生轉大悲心又舍利子菩提者非過去未來現在三世平等三輪清淨由如是故我成正覺何名三輪清淨謂過去心無轉未來識無覺了現在意無動而心意識都無所住過去無分別未來無領納現在無戲論此三平等三輪清淨之法而諸衆生不能了知如來爲令一切衆生悉覺了故乃於衆生轉大悲心又舍利子菩提者是無爲由如是故我成正覺謂非眼識所知乃至非意識所知此名無爲無爲即無生無滅無住此說亦名三輪清淨是即無爲然於有爲之法亦悉了知何以故一切法自性彼

即無性無性即無二無爲之法亦非身證而諸衆生不能了知如來爲令一切衆生悉覺了故乃於衆生轉大悲心又舍利子菩提者是無差别句由如是故我成正覺何名無差别復何名句謂如所説名句無住名無差别法界名句無種種性名無差别實際名句無動性名無差别空名爲句無所得名無差别無相名句無尋伺名無差别無願名句無分位名無差别無衆生名句無衆生自性名無差别虚空名句無所得名無差别無生名句無滅名無差别無爲名句無所行名無差别菩提名句近寂名無差别涅槃名句無所轉名無差别舍利子此如是等而諸衆生不能了知如來爲令一切衆生悉覺了故乃於衆生轉大悲心又舍利子菩提者非身心可證

何以故是身無知無作無轉如草木瓦礫是心如幻如水月陽焰應當覺了身心若然即是菩提此乃世俗所行亦非菩提有少法可説若身若心若法若非法若眞實若不眞實若誠若妄悉無言説何以故菩提無言説故彼一切法亦無分位可容言説猶如虚空了無分位無言説故菩提亦然了無分位亦無言説舍利子若其如實審伺察時彼一切法本無言説法無言説亦非無説此諸法理而諸衆生不能覺知如來爲令一切衆生悉覺了故乃於衆生轉大悲心又舍利子菩提無取亦無含藏何名無取何名無含藏謂知眼故名爲無取色無所觀名無含藏乃至了知意故名爲無取法無所得名無含藏舍利子如來以無所取無含藏故現成正覺又眼無

所取色無舍藏識無所住乃至意無所取法無舍藏識無所住彼無住識於彼一切衆生心住此云何知謂有四種法於一切衆生心住何等爲四謂色中住受想行中一切衆生心住如是四法衆生心住然其所住亦即無住如來了知如是無住之法眞實之際而諸衆生不能覺了如來爲令一切衆生悉覺了故乃於衆生轉大悲心又舍利子菩提是空增語以其空故菩提亦空如來以其諸法空故現成正覺亦非空故有所證若空若菩提同一理智而無有二以空及菩提本無二故即無種類之法以其諸法無二無種類故即無名無相無行畢竟無行無集法中此說名空是中悉離執見取著而於勝義諦中無有少法可得以如是故乃說名空此所說空如虛空故即此虛空欲說爲空而亦無言可說爲空空亦無言而可說故於是空中若解入者乃一切法假名施設然其名字而不在方亦不離方如其假名不在方不離方故由是諸法假名施設一切法亦然而不在方亦不離方如來如實了知本來如是無生無起如實知已自性解脫無縛無解而愚夫異生於如是法不能了知如來爲令一切衆生悉覺了故乃於衆生轉大悲心又舍利子菩提如虛空故而悉平等無高無下菩提亦然等無高下若知諸法畢竟都無亦復無高無下可說舍利子如來以一切法無高無下故現成正覺雖有所成亦無微塵許法若高若下而可施作如實智知無此彼法何名如實智謂無根本法雖有所生而無攝受亦無主宰以

無主宰無攝受故若生不生隨緣所轉然於是中無法可轉亦非無轉如來於法而亦不說斷滅之相如是無斷滅法而諸衆生不能了知如來爲令一切衆生悉覺了故乃於衆生轉大悲心又舍利子菩提是如所說句何名如所說句如其菩提色法亦然而不離眞如如其菩提受想行識亦然亦不離眞如如其菩提地界水界火界風界空界亦然亦不離眞如如其菩提眼界色界眼識界乃至意界法界意識界亦然亦不離眞如由是施設此如是等諸聖法門所謂蘊處界等如來以如實法故現證菩提以無顛倒法故現證菩提如其先說中後亦然先際無生後際無去中際性離如是如所說句中如說一法多法亦然如說多法一法亦然如其所說若一若多都無所得如是如所說句而諸衆生不能了知如來爲令一切衆生悉覺了故乃於衆生轉大悲心又舍利子菩提入相入無相何名爲相何名無相此說相者謂即所起一切善法無相者即一切法都無所得又相者謂心無所住分位無相者即無相三摩地法又相者即思惟稱量筭數伺察無相者即出過稱量云何出過稱量謂識業無故又相者謂有爲伺察無相者即無爲作證此相無相法愚夫異生不能解入亦復不知如來爲令一切衆生悉覺了故乃於衆生轉大悲心又舍利子菩提無漏無取何名無漏何名無取此說無漏者謂離四種漏法一離欲漏二離有漏三離無明漏四離見漏無取者謂離四取一離欲取二離我語取三離見取四離戒禁

取如是四取一切皆由無明覆蔽愛水滋潤我見執取蘊處界法如來了知彼我語取爲根本故得我清淨已一切衆生亦悉清淨若其清淨即無少法而可分別若無分別即能深固作意若深固作意相應即無明不能起發由其無明不起發故即十二有支亦復不起彼即無生彼即決定若其決定即調伏義是即勝義勝義諦中即無補特伽羅義若無補特伽羅義即是不可說義若不可說義即緣生義若緣生義即正法義若正法義即如來義由如是故當觀諸法皆從緣生若能見法即見如來如其所見若如實伺察即無少法可見若無法可見即見無相及無所緣若如是見即眞實見如來由此法故現成正覺平等故平等如是無漏無取之法愚夫異生不能了知如來爲令一切衆生悉覺了故乃於衆生轉大悲心又舍利子菩提清淨無垢無著何名清淨何名無垢何名無著謂空是清淨無相是無垢無願是無著無生是清淨無作是無垢無起是無著自性是清淨圓淨是無垢明亮是無著無戲論是清淨離戲論是無垢戲論近寂是無著眞如是清淨法界是無垢實際是無著虛空是清淨寥廓是無垢廣大是無著知內是清淨外無所行是無垢內外無所得是無著知蘊是清淨界自性是無垢處離諸業是無著過去盡智是清淨未來無生智是無垢現在法界安住智是無著舍利子此清淨無垢無著有其一法而能普攝謂寂靜句若寂靜即徧寂若徧寂即近寂若近寂即無寂此是牟尼聖尊所說又舍

利子如虛空故菩提亦然如菩提故諸法亦然如諸法故衆生亦然剎土亦然涅槃亦然此即名爲涅槃平等是一切法畢竟邊際清淨正因無所對治離對治因本來清淨本來無垢本來無著如來了知彼一切法若色無色本如是故現成正覺觀諸衆生界清淨無垢無著故即起遊戲神通乃於衆生轉大悲心舍利子當知如來大悲之心清淨無垢無著於諸衆生常所運行然無發悟無所生起無所觀矚普盡十方一切世界舒坦無礙舍利子如來大悲無邊無際與虛空等若欲知其虛空邊際即知如來大悲邊際諸住信菩薩得聞如來不可思議大悲心已應生淨信超越分別離諸疑惑乃至發希有想爾時世尊重明斯義說伽陀曰

以無根本無住法　現證菩提佛所宣
如所覺了亦復然　爲諸衆生廣宣說
知內眼根名爲空　知外色法空亦然
寂靜近寂妙法門　佛證菩提如是說
彼諸衆生不覺了　毗鉢舍那奢摩佗
開覺句義爲衆生　佛大悲心方便轉
諸法自性本明亮　菩提清淨等虛空
爲彼衆生不了知　佛大悲心方便轉
一切衆生多執取　不能如理而相應
無入無出妙法門　佛證菩提如是說
爲諸衆生不了故　如來乃起大悲心
諸法無相無所緣　此是諸聖之境界
諸愚夫爲非境界　佛證菩提方便宣
而諸異生不了知　爲開覺故由斯說
如來爲諸衆生故　隨應所起大悲心

無爲自性妙法門　本來不生亦不滅
當知彼法無所住　是中三種相應相
而諸愚夫不了知　諸法有爲自性故
隨應所起大悲心　爲令了知此理法
菩提非身所覺知　非心覺故亦如是
身本自性無知覺　心如幻法亦復然
而彼愚夫不了知　如是身心自性故
隨應所起大悲心　爲令了知此理法
佛證最上勝菩提　自然智尊坐道樹
坐已普觀衆生界　旋轉種種惡趣中
佛見極生哀愍心　生死輪中大悲轉
憍慢等法所迷著　見網纏覆苦計樂
無常不淨我衆生　此等顛倒而計執
佛見極生哀愍故　於取著中大悲轉
癡蓋徧覆三有中　暗冥悉無光明照
如日光明雲所覆　無垢智光悉隱蔽
佛見極生哀愍心　生死輪中大悲轉
貪愛故生諸惡趣　破壞正道而極壞
地獄傍生餓鬼中　衆生業故皆墮落
如先佛説諸正道　開明顯示爲衆生
佛見極生哀愍心　生死輪中大悲轉
了知諸法如實性　廓然明照等虛空
如佛所説諸世間　不知最上清淨法

舍利子如是所説是爲如來不可思議大悲之法諸住信菩薩聞是法已應生淨信超越分別離諸疑惑後復生起身喜心喜發希有想

佛説大乘菩薩藏正法經卷第十四

佛說大乘菩薩藏正法經卷第十五 同卷第十六

宋西天三藏朝散大夫試光祿卿傳梵大師法護等奉詔譯

如來不思議品第四之九

復次舍利子如來所有十八不共佛法諸住信菩薩聞是說已應生淨信超越分別離諸疑惑乃至發希有想而是十八種法如來以具足故了知勝處於大衆中作師子乳轉妙梵輪餘諸沙門婆羅門悉不能轉所有一切世間天人魔梵無與如來同其法者云何名爲如來十八種法一者如來三業無諸過失所謂身無過失故若智若愚無與如來同法語者何以故佛世尊者身業清淨無諸過失如來身相端直諸威儀道進止可觀若向若背若屈若伸都無缺失被僧伽黎執持應器而僧伽黎衣離地四指毗藍婆風不能吹皷舉足下足行住坐卧威儀如法於城邑聚落若入若出下足按地而不損觸千輻輪相於虛空中雨衆蓮華及諸妙香又復如來足按地時傍生趣中諸衆生類於七夜中悉得快樂命終之後得生天界佛身光明普遍照耀下至阿鼻地獄彼諸衆生蒙光照觸皆獲樂受此名如來身無過失又復如來語無過失此語無過失者若智若愚無與如來同法語者何以故舍利子如來所出語言悉知時故是如實語誠諦語平等語如說能行語無衆雜語令諸衆生歡喜語無重復語善文善義妙莊嚴語以一語言音聲隨諸衆生種種意樂咸生歡喜語此名如來語無過失又復如來心無過失此心無過失者若智若愚無與如來同法語者何以故舍利子如來雖常住

等引心而不捨離一切佛事常所施作心無所觀於一切法無礙知見而常運轉此名如來心無過失即以如是心無過失之法爲諸衆生亦然宣說普令斷除諸心過失此等是名如來第一不共佛法舍利子如來心無愛著所有一切魔及魔衆并餘邪異外道於佛如來伺不得便何以故如來若順若逆若尊重若損害皆已離故一切衆生若起尊重心亦不高若不尊重心亦不恚如來諸所作事已作見作悉無流散不起愛著亦復不與世間相違以如來心無愛著故修無諍行如來無我無執無取離諸結縛是故如來無所愛著以其無故爲諸衆生亦然宣說斷愛著法此是如來第二不共佛法復次舍利子如來無失念若有失念即有癡暗以其如來無癡暗故即於禪定解脫等持等至悉無障礙所有一切衆生心行動轉普觀察已即爲如應宣說法要由無忘失故於諸法義樂說辯才及無礙解皆無忘失如來於過去未來現在具無礙智見故自解了已即爲衆生廣大宣說過去未來現在無礙智見無忘失法此是如來第三不共佛法復次舍利子如來常住三摩呬多若行若住若坐若卧若食食已或復默然心無所得如來已得甚深三摩地法及最上波羅蜜多能觀所觀悉無障礙所有一切衆生及衆生聚中悉不能觀如來之心唯除如來加持力故如來常住三摩呬多心已即爲衆生如應宣說三摩地中清淨捨法此是如來第四不共佛法復次舍利子如來無種種想不於種種想及諸境界而住其心

何以故如來於剎土中無種種想剎土如虛空無有盡故於衆生中無種種想衆生自性無種種故於諸佛中無種種想法界無差別平等智故於諸法中無種種想離貪法故如來於衆生中見具戒者不起敬心見毁戒者不起慢心不饒益者現起饒益無不饒益普饒益故不調伏者平等調伏邪定聚者亦不輕慢如來於一切法中起平等行此名如來無種種想即以此法爲諸衆生宣說斷除種種之想此是如來第五不共佛法復次舍利子如來於諸捨法無不決擇何以故如來於修道者而行捨法非修道者亦不棄捨於修心者而行捨法非修心者亦不棄捨於修戒者而行捨法非修戒者亦不棄捨於修慧者而行捨法非修慧者亦不棄捨於智行捨不棄愚癡捨出世間不棄世間於聖出離者而行捨法非聖出離者亦不棄捨如來轉妙梵輪而行捨法於諸衆生亦不捨離大悲之心如來自所證成平等捨法不假對治而能隨順舍利子又復如來於捨法中無高無下亦無所住已得不動離於二法無出無入依時而捨不越於時無動揺無别異無分别無所觀無和合無表示無實無虛無誠無妄亦無領納如是如來捨法具足即以是法爲諸衆生廣大宣說令捨法圓滿此是如來第六不共佛法復次舍利子如來於欲無減何名爲欲謂善法欲復何名無減謂即如來大慈心欲無減大悲心欲無減說法欲無減化度衆生欲無減成熟衆生欲無減伺察欲無減教示菩薩欲無減令三寶種不斷欲無減如來

所欲所向智爲先導如是等如來所欲皆爲令彼一切衆生圓滿無上一切智果如其所應宣說法要此是如來第七不共佛法復次舍利子如來精進無減以其如來精進力故普爲化度一切衆生不捨精進令聽法者不生疲倦如來於聽法者亦無所得觀其法器如來隨應爲說法要不生疲懈亦無中止當說法時不念飲食於其中間不捨衆生如來過度殑伽沙數等諸佛刹其中若有一衆生未化度者如來身語心業悉無疲倦三業輕安發起精進如理勤行令諸衆生得聖解脫是爲如來爲諸衆生大精進力此是如來第八不共佛法復次舍利子如來於一切處一切種諸念無減如來正念悉無忘失何以故諸佛如來相續現證阿耨多羅三藐三菩提果所有一切衆生過去未來現在諸心如來悉能住持觀察如來於諸念中畢竟不復有所忘失隨諸衆生一切心行而悉了知如來不復思想觀視正念無減住三聚法了衆生根解入衆生一切意樂觀衆生行如來亦無思惟伺察說法無斷所以者何隨其如來念無減故念即寂靜悉無忘失即以是法爲諸衆生廣大宣說此是如來第九不共佛法復次舍利子如來等持無減所有如來等持之法即是一切法平等如其所說諸法平等何名如來等持無減謂若眞如平等即等持平等若等持平等即諸如來平等若入是平等法門此即說名三摩呬多若貪際平等即離貪際平等若瞋際平等即離瞋際平等若癡際平等即離癡際平等若有爲際平等即無

爲際平等若生死際平等即涅槃際平等若入是平等法門即名如來等持無減何以故由等持無減故即畢竟無減又復如來等持之法非眼相應非耳鼻舌身意相應如來於其諸根無所缺壞不依止地界亦不依止水火風界不依止欲界色界無色界不依止此界他界以無依止故即無所減是爲畢竟無減以其如來等持無減故即以此法爲諸衆生廣大宣説普令衆生獲得如來等持法門此是如來第十不共佛法復次舍利子如來慧無減如來勝慧云何能知謂一切法不隨他信智無衆生壽者補特伽羅於法有所得智無盡無礙解善巧之智分別句義智於一句中八百千劫加持宣説智隨諸所問各各宣説斷疑惑智於一切處無障礙智建立三乘善宣説智八萬四千心行悉了知智八萬四千法蘊隨應説智如是如來最上勝慧無邊無際説不能盡如其如來勝慧無減即爲衆生廣大宣説慧無盡法此是如來第十一不共佛法復次舍利子如來解脱無減何名如來解脱無減所謂隨應悉令解脱諸聲聞衆聞聲解脱諸緣覺衆覺悟緣生而得解脱諸佛世尊離諸障礙二取解脱此説解脱者先際諸佛已往後際諸佛未至現在諸佛不住由是眼色二取解脱耳聲鼻香舌味身觸二取解脱無取無著無依止解脱心自性明亮故智亦復然此説名爲一心相中相應勝慧如來由是現證阿耨多羅三藐三菩提果如其所證即以此法爲諸衆生廣大宣説此是如來第十二不共佛法復次舍利子如來

一切身業智爲先導隨智所行以其如來身業具足故一切衆生見佛身者悉得調伏聞佛說法者悉得調伏覩佛默然者悉得調伏覩佛受食者悉得調伏見佛威儀者悉得調伏瞻佛衆相者悉得調伏覩佛妙好者悉得調伏瞻佛不可見頂相及放光者悉得調伏見佛舉足下足於城邑聚落若入若出者悉得調伏諸佛如來於四威儀道中而無不爲衆生作調伏事此名如來身業智爲先導隨智慧行此是如來第十三不共佛法復次舍利子如來一切語業智爲先導隨智慧行何以故諸佛世尊不說虛假之法說無斷法善樂說法如來諸有語言未知者令知無高無下無紆煩語無屈曲語無麤澁語無惡戾語無巇嶮語善柔軟語無衰朽語無輕動語無嬈惱語無迅速語無遲緩語善分明語善演說語善了知語妙說相妙音聲無破缺無過失極甘美廣大殊妙無塵離塵無垢無瘖顯㸌無礙和合明亮神通無劣音響不破能生妙樂身得歡喜心極信順息除貪愛息除瞋恚息除愚癡降伏惡魔制諸罪業息邪異語止不了語如擊鼓音聲如迦陵頻伽聲如帝釋聲如梵王聲如海潮聲如雲雷聲如地振聲如鴈王聲如孔雀王遊戲聲如拘枳羅聲如命命鳥聲如鹿王聲如箜篌聲分明解了聲悅意樂聞聲甚深清亮無痟瘂聲生妙樂聲生善根聲文句不斷聲文句樂說聲義句和合聲法句和合聲知時聲順時聲不越時聲知自他根善演說聲布施莊嚴聲持戒清淨聲忍辱柔和聲精進勇悍聲禪定妙樂聲

智慧畢竟聲大慈和合聲大悲無倦聲大喜明亮聲大捨究竟聲建立三乘聲令三寶種不斷聲安立三聚分位聲三解脱門清淨聲觀四諦聲觀察智聲不毁智者聲諸聖稱讃聲知虚空無量聲諸相具足聲舍利子此如是等是名如來一切語業智爲先導隨智慧行此是如來第十四不共佛法復次舍利子如來意業智爲先導隨智慧行何以故如來心法而不可說如來意法識法不可以智慧辯才而能測度如來智慧隨知一切衆生心隨入一切衆生意通達一切衆生智諸法決定諸等持法亦無他信超越所緣離諸緣生息除三有及諸惡趣越諸魔法諸魔異解脱諸諂幻法而悉遠離捨我我所去除無明癡暗覆蔽修八正道離諸疑惑與虚空等法界平等而無差别舍利子如是等法是爲如來所有意業智爲先導隨智慧行此是如來第十五不共佛法

佛説大乘菩薩藏正法經卷第十五

佛說大乘菩薩藏正法經卷第十六

宋三藏朝散大夫試光祿卿光梵大師惟淨等奉　詔譯

如來不思議品第四之十

復次舍利子如來於過去世中以無著無礙智見隨轉所轉云何舍利子謂過去世諸佛剎中若成若壞彼一切事如來以筭數方便而悉能知又佛剎中所有一切藥草樹林而悉能知又佛剎中所有一切衆生衆類衆生施設而悉能知又佛剎中所有一切衆生種種性行種種色相周徧廣大而悉能知又佛剎中諸佛出世作諸化事乃至一一廣爲衆生宣說正法或有衆生以聲聞法得化度者或有衆生以緣覺法得化度者或有衆生以大乘法得化度者乃至佛剎廣大諸苾芻衆廣大壽量廣大正法住世廣大久近衆生飲食受用等事乃至衆生出息入息如是所有一切衆生過去世中一切諸相若生若滅諸趣受生種種根性種種意樂佛悉能知如來以無著心任持了知彼一切法諸心無邊諸心所起如來以筭數方便皆悉能知如來以現量智如實觀察過去世中諸衆生心如是如來最上勝智曾無間斷爲諸衆生如應說法舍利子此是如來第十六不共佛法復次舍利子如來於未來世中以無著無礙智見隨轉所轉云何爲未來世中諸佛如來當出於世佛悉能知乃至未來劫火洞然大水漂溺猛風吹鼓或有諸佛剎土安然不動至于諸佛剎中一切地界碎若微塵及彼一切藥草樹林至于一切星宿相狀至于周徧諸佛剎中諸佛出世緣覺出世聲聞出世菩薩成

證至于衆生出息入息飲食受用等事若行若住乃至一切衆生周徧廣大一一衆生各趣解脫或聲聞乘或緣覺乘或復大乘得解脫者而彼一切如來悉知又復諸佛刹中周徧一切一一衆生諸所生處及心心所諸所生起而彼一切如來悉知雖如是知亦非如來未來世中於諸衆生有所任持但於未來世中如應觀察爲諸衆生宣說正法舍利子此是如來第十七不共佛法復次舍利子如來於現在世中以無著無礙智見隨轉所轉云何所謂現在十方一切諸佛刹土如來以三種筭數方便而悉能知所有現在一切諸佛一切音薩一切緣覺一切聲聞如來悉知至于現在一切星宿相狀亦復徧知及彼現在一切藥草樹林亦悉了知至于十方一切地界碎若微塵以筭數方便而悉能知又復十方一切水界如毛端量水滴上滿又復十方一切火界迅速起滅又復十方一切風界百種相狀周徧吹擊以筭數方便而悉能知又復十方一切空界假使聚如毛端之量以筭數方便亦悉能知又復現在三種衆生界而悉能知又復現在所有一切地獄衆生界趣彼所生因及所起因而悉能知又復現在所有一切畜生界趣彼所生因及所起因而悉能知又復現在所有一切餓鬼界趣彼所生因及所起因而悉能知又復現在一切人趣彼所生因及所滅因而悉能知又復現在諸天界趣彼所生因及所滅因而悉能知又復現在一切衆生及衆生心所應任持若有煩惱若離煩惱而悉能知又復現在一切衆

生隨其根性所應化度不應化度如來悉知然佛如來亦無二種隨流識轉如來以其入無二理最上法門爲諸衆生説舍利子此是如來第十八不共佛法復次舍利子如是十八不共佛法如來以具足故周徧十方一切世界於大衆中光明顯照圓具一切威光名稱最上吉祥希有之法又舍利子如來十八不共佛法猶若虛空無有邊際若能知其虛空邊際即知如來不共佛法所有邊際是故諸菩薩摩訶薩得聞如來如是十八不共佛法聞已淨信超越分别離諸疑惑後復生起身喜心喜發希有想爾時世尊欲重明斯義説伽陀曰

調伏聖者無過失　身語意業悉無動
如應説法利衆生　此是勝尊不共法
佛心無高亦無下　一切違順皆止息
修無諍行解脱心　此是勝尊不共法
佛調伏尊無失念　解脱行法悉了心
四無礙解已圓明　此是勝尊不共法
如來行住及坐卧　一切皆住等引心
無衆生想無亂心　此是勝尊不共法
善逝已無種種想　諸佛刹土及衆生
起平等行大名稱　此是勝尊不共法
佛心無不決擇捨　決定正道善觀察
分别離分别都無　此是勝尊不共法
能仁不減善法欲　悲方便門常所行
調伏無量諸群生　此是勝尊不共法
精進曾無少減缺　調伏諸見廣無邊
善調身語意亦然　此是勝尊不共法
如來不減於正念　覺了菩提詣道場

於法覺了無覺心　此是勝尊不共法
佛無分別離分別　平等安住等持心
諸法決定無所依　此是勝尊不共法
佛慧刹那悉決了　諸衆生行而悉知
隨其意樂闡法門　此是勝尊不共法
隨聲悟解曰聲聞　想緣生法名緣覺
離著無垢等虛空　此大捨心不思議
宿昔安住無覺心　自性解脱心任持
彼解脱法隨應宣　此是勝尊不共法
現威儀道衆所瞻　直身端視入城邑
相好莊嚴衆威光　衆生覩者皆調伏
衆生覩佛真實光　多俱胝衆獲妙樂
蒙光照觸調伏生　此是勝尊不共法
佛以一音演説法　隨衆生意悉能聞
如聲對響理相應　此是勝尊不共法

善逝心業本無有　智所作業悉不忘
聖智隨入衆生心　此是勝尊不共法
禪定等持善相應　一切戲論無所行
平等行法等虛空　此是勝尊不共法
如來悉知過去世　轉一切法無障礙
解脱智了諸趣中　此是勝尊不共法
所有世間未來法　當有所得或無得
衆生刹土及如來　佛悉了知無懈倦
佛心皆無諸散亂　未來世中隨觀察
衆生及法知亦然　此是勝尊不共法
現在世中諸所轉　如來悉知無所著
佛調御者等虛空　此是勝尊不共法
如來所有不共法　而十八種不思議
如實開明若虛空　菩薩應當生淨信
舍利子如來以具足如是十八不共佛法故

如來應供正等正覺了知勝處於大衆中作師子吼轉妙梵輪餘諸沙門婆羅門天人魔梵悉不能轉無與如來同其法者舍利子諸住信菩薩得聞如來如是不思議法聞已當生清淨信樂超越分別離諸疑惑後復生起身喜心喜發希有想

慈悲喜捨品第五之一

復次舍利子彼住信菩薩諸佛世尊審知其器堪可任持菩薩藏正法之器是諸佛法器如是知已即詣其所隨應爲說菩提道法舍利子以是縁故當知住信菩薩是大法器舍利子我念過去世阿僧祇劫前復過無量不思議阿僧祇劫數爾時有佛出現世間其名大蘊如來應供正等正覺明行足善逝世間解無上士調御丈夫天人師佛世尊彼佛於其世間天人阿修羅沙門婆羅門等諸大衆中以自通力圓證聖果爲諸大衆宣說正法初善中善後善文義深遠純一無雜圓滿清白梵行之相舍利子彼大蘊如來應供正等正覺諸衆會中有七十二那庾多聲聞大衆皆是阿羅漢諸漏已盡無復煩惱心得自在到於彼岸彼時有國名最勝幢有大國王名最勝壽正法治化國土廣大安隱豐樂人民熾盛其王有子名精進行色相端嚴人所樂觀宿種善根已曾親近過去百千那庾多俱胝諸佛如來恭敬供養是時太子與自官屬止一殊妙大園苑中爾時大蘊如來應供正等正覺知其精進行太子是佛法器堪可任持菩薩藏正法之器如是知已即詣園苑到已爾時處于空中爲精進行太子說菩提道

法彼佛告言太子此中何名爲菩提道謂於一切衆生起慈波羅蜜多隨轉攝法此即名爲菩提道復何名爲一切衆生慈波羅蜜多太子所謂菩薩於衆生界行廣大慈彼衆生界如虛空界譬如虛空寥廓廣大菩薩慈心亦復如是於衆生界及衆生聚中無不廣大慈心周徧太子當知如衆生界無有限量菩薩慈觀亦復無量又如虛空無邊際故而衆生界亦無邊際以其衆生無邊際故慈心亦復無其邊際太子當知彼衆生界其數廣多非同地界水火風界今說譬喻以明斯義顯衆生界廣多無量太子譬如東方殑伽沙數等諸世界南西北方四維上下周徧十方殑伽沙數等諸世界而彼一切同一大海大水充滿同一源流以彼如是十方一切殑伽沙等諸世界中諸衆生聚破爲百分乃至如彼一毛端量舉一水滴復次如前以其殑伽沙等衆生數量爲半百分乃至如彼一毛端量舉一水滴次復如前以其殑伽沙等衆生數量復破半百乃至如彼一毛端量太子如前所說彼大水蘊以其筭數方便不能比等衆生界數無量無邊而衆生界無量無邊故菩薩慈心亦復如是太子於汝意云何所有菩薩慈觀善根汝可知其量不太子白言不也世尊不也善逝佛言太子菩薩摩訶薩慈觀善根無量無邊亦復如是復次太子菩薩慈心能自隨護作他利益以慈心故於他無瞋亦無懈倦離諸忿恚息諸過失不見違順表示清淨滅諸垢穢於身語心常生妙樂蠲除襍染息諸怖畏善護恚惡起清淨意滅諸鬬

戰不執刀杖向解脱門離諸損害所有一切諂曲心意雜亂詞句虚假語言皆悉遠離順善財利資養身命帝釋梵王常所恭敬威德莊嚴智者稱讃護諸愚者護持梵行不著欲界解脱道等一切出生而善攝受非所愛樂諸有福行亦不積集一切勝上諸有福行而常增長三十二相八十種好以爲莊嚴一切下劣殘缺諸根亦悉遣除順向善趣涅槃正道一切惡趣刹那止息一切法愛而自喜樂諸欲受用大富王位增上適悦悉無愛著於諸衆生起平等心而行布施離諸異想一切戒學順向修習諸毁戒者善爲作護現忍辱力遠離惡魔憍慢等事發勤精進出離正行於禪定解脱等持等至根本煩惱以決定心而求出離勝慧淨因出生一切慈聞總持自分他分悉無違害息除一切魔煩惱分行住坐卧增長一切如樂和合除蕩一切不善自性及諸作意慚愧妙香而常塗飾消滅一切惡趣障難及煩惱等常起慈心救護世間以大慈心棄捨已樂隨與他樂復次太子諸聲聞人所起慈心但唯自利菩薩慈心而常利益一切衆生又復當知初發心菩薩行衆生緣慈修行位菩薩行法緣慈得忍菩薩行無緣慈太子如是所説皆是菩薩摩訶薩行大慈心若諸菩薩住慈心者即能爲諸衆生行廣大慈

佛説大乘菩薩藏正法經卷第十六

音釋

呬 虛器切 澁 色入切不滑也 巇嶮 巇虛宜切嶮虛檢切巇嶮深陷不可測也 悍 侯肝切性勇急也 襍 與雜同 鬬 丁候切爭也

佛説大乘菩薩藏正法經卷第十七 第十八同卷

宋三藏朝散大夫試光祿卿光梵大師惟淨等奉詔譯

慈悲喜捨品第五之二

復次大蘊如來告精進行太子言云何名爲菩薩大悲之心所謂菩薩求彼阿耨多羅三藐三菩提時以大悲心而爲先導譬如士夫所有命根以出入息而爲先導積集大乘菩薩以大悲心爲其先導亦復如是又如轉輪聖王以其輪寶而爲先導即能獲得諸寶圓具菩薩大悲爲先導故即能獲得一切佛法是故當知菩薩大悲於一切衆生而不棄捨復次太子云何是菩薩於諸衆生轉大悲心所謂菩薩觀見世間一切衆生堅固執著諸有身見彼所隨逐乃生諸見而爲纏縛菩薩爲説斷除執著之法是爲菩薩於諸衆生轉大悲心又復菩薩觀見世間一切衆生住顛倒處以無常法計爲常想苦爲樂想無我我想不淨淨想菩薩爲説斷除顛倒之法是爲菩薩於諸衆生轉大悲心又復菩薩觀見世間一切衆生顛倒取著諸染欲事於所生母及諸姊妹起貪染心菩薩作是思惟怪哉世間罪業衆生愛著欲境非聖所行邪行充滿原其所生居母胎藏次由母產云何于今反生欲意姊妹同體出一母胎豈以染緣共期和合壞極破壞最極破壞恣貪瞋癡破毀身心無智所壞摧滅正法建立非法行險難法趣入地獄餓鬼畜生境界譬如狐群於其夜分入棄屍林中起恚惡相伺其所食世間顛倒染著衆生亦復如是又如世間生盲之人不能瞻視諸有色相墮險惡處染著衆生亦

復如是又如猪群食其殘棄不淨之物染著衆生亦復如是以顛倒染緣爲染汚所壞入魔境界魔索繫縛欲泥陷没菩薩爲説斷除染愛之法是爲菩薩於諸衆生轉大悲心又復菩薩觀見世間一切衆生爲五蓋所覆欲箭所射處處愛著眼見色已著所愛境耳聞其聲鼻齅其香舌了其味身覺其觸隨諸所愛而生取著苦哉衆生違害處多親附惡友互求財利與彼惡友同其知解得無義利互爲損惱多諸惛沈睡眠惡法懈倦迷悶無智隨逐起諸惡作此等衆生爲客塵煩惱染汚其心起諸疑惑此等衆生不能決定獲得最上甚深佛法菩薩爲説斷除蓋障等法是爲菩薩於諸衆生轉大悲心又復菩薩觀見世間一切衆生起諸慢心謂慢過慢慢過慢我慢增上慢卑慢邪慢如是七慢一者於劣計勝二者於勝計等三者於勝計勝四者恃所執我五者計已多德於增上功德法而起慢心六者計已少分劣他七者謂已有德以慢心故所應稱讚而不稱讚所應禮奉而不禮奉不敬耆宿於師尊所不能聽受於智者所不能請問何者是善何者不善何者所應親近何者不應親近何者應作何者不應作何者有罪何者無罪何者是正道何者是三摩地何者是解脱如是等法不能請問菩薩爲説斷除一切魔障之法是爲菩薩於諸衆生轉大悲心又復菩薩觀見世間一切衆生愛繩所縛所謂愛樂男女妻妾財利等事以愛著故是即愛樂生死險難三塗惡趣三有纏縛拘束身心不得自在以不自在故造諸罪

業菩薩爲令彼悉趣向涅槃聖道宣説正法是爲菩薩於諸衆生轉大悲心又復菩薩觀見世間一切衆生離善知識近惡知識以近惡故涂著十種不善之法謂殺生偷盜邪涂妄言綺語兩舌惡口貪欲瞋恚邪見菩薩欲令一切衆生爲善知識之所攝受息除一切不善之業積集清淨十善業道宣説正法是爲菩薩於諸衆生轉大悲心又復菩薩觀見世間一切衆生癡所覆障無明黑暗而常隨逐執著我人衆生壽者補特伽羅作者受者我我所等菩薩爲令如是一切衆生慧眼清淨諸見斷滅宣説正法是爲菩薩於諸衆生轉大悲心又復菩薩觀見世間一切衆生沈没生死不能解脱五蘊殺者常所殺害菩薩爲令解脱五蘊超越輪迴曠野險難出離三界宣説正法是爲菩薩於諸衆生轉大悲心又復菩薩觀見世間一切衆生作諸不善如棘刺樹雖生無成造不善業亦復如是此世他世五趣輪回不能順向涅槃聖道菩薩爲其開涅槃門使令趣入宣説正法是爲菩薩於諸衆生轉大悲心復次太子菩薩如是觀察世間諸衆生故以十種相轉大悲心何等爲十一者無諂誑心轉虛空出離故二者深固心轉能善出離故三者無虛假神通轉正道出離故四者無屈曲心轉止諸曲心善出離故五者眞實心轉於一切衆生悉無高下平等出離故六者隨護他轉自心清淨善出離故七者堅固慧心轉離動静心而常安住善出離故八者棄捨巳樂轉無愛著出離故九者隨授他樂轉利他出離故十者荷負衆

生轉重擔轉堅固精進善出離故菩薩摩訶薩以如是等十種勝相於諸衆生轉大悲心又復菩薩或有衆生應以大乘法得出離者即起悲心而爲出離此說是爲菩薩大悲又復衆生應修布施淨戒安忍精進靜慮勝慧法者即起悲心隨應出離此說是爲菩薩大悲又復衆生應修念處正勤神足根力覺道歡喜根本最勝事業及次第諸定乃至十善業道廣大章句隨應爲轉從悲心起佛自然智而爲飲食資養慧命此說是爲菩薩大悲又復菩薩自諸所行極善所作起大悲心隨諸衆生應何所作悉能圓滿衆生意樂此說是爲菩薩大悲若諸菩薩摩訶薩具足如是大悲心者即能觀察衆生悉令獲得如是等法此乃菩薩思惟慇念起大悲心復次太子云何是爲菩薩喜心所謂菩薩於諸善法隨所思念適悅歡喜聞諸善法不驚不懼不生懈倦蠲除一切別異心意安然愛樂一切法樂心喜身順自心清淨歡喜意生覩如來身相好莊嚴勤求愛樂增上適悅聽法無倦依法修行歡喜愛樂諸來惡語歡喜忍受隨所生起諸歡喜法於一切衆生起無礙心廣爲宣說令生勝解無祕惜心攝伏慳吝隨所求者歡喜而施面常熈怡攝護毀戒尊敬持戒常生清淨自所修行得清淨已超越一切惡趣怖畏歡喜安慰一爲衆生諸來惡語起觸嬈者歡喜忍受施諸眼目及身分時歡喜甘忍心無間斷常生悅樂起歡喜心尊重師長尊勝已者不生輕慢面常熈怡含笑先言離諸顰蹙諂曲心意雜亂語言歡喜悉除喜心

愛樂諸出離法仰敬師尊如諸菩薩頂重正法猶護已身尊奉如來如惜其命欽承師範如其父母愛念一切衆生如所生子遵軌範師如護眼目敬修行者如護頭頂信受諸波羅蜜多如固手足重說法師如愛妙寶勤求正法如重良藥讃奉醫王如承上善太子如是所說是爲菩薩喜心若住喜心菩薩摩訶薩於一切時常得歡喜勤求正法曾無懈倦起歡喜心修菩薩行復次太子云何是爲菩薩捨心所謂捨者有其三種何等爲三一煩惱捨二自他隨護捨三時隨時捨云何名煩惱捨謂恭敬不高不恭敬不下得利無領納失利無惱恚見諸持戒及毀戒者平等其心稱讃不喜譏謗不恚毀辱能安譽美無動於諸苦法善能決擇於諸樂法常所伺察隨順不著違害不斷於善惡友住平等心善作惡作亦復無二愛非愛境平等而捨多聞無聞悉無領受善說惡說都無違順安慰過失二俱平等等心愛念自他衆生不惜身命於上中下一切衆生平等照明於美惡相住平等法於眞妄中自實清淨太子如是所說菩薩自無種類捨心清淨此說是爲諸煩惱捨云何名爲自他隨護捨所謂菩薩當段取身肉行布施時住於捨心悉無所求身無所作語無所作中亦無動無眼相無色相乃至無意相無法相一切無動此名爲捨惡作無害亦名爲捨善作無動亦名爲捨自他俱忍亦名爲捨諸所饒益及不饒益住平等心亦名爲捨無諸諍訟名最上捨自心決定亦名爲捨伺察自他悉無所害菩薩住等引心而行於

捨然菩薩捨不同諸佛世尊所行捨法何以故菩薩摩訶薩於其捨法現前了知常所修作於諸善法而常勤求知時隨時而行捨故云何名爲時隨時捨所謂菩薩觀見衆生非法器者無聞之者悉住捨心又於衰毁譏苦一切衆生亦住捨心又於聲聞乘法決定超越而捨於布施時行持戒捨於忍辱時行布施持戒忍辱精進捨於精進時行持戒捨於禪定時行布施捨於智慧時行五波羅蜜多悉圓滿捨此説是爲時隨時捨諸所應作及不應作彼一切法悉住平等亦名爲捨諸住捨行菩薩摩訶薩乃至於彼諸善法分悉名爲捨太子如是所説皆名菩薩摩訶薩於一切衆生起慈悲喜捨之心爾時世尊釋迦牟尼如來告舍利子言彼時大蘊如來爲彼精進行太子説慈悲喜捨法已即復宣説六波羅蜜多何等爲六所謂布施波羅蜜多持戒波羅蜜多忍辱波羅蜜多精進波羅蜜多禪定波羅蜜多勝慧波羅蜜多如是宣説諸波羅蜜多令彼精進行太子發勤精進如理修行

布施波羅蜜多品第六之一

復次佛告舍利子云何名爲施波羅蜜多發勤精進舍利子若於六波羅蜜多勤精進者此説是爲修菩薩行其六波羅蜜多者謂布施波羅蜜多持戒波羅蜜多忍辱波羅蜜多精進波羅蜜多禪定波羅蜜多勝慧波羅蜜多舍利子諸菩薩摩訶薩見彼沙門婆羅門貧窮孤露來乞丐者隨諸所欲而悉施與或乞飲食衣服塗香花鬘及棲止處或乞病緣

醫藥燈明音樂妻子奴婢園林臺觀金銀瑠璃硨磲瑪瑙珊瑚琥珀摩尼眞珠及餘妙寶象馬車乘財穀庫藏乃至四大洲主輪王富樂嬉戲等事至于手足耳鼻眼目身分血肉骨髓世間所有無不施者復次舍利子有十種法菩薩若能具足清淨當行布施何等爲十一者菩薩不求艱難受用施二者菩薩不逼惱衆生施三者菩薩不驚怖他施四者菩薩無不捨所請施五者菩薩無現相施六者菩薩於諸衆生無異相施七者菩薩無損害施八者菩薩無境土差別施九者菩薩所施衆生而無作意（少第十法梵本元闕）舍利子如是十種法菩薩若能清淨當行布施復有十法菩薩若能具足清淨當行布施何等爲十一者菩薩不違業報施二者菩薩無邪意樂施三者菩薩無不勝解施四者菩薩無懈倦施五者菩薩無見面施六者菩薩無惱害施七者菩薩無退屈施八者菩薩無讚譽持戒施九者菩薩無輕慢毀戒施十者菩薩不求果報施如是十種法菩薩若能清淨當行布施復有十法菩薩若能具足清淨當行布施何等爲十一者菩薩無毀謗施二者菩薩無違背施三者菩薩無瑕疵施四者菩薩無忿怒施五者菩薩無憎嫉施六者菩薩無瞋恚施七者菩薩無不恭敬施八者菩薩無不自手施九者菩薩隨應止其下劣心施十者菩薩於所生處無悕望施如是十種法菩薩若能清淨當行布施復有十法菩薩若能具足清淨當行布施何等爲十一者菩薩無不堅牢施二者菩薩無邊際施三者菩薩無分段施四者

菩薩無他信施五者菩薩不著下劣心施六者菩薩不求色相受用富貴歡喜施七者菩薩不求梵王帝釋護世諸天等施八者菩薩不求聲聞緣覺地施九者菩薩不毀謗智者施十者菩薩所作善利無不迴向一切智施如是十種法菩薩若能清淨當行布施

佛說大乘菩薩藏正法經卷第十七

佛說大乘菩薩藏正法經卷第十八

宋三藏朝散大夫試光祿卿光梵大師惟淨等奉 詔譯

布施波羅蜜多品第六之二

復次舍利子有十種稱讚之法菩薩若能具足清淨當行布施此稱讚法者謂即有爲出離故得有爲果菩薩應當如是布施即得十種稱讚之法何等爲十一者施食獲得長壽二者施飲息除一切渴愛煩惱三者施諸乘輦即能獲得諸利樂事四者施妙衣服即起慚愧之心如獲金蓋五者施諸塗香華鬘即得戒聞等持妙香塗飾六者施諸妙香末香即得身支柔輭妙香馥郁七者施諸美味即得味中上味及能圓具人中妙相八者施依止處即能當與一切衆生爲舍爲洲爲救爲歸爲所趣向九者施諸病緣醫藥即得不老不死甘露妙藥圓滿具足十者若施種種資具即得菩提分法勝妙資具圓滿具足如是十種布施稱讚之法菩薩求菩提時當得一切稱讚攝受復有十種稱讚之法菩薩若能清淨當行布施何等爲十一者若施燈明即得如來五眼清淨二者若施殊妙歌音即得天耳清淨三者若施金銀瑠璃硨磲瑪瑙珊瑚琥珀摩尼眞珠及餘珍寶即得如來三十二種大丈夫相四者若施種種妙寶種種妙華即得如來八十種好五者若施象馬車乘即得廣多人衆充滿圍繞六者若施殊妙園林即得禪定解脫等持等至圓滿具足七者若施財穀庫藏即得諸法寶藏圓滿具足八者若施奴婢及營作人即得所作自在如佛自然智圓滿具足九者若施妻子眷屬即得

最勝可愛無上正等正覺圓滿具足十者若施四大洲主富樂之位即得菩薩一切善法成一切智圓滿具足如是十種布施稱讚之法菩薩求菩提時當得一切稱讚攝受復有十種稱讚之法菩薩若能清淨當行布施何等爲十一者若施五欲妙樂即得戒定慧解脱解脱知見諸蘊清淨及於一切嬉戲娱樂等事悉得如意二者若施雙足即得法義足圓具詣菩提場三者若施二手即得法手常授於他圓滿具足四者若施其耳即得諸根圓具無所缺壞五者若施其鼻亦得諸根圓具六者若施身諸支分即得無過失身如佛身清淨七者若施其眼即得法眼清淨八者若施血肉即得一切衆生眞實身命眞實布施善資其命九者若施其髓即得金剛堅固不壞之身十者若施上分頭頂菩薩摩訶薩即得安住三界最勝無上現證一切智智圓滿具足舍利子菩薩摩訶薩求菩提時應如是布施如是等諸相乃能圓滿一切佛法稱讚攝受舍利子智者菩薩以其甚深勝慧不樂世間所樂財物但爲勤求阿耨多羅三藐三菩提求甘露法求大覺智求寂靜涅槃菩薩於其世間一切所樂之物及諸妙樂無不捨者一切皆爲依止阿耨多羅三藐三菩提故舍利子譬如世間耕植之人首欲耘田先依堅木次設衆具牛以導前於本土中作耕耘事營力既成資養身命彼耕植人以身命存故金銀諸寶亦能成辦至於財穀衣服等物悉能成辦何以故財不如穀穀爲本故菩薩摩訶薩亦復如是若依時依處以世間所

樂財物行布施者即能依止阿耨多羅三藐三菩提舍利子又如群牛先食青草次復飲其温涼之水水食既調即成其乳次成其酪後成生酥後成熟酥如是次第悉有所成菩薩摩訶薩亦復如是先以世間所樂財物行於布施即能依止阿耨多羅三藐三菩提隨所樂欲悉能成辦或得成彼轉輪聖王或復成辦三種勝相謂菩薩十地如來十力四無所畏又復成辦千種事業即得十八不共佛法又復成辦千種事業得佛六十種清淨妙音又復成辦百種事業即得如來一大人相又復成辦二百種事業即得如來最上清淨烏瑟膩沙頂相又復成辦百種功德妙相即能圓具如來所有大法螺音又復成辦百千俱胝功德妙相即得如來鮮白齊密上妙齒相舍利子是故當知如來勝業果報菩薩悉能成辦若能發起一念慈心諸乞丐者隨應布施即與發彼殑伽沙數等心無異即能成辦佛三摩地當知諸佛從三摩地起已如來應供正等正覺於一一毛孔悉能化現百三摩地所化自在舍利子如是如來所有一切神通事業佛法勝相皆是菩薩宿修大行以世間所樂財物奉施如來以攝受故求甘露法求寂靜涅槃舍利子以是緣故菩薩摩訶薩以世間所樂財物行布施者即能依止成就阿耨多羅三藐三菩提果復次舍利子我念過去世阿僧祇劫前復過無量無數不思議劫爾時有佛出現世間其名福生如來應供正等正覺明行足善逝世間解無上士調御丈夫天人師佛世尊其佛壽量千歲佛會

之中有百千大苾芻衆皆是大阿羅漢諸漏已盡無復煩惱心得自在到於彼岸是時有一紡線之人色相端嚴人所樂見其人所居去佛世尊遊止方處而復不遠其人於自舍中營自所業功力辦已於自後分常所出時即出自舍前詣世尊福生如來所到佛所已發清淨心持以一線奉上世尊作是白言我今以此一線獻奉世尊願佛哀愍受我所施願我以此善根未來世中獲諸攝法是時世尊即爲攝受其紡線人從是已後乃至成佛如是次第總以線數五百而奉世尊由是十五劫中不墮惡趣又復以此善根千俱胝生作轉輪聖王又此善根千俱胝生作帝釋天土又此善根當得身分柔軟人相可愛最初修作勝上事業親近供養千俱胝佛尊重恭敬以香華燈塗飲食衣服幢幡寶蓋醫藥緣具伸供養已最後復過阿僧祇劫當證阿耨多羅三藐三菩提果名善攝受如來應供正等正覺明行足善逝世間解無上士調御丈夫天人師佛世尊彼佛世尊住壽二十俱胝歲佛會之中有二十俱胝那庾多大苾芻衆皆是阿羅漢諸漏已盡無復煩惱心得自在到於彼岸有五俱胝大菩薩衆皆悉安住阿耨多羅三藐三菩提宣說正法廣度無量無數衆生作利樂已入大涅槃彼佛世尊入涅槃後正法住世滿一千歲廣作佛事如我今時當入涅槃等無有異舍利子汝見如是紡線之人發清淨心以一條線奉施如來如是次第成辦佛法謂由清淨心廣大故舍利子是故當知若心不廣大復不精勤即不能得

殊勝果報若心清淨以其世間所樂財物而爲依止隨力少施即得一切可愛樂果又復智者菩薩以增上智力多作勝利何以故力廣大故所作無量迴向力故爾時世尊欲重明斯義說伽陀曰

布施不求於色相　不求受用及富饒
但求無上佛菩提　以少施故獲多利
不求名稱及善譽　世間快樂亦無求
於諸起滅絕悕望　求佛大果無餘法
飲食衣服及衆具　於一切處悉無求
如毛端量發施心　求甘露門常開廓
凡所行施無高下　亦無諂曲慳悋心
是中懈怠悉蠲除　勇發世間利益事
若財若穀資身命　及餘一切悉行施
施已廣大歡喜生　菩提解脫不難得
父母妻子諸所愛　來乞匃者皆施之
所施亦無憎嫉心　是修最上菩提行
凡諸所見無忿恚　惡友常同善友觀
諸怖畏者施慰安　於諸事法無執著
不求王位生法欲　常宣出離正法門
法施普及諸衆生　利益世間常不捨
不求天中諸妙樂　唯求無上佛菩提
不悕布施大名稱　棄捨已身及餘法
唯佛菩提常不捨　非眼識色相所求
亦復不求生諸天　但求涅槃最上樂
諸所施作無依止　若成若壞悉無求
智者常生正智心　明了一切正道法

復次舍利子是故當知諸菩薩摩訶薩勤行修習布施波羅蜜多是即廣修菩薩勝行

持戒波羅蜜多品第七之一

復次佛告舍利子言云何名爲諸菩薩摩訶薩修習持戒波羅蜜多是即廣修菩薩勝行舍利子菩薩有三種法常善所行何等爲三謂身語意皆善所行云何身善所行而菩薩者遠離殺生偷盜邪染此名身業善行又復菩薩遠離妄言綺語兩舌惡口此名語業善行又復菩薩無貪無瞋正見此名意業善行菩薩作是思惟云何此身語意常善所行若身不作業即無殺生偷盜邪染此名身善行若語不作業即無妄言綺語兩舌惡口此名語善行若意不作業即無貪瞋邪見此名意善行菩薩又復如實伺察若身語意無作業者即於諸法何能表了於身語意何所施設若青黄赤白紅紫碧緑當何顯示即無眼識表了無耳鼻舌身意識表了何以故以無能生所生能起所起故若其無者諸作業中何能施設菩薩作是思惟已了知戒相現前無所作若無所作有何表示若無表示亦無取著如是乃名菩薩善行於其戒相亦無所觀若於戒相無趣向故即無所觀若如是觀即有身見不能生起若有身見不起即於持戒毁戒如理伺察而悉不見若如是觀即於戒法軌範境界無所了知如是持戒於自於他悉無所得亦無所行若於自他無所行故即於戒無毁缺亦無所取若自他無所得戒亦無所得若戒無所得即戒學無缺犯若戒學無缺犯即戒亦無缺犯如是即戒無所取何故無取以一切法無所取故是故一切法無自亦無他於無我中當云何取爾時世尊欲重明斯義説伽陁曰

身業清淨語亦爾　意常清淨修淨行
禁戒清淨復常行　此名菩薩持淨戒
十善業道賢復勝　菩薩智者善所觀
於身語意悉無修　此名智者持淨戒
無修無勝亦無授　形色顯色而復無
若無形顯色相觀　諸境何能見彰表
戒若無爲無修作　眼於色境不能觀
耳鼻舌身意亦然　諸境無能爲表示
根識若無相引發　悲心應作如是觀
於戒清淨戒亦無　戒中無得而無住
如是解了無我相　戒無所護善護戒
無戒想無戒中修　菩提行中離諸見
若於諸見無所觀　無見亦復無知解
即此無見處亦無　是中持犯無領受
若入無護正法理　戒中軌範不思議

善能了知真護門　無戒亦復無所得
無我亦復戒中無　無我想故戒無得
淨戒是爲無我語　所説常生離怖心
戒所依止亦復無　我無領解即無我
無持無犯無所取　無戒無求無我言
無我即能無戒想　戒無我故無所起
如是戒相得無畏　菩提行乃深慧門
持者皆由聖力增　諸有缺犯亦無得
爲愚癡者説持犯　諸法無得亦復然
於戒勝果無縛解　大哉淨戒善護者
三惡趣中皆不墮　諸見斷故罪不生
我見不生即不墮　戒無所持無所受
此即無持亦無犯　於中如是戒了知
若於我法不能見　於三有中亦無觀
況復持犯有所行　如是見者善持戒

復次舍利子菩薩十種善法從彼清淨心意中出從彼精進勝行中出從彼最極善欲廣大業報信解中出於聖者所親近承事於師尊所不起分別若聖若師聽受正法勤求無著志求菩提不惜身命舍利子持戒菩薩如是十種勝法皆從菩薩内心中出若能安住如是十種法者即能積集一切善法

佛說大乘菩薩藏正法經卷第十八

音釋

齅許救切以鼻擥氣曰齅　擔都濫切　蹩躄蹩毗賓切躄于六切蹩躄愁貌　諂丑琰切諛也　瑕玼瑕何加切玼才支切　轝羊諸切車也　紡妃罔切紡績也

佛說大乘菩薩藏正法經卷第十九第二十同卷

西天三藏朝散大夫試光祿卿傳梵大師法護等奉詔譯

持戒波羅蜜多品第七之二

佛言舍利子云何名為善法當知善法厥有三種謂身語意善所行故諸菩薩摩訶薩如是安住善所行者能於菩薩藏正法勤求修習即得菩提而常隨逐爾時世尊欲重明斯義說伽陀曰

身業常當善修作　此是諸佛所宣說
隨處親近阿闍黎　即得多聞善境界
補特伽羅勝義者　常起慈心利衆生
語言妙樂無愛憎　所說聞者生樂欲
隨諸相法無恚惡　極善意樂悉平等
修習不生罪欲心　慈心觀察常尊重
得聞如來淨教已　應當尊重於正法
由其尊重正法因　速得成證菩提果

如是十種善法菩薩能安住已即於菩薩藏正法勤求修習親近承事諸阿闍黎隨諸所作總略乃至給奉水瓶復次舍利子菩薩有十種發心何等為十一者菩薩發如是心痛哉世間一切衆生疾惱之身四蛇奮毒互相違害積集諸苦生多過失癰疽瘡癬風癀痰癊起衆疾狀眼等諸病歷多艱苦極增違害速疾破壞是不堅實羸劣衰朽速趣命終棄於林中無一可樂我當令一切衆生猒此不堅實身悕取堅固眞實之身舍利子此是菩薩第一發心由發心已能於菩薩藏正法勤求修習親近承事諸阿闍黎隨諸所作總略乃至給奉水瓶爾時世尊欲重明斯義說伽陀曰

諸界如蛇毒猛惡　四種互相爲依止
各各咸興恚害多　於身廣生大病惱
眼耳二處生諸病　鼻舌所生病亦然
唇齒生病苦復深　及餘疾患徧身起
癰疽初起生疼苦　瘡癬旋生痛劇增
餘諸疾患起多門　積集諸苦在其身
此身既生諸病惱　由此於身徧纏繞
無義無利損害多　速疾銷亡身謝滅
一棄林中何所有　無常迅速不堅牢
諦觀如是臭穢身　與諸病苦爲依聚
應修賢善諸事業　當來回作佛身因
捐棄如是衆惡身　破毀衰殘而迅速
佛身成辦圓衆德　不可思議大法身
回觀如是衆苦身　諸漏徧增不可樂
當知別無諸漏法　即以此身爲漏因

暫居炎熱欲清涼　或處凝寒思庇覆
痛哉此身何所樂　老死常縈損害多
猒寒怖熱惱其心　一切墮落皆破壞
智者應修士夫業　願得最上眞實身
堪任親近阿闍黎　猒棄此身虛幻體

舍利子此是菩薩第一發心復次舍利子二者菩薩發如是心痛哉世間一切衆生不堅實身斷滅摧毀破壞離散舍利子譬如世間工巧窯師造諸缾𤬪隨量大小雖有所成即歸破壞世間衆生虛幻所成不堅實身亦復如是又如大樹枝葉扶踈花果茂盛雖可愛樂即歸墮落世間衆生不堅實身如成熟果亦復如是又如清夜露滴草頭日光照觸旋有即無世間衆生不堅實身不久暫停亦復如是又如世間大海江河流注不斷水中聚

沫旋有即無世間衆生身如聚沫不可撮摩亦復如是又如天雨水滴成泡旋滅旋生不能暫住世間衆生不堅實身自性劣弱亦復如是舍利子菩薩欲令衆生猒棄如是不堅實身悕取堅固眞實之身此是菩薩第二發心爾時世尊欲重明斯義說伽陀曰

如世巧匠造餅盆　杖輪埿等共成罷
一切同歸破壞門　衆生壽命亦如是
又如大樹盤根廣　枝葉扶踈花果繁
一切同歸墮落門　衆生壽命亦如是
人如草端承露水　日光照灼倏然無
眼境不停須臾間　衆生壽命亦如是
又如大海江河水　水中聚沫劣無堅
衆生虛幻羸弱身　等彼聚沫皆無實
又如天雨廣流注　水中旋復起浮泡
剎那觀境即空無　不堅實身亦如是
不堅實身生實想　實中還起不實心
彼人不入眞實門　此邪思惟妄境界
實中若作眞實想　不實當生不實心
彼人得入眞實門　此正思惟眞境界
若起眞實心想已　承事師尊舉水餅
回此虛幻不實身　當得堅固眞實體

舍利子此是菩薩第二發心復次舍利子三者菩薩發如是心痛哉世間一切衆生不能如是思念我於生死長夜之中遠離善知識親近惡知識發起懈怠下劣精進邪見所覆癡冥疲乏無施無愛無諸善作唯造惡業果報成熟感諸不善當得身相貪愛增劇羸瘦憔悴或生餓鬼趣中不能活命以火爲食經多百歲多千歲多百千歲不聞水聲何況得

飲我今回發是心願當親近習行善法近善知識由如是故當得人身善能活命行諸布施乃至捐棄軀命親近承事諸阿闍黎於菩薩藏正法勤求修習隨諸所作總略乃至給奉水餅此是菩薩第三發心爾時世尊欲重明斯義說伽陀曰

世間所有善知識　應當往彼常親近
不能數數近善因　由是不生諸善行
以其親近惡友故　即常遠離賢善人
懈怠下劣精進心　慳疾諂誑生過失
不行布施無愛樂　一切善法不能行
果熟當招瘦弱身　或生餓鬼諸境界
長夜眠伏於生死　蘊報癡冥怖畏多
飲食俱無饑渴增　備受廣多諸苦惱
經歷多百千歲中　渴苦不聞水之聲
布施善道不復覩　不得世間諸善相
我今回發如是心　世間人身極難得
誓願親近阿闍黎　速獲圓滿諸善行
常當遠離惡知識　常得親近賢善人
捐棄身命不爲難　願作菩提勝根本
於阿闍黎起尊重　恭敬發生清淨心
頂奉承事我所行　願作菩提勝根本

舍利子此是菩薩第三發心復次舍利子四者菩薩發如是心世間衆生應如是念我於長夜中遠離善知識親近惡知識發起懈怠下劣精進癡冥疲乏無忍無愛無諸善相心困身倦如被打擊衆苦逼迫嬈亂衆生若無彼緣寧招罪至由是廣造諸不善業以其不善之業果報成熟當墮牛畜駝驢趣中不能活命於彼趣中以草爲食咀嚼齝齧捶打怖

畏負重困苦遠離一切施等善相我今回發是心親近善友當得人身不惜軀命廣行布施作諸善業親近承事諸阿闍黎於菩薩藏正法勤求修習隨諸所作總略乃至給奉水缾此是菩薩第四發心爾時世尊欲重明斯義說伽陀曰

衆生長夜居險惡　於諸聖道不了知
駝驢畜類趣中生　備受廣多諸苦惱
當來若得人身相　廣作賢善諸事業
趣向菩提正道門　此是智者之勝相
我當發起尊重彼　已能善住佛法者
奉阿闍黎教誨言　願作菩提勝根本
過去不思議劫中　於生死輪循環轉
徧歷無義無利門　不能修作布施行
處世不能自活命　懈惰遠離善知識
常隨惡友教誨言　隨轉還歸惡趣地
相續駝驢中杻械　繫縛拘縶捶打身
遠離善友果報成　牛畜趣中業不壞
駝驢趣類受生已　連環執縛苦惡深
杖木鞭笞負重多　善友爾時難親近
人身最極爲難得　善友親近亦復難
刹那親近善功成　歷久能拔諸艱苦
若能善修身語業　精進遠離諸過失
心安命活衆所行　我乃親近善知識
奉阿闍黎無諂曲　從是我發菩提心
菩提聖道廣宣揚　遵仰師尊常愛重
塗香種種妙香等　衆妙衣服及末香
異品莊嚴寶花鬘　二足聖尊伸供養
十方現住一切佛　開示勝義利衆生
普放金色大光明　無邊色相爲供養

如佛所放妙光已　廣供人中調御尊
菩提正道清淨因　詣菩提場願證果
舍利子此是菩薩第四發心復次舍利子五者菩薩發如是心世間衆生應如是念我於長夜中遠離善知識親近惡知識發起懈怠下劣精進癡冥疲乏無忍無愛無諸善相都無所念痛哉世間一切衆生不能思念一切物命同一身肉若存若壞其肉無異食敢之者謂之無罪亦無罪相謂之無福亦無福相乃至海岸邊極遼敻之方諸有衆生其見無異無罪無福由此緣故若罪若福不能了知以不知故近惡見者增長癡暗不知善道唯造惡業以其廣造不善業故果報成熟得下劣身相乃至墮在地獄趣中受地獄苦吞熱鐵丸考掠捶打杻縛懸吊將趣死邊業還令活經多千歲不聞樂聲何況樂觸斯由不知罪福不造施因智者應念我今回發是心親近善友當得人身不惜軀命廣行布施作諸善業親近承事諸阿闍黎於菩薩藏正法勤求修習隨諸所作總略乃至給奉水餅此是菩薩第五發心爾時世尊欲重明斯義說伽陀曰

為由親近諸惡友　惡心欺誑於佗人
罪業邪見為所依　故我廣興於罪業
邊極遼敻衆生類　恣敢飲食無足心
皆謂罪福悉無因　亦無苦楚諸報應
此等如是罪業見　數數親近於惡友
一向艱惡罪殃深　由斯速墮於地獄
縱得人身經千轉　旋墮王種惡趣中
不見正等正覺尊　出現世間堪歸向

所有世間善知識　極善名稱悉不聞
我若當來得人身　廣修賢善諸事業
世間人身最難得　衆生壽命亦復難
如來正法極難聞　諸佛出世實難值
縱得人身斯難者　速得聖道轉復難
我若值佛出興時　遵一切智清淨教
所有身語意三業　發起一切諸過罪
於不究竟苦果中　誓願不復還修作
若復内心清淨故　罪業因果亦復然
於不究竟苦果中　如彼内心皆清淨
所有極善身語意　世間無智誠難作
唯除親近阿闍黎　願作菩提勝根本
當知正道名聖道　如其意樂善宣說
當入無誑精進門　作佛菩提勝根本
菩薩如是發心已　頂重師尊給水餅
智慧方便悉圓成　是爲菩薩廣大行

舍利子此是菩薩第五發心復次舍利子六者菩薩發如是心世間衆生應如是念我於長夜中遠離善知識親近惡知識無善樂欲於師尊智者不能謙下恭信百種稱讚親近禮奉誠諦合掌作諸善業但以慢心增長造多不善由其所作不善業因果報成熟縱得人身羸瘦憔悴不能活命不能行施雖生人中其性慳恡加復貧困或作奴僕爲他所使佗所繫屬如耽欲飛禽於空中行隨所住處驚怖艱險邪見衆生亦復如是破毀淨戒而常習行三不善根在四趣中五蓋所覆常行六種不能尊重師長之法於其七種善妙正法不能遵奉起八邪法入邪定聚於九惱處常起惱害常行十種不善業道於非道中堅

猛而入向地獄門背生天道遠善知識近惡知識順魔意樂捨離善法行不善法打擊怖畏艱苦隨生施作種種不饒益事以是緣故不能愛樂行布施等我今回發是心親近善友當得人身不惜軀命廣行布施作諸善業於菩薩藏正法勤求修習隨諸所作總略乃至給奉水餅此是菩薩第六發心爾時世尊欲重明斯義説伽陀曰

近惡友故增憍慢　親近還經多劫海
人中若受奴僕身　長夜輪回於三有
難得人身歷艱苦　最上身相極難得
善妙色相亦復難　諸佛出世極難值
我當親近賢善友　顯示菩薩正行道
菩提心寶廣大增　多俱胝劫願獲得
身不堅牢如泡沫　復如幻化歌戲等
如其所見在夢中　覺了無實悉虛假
壽數將盡命促少　猶如雲電不久停
剎那命盡轉緼時　捨不實身求實體
時分轉易迅速住　當須摧墮憍慢山
虛假和合三世中　漂流不思議劫海
棄捨於身離諸愛　於其壽命亦無惜
蠲除憍倨我慢心　頂重師尊常承事
世間師尊極勝上　如其父母等無差
息除憍倨我慢心　尊重精勤奉諸作
菩薩無上菩提分　菩薩勝行同分者
愛樂尊重堅固心　願諸所作皆勤勇
慢愛行時慢增長　除斷慢法不能知
由智金剛破無餘　大憍慢山皆摧墮
令他修勝菩提行　最勝安處菩提場
正法摧伏諸魔軍　救度四生煩惱衆

十方一切病苦者　不能自猒不淨身
我當發起慈悲心　願作三世所歸趣
廣行布施波羅蜜　復能學佛戒功德
諦觀忍辱行周圓　我發精進最上道
圓具禪定波羅蜜　隨心所起善安住
勝慧方便亦復然　願奉師尊修施行
增長此諸福威力　不可思議智慧善
自他意樂悉尊高　修學圓成眞法器
舍利子此是菩薩第六發心
佛說大乘菩薩藏正法經卷第十九

佛說大乘菩薩藏正法經卷第二十

宋西天三藏朝散大夫試光祿卿傳梵大師法護等奉詔譯

持戒波羅蜜多品第七之三

復次舍利子菩薩發如是心世間衆生應如是念我於長夜中遠離善知識親近惡知識發起懈怠下劣精進癡冥疲乏如瘖瘂人無見無忍亦無善愛無惡業惡報無善業善報無雜業雜報既不自知亦復不能請問沙門婆羅門諸阿闍黎何者是善何者不善何者有罪何者無罪何者所應親近何者不應親近何者所應作何者不應作何者作已於長夜中無義無利生諸苦惱由是我慢增長不能了知善業根本唯造一切不善之業縱得人身諸根殘缺又於人中不能活命不能行於布施又於人中盲聾瘖瘂無諸色相善說惡說悉不能知由如是故不樂布施我今應當回發是心親近善知識若得人身諸根完具能活其命習行布施不惜軀命具諸色力善說惡說悉能了知復能請問師尊智者何者是善何者不善何者有罪何者無罪何者所應親近何者不應親近何者諸所作時違背聲聞緣覺之法順向菩提藏義親近承事諸阿闍黎隨諸所作猒此不眞實身悕取堅固眞實之身總略乃至給奉水餅此是菩薩第七發心爾時世尊欲重明斯義說伽陀曰

欲近善友作利益　我乃遠離多百劫
不能請問善惡門　有罪無罪果報等
增上慢心墮地獄　傍生餓鬼諸趣中
親近罪業諸友朋　多劫歷苦而無盡
縱得人身根殘缺　多千劫中受輪迴

不能了知善惡門　有罪無罪果報等
若得人身離艱苦　諸根完具善相圓
人相完具離難時　如一眼龜值浮木
得覩世間燈照曜　佛教中間無染法
爾時請問世間尊　諸善不善果報等
慳者云何所趣向　何者慳者能行施
貪諂毀戒復云何　又何不破淨戒者
云何恚惡心無動　云何懈怠散亂心
精進禪定樂云何　惡慧癡冥何所爲
云何得彼眞實慧　云何菩提行方便
六種賢行竟云何　慈心廣大世間勝
惡趣衆生云何救　云何樂法心無猒
菩提行藏廣勤求　十方剎中善安住
云何親詣世間尊　云何禮奉營諸福
普賢行門復云何　如我今時善親近
云何請問阿闍黎　願聞師尊尊重事
生阿闍黎歡喜心　此心生已眞佛子
福力智力爲增上　是中所成廣大智
智力增強發勝心　給奉水餅生歡喜

舍利子此是菩薩第七發心復次舍利子菩薩發如是心世間衆生應如是念我於長夜中遠離善知識親近惡知識發起懈怠下劣精進癡冥疲乏如瘖瘂人所有世間一切文句與義句合與法句合法句合故住於寂靜與離貪合寂滅正智與沙門婆羅門涅槃同住於一切處所作我乃棄捨不能了知文義句合乃至不與涅槃同住亦復不能受持讀誦亦復無力又無精進無士夫力用無士夫勢無士夫勤勇無最上精進無因無緣諸衆生煩惱亦無因無緣衆生雜染無因無緣衆

生清淨無因無緣此等無因依止諸見不能了知所作善業唯造惡業縱得人身諸根殘缺又於人中不能活命不能行施癡迷所覆盲聾瘖瘂無諸色力不能了知文義句合乃至不與涅槃同住亦復不能受持讀誦由如是故不能親近習行善法我今應當回發是心親近善法乃至不惜軀命了知文義句合於出離道涅槃同住於菩薩藏正法勤求修習受持讀誦發勤精進親近承事諸阿闍黎於菩薩藏正法受持讀誦猒此不眞實身悕取堅固眞實之身福智勝力當得圓具以福智力得圓具故所作慣習而能積集菩薩藏正法親近承事諸阿闍黎隨諸所作總略乃至給奉水缾此是菩薩第八發心爾時世尊欲重明斯義說伽陀曰

所有法義相應故　於正道分修道行
寂滅理中作證門　而涅槃道得眞實
若於此法遠離者　即於諸法無所利
無義利句設相應　不能親近彼正法
無力亦復無精進　士夫勢用悉皆無
無作勤勇亦復然　於一切處無所得
即見無佛亦無法　無父無母及宗親
由斯善惡業皆無　一切皆無諸報應
此諸如是罪業見　數數親近罪根深
一向麁惡日增多　墮地獄中經久遠
地獄出受傍生報　餓鬼趣中罪復深
其後縱得人中生　聾騃癡冥而無舌
餘業復受瘖瘂報　癡暗缺漏苦還增
而復重受地獄殃　由不了故當墜墮
經歷久時後當得　人身具足善相圓

諸根既具勝力增　依時淨住而思忖
若於諸法義相應　即得同歸出離道
修菩提道證菩提　我當思惟如是事
所有諸大菩薩藏　和合甚深正法義
經歷俱胝千劫中　發生淨信極難得
若此若餘廣多數　諸佛妙法不思議
隨諸修作能受持　爲佛菩提勝根本
我當親近及承事　尊重信奉阿闍黎
諸佛菩薩亦復然　即得最上清淨信
發生如是淨心已　即是菩薩廣大心
勝慧方便悉圓成　給奉水鉼常精進

舍利子此是菩薩第八發心復次舍利子菩薩發如是心痛哉世間一切衆生以其愛著於身命故常爲一切無義利行顛倒隨逐何者名爲無義利行謂彼衆生愛著身命不能愛樂菩提分法以其我見而爲先導執著心堅癡冥所覆摧毀破壞衆事隨逐此說是名無義利行又復衆生愛身命故以其我見而爲先導愛戀妻室男女知識以愛著心隱覆癡暗遠離諸饒益事此說是名無義利行又復衆生愛身命故以其我見而爲先導顧惜奴婢作事人等瞻視防護此說名爲無義利行復次世間一切衆生有義利行常所隨逐者謂若衆生不惜身命愛樂菩提分法以菩提心而爲先導善修身語意業此說名爲有義利行又復衆生不惜身命而常愛樂菩提分法以菩提心而爲先導積習布施波羅蜜多乃至積集般若波羅蜜多此說名爲有義利行又復衆生不惜身命而常愛樂菩提分法以菩提心而爲先導行布施愛語利行同

事普攝一切衆生此說名爲有義利行又復衆生不惜身命而常愛樂菩提分法以菩提心而爲先導修習念處正勤神足根力覺道勝菩提分此說名爲有義利行又復衆生不惜身命而常愛樂菩提分法以菩提心而爲先導聽受父母及阿闍黎諸有教誨禮拜讃歎恭信合掌奉諸所作此說名爲有義利行又復衆生不惜身命而常愛樂菩提分法以菩提心而爲先導常以淨心營三寶事此說名爲有義利行又復衆生作如是念我以惜身命故無義利事常隨逐我我當發勤精進親近承事諸阿闍黎不惜身命隨諸所作猒此不眞實身悕取堅固眞實之身福智勝力當得圓具以圓具故所作慣習悉能成辦詣菩提場當證聖果舍利子此是菩薩第九發心爾時世尊欲重明斯義說伽陀曰

若人愛惜身命故　菩提分法不愛樂
三不善業造圓成　此乃愚夫異生類
愛樂已身及妻室　并諸男女眷屬等
此無義利執著心　旋轉三界愚癡者
又於奴婢作業人　不覺了知常顧戀
此無義利愛著深　資生畜養四足等
廣多聚積諸財穀　不自受用不與人
此無義利愛著深　祕護伏藏不彰顯
此無義利深著故　彼愚夫心常愛惜
返於菩薩善意中　棄捨不能生愛樂
若能不惜於身命　愛樂菩提勝分法
三種善業造圓成　此即名爲有義利
施戒忍辱及精進　禪定勝慧亦復然
與彼方便行相應　此即名爲有義利

承事父母爲先導　遵奉師尊亦復然
審諦思惟三寶門　此即名爲有義利
諸大菩薩甚深藏　普攝一切勝法門
受持誦念廣宣揚　此即名爲有義利
此有義利諸勝行　乃是諸佛親所宣
如其所説義相應　是名佛子廣大行
發生如是大心已　復起清淨諦信心
親近承事阿闍黎　給奉水餅隨諸作

舍利子此是菩薩第九發心復次舍利子菩薩發如是心痛哉世間一切衆生不能如理調伏心意違背阿闍黎所有教誨彼人不得阿闍黎財何者名爲阿闍黎財所謂信財戒財聞財捨財慧財慚財愧財如是七法名阿闍黎財由其不得如是財故當受貧苦逼惱其心智者應當善調伏心隨順阿闍黎所有教誨習行布施作諸善行何以故若能善調伏心隨順教誨修布施行彼人即得阿闍黎財此復何名阿闍黎財謂得菩薩藏正法普攝一切菩薩勝行善調伏法如是知已當於菩薩藏正法勤求修習廣爲佗人宣布演説若能安住菩薩藏者即得畢竟斷除貧苦趣向阿耨多羅三藐三菩提如是發心已即能隨順阿闍黎教行布施等猒此不眞實身悕取堅固眞實之身親近承事諸阿闍黎隨諸所作總略乃至給奉水餅舍利子此是菩薩第十發心爾時世尊欲重明斯義説伽陀曰

所有難調諸衆生　内心諂誑復險惡
違背師尊教誨言　不能堪任諦忍受
此難調伏既知已　應當隨順師教誨
如其教令所宣揚　即得大仙聖財寶

所謂信財及戒財　聞財捨財亦復然
其中最勝曰慧財　慚愧等財爲七種
了知如是聖財已　七種伏藏用無盡
其中若或不能知　此即名爲非法器
若是法器衆生者　彼即圓具諸佛法
無諂善調可稱揚　發勤精進修施行
勝妙法欲心尊重　捐棄身命不爲難
修佛菩提法器成　知已修持常無間
法界平等無差別　佛調御尊親所宣
此菩薩藏正法門　能於菩提善安住
如其所說廣大法　即是諸佛眞實財
爲一切法無我門　無相亦復無空相
無其壽命無作者　亦無戲論無含藏
於一切法自性中　無生無相本如是
諸法無成亦無壞　諦觀諸法本無相
善調伏者如教行　隨諸教令善修作
若得見佛自然智　隨自境入解脱門
如其信財及戒財　聞捨慚愧慧等七
如是聖財無上寶　七法圓成用無盡
聞其法藏廣施門　善調心意皆隨順
於諸善友常親近　一切善行常修作
頂重無上大菩提　勤行諸法亦如是
發生如是勝心已　如渴思飲而無懈
清水盈滿淨器中　廣大愛樂心獻奉

舍利子此是菩薩第十發心由發心已即於菩薩正法勤求修習親近承事諸阿闍黎隨諸所作總略乃至給奉水鉼由此最勝善根力故修菩薩行者得四種法何等爲四一者如阿闍黎所說速得一切善法二者隨順阿闍黎言三者修行速得成辦四者圓滿修行

法因復次舍利子修菩薩行者生於人間得四種法何等爲四一者教授多人一切善法隨能安住二者居巖窟處得彼多人衆皆歡喜三者以廣大心於晝夜中多人咸詣四者無所發起趣命終已得生天界復次舍利子修菩薩行者生於天中得四種法何等爲四一者得彼天衆與最上座二者一切所向得彼天衆觀其面相三者隨有所說領受解了四者時詣帝釋天主之處請決所疑而不詣彼餘天衆處天中得彼宮殿受用舍利子修菩薩行者生彼天中得如是等四種之法若生人中亦得無量百千法門爾時世尊欲重明斯義說伽陀曰

天中得彼高勝座　復得天衆常恭信
一切天衆所觀瞻　如是常聞善說法
一切所作皆智者　問法帝釋無恡心
殊妙宮殿得彼天　天中沒已來人界
復得人中勝生處　作轉輪王統四洲
人中沒已即還生　於彼天中受勝樂
天界不復經苦受　頂重師尊此爲因
如是四種勝妙門　常得如是廣大事
由起如是無著心　頂奉師尊善所作
以清淨心給水瓶　愛樂尊重常無倦
又得一切天人龍　所應供養常尊奉
於彼所生天界中　亦復得其四種法
云何名爲四種法　先所作業悉能知
積集善行及善因　現生所作常無滅
又復由其善法故　而悉了知生滅處
現生無動亦能知　是故了知諸法行
能爲諸天廣宣說　依法顯示及教誨

廣作利喜勝行門　然後還從天界没

復次舍利子修菩薩行者得四種法此中文標四法其三四梵本元無何等爲四一者天中没已來於人間同禁戒者同分中生二者生人中已於現生中得五種悲法何等爲五一者現生得於善法中生二者現生儀相具足三者現生淨戒圓滿四者現生眷屬廣多五者現生於諸衆生起慈心觀又復當得五種不破壞法何等爲五一者善友知識常不破壞二者身不速壞三者富樂受用常不破壞四者所發菩提心堅不能壞五者於饑饉時法樂豐熟又復當得五種希有之法何等爲五一者以空缾罌置於一處自然有其清淨水滿水中盈積諸妙珍寶二者渴須水時自然有其八功德水出現於前三者身中離諸災難所謂若毒若刀若火若水若飲伏威光若吞噉怖畏四者若值刀兵劫時疾疫劫時饑饉劫時火災劫時水災劫時風災劫時渴乏劫時炎熱劫時夜叉難時現生閻浮提中者即得天界中生受諸快樂所受妙樂如金剛嬉戲此是希有之法

佛說大乘菩薩藏正法經卷第二十

音釋

癰疽癰於容切疽千余切 癀音黃病也 痰癃痰徒甘切病液也癃於禁切心中病也 疼徒冬切痛也 劇竭戟切甚也 縈絹營切繞也 窯餘招切燒瓦器竈也 涅年題切 咀嚼咀在呂切噍也嚼疾雀切齧也 齚齧齚在詣切齕没齒也齧倪結切淺齕也 杻械杻敕九切手械也械下戒

切　縶陟立切絆也　笞超之切擊也　啖徒覽切食也　敻翾正切遠

也　掠力仗切笞也　倨居御切慠也　騃語駭切癡也

佛說大乘菩薩藏正法經卷第二十一 第二十二

同卷

宋西天譯經三藏銀青光祿大夫試光祿卿慈覺傳梵大師賜紫沙門法護等奉 詔譯

持戒波羅蜜多品第七之四

復次舍利子五者修菩薩行者以此善根於現生中離諸障難於現生中不墮惡趣惡作不能擾動其心速得出離如是五種希有之法修菩薩行者以善根力故皆得圓滿

復次舍利子以此善根力故又復獲得四種不離等引之法何等爲四一者菩薩同其見者於諸苦惱衆生咸起大悲之心二者所有男女眷屬皆生尊重愛樂之心三者老相逼來漸加衰邁然其善力勢分還增四者所得財利百倍漸增一至于三又復獲得三種無損害法何等爲三一者貪無損害二者瞋無損害三者癡無損害又復獲得四種安樂之法何等爲四一者長時離諸病惱二者身不枯悴三者受用無諸闕乏四者不爲王難及盜賊難并餘諸難而來逼惱又復獲得四種尊重之法何等爲四一者爲轉輪王統四大洲正法治化七寶具足七寶所謂輪寶象寶馬寶珠寶女寶主藏臣寶主兵臣寶千子圍繞各各勇健悉具無畏最上色相能伏他軍而四大洲所行所作皆順王化輔弼大臣及諸小王乃至國城民庶咸悉尊重而皆信奉二者於其五欲樂中不極躭愛五欲所謂眼觀色耳聽聲鼻齅香舌了味身覺觸於斯五境受而無著發淨信心愛樂出家速疾獲得五種神通得人非人常起尊重三者在在所生一切最勝智勝慧勝五神通勝此由過去

世中修諸善行具大名稱得轉輪王最上之座輔弼臣佐國城民衆於一切處常起尊重四者乃至證成阿耨多羅三藐三菩提果最尊最上於其一切天龍夜叉乾闥婆阿脩羅迦樓羅緊那羅摩睺羅伽人非人等大衆之中而爲高勝修習戒定慧解脱解脱知見如是法中亦復高勝又能成就戒定慧解脱解脱知見法中高勝如是四種尊重之法謂由尊奉阿闍黎師長隨諸所作給奉水瓶積集此等無量功德以其攝受法故成法利故若來若去如其所說不生違背

又復以此善根獲得四種緣具之法何等爲四一者得王緣具王緣具者即是仙中緣具二者棄捨欲樂發生淨信愛樂出家此說即是法之緣具三者修菩薩行者在在所生若此生若他生及一切生悉得宿命智通而常不捨大菩提心此說即是念緣具四者乃至證成阿耨多羅三藐三菩提果四衆圍繞尊重恭信乃至一切天龍夜叉乾闥婆阿脩羅迦樓羅緊那羅摩睺羅伽人非人等而常圍繞尊重恭信

又復修菩薩行者於阿闍黎所乃至受得一四句偈如阿闍黎指誨言來即來言去即去此是善根此是不善根此是有罪此是無罪此所應親近此不應親近此所作時爲無義利生諸苦惱此所作時利益安樂如其所說不善不作善法當作無諸障礙亦無違背以此善根得圓具者獲得四種高勝之法何等爲四一者淨戒高勝二者身相高勝三者身相圓滿四者得大慧根得速疾慧猛利慧極

迅速慧甚深慧善決擇慧身壞命終得生天界又復獲獲得四種不可觀法何等爲四一者獲得内藏秘密二者以善根力故所有父母及餘知識乃至天龍夜叉乾闥婆阿脩羅迦樓羅緊那羅摩睺羅伽人非人等以清淨心而悉不能觀見修菩薩行者所有頂相三者以善根力故隨諸所作所有父母知識乃至人非人等以清淨心或不清淨心而悉不能觀見修菩薩行者所有面門及二足門何以故彼不能觀者謂以菩薩希有相故具士夫相故士夫語言故四者修菩薩行者以具善根力故菩薩生時不假扶持即自於地安然竚立徧觀四方得最上智何以故謂以菩薩於先世中歷修無諂多聞聖道得無諂眼根無諂眼境乃至徧觀三千大千世界皆悉覩見而無障礙天眼清淨超過人眼菩薩已得速疾大智以其大智得圓具故菩薩於一切衆生所愛樂心悉能了知所以者何以其菩薩先世所作善能攝受一切心故尊重猶如聖妙藥想諸珍寶想極難得想如所說善道諸衆生想正法出生而善聞持是故菩薩獲得如是善決擇智由其具此決擇智故菩薩與一切衆生淨戒同等乃至聞定慧解脱解脱知見同等戒和合同等乃至聞定慧解脱解脱知見和合同等一切衆生戒無動同等乃至聞定慧解脱解脱知見無動同等以一切衆生戒無動同等故即一切衆生戒無動增長亦復同等乃至聞定慧解脱解脱知見無動增長同等一切衆生威儀道行修行精進同等故即一切衆生互相推求而一切衆

生所有戒聞定慧解脫解脫知見和合所有一切衆生戒等無動一切衆生戒等無動增長一切衆生威儀道行修行精進總攝一切福蘊於一切處誠諦推求平等平等亦無平等可見又復於其一切最極根本之處一切衆生互相推求所有我相平等平等亦無平等可見由是修菩薩行者於刹那間速得一切業報成就智生於彈指頃了知一切衆生千種心行如是一切推求我相而悉平等平等亦無平等可見住最上處了知我空是故菩薩如師子如大龍初生履地即行七步發菩提場勝果報故一心清淨肅恭住已作如是言我於天上人間最勝最上我能爲諸衆生宣說極盡生老病死畢竟邊際逼惱之法舍利子然後若諸菩薩若諸如來即於三千大千世界出淨妙音顯示一切爾時大地普徧震動皆生驚怖身毛喜竪相續自然天鼓音樂而彼地方菩薩立時菩薩行時皆悉震動光明出現妙色相身乘光而住凝然不動而彼一切悉能瞻見乃至成證阿耨多羅三藐三菩提果一切衆生悉不能見此是第四不可見法如是四種不可見法皆由菩薩昔於阿闍黎所諦受誨言若往若來隨諸所作以是善根力故獲得如來四種迅速之法何等爲四一者隨順聽受諸佛世尊無虚假言宣說正法二者以善根力故佛自宣言善來苾芻即時鬚髮自落袈裟著身執持應器成苾芻相三者以善根力故如來於三時中了知一切衆生心意四者智起善解勝妙方藥拔除一切衆生病苦

又復以其善根力故獲得四種無過失法何等爲四若言如來有其火風刀毒四種難者無有是處又復獲得四種無過失法何等爲四一者若言如來能使無聞衆生而聽正法及癡闇衆生受法句者無有是處二者不住等引心者能令一念發心無有是處三者如來常住等引心中若言不行慈悲喜捨無有是處四者若言如來普能攝受一切衆生身色相者無有是處又復獲得如來五種勝無量法何等爲五一者如來戒聞無量二者定無量三者慧無量四者解脱無量五者解脱知見無量又復獲得四種願智之法何等爲四一者過去世中諸佛世尊無著無礙知見隨轉二者未來世中諸佛世尊無著無礙知見隨轉三者現在世中諸佛世尊無著無礙

知見隨轉四者如來不思議門之所成辦以不思議門故即具三世平等正等正覺之智而正等覺智者不繫屬他以是不思議智如來悉能了知諸法若具如是不思議智即能了知世間一切風雨等事世間有風名曰順次其風吹鼓世間衆生是風高起三俱盧舍盤旋空中又復有風名曰如雲吹鼓世間是風高起五俱盧舍盤旋空中又復有風名曰癡冥吹鼓世間是風高起十踰膳那盤旋空中又復有風名虚空相吹鼓世間是風高起三十踰膳那盤旋空中又復有風名曰如來吹鼓世間是風高起四十踰膳那盤旋空中舍利子如來應供正等正覺慧所攝故能知六十八千俱胝風輪事相西方有風名曰周廣吹鼓世間是風高起六十八千踰膳那住

於大地水輪之中從水輪起復高六十八千踰膳那舍利子如前所說過是筭數三千大千世界大蘊如來應供正等正覺現住說法教化衆生其佛壽量三十俱胝歲有三十俱胝那更多大聲聞衆皆是阿羅漢諸漏已盡無復煩惱乃至心得自在到於彼岸有百俱胝大菩薩衆皆是已得住菩薩藏者解決定義宣說多聞甚深法海者善修空無相無願勝行之者佛住千歲之後入大涅槃佛涅槃後正法住世經百千歲其後所得如來舍利廣大流布如我今時涅槃之後舍利流布亦復如是舍利子如來無礙聖智最上無量如來智風曼拏羅廣大圓滿諸佛刹土亦悉圓滿舍利子上方有世界今無佛出世彼有千緣覺衆現住教化衆生於彼種植善根智所攝故舍利子智所攝故如來不獨了知上方殑伽沙數等如來應供正等正覺現住說法者所有十方無量不可數不思議無等比如來應供正等正覺現住說法者而悉能知

爾時尊者舍利子前白佛言世尊修菩薩行者植何等善根而能圓具如來應供正等正覺如是無障礙智佛言舍利子修菩薩行者若能善調伏心起尊重想從法出生聖妙藥想大珍寶想極難得想勝善根想如所說想極尊重想攝受正法想應當如是勤勇修進舍利子如來廣多勝智最上最勝無所斷智無量無數不思議無等比不可說於一彈指頃所有十方殑伽沙數諸佛刹土若來若去若行若住悉得解脱舍利子我所得解脱從聞持故速得解脱極解脱者謂善解脱何所

解脱謂解脱一切苦故舍利子若人聞是所說起尊重心是人於所聞閒即能發生清淨信心如聞所住常得不離諸佛正法隨何等相名句文義此等正法即能受持以此善根殊勝力故即得四種勝慧之法何等爲四一者獲得大慧二者以勝慧故而得見佛親近攝受三者以勝慧故淨信出家四者以勝慧故成證阿耨多羅三藐三菩提果此是四種勝慧之法又復獲得四種無礙之法何等爲四一者得生人中而無障礙二者值佛出世親近信奉而無障礙三者淨信出家而無障礙四者成證阿耨多羅三藐三菩提果而無障礙如是四種無礙之法又復獲得四聖分法何等爲四一者得轉輪王具勝金輪二者得大梵王統於梵世三者得帝釋天主四者成證阿耨多羅三藐三菩提果而得圓滿了知神通境界天上人間得眞實眼

佛說大乘菩薩藏正法經卷第二十一

佛説大乘菩薩藏正法經卷第二十二

宋西天三藏銀青光祿大夫試光祿卿普明慈覺傳梵大師賜紫沙門法護等奉　詔譯

持戒波羅蜜多品第七之五

爾時世尊說是義已復增教示諸大菩薩摩訶薩衆說伽陀曰

應觀世間能救護　一切有情最勝因
諸無邊智悉了知　獲得涅槃無量樂
往來殊勝獲妙果　永斷世間諸苦因
徧善調伏生天中　刹那遠離諸惡趣
我今速得見諸佛　遠離一切苦難因
世間伏藏無有邊　隨意自在悉獲得
一切資財與珍寶　隨念應現於世間
八功德水亦復然　河沙池沼悉澄湛
免離種種醜陋因　一切不生諸苦惱
聾盲癩病等因緣　善調伏者獲妙果
所有世間諸患者　若完若缺衆生類
背傴瘻躄矬陋形　諸染著故悉滅沒
遠離一切異類相　當獲最上殊勝報
面貌具足悉圓美　善調伏者得妙果
色相端嚴大名稱　諸天咸來伸供養
八部皆生恭敬心　一切有情亦如是

復次善調伏者得此果利除滅一切諸惡趣已然後得生諸天界中速疾成就大菩提果善調伏者得此果利善解一切諸有情心善能通達諸有情行行七步已於諸世間發大音聲於諸識中獲大智慧最勝解脫皆得成就最上智慧與諸有情皆悉明了於智慧中善能安立最勝智慧皆悉清淨於諸佛所皆悉成就於諸體性智慧明了於自他中皆悉成就若諸有情具智慧力於諸作用皆悉成

就善能如是宣説此義少欲有情悉無願力多貪有情皆悉迷著罪業因緣皆悉增上積集惡業無量無邊於諸正法不能信受若有有情諸少欲者於正法中不生尊重於諸有情不生恭敬極瞋恚相生染汙心自謂已得阿羅漢果所有世間衰老病者諸大苦惱悉集其身彼人獲得如是果報所有一切諸不善相虛受應供諸飲食等作不善業當墮地獄不能持彼清淨戒行何況復得阿羅漢果若生信解造諸塔廟發恭敬心得生善處如是持戒修行業已舍利子諸菩薩摩訶薩求趣大乘正法藏者應當親近諸軌範師而常獲得無量善法如是如是稱讚功德皆悉獲得諸善果報然後轉增無量無邊不可思不可量不可數無邊功德如是成已舍利子菩薩摩訶薩安住菩薩藏者得善調伏清淨戒行圓滿具足諸菩薩行皆悉成辦云何名爲戒行清淨悉得圓滿舍利子菩薩摩訶薩有十種行相何等爲十一者一切有情於菩薩所不生嬈害二者菩薩於諸有情所有財寶不生貪著三者菩薩遠離一切諸有眷屬四者菩薩於諸有情不生欺誑五者菩薩於諸有情及自眷屬不起離間諸惡語言六者菩薩於無量劫以柔軟語化利有情七者菩薩於諸有情不發綺語八者菩薩於諸有情資生之具不生貪愛九者菩薩於諸有情不生瞋恚所有誹謗皆能忍受十者菩薩遠離邪見亦不歸依諸天趣故舍利子此十種法皆是菩薩摩訶薩清淨戒行具足之相復次舍利子菩薩摩訶薩復有十種清淨戒行何等

爲十一者菩薩於諸戒行堅持不破不被無明之所侵嬈二者菩薩堅持戒行絕諸瑕玼於諸險難而不生故三者菩薩堅持禁戒於諸煩惱雜染等事悉皆遠離四者菩薩持戒清淨於潔白法常不遠離五者菩薩持諸禁戒常行平等隨心自在六者菩薩堅持禁戒於諸智者不生毀謗而得安隱七者菩薩堅持禁戒而皆遠離一切過失八者菩薩堅持禁戒密護諸根令不起故九者菩薩堅持禁戒防護諸根初中後時皆悉成就十者菩薩堅持禁戒於正念中普盡無餘皆悉圓滿舍利子此十種法菩薩摩訶薩皆悉成就復次舍利子菩薩摩訶薩復有十種持戒行相何等爲十一者菩薩堅持禁戒於諸飲食少欲知足二者菩薩堅持禁戒斷貪瞋癡生喜足故三者菩薩堅持禁戒於其身心不生貪愛四者菩薩堅持禁戒遠離一切諸女人故行住坐卧居曠野中五者菩薩堅持禁戒行頭陀行常不忘失諸功德故六者菩薩堅持禁戒自在成辦諸善根故七者菩薩堅持禁戒於勝種族常生歡喜亦不正視餘諸相好八者菩薩堅持禁戒言行相應於人天中不生欺誑九者菩薩堅持禁戒於自身中常行伺察自心決定不生過失於他過失亦不起見常行庇護十者菩薩堅持禁戒以四攝法化利有情常不棄捨舍利子如是十法菩薩摩訶薩皆能圓滿清淨戒行復次舍利子菩薩摩訶薩復有十種清淨圓滿戒行之相何等爲十一者菩薩堅持禁戒於佛信解不生退屈二者菩薩堅持禁戒於正法中常能擁護

三者菩薩堅持禁戒於大衆中常生尊重四者菩薩堅持禁戒趣求菩提志意柔和於無上果心不暫捨五者菩薩堅持禁戒於諸善友常能親近復能積集諸善功德六者菩薩堅持禁戒於諸惡友而常遠離於不善法皆能棄捨七者菩薩堅持禁戒於諸有情常起慈心而生愍念八者菩薩堅持禁戒於諸有情常起悲心於險難中而常救護九者菩薩堅持禁戒愛樂正法如游園觀生大喜樂十者菩薩堅持禁戒於違順境心常捨離皆悉平等舍利子此十種戒行之相菩薩摩訶薩皆能如是清淨圓滿復次舍利子菩薩摩訶薩復有十種清淨行相何等爲十一者菩薩堅持禁戒於諸施度善能調伏一切有情二者菩薩堅持禁戒常行忍辱於自己心而常防護三者菩薩堅持禁戒於諸善法精進不退四者菩薩堅持禁戒於諸定聚而常加行不生散亂五者菩薩堅持禁戒於勝慧中常樂多聞而無猒足六者菩薩堅持禁戒於菩薩藏而求正法常修聞慧堅固無懈七者菩薩堅持禁戒而常伺察諸無常法志求菩提不惜身命八者菩薩堅持禁戒於自壽命而常伺察如夢如幻刹那生滅九者菩薩堅持禁戒於自意願及諸有情一切善行清淨圓滿十者菩薩堅持禁戒以持戒力願於當來生佛會中及諸有情悉同圓滿清淨戒行舍利子菩薩摩訶薩皆能圓滿如是十種清淨戒相舍利子菩薩摩訶薩如是圓滿清淨戒行當獲天上及於人間種種吉祥殊勝妙果菩薩於諸世間種種事業悉皆明了菩薩於

諸世間種種妙欲悉能施與一切有情而不自著菩薩行慈行時與諸有情等行慈行互相憐愍而無損害菩薩行菩薩行時深信正法而無虛妄復於一切有情皆生父母之想復於一切有情親近隨順而生信愛於有爲法念念而生無常之想於有爲行皆生覺悟於自身命而能棄捨故得圓滿清淨戒行爾時世尊爲諸菩薩說伽陀曰

色相光明妙無比　宣說諸佛正法門
清淨禁戒堅護持　法身上妙當獲得
遠離愚盲諸苦惱　癃殘百疾不能侵
清淨禁戒堅護持　當獲諸根悉圓滿
勢力廣大無與等　威德熾盛亦復然
智慧猛利超世間　降伏一切諸魔障
以慈愛力攝群動　能破一切諸疑網
天龍八部咸歸依　國王王屬皆供養
能離一切諸恐怖　安住禁戒無退轉
不墮一切惡趣中　行大法故具名稱
一切有情著睡眠　菩薩而能常警覺
復能游往徧四方　爲利有情求善法
最上珍寶及妻妾　離我執故悉能捨
爲求無上大菩提　安住圓滿清淨戒
爲求無上正法故　於諸佛教生尊重
常作世間人中師　能廣供養於塔廟
能除一切瞋恚心　於諸惡作悉能忍
以忍辱力而自安　一切誹謗皆不動
能於言行悉相應　一切時中無虛妄
當坐菩提大道塲　三千世界悉震動
而能盡求諸佛法　亦不歸依諸天趣
棄捨外道邪見心　無上菩提誓成就

一切器仗及毒藥　有情持以互相害
菩薩救護於其中　是故名爲大智者
我於俱胝多劫中　愍念一切含生類
若見受其苦惱時　委身代彼無懈倦
一切有情多虛誑　來菩薩所欲侵奪
造諸惡業閻浮中　惟佛正法能除斷
能施一切諸珍寶　而常親近諸善友
若諸有情侵害時　終不起於恚惡意
一切有情身邊處　而常棄捨愚夫法
諸佛妙行獲圓成　清淨戒足常不捨
而常善住諸佛法　亦能於法皆隨轉
菩提行願悉能行　得成正覺菩提果
淨證三明甘露法　亦常善住於戒蘊
一切法習悉能成　天上人間獲妙供
爲求一切無上法　於諸事業悉明了
善解有情取捨心　堪受人天諸供養
宣說最上甘露法　於戒蘊中常清淨
悟了無上菩提因　一切魔障悉遠離
詣菩提樹安坐已　譬如日月照世間
具大威德熾盛光　於世間中爲最上
慧眼最上出世間　於無畏語先成就
示正道已悉圓成　當施有情諸無畏
菩薩不起愛樂心　於身命財能棄捨
世間珍寶無所貪　當證無上菩提果
衆等不捨菩提道　具足持戒常精進
而能安住正法中　遠離一切諸諂誑
菩薩安住戒蘊中　世間或有諂誑者
來菩薩所伸語言　以眞實語而教示
或有常持衣鉢者　多行諂誑而不實
欲施菩薩而無施　菩薩正念無所動

復次舍利子如是菩薩摩訶薩圓滿清淨諸戒行已於諸世間有爲法中不生愛樂於諸有情常生毋想於五欲中生無著想了知世法悉皆無相心行平等無諸險惡現前成辦菩薩之行何以故菩薩摩訶薩行平等心時不離涅槃若染汙心而生執著令諸險惡轉生增勝眼著色故菩薩了知從識心生煩惱虛假離自性故而皆斷滅於諸攀緣而生計執非眞實法而爲善法菩薩知是虛妄自內心起而生勝解於諸煩惱盡得解脫身亦解脫於貪瞋癡悉皆盡故何以故此之貪法刹那盡故若或別有貪法若或別有盡法悉皆眞實如是貪法眞實了知眞實盡故復次舍利子然此貪法非於內心眞實所起是徧計故彼人於法若生分別亦非眞實若於眞實知非眞實於諸苦惱而皆解脫若離苦惱名眞實者彼眞實無諸苦惱性本清淨是涅槃義本非貪法何以故是涅槃中非想念故彼貪盡處而是涅槃若見貪盡而非貪盡若見涅槃而非涅槃而乃是名眞實涅槃何以故貪及涅槃自性無異本性和合智者於此知彼自性而求涅槃若非眞實而皆虛假彼虛假中自性空故云何名空爲其計執我我所故而或計執我性常故而或計執我性斷故而或計執一切諸法悉無變異若無我人及無壽者畢竟不生貪瞋癡法彼法若生此法定有是故復生我我所故於我我所而皆復起一切行故舍利子起一切行者由其四種積集之行何等爲四一者身積集行二者語積集行爲於尋伺發麤惡語所作行業嬈惱

他故三者心積集行四者想積集行爲於自他計執想念故諸有情悉被纏縛此上文標四行內二有解二闕解文梵本元無不可添足復次舍利子菩薩摩訶薩見諸有情如是色相如是計想如是顛倒而皆不能與諸菩薩同修勝行而生解了何以故菩薩摩訶薩若與有情同修行時恐彼損減而我常求無畏法故舍利子菩薩摩訶薩如是緣故於一切有情而生信重無有疑惑舍利子云何菩薩而生信重菩薩摩訶薩於一切有情如父母想舍利子菩薩摩訶薩於一切有情無有遺餘而於無邊世界無始時來一切有情皆悉曾爲我之父母眷屬時彼有情以貪愛故而生忘失不記曾爲父母眷屬復起瞋恚心時亦皆忘失曾爲父母眷屬遂生棄捨舍利子菩薩摩訶薩以此緣故而爲譬喻應當了知菩薩摩訶薩於一切有情常生眷屬之想舍利子於過去無量無數阿僧祇劫復於不可說不可說無邊廣大不可思議世時於彼世中有佛名爲最上衆如來應供正徧知明行足善逝世間解無上士調御丈夫天人師佛世尊出現於世住於世間九十俱胝歲有九十俱胝那踰多大聲聞衆諸菩薩摩訶薩悉來集會時彼會中有一菩薩摩訶薩得正念住而生王宮勝種族中當初生巳其王及后各令八萬四千婇女而爲侍衛於是太子色相殊妙身體端直潔白圓滿諸相具足人所樂見由是外族眷屬見是太子威嚴色相而皆來集親近侍衛舍利子時彼太子有三善友共營所居殊妙樓閣謂於熱時雨時寒時於三時中而爲娛樂游往

安住各遂其宜復有千萬人衆悉來隨時各奏音樂而共嬉戲親近承事供給普徧發諸妙聲皆悉和合時彼太子忽然思念生滅之法息其音樂尋思樂聲從何而來從何發生何處是滅云何是生云何是滅晝夜思念曾無睡眠惟念無常猒離生滅舍利子此菩薩摩訶薩得正念已於四萬歲心常猒離音樂之聲復於四萬歲中不樂世間所有諸欲時彼菩薩未出家時常勤修習四禪諸定而得成辦五種神通從自舍宅騰空往詣最上衆如來之所親近瞻仰禮拜供養欲問世尊諸善法要舍利子是時最上衆如來已般涅槃時彼菩薩而伸請問諸大比丘及善男子最上衆如來已涅槃耶善男子我最上衆如來已般涅槃菩薩聞是語已悲啼號泣悶絶躃地良久乃穌時彼菩薩憶念如來說伽陀曰

我佛明照於世間　超一切法登彼岸
諸放逸行已遠離　清淨妙果得成就
我於百千俱胝劫　難值如來出世間
不逢供養染障深　自捨如來誰救護
世間慈母非善友　亦不稱讚於如來
多生正法未曾聞　於佛世尊難值遇
世間慈父非善友　令我耽著於五欲
隨順五欲增染心　使我不見如來相
我佛六十種妙音　未嘗得聞於佛所
故於善惡不能知　令我永沒生死海
復於多劫不遇佛　於諸世間生愍念
發愍念中悉能行　了一切法到彼岸
我於俱胝多劫中　不曾親近供養佛
以放逸故歷多生　由是深障不見佛

我聞如來出於世　到佛所已般涅槃
父母恩愛爲所纏　令我不得見調御
若值如來久住世　我必得聆於正法
廣修供養親近時　六十妙音聞具足
六十妙音本清淨　三世如來咸具足
我雖生住於世間　不得親聞梵音響
我生緣業多重障　佛滅度已而來此
諸佛正法藏甚深　無能開示於我等

佛說大乘菩薩藏正法經卷第二十二

音釋

弼薄密切輔也　躭都含切樂也　齅許救切以鼻擸氣曰齅　阿闍黎梵語也此云軌範闍石遮切　跢直呂切久立也　俱盧舍梵語也此云五百弓俱恭于切　踰膳那梵語也此云限量膳時戰切　殑伽梵語也此云天堂來以其高處來故河名也殑其陵切　癩落蓋切惡病也　傴於武

切不伸也　癵呂員切癵病也　躄必益切不能行也　矬才何切短也　嬈市沼切與擾同　瑕玼瑕何加切玼才支切瑕玼玉玷也　伺相吏切察也　躃毗亦切倒也

佛說大乘菩薩藏正法經卷第二十三 第二十四 同卷

宋西天三藏銀青光祿大夫試光祿卿慈覺傳梵大師賜紫沙門法護等奉　詔譯

持戒波羅蜜多品第七之六

復次舍利子時彼菩薩摩訶薩說是偈已而更前詣最上眾佛般涅槃所頭面禮竟涕淚交流遶百千帀却住一面復說伽陀曰

如來於諸有情中　善說最上真實法
我今發起真實心　願求無上菩提果
佛具大智真實身　今滅度已我不見
志發誓願等如來　當獲殊妙諸相好
我昔曾於俗舍中　於如來法不恭敬
現招劣弱深鈍根　致諸魔障來嬈惱
今我未得聞正法　無量苦惱常逼迫
願得親覲調御師　發起宿植善根本
我今發是誠實語　對諸八部天龍眾
證明我此真實心　願獲當來真實果
願我當承善根力　得見最上人中尊
聞正法已獲神通　如大龍故注甘雨
願我不墮八難中　遠離一切諸欲染
於佛常生諦仰心　惡魔重障無能縛
願我常於諸佛所　親得聞持正法藏
潔白之業速圓成　無邊佛慧皆通達
願我速獲真實語　以真實故得成佛
當坐菩提大道場　說真實法利含識
願我早同最上眾　振神通力大千界
俱胝天眾圍遶時　獲利益者心歡喜
佛神通力難思議　住虛空中復難見
願以讚歎功德因　放淨光明照我等
佛神通力無有量　愍念有情常顯現

以上妙法令我聞　億千萬偈歎無盡
復次菩薩摩訶薩心生歡喜轉復增進說伽陀曰
若我往昔承記別　現生當得成佛道
一切有情隨我心　所修供養皆圓滿
眞淨境界不思議　求菩提者當趣入
衆生若發如是心　無量如來常再見
復次舍利子是菩薩摩訶薩昔曾於諸佛所深種善根親近供養皆悉成辦無量根力於此沒已得生天界二十俱胝劫不墮惡趣二十俱胝劫不躭五欲之樂復於往昔親近供養七千如來於一一如來所廣大成辦諸供養事爲求無上正等正覺於一切時常修梵行以是往昔善根力故得成阿耨多羅三藐三菩提號曰娑羅樹王如來應供正徧知明行足善逝世間解無上士調御丈夫天人師佛世尊十號具足出現於世彼佛會中有諸聲聞皆來集會復有二十俱胝比丘與大阿羅漢四萬人俱諸漏已盡無復煩惱逮得已利盡諸有結心得自在到於彼岸舍利子彼娑羅樹王如來壽命二十俱胝歲般涅槃後正法住世滿一萬歲像法住世亦復如是全身舍利流布世間普徧供養廣作佛事爾時世尊說伽陀曰
我於二十俱胝劫　不曾墮於諸惡趣
二十俱胝劫數中　亦不躭著於五欲
七千如來當住世　於彼時中般涅槃
修梵行故得成就　常與有情獲法欲
今我得成菩提道　故號娑羅王如來
二十俱胝劫數中　安立有情菩提果

覺悟菩提最上因　饒益一切有情故
二十俱胝歲數中　當爲有情常說法
常與四十俱胝衆　同坐道場宣正法
諸漏已盡悉無餘　獲得涅槃殊妙果
三世如來身舍利　我當建塔六十千
復立俱胝數寶幢　於萬年中伸供養
正法住世一萬歲　諸有智者獲利益
清淨妙音宣演時　普獲聞者心歡喜

復次舍利子菩薩摩訶薩圓滿清淨戒行於一切有情而生對治於父母所不生貪愛於諸有情發起對治於諸欲境不生躭著菩薩摩訶薩云何是欲法云何對治法欲法者謂眼觀色欲耳聽聲欲鼻齅香欲舌了味欲身著觸欲而生和合於此和合而生躭著是名欲法既生躭著而被纏縛於諸纏縛生決定想此纏縛法畢竟虛假由貪迷故深樂纏縛此纏縛法總有三種謂淺深極深諸有情等應當遠離此纏縛法又色是纏縛聲香味觸皆是纏縛云何色是纏縛所謂成就身命色故生於我想補特伽羅想壽者想常想不壞想決定不變想塵境物想薩伽羅想五蘊想此等皆是色法纏縛又色是纏縛成就身命色法故所謂世間諸有欲法愛著身命妻孥眷屬是名色法纏縛乃至觸欲皆是纏縛諸有染緣而漸成就諸不善業而皆積集躭著諸欲不能暫捨舍利子云何是欲無過失謂潔白清淨欲無過失然於惡趣不生愛著云何於惡趣中不生愛著謂欲無過失舍利子諸有情等於諸欲事而常親近無有少分不曾暫捨由此業報遍受苦果舍利子於千世

界次第伺察遍觀察已諸惡朋友無有一人可比於妻何以故舍利子一切有情由愚癡故諸有智者而常毁棄是故當知顯現正法諸無智者而常攝受是故當知顯現非法諸有爲法男女妻妾互相躭著而生愛樂邪道攝受男女妻妾數數愛取障難出離障難持戒障難修定障難生天障難涅槃障難一切潔白之法又復攝受奴婢眷屬以要言之又或攝受惡友爲地獄餓鬼畜生之所攝受又復攝受男女妻妾即彼攝受一切雜染諸不善根又復攝受男女妻妾乃至飲食盡其邊際而爲障礙欲見如來而爲障礙欲聞正法而爲障礙欲近聖衆而爲障礙佛之知見清淨潔白之法一切聖衆由障礙故皆不能見於時分中欲求成就而爲障礙求七聖財而

爲障礙於不正信法返生攝受乃至破戒慳吝惡慧無慚無愧皆悉攝受於非七聖財返生攝受又復攝受男女妻妾即彼攝受疾病瘡疣疼痛猛火毒蛇諸苦又復攝受男女妻妾所住舍宅猶如塚間於其塚間發悲號聲無諸親友乃生聽受增長癡迷是虚幻法於諸善法而爲障礙以要言之舍利子破戒之人諸有惡法如世霜雹毁一切物破壞善法亦復如是又復躭著男女妻妾如貪味人舐於利劒食熱鐵團諸不淨物又身垢穢以貪著故用香花燈塗而自供養如地獄中極大苦器而自嚴飾又復於諸奴婢攝受驅使又復攝受黑瘦惡人種種毁棄又復攝受駞驢猪狗種種畜類即是攝受一切苦惱又復攝受男女妻妾者舍利子決定寧入千踰繕那

極大猛焰熱鐵城中不應攝受父母男女妻妾常起如是染愛之心即便墮落何況領受諸觸境事何以故諸苦所因以貪染法爲諸根本損害善法根本憂悲苦惱根本繫縛善法根本穢惡根本生盲根本而非慧眼潔白根本如常履踐熱鐵地上悉令是人墮落邪道以何因緣說名爲妻妻所作爲如負重擔而能忍受又甘領納任持重擔長時不捨受諸苦惱逼迫身心爲其損害如是因緣說名爲妻如是有情由起愛故返爲奴僕由躭著故不得自在被諸打縛皆悉信伏倍生欽仰隨諸走使如是因緣說名爲妻若具足說廣大無量舍利子又重擔者所謂五蘊色受想行識而此五蘊名大重擔不能棄捨男女妻妾宿因緣故而爲眷屬舍利子此爲破戒緣壞正行緣不正見緣樂飲食緣地獄餓鬼畜生緣作勝慧障閉涅槃門以是因緣集一切苦說此名爲宿因眷屬又舍利子母之種族亦多過失說此種族無量無邊幻化等事有人隨順則生過失諸有魔事如在掌中波旬眷屬及諸魔女種種幻惑多種過失以輕掉心侮戲心顛狂心猿猴心善能顯現如是幻惑以是因緣故說名爲母之種族舍利子又此幻惑亦名聚落而建王城四衢道陌人民世界廣大無量不可思議以是因緣故說名爲幻惑聚落舍利子如是幻惑諸欲過失應墮惡趣舍利子譬如幻師作幻惑事而於衆中備諸幻具廣能顯現種種幻事女人幻惑亦復如是舍利子世間有情見彼女人而被纒縛或時聞聲或時手觸或時歌舞起心愛

著或時和合起諸幻惑或時啼泣行住坐卧於一切處悉被纏縛供給走使返爲奴僕舍利子譬如世間成熟苗稼遭大雨雹之所損壞舍利子毋之種族亦復如是而能損壞夫之種族亦能損壞一切潔白之法舍利子諸欲過失應墮惡趣一切愚夫不能了知而返攝受妻妾眷屬舍利子此諸菩薩於諸欲過失無義利事以方便力而能遠離云何一切愚夫異生棄背正法返生愚癡非丈夫想應於一切佛菩薩摩訶薩所作丈夫想應當棄捨非丈夫想不應生諸瞋恚之想於諸善趣作大丈夫起諸正行不於惡趣作非丈夫起諸邪行不於地獄餓鬼畜生起諸趣向不於破戒起諸趣向不樂於破戒衆中而暫安住唯樂於最上最勝一切無上正法無障無礙佛慧而起趣向而樂對治諸不善法起諸趣向願我當來作獅子吼不樂隨順諸不善法作異獸吼願我當來如佛顯現金色之身不作異生凡夫之身常爲世間導善之首又於人中無諸險難安然寢饍無所乏少常得清淨諸妙飲食皆悉豐足亦不猒捨世間麤糲飲食常願於寂靜處修習禪定速得成就最上最勝妙三摩地專注一境遠離動亂諸惑障染常得遊戲諸佛定門亦復遠離聲聞緣覺諸有定門不樂依止一切愚夫異生諸有定門亦不樂著色受想行識五蘊而住不樂依止地水火風空識而住不樂依止欲界色界無色界而住亦不樂於此界他界而住雖復於彼見聞覺知妙觸境界及所證得寂靜思惟亦復不樂依止而住願常依止如實靜

慮之者雖樂修定於自他身常無損害願常圓滿佛之智慧所有欲界諸有爲事悉不願樂舍利子菩薩摩訶薩智者有四種出離法何等爲四一者出離欲界二者出離一切有情界三者出離知恩不報而不親近四者出離一切苦行應當發報此之四種出離之法舍利子菩薩摩訶薩住惡趣中見諸殊妙母之種族亦不發起貪愛之心應當發起四種之想何等爲四一者損減想二者險難想三者便利不淨想四者膿血穢汙想舍利子菩薩摩訶薩住惡趣中又應發起三種之想何等爲三一者如母想二者如姊想三者親女想應當發起此三種想如是舍利子菩薩摩訶薩而常善說修習思惟及諸經典悉應信受我觀世間無有一人於無量劫來非母能生非父能育至於一切有情循環養育一切有情亦悉曾爲我之父母或於往昔曾名爲母至於今生返名爲婦彼諸行人應當修學與諸愚夫異生我當住於不相違行如是行相隨順於此貪愛爲心内心專注作是思惟所謂貪愛之心彼云何見生與未生若或貪愛眼中諸色彼諸行人内心堅固應當伺察於自眼中而生愛著云何眼中而生見見云何自性而見自性云何自眼而見自眼如是自眼四大所成仗衆緣故而非自性既非自性而生愛著愛著之心亦非自性何以故彼性非有此心亦無由差別故而生愛著諸愚夫異生由不了故住無分別我今樂住有分別中而生進求何以故如是色相非功德法是欲思惟爾時世尊說伽陀曰

互相和合爲一義　此中無有義差别
亦非内外堅固生　由貪愛故名積聚
云何眞實中眞實　而於四大生愛著
此法猶如於朽木　是中不生愛樂心
由我執故生徧計　從不眞實爲積聚
不眞實中貪愛生　眞實貪愛不可得
設於十方徧尋求　眞實貪性不可得
於不眞實計執已　貪愛心生還積聚
彼若如是生伺察　循環於此徧推窮
隨諸增勝推窮時　眞實貪愛不可得

佛說大乘菩薩藏正法經卷第二十三

佛說大乘菩薩藏正法經卷第二十四

宋西天三藏銀青光祿大夫試光祿卿慈覺傳梵大師賜紫沙門法護等奉 詔譯

持戒波羅蜜多品第七之餘

爾時世尊說是偈已告舍利子言我今所說於諸契經展轉增勝隨順根力應當信解舍利子又此眼等譬如泡沫不可撮摩於泡沫中無我無人無衆生無壽者無補特伽羅無意生無儒童無作者亦無受者如是了知諸法不生離一切相此中何有貪愛之者又此眼等譬如陽焰一切煩惱貪愛集生前際後際無我無人無衆生無壽者無補特伽羅無意生無儒童無作者亦無受者如是了知諸行不轉離一切相此中何有貪愛之者又此眼等譬如芭蕉體不實故於芭蕉中無我無人乃至離一切相此中何有貪愛之者又此眼等譬如幻化顛倒集生此幻化中無我無人乃至離一切相此中何有貪愛之者又此眼等猶如夢中見諸色相非眞實故於此夢中無我無人乃至離一切相此中何有貪愛之者又此眼等猶如谷響由緣生故於谷響中無我無人乃至離一切相此中何有貪愛之者又此眼等猶如影像隨諸業惑之所顯現此影像中無我無人乃至離一切相此中何有貪愛之者又此眼等譬如浮雲聚散無定體非究竟此浮雲中無我無人乃至離一切相此中何有貪愛之者又此眼等譬如電光刹那變滅此電光中無我無人乃至離一切相此中何有貪愛之者又此眼等猶如虛空離我我所於空法中無我無人乃至離一切相此中何有貪愛之者又此眼等猶如愚

聾無所覺知又如草木牆壁瓦礫諸非情物無所覺知而此愚聾非情法中無我無人乃至離一切相此中何有貪愛之者又此眼等猶如諸行皆流轉故亦如風鳶假緣和合此諸行中無我無人乃至離一切相此中何有貪愛之者又此眼等皆是虛假一切不淨之所積聚此虛假法無我無人乃至離一切相此中何有貪愛之者又此眼等如鏡中像隨物顯現旋有旋無是破壞法此鏡像中無我無人乃至離一切相此中何有貪愛之者又此眼等猶如苦井老病死苦四蛇二鼠交相侵迫此苦井中無我無人乃至離一切相此中何有貪愛之者又此眼等無實邊際浮塵之根死法所侵乃見邊際此邊際中無我無人無衆生無壽者無補持伽羅無意生無儒童無作者亦無受者如是了知離一切相此中何有貪愛之者舍利子蘊處界法亦復如是若菩薩摩訶薩内心堅固真實相應永不墮於貪愛法中若墮貪愛無有是處於貪愛法真實猒離舍利子是名菩薩摩訶薩戒行清淨又菩薩摩訶薩如是圓滿清淨戒行於諸有情不生損害至於微細有情悉能饒益亦復不惜軀命普於一切無所不捨或受他恩而能還報自他受用悉令圓滿又菩薩摩訶薩於一切處寧喪身命遠離種種邪欲之行寧喪身命不以妄語及以兩舌虛誑有情於自眷屬常生喜足寧喪身命遠離綺語常出慈愛柔順之語決定正直之語常自護身於他塵境不生貪愛寧喪身命不生瞋恚人所毀呰終不傾動而能忍受諸惡語言寧喪

身命不生邪見何以故歸依諸佛心不退轉常持禁戒無所毀犯亦復不樂世智辯聰唯學佛慧堅持禁戒常無過失遠離險惡諸雜染法堅持禁戒遠離諸惡煩惱積習常得成就潔白勝行增長往昔普施飲食堅持禁戒隨心所欲自在而行安樂吉祥持諸禁戒於諸智者不生毀謗初中後時正念無失於持戒中離諸譏謗諸有過失皆悉不生於諸根門而常密護於持戒中具大名稱諸有善法而常攝受少欲知足於諸應供而常知分歡喜持戒斷諸攀緣常行正直持諸禁戒於三業中而常伺察樂居曠野堅持禁戒於諸女人常生猒離而常愛樂諸聖種族堅持禁戒誓願不觀世間美境於頭陀行而無缺漏持諸禁戒於自善根不由他起言行相應持諸

禁戒於諸人天不生虛誑常生慈心而復增勝於諸有情無損害意起大悲心常持禁戒忍受一切諸苦惱事歡喜持戒愛樂諸法而無執著常修捨行持諸禁戒於逆順境常行平等於自過失常能伺察隨順他心而常守護善能調伏一切有情持諸禁戒而能圓滿檀波羅蜜持諸禁戒而能圓滿戒波羅蜜堅持之心無人能勝持諸禁戒而能圓滿忍辱波羅蜜於諸善法而爲究竟持諸禁戒而能圓滿精進波羅蜜於靜慮中不生懈倦持諸禁戒而能圓滿禪波羅蜜修習聞慧常無間斷持諸禁戒而能圓滿勝慧波羅蜜志樂親近諸善知識持諸禁戒堅固積集菩提分法遠離惡友持諸禁戒常得遠離諸險苦難於自身分常生猒離持諸禁戒於無常想而能

伺察於自壽命復能棄捨持諸禁戒而常不樂久住於世唯常遠離諸相違行持諸禁戒於自心意常極清淨離諸熱惱持諸禁戒遠離貪愛不自貢高而能謙下持諸禁戒純直無諂柔和軟語如實相應持諸禁戒獲大名稱普徧一切而自調伏持諸禁戒常無瞋恚好樂寂靜以善語言化利有情持諸禁戒如實而說悉無違背以四攝法攝受有情持諸禁戒常護正法於自法財而無匱乏諸有智者於自戒藴悉皆具足而能行諸菩薩之行舍利子菩薩摩訶薩以是持戒波羅蜜多故而能發起勇猛之心所有魔事及魔眷屬悉皆隱蔽諸嬈惱事亦復不現

忍辱波羅蜜多品第八

舍利子云何菩薩摩訶薩忍辱波羅蜜多是菩薩摩訶薩爲護禁戒發起勇猛修行具足忍辱波羅蜜多修是行時世間所有一切嬈惱不饒益事皆能忍受若寒熱饑渴暴風酷日若蚊虻水蛭毒蟲之類共來觸惱悉能安受若諸衆生以惡語言互來毁謗及欲損害菩薩身命菩薩爾時心無恐怖不生恚惱亦無怨結已生現生當生悉能忍耐舍利子是名菩薩摩訶薩修行具足忍辱波羅蜜多又舍利子我於往昔長夜之中常修如是忍辱觀法若一切有情固來毁罵加諸瞋恚而行捶打以麤惡語種種誹謗我於爾時不生忿恚不生嫉妬不生惱害亦不以其不饒益事反相加害舍利子我自成就忍辱觀已常起悲心愍念有情增長忿怒瞋恚嫉妬憒煩惱中復以善巧種種方便而覺悟之令得出離

獲妙果報若諸有情棄背菩薩不從善化返增惡行於一切處常獲醜陋不如意報何以故瞋恚行業是醜陋因是不善業是雜染業是下劣業非正士業非善友業此不應作當知瞋恚諸不善業能令引趣墮三惡道能令引趣焰魔羅界能令引趣墮地獄道生畜生中於焰魔羅界以爲眷屬如是瞋恚諸惡行業能令引趣無財下劣夜叉趣中能令引趣無財下劣餓鬼趣中如是瞋恚諸惡行業能令引趣貧窮下賤醜陋人中舍利子我自往昔不曾修作如是行相菩薩摩訶薩亦應不修如是行相又舍利子此中云何是別異法云何種種別異修作我等所修善法相應彼等所修非善法相應是別異法別異修作舍利子菩薩摩訶薩應當如是隨我修學何以故菩薩摩訶薩當修學時或有有情來相嬈惱不起忿怒瞋恚之心於諸行相亦不作意常自思惟作忍辱觀成熟有情諸善根本舍利子假使有人以金銀瑠璃硨磲碼碯珊瑚琥珀末尼珠等滿四大洲以用布施不如行此忍辱波羅蜜多何以故菩薩摩訶薩以忍辱故能令有情不墮輪迴趣無漏道復次舍利子菩薩摩訶薩應當不起瞋恚之心而常作意念佛念法念僧何以故以是歸命功德之力當得成就無量善根亦令有情皆悉念佛念法念僧作是念時常得覺悟我與有情何善何惡若不思念佛法僧寶即被忿怒瞋恚惡行常相纏縛菩薩作是思惟若起瞋恚即非正理若能忍辱即是正理菩薩應當遠離一切瞋恚業行當行忍辱波羅蜜多時應

先思念佛法僧寶是三寶刀能令一切有情同行是行舍利子我已成就如是行相得成阿耨多羅三藐三菩提爲諸有情轉妙法輪願諸如來攝受於我善男子當發阿耨多羅三藐三菩提心時爲諸有情轉妙法輪當獲諸佛勝無礙解無量知見菩薩修是忍辱波羅蜜多如是行相對治忿怒瞋恚惡行亦當憶念東方有殑伽沙等世界彼有殑伽沙等如來應供正等正覺現住說法利益有情時諸菩薩爲彼如來之所授記善男子我亦已發如是阿耨多羅三藐三菩提心爲諸有情說法教化如是南西北方四維上下亦有殑伽沙等世界彼有殑伽沙等如來應供正等正覺現住說法利益有情時諸菩薩爲彼如來之所授記善男子我亦已發如是阿耨多羅三藐三菩提心爲諸有情說法教化常樂稱讚忍辱波羅蜜多作師子吼永得遠離忿怒瞋恚諸惡行法若諸有情或樂修作種種利益菩薩爾時見諸有情如是修作我亦隨順作諸義利云何此中種種難作易作復次舍利子菩薩摩訶薩與一切有情應當如是修學忍辱波羅蜜多若不隨順如是修學非我善友若能隨順作義利事是名善友是故了知無所侵害是義利事我當深樂不捨有情作諸義利爾時世尊說伽陀曰

我於俱胝億劫中　荷負有情不義利
見諸有情受苦時　不曾暫捨而安住
有情種性本義利　互相教示爲善友
設遇諸惡侵嬈時　爲義利故常忍受
徧滿一切閻浮提　於佛刹中亦如是

一切珍寶悉充盈　爲善友故皆能施
若或有人持利劍　欲來割截我支體
以忍辱故生慈心　永無怖畏諸苦惱
或有忿怒瞋恚者　堅持苦毒來侵嬈
以忍辱力而稱揚　安住忍苦曾無惱
有持刀杖及毒藥　以瞋恚相欲加害
爲利有情諸善根　於諸惡法能忍受
我今不學諸愚夫　亦不習彼下劣行
廣修殊勝饒益因　當趣涅槃無上果

復次舍利子菩薩摩訶薩應當如是修學忍辱波羅蜜多於百千萬俱胝那由佗劫假使有人將諸杖木瓦石種種器仗而打擊之於少時間悶絶躃地命將欲盡良久乃穌菩薩爾時作是思惟歎未曾有我今於此再得壽命然後應當如是修學最上最勝忍辱波羅蜜多假使有人來於我所須我頭目及其骨髓身肉手足如殑伽沙數滿一大劫我當爾時終無吝惜亦復不起忿怒瞋恚諸惡行法何以故若起忿怒瞋恚諸惡行法我於百千劫中所集善根應當散壞我今轉復堅固積集百千劫中所植善根無令失壞而爲修習難得阿耨多羅三藐三菩提法何以故我等諸菩薩衆以忍辱力而爲甲胄舍利子菩薩摩訶薩於大乘心不應退轉使魔得便不能成就難得阿耨多羅三藐三菩提於菩提心不應退轉使心散亂令其魔事作諸障礙云何魔事所謂躭著自分飲食是爲魔事躭著三衣是爲魔事分別教化是爲魔事爲利養故使人讚歎是爲魔事樂自利行是爲魔事斷滅多種潔白之法是爲魔事乃至斷人靜

住障修福慧障人親近諸軌範師斷人修習菩提行法是爲魔事舍利子菩薩摩訶薩若於菩提道而生退轉起散亂意一切惡魔即得其便何以故諸有魔障於長夜中伺求其便入菩薩心能令增長忿怒瞋恚舍利子我於往昔堅持禁戒修行忍辱波羅蜜多時通達善法其名仙人於彼時中有大魔王化五百丈夫衆皆以勇猛作大瞋怒於五百年中行住坐卧晝夜相逐作大瞋怒或於道路井邑聚落及白衣舍或曠野中常以瞋恚虛誑不實幻惑有情舍利子是彼魔衆於五百年中常於我邊作大瞋怒生諸過失我於爾時諦察思念以憐愍故發大慈心爲諸魔衆廣說妙法時彼魔衆得聞法已諸惡行業皆悉殞滅舍利子我於爾時爲彼魔衆說是法已令諸有情成熟善根當得阿耨多羅三藐三菩提又復爲彼諂曲破戒樂不善法難調有情及諸多貪多瞋多癡有情作善緣故令得成熟阿耨多羅三藐三菩提願我當來成等正覺最初度脫諸有情類令得涅槃舍利子我於彼時除諸妄念常生正念具足饒益有情善行而於三際不曾暫捨舍利子若菩薩摩訶薩進求阿耨多羅三藐三菩提時應當具足忍辱波羅蜜多若菩薩於自身中已生未生種種惡病極重苦惱乃至死苦菩薩爾時具足忍辱波羅蜜多皆能忍受舍利子菩薩摩訶薩應當堅固安住菩薩忍辱波羅蜜多所謂應當了知不忿怒是名菩薩忍辱不損害是名菩薩忍辱無諍語是名菩薩忍辱不殺害是名菩薩忍辱護自身命是名菩薩

忍辱護佗身命是名菩薩忍辱常護身語意業是名菩薩忍辱内心諦察修忍辱行是名菩薩忍辱遠離貪愛是名菩薩忍辱隨順業報是名菩薩忍辱清淨身語意業是名菩薩忍辱以忍辱力而復獲得人間天上勝妙快樂是名菩薩忍辱而復獲得菩薩圓滿殊勝相好是名菩薩忍辱而復獲得如來深妙清淨梵音菩薩積集堅固善行是名菩薩忍辱遠離一切世間嬈惱是名菩薩忍辱或有伺求一切過失菩薩於彼不生損害是名菩薩忍辱以要言之乃至獲得如來十力十八不共法大慈大悲大喜大捨一切勝法悉皆圓滿應當了知是菩薩摩訶薩安住忍辱波羅蜜多舍利子菩薩摩訶薩修忍辱行時或有人來瞋怒惱害菩薩爾時了知虛幻如對谷響而不加報乃至打擊殺害菩薩於彼諦察皆悉了知如幻如化亦不加報或有人來種種稱讚不以爲喜何以故菩薩以自分圓滿真實功德而爲眷屬於世間法亦不躭著於自過失而能悔謝於佗過失不生毀呰爲能圓滿菩提分法作大佛事而復思念已作罪業悉皆虛假諸相違行無義利事悉能棄捨舍利子是名菩薩摩訶薩忍辱波羅蜜多復次舍利子菩薩摩訶薩忍辱波羅蜜多所謂自身畢竟忍辱有我等相非究竟忍何以故若佗瞋恚來嬈惱時及能忍受於心境中俱不可得而菩薩作是思惟何者爲瞋何者爲忍於法數中云何眼等處而有瞋恚又復伺察於十二處忍辱亦不可得展轉入解有情等相悉無所得又此忍辱非實究竟至於忍

辱名字如空谷響是名苦空無常無我於忍辱等作如是解又此忍辱亦非究竟謂於是法我無顛倒彼是顛倒於忍辱行起高下相又此忍辱非實究竟謂於是法我能解脫彼非解脫於忍辱行而非相應又此忍辱亦非究竟謂於是法我居正道彼非正道於忍辱行生二種相又此忍辱非實究竟謂於是法於空能忍於見非忍於無相中而能忍受於有相中而不能忍若於無願無求而皆能忍於有願有求而不能忍若於無積集攀緣而能忍受於有積集攀緣而不能忍若於煩惱盡處而能忍受於煩惱處而不能忍又於善處而能忍受於不善處而不能忍若於無過失處而能忍受於有過失處而不能忍若於無漏法而能忍受於有漏法而不能忍若於出世間法而能忍受於世間法而不能忍若於清淨法而能忍受於雜染法而不能忍若於涅槃法而能忍受於生死法而不能忍此等忍辱有對治故非實究竟云何名爲究竟忍辱若能隨順空性於見非見中非有非無若能隨順空性於有願有求及無願無求非有非無若能隨順空性於積集攀緣中非有非無若能隨順空性於清淨法及雜染法非有非無若能隨順空性於善不善法非有非無若能隨順空性於諸過失及非過失非有非無若能隨順空性於諸行中及涅槃法非有非無是名究竟忍辱何以故謂過去未來現在諸法皆不生故衆緣無盡忍辱無盡若於是法非有爲非無爲亦非和合亦不增減亦無成壞亦非作者亦非養者彼不生故是

名無盡說此是爲眞實忍辱舍利子如是菩薩能行是行者是名諸大菩薩摩訶薩忍辱波羅蜜多若彼菩薩摩訶薩能行是菩薩相應行時一切魔王及魔眷屬作諸魔事及諍訟等皆悉不現是名菩薩摩訶薩成就最上忍辱波羅蜜多

佛說大乘菩薩藏正法經卷第二十四

音釋

孥音奴子也　瘡疣疣疑求切痍也　塚知隴切高墳也　駞唐何切駱駝也　侮罔甫切戲弄也　糲郎達切脱粟也　泡沫泡披交切水漚也沫莫葛切水沫也　礫郎狄切小石也　鳶余專切鳥名　呰蔣氏切口毀也　匱求位切乏也　蛭職日切水蟲也　胄直又切兜鍪也

佛說大乘菩薩藏正法經卷第二十五 第二十六同卷

宋西天三藏銀青光祿大夫試光祿卿慈覺傳梵大師賜紫沙門法護等奉詔譯

精進波羅蜜多品第九之一

復次舍利子云何名爲菩薩摩訶薩精進波羅蜜多佛言舍利子菩薩摩訶薩修精進波羅蜜多相應行時先令魔事隱没不現次當發起不退具足勇猛精進不惜身命堅固勇悍志求修習此菩薩藏正法明文復能書寫受持聽聞讀誦解其義趣爲人解說又菩薩摩訶薩於諸契經亦復教人聽聞書寫受持讀誦解其義趣爲他人說舍利子譬如有人行眞實行執持種種金剛器仗與百人戰而無怯懼勇悍敵衆不惜身命菩薩摩訶薩行精進行亦復如是應當堅固發起最上精進志求菩薩藏正法曾無棄捨發勝解行不退精進復次舍利子若菩薩摩訶薩行堅固精進行時不惜身命所有三千大千世界中卵生胎生濕生化生有色無色有想無想非有想非無想乃至墮於有情數者於一刹那一臘縛一牟呼栗多如是展轉滿一劫已往昔已來未曾受生今始受生獲得人身亦當精進讀誦受持乃至爲人演說令他受持舍利子我今樂說譬喻以明斯義譬如有人行眞正行執持利劒能禦惡友及斷身命而得全勝舍利子彼菩薩摩訶薩亦復如是一心發起勇猛精進無怖畏心於菩薩藏正法悉能受持舍利子菩薩摩訶薩而能具足不退轉地精進之行復能速疾具足無量精進之力所謂淨心勇猛持戒勇猛忍辱勇猛精進勇

猛三摩地勇猛勝慧勇猛勝行勇猛舍利子菩薩摩訶薩雖能如是起諸勇猛曾無一念起殺害意非如惡友起勇猛心而能殺害復次舍利子我說此菩薩摩訶薩猶如梵三如天帝釋如妙高山而無動摇大慈大悲及善勝解復能通達不退轉地神通境界善知有情種種心行心如大地一切平等如水火風及虛空等心皆平等復能除滅貪瞋癡等一切過失復次舍利子菩薩摩訶薩譬如殑伽沙數世界滿中七寶持用布施不如聞是大乘菩薩藏正法精進思惟而能修行得成阿耨多羅三藐三菩提果諸菩薩摩訶薩等應當寂靜思惟如是修學舍利子菩薩摩訶薩若能如是廣大隨順修學即得圓滿無量廣大善根由聞如是精進波羅蜜多而能成就

最勝妙果何以故舍利子決定愛樂阿耨多羅三藐三菩提故舍利子菩薩摩訶薩於菩薩藏正法中爲由聽聞讀誦書寫受持爲人演說應當發起勇猛精進如是展轉於諸險難亦當固往而無勞苦云何難去能去所謂妙趣涅槃令魔波旬不能得便說是菩薩正士脩相應行者勇猛精進爲求如是三乘涅槃之道於三惡趣令諸有情於雜染法而能斷除於持戒忍辱諸波羅蜜多多聞修習而求出離若有有情行非善業及諸懈怠應生憐愍皆悉令發勇猛精進舍利子菩薩摩訶薩諸智增者於懈怠有情或當遠離於精進有情或當去住何以故舍利子唯求涅槃最上第一清淨解脱舍利子又菩薩摩訶薩行精進波羅蜜多時亦令一切有情而共行之

復能利樂一切有情　善說正行普令覺悟　爲令引入無上道　故爾時世尊說伽陀曰

勇猛精進悉無礙　常得尊高無與等
於菩薩藏正法中　稱爲任持大智者
思惟無上正法義　得不思議智慧門
復於正法求出離　當獲如來親授記
勇猛修習大勝慧　坐菩提樹正思惟
令諸魔怖悉退伏　由持智慧精進力
普現一切戒清淨　世間事業盡能習
復能利樂諸有情　具足精進無損減

佛告舍利子我滅度後後五百歲若有有情行是行時於諸契經愛樂受持當得無量勝慧福聚富貴尊嚴及得如來十力四無所畏四正斷法慈悲喜捨佛十八不共法乃至一切佛法總略而聚各各明了心得清淨除遣魔事令諸有情盡生死苦向涅槃道復於彼時諸違順境一切棄捨舍利子若於彼時諸有情類智慧相應善巧方便求進阿耨多羅三藐三菩提修持淨戒常樂多聞習諸禪定修智慧業及勝解脫解脫知見進求佛法及樂利樂一切有情斷除邪見樂求正見出離輪迴修行聖道演說正法復於彼時破諸魔障令貪瞋癡悉皆除滅斷無明暗令生明慧舍利子如是之法若能聽受即能生長一切善根積集成就最上精進若能如是聽聞正法魔不得便而於一切佛法之中不生疑惑舍利子時彼有情福力具足內心正行當得阿耨多羅三藐三菩提又此有情於諸契經而能聽誦愛樂受持極大歡喜於菩薩藏正法受持讀誦修行成辦甚大歡喜亦復如是

我說是人能於一切如來教中而得成就設復有人不專讀誦以因緣故暫來聽受作意愛樂生大歡喜亦復獲得最上第一堅固精進乃至如是於菩薩藏正法眞實微妙行相能以少分爲佗人說舍利子譬如大海水中有成熟果色香具足漂浮水上有一丈夫見如是果起大勇猛精進勝行入大海中見水暴涌不顧沉溺復以二手持取其果或一或二或取三果而出大海然後詣彼寂靜之處觀看是果乃甞其味復自念言我於往昔未識是果色香美味亦復不知又作是念發大勇猛復往大海再取其果果乃不現但見海水波濤暴涌而生苦惱於時退還然念是果色香美味殊妙可愛我於先時悔不多取舍利子我滅度後後五百歲法欲滅時若有有情於布施持戒勝慧精進少能信解亦復如是以是因緣於諸契經聽聞稱讚受持讀誦爲人演說乃至一四句偈爲魔波旬之所嬈惱不能建立受持讀誦興顯供養種種稱讚由如是故悉皆棄捨又復展轉少分聽聞讀誦稱讚受持於寂靜處思惟修習爲魔得便於一切處常令退屈時彼行人作如是言苦哉苦哉我於如來無上法中爲減没者於眞實法不令我等聽聞受持乃至於牟呼栗多時思念如來正等正覺尚不能得復次舍利子又苾芻衆爲魔所持於諸契經不能聽聞讀誦時魔波旬現大衆前種種毁訾此諸契經非佛所說但是世間虛假文飾舍利子彼大衆中有諸苾芻聞是語已於一切處魔力所加悉不聽受爾時世尊說伽陁曰

若人聞是正法已　令諸魔衆悉遠離
而於一切佛法中　決定信解除疑惑
若或薄福諸有情　於此正法不能聽
爲彼有情薄福故　聞亦不能生信解
或有具足福力者　聽聞受持生信解
於此正法少聽聞　能遣一切諸魔事
如是薄福諸有情　於此正法不生信
以不信故墮惡趣　猶如生盲無所見
若有具足福力者　於此正法深信解
以深信故生善趣　速疾猶若酥投水
一類少福諸有情　聞法展轉生煩惱
彼人長夜受苦惱　爲愚癡故不解脱
於佛菩提悉棄捨　速疾隳墮落惡趣中
舍利子如來有清淨潔白智慧之法舍利子於四衆中若有一類苾芻苾芻尼優婆塞優婆夷於如來滅後法欲滅時於諸契經聽聞讀誦愛樂受持者若有一類有情於一切處不能愛樂受持讀誦者如來於彼一一了知又諸有情於此契經若能聽已發起正行如理修行當獲四種具足清淨潔白無障礙法何等爲四一者獲得具足清淨潔白戒波羅蜜多無障礙法二者獲得常遇如來見諸妙相具足清淨潔白無障礙法三者得見慈氏如來獲得具足清淨潔白無障礙法四者獲得如理相應諸善根力具足清淨潔白無障礙法舍利子獲得如是四種具足清淨潔白無障礙法舍利子若我滅後法欲滅時於大乘行如是行相脩相應行者發起殊勝精進之行復於契經受持讀誦爲人演説展轉聽受時彼有情復有十種魔事智者應當悉皆

了知於此魔事不應隨順轉復發起勇猛精進成辦佛事何等名爲十種魔事舍利子若有苾芻於諸契經發起樂欲受持讀誦時魔波旬而來嬈惱此是第一魔事智者應當於此了知不應隨順舍利子若有苾芻於諸契經發起樂欲受持讀誦時魔波旬而來嬈惱令諸眼目生諸疾病此是第二魔事智者應當於此了知不應退屈舍利子若有苾芻於諸契經發起樂欲受持讀誦時魔波旬而來嬈惱令其身分生諸病苦此是第三魔事智者應當於此了知不應退屈舍利子若有苾芻於諸契經發起樂欲受持讀誦令心散亂不樂本住此是第四魔事智者應當於此了知不應隨順舍利子若有苾芻於諸契經發起樂欲受持讀誦令其發起極忿怒心互相諍競令諸契經不能安立此是第五魔事智者應當於此了知不應隨順舍利子若有苾芻於諸契經發起樂欲受持讀誦令其互相執持鬬諍俱陷王難起惡語言利如毒箭更相損害如是行相令諸契經不得流通由鬬諍業速疾退轉此是第六魔事智者應當於此了知不應隨順舍利子若有苾芻於諸契經發起樂欲受持讀誦時魔波旬而來誨誘住白衣舍復令發起種種鬬訟如是行相於諸契經不能受持令生誹謗由鬬訟業速疾破壞此是第七魔事智者應當於此了知不應隨順舍利子於彼時分法欲滅時或有少年諸苾芻衆於此法中出家未久於諸契經愛樂受持堅固信解發阿耨多羅三藐三菩提心時彼苾芻聞是經已得大歡喜彼親教

師乃語少年諸苾芻言此非佛菩提非佛法律不應受持時諸苾芻聞是語已於少時間於佛菩提而不信受又彼苾芻互相謂言我昔修習佛菩提法今令我等不樂修習所有往昔諸善根力使當斷滅返令如是墮染法中乃至命終生諸惡趣受大苦惱舍利子應知此等是魔所説如是積集諸地獄業諸有情等毀謗三寶不順佛言如來於三世中悉能了知又諸有情發起精進修大乘行如來於此亦能了知舍利子我今又令諸菩薩等起四種想何等爲四一者於自身業而善調伏二者於善修作而妙觀察三者於他所作不樂觀察於諸有情起大悲心四者於空寂處行住坐卧於自他心隨順防護如是名爲起四種想

佛説大乘菩薩藏正法經卷第二十五

佛說大乘菩薩藏正法經卷第二十六

宋西天三藏銀青光祿大夫試光祿卿慈覺傳梵大師賜紫沙門法護等奉　詔譯

精進波羅蜜多品第九之二

復次舍利子時彼有情多起邪見橫生計執說法苾芻亦復減少爲人輕賤不生尊重亦不恭敬親近供養有諸苾芻非法說法於其正法不樂親近設見有人於諸契經而生恭敬尊重供養有大力能種種稱讚者共生侮慢舍利子時彼苾芻得離欲者愛樂受持未離欲者於諸契經不樂受持於大衆前隨順魔衆此是第八魔事智者於此應當了知不應隨順舍利子若有苾芻於諸契經雖生愛樂受持讀誦解說書寫爲利養故隨順世間諸有情等起偷盜業於三種事數數作意何等爲三所謂貪著衣服飲食及諸卧具於此三事而多追求此是第九魔事智者於此應當了知不應隨順舍利子若有苾芻於此大乘諸契經中行相應行而能發起最上精進書寫受持愛樂讀誦廣爲人說時彼苾芻爲魔所持業煩惱障之所覆蔽於雜染法隨順愛樂戲論語言而常相應躭著睡眠於睡眠中亦樂躭著諸雜染法又復躭著衒惑女事深樂隨順如是行相於諸契經不樂書寫受持讀誦廣爲人說舍利子時彼苾芻於如來教生愛樂者不欲斷滅如來聖教不愛樂者惡業苾芻爲魔所著欲令佛法速疾斷滅此是第十魔事舍利子如是十法諸有智者應當於此一一了知不應隨順爾時世尊說伽陀曰

時彼所有一切處　由彼業故魔障生

於諸白法悉棄捨　不樂思擇諸義利
勝慧減少惡慧增　於正法中不安住
樂聞非法悉能行　墮惡趣中爲境界
如是展轉命終時　覆藏瑕玼爲救護
尊重親教阿闍梨　一時俱墮於惡趣
我於俱胝千劫中　爲利世間修苦行
常於有情思善巧　悉令遠離三毒火
我時證得大菩提　能轉清淨妙法輪
於人天中無與等　世出世間稱第一
我今不應當棄捨　世間有情極難得
令彼魔衆悉退散　皆能離苦獲安樂
又令癡闇道路中　持六度等眞善行
於諸佛教悉相應　而能獲得菩提道
於如是法聽受已　復能演說眞實空
令彼安住正信中　是故得離諸魔衆
於此最上眞實中　若有棄背眞實法
非眞實相作眞實　不能遠離諸魔衆
若有有情於佛所　歡喜堅固生尊重
聽聞如是正法時　獲得吉祥勝義利
正信有情歡喜已　諸有魔衆生苦惱
於一切處作善時　魔衆競來爲恐怖
時魔假作苾芻相　巧出語言相誑惑
於衆迅疾生動亂　謂菩提道非眞實
自言我法眞實因　汝應堅固求安住
發生如是戲論已　然後輕侮復毀謗
時彼苾芻魔所著　信魔語故生放逸
謂言此法非佛乘　因是棄捨涅槃道
復背正覺合諸塵　而於佛法不信受
由執我見麤重已　速疾墮落惡趣中
縱有少分諸苾芻　而復愛樂非眞實

各於大乘空法中　互相伺求諸過失
縱遇最上眞實法　以雜亂故不聽習
復於義理生恐怖　捨正法故無所歸
彼時無有說法者　不信解人而復衆
如是縱有說法師　悉皆棄捨不聽受
若於世尊末法中　復能利樂諸有情
彼時多有魔障侵　於此勿應生退屈
未來若有苾芻衆　決定於法生信解
寧喪身命堅護持　速獲證悟圓常果

爾時舍利子及諸大苾芻等於大衆中聞是修習大乘行者於諸險難能行正法各各發起廣大無量堅固勇猛精進之力如是行相於此大乘菩薩藏正法聽聞讀誦書寫受持展轉教示廣爲人說又復說是善巧譬喻譬若有人善能守護祖宗庫藏今見財寶漸欲滅沒而生憂惱如我今見釋迦如來於無量百千俱胝那由佗阿僧祇劫修行是難得阿耨多羅三藐三菩提法漸將滅沒我等苾芻亦復如是共生憂惱宜各發起廣大無量勇猛精進堅持守護大乘菩薩正法寶藏又苾芻言譬如有人有一親子端正殊妙父母見時適悅其心觀視子相目不暫捨其子忽然於險難處墮落其中有大飛禽捉持而去又復墮落那落迦邊高險之處時彼父母發勇悍力持取而還如我今者佛滅度後若有正士於無上法寶生大信敬欲求出離而於彼時受持讀誦如說修行我以如來無上法寶共相付囑精進守護亦復如是無令爲彼諸惡人輩之所侵壞又苾芻言譬如世間聚集兵衆行列陣勢欲相鬬戰是時衆中少分有

情見彼軍衆心無怯弱安住其前護諸兵衆無令鬬戰又復衆中有多勇悍見是兵衆心無怯弱安住其前如是展轉乃立戰功如我今者佛滅度後法欲滅時若有有情内心堅固護持正法親近善友樂求出離被堅固鎧發起廣大精進之力破魔軍衆如是行相於法寶中若有少分精妙思擇亦復如是乃至一四句偈爲人演説令佗隨喜信受佛語不生疑謗亦復告示令多有情隨喜稱讚過去未來現在諸佛無上妙法令其安住時諸苾芻乃至廣説無量譬喻佛告舍利子如實行相我説是人所得福聚猶如虚空無有限量説不能盡又舍利子佛滅度後是人難得我説名爲是殊勝丈夫是最上丈夫是勇猛丈夫是大丈夫得佛法分不樂自利小乘靜住唯行堅固大乘正行又復不樂讚歎自佗名譽唯樂讚歎大乘功德舍利子乃至臨命終時於此正法亦復受持讀誦於真實空決定勝解復次舍利子於後末世破戒苾芻亦復增盛毀謗正法於諸世間外道經典多樂修習舍利子於此刧濁煩惱濁衆生濁見濁命濁惡世之中若有苾芻能以勇鋭破諸鬬諍而得安住常願不離諸佛菩提於三時中應作觀想善能安住爾時世尊説伽陀曰

親近如來正法藏　能破一切老死苦
於自利行非相應　常樂利樂諸有情
於我所説正法中　恭敬愛樂能建立
彼堪我爲調御師　即是如來眞弟子
若於正法不樂聞　又復不能善安住
彼人墮落惡趣中　如淪於海速沉没

於千俱胝劫數中　遇佛出世極難得
彼人爲魔之所著　縱得遇佛生猒怠
復次舍利子過去九十一劫彼時分中有佛出世號毗婆尸如來應供正徧知明行足善逝世間解無上士調御丈夫天人師佛世尊彼佛法中有六羣苾芻一名善見二名妙利三名作喜四名賢吉五名名稱六名利牙而生計執我人衆生壽者斷常等見常行傲慢共相呼集詣曠野中而常議論差别惡行如是各各而自謂言行百種善而復召集一十二十乃至五十以爲羣類自所行法展轉教示復立誓言若違我教必遭損害説是行已分首而去或入聚落或抵城邑或自佗舍乃至王城時彼一人抵一聚落還集種類復各教示增損佛語舍利子云何作意增損佛語時彼種類堅固執有我人衆生壽者若無我者誰爲往來誰爲坐卧誰爲語默誰爲施者誰爲受者誰爲飲食誰苦誰樂乃至一痒一痛誰爲覺觸等者時彼衆中或有一人作如是言若説無有我人衆生壽者非我善友舍利子時彼聚落男子女人童男童女聞如是語皆樂於彼執我見者而爲善友互相謂曰我於往昔有諸智者如實了知眞善友者説無我人衆生壽者我今於彼先所尊者不應親近恭敬供養舍利子時彼六羣苾芻後半月分還集一處中有一苾芻謂言我已展轉教化五百種族以爲眷屬復次舍利子時毗婆尸如來應正等覺有一聲聞苾芻諸漏已盡無復煩惱得阿羅漢果既知是已入彼五百聚落爲諸男子女人童男童女而説是言

彼所説法是麤惡語不眞實語無義利語時阿羅漢於彼衆中説伽陀曰

若於正法不了知　彼人即昧眞聖道
汝於邪見堅執著　決定當墮諸惡趣

説是偈已時彼六羣苾芻衆等生大恚怒不樂信受時阿羅漢生大愍念讃歎佛已復説伽陀曰

我佛所説眞實法　一切有爲悉無常
於諸法中皆無我　是不堅固非常住
又復諸行皆造作　體不實故空復空
愚夫癡迷堅執著　於幻法中生動亂

説是偈已又語彼苾芻等衆諸佛如來所説法中悉皆無有我人衆生壽者時阿羅漢知彼苾芻等衆不樂信受復説伽陀曰

若於施受生見執　復認覺觸分别有
於無我法不信從　彼皆墮落諸惡趣

舍利子時彼有情於虚妄法男子女人童男童女所有語言而生信受當有六萬八千人以邪見故身壞命終皆墮無間大地獄中身受極苦在地獄中復生多舌舌如廣大千葉蓮華於其舌上復以鐵犂耕破其舌復有獄卒持百利杵擊刺罪人復於空中雨熱鐵丸其丸猛熾擊罪人身又其鐵丸變成火聚其焰極猛罪人各見猛火燒身畢是罪已從地獄出當復墮於千頭魚中爾時世尊説伽陀曰

時諸有情墮地獄　無量百千火聚中
空中震雷復雨火　罪人身受極苦惱
一身復受一切苦　猛焰器仗從空下
百踰繕那皆充滿　各見身滿地獄中

各各復見於舌上　鋒鋩利箭猛來射
利刀分舌段段裂　始覺苦中極重苦
中隨惡友虛妄者　數數親近而愛敬
棄捨持戒清淨衆　是故墮此極苦中

復次舍利子彼六羣苾芻衆以虛妄不實故亦復當墮阿鼻大地獄中其地獄量百踰繕那各各自見身滿獄中彼一一身復有千口一一口中復生二舌每舌縱廣四踰繕那一一舌上五百鐵犁耕破其舌復以熱鐵取舌燒烙罪人痛苦口不能言復於頭上百千俱胝種種苦具而來搥打如是受罪滿百千俱胝那由他歲畢是罪已復入別別諸地獄中受諸罪苦亦復如是何以故彼人爲於諸佛教中常生毁謗獲如是罪復次舍利子彼佛世時復有長者住白衣舍名爲安樂其家富樂財寶豐盛隨意受用復有祖宗昔所積聚金銀瑠璃硨磲碼碯真珠珊瑚如是等寶皆悉具足諸有庫藏亦皆豐盈奴婢僕從城邑人衆隨所驅使稱意無乏是時長者愛樂承事離繫外道修習邪法而生邪見時長者妻名尾瑟鉢底色相殊妙端正潔白身相具足人所樂見而生一子端嚴殊特面貌圓滿身體潔白人所愛樂其子往昔曾於無量百千俱胝那由他佛所種諸善根其子初生三開口笑作如是言我今何故於此邪見種族中生其母聞子作是語已驚怖惶駭身毛皆竪棄捨其子周憧悶走時有衆女見是事已悉來集會共相詢問聞説其子有如是言是時衆女復生驚怖而各狂走去已復來觀察議論各相謂曰此初生子爲復是天爲復是龍

爲復是藥叉羅刹阿蘇囉誐嚕拏緊那囉莫呼囉誐鳩盤茶必舍佐人非人等生是疑已時初生子謂衆女曰汝等吉祥具足人相何故捨我驚怖狂走爾時童子對諸女衆說伽陀曰

汝衆女等勝吉祥　何於惡道不生怖
我今令汝悟眞實　悉能遠離諸險難
我之父母并眷屬　於我悉皆非善友
我今爲彼除邪見　不生險難諸惡道

舍利子時彼童子父母并諸會衆聞是童子說伽陀已共詣其所爾時童子於父母前復說伽陀曰

所有庫藏諸財寶　五穀舍宅并供具
速疾捨我將布施　投佛出家作沙門
毗婆尸佛見住世　於三界中無與等
彼佛慧日照世間　我願出家爲弟子
於佛正法得開示　利樂一切諸有情
彼佛慧日照世間　我願出家爲弟子
我佛具足三十二　大丈夫相悉莊嚴
彼佛慧日照世間　我願出家爲弟子
假使千俱胝劫中　未嘗聞是佛名字
如優曇華難值遇　我願出家爲弟子

舍利子時彼父母語童子言汝能如是發清淨心投佛出家我今所有祖宗庫藏二十俱胝金銀珍寶悉施於汝令汝展轉自行布施時彼父母說伽陀曰

我今所有諸財寶　悉皆付汝將布施
由汝發起清淨心　隨處利樂諸有情
所有金銀諸珍寶　五穀舍宅并資具
由汝發起清淨心　速疾捨施利有情

牀褥卧具諸受用　塗香華鬘末香等
由汝發起清淨心　隨處速疾行布施
佛寶法寶并僧寶　此爲最上良福田
於彼廣行布施心　眞實利樂於一切

時彼童子復爲父母說伽陀曰

我欲往詣於佛所　大毗婆尸世尊前
廣作無量諸供養　利樂一切諸有情
若人若天諸衆等　樂求一切快樂事
我今往詣世尊前　願衆應當同詣彼

時彼童子說此偈已作是思惟徧觀四方白父母言我今往詣毗婆尸如來應正等覺所時彼衆等聞是事已各生驚疑共相謂曰云何童子生於一日能與父母如是議論而復雙足舉步能行彼時乃有八萬四千俱胝等衆皆來集會各各思惟互相謂曰今此童子爲復是天爲復是龍爲復是藥叉羅刹揵闥縛阿蘇囉緊那囉摩呼囉誐人非人等時彼童子與諸衆等俱時共詣毗婆尸如來應正等覺所爾時童子領衆行已於虛空中有十千蓋而覆其上又於空中高聲唱言無令爲彼寒熱風雨之所損害又復空中現金色網彌覆其上又於空中雨天妙華種種末香諸妙香等復有清涼微風飄散此香又於行路香水灑地雨天寶衣所雨天華積過于膝又於行路八功德水無量池沼自然出現一一池沼各有無量優曇鉢羅華俱物頭華奔拏利迦華等而爲供養復有七寶殊妙臺榭自然出現又於行時種種角貝不鼓自鳴出微妙音歌詠讃歎於其左右無量珍寶自然莊嚴時彼童子纔舉步時各現一華而爲履蹈

隨履路已隱没不現爾時童子於道路中須
臾之間回顧觀察說伽陀曰
世有正理非正理　我今所行最上道
於非正道而不行　是故往詣正理尊
我於那庾多劫中　或時獲得人中身
復遇如來出世間　具足信解智慧力
舍利子時彼童子說是偈已於虛空中有八
萬四千天人咸共讚歎說伽陀曰
善哉善哉大智者　能說最上第一義
於諸非理悉棄捨　是故能行真正道
舍利子時彼童子對諸天衆復說伽陀曰
諸有能行正道者　廣說獲得和合義
於非正道堅執著　云何獲得相應理
佛說大乘菩薩藏正法經卷第二十六

音釋

悍 侯旰切性勇急也　禦 牛據切拒也　呰 蔣氏切譏也　衒 熒絹切
鎧 可亥切甲也　鋭 俞芮切利也　鋩 謨郎切刃端也　烙 歷各切燒灼也
慞 止長切懼也

佛說大乘菩薩藏正法經卷第二十七 第二十八同卷

宋西天三藏銀青光祿大夫試光祿卿慈覺傳梵大師賜紫沙門法護等奉　詔譯

精進波羅蜜多品第九之三

復次舍利子時諸天衆對彼童子復說伽陀曰

諸有貪著於欲樂　一切境界無出離
由愚癡故非正理　當墮地獄惡趣中
若於正道求出家　應捨受用諸欲境
彼能開示諸正理　是名世間相應者

舍利子時彼童子對諸天衆復說伽陀曰

我今爲汝天衆說　汝於正道未能知
如是相應眞正理　當說令汝悉解了

爾時童子說是偈已與諸大衆俱時往詣毗婆尸如來所到已頭面禮足右繞三帀却住一面瞻仰毗婆尸如來目不暫捨是時童子心大歡喜說伽陀曰

具足三明施甘露　能爲世間作善利
稽首龍象師子王　是故我今常讚禮
佛智光明甚希有　猶如日月照世間
亦如優曇花出現　堅固安住妙色相
世間有情多重障　於佛聖道不能知
猶若生盲愚癡人　不覺墮於險惡道
願我當來成正覺　猶如毗婆尸世尊
令諸有情離衆苦　滅三毒火得清涼
又令無量諸有情　隨我廣發如是願
聞佛演說最上乘　悉得開示菩提道

爾時童子說是偈已又作是言南無毗婆尸如來應正等覺善說法要時八萬四千俱胝人衆亦作是言南無毗婆尸如來應正等覺

善説法要如是三歎終而復始願我當來皆得成就正等正覺如毗婆尸如來善説法要爾時毗婆尸如來知彼童子及八萬四千俱胝人衆堪任授記即現神變於其面門放大光明名決定勝其光復有無量種種色相所謂赤白紅頗胝迦金色等如是色相普徧無量世界洞然照耀上徹梵世至色邊際日月光明悉皆暎蔽其光復來至佛頂上右旋宛轉繞百千帀忽然不現舍利子時毗婆尸如來有一親侍苾芻見佛神變光明事已即從坐起整衣服偏袒右肩右膝著地合掌向佛瞻仰尊顔以偈問曰

毗婆尸佛大希有　於諸聖中量尊聖
我今啓問善逝尊　何因緣故現光明

爾時苾芻復白佛言世尊以何因緣現大神變放是光明唯願如來大慈哀愍爲我除疑敷演斯事復有無量百千人衆現住佛前願樂欲聞我等志心慇懃諦聽爲諸有情慈悲開示如來大悲爲世間眼救護一切如諸舍宅覆廕一切唯願如來大慈憐愍斷除疑網而諸有情過去未來現在所行想念一切行業及諸疑惑如來於彼無不了知又諸佛刹所有有情於三世中一切智慧言語差别如來於彼無不通達如來爲諸法王具足八種言音於説法中皆得自在以何因緣現大神通放是光明唯願如來斷除我等一切疑網及一切憂悲苦惱悉皆斷滅我等今者如是三請一心專注合掌恭敬願樂欲聞舍利子時毗婆尸如來語彼親侍苾芻言汝見此童子於我前住合掌立不唯然善逝我今已見

佛言苾芻令此童子於往昔時已曾親近稱讚恭敬禮拜復以衣服卧具種種湯藥供養八萬四千俱胝那由佗佛種諸善根爲求成就正等菩提常修梵行佛言苾芻汝又見是八萬四千俱胝人衆於我前住合掌立不唯然善逝我今已見佛言彼諸人衆於過去世皆悉曾爲童子父母生生無不從之教化發心於後後世願皆不受女子之身皆能隨順修習同發阿耨多羅三藐三菩提心我今爲彼授作佛記以是因緣現大神通放是光明爾時毗婆尸如來爲彼親侍苾芻及諸人等說伽陀曰

汝見現前諸大衆　隨於童子悉來集
八萬四千俱胝數　一心專注聽我說
佛說法中得自在　我今親語汝苾芻
我知童子多劫中　親近供養於諸佛
復於無量諸佛所　志心堅固求出家
修持最上清淨行　復能利樂天人衆
又此現前諸大衆　八萬四千俱胝數
生生昔曾爲父母　教化歡喜常無間
復於往昔無數劫　廣發無邊諸大願
世世悉皆爲父母　同求無上大菩提
如是安住離生死　應當隨我共修學
志求無上妙菩提　我今爲彼親授記
彼等決定成正覺　是故我現大神通
我能盡令汝心中　行住坐卧無疑惑
汝等天龍及人衆　那由佗數在我前
同聞爲彼親授記　不久當成二足尊

舍利子時彼童子聞佛授記歡喜踊躍速疾往詣到父母前發誠實語說伽陀曰

如是八萬四千衆　往昔皆爲我父母
俱時同發菩提心　今日父母復如何

舍利子時彼父母而爲童子說伽陀曰

如汝所說諸人衆　各各已發菩提心
我今歸依一切智　與汝發願無有異
如是進求究竟道　汝今身是我所生
與汝同發眞實心　願得菩提果成就

舍利子時彼童子爲自父母復說伽陀曰

我若最先得成佛　普與一切悉開示
願我父母諸人衆　共成無上大菩提

復次舍利子時毗婆尸如來爲彼童子及諸人衆發如是言我今爲汝授作佛記勿生疑惑善自安慰勿復異見所以者何汝於往昔爲大自在天子我於彼時已曾爲汝授作佛記過是已後經俱胝那由他劫不墮惡趣又過俱胝那由他劫於彼轉輪聖王族姓中生得成爲佛名曰大悲如來阿羅訶三藐三佛陀具大名稱父名淨飯離諸暗鈍母名摩耶離諸憂惱其子爾時亦如我子字羅睺羅出現世已求成阿耨多羅三藐三菩提於菩提道既成就已其佛壽命滿十萬歲彼佛光明普能照耀十萬踰繕那國土彼世界中一切有情有緣無緣悉皆承佛光明照觸時佛光中有百俱胝那由他俱胝百千那由他俱胝大聲聞衆皆來集會復有一俱胝衆皆是大阿羅漢具足白法諸漏已盡無復煩惱心得自在具八解脫得六神通舍利子如是大阿羅漢皆來集會復有無量大菩薩衆皆來集會復有彼佛往昔一切父母亦來集會時大悲如來說法教化無量阿僧祇有情皆住不

退轉地於諸有情作善利已即於是時入般涅槃正法住世一俱胝歲彼佛舍利於諸世間廣大流布如我滅後流布舍利等無有異舍利子說是語時諸有正士發起勇猛廣大精進而起尋伺觀察世間利樂有情心無退轉復有菩薩摩訶薩發起正念轉復增勝心無間斷志求阿耨多羅三藐三菩提如是經於無量阿僧祇劫願於生死流轉之中化利有情求佛菩提舍利子我於彼時亦發是願盡生死際被精進鎧化利有情圓滿一劫精進行願勇猛精進心無退轉願成菩提復次舍利子云何菩薩摩訶薩不退勇猛精進若菩薩摩訶薩行不退勇猛精進行時設見三千大千世界滿中火聚爲求如來正等菩提應當發起勇猛精進入是火中而能安忍不生懈倦彼諸菩薩聞是法時即得超越圓滿一劫精進行願又諸菩薩聞是法時於不退轉勇猛精進即得增長無量善根復次舍利子若菩薩摩訶薩行不退轉勇猛精進時而爲利益一切有情求證涅槃純一無雜常住堅固於善不善起大悲愍於諸有情行相應行復次舍利子菩薩摩訶薩當行勇猛精進悉無懈怠於一切處舉足下足常不離於菩提之心觀諸三寶常在目前亦不棄捨一切有情亦不隨順一切煩惱復次舍利子菩薩摩訶薩當行勇猛精進悉無懈怠於已生未生諸善根力悉令回向菩提正道復令善根增長無盡舍利子譬如百川流注大海其水無盡令此善根回向菩提亦復如是無有窮盡是故說名不退勇猛精進復次舍利子菩

薩摩訶薩當行不退勇猛精進之時悉無懈怠於諸正行一切智智積集善根復能利樂一切有情是故說名不退勇猛精進復次舍利子我今略說菩薩摩訶薩乃至一切有情所獲福蘊乃至有學無學聲聞緣覺所獲福蘊不及如來一毛端量所獲福蘊何況如來徧身毛孔所有福蘊爲由如來於無量劫積集修行廣大福蘊設有廣大積集福蘊如實行相百分千分不及如來一大人相何況如來一切相好又諸福蘊不及如來眉間白毫一珂月相何況百千市中所有功德又諸福蘊不及如來一無見頂相何況如來大丈夫相乃至烏瑟膩沙諸根相好出生百千俱胝所有功德又諸福蘊不及如來大法螺音一說法相何況如來廣大法音普能徧滿無量世界令諸有情諸根調適皆生歡喜隨其勝解得善調伏於如是難得阿耨多羅三藐三菩提應生知解如是菩薩於無量世界隨學如來發大音聲普令有情悉皆得聞被精進鎧發堅固意樂習菩薩不退勇猛精進之行復次舍利子菩薩摩訶薩修精進行時而無退屈假使普令三千大千世界一切有情具足成就勝解智力若諸有情於此菩薩藏正法隨順成就具足智力比前功德百分千分百千萬億分乃至烏波尼殺曇分不及其一以要言之如是三千大千世界一切有情悉令獲得須陀洹智力斯陀含智力阿那含智力阿羅漢智力又令獲得十信十住十行十回向不退轉地智力一生補處菩薩之位乃至廣說無量世界一切有情普令獲得一生

補處菩薩智力若諸有情於如來無分別及有分別智力等如是聽已不驚不怖當於彼時次第樂欲甚深智力比前功德百分千分百千萬億分阿僧祇分乃至烏波尼殺曇分不及其一而菩薩樂欲發起勇猛精進寧棄身命頭目髓腦一切支分於如來智力不樂暫時間斷修習如是棄捨勇猛精進我說是名菩薩不退精進之行復次舍利子菩薩摩訶薩應當如是修學不退轉地乃至發起一心徧入過去未來現在一切有情無量無邊心行差別若諸有情具足充滿貪瞋癡等一切煩惱而復回入菩薩之心是時菩薩以智慧力譬喻言辭種種推求如是發起勇猛精進見是色相一切有情貪瞋癡等之所燒煑是時菩薩以諸方便普令止息一切苦惱如彼灰燼散滅無餘復令修習趣涅槃道我說是名菩薩不退精進之行復次舍利子菩薩摩訶薩修不退精進行時所謂身作業善語作業善意作業善乃至所有一切精進波羅蜜多皆悉不離身語意業之所修習然於三業發生精進意爲最勝云何意業精進最勝謂無分別及有分別云何無分別謂菩提心云何有分別謂於一切有情起大悲心云何無分別謂於忍智悟無我理云何有分別謂能攝受一切有情云何無分別謂雖能攝受一切有情而無取相云何有分別謂猒離輪迴無分別者謂於三界都無所得有分別者謂諸有財寶隨樂捨施無分別者謂於布施無取於相有分別者謂於持戒有所積集無分別者謂於持戒不取於相有分別者謂安

受苦忍無分別者謂於剎那心無所住有分別者謂能發起諸善根法無分別者謂常靜慮有分別者謂於禪定有所積集無分別者謂心常決定安住不動有分別者謂修聞慧而無猒足無分別者謂於內心專注善巧有分別者謂於聞慧廣說諸法無分別者謂於法性都無記念有分別者謂於智慧有所修作無分別者謂於諸法離諸戲論有分別者謂於諸梵行積集修作無分別者謂於諸慧性悉能棄捨有分別者謂於五神通而能圓滿無分別者謂盡諸有漏有分別者謂於觀想而常思惟無分別者謂於內心而常正念有分別者謂於四正斷悉能巧妙無分別者謂能超越一切善根有分別者謂著文字相欲求出離無分別者謂於廣大福報普徧無

相有分別者謂於諸有情善達根宜無分別者謂善能觀察諸善根法而無所得有分別者謂於諸力有所修習無分別者謂於是處無所損壞有分別者謂能出生菩提分法無分別者謂於諸法離分別智有分別者謂於正道而能求進無分別者觀諸神變猶如虛空有分別者謂於定門而能積集無分別者謂住奢摩他而唯一境有分別者謂於毗鉢舍那而有積集無分別者謂善人法性有分別者善能入解諸因緣法無分別者謂善能了知非因緣法有分別者謂著勝義聲故無分別者謂行正法行故有分別者謂莊嚴法身無分別者謂於法身離諸莊嚴有分別者謂莊嚴語言無分別者謂依諸聖能常寂默有分別者謂依三解脫門而生樂欲無分別

者謂無增上我故有分別者謂能遠離四種魔事無分別者謂能棄捨煩惱習氣種故有分別者謂能善解巧方便故無分別者謂於智慧如實知見有分別者謂離攀緣有所見故無分別者謂離超越見故有分別者謂有想念見無分別者謂意業見此説名爲意業精進於精進中最爲殊勝我説是名菩薩摩訶薩修不退轉精進之行復次舍利子如是菩薩摩訶薩行不退轉精進行時行是五種最上極妙之法速疾證得無上正等菩提云何五種最上極妙之法一者而常思念佛出於世二者而能親近諸善知識三者而常值遇好時四者而常積集諸善根法常令堅固五者隨學菩薩摩訶薩具足戒品而得圓滿是名五種最上極妙之法由是菩薩速疾獲得阿耨多羅三藐三菩提爾時尊者舍利子重白佛言世尊若諸菩薩離此五種最上極妙之法得成阿耨多羅三藐三菩提不佛言舍利子若諸菩薩不常思念佛出於世不能親近諸善知識若不值遇好時不能積集諸善根法不令堅固不能隨學諸菩薩摩訶薩具足戒品而不圓滿如是遠離五種最上極妙之法不能速疾獲得阿耨多羅三藐三菩提違而得者無有是處舍利子云何在家菩薩遠離五種之法所謂如王家臣住大衆中恃其威勢恐怖多人又語衆言我能爲汝作種種事但以欺誑而實不作乃至如是安住虚誑語言等事舍利子由是虚誑不能得生諸天善趣如是行相亦不能得值遇好時舍利子又此行相在家菩薩唯自具足資養等

事不能利佗亦復不能值佛出世乃至不能速疾得成阿耨多羅三藐三菩提復次舍利子又在家菩薩住城邑中有諸障難而常嬈惱云何城邑有諸障難舍利子有諸如來出世成等正覺爲諸天人阿脩羅等說法教化初中後善其義深遠其語巧妙具足清白梵行之相及四部衆圍繞恭敬雖復親近供養禮拜苾芻苾芻尼優婆塞優婆夷然彼聚落城邑巷陌舍宅人民國王大臣長者居士悉住其中由是因緣不能具足清淨戒蘊我說是名城中障難若在家菩薩如是樂著五欲不能思念佛出於世乃至不能速疾得成無上正等正覺復次舍利子在家菩薩而自宣說現行法律復多障難所謂父母男女妻妾奴婢姊妹兄弟朋友眷屬於長夜中而爲障難舍利子如是之法能爲在家菩薩作諸障難亦復不樂佛出於世乃至不能速疾得成阿耨多羅三藐三菩提

佛說大乘菩薩藏正法經卷第二十七

佛説大乘菩薩藏正法經卷第二十八

宋西天三藏銀青光祿大夫試光祿卿慈覺傳梵大師賜紫沙門法護等奉　詔譯

精進波羅蜜多品第九之四

復次舍利子在家菩薩於諸如來所説契經如實行相雖復聽已不樂多聞於少欲行不樂修習及於同類諸契經等亦不信受於彼如來大乘教中復生毀謗而皆墮於諸惡趣中云何名爲諸惡趣中所謂焰魔羅界餓鬼畜生又復邊地諸惡律儀縱得爲人身不具足垢穢障重具諸邪見舍利子如是所呵猒處諸佛菩薩皆悉遠離不樂生彼乃至不能疾得阿耨多羅三藐三菩提復次舍利子在家菩薩於有大勢力堅樂依止所謂國王大臣及諸人民大富豪傑增諸瞋恚所出言辭多生諂僞積集惡事誑惑於人復生侮慢是人以不善語故墮惡趣中身體羸瘦具諸惡相舍利子此名在家菩薩五種之法以是因緣不能值遇諸佛出世亦復不能親近善友不能值遇好時所集善根悉皆毀壞於持戒菩薩摩訶薩等不能隨學乃至不能疾得阿耨多羅三藐三菩提爾時世尊欲重明斯義説伽陀曰

若人行是五種法　於此勝慧不增長
而復遠離調御尊　不能速疾成正覺
虛誑一切有情故　如王家臣諸僕使
悉斷一切善根力　不能值遇佛出世
又或驚怖諸有情　語令捉縛并捶打
如是作諸惡業已　於無上尊常遠離
復於苾芻苾芻尼　破佗淨戒生病苦
剎那不得值好時　於諸佛所常遠離

父母妻孥諸眷屬　於非法行無常間
而於正法不樂聞　墮癡迷中難出離
設逢佛世求親近　於刹那間不能得
或復愛樂出家時　彼等競來爲障難
或時聽是正法已　隨處演說眞實空
彼等競生瞋恚心　乃說此爲非正法
如是種種諸障難　十六分中未及一
由是毀謗正法因　世世生盲無所見
彼不能見正覺尊　縱見不生清淨信
當獲人身不具足　後墮一切傍生中
若人歸向佛菩提　及於菩薩生愛樂
一切障難悉蠲除　善能修習眞正行
所有父母并眷屬　及餘一切有情類
數數引導令出家　速能攝受歸正道
唯母最初引導已　復能讚歎令出家
即當往詣善逝尊　發心開悟大菩提

復次舍利子出家菩薩復有如是五種之法於諸善友亦復遠離諸佛出世於刹那時不能值遇如是積集諸善根力亦皆破壞而於持戒菩薩摩訶薩不能隨學乃至不能疾得阿耨多羅三藐三菩提云何五法一者以邪思故破諸淨戒二者以不信故毀謗正法三者躭著利養及樂名聞四者執著我見入諸險難五者於他善行而生嫉妬舍利子而出家菩薩具足如是五種之法於諸善友亦復遠離不能值遇諸佛出世以要言之乃至不能速疾得成阿耨多羅三藐三菩提舍利子以是義故譬如餓犬羸瘦顱頷皮骨連立忽見枯骨而生食想復於靜處以力舐嚙自傷其口血塗骨上不自覺知妄生貪愛於其飽

滿終無所得時有剎帝利婆羅門長者居士自遠而來見是餓犬嚙彼枯骨極生嗟念是時餓犬復自思惟彼所來者奪我美味時犬乃作惡聲惡眼齟齬嘷吠舍利子於意云何彼諸人衆見是枯骨悉無血肉爲侵奪不舍利子言不也世尊不也善逝佛告舍利子云何彼犬作如是相舍利子白佛言世尊由犬餓故嚙彼枯骨如甘露味妄生貪愛故現如是惡聲惡眼齟齬嘷吠恐彼人衆之所侵奪佛告舍利子如我滅後有諸苾芻於種族中乃至便利不淨深生愛著之所纏縛如是行相於剎那時成就佛事亦不能得彼諸苾芻我今所說於佛法中如彼餓犬匪惟如來作是訶毀若諸有情見彼苾芻如是行相亦復誹謗如彼餓犬舍利子復有菩薩摩訶薩廣爲利樂一切有情求佛智慧於自身命亦復棄捨何況於佗善業而生憎嫉復次舍利子復有世間愚癡之人以自活命愛樂世間財寶飲食身爲奴僕爲彼繫縛責役驅使於他族中親近誑妄以貪求故復於他人而生嫉妬舍利子如彼苾芻爲貪利養先在彼族見後來者而復發起憎嫉之心謂後來者而作是言我先住此汝等諸人從何所來今此族中諸長者等先發願言所有衣服飲食卧具醫藥決定施我作如是言彼後來者云何當得因是發生三種過失何等爲三一者樂著住處二者不樂本住三者於世間法而能解了出世間法不能解了又彼苾芻於此長者族中不樂安住而彼苾芻又發是言住處有三一者愛樂處住二者和合處住三者如實

處住汝諸長者多行過失應當於我深生恭敬於我法中稱揚讚歎舍利子由是種族生憎嫉過於潔白法悉皆滅没復次舍利子復有種族多諸嫉妬虚妄不實或有持戒不持戒者於菩薩摩訶薩所悉皆遠離而不隨學如是譬喻應當了知復次舍利子於過去無量無邊廣大不可思議阿僧祇劫彼時彼分有佛出世號勝高如來應供正徧知明行足善逝世間解無上士調御丈夫天人師佛世尊彼佛住世九十俱胝歳彼佛會中復有九十那踰多大聲聞衆皆阿羅漢諸漏已盡無復煩惱逮得已利心得自在到於彼岸彼時復有長者名曰善集其家巨富眷屬廣大多諸財寶金銀瑠璃硨磲碼碯珊瑚琥珀真珠等寶皆悉具足受用廣大復有奴婢僕從象馬車乘及諸倉庫悉皆盈溢時彼長者生其二子一名淨住二名淨持面貌端正身相具足人所樂見忽於一時登大樓閣經行游戲爾時佛告舍利子彼勝高如來應供正等正覺於晨朝時著衣持鉢與大苾芻衆前後圍繞入彼大城次第乞食其佛相好猶若金山又如廣大妙好金幢最上第一住奢摩他諸根隱密行如龍象極妙清淨如大池沼離諸塵穢又如大海珍寶充滿如帝釋天主諸天圍繞如大梵天王寂靜嚴飾具足圓滿清淨潔白心意調暢諸根寂靜彼二童子即於是時見彼勝高如來多陀阿伽度阿羅訶三藐三佛陀是二童子乃讚如來自遠而至佛身相好無量無邊圓滿具足瞻仰世尊心無猒足舍利子時淨住童子往昔已曾得見勝高

如來應供正等正覺乃語淨持童子言汝曾往昔得見勝高如來不此佛功德無有邊際於一切有情中爲大慈父時淨持童子言我於往昔未曾得見此佛世尊相好具足威德特尊時淨住童子言我於昔時已曽見此勝高如來願我當來一如此佛等無有異舍利子時彼淨住童子説伽陀曰

願我當來如世尊　有諸苾芻衆圍繞
我若得似如來相　復名如是最上尊
今將飲食諸供養　爲求無上菩提故
所有舍宅悉棄捨　願我當來成正覺
譬如衆星月爲勝　此誰見已不清涼
於有情中佛最尊　誰不捨家求出離

舍利子時彼淨持童子聞是語已復説伽陀曰

汝今莫作如是語　亦勿高聲報四方
汝今聽我誠實言　云何速得菩提道

舍利子時彼淨住童子聞是語已復説伽陀曰

汝於此道不愛樂　亦復莫起憎嫉心
我今所出善語言　是故當得菩提道
汝於世間諸財寶　亦莫輙生慳恡心
我於身命尚能捨　是故語汝悉知解
與汝如是諸舍宅　及有一切財寶等
我今往詣於佛所　出家求授菩提記
三十二種殊勝相　誰人見已不愛樂
無上菩提誰不行　於此莫生劣弱見
我於舍宅諸財寶　父母眷屬諸親友
於此一切皆能捨　爲求往詣於佛所
假使俱胝千劫中　聞佛出世甚難得

佛爲世間大光明　遇佛光者亦復難
佛來王城行化行　大苾芻衆皆圍繞
猶若晴空清淨月　普徧照耀於世間
又如出現千日光　四衢道陌皆晃耀
佛於城中行化行　普放光明亦如是
譬如須彌山中王　亦如出現殊妙寶
佛於苾芻大衆中　清淨尊嚴亦如是
熾盛光明大威德　普能照耀諸有情
如來殊勝二足尊　圓滿如是諸色相
佛入王城行化行　顯現無量大神變
諸天龍神及有情　見者愛樂咸恭敬
三十二種殊勝相　見已誰不求正法
若於小乘樂修習　是名愚夫劣弱見
我見無上人中尊　相好端嚴世希有
我今往詣善逝尊　爲求無上菩提道

舍利子時彼淨持童子聞是語已復說伽陀曰

我於小乘非愛樂　亦能往詣於佛所
今於此大樓閣中　誓欲棄擲於身命
又我想身皆虛幻　於其身命即能捨
爲求無上大智慧　亦當往詣於佛所
父母恩愛極最重　舍宅財物諸欲境
我今悉能皆棄捨　誓當往詣於佛所
若我願得如世尊　蒙佛稱讚爲攝受
一切所有棄捨已　投佛出家爲弟子

舍利子時淨住童子從大樓閣安詳而下即時往詣勝高如來應供正等正覺所時淨持童子復於大樓閣中發勇猛心不顧身命迅速而下以精進故先詣勝高如來應供正等正覺所舍利子時淨住童子到佛所已持以

上妙法服價直閻浮檀金一俱胝數奉獻如來說伽陀曰

我今所獻上妙服　不求端嚴諸色相
願我當來如世尊　最上最尊稱第一
具足清淨大智慧　於精進力善安住
三十二相妙莊嚴　願得果如二足尊
又復成就十智力　四無所畏善安住
願我當來如世尊　最上最尊稱第一
願我於佛正法中　如佛安住光明聚
演說諸法施有情　普令一切皆覺悟
我今所獻上妙服　不求端嚴諸色相
願成清淨大菩提　廣度無邊人天衆
又我所獻上妙服　爲求如來無上慧
安住不二正法門　降伏一切諸外道
又願利樂諸有情　令貪瞋癡悉遠離
無明愛有等皆除　獲得無爲甘露法
又說如來清淨法　普皆利樂諸有情
令離生老病死等　及滅憂悲諸苦惱
又願說法利一切　天龍人等及非人
有想無想諸有情　自覺覺他咸恭敬
願我如住諸佛刹　普放光明照十方
於大黑闇熱惱中　作彼清涼甘露味
欲界色界無色界　皆令一切無所著
於憎愛境悉遠離　常說如來清淨法

舍利子時彼淨持童子既到佛已復以上妙華屣持以奉佛慇懃施已說伽陀曰

願我如佛衆中尊　如大舍宅爲救護
令諸有情離惡趣　復能演說真正道
世間所有諸愛欲　此名愚夫麤境界
一切有爲悉遠離　願佛出世常値遇

見佛光明照世間　於二足尊應供養
爲利一切諸有情　誓求無上菩提果
復以最勝香花等　種種幢旛及寶蓋
爲利一切諸有情　將持供養大覺尊
上妙衣服及飲食　牀褥卧具諸湯藥
爲利一切諸有情　持此供養於如來
又持鼓貝諸樂器　歌詠讚歎妙音聲
爲利一切諸有情　供養出世光明尊
又持珍妙諸飲饍　世間所有最上味
爲利一切諸有情　願將供養佛世尊
作是廣大供養已　於佛如來求出家
爲利一切諸有情　誓行一切清淨行
又願一切有情等　不生邪道幻惑中
悉令俱胝數有情　安隱皆住八正道
願我不生此欲界　極劣邊地訶猒處
遠離一切放逸已　常得親近不放逸
又願不生諸惡趣　常願生於信族中
生已當發最上心　願見如來常親近
見已發此清淨心　及以花鬘塗香等
衆鼓伎樂諸供養　當求勝解利一切
願於俱胝多劫中　常作廣大供養事
出家遠離諸欲境　當行一切清淨行
舍利子彼二童子於勝高如來應正等覺所以種種伎樂伽陀歌詠讚歎供養佛已即於地方所發清淨心以赤栴檀造立精舍縱廣四踰繕那高半踰繕那如是造已奉獻世尊復作是言唯願如來哀愍納受彼二童子於勝高如來應正等覺所勸請世尊説伽陀曰
願佛安住我精舍　過去諸佛所稱讚
我今發此淨施心　願佛哀愍親納受

若佛常住我精舍　了知俱胝有情數
過現未來三世心　願我當來亦如是
佛依精舍到彼岸　獲得正斷及神足
四種勝行各了知　我施精舍亦如是
唯願勝高如來佛　及與一切苾芻衆
受此精舍半月中　供養尊重常恭敬
我今於是如來所　親近恭敬供養已
發是信心求出家　剃除頂髮被法服
如是捨家出家已　於諸利樂徧希求
常當修作善相應　愛樂如是眞實法

時二童子說是伽陀已彼淨住童子白佛言世尊願我當來速成正覺放大光明如佛世尊等無有異時淨持童子又白佛言世尊願我當於險難惡道常爲導師舍利子時彼淨持童子於勝高如來前住立一面恭敬合掌又發誓言願我於佛法中無復坐卧常離睡眠爲利有情求無上道而常遠離一切懈怠寧以身命一切棄捨乃至筋皮血肉皆悉枯悴亦復遠離一切懈怠當發廣大勇猛精進求菩提道舍利子爾時淨住菩薩摩訶薩爲彼淨持菩薩摩訶薩說伽陀曰

我共汝發平等心　修行無上菩薩行
我今亦發精進力　爲利一切諸有情
遠離諸欲及身命　血肉枯乾無所辭
願於千劫盡修習　精進志樂菩提道
常思安住曠野中　及樂山間寂靜處
爲求無上大智慧　於法清淨得自在

舍利子時彼淨持菩薩於千歲中一彈指頃曾無睡眠及諸懈怠况復夢想又於千歲不求安坐除諸便利乃至一彈指頃亦不胡跪

何況坐卧時彼菩薩又千歲中食時持鉢游行乞食於彼施者亦不觀視是男是女童子童女化利有情心行平等却詣本住三觀世間然後乃食如是食已於非食時不生一念饑渴之想乃至不生甜酸鹹淡苦辣之想又千歲中於非食時亦不乞食時彼菩薩又千歲中住於樹下一心精進求菩提道亦不觀視是何等樹又於千歲所被法服未嘗暫時而有更換時彼菩薩又於千歲而於諸欲不起尋伺於諸損害亦復如是又於千歲於自父母兄弟姊妹及諸眷屬於日月等數不曾發起一念尋伺又於千歲於其舍宅曾無一念愛樂依止又千歲中於日月星宿等曾無一念起瞻視意又千歲中未嘗依止墻堵樹木而於中住又於千歲未曾以諸酥油塗身又千歲中於其自身乃至一念曾無懈怠又於千歲於其一念曾無疲倦又千歲中乃至酥油亦復不受唯樂一心精進求證阿耨多羅三藐三菩提故時彼菩薩又千歲中於其身心亦不懈倦又於千歲修精進行不起一念剃除鬚髮時四大天王來於頂上以手摩觸頂髮自落時四天王又持此髮於清淨地起窣堵波又千歲中四大天王知彼菩薩於善所作悉來成辦時彼菩薩又於千歲若值熱時亦復不樂於樹蔭中又於千歲若值寒時亦復不樂以衣覆身又於千歲亦復不共世間有情語言戲論復次舍利子時有魔王忽然出現名曰癡念時癡念魔王勑諸波旬爲彼淨住淨持二菩薩造作劒林及劒橋道已時彼魔王及魔波旬狂亂往來高聲唱言

我今造作此名劒林時彼魔王發是語時三千大千世界中上至魔宮下徹地界有百千俱胝魔王波旬諸天眷屬皆得聞知悉來集會共生恐怖欲相謀害舍利子時彼菩薩一心精進安住不動

佛說大乘菩薩藏正法經卷第二十八

音釋

頞胝迦梵語也此云水玉胝張尼切 瘖於禁切庇也 珂丘何切碼碯潔白如雪者 烏瑟膩沙梵語也此云佛頂膩女利切 燼徐刃切火餘也 顛頷顛慈消切頷秦醉切顛頷瘦瘠也 舐甚爾切餂也 嚙倪結切噬也 ⿰齒厓⿰齒來⿰齒厓五佳切齹⿰齒厓齒不正也⿰齒來卓皆切齹也 嗥胡刀切犬鳴也 甜徒兼切甘也 辢郎達切辛也

佛說大乘菩薩藏正法經卷第二十九 第三十同卷

宋西天三藏銀青光祿大夫試光祿卿慈覺傳梵大師賜紫沙門法護等奉詔譯

精進波羅蜜多品第九之五

復次舍利子爾時淨持菩薩摩訶薩於彼劒林橋道亦不經行心不隨順彼諸天魔作大惡聲於菩薩所恐怖嬈惱時淨持淨住二菩薩摩訶薩皆悉不聽又諸天子於虛空中讚如是言彼二菩薩具足能行如是正行如是大悲如是勇猛彼二菩薩於千歲中唯專想佛是時勝高如來化行已畢入般涅槃空中諸天見彼如來般涅槃後告言善男子彼勝高如來已般涅槃時二菩薩聞是語已即時往詣勝高如來般涅槃所安置牀座到已合掌恭敬住立一面以悲戀故憶念如來於七日中目不暫捨尊重讚歎時二菩薩勇猛精進行菩薩行利樂有情如負重擔亦於是時佛前住立如般涅槃上生梵世生梵天已復來詣彼勝高如來應等正覺窣堵波所於四萬歲中旋繞禮拜作諸供養又於七萬歲中持諸旛蓋供養恭敬復以上妙香花飲食供養塔廟彼二菩薩於梵天中盡其壽命而復下生閻浮提中於轉輪王勝族家生得宿命智既誕生已互相謂言應當修習不放逸行

是時菩薩說伽陀曰

我等生王勝族中　獲大神通免諸難
當願常行不放逸　親近無上菩提道
尊貴富饒諸欲樂　是法速朽不可信
智者應當悉了知　希求最上大菩提
若人求是菩提道　應捨富饒諸欲樂

爲利有情求出家　修持最上清淨行
我於往昔無量劫　與諸有情多貪求
於五欲樂猛熾然　謂言受用常無足
我今覺悟諸欲樂　尊貴富饒及眷屬
悉能棄捨誓出家　精進爲求菩提道
我昔俱時十六歲　捨家出家求出離
剃除鬚髮被法服　於千歲中行梵行
又於是時俱入滅　而復往生梵世天
於其梵世復捨壽　生此閻浮勝族中

復次舍利子彼時復有佛出名號最上勇猛如來應供正徧知明行足善逝世間解無上士調御丈夫天人師佛世尊彼二菩薩詣彼佛所親近供養尊重讃歎發淨信心捨家出家剃除頂髮而被法服於俱胝劫修行梵行舍利子彼二菩薩於無量世時已曾值遇百千諸佛親近供養於一一佛所具修梵行尊重讃歎恭敬供養舍利子時淨持菩薩過是已後先成阿耨多羅三藐三菩提號曰勇猛精進如來應供正徧知明行足善逝世間解無上士調御丈夫天人師佛世尊其佛住世九十俱胝歲彼佛有九十俱胝那踰多大聲聞衆悉來集會舍利子彼時淨住菩薩於彼勇猛精進如來世時作轉輪聖王於彼佛所尊重讃歎復以上妙衣服飲食卧具醫藥種種供養於三月中供養彼佛及苾芻衆舍利子時彼轉輪聖王作供養已彼勇猛精進如來應正等覺欲令轉輪聖王生大覺悟説伽陀曰

若行最上精進行　一切佛法樂希求
若諸有情躭欲樂　一切義利極難得

若於欲樂不遠離　損自利故及損他
於此應當悉棄捨　而求最上諸佛法
我今令汝亦復然　往昔眷屬皆棄捨
及發無邊大誓願　速求成就菩提果
汝見我已成佛道　鹿野苑中轉法輪
若於諸欲生愛著　不能速成大菩提
諸佛皆説離諸欲　於放逸法不復生
智者於此善信隨　即能遠離諸業障
汝於惡慧持重擔　無義利法何安住
若於諸欲不覺悟　佛説皆爲諸苦因

爾時世尊説是伽陀已時轉輪聖王生大覺
悟於諸世間國城妻子父母眷屬臣佐僕從
諸小國邑一切吏民財寶庫藏悉皆棄捨住
立佛前説伽陀曰

假使身肉皆枯竭　至於殞滅曠野中
誓捨國邑諸宮殿　希求最上佛菩提
又復發起大精進　利樂一切諸有情
於大曠野遼迥處　捨家出家樂修行
永願棄捨諸欲樂　遠離罪業及癡迷
若於諸染及執著　應當棄背菩提道
所有諸欲及王位　一切誓將皆棄捨
我於世尊教法中　願樂出家行正行
智者遠離諸欲境　於菩提道志修行
應發精進勇猛心　若躭雜染背佛道
我今於彼諸欲境　王位欲樂已棄捐
勤於佛法求出離　精進願速成菩提

時轉輪聖王説是伽陀已即於彼佛親近供
養發大信敬捨家出家剃除鬚髮而被法服
王出家已彼時復有六十百千倶胝那踰多
人亦復發大信敬捨家出家彼勇猛精進如

來化行已畢復於是時入般涅槃時轉輪聖王見佛滅度悲感懊惱收取舍利作供養已亦復命終上生兜率陀天彼天没已而復下生閻浮提中於彼時分乃得成佛號曰善行如來應供正徧知明行足善逝世間解無上士調御丈夫天人師佛世尊彼佛住世一俱胝歲復有俱胝那踰多大聲聞衆皆來集會皆是大阿羅漢諸漏已盡無復煩惱逮得已利心得自在到於彼岸復有十萬菩薩摩訶薩衆得不退轉住不退地誓求阿耨多羅三藐三菩提乃至彼佛説法教化無量阿僧祇有情作善利已而般涅槃彼佛滅度正法住世滿一劫已然後分布其佛舍利供養恭敬如我滅後分布舍利等無有異舍利子彼淨住菩薩摩訶薩於菩薩精進波羅蜜多之行而常隨學然無懈倦由於往昔依止一類造作實鑠有情而住起嫉妬故舍利子若菩薩摩訶薩求菩提道時於他種族發起嫉妬應知彼時有三種怖何等爲三一者於非理處而行乞食二者不應語言而共語言三者見餘苾芻而生嫉妬如是等處一向增長嫉妬過失以是因緣於地獄道如已舍宅如是於彼行精進者猶若盲人於諸險難邊地邪見之所受生爲彼攝受舍利子又見餘苾芻心生忿怒亦不顧視起嫉妬心令他忿諍作極惡相出麤獷言以是因緣墮地獄道如已舍宅於彼受生建立種子縱得人身生諸險難邊地邪見爲彼攝受心無慈愍樂多損害於他諂曲樂多隨順舍利子時彼菩薩摩訶薩於他種族生嫉妬時應當思念如是三種怖

畏如是言已尊者舍利子白佛言希有世尊菩薩摩訶薩乃能聽聞如來如是行相於彼種族不生嫉妬得大善利而得出離又舍利子言善哉世尊我等諸聲聞衆亦願聞是法要云何於彼種族不生嫉妬而得出離於地獄道及諸生盲險難惡道皆得解脱佛告舍利子無因緣故且止是事舍利子言我等云何離諸誹謗不生邪見常生中國見聞佛法修聲聞行如是語已佛告舍利子善哉善哉汝能問於如來如是法義舍利子若諸有情樂習世間外道典籍不應爲說若於佛法恭敬信解志樂修學即當爲説何以故舍利子若於世俗外道典籍而不遠離我則說爲鬬諍根本是佛法難舍利子若菩薩摩訶薩堅固信解不生放逸於長夜中尋伺觀察於諸有情心生救護乃能往詣如來諮問法義聞是法已歡喜愛樂如說修行復次舍利子若諸有情劣弱精進而求涅槃者不惟難得亦復轉增三種過失所謂利養尊重名稱而復樂於朋友種族及諸眷屬爲自資養而常貪求作不義利由此三事而追求故於三惡道不能解脱以是劣弱精進故墮於地獄餓鬼畜生焰魔羅界障生天道又復於餓鬼趣中常生鬬諍舍利子彼諸有情於諸善法不肯信受而常親近諸惡朋友於寂靜處不樂本住而復樂住諸白衣舍聞諸長者發如是言若此安住我願供給飲食衣服卧具醫藥親近供養是時苾芻與彼長者互相謂言若住曠野誰復親近我今於彼愛樂恭敬苾芻因是深生貪著住白衣舍既久住已與諸種族

及彼眷屬互生貪愛忽有苾芻遠方而來詣彼族中時舊住苾芻以貪著故而生嫉妬謂彼言曰我本清淨亦復多聞自謂我是須陀洹斯陀含阿那含阿羅漢果發生如是虛妄諂曲諸惡語言復次舍利子時餘苾芻亦作是言我今於此白衣舍中不求久住彼舊住苾芻互相憎嫉作不義利舍利子復有一類於大乘法出惡語言互相諍競於諸契經如實行相互相毀謗復次舍利子於佛如來所說契經聲名句文如是正法暫時聽已得勝解者於彼有情復生毀謗如是行相決定墮於惡趣之中舍利子又復於彼不退轉精進菩薩摩訶薩而生憎嫉如是行相亦墮惡趣爾時舍利子及諸有情聞此說已於諸善作不生嫉妬舍利子如是菩薩摩訶薩於精進波羅蜜多行不退轉精進行時於諸有情生救度想一切有情爲三種病常所燒煑何等爲三謂貪瞋癡我當於彼有情以佛正法積集和合爲大良藥治諸有情此貪瞋癡諸熱惱病我說是名菩薩摩訶薩行不退轉精進波羅蜜多之行又舍利子一切有情常生熱惱何以故謂三毒病無時增長若生天上及在人中乃至地獄餓鬼畜生焰魔羅界咸悉爲其貪瞋癡毒之所燒煑菩薩摩訶薩見彼有情熱惱所苦發救度想又復思惟彼三種病世間藥餌無能醫療云何除滅是三種病唯佛如來獲大法身爲大醫王救療一切有情三毒熱惱重病諸菩薩摩訶薩亦復如是身爲法藥爲大醫王悉能救療一切有情三毒熱惱皆令除滅舍利子若彼世間種種醫

藥於三毒病終不能療唯是如來及大菩薩爲大醫王施大法藥於諸有情三毒熱惱皆能息除舍利子白佛言世尊如我善解如來所説諸有情界於意云何非如地水火風空界唯有情界無量無邊佛告舍利子如是如是如汝所説舍利子彼諸有情衆同分界亦非聲聞緣覺之所能見唯佛天眼悉能徧照舍利子所有三千大千世界天人阿脩羅乃至無量無邊卵胎濕化有色無色有想無想非有想非無想如是建立諸有情界盡佛天眼所能照處或一刹那一臘縛一牟呼栗多於此時分不獲人身今乃方得舍利子如是人等設使皆如活命醫王善治衆病欲療一人貪瞋癡毒諸熱惱病終不能得又復而能和合種種最大良藥量高須彌欲差一人貪瞋癡病亦不能得正使皆如活命醫王各住世間壽命一劫擣篩和合諸大良藥量過須彌皆悉疲極於其一人貪瞋癡病欲差少分尚不能得舍利子唯是如來具足方便清淨法藥與三毒病隨所相應若諸有情貪熱惱病如來爲説不淨觀法和合爲藥能療如是無量百千俱胝那踰多阿僧祇乃至不可説不可記數有情所有貪熱惱病皆悉除愈又諸有情瞋熱惱病如來爲説大慈之法和合爲藥能療如是無量乃至不可説不可記數有情瞋熱惱病皆悉除愈又諸有情癡熱惱病如來又説諸緣生法和合爲藥能療如是無量乃至不可説不可記數有情癡熱惱病皆悉除愈以此譬喻應當了知菩薩摩訶薩能以如來如是法藥救療無量無邊乃至不

可説不可記數有情三毒熱惱皆悉除滅即是成就如來法身舍利子如是住法身菩薩摩訶薩復以法身加持力故令無量無邊乃至不可説不可記數有情三毒熱惱皆悉除滅不復更生皆悉除滅不復更生佛言舍利子我於往昔無量無邊阿僧祇劫於如是法皆悉了知復於彼時有佛出世號曰燃燈如來應供正等正覺彼佛如來與我授記汝過無量阿僧祇劫得成爲佛號曰釋迦牟尼如來應供正等正覺

佛説大乘菩薩藏正法經卷第二十九

佛說大乘菩薩藏正法經卷第三十

宋西天三藏銀青光祿大夫試光祿卿慈覺傳梵大師賜紫沙門法護等奉　詔譯

精進波羅蜜多品第九之六

復次舍利子我於燃燈如來應供正等正覺所獲得具足法身生三十三天號光明天子爲爍迦羅主有大威德具大神通名稱普聞自在無礙復於彼時閻浮提洲有八萬四千大城復有衆多城邑聚落彼諸聚落有百千俱胝那庾多諸有情類充滿其中又於彼時疾疫劫起惡業有情病緣成熟疥癩癰疽體生瘡癬風黃痰癃積集其身彼時復有百千醫王和合良藥治諸有情疾病除愈復次舍利子時彼有情無歸無救未得愈者高聲唱言若天龍夜叉乾闥婆羅刹娑人非人等耶能令我病一切苦惱得解脫耶一切財物悉能捨施願爲奴僕隨意所作供給走使舍利子彼無見者我以天眼清淨出過於人諸有疾病疥癩癰疽體生瘡癬風黃痰癃寒熱等病積集成熟充滿其身乃能見故無有聞者彼諸有情高聲唱言我以彼天耳界清淨出過於人乃能聞故於彼有情起大悲心極生憐愍我發是念於無歸者爲作歸依於無救者爲作救護於未愈者爲令除愈當獲安樂舍利子我於彼時隱爍迦羅形去俱盧大城不遠忽然化生成有情相名曰蘇牟復往空中爲閻浮提諸疾病者說伽陀曰

於彼俱盧城不遠　化有情相名蘇牟
彼若來食肢分者　一切疾病皆除愈
汝諸有情勿驚怖　如是食者生歡喜
彼無嫌恨瞋已除　此閻浮洲大良藥

舍利子此八萬四千大城郡邑聚落於其中間一切有情聞是聲巳即時奔詣俱盧大城到蘇牟所取彼身肢少分而食然其身肢都無損減是時蘇牟說伽陁曰

由菩提道實不虛　獲得無盡智慧蘊
彼言眞實不欺誑　今我身肢亦無盡

舍利子時閻浮提洲諸有病者集蘇牟所取以身肢少分而食由無盡智如是斷巳斷巳復生然於肢體旋復生巳無損減故復次舍利子諸有病者於蘇牟所食肢分時諸病除愈安隱快樂得無疾報如是滿閻浮提洲諸有病者皆悉除愈安隱快樂得無疾報爾時閻浮提洲諸有情類若男若女童子童女咸發是言如我惟忖今食蘇牟疾病除愈安隱快樂我等應當親近供養一時集會詣蘇牟所衆共圍繞說伽陁曰

能於我等作歸救　汝是醫王及良藥
我等今時何所爲　願施供養無有悋

舍利子我於是時知此有情得安隱巳現大爍迦羅形住衆人前而作是言我今不用王城國土郡邑聚落舍宅財物金銀瑠璃硨磲瑪瑙珊瑚琥珀諸妙珍寶象馬牛羊輦轝車乘男子女人童子童女奴婢僕從飲食衣服牀敷卧具湯藥資緣園林池沼如是翫好悉不復用我唯教汝當斷殺生永不復作當斷偷盜永不復作當斷邪欲永不復作當斷妄語永不復作當斷兩舌永不復作當斷綺語永不復作以要言之當斷惡口貪瞋邪見永不復作時彼大爍迦羅爲諸人等說伽陁曰

多俱胝數諸財寶　分量猶如須彌山

飲食衣服妙天女　如是等施皆不用
汝若作是諸供養　不如修習十善道
各各共起慈悲心　於一切時常守護
菩薩不樂於財利　唯能護持十善業
汝等若能共修行　我說此名真供養
飲食衣服及卧具　象馬車乘諸珍寶
如是乃至妙天女　一切我今皆不受
汝今聽我誠實語　應修清淨十善道
互相發起慈悲心　於一切處常守護
若能攝受如是法　十善業道常清淨

說是伽陀已告舍利子言我於彼時於大衆中宣說法要清淨無雜示教利喜說是法已隱身不現時閻浮提洲男子女人童男童女食蘇年者乃至命終無有一人墮於惡趣一時皆得生於三十三天於妙衆中受諸快樂舍利子彼諸人衆生彼天中聞是法已示教利喜於彼三乘得決定解所謂聲聞乘緣覺乘無上一切智乘於彼天中或復當入涅槃未入涅槃現入涅槃佛言舍利子汝觀菩薩摩訶薩安住法身云何名爲得大神通具大威德名稱普聞我於彼時唯我一人能捨身命成熟一切有情三乘涅槃如是言已尊者舍利子白佛言世尊云何名爲菩薩摩訶薩具足法身佛言舍利子菩薩摩訶薩法身堅固猶如金剛無破壞相殊妙真實不生不滅不能燒物不能壞又復堅固猶如金剛無破又復法身爲度有情不惜軀命以是緣故火壞相舍利子菩薩摩訶薩行不退轉精進波羅蜜多行時如是安住具足法身成熟有情不惜軀命亦無言說分别徧計又知此身猶

如虚空離種種相身離相故隨能入解一切諸法離種種相由離相故亦不分別是身是法若於相中身既離相於一切法亦復如是若能自身離一種相即能入解一切有情身離相故一切有情身離相故即能入解法界離相法界離相故於一切法離相應如是學乃至極微細法皆不可得由彼自身眞如即能隨解一切有情身眞如由彼一切有情身眞如即能隨解自身眞如由自身眞如即能隨解一切法眞如由一切法眞如即能隨解自身眞如由自身眞如亦能通解一切佛眞如由一切佛眞如即能通解自身眞如由自身眞如亦能隨解過去未來現在眞如由過去未來現在眞如即能隨解自身眞如又過去眞如與未來眞如而無相違過去眞如與現在眞如亦無相違現在眞如與過去眞如而無相違未來眞如與過去眞如亦無相違又過去眞如與未來眞如而無相違未來眞如與現在眞如亦無相違現在眞如與未來眞如而無相違未來眞如與現在眞如亦無相違由現在眞如與過去眞如而無相違由過去眞如與現在眞如亦無相違又過去眞如與未來現在眞如亦復如是又彼蘊處界眞如此蘊處界眞如彼染淨眞如此染淨眞如彼涅槃輪迴眞如此涅槃輪迴眞如彼行眞如此行眞如一切行眞如亦復如是復次舍利子如所説故無別異故非遠離故非影像故乃至眞如無少分相何以故眞如無相彼説即如來相如是攝受因果眞如彼説亦如來相彼菩薩見如是諸相無所造作即如

來相見非違諍一切色相彼無所動即如來相非眞如智於如來身何可觀察於如來身平等觀察即自身平等由自身平等觀察即一切身非身平等由一切身非身平等觀察即於是身而能觀察是故了知一切身相皆緣生故於此知已法身決定不可破壞於諸法身亦復如是彼得如是法身而能了別非蘊處界於諸有情見聞覺知乃可化度作諸義利舍利子譬如活命醫王積集和合諸大良藥施衆病者造作童女色相殊妙猶如最上清淨池沼具足莊嚴極妙安住時非時分行住坐卧復能作彼勝妙事業復於是時最上最勝大種豪族長者居士皆來見彼造藥童女時活命醫王普能施與如是觸已諸有病者快樂輕安得無病惱舍利子應知唯一活命醫王能令有情疾病除愈餘諸醫師不能有故舍利子了知法身菩薩摩訶薩亦復如是乃至有情男子女人童男童女爲貪瞋癡之所燒煮於彼有情身徧觸已是諸疾病皆悉除愈而得遠離一切熱惱如是菩薩往昔願力得清淨故復次舍利子菩薩摩訶薩不爲資身財物飲食等事然於法身一切取捨無不通達而或憐愍有情攝受飲食於其身命亦不棄捨於法身力亦不取捨亦不損減復次舍利子菩薩摩訶薩然於法身無生無滅由能示現有生滅故又能成熟有情於諸行法了知生滅又知諸法亦無合集生處滅處悉皆了知於彼法身法食法力常依止法心無所表是名往昔願力成熟有情不退轉精進波羅蜜多爾時世尊重明此義說伽

陀曰

令乃得成金剛身　不壞不散佛知故
刀不能傷火不焚　度有情時豈超越
度脫有情猛火害　若獲最上清涼藥
如是有情知見已　復如得食諸飲饍
乃至法界無分別　唯一法身無餘身
無人無我無儒童　了達諸法緣生故
觀察如能行苦行　息滅緣故斷苦緣
色蘊非堅水上泡　受蘊如同於聚沫
想如渴愛炎時現　觀行芭蕉中不實
復如幻化諸伎藝　種種刹那俱離相
諸有智者所施願　了識造作不堅實
所生資具如電光　亦如高山流瀑水
財欲又復同影像　迅速猛於弓箭勢
了知變易若浮雲　諸有智者無所樂
不於三界天人所　受用飲食諸妙樂
後墮地獄極苦中　見已不樂於天趣
彼無依止如傍類　是人依止離生死
菩薩當獲大法身　設復成壞無生滅

復次舍利子菩薩摩訶薩行不退轉精進波羅蜜多行時當如是學世間諸不善法皆悉充滿彼對治法亦復如是而不了知如世有情具三大病謂貪大病瞋大病癡大病皆不了知彼諸有情三種大病三大良藥亦復不知何等爲三貪大病者以不淨觀爲大良藥瞋大病者以慈悲觀爲大良藥癡大病者以緣起觀爲大良藥皆不了知設有醫王醫餘疾病雖暫除愈而非究竟於一切病不能除愈諸有智者不應如是隨順修學於佛世尊所對治法應當修學爲大醫王通達無上一

切善法令諸疾病淨盡除愈是爲究竟於餘世間所習醫王乃至少分不應隨學應當積集擣篩和合最上法藥若聞聲已彼貪大病彼瞋大病彼癡大病皆悉除愈舍利子是名菩薩摩訶薩行不退轉精進波羅蜜多行時如是積集擣篩和合大法良藥彼諸聲聞緣覺悉不能有唯如來無上應供正等正覺爲大醫王集諸善根擣篩和合爲大法藥吹大法螺出深妙聲普徧三千大千世界使得聞知能令無量無邊百千俱胝那庾多矜羯羅以要言之乃至不可說不可說諸有情類此貪瞋癡三種大病皆悉除愈舍利子譬如雪山林中有大藥樹王名離諸毒能令百庾繕那所住有情聞彼香者悉除諸毒舍利子以離諸毒大藥樹王塗之螺鼓吹擊其聲若諸有情設有蟲毒藥毒氣毒及一切毒聞是聲已悉除諸毒舍利子此離諸毒大藥樹王一切醫師悉不能知唯活命醫王獨能知解舍利子於菩薩摩訶薩大正法藥而能積集擣篩和合聲聞緣覺亦不能有唯如來能有是故通達一切善法爲大醫王能令一切有情諸病除愈於此法藥而能積集擣篩和合吹大法螺出深妙聲普徧三千大千世界使得聞知能令無量無邊百千俱胝那庾多矜羯羅以要言之乃至不可說不可說諸有情類聞是聲已彼貪瞋癡皆悉除滅云何菩薩摩訶薩積集法財於何等處而爲施用若菩薩摩訶薩施用法財唯於菩薩藏正法而爲積集舍利子菩薩摩訶薩行不退轉精進波羅蜜多行時於菩薩藏正法受持讀誦解說其

義若自書若使人書乃至廣爲人說應如是學復次舍利子乃往過去如是展轉廣大不可思議阿僧祇劫於彼時分者佛名蓮華超勝如來多陀阿伽度阿羅訶三藐三佛陀彼佛有八十俱胝大聲聞衆俱來集會皆阿羅漢諸漏已盡無復煩惱心得自在到於彼岸彼佛壽量具八萬歲正法住世具五百歲像法亦爾彼蓮華超勝如來般涅槃後所有舍利如我滅後等無有異舍利子時蓮華超勝如來般涅槃已於百歲後有一菩薩從他方没來生王家爾時爲母發如是言我今何緣於此非法種族中生我今亦依彼正法行而修行之由是緣故名正法行

佛說大乘菩薩藏正法經卷第三十

音釋

窣覩波 梵語也此云高顯窣蘇骨切　懊 烏皓切恨也　鏁 蘇果切與鎖同　獷 古猛切惡也　餌 忍止切食也　篩 山皆切除麤取細也　爍 式灼切　疥 音戒疥瘡也　癩 落蓋切惡疾也　癰 於容切　疽 七余切　癬 息淺切　痰 徒甘切

佛說大乘菩薩藏正法經卷第三十一 第三十二

同卷

宋西天三藏銀青光祿大夫試光祿卿慈覺傳梵大師賜紫沙門法護等奉　詔譯

精進波羅蜜多品第九之七

爾時舍利子彼正法行童子爲成熟善根故於二十歲發生淨信捨家出家成苾芻相受具足戒住阿蘭若大樹林中而爲宴坐於虛空中有諸賢聖潛來教示如是義利語苾芻言汝於菩薩藏正法得不退轉精進之行有大名稱當得作佛時彼苾芻於賢聖所聞是語已生大歡喜得未曾有乃於城邑聚落國土王宮在在處處一切人民如是尋求菩薩藏正法又復往詣僧伽藍中恭敬禮問苾芻苾芻尼衆云何名爲菩薩藏正法菩薩於阿闍棃及佛法中復何承事親近修學我今欲於諸尊者所尋求菩薩藏正法若名若字而來聽受彼苾芻等答如是言非我所知又竊作是念彼賢聖言應無虛妄我於菩薩藏正法未曾聽受於不退精進復何修行轉復問言具壽尊者彼蓮華超勝如來住何方所願賜開示答言苾芻蓮華超勝如來住是方所即時往詣所示方所到已右繞三帀頭面禮足住立佛前發如是言我今於此結加趺坐於蓮華超勝如來不得聞是菩薩藏正法於是方所誓不起立舍利子此苾芻七晝夜中於地方所不退精進如是堅固過七晝夜以佛神力乃見東方世界寶藏如來應供正等正覺聞彼開演八種法門此八種法門能於菩薩藏正法隨順修學時彼苾芻具足聞是不可思議八種法門無有過上即於方所從

坐而起亦能於菩薩藏正法開演不退轉精進之行復於城邑聚落國土王宮滿六十年教化無量俱胝天人令住三乘時彼苾芻臨命終時作是願言生諸佛剎人同分中於彼没已生閻浮提洲長者族中如是生已乃發是言行正法行以是因緣同彼往昔名正法行發生淨信捨家出家成苾芻相受具足戒出家未久復於菩薩藏正法現前安住於六萬歲城邑聚落國土王宮及能開演菩薩藏正法之行教化無量俱胝天人成熟三乘所謂聲聞乘緣覺乘無上大乘臨命終時復發誓言由彼願力於閻浮提洲得獲人身王族中生剎那生已於虛空中賢聖告言汝有情界超越諸法以是緣故立彼名字爲超越諸法成熟有情於二十年中發生正信捨家出家爲苾芻相受具足戒超越諸法正念緣力於菩薩藏正法現前安住舍利子此超越諸法苾芻於菩薩藏正法斷諸疑惑於城邑聚落國土王宮復能開演滿六萬歲過是數已令無量俱胝天人阿脩羅等發阿耨多羅三藐三菩提心臨命終時復發願言得獲人身於閻浮提洲大婆羅長者種族中生剎那生已空中有聲賢聖告言汝有情界得獲正念以是緣故立彼名字爲得正念成熟有情於二十年中發生正信捨家出家成苾芻相受具足戒由彼往昔如實思念最上最勝成就多聞六十年中說法教化於城邑聚落國土王宮令諸有情於菩薩藏正法復能開演斷諸疑惑又過是數教化四俱胝天人阿脩羅等成熟三乘所謂聲聞乘緣覺乘無上智佛

乘舍利子此正法行苾芻發是願已即時命終生於往昔彼地方所寶藏如來佛刹之中舍利子彼菩薩摩訶薩令六十俱胝天人阿脩羅等成熟三乘悉得圓滿舍利子彼菩薩摩訶薩中無間隔於寶藏如來佛刹之中得不思議最上最勝多聞具足於彼命終即時得生蓮華超勝如來世界王族之中往昔教化六十俱胝天人阿脩羅等悉同生彼而爲眷屬復於彼時有佛出世號最上行如來應供正等正覺彼佛具足壽量八十俱胝歲彼國人民壽命亦等彼佛有八十俱胝大聲聞衆俱來集會皆阿羅漢一一聲聞各有八十俱胝大聲聞衆皆是清淨大阿羅漢復於彼時名勇猛受王童子多聞成就智慧明達舍利子時彼童子與自眷屬八十俱胝同時往

詣最上行如來應供正等正覺所到已頭面禮足圍繞世尊却住一面時最上行如來知彼童子往昔因緣心之所念而爲說法爾時世尊告舍利子言彼勇猛受王童子得聞如是往昔相應所修之行生大歡喜與自眷屬八十俱胝同發淨信捨家出家成苾芻梠受具足戒盡其形壽常修梵行求菩提道時最上行如來告諸大衆此勇猛受王菩薩摩訶薩我滅度後次當作佛出現世間號大精進如來應供正等正覺彼最上行如來般涅槃後所有舍利作供養已受持正法然後得成阿耨多羅三藐三菩提果舍利子彼大精進如來壽量半劫有無量大聲聞衆一一復有二十那踰多皆是清淨大阿羅漢俱來集會舍利子此不退轉精進菩薩摩訶薩行精進

波羅蜜多行時於菩薩藏正法聞已次第受持讀誦爲他人説乃至生彼大精進如來世界之中舍利子若善男子善女人安住大乘速疾得成阿耨多羅三藐三菩提不退精進行時於菩薩藏正法決定聽聞受持讀誦乃至廣爲人説何以故舍利子此諸菩薩摩訶薩唯能於菩薩藏正法如是進求不退轉精進之行舍利子是名菩薩摩訶薩精進波羅蜜多

禪定波羅蜜多品第十之一

復次舍利子云何菩薩摩訶薩修行進趣菩薩禪定波羅蜜多之行舍利子菩薩摩訶薩應先遠離染欲過失諸不善法於彼尋伺發生喜樂是名入解初禪定行舍利子菩薩摩訶薩次當遠離尋伺於内引生清淨潔白心一境性於彼等持發生喜樂是名入解二禪定行舍利子菩薩摩訶薩次當捨離貪愛行念正知唯妙樂受身雖正知如彼聖人觀察捨念離喜妙樂行故是名入解三禪定行舍利子菩薩摩訶薩次當如是先斷苦樂適悅煩惱無苦無樂捨念清淨是名入解四禪定行彼如實得圓滿清淨純一無雜正等引心無餘支分及隨煩惱不離等持而能作彼禪定事業而復圓滿五種神通及彼智業云何名爲五種神通一者天眼二者天耳三者他心四者宿住五者神境此説名爲五種神通又復云何菩薩於彼天眼乃至神境而能圓滿最上正行神通智業舍利子此菩薩如實定住正等引心圓滿清淨純一無雜及隨煩惱於諸有情心無所欲而能發起神境等通

此說名爲神通智業又天眼清淨出過於人而能觀察諸有情等初生退沒好醜等相善趣惡趣勝妙下劣乃至知諸有情業行差別身語意中具足惡行起彼邪見誹謗聖賢而復積集邪見業因身謝命終墮於惡趣那落迦中又復知彼諸有情等身語意中具足善行起彼正見稱讚聖賢而復積集正見業因身謝命終生於善趣或生天界舍利子以清淨天眼出過於人於諸有情積集惡業悉能了知舍利子此菩薩摩訶薩清淨天眼於諸有情而爲最勝色相明了悉無障礙一切天龍夜叉乾闥婆阿脩羅有學無學大阿羅漢辟支佛衆悉勝於彼最上最勝最極明了無有過上又此天眼於彼一切出離道中最勝出離而諸菩薩有是天眼於十方世界無量有情若麤若細若勝若劣若遠若近而此天眼諸有色相於彼了知悉無對礙又此天眼見色究竟除無色界所有十方世界無量有情若生若滅及彼業因一切根因若增若減若勝若劣悉能了知又彼所有十方世界諸佛刹土功德莊嚴一切悉見清淨戒蘊安住成就勝妙果報亦皆了知又彼清淨天眼出過於人諸佛世尊及菩薩衆一切悉見及彼正士正念正知通達境界威儀道行及解脫法得總持門安住智慧善巧方便而能入解一切圓滿彼眼無礙諸色無見彼眼無著諸色無染彼眼解脫謂離諸見彼眼清淨自體光潔眼無依止離諸境界眼無所取離諸煩惱眼無翳障離諸疑惑眼不起念離對礙法眼得光明照燭諸法眼隨智慧離識境界彼

眼無著離難調伏及彼癡冥一切煩惱眼能決擇諸根幻化又復眼相彼無能勝於諸有情平等觀矚彼眼清淨離雜思惟彼眼無垢體性光瑩又彼天眼隨其心意而能現前成熟佛眼眼無貪瞋離諸違順又彼天眼於義境界修行法式如實相應又於有情安住大悲又彼天眼來求功者而無不與見破戒者亦無瞋怒於墮落者而常守護於懈怠者而常勤策為散亂者現禪定分為惡慧者示正慧眼為邪道者開悟正道劣勝解者導以最上佛之知見又彼天眼於一切智智最上神通於菩提道專注一境決定現前舍利子此名菩薩摩訶薩而能圓滿彼天眼通及智事業復次舍利子云何名菩薩摩訶薩得天耳通及能圓滿最上正行神通智業舍利子此菩薩摩訶薩天耳清淨出過於人能聞十方無量世界人非人聲所謂天聲龍聲夜叉聲乾闥婆聲阿脩羅聲蘖嚕拏聲緊那羅聲摩睺羅伽聲人非人聲聖人聲聲聞聲緣覺聲菩薩聲佛聲是名諸菩薩摩訶薩天耳清淨又復得聞諸罪業聲地獄聲傍生聲焰魔羅界聲乃至微細邊際蝴蝶蜂蠆蚊蚋等聲及諸有情所發語業或攀緣心善不善等一切了知所發語業善不善根彼因及果悉皆了知若語業貪隨染愛所表若語業瞋隨惡罵所表又語業癡亦隨貪瞋所表皆能了知即語業癡亦隨惡罵所表若語業唯惡罵所表即瞋隨惡罵所表彼語業癡亦即隨癡冥所表悉能了知又天耳通智如實了知發生善巧破彼語業隨順清淨由能對破語業清淨

即能對破一切貪瞋癡等悉令清淨又彼天
耳於聖人非聖人聲悉聽聞如是聽已於聖
人聲不生住著於非聖人聲不著對破又於
聖人聲獲得大慈於非聖人聲發起大悲於
一切聲無前後際以決定智如實了知又彼
天耳於十方無餘一切世界得聞如是諸佛
世尊所說妙法聞已念彼所度根器不生癡
寘一切攝受亦無失念如彼有情根器入解
了知諸法平等一味又復不於一佛二佛所
說之法得聽聞已不作互相障礙差別事相

佛說大乘菩薩藏正法經卷第三十一

佛說大乘菩薩藏正法經卷第三十二

宋西天三藏銀青光祿大夫試光祿卿慈覺傳梵大師賜紫沙門法護等奉 詔譯

禪定波羅蜜多品第十之二

復次舍利子諸佛世尊說彼徃昔任持之行由今善根聽聞聲故於時非時分中獲彼所說若衆會時或說法時及非時說而別解行聽已能說又說法時或衆會時或一苾芻爲彼說法如實記莂於佗損害而不爲說又不如實記莂擇彼相應義理善巧方便攝受於佗以自心清淨潔白而爲彼說若於色相等聲決定聽聞而生歡喜彼如色相等聲爲令聽聞決定歡喜又若處衆說法以天耳識加持彼聲令諸有情而能解了然彼有情聽聞是法或能解了又若有情聽聞是法或未解了彼於是處得法界清淨即耳界智界亦得清淨我以耳界既獲清淨而此有情亦獲清淨於彼耳界得善出離如其所說文字義理及諸有情巧妙言辭令五趣有情聞說法聲悉令悟入又能於此天耳界中而得成就如來天耳復於此中無雜亂意此說名爲菩薩摩訶薩得天耳通智業圓滿復次舍利子云何菩薩摩訶薩佗心智通及彼正行智業圓滿舍利子此菩薩摩訶薩於十方無餘一切世界諸有情類徃昔邊際心能了知及彼現在心亦了知又復過去有情心智麤因細因種種心智皆能了知或此有情最上心因或此有情中分心因或此有情最下心因又此有情根性以布施相應此有情根性以淨戒相應此有情根性以忍辱相應此有情根性以精進相應此有情根性以禪定相應此有

情根性以勝慧相應又此有情根性以大慈爲因此有情根性以大悲爲因此有情根性以大喜爲因此有情根性以大捨爲因又此有情根性以大乘爲因此有情根性以緣覺乘爲因此有情根性以聲聞乘爲因又此有情諸善因力具足成就又此有情諸善緣力具足成就若復有情不善因緣力成就故即此有情以彼因緣力相應生下劣種族若復有情善因緣力成就具足即此有情以彼因緣力相應生高貴種族或復有情意中清淨非工巧清淨若或有情工巧清淨非意中清淨若或有情工巧清淨亦意中清淨若或有情非意中清淨亦非工巧清淨舍利子此諸有情往昔根因心所行智如我相應説法之智此説名爲菩薩摩訶薩佗心智力又復入

解佗心智力而此有情行布施因於未來世得布施果又此有情行淨戒因於未來世得淨戒果又此有情行忍辱因於未來世得忍辱果又此有情行精進因於未來世得精進果又此有情行禪定因於未來世得禪定果又此有情行勝慧因於未來世得勝慧果又此有情行大乘因於未來世得大乘果又此有情行緣覺因於未來世得緣覺果又此有情行聲聞因於未來世得聲聞果又此有情行世間因於未來世得世間果舍利子若此因緣若彼因緣於未來世此諸有情得是根性如實了知於彼有情而能成熟不生厭倦乃至以智了解是心根本若正法器説此正法又於説法復何所得爲令不作餘法餘業若諸有情現在世中於諸法行廣大尋伺然

彼一切皆如實知又彼著貪心即如實了知彼著貪心彼離貪心亦如實知彼離貪心彼著瞋心如實了知彼著瞋心彼離瞋心亦如實知彼離瞋心彼著癡心如實了知彼著癡心彼離癡心亦如實知彼離癡心若此若彼有情雜染及障礙心一切皆能如實了知如實知已而爲説法欲令彼彼出離煩惱若復往詣衆中如是觀察一切衆會若彼若此於諸有情遍觀察已而爲説法舍利子此諸有情前際後際彼根性智一切了知而菩薩摩訶薩自心無所住著及彼佗心亦無所住何以故此菩薩摩訶薩由智了故心無所住由念了故心無所住由慧了故心無所住由趣向了故心無所住由勝慧了故心無所住由覺了故心無所住由斷習氣及諸隨眠生澀煩惱離垢光潔無諸過失於一切法分明了解於一切有情心行差别極能入解心無所住舍利子於如是行相入解有情心智此説是名菩薩摩訶薩得佗心通智業圓滿復次舍利子云何名爲菩薩摩訶薩宿住念通及彼正行智業圓滿舍利子如是菩薩摩訶薩於十方無餘一切世界一切有情具無量種宿住念通若一日二日三四五日若十二十乃至五十日百生千生百千生無量百千生乃至百成壞劫千成壞劫百千成壞劫無量百千成壞劫諸有情類於彼往昔如是名字如是種族如是姓氏如是色相如是形狀如是住處如是飲食如是久住如是苦樂彼彼生滅及於壽量彼没此生皆悉了知又知自身及諸有情此宿住念非唯一種自身前際

及佗補特伽羅前際此宿住念非唯一種又自宿因善根念力及佗宿因善根念力又自善根成熟菩提令佗有情念彼善根發菩提心又若往昔苦及樂因皆是隨順無常苦無我等彼既隨順無常苦無我等即不樂色相不樂受用不樂眷屬不樂富饒不樂爲轉輪聖王不樂爲帝釋天主不樂爲大梵天王不樂爲護世天王一切生處自在王位及諸欲樂皆不愛樂彼正思惟是處不爲成熟有情而受輪回彼唯隨順無常苦無我等往昔諸煩惱行之所招集極生追悔起大猒離及現在事諸不善業乃至命根猒不復作往昔善根令於阿耨多羅三藐三菩提廣大成熟又能積集現在善根除滅一切險難境界成熟佛法僧種子相續不斷成熟一切智智正念緣力又此正念以自加持法界加持不傾動故而無所嬈成熟定業亦無嬈惱於奢摩佗以自加持心無迷亂於毗鉢舍那而爲攝受以現量智無怯弱故以正憶念無忘失故受大快樂積集諸行不由佗悟積集行故趣於彼岸一切能到積集行故以正念緣力過去現在無忘失法此說是名菩薩摩訶薩宿住念通智業圓滿復次舍利子云何菩薩摩訶薩於神境通及彼正行智業圓滿舍利子此菩薩摩訶薩斷除諸行而能具足修習欲神足定斷除諸行具足修習勤勇神足定斷除諸行具足修習心神足定斷除諸行具足修習觀神足定彼欲勤心觀攝受諸法而能修習成出離故又此四神足數數修習即於現前獲神境通而得受用彼無量種神通變化

又此神變而常觀矚一切有情一一神變皆能調伏一切有情又此神變普能顯現若身若力或復加持又彼如是一一身相能往調伏諸有情類又彼如是一一身相復能顯現或佛身相或緣覺身相或聲聞身相或帝釋天身相或大梵王身相或護世天身相或轉輪王身相又彼所現一一身相而復顯現如是身相能往調伏一切有情及能攏㑞諸旁生類又彼所現如是身相爲諸有情演說正法又復能現如是勢力普爲摧伏一切有情極重瞋慢謂大壯士力乃至四分那羅延力乃至半那羅延力乃至那羅延力乃至如是諸力以手二指舉須彌山高六十百千踰繕那又擲彼山遠八萬四千踰繕那譬如舉一菴摩羅果從此擲置佗方世界而神境通菩薩摩訶薩力都無動作又能以三千大千世界如是廣大下從水際至色究竟天其間有情置於掌中住經劫數一切道行普能顯現而菩薩摩訶薩爲彼慢過慢極重忿怒諸有情類成就力能荷伏慢過慢忿怒等而爲說法又依彼神足得加持智於加持智即得如是諸加持法或以加持大海爲牛跡量復以牛跡爲大海量又或時加持火聚爲彼水聚復以加持水聚而爲火聚以要言之於上中下法一切互相加持亦復獲得如是成就世間所有天人魔梵沙門婆羅門諸有來者皆無有能震動變易及能出没又復世間此加持法無有共者唯佛世尊能有是故又以工巧加持緣力爲彼慢過慢極重忿怒諸有情類廣說妙法極令歡喜又彼修神足者於魔

境界天魔眷屬及諸煩惱而無墮滅超越自在於佛境界而能入解於諸有情乃至少分無有損害一切善根相應隨順此說是名菩薩摩訶薩於神境通智業圓滿舍利子又云何名爲菩薩摩訶薩神通復何名智以彼天眼正觀色相此說名爲神通彼幻法智不作正行此說名智又舍利子若於一切有情實有所聞此說名爲神通而於前際過失俱不可得此說名智又舍利子若彼了知一切心行此說名爲神通於心滅智不滅正行此說名智又舍利子而於前際念彼無礙此說名爲神通若於三世智都無礙此說名智又舍利子於一切刹土隨意往來此說名爲神通於虛空刹土智都無礙此說名智又舍利子立法分位此說名爲神通於法觀察此說名智又舍利子於諸世間善巧化導此說名爲神通於諸世間都無繫著此說名智又舍利子出過一切釋梵護世此說名爲神通出過一切聲聞緣覺此說名智復次舍利子如是所說是名神通智業圓滿又舍利子所有煩惱散亂菩薩摩訶薩定分行心及加持智乃至一切有情深心散亂及菩薩摩訶薩定分行等應知積集舍利子此菩薩摩訶薩普遍積集而得安住此說名爲三摩呬多又此一切有情是名三摩呬多心常平等是名三摩呬多意常平等是名三摩呬多善巧平等是名三摩呬多意中極深平等是名三摩呬多布施平等是名三摩呬多持戒平等是名三摩呬多忍辱平等是名三摩呬多精進平等是名三摩呬多禪定平等是名三摩呬多勝

慧平等是名三摩呬多彼一切法平等是名三摩呬多若於一切法平等即一切有情平等及一切菩提平等如是普遍入解此說名爲三摩鉢那又若普遍入解諸法如虚空等此說名爲三摩鉢那又若普遍平等入解無相無願無積集行此說名爲三摩鉢那又若普遍入解諸法音聲此說名爲三摩鉢那又於一切饒益不饒益等處心平等如地心平等如水心平等如火心平等如風心平等如空高離掉舉下無昬沉而善安住一切道行而得不動名三摩呬多於道行自體而無分别名三摩鉢那雖言辭充滿無口過失無高無下亦無動亂相應順成一切世間法義時分然於世間八法而能超越一切煩惱悉無所著遠離憒閙尋伺境界如是法行名三摩呬多又於一切世間工巧造作悉能顯現於彼事相亦不棄捨而菩薩摩訶薩於禪定波羅蜜多平等入解而復出生智慧方便不爲大悲心緣之所隨縛觀察有情平等入解方便寂靜極寂靜等是名智慧令佛智慧不現在前是名方便又若平等入解諸法不爲隨縛是名智慧又一切法都無取捨是名方便於彼法界無計度念是名智慧若於佛身平等入解不生現前作證是名方便於彼法身念無所住是名智慧若於佛聲相平等入解於妙梵音具足領悟是爲方便又復思念法無可說是爲智慧又於金剛心時平等入解而能極勝安住是爲方便於彼正念念無散亂是爲智慧又於往昔願是平等入解而能成熟有情極勝安住是爲方便於一切有情

念無實我是爲智慧念彼善根證無行證是爲方便又念彼無根及無住著是爲智慧又於佛刹平等入解而使現前清淨是爲方便念彼刹土如虛空等是爲智慧又念於菩提道場平等入解而使現前莊嚴是爲方便又念彼止息或諸染法是爲智慧若於轉法輪中平等入解而能普應機緣是爲方便又念彼轉無所轉是爲智慧乃至菩提分行平等入解而能現前捨離是爲方便乃至念彼於一切法而非相應及諸隨惑以如來智慧禪定妙樂無諸熱惱於相無相一切攀緣降伏悉皆了知彼一切菩薩摩訶薩定非定位以善出離如是相應是爲智慧而諸菩薩摩訶薩獲得無盡禪定波羅蜜多諸有魔事皆不得便得善安住諸佛法器舍利子如是所說智慧方便彼菩薩摩訶薩於禪定波羅蜜多而能出離

佛說大乘菩薩藏正法經卷第三十二

音釋

矚朱欲切視也　孽魚列切　蠆丑邁切蟲名　澀色入切不滑也　儱悷儱力董切悷郎計切儱悷多惡不調也　呬虛器切　憒閙憒古對切閙奴教切不靜也

佛說大乘菩薩藏正法經卷第三十三 第三十四同卷

宋西天三藏銀青光祿大夫試光祿卿普覺傳梵大師賜紫沙門法護等奉 詔譯

禪定波羅蜜多品第十之三

復次舍利子菩薩摩訶薩得不退轉神通或以意想或以事業皆是所作遊戲神通復於處處廣大安住現諸所作彼有所作神通智力世間最上於所作事雖具諸相善能決擇而復現證世出世間第一之法菩薩神通示無盡相猶若虛空遍一切處菩薩神通現一切相色無色等復能隨順入一切聲然於前際音聲平等菩薩神通觀察一切有情心行於其體性隨緣顯現於諸劫中隨其思念前際後際無有間斷一切唯現神境變化決定現前無別行相菩薩神通達漏盡智觀時分已而無超越勝出世間決擇諸法所有一切聲聞緣覺之所難測菩薩神通其義甚深懾壞群魔制伏外道於菩提場而能總持一切佛法志求正覺隨其種類轉正法輪而善調伏一切有情至灌頂位得法自在舍利子此不退轉神通菩薩摩訶薩所作事業悉無我慢其心清淨正善調伏光潔自在離諸染欲及隨煩惱微妙寂靜所有善業而悉成就於禪定解脫三摩地三摩鉢底起正思惟於生死中都無繫縛所以者何謂彼生業諸煩惱縛顛倒執著皆悉解脫是故於生死中都無繫縛而復不壞大乘成證一切佛法然彼佛法十方諦求了不可得又一切法皆順佛法是故佛法即一切法若一切法如實尋求亦不可得於筭數道及非筭數平等超越無有

少分此說無法亦無非法若能於法非法徧能了知是故於此都無住著又諸法義亦非住著若著於義非大義利若復於義非義悉無所住設見於義而智無礙若智無礙則無徧計若無徧計則無有對若無有對則無所住若無所住則無間斷若無間斷則無虛作若無虛作則無迷亂若無迷亂則無我我所若無我我所則無諍論若無諍論是沙門法若無諍論是沙門法則喻彼虛空亦如平掌若喻虛空亦如平掌彼則不隨欲界色界及無色界若一切處而無所墮則無形色及無顯色亦無分位若無形色無顯色及無分位彼則如是隨順覺悟若能如是隨順覺悟彼則如是隨所覺悟云何說此隨順覺悟及所覺悟謂若了知彼極微法皆不可得說此是

爲隨順覺悟及所覺悟應當於此平等入解即能成就菩薩摩訶薩希有之法云何菩薩摩訶薩希有之法所謂於慈無我悲無衆生喜無壽者捨無補特伽羅布施無彼悔與心持戒生彼寂靜心忍辱發彼無恚心精進發彼最上心禪定離彼散亂心勝慧無彼戲論心念處無念處作意心正斷隨彼生滅心神足離彼嬉戲心於信進念定慧起彼無礙自然平等入解心如是五根五力起彼無能損壞屈伏心於七覺支起彼分別菩提心於八聖道起彼觀察正解心於奢摩佗起彼平等心於毗鉢舍那發起觀察聖諦希有徧知心成熟有情發彼本清淨心於彼法界攝受正法無雜亂心於無生法忍起不可得心於不退轉地起轉無轉心於相所獲起無相心莊

嚴菩提道場起彼順三界心制伏群魔起彼攝受有情心於諸法自性菩提起彼順覺悟心於轉法輪起彼無所轉心於大涅槃起彼隨現輪迴自性平等心舍利子如是所說是爲菩薩摩訶薩於隨順覺悟及所覺悟而能成就希有之法復次舍利子云何禪定謂諸菩薩於彼禪定無所耽著能於如來三摩地而得圓滿又復不樂禪悅之味諸菩薩雖復於身適悅而無取著復於禪定常樂大悲以是緣故留諸惑染又於禪定不退等持以是緣故猒離欲界復於禪定倚神通業以是緣故了知一切有情心行又於禪定通達實際以是緣故得心智自在復於禪定得等至智以是緣故普徧一切色無色界又於禪定至極寂靜以是緣故於聲聞緣覺三摩鉢底而求增長復於禪定而無動亂以是緣故住極究竟又於禪定常行對治以是緣故而不住彼相續習氣復於禪定得最勝慧以是緣故於諸世間而爲第一又於禪定而先通解有情心意以是緣故諸有情中而爲最上復於禪定而常自在隨樂三寶以是緣故獲得如來無盡功德又於禪定得極高勝以是緣故常住三摩呬多復於禪定得自在轉以是緣故而能圓滿一切事業又於禪定悉無所受以是緣故得大智慧舍利子是爲菩薩摩訶薩禪定復次舍利子禪定波羅蜜多以何爲先所謂決定心爲先一境心爲先不散亂心爲先安住心爲先奢摩佗心爲先三摩地心爲先根等持爲先力等持爲先正等等持爲先定解脱爲先九次第定爲先不相違爲先

義法爲先降伏煩惱怨賊爲先圓滿三摩地蘊爲先菩薩三摩地爲先佛三摩地爲先舍利子如是寂靜之法是名菩薩摩訶薩所行之行於禪定波羅蜜多爲先爾時世尊欲重宣此義說伽陀曰

禪定解脱波羅蜜　常於多劫行是行
彼世間法意無著　是名寂照三摩地
若諸通達波羅蜜　如電莊嚴勝高顯
以能勇猛離諸垢　是名月光三摩地
成就無憂戒德光　於諸法中自在轉
斯法高勇若須彌　是名法光三摩地
於彼法寶莊嚴地　正法總持妙清淨
是心能伺於佗心　名正法智自在轉
定能摧斷諸煩惱　如幢珠網無障礙
於十力中勝解脱　名破魔力三摩地

勝無能勝須彌燈　彼號智光清淨眼
謂能合掌讃善言　妙住持地三摩地
以能入解空無相　無願寂靜地亦然
法念功德智自在　諸佛無邊三摩地
蘇難陀龍獅子王　若來若去常安靜
清淨眼力無瞬動　定名遠離種種想
金剛定如金剛地　高顯不動量須彌
清淨音聲普徧轉　遠離煩惱三摩地
廣大一切功德相　猶若虚空無邊際
具足增長智慧念　辯才宣說悉無盡
觀察有情令善作　無邊無盡無損壞
慈能調柔悲善根　喜入極喜捨二障
解脱堅固生歡喜　如勝蓮華金剛幢
智海智光俱不動　是名法義三摩地
無邊解脱光明海　如來定慧願莊嚴

無上正覺妙寂靜　定名不動調伏法
光明願得莊嚴刹　令有情意悉歡喜
於正覺道常隨順　莊嚴寶髻波羅蜜
迅速如風無分限　亦如海藏持衆寶
施眞甘露解脱門　雨七覺華三摩地
大神通義妙攝受　通達無邊悉圓滿
普現如是佛境界　是名積石山王定
若修禪定波羅蜜　安住等引定境界
菩薩無量功德門　是名寂靜三摩地
於等引中隨作意　所發言音皆軌範
乃至行坐威儀中　如是悉常無放逸
又此諸法最寂靜　無我無人無壽者
亦無分別非分別　唯此無餘登彼岸
若修禪定波羅蜜　所獲無邊功德海
諸有智者菩薩衆　應當憐愍諸有情

勝慧波羅蜜多品第十一之一

爾時佛告舍利子云何諸菩薩摩訶薩勝慧波羅蜜多舍利子若諸菩薩行不退轉菩薩行時於此菩薩藏正法殊勝義利畢竟受持讀誦聽聞廣大開示爲他人説得勝慧相又彼勝慧云何是相云何入解謂於勝慧所聞之相隨意入解又復云何是所聞相所謂樂欲相意願相善和合相善知識相變化相迴向相高貴相尊重相右旋相極自在相親近相不聽外境相承事相作意相不散亂相如求實相如求醫相滅一切病苦相念器相通達菩提相對治覺悟相入佛智相聽無猒相集法施相施已無悔相樂近多聞相善作歡喜領納相大喜徧身相心大適悦相聽無疲倦相樂聞正法相樂聞正行相樂聞不觸無

智相樂聞波羅蜜多相樂聞菩薩藏正法相樂聞攝事相樂聞方便善巧相樂聞梵行相樂聞神通相樂聞四念處相樂聞四正斷相樂聞四神足相樂聞十二緣生相樂聞無常苦無我寂靜相樂聞空無相無願解脱相樂聞不積集不善根行相樂聞積集善根行相樂聞單已相樂聞轉法輪相於雜染中無散亂想相調伏一切煩惱想相歸向智者相親近賢聖相遠離不律儀相樂聞聖人相樂聞五根相樂聞隨念觀察相樂聞七覺支相樂聞八聖道相樂聞如來十力四無所畏四無量十八不共佛法相舍利子而於是中即聞脩慧所以者何謂於菩薩藏正法而生樂欲彼聽聞已而能了知知已能脩若於菩薩藏正法中意願聽聞起善和合近善知識若變化若攝受右旋若極自在若親近多聞不聽外境安住多聞勤勇作意如求寶想如求醫想滅貪瞋癡想受持想若於諸法通達旨趣及於意樂令智增長聽受無猒聞布施已能勇悍施聞説戒已能護淨戒聞説忍已而能忍辱聞説精進而無懈怠聞説禪定而不散亂聞説勝慧心起盡漏樂勝多聞及聞法已身心適悅聞大乘已而生勝欲聞攝受事心行攝受聞四念處而身受心法念住聞四正斷則已生不善而令除滅未生不善而能棄捨已生善根而令增長未生善法而能發起聞説離諍而身心欲俱獲輕安聞説禪定而心行決定聞四無量已於一切有情而起大慈於彼樂著而起大悲於諸正法而起大喜於不善處而起大捨聞五根已於信進念定

慧而心能行聞七覺支於一切法心生覺了聞八聖道而能起心趣向涅槃若於如來十力四無所畏四無量十八不共法乃至無量佛法如是當學發阿耨多羅三藐三菩提心彼聽聞已而能了知知已能修舍利子如是所說種種所聞之相隨意入解是爲菩薩摩訶薩勝慧波羅蜜多之行復次舍利子菩薩行勝慧波羅蜜多行時而能於此菩薩藏正法殊勝義利受持讀誦聽聞廣大開示爲他人說得諸法正行云何是爲諸法正行謂於是法如其所說安立正行舍利子法正行者謂若隨順攝受諸法所以者何謂法無執著是即正行若住執著無有是處於補特伽羅法中而求出離亦無是處若於補特伽羅法無所執著是名正行得無疑惑斯有是處是故諸修行者於此正法隨順攝受而無障礙即爲正行復次舍利子若於諸法及尊重法無執無取無生無滅及於諸法設順正理亦應無取如是所說即爲正行如我今說無有少分亦無所見如是無見無取是諸法相云何爲相所謂有相無相所以者何此相無相說名無相又此相者於一切法都無覺了此無相者無見無取如是所說即爲正行是故於此正行應當修習現證諸法得無障礙爾時世尊欲重宣此義說伽陁曰

若於菩薩藏　不應生決定　如是諸智者
得安住正行　又若於是法　而或行執取
及起邊執故　此非爲正行　法雖不可得
勿作於空解　況此正妙法　不同於虛空
若法同虛空　世間無領解　由無領解故

此非為正行 又此正妙法 無取無不取
是故法非法 不應生執取 由無執取故
此即為法相 如是行相中 說名為正行
又此正妙法 曾無有住著 隨順而了知
無能得損害 由無所害故 智都無所解
如是行相中 說名為正行 又復諸智者
住少欲功德 於此正法中 相應善修作
若諸善安住 行威儀正行 而於所向方
隨應得清淨 以所向清淨 知如是正法
則能於處處 了有情心意 又復諸智者
了彼心意已 如是行相中 而能宣正法
又此甚深法 通達勝義諦 於如是義中
而常獲決定 又復諸智者 多聞如大海
以是最深廣 行無量功德 不假文與義
能通達正理 於無量文義 獲堅固不動

復次舍利子菩薩摩訶薩行勝慧波羅蜜多行時於此菩薩藏正法殊勝義利聞已乃至廣為人說而能獲得勝慧光明於諸法中無明黑暗盲瞑翳障悉能除滅於勝慧光速獲成就善不善法如實了知乃至命終諸不善法畢竟斷除聞諸善法如所覺悟於善寂默而能宣說爾時世尊欲重宣此義說伽陀曰

譬如入暗處 現前諸色相 彼眼不可見
以火能破瞑 如是現在劫 彼有生死人
於善不善法 不聽而不知 由聽是法故
於罪不應作 及除非義利 速能趣涅槃
樂親近師友 增長於聞慧 彼慧清淨故
獲得妙樂義 彼聞義智者 見非法出離
於淨法勇猛 得殊勝妙樂 若於菩薩藏
聞已住法性 光明照世間 真行菩提行

佛說大乘菩薩藏正法經卷第三十三

佛説大乘菩薩藏正法經卷第三十四

宋西天三藏銀青光祿大夫試光祿卿慈覺傳梵大師賜紫沙門法護等奉 詔譯

勝慧波羅蜜多品第十一之二

復次舍利子若菩薩摩訶薩行勝慧波羅蜜多行時於菩薩藏正法殊勝義利清淨樂欲而於受持讀誦正法者應當發起善知識想勇猛精進正攝受心為欲發彼正願及四正斷於一切法相應得無障礙爾時世尊欲重宣此義説伽陀曰

尊重善知識　得為説法師　作彼聽法衆
常住於正行　不惜其身命　精勤而最上
安住實智中　得勝慧清淨　自了知正法
淨信無不達　由覺出離故　如佛廣開示
亦如諸智者　善達文句義　常修清淨行
得預諸學位　所有染淨分　皆悉無所著
以無所著故　於法而無減　由精進樂欲
身速獲輕安　聽聞是法已　智增無失念
常住於智念　了善不善法　由學最上乘
通達念慧力　知彼有情意　如我於長夜
以學是法故　得勝慧清淨　了有情意已
為開示正法

復次舍利子菩薩摩訶薩於勝慧波羅蜜多微妙清淨光明法門及諸聖者發起正見如佛所説而修行之以二因緣當如是學何等為二一者獲他言音二者謂自作意若諸菩薩於相應行菩薩藏正法不能聽聞聽已於深法律三摩地門而得少分歡喜知足者應知彼是懷增上慢墮魔網中於生老病死憂悲苦惱及墮煩惱著五欲樂輪迴相續如來以是説彼有情隨順有漏無能解脱舍利子

若有親近法師於此正法聽已了知而不作罪遠非義利增長聞慧見妙涅槃清淨勇猛得勝妙樂如是菩薩摩訶薩當知是爲於此菩薩藏正法希有法律殊勝義利受持讀誦乃至聽聞廣大開示爲他人說得相應行復次舍利子若菩薩摩訶薩於此菩薩藏正法若不聽聞無能獲得彼相應意而與聖道極相違故如來以是說彼有情於老死解脫而常作意云何是相應意謂此菩薩摩訶薩遠離相應及不相應是相應意於相應意得無增語又菩薩相應意謂於音響無能發起諸阿羅漢亦無能發然彼所出音響了不可得於前際後際隨所伺察當云何生至何所滅若通達過去所說音響則過去已滅若通達未來所說音響則未來未至若通達現在所說音響則現在不住如是已說未說當說徧一切處尋求俱不可得於相應意當如是學舍利子若菩薩相應意如是學者云何觀察謂此菩薩觀一切法自性本滅觀一切法自體本寂觀一切法自性平等觀一切法畢竟不生觀一切法畢竟不起觀一切法畢竟不集觀一切法畢竟無滅於此時分說如實觀亦非所觀如是非所觀非不所觀說此是名爲觀察意當如是學若有菩薩於此正法疑惑癡瞋無能入解謂言是法非解脫門斷諸勤勇不起通達而於彼意悉不相應又復於此諸法正見即如如見云何諸法即如如見所謂無見如是無見即不生增語不生增語則不積集云何不積集謂於增語而無有對如來以是所說觀察諸行無生無作於正見

中由是獲得正出離行又復正出離行以何爲因謂一切法即爲佛法是故欲求正出離行應當於此菩薩藏正法殊勝義利受持讀誦聽聞爲他人說乃至於此正法得相應意是名正出離行復次舍利子若菩薩行勝慧波羅蜜多行時於此微妙清淨光明法門正善覺悟於意處觀察生入解意何等意處云何入解謂此菩薩於三摩地加持處毗鉢舍那尋伺處最上希望處心樂欲處相續不斷處無常處因緣處緣生處無我無人無壽者處無住無不住無去無不去處不集不壞因果處空無相無願慣習處非空無相無願所取處三摩地三摩鉢底所取處非依三摩地三摩鉢底發生處神通智所取處非漏盡處觀察無生處非出離行處觀察一切有情無我處不捨大悲處見一切生恐怖處有執心處出離貪處不離現行貪法處捨五欲樂處不捨法樂處離一切戲論處不捨善巧方便處如是諸法皆生入解舍利子說此是爲意處入解復次舍利子於彼意處云何說爲正理道所謂以意是道以門是道以面門是道以因是道以合集是道以不相違是道以無諍論是道以捨是道無入無不入是道無戲論是道無毀呰是道不增是道不減是道不生是道無所轉易是道無所對治是道眞如是道實際是道如來是道無別異是道　如如是道三世平等是道分別不住色受想行識是道不住眼界色界眼識界是道不住耳界聲界耳識界是道不住鼻界香界鼻識界是道不住舌界味界舌識界是道不住身界觸

界身識界是道不住意界法界意識界是道隨順勝義是道隨順正智是道隨順了義契經是道隨順正法是道舍利子說此是名爲正理道又菩薩摩訶薩以入解意於正理道由是觀察即無所觀如是非觀察非不觀察說此是名爲觀察意舍利子若菩薩摩訶薩以相應意於此正法而有癡瞋謂言是法非解脫門斷諸勤勇不起增勝無所通達而於彼意悉不相應又諸有情如是正見即如如見又復云何爲如如見所謂無見無見則不生增語乃至無所對名如前廣說於此菩薩藏勝慧波羅蜜多之行當如是學又復於意無我於一切法無我亦然若一切法無我則於諸有情無我亦然如是觀察是觀察意又輪回界與涅槃界平等相應如是煩惱體性與一切法體性相應彼相應與不相應都無所著於觀察意而得勝解乃至菩薩所有相應無餘加持一切有情而不棄捨加持正法而無相違舍利子說此是爲菩薩摩訶薩獲相應意所聞之相於意入解如是觀察彼如如見勝慧不動復次舍利子菩薩摩訶薩行勝慧波羅蜜多行時得勝慧住於一切有爲法而不共故所謂無明乃至老死悉不共住又於薩迦耶見乃至本末六十二見悉不共住世間八法若毀若譽悉不共住五蘊十二處十八界乃至一切攀緣悉不共住又於慢增上慢邪慢乃至二十隨煩惱悉不共住又於上中下品若麤若細乃至一切煩惱悉不共住又於癡闇盲瞑翳障繫縶等處乃至一切下劣分法悉不共住又於煩惱魔蘊魔天

魔死魔乃至一切魔業悉不共住又於我人衆生壽者養者士夫補特伽羅意生儒童乃至一切我見悉不共住又於業障煩惱障法障見障報障智障乃至一切相續習氣悉不共住又於相障思惟分別見聞覺知諸所纏縛悉不共住又於慳貪布施毁戒持戒瞋恚忍辱懈怠精進散亂禪定惡慧勝慧乃至一切波羅蜜多有無對治是智非智悉不共住又於一切僻報常與無常善與不善有罪無罪輪迴涅槃乃至一切邪對治法悉不共住又於種種佛法種種刹土種種有情悉不共住又於世俗勝義有智無智乃至一切有情作意相等悉不共住又於勝慧勝行有爲體相乃至一切住心意識所造作者悉不共住舍利子是爲菩薩摩訶薩勝慧波羅蜜多之行於如是無量有爲行法悉不共住復次舍利子菩薩摩訶薩行勝慧波羅蜜多行時於菩薩藏而能安住於一切法以勝慧決擇而能獲得十種善巧何等爲十一者蘊善巧二者界善巧三者處善巧四者諦善巧五者正知善巧六者隨順善巧七者智識善巧八者菩提分善巧九者聖道善巧十者緣生善巧云何名蘊善巧謂此五蘊如聚沫如水上泡如陽燄如芭蕉如幻如夢如空谷響如影如浮雲如鏡中像謂色蘊者猶如聚沫彼聚沫中無我無人無衆生無壽者無士夫無意生無儒童若世間體性如是則色蘊體性亦復如是説此是爲色蘊善巧謂受蘊者如水上泡彼水泡中無有我人衆生壽者士夫意生儒童若世間體性如是則受蘊體性亦復如

是說此是爲受蘊善巧謂想蘊者猶如陽燄彼陽燄中無有我人衆生壽者乃至說此是爲想蘊善巧謂行蘊者猶如芭蕉彼芭蕉中無有我人衆生壽者乃至說此是爲行蘊善巧謂識蘊者如幻於彼幻中無有我人衆生壽者乃至說此是爲識蘊善巧又復說此五蘊是彼世間刹那變異壞滅之相若此世間體性如是則彼世間體性亦然云何體性所謂苦無常性彼蘊體性亦復如是舍利子說此是爲菩薩摩訶薩於勝慧波羅蜜多之行而能獲得諸蘊善巧又復云何名界善巧所謂地界即法界法界無麤澀相水界即法界法界無柔輭相火界即法界法界無溫熱相風界即法界法界無動轉相眼識界即法界法界無瞻視相耳識界即法界法界無對表聲相鼻識界即法界法界無能齅香相舌識界即法界法界無能了味相身識界即法界法界無能覺觸相意識界即法界法界無能觀察相如是自體界與法界無二無別又復欲界色界無色界無二無別輪回界涅槃界無二無別此空界一切法界無二無別由性空故離分別故無二無別以入解有爲界則入解無爲界乃至說無量界如是決擇入解舍利子說此是爲菩薩摩訶薩於勝慧波羅蜜多之行而能獲得諸界善巧又復云何名處善巧謂此眼處本空及耳鼻舌身意處本空彼無有我亦無我所彼菩薩如是於眼體性乃至於意體性如實了知則無處決擇無種種決擇無善決擇於善不善法無二相轉說此是名爲處善巧又此處善巧謂眼處色

處如是眼見於色而生猒離如是猒離則非正行又彼耳處聲處鼻處香處舌處味處身處觸處意處法處如是乃至意識而生猒離如是猒離則非正行又復菩薩於聖道處非聖道處皆應積集成證大悲於諸險難非聖道處諸有情類令住正道於其道處亦不棄捨舍利子說此是爲菩薩摩訶薩勝慧波羅蜜多之行而能獲得諸處善巧又復云何名入解諦善巧此諦善巧復有四種所謂苦智集智滅智道智云何苦智謂不起藴故是爲苦智云何集智謂離愛集故是爲集智云何滅智謂滅已不生故是爲滅智云何道智謂於平等法無平等可得故是名道智若菩薩於此四諦如是智慧而不作證成熟有情說此是爲諦善巧又諦善巧復有三種所謂世俗諦勝義諦相諦云何世俗諦謂諸想像音聲語言文字乃至世間所行是爲世俗諦云何勝義諦謂心無所緣況復文字是爲勝義諦云何相諦謂諸相一相一相無相是爲相諦彼菩薩於世俗諦說無疲倦於勝義諦不失正行於相諦中隨順無相是眞實相說此是爲菩薩於諦善巧又復一諦此無二種所謂寂諦此實一諦於諸平等及不平等而能隨轉眞妙作用而能獲得於諦善巧

佛說大乘菩薩藏正法經卷第三十四

音釋

懾質涉切怖也　瞬舒閏切目動也　慣古患切習也　輭乳兗切柔也

佛説大乘菩薩藏正法經卷第三十五 第三十六

宋西天三藏銀青光祿大夫試光祿卿慈覺傳梵大師賜紫沙門法護等奉　詔譯

同卷

勝慧波羅蜜多品第十一之三

復次舍利子菩薩摩訶薩獲得如是於諦善巧由此了知五蘊是苦若令五蘊苦相止息猶如虛空是苦聖諦又此五蘊隨感愛見若令執取愛見等因不起合集爲集聖諦又此五蘊畢竟滅盡若令前際不生後際不起現在不住爲滅聖諦若於苦智集智滅智而能證達以智相續能善調伏引趣正行爲道聖諦又復於此諸諦現觀而能尋伺徧盡觀察是爲菩薩摩訶薩於諦善巧又復了知諸受是苦乃至受所引攝諸決擇智是爲苦聖諦若因於受引生於合集如實了知是爲集聖諦又若於受而得輕安則於受非受而復觀察非受是滅獲證於滅是爲滅聖諦又若受所引道如彼世間積集進求非受非道令彼苦滅引趣正行是爲道聖諦若見如是四諦平等畢竟無見是爲清淨是名菩薩摩訶薩於諦善巧又復於滅而起現證復能於苦不生觀察是爲苦智若有緣生於有離有是爲集智了知一切生本不生滅無所滅是爲滅智於如是道隨其種類尋求伺察令入其智是爲道智若能安住如是諦智說此是爲菩薩摩訶薩於勝慧波羅蜜多之行獲諦善巧舍利子又復菩薩摩訶薩獲得四種正知善巧何等爲四一者義正知二者法正知三者世間典籍正知四者辯才正知云何義正知謂若於法諸勝義句相續因智緣智集智通

達無邊智入解緣起智分別法界智隨順入解眞如智不住實際智如實法空智伺察無相智於願無願智於行無行智入一正理智入解無我智解無衆生智了無壽者智無補特伽羅勝義智於過去世無障礙智於未來世無限量智於現在世徧一切處智於蘊幻化智於處決定空智於界度量智內身寂靜智外無徧行智出離塵境智念無所住智達無所入智勝慧觀察智通達四諦智諸苦爲有智諸集爲行智諸滅無相智諸道出離智分別一切法句智善解諸根智諸力無能屈伏智奢摩他加持智毗鉢舍那光明智於諸幻化起變滅智於諸陽焰無迷亂智於諸夢境無實見智於諸谷響了緣生智於諸影像無合集智於種種相唯一相智於正和合無所合智於諸輕安無所得智於聲聞乘達言音智於緣覺乘解緣生智於最上乘積集一切善根智如是所說是爲菩薩於義正知又復義正知者若於義隨順則諸法隨順彼所隨義即諸法性所以者何以諸法義畢竟如空若義如空則諸法義畢竟無相若義無相則諸法義畢竟無願若義無願則彼法義無所趣證若義無所證則一切法義畢竟無壽者無補特伽羅若義無補特伽羅則於是義通達法相若說於義無住無盡於所說義而獲證知諸佛世尊隨喜印可於彼勝慧如實正知若於勝慧如實正知則一切處無有過失說此是爲菩薩於義正知云何名法正知謂於正法入解之智若善不善有過無過有漏無漏世間出世間有爲無爲染分淨分輪

廻涅槃法界智界本自平等無所覺悟說此是爲菩薩於法正知又復法正知者於彼貪行心能正知所謂虛假貪行堅固貪行微細貪行廣大貪行過去貪行無邊觀察現在貪行隨緣入解或復有情內貪而非外貪或復外貪而非內貪或復內貪亦外貪或非內貪亦非外貪或復色貪非聲貪聲貪非色貪色貪亦聲貪色聲俱非貪色貪非香貪聲貪非香貪香貪非味貪味貪非觸貪乃至綺互於色聲香味觸貪行等如是非義利門入解二萬一千貪行二萬一千瞋行二萬一千癡行如是貪瞋癡二萬一千衆等分行如是所說入解八萬四千心行之智如其所說相應行相智不增不減智越百欲界智殊勝法器智眞實言說智說此是爲菩薩於法正知云何世間典籍正知謂若入解一切聲智天聲龍聲夜叉聲乾闥婆聲阿脩羅聲迦樓羅聲緊那羅聲摩睺羅伽聲人聲非人聲而能入解五趣有情麤細高下說法連環相續不斷音聲文字彼或說一說二說多男聲女聲非男非女聲廣說略說鄙陋說巧妙說過去說未來說現在說一字相應多字相應皆悉了知說此是爲世間典籍正知又復世間典籍正知者成熟於文明了於義離諸恐畏復無過失於世俗勝義以自心知見甚深巧妙種種莊嚴令諸有情咸生歡喜說此是爲菩薩於世間典籍正知云何菩薩辯才正知所謂言說無住無斷眞實記別迅速辯才決定獲果辯才如其所問辯才無滅失辯才無斷滅辯才無諍論辯才樂善法辯才住忍辯才甚深

辯才善巧辯才世俗勝義辯才建立一切布施持戒忍辱精進禪定勝慧辯才建立念處正斷神足根力覺支聖道奢摩他毗鉢舍那辯才入解一切諦智定解脫三摩地三摩鉢底辯才悟一切乘辯才解一切有情心行辯才無謇吃語言辯才無生澀語言辯才無雜亂語言辯才潤澤語言辯才清淨語言辯才解脫語言辯才無障語言辯才尊重語言辯才慈愛語言辯才相應語言辯才無缺漏語言辯才甘美語言辯才細滑語言辯才無毀呰語言辯才稱讚諸聖語言辯才通達無邊剎土有情能以妙梵音聲隨一詮表如是辯才於佗有情補特伽羅能善說法佛乃印可彼若說法無出離者云何能得盡諸苦際成就正行舍利子說此是爲菩薩摩訶薩於勝慧波羅蜜多之行而能獲得辯才善巧云何菩薩隨順善巧復有四種何等爲四一者隨義不隨於文二者隨智不隨於識三者隨了義經不隨不了義經四者隨法不隨於人何等爲義云何爲文謂若入解出世法行此說爲義達世間法此說爲文若於整肅施以妙樂此說爲義於無戲論調伏制止此說爲文若於輪迴徧能稱說此說爲義於無所得廣大開示此說爲文若能普徧讚涅槃德此說爲義於涅槃法體無分別此說爲文若於三乘分位如其開演此說爲義智唯通達一種教理此說爲文於諸有情開演布施此說爲義三輪清淨此說爲文若能宣演三業威儀積集一切頭陀功德此說爲義於身語意清淨勝行皆不可得此說爲文若能宣說堅固

忍受忿恨惱嫉倨慠惰慢此說爲義得無生忍此說爲文若能開演於諸善根踊躍精進此說爲義於彼精進不入不住此說爲文若能開演靜慮解脫等持等至此說爲義滅等至智此說爲文於諸慧根多聞總持此說爲義義不可說此說爲文若能開示三十七品菩提分法此說爲義若菩提分現證行果此說爲文若能開示苦集道諦此說爲義現證滅諦此說爲文若正開示無明爲先乃至老死此說爲義若無明滅乃至老死滅此說爲文若說積集止觀此說爲義明解脫智此說爲文若能分别貪瞋癡等分類行法此說爲義若於解脫心無所動此說爲文若能開示諸障礙法此說爲義若證解脫無障礙智此說爲文若正開示善能稱讚無量三寶此說爲義若離貪法性及無爲功德此說爲文若說菩薩最初發心習學功德乃至菩提道場此說爲義說一心相與一切智智無上正覺乃至總略八萬四千法蘊相應此說爲文又若一切音聲語言文字乃至不可說義俱說爲義云何不了義經謂所說文如其所說廣大了知此說是爲不了義經云何了義經謂所說義如其所說廣大通達此說是爲了義經又說隨順補特伽羅無能出離是不了義如所說法即能出離是爲了義如是菩薩摩訶薩於勝慧波羅蜜多之行得隨順善巧云何菩薩文句善巧謂諸菩薩於此二法善能修行勝慧波羅蜜多云何二法一者善識二者善智何者爲識依四種住何等爲四一者識依色住二者識依受住三者識依想住四

者識依行住此説爲識何者爲智謂若了知所取五蘊此説爲智又若了知地界水界火界風界此説爲識若復安住四種法界於其法界善能分别此説爲智舍利子復説於識謂眼觀色爲表耳聞聲爲表鼻齅香爲表舌了味爲表身覺觸爲表意知法爲表此説爲識若復内身寂靜外無徧行智能隨順法無所取此説爲智又若發起徧計執取此説爲識無執無取及表無瞋此説爲智又復了知識住生滅有爲行法此説爲識無爲無有識徧行故又智無爲不住生滅此説爲智云何了義不了義經謂若所説引趣於道是不了義引趣於果是爲了義説世俗行是不了義宣説勝義是爲了義引趣業行是不了義盡業煩惱是爲了義又復染分是不了義若説淨分是爲了義於彼輪迴而作猒離是不了義於輪迴涅槃悟不二法是爲了義善巧文句是不了義甚深難解是爲了義於諸文句心喜樂欲是不了義於少文句而生決定是爲了義又復我人士夫命者意生儒童作者受者種種語言或有主宰及無主宰是不了義於空無相無願三解脱門不起我人士夫乃至補特伽羅是爲了義云何補特伽羅及法謂若於所有法安住補特伽羅見由起彼見而復安住法智法界此説是爲補特伽羅及法又復補特伽羅者謂異生補特伽羅善異生補特伽羅順信補特伽羅順法補特伽羅八輩補特伽羅入流補特伽羅一來補特伽羅不還補特伽羅應供補特伽羅緣覺補特伽羅菩薩補特伽羅若一補特伽羅出現

世間猶能引生多種妙樂於彼世間天人衆會極深憐愍作諸善利何況如來應供正等正覺安住世俗爲一切補特伽羅令諸有情依如來所說音聲入解義利佛言此說是爲於法各各隨順樂欲引趣有情於義安住云何名法所謂無作無不作無住無不住於一切處本自平等悉同依止又諸法相自性本空無有平等及不平等離諸分別無所攀緣而皆出離此說於其法性能隨順行得無退轉是故於此正理法門而得入解一切法性此說是爲菩薩摩訶薩於勝慧波羅蜜多而得成就四種隨順善巧云何菩薩福智善巧菩薩行門有其二種何等爲二一者福行二者智行云何福行所謂布施福行持戒福行修觀福行住等慈心大悲相應令諸有情悔諸過咎普令發起一切善根

佛說大乘菩薩藏正法經卷第三十五

佛說大乘菩薩藏正法經卷第三十六

宋西天三藏銀青光祿大夫試光祿卿慈覺傳梵大師賜紫沙門法護等奉　詔譯

勝慧波羅蜜多品第十一之四

復次舍利子一切有學阿那含辟支佛於此福行應先發起如是勝心得不退轉一生補處次當作佛菩薩摩訶薩亦應於此發隨喜心過去未來現在諸佛世尊此福行中一切善根亦皆隨喜勸請諸佛轉妙法輪此福行中以一切菩提善根悉共回向未發菩提心者語令發起已發菩提心者諸菩薩為說回向以利養攝諸貧窮以醫藥施諸疾病於諸怯弱亦當親近為作憐愍於諸毀戒以法覆護出離罪報令住涅槃於和尚阿闍黎尊重供養如佛世尊於講法處精進勇猛求諸法師設百由旬亦應故往樂聞正法而無猒足於說法者無所希望常當親近恭敬供養如已父母不生疲猒又福行中於身口意不生動亂離諸過失住佛塔廟攝受梵福集諸善本圓滿相好莊嚴化身離諸口過莊嚴語業決定勝解莊嚴一心游戲神通莊嚴佛剎以清淨智莊嚴法相聞彼正法離諸障礙得無障礙於說法者歡喜稱讚於所說法不生執著亦無損壞如是莊嚴解脫法門以諸園林施佛及僧如是莊嚴佛菩提樹植諸善本憐愍一切業惑清淨得無生滅如是莊嚴菩提道場發無盡願施諸玩好獲得圓滿無盡寶手遠離顰蹙平等如掌樂施一切而先獲得面目端嚴後諸有情共喜樂見光淨嚴飾施諸有情而獲光明普照一切讚美言辭非由積習戒福德藏悉皆清淨生人天中十善道

業亦復清淨神通變化亦不唐捐順諸佛教不起分別深心清淨平等開化爲諸有情之所愛敬於最上法及勝解行隨力爲說而能攝受一切福行又當發起一切智心具七聖財信爲先行一切世間之所愛敬是故決定最先開導而能圓滿一切佛法及諸善法此說是爲菩薩摩訶薩福行善巧云何諸菩薩智行善巧謂於因緣發生智解云何因緣謂深心樂欲隨知法會勤求善友住於佛智不依聲聞辟支佛智於論議師極生信樂其說法者知彼器已內心具足於其智慧無有慳惜相續爲說甚深妙法彼聞法者爲作如是求法相應則能於此智行相應云何求法相應謂於法師得是少義而於初夜後夜思擇稱量此等云何是理非理展轉研究乃至心無所得離諸障礙及無垢染得出離智發眞實行於此甚深法廣大法無邊法勝外道法智解通徹常放光明最極高顯踰於山峯勇猛精進不捨重擔行殊勝行心唯一境富樂作意不捨杜多常樂法樂不持世行求出世法憶念不忘隨爲宣說聖族弟子咸皆歡喜開導勝緣奉持禁戒慚愧莊嚴趣向佛道無明暗蔽諸無智者悉自遠離而得慧眼清淨廣大覺悟深妙覺悟極妙覺悟以觀察智復能分別自他功德而使純熟圓滿清淨業報是爲菩薩摩訶薩智行善巧復次求智菩薩於法師所行四種施何等爲四謂樺皮紙筆墨等及妙法座一切利養法集偈讚是爲四種於智行中而得成辦又智行中於法師所應當成就四種守護何等爲四一者守護身

二者守護善三者守護處所四者守護所化徒衆是名爲四又智行中而復成就四種重擔何等爲四所謂法智財物及與菩提是爲四種又智行中成就五力一者信力於法勝解二者精進力勤求多聞三者念力於菩提心而無忘失四者定力於一切法決定平等五者勝慧力復樂多聞是爲五種於智行中而得圓滿又智行中成就四戒何等爲四謂眞實法戒勤求法戒決定法戒向菩提戒是名爲四又諸勤求法者於智行中成就四忍何等爲四一者弊惡人來憎毁罵辱不應加報善言悔謝二者風日寒熱及飢渴等悉能忍受三者於和尚阿闍梨隨轉給侍四者於空無相無願三解脫門住大法忍是爲四種又復成就四種精進何等爲四所謂多聞精進總持精進辯說精進正行精進是爲四種又智行中而復成就四種勝定何等爲四所謂離相寂靜心一境性入神通定悟佛知見是名爲四又智行中成就四法云何爲四謂諸有不住非自然性四緣生滅是無主宰唯一信解是名四法又復成就四種方便何等爲四一者隨轉世間二者隨轉契經三者隨轉於法四者隨轉於智是爲四種於智行中而得具足又復成就四無礙道何等爲四所謂波羅蜜多七菩提分八聖道支及一切智智是爲四種無障礙道又復成就四種無猒何等爲四謂多聞無猒辯說無猒尋伺無猒智慧無猒是名四種又智行中如是知見而復隨順一切有情一切刹土即布施持戒忍辱精進禪定勝慧慈悲喜捨所以者何舍利

子乃至諸菩薩決定於諸智中以是知見而爲先行彼若安住是智而得通達一切智行諸佛威神之所護念諸有魔等皆不得便普爲集會一切智智舍利子是爲菩薩摩訶薩於勝慧波羅蜜多得智行善巧云何諸菩薩念處善巧菩薩念處此有四種何等爲四一者以身觀身念處二者以受觀受念處三者以心觀心念處四者以法觀法念處云何以身觀身念處舍利子此諸菩薩修身觀時觀身前際觀身後際觀身現在而此身者從顛倒生隨因緣滅無動無作無自性無執取譬如諸外山林藥草種等從因緣生亦無自性及無執取又此身者如墻壁瓦礫草木影像謂蘊處界是無執是空是無我我所是無常是速朽滅是不精實是顛倒法是可猒離是不堅固諸菩薩摩訶薩應如是觀當樂勤求堅固之身所以者何謂如來身如來身者即法界身金剛身不可壞身堅固身於三界一切最勝妙身修是觀時當知凡夫麤重穢惡具諸過患彼復能離一切過患得獲如來最妙身相又當觀念諸有情身由何所造相續不斷謂四大種及阿賴耶識造作執持薰習功能有無量力譬如地界水界火界風界外四大種有種種門種種處種種名種種相種種物由是一切有情任持命根身四大種集起亦復如是有種種門種種處種種名種種相種種物由是一切有情於其命根亦復任持以別相觀身無常而不猒離生死以別相觀身是苦而不樂住涅槃以別相觀身無我而不遠離化度有情以別相觀身空寂而無

畢竟寂滅以别相觀身遠離而不捨善法彼能如是以身觀身者應當了知是不堅固是不可愛觀内身者而知煩惱不能容受觀外身者了諸煩惱不共合集而得成就清淨身業及諸清淨莊嚴身相爲諸天人之所讃仰舍利子是爲菩薩摩訶薩得以身觀身念處云何諸菩薩以受觀受念處謂諸菩薩於彼一切苦樂等受應以智慧方便善可了知於諸樂受無貪惜意若見諸惡道受苦觸時起大悲心無緣息意於苦樂受觸無無明意隨念了知如是苦樂非苦非樂得出離見而諸菩薩以智慧方便於諸有情或爲成就或爲遠離然此有情於受出離無所知解於此樂受隨樂施與於彼苦受隨爲除滅於非苦樂受隨順一切智智得獲輕安以大方便善巧而攝受之爲説妙法令諸有情亦獲輕安何等因緣説如是受謂於善成就而有樂受於不善成就乃有苦受復於是處我人衆生壽者起種種受所謂執受取受顛倒受遍計受惡見受眼想受乃至意想受色想受乃至法想受乃至眼觸爲緣所生諸受以要言之乃至於内外法意觸爲緣所生諸受是中或苦或樂非苦非樂説名爲受復次於總聚中或有一受謂一心所表二受謂内外所表三受謂過去未來現在所表四受謂四大所表五受謂五蘊作意六受謂六處遍計七受謂七識住處八受謂八邪相應九受謂九有情居十受謂十善業道乃至總略諸受種種作意是故應知有情無量受亦無量又諸菩薩觀樂受時見諸有情住生死際合發智慧爲彼

開示善不善受舍利子是爲菩薩摩訶薩以受觀受念處云何諸菩薩以心觀心念處謂諸菩薩祕密守護正念不動觀察此心速疾生滅無有狀貌及無住處亦不在内亦不在外不在中間知初發心最極微量遠離心相於其方分了不能得是心所集一切善根最極微量亦皆遠離及無方分又於是心回向菩提於自體相無心所了無心所觀無心所入佛言是故得成阿耨多羅三藐三菩提何以故謂菩提心與彼善心於其作用而不共行又善根心與菩提心亦不共行又善根心與回向心亦不共行又回向心與菩提心及善根心悉不共行應當如是觀察不生驚怖次復獲得甚深縁起不壞因果然法性心即有情自性如是還屬諸法因縁無動無作及無主宰彼如覆障不共相應是故應知此法性心亦不共行云何法性及覆障心法性心者謂於是處悉無所施若復以一切所有回向遍覆莊嚴佛刹是心覆障如彼幻化於刹那頃最極寂靜名法性心若復集諸禁戒回向一切迅疾神通是心覆障猶如夢想畢竟淨盡無餘名法性心若復樂忍辱力乃至回向遍覆莊嚴是心覆障猶如陽焰畢竟離身心相名法性心若復發起一切精進回向圓滿一切佛法是心覆障如水中月無執無見名法性心若復以一切禪定解脱三摩地三摩鉢底回向諸佛三昧是爲覆障無色無見無對無表名法性心若復以智分別宣説一切清淨句義回向圓滿諸佛智慧是爲覆障種種施設名法性心若復於諸善根有所間

斷是爲覆障心無因生名法性心若復因菩提分法所起是爲覆障解脫六境名法性心若復於佛境界有所斷滅是爲覆障舍利子菩薩摩訶薩如是行以觀心行時安住神通得彼神通於一心中而能了知一切有情心之所趣知已隨其本性而爲說法又復安住大悲得彼大悲而能化度一切有情無有疲倦於此觀行加持是心無盡無滅設復入生死際斷諸繫縛而於此心念智不起超諸行法一切聲聞辟支佛所不能及而得安住是心乃至圓滿一切佛法是心於刹那頃能與勝慧平等相應決定成就阿耨多羅三藐三菩提果舍利子是名菩薩摩訶薩以心觀心念處

佛說大乘菩薩藏正法經卷第三十六

音釋

謇吃　謇紀偃切吃居乞切謇吃言語難也　倨傲　倨居御切傲魚到切倨傲憍慢也　樺　胡化切木名也

佛說大乘菩薩藏正法經卷第三十七 第三十八

同卷

宋西天三藏銀青光祿大夫試光祿卿慈覺傳梵大師賜紫沙門法護等奉　詔譯

勝慧波羅蜜多品第十一之五

佛告舍利子云何諸菩薩以法觀法念處謂諸菩薩以聖慧眼得見諸法於中入解乃至菩提道場觀諸法性如微塵許悉無所見若空解脫即無相解脫無願解脫不起解脫無生解脫無作解脫無性解脫緣生解脫而諸菩薩於一切法應如是觀云何名法謂無我義無衆生義無壽者義是名爲法云何非法謂我見人見衆生見壽者見常見斷見有見無見是名非法又舍利子此法非法即攝一切法及非法所以者何謂空無相無願三解脫門遍能了知即是諸法於我見等深心繫著即諸非法是故菩薩修法觀時最極微量悉無所見於解脫法及菩提道悉皆出離得無障碍於諸有情不起愛見大悲之想彼無煩惱及隨煩惱所以者何如其了義平等入解人法俱空無有煩惱之所積集而能覺悟彼煩惱自性即菩提性此菩提自性即煩惱性如是念處諸法平等猶如虛空又諸菩薩修法觀時於諸佛法而能對治觀諸有情盡彼生智證彼無爲離無生智於無生際無所棄捨如是通達法觀念處即得安住一切法念於一切聲聞辟支佛法不起愛樂決定安住諸佛念處常不忘失及無癡迷乃至最後邊際法觀念處能說無量不共境界平等入解一切佛法令諸有情心生歡喜一切魔法自然知解此說是名以法觀念處舍利子諸

菩薩摩訶薩於勝慧波羅蜜多獲得如是四種念處善巧云何諸菩薩菩提分善巧菩提分法此有七種何等爲七一者念菩提分二者擇法菩提分三者精進菩提分四者樂菩提分五者適悦菩提分六者三摩地菩提分七者捨菩提分是名爲七云何念菩提分謂念所悟法觀察分别條析揀擇及與開解又應念彼法自體相隨順覺悟如諸法空隨念了知此説是名念菩提分云何擇法菩提分謂於八萬四千法總聚中以智思擇如法擇已彼是了義即是了義彼非了義即非了義彼是世俗即是世俗彼是勝義即是勝義彼是祕密即是祕密彼是決定即是決定如其思擇此説是名擇法菩提分云何精進菩提分謂於法思擇捨離知解樂修禪定寂靜輕安應當以懃勇力摧伏彼執於菩提道樂欲不退不捨重擔此説是名精進菩提分云何樂菩提分謂樂聞法音其心清淨不生疲猒離諸攀緣及煩惱縛志誠渴仰乃至身毛喜竪得大法樂此説是名樂菩提分云何適悦菩提分謂於三摩地離諸障礙惛掉等性令彼身心俱獲輕安此説是名適悦菩提分云何三摩地菩提分謂於等持心了諸法智安住甚深觀諸法性悉皆平等此説是名三摩地菩提分云何捨菩提分謂於憂喜分法心無所動於世間法亦不增減隨順聖道於自他共無動無住及無損惱此説是名捨菩提分舍利子諸菩薩摩訶薩於勝慧波羅蜜多獲得如是七種菩提分善巧云何諸菩薩聖道善巧此有八種何等爲八一者正見二者

正分別三者正語四者正業五者正命六者正勤七者正念八者正定是名爲八云何正見謂於是見超諸世間不從我見人見衆生見壽者見之所發生亦不從常見斷見有見無見善不善見乃至涅槃見之所發生是名正見云何正分別謂分別貪瞋等及諸煩惱令不發起分別戒定慧解脫解脫知見令得安住是名正分別云何正語謂於自他善友言無彼此具足相應入平等道是名正語云何正業謂於黑業報使無造作令彼盡盡於白業報自類和合令善純熟是名正業云何正命謂聖族弟子荷負重擔爲聖道故增長圓滿資養身命不能雜亂欺誑惡求多求他所得利不生悔惱於自利養隨其所得不生喜樂是名正命云何正勤謂於邪行貪瞋癡等及隨煩惱不起勤勇入聖諦道趣涅槃果而能隨順起大勤勇是名正勤云何正念謂於是念安住正道離諸諂曲輪迴過失乃至見涅槃道於如是念亦當遠離而於聖道無有迷亂是名正念云何正定謂正達平等即諸法平等安住等持於彼正達而能超越又復菩薩安住等持於彼正達而能超越又復菩薩安住等持能令解脫一切有情於前正達亦能超越是名正定又過現未來諸佛世尊爲諸菩薩於八聖道平等開示無盡聖道舍利子菩薩摩訶薩於聖道善巧應當修習助道之法云何助道謂奢摩他毘鉢舍那是名助道云何奢摩他謂令心憺怕寂靜極靜至極寂靜攝護諸根不動不搖無有高下口唯慎密亦無諂詐心一境性遠離憒鬧及諸

險難樂處空閑於其身命清淨調適威儀道行而常謹密乃至具足資養知時知分及知數量設聞誹謗亦應安忍轉復深心常樂宴坐是故定分作意於慈悲喜捨以方便無礙安住修觀從初禪定乃至第八禪定於奢摩他應先修習我說於此復有無量奢摩他行於是行中亦當隨順是名奢摩他云何毗鉢舍那謂於智慧分觀諸法空無有我人衆生壽者觀彼五蘊猶如幻化觀十八界即法界性觀十二處如空聚落觀眼等根隨境別轉觀諸緣起不相違背觀衆生見畢竟遠離又復觀因必招果報觀果如現前證得觀諸正達轉復超越又毗鉢舍那者謂於諸法如空所見無相無願而無別異觀無有因無起滅處見無所得得無所觀於無所觀更無諦察觀無所觀知能觀者亦復如是如是觀者即如實觀於如實觀而能獲得眞實善巧毗鉢舍那是諸菩薩於此行中而無墮落於諸善根亦無住著舍利子是爲菩薩摩訶薩於勝慧波羅蜜多獲得如是助道之法又諸菩薩於正道善巧有四種相何等爲四一者未生罪業諸不善法欲令不起二者已生罪業諸不善法欲令除斷三者未生善法欲令發起四者已生善法欲令久住無所損壞修諸觀行使無忘失發精進心攝受正願向來所說諸不善法欲令不起深心作意悉是增語發精進心攝受正願深心觀察亦復增語所以者何謂法無合集深心解脫是名善法云何名不善法謂於戒定慧有所對治云何於戒對治謂於戒名字及所作法毀犯墮落云何

於定對治謂於三摩地蘊起散亂心破壞聖行云何於慧對治謂於所有法數數起見作諸礙解於勝慧蘊有所趣向損壞無見是名於戒定慧有所對治向來所説已生罪業諸不善法如是行相深心作意欲令除斷發精進心攝受正願此不善法以心覆護不應開示一切善法心常集行於所對治貪瞋癡等悉應了知因攀緣生以不淨觀對除貪欲以慈悲觀對除瞋恚以緣生觀對除癡暗淨諸煩惱斯爲解脱又復所有法不應普斷於一切法而生觀察此説是名初二正斷又如是説未生善法欲令發起發精進心攝受正願此有無量所以者何謂諸菩薩植諸善本精進樂欲攝受勝行如是積集無量善法此説是名第三正斷又正斷者已生善法欲令久住無所損壞使無忘失發精進心攝受正願若以此善根迴向菩提則是增語所以者何無有菩提可迴向故於此善根則無破壞何以故如其發心不出三界故若出三界於此善根即應盡盡所以者何如其發心出三界故若不出三界而能迴向一切智智於此善根則無有盡此説是名第四正斷舍利子是爲菩薩摩訶薩於勝慧波羅蜜多之行獲得四種正道善巧復次諸菩薩於正道善巧有五種相何等爲五一者信根二者精進根三者念根四者三摩地根五者勝慧根云何信根信有四法何等爲四謂起正見信有世間及輪迴行獲彼業報而爲對治由彼命根不造罪業信菩提行如彼修行資身之具不生樂著於甚深勝義及諸了義發生正解於有

情行信一切法空無相相於諸見造作不樂信解於諸佛法力無畏等聞已離諸愛著及餘言說彼諸佛法悉皆積集此說是名信根云何精進根謂信是法發起精進此說是名精進根由此精進積集諸法於其念根無所破壞是名念根由此念根無所破壞而於諸法三摩地根唯一境性是名三摩地根由此三摩地根唯一境性以彼慧根觀察諸法而能了知是名慧根如是於此五根積集繫屬即得圓滿一切佛法至授記地譬如外五神通不受胎藏乃至獲得出離男女等根如諸佛世尊及諸菩薩於此五根而得成就此說是名菩薩摩訶薩於勝慧波羅蜜多獲得五種正道善巧舍利子又菩薩正道有五種相何等爲五一者信力二者精進力三者念力

四者三摩地力五者勝慧力云何信力謂於法信解設魔波旬化作佛身而來親近爲說別法以信力故於此正法一塵沙數莫能破壞以智伺察悉爲除斷又魔所說此非佛法於四大種及諸業報顛倒積集而諸菩薩以信解力深心伺察皆不信受此說是名菩薩信力云何菩薩精進力謂能發起勇猛精進入解善法在在處處得堅固力若天若人彼所有力乃至菩薩所住之處無能傾動是名菩薩精進力云何菩薩念力謂於法念處其心安住彼彼煩惱不能嬈亂以念力故破諸煩惱而復得此清淨正念是名菩薩念力云何菩薩三摩地力謂獨處閑靜離諸憒閙一切語言音聲悉皆遠離無有攀緣對治名最初禪定於善尋伺得無障礙名第二禪定於

喜樂行得無障礙名第三禪定於攝受正法化度有情得無棄捨無有障礙名第四禪定於四禪行彼對治法不能破壞於彼定處亦不遠離於三摩地不生愛著是名菩薩三摩地力云何菩薩勝慧力謂於剎那而能了知世出世法於如是智無能破壞一切工巧乃至世間種種技藝若近若遠難作能作而諸菩薩現前獲得出世間法謂智慧高顯勝諸世間一切天人阿修羅等無能破壞是名菩薩勝慧力舍利子菩薩摩訶薩於勝慧波羅蜜多獲得如是五種正道善巧

佛說大乘菩薩藏正法經卷第三十七

佛說大乘菩薩藏正法經卷第三十八

宋西天三藏銀青光祿大夫試光祿卿慈覺傳梵大師賜紫沙門法護等奉 詔譯

勝慧波羅蜜多品第十一之六

復次舍利子略說菩薩一種聖道謂是菩薩於阿耨多羅三藐三菩提單已無二以自勇猛大精進力深心攝受不藉佗緣及佗開示而自成辦極大力用能被如是堅固甲冑而諸有情難得能得諸新發意住菩提乘未得令得又復一切難施能施持戒忍辱精進禪定勝慧亦復如是又於波羅蜜多無能建立者而是菩薩於諸波羅蜜多悉能建立以要言之乃至廣大覺悟種諸善根無能及者於是法行單已無二詣菩提場坐金剛座摧伏魔力一刹那頃勝慧相應於阿耨多羅三藐三菩提果決定平等無復退轉舍利子是名菩薩摩訶薩於勝慧波羅蜜多獲得菩薩聖道善巧云何菩薩緣生善巧謂此菩薩於晝夜中獨處宴坐發善尋伺蘊由何起當由何力謂由如是不如理作意發生無明無明緣行行緣識識緣名色名色緣六入六入緣觸觸緣受受緣愛愛緣取取緣有有緣生生緣老死憂悲苦惱及隨煩惱方便集起又復由如是法無體無作及無主宰謂善因惡因無記因一切緣生又諸有情各有分量謂根因增上根因業因果因有無邊際究竟等因一切集生而皆了知此說是名緣生善巧又復蘊滅當云何滅謂不如理作意滅則無明滅無明滅則行滅行滅則識滅識滅則名色滅名色滅則六入滅六入滅則觸滅觸滅則受滅受滅則愛滅愛滅則取滅取滅則有滅有

滅則生滅生滅則老死憂悲苦惱滅而於此中得如是智又緣生善巧者謂一切法繫屬因緣之所和合即能加持無我無人無衆生無壽者於如是等得無計度而諸菩薩於此緣生復能建立一切佛法及菩提相於有盡滅應妙觀察於無盡滅攝化有情舍利子菩薩摩訶薩於勝慧波羅蜜多獲得如是緣生善巧云何菩薩一切法善巧一切法者謂有爲無爲而諸菩薩於有爲無爲善巧應如是知有爲善巧者謂身語意所有善行觀察有爲菩提向一切智是名有爲善巧又有爲善巧者謂積集布施持戒忍辱精進禪定五種波羅蜜多若復於勝慧波羅蜜多得無爲智於五波羅蜜多亦無棄捨善求一切波羅蜜多信解無漏菩提向一切智是名無爲善巧

又有爲善巧者謂於有情行四攝事無所對遣雖復攝受有情而實攝受無我無人於攝事善巧亦無所取信解無爲菩提向一切智是名無爲善巧又復有爲善巧者謂斷諸行相續繫縛即斷輪迴及煩惱縛於菩提相有所任持相續繫縛微細方分而不集行此説是名有爲善巧若復於空無相無願以智伺察善解諸法因緣修菩提行而不取證無爲是名無爲善巧又復雖行三界而不爲三界煩惱之所繫著是名有爲善巧若以智了知出離三界而不離三界亦無墮落是名無爲善巧若説一切法善巧即一切智悉是增語若於一切智通達圓滿無所損減説此勝慧善巧是即名爲一切法善巧舍利子諸菩薩摩訶薩安住勝慧波羅蜜多行時於勝慧分

獲得如是十種善巧佛告舍利子云何勝慧云何波羅蜜多勝慧者謂觀察了知善不善法是名勝慧分別無量如實法門是名勝慧通達諸見得無礙法是名勝慧安住一切正願而實捨諸願求是名勝慧離諸熱惱而得輕安是名勝慧斷諸攀緣得大法樂是名勝慧隨義觀察是名勝慧得住一切菩提分法是名勝慧於相無相如實了知是名勝慧以智照解諸法體性是名勝慧超諸險難獲無障礙是名勝慧攝受正達是名勝慧於諸善法使得清淨是名勝慧斷煩惱習是名勝慧由先修證一切善法是名勝慧於自然生等而起覺悟引導遠離是名勝慧不著三界是名勝慧於諸聖願相續不斷是名勝慧以諸無相伏除遍計對治清淨是名勝慧離諸暗鈍成就一切相應行地是名勝慧於一切智智住光明道是名勝慧於無明闇蔽作諸明眼是名勝慧如是信解得無漏眼根是名勝慧於眼境道超諸勝義是名勝慧眞實出離不動調伏是名勝慧照智慧門無有窮盡是名勝慧遍一切處無有相違是名勝慧於解脫道而常高顯是名勝慧離諸煩惱及障礙法悉不共住是名勝慧舍利子諸菩薩摩訶薩以如是勝慧而能入解一切有情心之所趣業行差別諸塵勞門乃至以如是慧於執持門而能遍知一切聲聞辟支佛三藐三佛陀此說是名勝慧而諸菩薩於是句義一切當學又舍利子波羅蜜多者謂是勝慧了知一切善不善法名波羅蜜多以要言之乃至於是句義一切當學名波羅蜜多又復於善

薩行殊勝圓滿名波羅蜜多一切智智圓滿名波羅蜜多於有爲無爲法悉無所著名波羅蜜多爲令覺悟輪迴過失名波羅蜜多普能顯示無盡法藏名波羅蜜多離諸攀緣解脫圓滿名波羅蜜多於布施持戒忍辱精進禪定勝慧普令覺悟名波羅蜜多究竟善巧於有情界引導一切爲令圓滿無生法忍至不退地名波羅蜜多圓滿佛刹化度有情至菩提場降諸魔怨獲得圓滿一切佛法名波羅蜜多又能如是建立大乘菩薩藏正法名波羅蜜多舍利子而諸菩薩於正法藏如是學已得至彼岸是故於此大乘一切波羅蜜多當如是學又舍利子若善男子善女人於此菩薩藏正法受持讀誦廣大開示爲他人說而能獲得十種稱讚功德何等爲十一者過是生已而得通達一切事業二者得生聖族三者具大名稱四者所說言辭人喜信入五者得大富饒六者人天愛敬七者獲轉輪王八者得生梵世九者(梵本元闕)十者遍一切處得菩提心無有退失又復獲得十種稱讚功德何等爲十一者與尼乾陁等得不共住二者不起我見三者不起人見四者不起衆生見五者不起壽者見六者不起常見七者不起斷見八者捨諸玩好九者發淨信心常樂出家十者於名句文速得悟入又復獲得十種稱讚功德何等爲十一者正念二者聰利三者總持四者勝慧五者刹那具足六者得宿住念七者性少貪欲八者性少瞋恚九者性少愚癡十者不爲熾然三毒之所燒煮又復獲得十種稱讚功德何等爲十一者希有

勝慧二者輕捷勝慧三者猛利勝慧四者極迅速勝慧五者廣大勝慧六者甚深勝慧七者決擇勝慧八者無礙勝慧九者現前得見如來能以伽陀歌詠讚歎十者復與如來深心問答又復獲得十種稱讚功德何等為十一者謂能將護諸惡知識二者解諸魔縛三者破諸魔軍四者斷諸惑染五者於諸行中除伏憍慢六者趣諸善道七者向涅槃門八者布施受施超諸輪轉九者於菩薩道一切隨學十者隨順諸佛一切教勑舍利子於菩薩藏正法應當受持讀誦廣大開示為他人說悉獲如是稱讚功德爾時世尊欲重明斯義說伽陀曰

諸有大智者　善了文句義　持此經中王
獲無量勝慧　彼比丘法師　常行是法施
持此經中王　最勝生歡喜　為諸聽法者
宣說如是法　持此經中王　獲歎美功德
得是勝慧已　於法無損減　復於勝念力
能演無上句　善說法要者　常讚佛教勑
持此經中王　多聞常具足　聞已受持者
不著於文字　隨義常觀察　增長佛智慧
由智慧無邊　深達勝義諦　宣布諸十方
聞是獲稱讚　又令貪恚癡　由斯皆漸少
最上清淨心　聞是獲稱讚　受用資具中
稱量如實義　曉了非眞實　捨家求解脫
樂住空閑處　聞法常無猒　諮問世尊所
法施無有悋　令智慧增長　清白無減失

爾時世尊說是偈已告舍利子此諸菩薩於勝慧波羅蜜多之行應當勇猛以四攝事於長夜中攝受有情何等為四所謂布施愛語

利行同事是名四種云何布施謂財施法施及無畏施云何愛語謂於聞法者出柔順語云何利行謂於自他意樂圓滿云何同事謂於是智起功德想攝受有情安住是法又布施者謂於一切來求丐者意極清淨愛語者斷諸合集利行者使無退屈同事者迴向大乘又布施者隨轉大慈心無遺惜愛語者隨心喜捨利行者爲諸有情身心勇悍被大甲胄同事者心捨高下向一切智又布施者如法追求捨諸資具愛語者導以正法利行者自利利他悉起平等同事者利諸有情咸共發起一切智心又布施者自捨一切若内外法愛語者於諸法行功德智慧善權稱讚利行者棄自所利隨轉利他同事者成熟菩提譬彼掌中菴摩勒果普施一切得無怯弱復次舍利子法施者謂如其所聞爲他人説愛語者謂正開示無所希望利行者爲他演説不生疲猒同事者於一切智樂甚深法心無棄捨又法施者於來聽法者説無散亂愛語者遠至他方演説諸法利行者爲法義故於諸法師以飲食卧具衣服醫藥乃至以身覆護一切給侍同事者爲令薫習安住種性又法施者於諸施中無有過上愛語者分别義利利行者謂隨於義不隨文句同事者爲令圓滿一切佛法又布施者是即布施波羅蜜多愛語者是即持戒忍辱波羅蜜多利行者是即精進波羅蜜多同事者是即禪定勝慧波羅蜜多又布施者是即最初發心菩薩愛語者是即行勝解行菩薩利行者是即不退轉地菩薩同事者是即一生補處菩薩又布

施者是即住菩提根愛語者是即長菩提芽利行者是即開菩提華同事者是即結菩提果舍利子是故諸菩薩摩訶薩於長夜中以四攝事攝受有情於菩提行諸波羅蜜多而能隨轉於此復有無量無邊諸攝事等爾時佛告舍利子彼大蘊如來應供正等正覺爲精進行太子於菩提道悉正開示及過去未來現在諸佛世尊之所稱讚時精進行太子於彼佛所得聞如是菩提正道及聞三世諸佛世尊之所稱讚快得善利發大歡喜復於彼佛及諸大聲聞衆於九十九俱胝歲以飲食衣服卧具醫藥供養恭敬尊重讚歎舍利子彼大蘊如來應供正等正覺即時與授阿耨多羅三藐三菩提記

佛說大乘菩薩藏正法經卷第三十八

音釋

惛（呼昆切心不明也）掉（徒弔切搖也）憺怕（憺徒覽切怕白各切憺怕恬靜無爲貌）捷（疾葉切敏疾也）

佛說大乘菩薩藏正法經卷第三十九 四十同卷

宋西天三藏銀青光祿大夫試光祿卿普明慈覺傳梵大師賜紫沙門法護等奉 詔譯

勝慧波羅蜜多品第十一之七

爾時佛告舍利子汝等勿謂精進行太子得授記已起於異見而生疑惑所以者何是精進行太子已於過去九十九俱胝歲親近供養尊重讚歎大蘊如來及聲聞衆亦以飲食衣服卧具醫藥精勤給侍悉令充足以本願故彼佛世尊與授阿耨多羅三藐三菩提記於未來世過阿僧祇劫當得作佛號曰寶身如來應供正徧知明行足善逝世間解無上士調御丈夫天人師佛世尊其佛有八十那庾多大聲聞衆皆阿羅漢諸漏已盡無復煩惱心得自在到於彼岸舍利子復於彼時有王出世名曰善現其王唯以善法化治人民轉正法輪行精進行四兵嚴衛七寶具足所謂輪寶象寶馬寶摩尼寶女寶主兵寶主藏寶如是七寶殊勝無比復有大城名閻浮檀金其城東西脩廣十二踰繕那南北亦等七踰繕那其國人民離諸艱苦所須如意有大神通受勝妙樂如是有情充滿其中有大長者名曰善慧珍寶具足受用無乏其諸庫藏悉皆充溢於諸佛所植衆善本而爲諸佛之所印可舍利子爾時寶身如來應供正等正覺觀彼善慧長者審知其器堪可任持菩薩藏正法之器是諸佛法器如是知已即詣其所現大神力於虛空中結跏趺坐隨應爲說菩薩道法而復稱讚三世諸佛舍利子時彼長者聞說法已深心愛樂信解清淨生大歡喜於千歲中即以飲食衣服卧具醫藥種種

所須禮拜供養尊重讚歎寶身如來及聲聞衆滿千歲已而無懈倦作是誓言願我當成阿耨多羅三藐三菩提時彼如來聞是誓已即爲授記舍利子汝勿謂善慧長者得授記已起於異見而生疑惑我於彼時願求菩提亦以飲食衣服卧具醫藥於千歲中供養恭敬尊重讚歎寶身如來及聲聞衆彼佛世尊不與我授阿耨多羅三藐三菩提記爾時寶身如來告善慧言汝於未來世過阿僧祇劫當得作佛號曰然燈如來應供正徧知明行足善逝世間解無上士調御丈夫天人師佛世尊彼佛法中有王名阿闍世其王有城名蓮華具足彼國人民離諸苦難多所安隱隨意成就舍利子復於彼時有王名大婆羅其王有子名具足燈威德自在面貌端正衆相具足人所愛樂庫藏充滿受用無乏時阿闍世王即以半國委付其政時具足燈既即位已亦以善法化治人民舍利子是具足燈乃於後時誕生太子色相端嚴最勝圓滿清淨瑩澈猶如池沼具三十二大人之相威光晃耀猶如日輪其王即時心生歡喜乃與立字名曰然燈爾時其王召婆羅門占相其子時婆羅門而白王言今太子者宿植善本當證阿耨多羅三藐三菩提必定不久得大神通爾時淨居天子於色究竟天忽然没已詣太子所頭面禮足右繞三帀爲彼太子説伽陀曰

往昔於因中　積集諸功德　悟無上菩提
猶如勝仙幢　盛年具威勢　遷謝疾如風
壯色老所侵　世間不可樂　以衰老所逼

猒苦求解脫　應當善思惟　光景不久住
善哉大智者　速疾求出離　於此菩提道
堅固持淨戒

爾時淨居天子說伽陀已於初夜分即爲太子警覺開示令生信解捨家出家當得阿耨多羅三藐三菩提具大威德名稱遠聞時彼太子既授其教於佛法中精勤信解隨順修學阿耨多羅三藐三菩提法舍利子爾時具足燈王聞是太子捨家出家得阿耨多羅三藐三菩提已即遣使者往詣然燈佛所具宣教勑唯願大慈憐愍於我願時速還若不時來即嚴四兵我當自往舍利子時具足燈王復召群臣共議斯事即時嚴駕奉迎世尊見佛身相端嚴殊特歎未曾有各起恭敬頭面禮足而白佛言唯願世尊於阿闍世王深心憐愍饒益我等舍利子爾時然燈如來受王請已其王即與二十俱胝王諸眷屬及四兵衆隨佛世尊前後圍繞往詣王宮而王即以衣服飲食牀褥湯藥一切樂具悉令充足隨所愛樂而用供養時佛世尊爲說法要多所度脫頂禮佛足右繞三帀涕淚悲泣深懷戀慕爾時然燈如來復與二十俱胝大阿羅漢即時往詣阿闍世王蓮華具足大城舍利子爾時阿闍世王聞佛然燈至其城已即勑人民於其城中四衢巷陌咸使清淨瓦礫荊棘悉令屏除香水灑地無諸塵坌散衆名華積至于膝寶鉼香爐其煙彌布種種寶衣處處垂下擊鼓角貝其聲相續塗香華鬘充滿其中勝妙莊嚴昔所未有彼國人民隨自供養無諸貿易咸所樂觀舍利子爾時阿闍世王

復以種種華香瓔珞燒香粖香衣服繒蓋幢旛伎樂歌頌讃歎奉迎如來於自宫中禮拜供養時王即得勝歡喜心妙吉祥心無障礙心離熱惱心安隱而住舍利子復有長者居士婆羅門等亦以如上種種供養往詣佛所頭面禮足瞻仰世尊爾時有一梵志名曰妙寶與其徒衆五百人俱住呬末河側常持三種曼多囉法所謂㑊揵吒法該吒婆法惡刹囉鉢捺法時彼徒衆悉能通達此三種法彼自記别誦是文句世間最勝是大丈夫爲軌範師舍利子彼時復有寶雲梵志亦與徒衆五百人俱於彼學習自謂究竟是時寶雲而白師言我於本法已得通達今欲還詣本所生處當求五百金錢用酬教誨是時寶雲漸次經歷國邑聚落至蓮華具足大城見彼城中莊嚴殊妙即時往問今此城中作何勝事彼共告言仁者當知今佛世尊然燈如來與八十俱胝大阿羅漢八萬四千大菩薩衆見處王宫演説正法度脱一切其國人民莊嚴乃爾是時寶雲聞是事已發清淨心生大歡喜作是思惟佛世難遇如優曇鉢華時一現耳我今當以所求金錢持用買華以散佛上漸次遊行見一童女手持七枝優鉢羅華是時寶雲告童女言此華殊妙從何所得我今欲以五百金錢貿易此華作妙華鬘持以奉獻然燈如來爾時童女聞佛名已宿善根力而作是言今我此身墮生死中宜自開寤寶雲聞已即告童女汝適何言童女答云我於往昔阿僧祇劫於佛法中積集善利或以真珠瑠璃金銀珂貝象馬牛羊輦輿車乘姝女

眷屬頭目髓腦身肉手足若內若外一切財物悉皆布施深淨信解捨家出家行菩薩道於一切法離諸障礙無芥子許不捨身命汝何於我而生輕侮是時童女即持優鉢羅華往詣然燈佛所持以上佛佛即受之爾時世尊復有百千俱胝那由他衆恭敬圍繞佛於其中威德巍巍廣大清淨而是童女歎未曾有即時發起最上勝心增長愛樂舍利子時寶雲梵志亦詣佛所發淨信心頂禮雙足瞻仰尊顏目不暫捨見彼人衆悉以上妙法服奉獻然燈如來時彼寶雲作是思惟我今何有殊妙法服而爲供養即以所著鹿皮之衣持用上佛時會人衆見是事已即生毀呰作是語時彼鹿皮衣忽然變作七寶所成是時寶雲心大歡喜踊躍無量即以奉獻然燈如來而作是言唯見哀愍願垂納受是時如來即爲受之復以五枝優鉢羅華供散佛上普及衆會爾時復有無數天子持天曼陁羅華摩訶曼陁羅華曼殊沙華摩訶曼殊沙華而散佛上於虛空中作天伎樂歌詠讚歎以神通力復現無數優鉢羅華其華千葉異香彌布旋覆空中化成華蓋以爲供養舍利子爾時寶雲梵志即於然燈佛所經十二歲淨心奉事由勝進力以本願故獲金色髻而作是言唯願世尊安慰於我令我堅固早成阿耨多羅三藐三菩提記

佛說大乘菩薩藏正法經卷第三十九

佛說大乘菩薩藏正法經卷第四十

宋西天三藏銀青光祿大夫試光祿卿慈覺傳梵大師賜紫沙門法護等奉　詔譯

勝慧波羅蜜多品第十一之八

復次舍利子彼然燈如來應正等覺於三世中普以慧眼悉能了知時寶雲梵志如是知已以金色髻布散於地請佛聲聞及餘比丘右旋履蹈所以者何佛告諸比丘寶雲梵志過無量阿僧祇劫當得作佛號釋迦牟尼如來應供正徧知明行足善逝世間解無上士調御丈夫天人師佛世尊舍利子時彼梵志聞佛記已歡喜踊躍現大神通於虛空中即時證得無量百千俱胝那庾多不可說三摩地門以神通智力超越東方殑伽沙世界諸佛世尊咸與授記汝於未來世過無量阿僧祇劫當得作佛號釋迦牟尼如是東西南北四維上下諸佛世尊亦復如是舍利子是寶雲梵志復聞諸佛同授記已獲大安慰從空中下即時往詣然燈佛所發淨信心捨家出家常修梵行舍利子汝於寶雲梵志莫起異見勿生疑惑所以者何彼梵志者即我身是我於是時以五枝優鉢羅華散佛頂上復於菩薩藏正法樂欲聽聞受持讀誦廣大開示爲人演說具足正行謂無相行是故疾得阿耨多羅三藐三菩提記舍利子若我於彼清淨法行不以神通智力種種成辦彼佛世尊即不與我授菩提記爾時我於菩薩藏正法如其所聞安住正行謂無相行不可得行及見彼佛於一切行平等超越我於彼佛知一切法自性不生隨順諸法起平等見而能獲得最上法忍得是忍者何所忍耶所謂色忍

受忍想忍行忍識忍乃至蘊處界種種法忍雖復得是法忍如彼增語所以者何非世間法積集行故非異生法非無學法非緣覺法非菩薩法非諸佛法積集行故於一切法皆不可得無所集故說此是名得諸法忍又彼忍者於一切相一切攀緣一刹那頃亦得是忍謂非眼界非眼境界盡乃至非耳鼻舌身意境界盡於彼忍境亦無所至舍利子得是忍者由我於菩薩藏正法樂聽聞受持讀誦廣大開示爲人演說具足正行謂無相行不可得行是故我於然燈佛所速得授記說是語時會中有長者子名曰仁授聞佛說菩薩藏正法諸佛功德及菩薩行即從座起整衣服偏袒右肩右膝著地合掌恭敬而白佛言世尊我於尊者阿毿樓馱昔常隨學入解阿羅漢法盡老死際住空寂舍我今忽聞菩薩藏正法諸佛功德及菩薩行所謂大乘是最上乘第一深妙無有過上是爲阿耨多羅三藐三菩提法而我親聞佛說親所聽受於此正法發生無量深妙勝解復於是法無所稱量無所執著不作聖解若謂是法第一深妙無有過上是即於彼積集退轉世尊此菩薩藏正法於諸佛乘乃至所有一切乘中最在其上第一開示多所憐愍多所饒益安樂天人度脫一切於學無學如應所得至菩薩地其誰不發阿耨多羅三藐三菩提心爾時長者子仁授重白佛言世尊於苦集中而難成就阿耨多羅三藐三菩提耶佛言仁授如是如是世尊如其行相於阿耨多羅三藐三菩提心不退轉積集精進如佛世尊於殑伽沙

數一一佛所發菩提心復能平等安住如是精進證菩提果復能安隱諸菩薩道所以者何諸佛智慧無量無邊不可思議不可稱量世尊若於是法不善修作分別罣礙雖百千俱胝那庾多劫於菩提果甚爲難得爾時仁授長者子即於佛前說伽陀曰

於千俱胝劫　我發菩提心　見懈怠衆生
沉淪諸苦惱　假使施頭目　量積過須彌
如是一心中　精懃無懈退　若我住佛道
利樂諸有情　由依如來故　得是精進力
此乘名大乘　是佛最上說　樂欲菩提者
畢竟無見取　救護諸苦惱　解脫於惡趣
此正覺義利　唯如來所說

時仁授長者子說是偈已於佛法中起大信解不著世樂妻子眷屬向佛世尊頭面禮足右繞三帀於剎那頃詣本住處與自眷屬七妻七男七女七奴七婢各持上妙細氎價直千萬幷諸妓樂五百人俱出王舍大城欲詣佛所時彼人衆見是事已即時往問時長者子白言仁等當知如來現在耆闍崛山與無量無數百千大衆恭敬圍繞廣大開示無量善法佛之智慧不可思議不可稱量我及眷屬欲往詣彼樂聞如來深妙法義以善根力決諸疑網爲欲攝受阿耨多羅三藐三菩提仁等亦宜親近彼佛植諸善本時彼人民聞是語已生大歡喜咸悉隨從爾時長者子與自眷屬五百妓樂及千人衆到佛所已即以華香瓔珞塗香抹香繒蓋幢旛伎樂歌詠作諸供養及上妙細氎價直百千以散佛上即於佛前說伽陀曰

往昔多劫中　勤修菩提行　於法得自在
利樂諸有情　如是我今當　故此伸供養
見兩足世尊　常處清淨行　現證無上道
故此伸供養　我諸眷屬等　所將千人衆
咸親近如來　一切歸命禮

爾時長者子説偈讃已而白佛言世尊我及眷屬所將人衆來詣佛所一切皆住阿耨多羅三藐三菩提心植衆善本於無上道誓不退轉作是語已俱發聲言世尊我等歸佛歸法及比丘僧諸優婆塞唯見攝受我等盡其形壽遠離殺害趣清淨門一時皆發無上道心惟願世尊爲我等故説微妙法於如是衆勿應棄捨及未來世苦惱衆者願爲濟度如是三請爾時世尊極憐愍故現大神通即升虛空跏趺而坐時長者子等見是事已歎未曾有彼佛世尊威神力故持諸大衆皆處虛空爾時長者子與自眷屬五百伎樂等發大歡喜於虛空中起立合掌右繞三帀頭面禮足作衆伎樂謌詠佛德普及時會如是遍滿無量百千踰繕那佛神力故忽於空中復化大比丘衆千二百五十人與其眷屬六萬人俱從東方來樂欲聽法時佛世尊見彼大衆即以神力化五樓閣衆妙莊嚴甚爲希有一一樓閣皆出梵音演説妙法復有百千俱胝諸天子衆持天曼陁羅華以散佛上徧覆空中佛神力故成華樓閣爾時長者子及諸大衆覩如是等廣大神變清淨莊嚴發生無量親近愛樂佛知是已即攝神力還復東方本相如故爾時阿難見是事已偏袒右肩合掌恭敬而白佛言世尊以何因緣現是神變惟

願世尊為我等説佛告阿難我今當為仁授長者子與自眷屬及衆妓樂供養於我是人於百千俱胝劫不墮惡趣常生人天受勝妙樂過是劫已亦復尊重供養道行如來應正等覺於二十五俱胝劫不復輪轉是七妻等捨是身已當轉女身成丈夫相復與仁授菩薩於一劫中修菩薩行阿難彼仁授菩薩當得作佛號曰等心如來十號具足與自眷屬轉次授記皆得作佛時彼伎樂五百人衆由供養佛以是緣故於阿僧祇劫不墮惡趣千俱胝劫常作轉輪聖王過是數已供養尊重十千如來於一劫中皆當作佛盡同一號餘千人衆於慈氏如來般涅槃後過殑伽沙劫於千俱胝佛所尊重供養當得作佛號曰希勝如來十號具足爾時佛告具壽舍利子言彼阿闍世王與具足燈婆羅門及千人等正法滅已過刀兵劫於未來世有佛出世名曰慈氏時彼有情壽命長遠具八萬歲復有千辟支佛出現世間復於彼時親近供養尊重讃歎亦復尊重供養慈氏如來於二十五俱胝那庾多劫無復退轉種諸善根捨家出家成菩提果及見彼千人同時發阿耨多羅三藐三菩提心時六十那庾多天人遠塵離垢得法眼淨佛告阿難而諸愚夫不能於佛發生愛樂清淨信解尊重讃歎者所以者何是諸人等於少善根尚不能得何況如來大涅槃證爾時世尊欲重明斯義説伽陁曰

尊重諸佛故　得是勝吉祥　供養調御師

獲最上大果　諸佛滅度後　得覲佛舍利

猶如芥子量　應廣妙修設　又佛滅度後

供養舍利者　應生平等心　若如來住世
由發是心故　供養無上尊　悟平等菩提
果報亦如是　爲善逝攝受　遠離於惡道
是人趣涅槃　不以爲難得　能示佛禁戒
最上三摩地　及清淨勝解　得佛無上果
作是供養已　疾趣善修習　獲無上正覺
宣説第一法　若人欲了知　親近諸佛乘
樂欲獲多聞　深心無猒怠　自在轉輪王
及淨行勝族　具福相莊嚴　應時獲出離

爾時世尊説是偈已告具壽舍利子言若善男子善女人安住大乘欲速成阿耨多羅三藐三菩提者應於菩薩藏正法殊勝義利樂欲多聞受持讀誦乃至廣大開示爲他人説即得紹隆三寶使不斷絶得不退轉四無量心六波羅蜜四攝事等饒益有情悉相應故又舍利子此菩薩藏正法即菩提道所以者何是菩薩藏正法攝受阿耨多羅三藐三菩提故即諸菩薩資粮應如是學無令斷絶舍利子所謂得成阿耨多羅三藐三菩提一切波羅蜜多能於如來一切波羅蜜多善作出離於無量地隨得如來一切輕安乃至隨得如來之地若於如是波羅蜜多即得安住一切波羅蜜多爾時世尊欲重明斯義説伽陁曰

諸有智發生　説一切有爲　由智及無明
故有爲諸苦　於業及業報　應當如是知
若非業非報　現前獲出離

爾時世尊説伽陁已時具壽舍利子諸大菩薩摩訶薩及諸比丘衆一切世間天人阿脩羅乾闥婆等聞佛所説皆大歡喜信受奉行

佛說大乘菩薩藏正法經卷第四十

音釋

誕徒案切　瑩烏定切潔也　澈直列切澄清也　鬘莫班切　貿莫候切交易也　蹈徒到切踐也　阿㝹樓馱梵語也此云如意又云無貪阿音遏㝹乃侯切馱唐何切　氎徒協切細毛布也

五經同卷

清刻龍藏佛說法變相圖

五經同卷

佛爲優填王說王法政論經

佛說五大施經

佛說無畏陀羅尼經

佛說大威德金輪佛頂熾盛光如來消除一切災難陀羅尼經（九曜眞言附）

佛說熾盛光大威德消災吉祥陀羅尼經

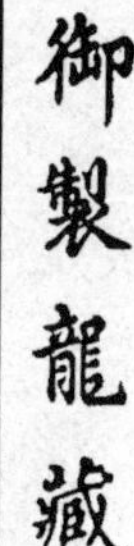

佛爲優填王說王法政論經

唐三藏沙門大廣智不空奉　詔譯

爾時優填王獨處空閑靜室而坐生如是心當云何知諸帝王眞實過失及眞實功德我若知者當捨其失當修其德若有沙門淨行

者能了爲我廣宣開示良久思已便作是念唯我世尊三界大師具一切智定知諸王所有眞實過失及眞實功德我今當往佛世尊所請問斯義故我今者來至佛所惟願如來爲我開示世尊云何諸王眞實過失云何諸王眞實功德作是請已爾時世尊告優塡王曰大王今者應當了知王之過失王之功德王衰損門王可愛法及能起發王可愛之法云何王之過失大王當知王過失者略有十種王若成就如是過失雖有大府庫有大臣佐有大軍衆不可歸仰何等爲十一者種姓不高二不得自在三立性暴惡四猛利憤發五恩惠賒薄六受邪佞言七所作不順古先王制八不顧善法九不鑒是非勝之與劣十所向縱蕩專行放逸云何名王種姓不高爲有庶臣不類而生非宿尊貴纂紹王位是名種姓不高云何名王不得自在爲有帝王被諸大臣輔相官僚所制不隨所欲所作常有諫約於妙五欲亦不如意歡娛遊戲如是名王不得自在云何名王立性暴惡爲有帝王見諸臣類或餘人等犯小愆過即便對面發麤惡言咆哱忿恚顰蹙貶黜設不對面背彼向餘而作於前黜罵等事或不長時瞋恚或於長時不捨如是對面暴惡背面暴惡是名帝王立性暴惡云何名王猛利憤發謂有國王見諸羣臣有小愆過有少違越便削封禄奪去妻妾即以重法而刑罰之如是名王猛利憤發云何名王恩惠賒薄謂有國王謂羣臣等親近侍衛雖極清白善稱其心而以微劣輭言慰喻其須賜爵禄酬賞勳庸不能圓

滿不順常式或損耗已或稽留已然後方與如是名為王恩賒薄云何名王受邪佞言若有帝王見諸羣臣實非忠正不閑憲式潛謀輔佐佞心偏黨不修善政妬嫉賢良信用如是等人所進言議由此因緣王務財寶虛耗善政並皆衰損如是名王受邪佞言云何名王不順先王所制謂有國王不能究察不審揀擇諸羣臣等於種種務國法事中不堪委任而委任之堪委任者不委任之應賞賚者而刑罰之應刑罰者而賞賚之又比羣臣處大朝會餘論未終發言間絕不敬不憚而與諫諍不能依法而善奉行不能正住先王教命如是即名不順先王所制之法云何名王不顧善法謂有國王不信因果不悟當來善不善業人天果報隨情造作身語意業三種惡行不能以時惠施修福持齋學戒受陀羅尼業灌頂法門於四無量心不興廣濟如是名王不顧善法云何名王不鑒是非勝之與劣謂有國王於諸大臣輔相官僚用心顛倒不善了知忠信技藝智慧差別以不知故非忠信生忠信想非技藝有技藝想於惡慧所生善慧想於善慧所生惡慧想又諸臣等年耆衰邁曾於久時親近侍衛知其無勢遂不敬愛不賜爵祿不酬其賞被他陵蔑捨而不問如是名王不鑒是非勝之與劣云何名王一向縱蕩與行放逸謂有帝王於妙五欲一向沉沒耽著嬉戲不能時時誡慎如是即名為一向縱蕩專行放逸若有國王成就如是十種過失雖有大府庫有大輔佐有大軍衆不久國界自然災亂而不可歸仰當知此十

過失初一是王種姓過失餘九是王自性過失云何名王之功德大王功德者略有十種一者種姓尊高二者得大自在三者性不暴惡四憤發輕微五恩惠猛利六受正直言七所作諦思善順先教八顧戀善法九善知差别十不自縱蕩不行放逸云何名王種姓尊高謂有國王宿植善根以大願力故生王族紹繼國位恩養萬姓淨信三寶如是名王種姓尊高云何名王得大自在謂有帝王自隨所欲於妙五欲歡娛遊戲所應賞賜隨意而作於百僚等所出教命宣布無滯如是名王得大自在云何名王性不暴惡謂有國王見諸羣臣雖違少小愆犯等事而能容忍不即貶黜不發麤言亦不對面憤發亦不内意祕匿如是名王性不暴惡云何名王憤發輕微謂有國王諸羣臣等雖有大愆有大違越而不一切削其封禄奪其妻妾不以重法而刑罰之隨過輕重而行矜降如是名王憤發輕微云何名王恩惠猛利有諸羣臣親近侍衛其心清白其心調順王即時時以正圓滿輭言慰喻須賜勳庸而不令彼損耗稽留劬勞怨恨易可親近不難承事如是名王恩惠猛利云何名王受正直言謂有國王諸羣臣等實有忠正無濁無偏善閑憲式情無違叛其王信用如是人等所進言議國務財寶悉皆成就名稱遠布黎庶咸歡如是名王受正直言云何名王所作諦思順先王教謂有國王性能究察審能揀擇諸羣臣等於種種務公法事中不堪委任者而不任之堪委任者而委任之應賞賚者而正賞賚應刑罰者而正

刑罰凡有所爲審思審擇然後方作亦不卒暴其王羣臣等雖處鞫會終不發言間絕餘論要待言終而與諫諍如其王教而善奉行如是即名順先王教云何名王顧戀善法謂有帝王信有因果善不善業人天果報具足慚恥而不恣情作身語意三種惡行時時惠施修福持齋建立曼拏羅受灌頂法而設護摩供養聖衆四無量心常懷廣濟如是名王顧戀善法云何名王能鑒是非勝之與劣謂有國王於諸大臣輔相百僚心無顚倒能善了知忠信技藝智慧差別若有若無並如實知於其無者輕而遠之於其有者而敬愛之又諸臣等年耆衰邁曾於久時親近侍衞雖知無勢無力然念昔恩轉懷敬愛而不輕賤爵禄勲庸分賞無替如是名王能鑒是非勝之與劣云何名王不自縱蕩不行放逸謂有國王於妙五欲而不沉没傲慢嬉戲而不耽著能於時時誡慎方便作所應作慰勞羣臣如是名王不自縱蕩不行放逸若王成就如是功德雖無府庫無大輔佐無大軍衆不久國界自然豐饒而可歸仰大王當知如是十種王之功德初一名爲種族功德餘九自性功德云何名爲王衰損門大王當知衰損門略有五種一不善觀察而攝羣臣二雖善觀察而無恩惠縱有恩惠不得及時三專行放逸不思國務四專行放逸不守府庫五專行放逸不修善法如是五種皆悉名爲王衰損門云何名王不善觀察而攝羣臣謂有國王於羣臣等不能究察不審揀擇忠信技藝智慧差別攝爲親侍加以寵愛厚賜爵禄重委

寄處而相委任數以輭言而相慰喻然此羣臣所謂財寶多有損費若遇寃敵惡友軍陣而先退敗以懼破散便生奔背無戀於主如是名王不善觀察而攝群臣云何名王雖善觀察而無恩惠縱有非時謂有國王性能究察審能揀擇知是忠信技藝智慧攝爲親侍而不寵愛不量其材不賜爵禄於形要處而不委任忽於一時王遇寃敵惡友軍陣不怖畏時臨急難時於諸臣等方行寵爵而以輭言慰喻時羣臣等共相謂曰王於今者危迫因緣方於我等暫行恩惠非長久心知此事已雖有忠信技藝智慧悉隱不現如是名王雖善觀察而攝羣臣無恩惠行縱有非時云何名王專行放逸不思國務謂有國王於應和好所作所成國務等事而不得時獨處空閑或與智王共正思惟和好方便乖絕等事及應賞賚乃至軍陣所作所成要務等事不勤在意如是名王專行放逸不思國務云何名王專行放逸不守府庫謂有國王寡營事業不觀諸務不禁王門宮庭庫藏國家密要說向婦人乃於捕獵博戲事中費損財寶而不慎護如是名王專行放逸不守府庫云何名王專行放逸不修善法謂有國王於世所知柔和淳質聰慧辯才得理解脱所有沙門婆羅門不能數近禮敬諮詢云何是善云何不善云何有罪云何無罪云何有福吉祥法門遠離諸惡設得聞已不依修行如是名王專行放逸不修善法若有國王成就如是五衰損門當知此王退失現世果報乃至來生失人天福謂前四門現受福利最後一門退

來生果報云何名爲王可愛法大王當知略有五種謂王可愛可樂可欣可意之法何等爲五一者人所敬愛二自在增上三能摧寃敵四善攝養身五能修善事如是五種是王可意之法云何善能發起王可愛法大王當知略有五種善能發起王可愛法何等爲五一恩養世間二英勇具足三善權方便四正受境界五勤修善法云何名王恩養蒼生謂有國王性本知足能爲謹慎成就無貪白淨之法所有庫藏隨力給施貧窮孤露柔和忍辱多以輭言曉喻國界諸有羣臣有故違犯不可免者量罪矜恕以實以時如理治罰如是名王以王化法恩養蒼生故感世間之所敬愛云何名王英勇具足謂有國王神策不墜武略圓滿未降伏者而降伏之已降伏者而攝護之如是名王英勇具足云何名王善權方便謂有國王一切好事分明了知方便能和攝受強黨故得摧伏一切寃敵云何名曰正受境界謂有國王善能籌量府庫增減不慳不恡平等受用隨其時候所宜給與所有臣親族王等及伎樂人又有疾時應食所宜避所不宜醫候食性方以食之若食未消或食而痢皆不應食應供食者不應獨食所有精味分布令歡如是名王正受境界遂能善巧攝養自身云何名王勤修善法謂有國王具足淨信戒聞捨慧於淨信處了信他世及信當來善不善業人天果報如是名爲具足淨信受持淨戒於年三長每月六齋遠離殺生及偷盜邪行妄言飲酒諸放逸處如是名王具足淨戒於淨聞處於現世業及當來

果修德進業樂聽般若衆妙法門專意勤心究竟通達如是名王具足淨聞於淨捨心遠離慳貪舒手惠施常應修福圓滿平等如是名王具足淨捨謂於具足淨慧之處如實了知有罪無罪修與不修勝劣方便親近多聞戒行沙門遠離諸惡邪教之者善知三種果報圓滿士用圓滿功德圓滿所謂國王繼習帝業所生宗族聰利明慧府庫財寶應用不虧如是名爲果報圓滿若諸國王善權方便恒常成就英勇進退善達藝能是即名爲士用圓滿若諸國王住持正法與諸內宮王子大臣共修惠施行好善事持齋受戒慈三摩地門上妙梵行頻作護摩息災增益建曼荼羅具受灌頂是爲功德圓滿若能如是行者是名淨慧具足復次大王當知我已說王之過失王之功德王衰損門王可愛法及能發起王可愛之法是故大王每日晨朝若讀若誦此祕密王放依之修行即名聖王即名法王諸佛菩薩天龍八部日夜加持恒常護念能感世間風雨順時兵甲休息諸國朝貢福祚無邊國土安寧壽命長遠是故當獲一切利益現世安樂爾時優填王聞佛所說踴躍歡喜信受奉行

佛爲優填王說王法政論經

佛說五大施經

宋西天三藏朝奉大夫試光祿卿傳法大師施護等奉　詔譯

佛世尊一時在舍衛國祇樹給孤獨園與苾芻衆俱佛告諸苾芻言有五種大施今爲汝說何等爲五所謂一不殺生是爲大施二不偷盜三不邪染四不妄語五不飲酒是爲大施以何義故持不殺行而名大施謂不殺故能與無量有情施其無畏以無畏故無怨無憎無害由彼無量有情得無畏已無怨憎害已乃於天上人間得安隱樂是故不殺名爲大施不偷盜不邪染不妄語不飲酒亦復如是

佛說五大施經

佛說無畏陀羅尼經

宋西天三藏朝散大夫試光祿卿明教大師法賢奉　詔譯

爾時佛告諸苾芻汝等諦聽我今宣說無畏
陀羅尼是陀羅尼能與衆生息除諸難苾芻
若人得聞及受持者是人能獲功德無量無
邊即說陀羅尼曰

唵(引一)那莫阿(引)哩也(二合引)嚩路吉帝(引)說囉
(引)野(二)冒地薩埵(引)野摩賀(引)薩埵(引)野(三)
麼訶(引)迦(引)嚕尼迦(引)野(四)怛𤚥(切身下同)他(引)
唵(引)目訖帝(二合五)蘇目訖帝(二合六)砌(引)那你
(七)尾砌(引)那你(八)你哩摩(二合)梨(引九)莽誐梨(引十)
蘇莽誐梨(引十一)蘇目契(引十二)尾目契(引十三)薩
哩嚩(二合)跛野尾謨(引)叉尼(引十四)薩哩嚩(二合)跛
瑜(引)鉢捺囉(二合)吠(引)毘藥(二合)尾謨(引)叉尼(引十
五)囉惹跛煬(十六)賑羅跛煬(十七)摩囉拏跛煬(十八)

阿必哩(二合)野跛煬(十九)設薩怛囉(三合)跛煬(二十)阿
屹你(二合)跛煬(二十一)烏那哥跛煬(二十二)尾沙跛
煬(二十三)波囉作訖囉(二合)跛煬(二十四)賽𤚥跛煬
(二十五)設咄嚕(二合)跛煬(二十六)阿設你跛煬(二十七)
賽那末𤚥誐都(引)嚩(引二十八)賑囉末𤚥誐都(引)
嚩(引二十九)星賀末𤚥誐都(引)嚩(引三十)吽(引)竭囉
(二合)末𤚥誐都(引)嚩(引三十一)藥叉末𤚥誐都(引)嚩
(引三十二)捺徵(二合)波末𤚥誐都(引)嚩(引三十三)賛拏末
𤚥誐都(引)嚩(三十四)訖哩(二合)瑟拏(二合)薩哩波(二合)
末𤚥誐都(引)嚩(三十五)阿左哥囉末𤚥誐都(引)
嚩(引三十六)喝悉底(二合)末𤚥誐都(引)嚩(引三十七)三母
捺囉(二合)末𤚥誐都(引)嚩(引三十八)哥(引)羅播(引)設
末𤚥誐都(引)嚩(引三十九)你誐拏滿馱都(引)嚩(引四
十)哥(引)瑟吒(二合)滿馱都(引)嚩(四十一)摻哩摩(二合)
滿馱都(引)嚩(引四十二)尾沙訖囉(二合)密都(引)嚩(引四)

十三訥哩僻二合叉都引嚩引四十四你誐拏滿馱都引嚩引四十五波囉設娑怛囉三合都引嚩四十六薩哩嚩二合韈乃嚩跋曳數四十七薩哩巫二合鉢囉二合微引數没節帝四十八薩哩嚩二合跛耶没節帝四十九嚛叉嚛叉摩摩薩哩嚩二合薩埵喃五十阿引俞囉引嚕引倪五十二室哩二合煬嚩哩馱二合底五十二阿哩也二合嚩路引吉帝引說囉寫五十三喝帝引尾喝帝五十四喝麗引尾喝麗五十五薩哩微二合鉢囉二合爹哩體二合哥引謨引左你五十六謨引叉尼五十七尾引哩也二合尼唵那莫莎引賀引五十八

爾時世尊說是陀羅尼已復告諸苾芻言若善男子善女人聞此陀羅尼發志誠心恭信供養讀誦受持若自手書若使人書及爲他說廣宣流布是人不爲王難水火難刀兵難冤賊難之所傷害又復不爲夜叉難禁縛難雷雹難閃電難大海漂没難蟒蛇毒螫難師子狂象難猛虎惡獸難饑饉疾疫難如是諸難皆不爲害乃至怖畏悉皆解脫爾時諸苾芻衆聞佛所說歡喜信受作禮而退

佛說無畏陀羅尼經

佛說大威德金輪佛頂熾盛光如來消除一切災難陀羅尼經

唐代失譯人名

爾時釋迦牟尼佛住淨居天宮告文殊師利
菩薩摩訶薩及諸四衆八部遊空大天九執
七曜十二宮神二十八星日月諸宿我昔於
過去娑羅樹王佛所受此大威德金輪佛頂
熾盛光如來消除一切災難陀羅尼法於未
來世中若有國界日月五星羅睺計都彗孛
妖怪惡星照臨所屬本命宮宿及諸星位或
臨帝座於國於家幷分野處陵逼之時或退
或入作諸災難者應於清淨處置立道場志
心持是陀羅尼一百八遍或一千八十遍若
一日二日乃至七日依法修持壇場受持讀
誦一切災難自然消散不能爲害若太白火
星入於南斗於國於家及分野處作災難者
應於一忿怒尊像前畫彼設都嚕形念此真
言加持其災即散移於不順王命悖逆人身
上即說陀羅尼眞言曰

喃謨(去聲)三滿哆沒馱喃阿鉢囉(二合)底(丁以切)賀
哆舍薩曩喃(引)唵(引)佉佉佉呬佉呬吽吽入
嚩(二合)囉入嚩(二合)囉鉢囉(二合)入嚩(二合)囉鉢囉(二合)
入嚩(二合)囉底瑟吒(二合)底瑟吒(二合)瑟緻(二合)哩瑟
緻(二合)哩薩發(二合)吒薩發(二合)吒扇底迦室哩(二合)
曳娑嚩(二合)賀

佛言若國界分野及男子女人被諸天星辰
所臨身形但書寫此經志心受持讀誦常須
護淨此陀羅尼一切如來同共宣說能成就
八萬種大吉祥事復能除滅八萬種大不吉
祥事若有國王大臣及諸眷屬一切庶民或

被五星羅睺計都彗孛恠惡諸宿陵逼帝座於國於家幷分野處所屬宮宿災難競起或土星侵陵或進或退及宿世冤家欲相謀害諸惡横事口舌厭禱呪詛符書以爲災難令諸衆生依法受持一切災禍不能爲害變災爲福皆得吉祥我説此眞言不可思議功德無比秘密受持勿妄宣傳佛告大衆若有國界不安災難起時及男子女人災祥變禍但請僧衆如法建立道場安置佛像結界護持香花燈燭隨分供養令諸衆生獲福無量其災即除爾時如來復告大衆若人行年被金木水火土五星及羅睺計都日月諸宿臨身災難競起我有大吉祥眞言名破宿曜若能受持志心憶念其災自滅變禍爲福即説眞言曰

唵引薩嚩諾刹呾囉二合穆孛曳室哩曳扇底迦句嚕薩婆訶

爾時如來説是經言文殊師利菩薩摩訶薩及諸四衆遊空大天諸星辰等一切聖衆咸依佛勑頂禮奉行各還本宮天龍八部等聞佛所説皆大歡喜信受奉行

佛説大威德金輪佛頂熾盛光如來消除一切災難陀羅尼經

九曜眞言曰

曩謨三滿多没馱喃唵引金摩訶戌尾野莎訶

曩謨三滿多没馱喃唵引木印捺囉野娑訶

曩謨三滿多没馱喃唵引水嚩嚕拏野娑嚩訶

曩謨三滿多没馱喃唵引火阿乞曩曳娑嚩訶

曩謨三滿多没馱喃唵引土鉢囉替曳娑嚩訶

曩謨三滿多没馱喃唵引囉户曩阿素囉囉

惹野吽娑嚩合二賀羅賠

曩謨三滿多没馱喃唵引嚩囉合二計都諾乞

察怛囉合二囉惹野吽娑嚩合二訶計都

曩謨三滿多没馱喃唵日引阿你底也娑嚩訶

曩謨三滿多没馱喃唵月引蘇摩野娑嚩訶

佛説熾盛光大威德消災吉祥陀羅尼經序

越溪沙門性澄述

夫能仁之爲教也所契者道所體者神統法界而有爲窮三世而不息無乎不在故天爲覆地爲載日月星辰爲照臨羣生品物爲吉凶消長感而遂通故凶可以避吉可以趨天地日月星辰萬物各可以使其至於當者皆斯經之宗用也其消禳災難導致禎祥方軌壇儀要制期限粲然靡所不載足以上福邦家下祐民庶即近而達遠即事而顯眞誠博要之道歟爰自不空傳譯歷代寶之依法誦持衆機蒙益可無訓釋以裨流通維昔雲間鑑師雖嘗疏解繁略未馴輒不自揆採摭山家諸祖格言删補治定庶或少補于將來時至治二年龍集壬戌奉詔赴都乗驛淮河中秋日叙

佛説熾盛光大威德消災吉祥陀羅尼經

唐特進試鴻臚卿三藏沙門大廣智不空奉　詔譯

爾時釋迦牟尼佛在淨居天宮告諸宿曜遊空天衆九執大天及二十八宿十二宮神一切聖衆我今説過去娑羅王如來所説熾盛光大威德陀羅尼除災難法若有國王及諸大臣所居之處及諸國界或被五星陵逼羅睺彗孛妖星照臨所屬本命宮宿及諸星位或臨帝座於國於家及分野處陵逼之時或退或進作諸障難者但於清淨處置立道場念此陀羅尼一百八遍或一千遍若一日二日三日乃至七日依法修飾壇場至心受持讀誦一切災難皆悉消滅不能爲害若太白火星入於南斗於國於家及分野處作諸障難者於一忿怒像前畫彼設都嚕形厲聲念此陀羅尼加持其災即除移於不順王命悖逆人身上受者即説陀羅尼曰

曩謨三滿跢(一)没馱喃(上聲二)阿鉢囉(二合)底(丁逸切三)賀哆舍(四)娑(上聲)娜喃(上聲五)怛姪他(六)唵(引七)佉佉(八)佉呬(上聲)佉呬(九)吽吽(短呼十)入嚩(二合)囉(十一)入嚩囉(十二)鉢囉(二合)入嚩(二合)攞(十三)鉢囉入嚩攞(十四)底瑟姹(二合十五)底瑟姹(二合十六)瑟致(二合)哩(十七)瑟致(一合)哩(十八)薩普(二合)吒(十九)薩普(二合)吒(二十)扇底迦(二十一)室哩(二合)曳(二十二)娑嚩(二合)賀(二十三)

此陀羅尼一切如來同共宣説若有苾芻苾芻尼族姓男族姓女受持讀誦此陀羅尼者能成就八萬種吉祥事能除滅八萬種不吉祥事若有國王大臣及諸眷屬一切庶民或被五星羅睺計都彗孛妖恠惡星陵逼帝座於國於家及分野處所屬宮宿災難競起或

鎮星陵逼或進或退及宿世寃家欲相謀害諸惡横事口舌厭禱呪詛以為災難者令諸衆生依法受持一切災難悉皆消滅不能為害變災為福皆得吉祥我今説此陀羅尼不可思議功德無比祕密受持勿妄宣傳爾時如來告諸四衆若有國界不安災難並起請清淨衆如法建立道場安置佛像結界護持香華燈燭隨分供養令諸有情獲福無量其災即除爾時如來説是陀羅尼經已時曼殊室利菩薩摩訶薩及諸聲聞四衆遊空大天及諸星辰一切聖衆咸依佛勅頂禮奉持各還本宮及天龍八部一切大衆聞佛所説皆大歡喜信受奉行

佛説熾盛光大威德消災吉祥陀羅尼經

音釋

憤房吻切怒也　篡作管祖管二切又與纘同　咆悖咆蒲交切嘷也悖蒲没切逆亂也　顰蹙顰毗賓切蹙子六切　貶黜貶悲檢切黜敕律切　輭乳兖切柔也　賚落蓋切賜也　彗孛彗徐醉切孛蒲没切彗孛妖星也

佛說頂生王因緣經

宋西天三藏朝奉大夫試光祿卿傳法大師施護等奉 詔譯

清刻龍藏佛說法變相圖

佛說頂生王因緣經卷第一 第二第三同卷

宋西天三藏朝奉大夫試光祿卿傳法大師施護等奉　詔譯

佛世尊一時在舍衛國祇樹給孤獨園時憍薩羅國主勝軍大王來詣佛所到已頭面禮世尊足退坐一面白佛言世尊往昔爲求阿耨多羅三藐三菩提時云何行施作諸福行佛言大王且止過去久遠劫事我念於此賢劫之中求阿耨多羅三藐三菩提時修布施行其事因緣汝當諦聽極善作意今爲汝說大王此劫初時人壽無量歲爾時有王名布沙陁其王頂上忽爾肉生如皰而軟如兜羅綿又如細氎亦無痛惱彼成熟已自然開裂生一童子最上色相端正可觀身如金色頭有旋文猶如妙蓋雙臂臃長額廣平正眉復延袤鼻高脩直身分上下皆悉具足有三十

二大丈夫相莊嚴其身童子生已乃入宮中王有六萬宮女眷屬見此童子乳自盈流各作是言我養太子由是立名呼爲我養或有說言今此太子從頂上生應名頂生由是乃有呼頂生者或號我養者時頂生太子在童子位嬉戲娛樂經六帝釋滅在太子位復經六帝釋滅太子一時出於王宮人民肆里次第遊觀乃至後時布沙陁王而忽寢疾侍臣奉以華果根苗藥餌治療雖復勤力疾無瘳損其王即勑諸臣佐言汝等速爲太子授王灌頂臣佐受命即遣使人詣太子所謂太子言父王寢疾拯療無損呼命太子今可速來授王灌頂使届中途王身已謝是時臣佐復遣使人接踵而進謂太子言父王已逝太子速來授王灌頂時頂生太子即自惟忖父王

已逝奔往何及時諸臣佐衆議一人近侍大臣詣太子所白言太子願速來此授王灌頂太子答言若我應統正法王位彼當來此爲我灌頂近臣復言太子授灌頂者多有法儀詣應施設寶獅子座繒蓋寶冠是等所須此何能備禮法又合於王城中作灌頂事是故太子宜往宮中授王灌頂太子答言若我應統正法王位一切所須今應自至時頂生太子有一導翼夜叉神名祢舞迦即運神力追獅子座繒蓋寶冠一切所須乃至城邑聚落皆悉置於太子之前一切覩者惟未曾有然後臣佐人民及勝力兵衆等持妙繒帛依灌頂法欲爲太子授其灌頂作是白言太子應授灌頂時太子言我今何用人間繒帛爲灌頂法繫於我頂若我應統正法王位必有天

妙繒帛而爲繫頂乃至其後自然天降殊妙繒帛爲灌頂事統輪王位即有七寶隨時出現所謂輪寶象寶馬寶摩尼珠寶王女寶主藏神寶主兵神寶如是七寶皆悉具足及有千子最上色相勇猛無畏能伏他軍彼時有城亦號廣嚴城中周帀皆有稠密樹林人所愛樂於其林中有五百仙人棲止修習五神通定是時林間多諸飛鳥鷺鷥等類鳴噪喧煩妨所脩定中一仙人名曰醜面生恚怒心即以呪句呪鷺鷥羣悉折其羽是時折羽鷺鷥循地徐進咸詣頂生王門王方出行適覩門左乃問近臣言何故此鷺鷥羣咸聚門側近臣答言天子羣鳥棲林噪驚禪定仙人恚怒呪折其羽循地而來聚於王門王言此等仙人何故於衆生中心無悲愍今宜勑遣彼等仙衆速離我境臣佐奉命於仙人所具宣王勑時諸仙衆即起是念今此大王統四大洲最極自在我宜從命往須彌山側棲止林間爾時頂生王漸次思惟觀察稱量人間所宜種種事業隨所思惟觀察稱量已各各發起人間所有種類事業其王出行初見人間耕植田里見已乃問諸侍臣言此人所作名爲何等臣白王言天子此人耕耨其田植諸種子隨所滋長而爲活命王言我爲聖王何假人間耕植滋養自有天中種子生成彼頂生王纔言念時有二十七類種子自天而降其王即問諸人衆言此由何人福力所致人衆答言此由天子福力亦兼我等復次彼王漸行又見農人種蒔氎衣種子見已乃問諸近臣言此人所作名爲何等臣白王言天子

此人種蒔氎華樹種結實取綿可成氎衣王言我爲聖王何假人間植氎衣種自有天中妙氎種子纔言念時妙氎衣種自天而降其王即問諸人衆言此由何人福力所致人衆答言此由天子福力亦兼我等復次彼王漸行又見農人紡氎衣線見已乃問諸近臣言此人所作名爲何等臣白王言天子此人取綿紡線將成氎段王言我爲聖王何假人間如是造作自有天中妙氎所用纔言念時妙氎衣線自天而降其王即問諸人衆言此由何人福力所致諸人衆言此由天子福力亦兼我等復次彼王漸行又見農人次第織氎衣段見已乃問諸近臣言此人所作名爲何等臣白王言天子此人布設機杼織氎衣段王言我爲聖王何假人間氎衣被身自有天中妙氎衣飾纔言念時上妙氎衣自天而降其王即問諸人衆言此由何人福力所致諸人衆言此由天子福力亦兼我等爾時頂生王見是事已乃起思念我之福力今於此間未能顯發我已統治須彌山南外大海中此贍部洲其内廣闊外如車形人民熾盛安隱豐樂又復國土城邑嚴麗所居人衆妙色可觀我有七寶所謂輪寶象寶馬寶摩尼珠寶玉女寶主藏神寶主兵神寶如是七寶皆悉具足及有千子最上色相勇猛無畏能伏他軍若我有勝力者快哉今時願我宫中雨金錢七日乃至不使一錢墮於宫外王纔念時即於宫中天雨金錢數滿七日無一金錢墮於宫外隨其所作善根福力神通威德自受福果其王即問諸人衆言此由何人福力所

致諸人衆言天子福力王言如汝向說兼汝等力何故今時天不雨金滿贍部洲使一切人民隨所欲者悉能取之故知汝等宿因微尠佛言大王彼頂生王正法治世又經六帝釋滅復次頂生王謂導翼夜叉神祢舞迦言何處別有大洲爲我所統祢舞迦答言天子須彌山東外大海中彼有大洲名曰勝身其内廣闊外如半月人民熾盛安隱豐樂又復國土城邑嚴麗所居人衆妙色可觀王應往彼隨宜化導時頂生王即自思惟我已統治此贍部洲及有七寶千子圍繞宮中又雨金錢七日我又復聞須彌山東外大海中有勝身洲我今往彼而爲化導王纔念時舉身空中與十八俱胝勝力兵衆及千子圍繞七寶導從刹那即到東勝身洲大王彼頂生王於其洲中治化人民多百千歲隨彼衆生各各所作福行善力神通威德自受福果如是又經六帝釋滅復次頂生王謂導翼夜叉神祢舞迦言何處別有大洲爲我所統祢舞迦答言天子須彌山西外大海中彼有大洲名曰牛貨内外周徧其相圓滿人民熾盛安隱豐樂又復國土城邑嚴麗所居人衆妙色可觀王應往彼隨宜化導時頂生王即自思惟我已統治彼贍部洲七寶千子及雨金錢我復至此東勝身洲治化人民多百千歲今又復聞須彌山西外大海中有牛貨洲我今往彼而爲化導王纔念時舉身空中與十八俱胝勝力兵衆及千子圍繞七寶導從刹那即到西牛貨洲大王彼頂生王於其洲中治化人民多百千歲隨彼衆生各各所作福行善力

神通威德自受福果如是又經六帝釋滅復次頂生王謂導翼夜叉神祢舞迦言何處别有大洲爲我所統祢舞迦答言天子須彌山北外大海中彼有大洲名曰俱盧内外周徧其相四方人民熾盛安隱豐樂又復國土城邑嚴麗所居人衆妙色可觀又彼洲人無我繫著無所攝屬王應往彼隨宜化導時頂生王即自思惟我已統治彼贍部洲士寶千子及雨金錢又往東勝身洲而復至此西牛貨洲治化人民多百千歲今又復聞須彌山北外大海中有俱盧洲我今往彼而爲化導王纔念時舉身空中與十八俱胝勝力兵衆及千子圍繞七寶導從往詣北俱盧洲刹那即到須彌山側其王遥見彼地白色見已即問夜叉神祢舞迦言今此方處何故地白祢舞迦答言天子此是北俱盧洲人所食香稻其狀白色香味具足不假耕植自然而生稻長四指無芒無秕清淨潔白依時成熟彼洲人民不施其力取以食之王今往彼亦取香稻而爲其食時王聞已謂臣佐言汝等見此地白色不臣白王言唯然已見王言此是北俱盧洲人所食香稻其狀白色香味具足不假耕植自然而生稻長四指無芒無秕清淨潔白依時成熟彼洲人民不施其力取以食之汝等往彼亦取香稻而爲其食時頂生王又於須彌山北遥見衆華嚴樹圓無缺減殊妙可觀即問祢舞迦言此是何等衆莊嚴樹祢舞迦答言天子此是北俱盧洲人民所有四種劫波衣樹謂青黄赤白其樹所出四色妙衣彼洲人民若男若女須其衣者纔起心時

即彼樹枝自然低垂恣其所取王今往彼亦被其衣時王聞已謂臣佐言汝等見此衆莊嚴樹圓無缺減不臣白王言唯然已見王言此是北俱盧洲人民所有四種劫波衣樹謂青黃赤白其樹所出四色妙衣彼洲人民若男若女思其衣者纔起心時即彼樹枝自然低垂恣其所取汝等往彼亦被其衣大王彼頂生王於北俱盧洲治化人民多百千歲隨彼衆生各各所作福行善力神通威德自受福果如是又經六帝釋滅復次頂生王謂導翼夜叉神祢舞迦言別有方處爲我統不祢舞迦答言天子無別方處爲王所統有三十三天長壽色相多諸快樂高廣樓閣久固安居快哉天子宜往觀矚時頂生王即自思惟我已統治彼贍部洲七寶千子及雨金錢又往東勝身洲西牛貨洲今又至此北俱盧洲復聞有彼三十三天長壽色相多諸快樂高廣樓閣久固安居我今宜應往彼觀矚王纔念時舉身空中與十八俱胝勝力兵衆及千子圍繞七寶導從往須彌山外七重金山其王初至你民達囉山其山嚴麗殊妙可觀純金所成彼有四大王天諸天子衆往復其間王以勝力兵衆於彼化導又經六帝釋滅次至尾那怛計山其山嚴麗殊妙可觀純金所成彼有四大王天諸天子衆往復其間王以勝力兵衆於彼化導又經六帝釋滅次至馬耳山其山嚴麗殊妙可觀純金所成彼有四大王天諸天子衆往復其間王以勝力兵衆於彼化導又經六帝釋滅次至善見山其山嚴麗殊妙可觀純金所成彼有四大王天諸

天子衆往復其間王以勝力兵衆於彼化導又經六帝釋滅次至佉祢囉迦山其山嚴麗殊妙可觀純金所成彼有四大王天諸天子衆往復其間王以勝力兵衆於彼化導又經六帝釋滅次至持軸山其山嚴麗殊妙可觀純金所成彼有四大王天諸天子衆往復其間王以勝力兵衆於彼化導又經六帝釋滅

佛說頂生王因緣經卷第一

佛説頂生王因緣經卷第二

宋西天三藏朝奉大夫試光禄卿傳法大師施護等奉　詔譯

復次持軸山後至持雙山其山嚴麗殊妙可觀純金所成彼有四大王天諸天子衆往復其間須彌山王高出衆山此山王東有大天王名曰持國所居宮城亦號持國其城縱廣正等二百五十由旬周帀千由旬内外嚴麗殊妙可觀城有金墻高半由旬金城之上有四女墻金銀瑠璃頗胝迦作復有重墻通往來道亦四寶作其城中地又復殊麗奇妙莊嚴有百一種綵繪爲飾地復柔輭如兜羅綿及妙氍下足隨陷舉足隨起有天曼陀羅華散布其地深可膝量香風時來吹去萎華更雨新者城中街衢長二百五十由旬闊二十五由旬金沙布地觸處徧灑栴檀香水金繩交絡垂金鈴鐸以界道側街衢左右復有種種清淨池沼金銀瑠璃頗胝迦寶以布其底池之四面有四梯陛四寶所成底及層級亦四寶作又池沼中有四寶臺間錯莊嚴若金爲臺即銀爲柱及以梁棟若銀爲臺即金爲柱及以梁棟若瑠璃爲臺即頗胝迦爲柱及以梁棟若頗胝迦爲臺即瑠璃爲柱及以梁棟清涼甘美水滿池中優鉢羅華鉢訥摩華俱母陀華奔拏利迦華等徧覆其内復有種種水鳥遊戲池中出妙音聲謂高遠聲悦意聲美妙聲等彼池周帀復有種種華樹果樹直生端立圓無缺減如結鬘師取以妙線妙巧安布盤結成鬘華果樹林亦復如是彼樹復有種種飛鳥遊止其上出妙音聲謂高遠聲悦意聲美妙聲等又彼宮中有青黄赤白

四種劫波衣樹其樹所出四色妙衣若彼天男及天女等思其衣者纔起心時而自至手又彼宫中有其種種妙音樂樹所謂簫笛琴箜篌等若彼天男及天女等思音樂者纔起心時其樂自鳴又彼宫中有其種種妙莊嚴樹彼樹所出手釧足環及身莊嚴妙好之具若彼天男及天女等思莊嚴具者纔起心時而自至手又彼宫中有四色酥陀味食謂青黄赤白若彼天男及天女等思其食者纔起心時而自至手又有四種所飲之漿謂末度漿摩達網漿迦譚末黎漿播曩漿等而彼宫中有妙莊嚴殿堂樓閣諸天女衆或處其中安隱而坐或觀視游行悉有種種乘輿服飾莊嚴之具天女駢隘擊鼓奏歌藝衆名香豐諸飲食彼持國天王與諸眷屬嬉戲快樂隨

自福力受斯勝果復次須彌山南有大天王名曰增長所居宫城亦號增長其城縱廣正等二百五十由旬周帀千由旬内外嚴麗殊妙可觀城有金墻高半由旬金城之上有四女墻金銀瑠璃頗胝迦作復有重墻通往來道亦四寶作其城中地殊妙莊嚴有百一種綵繪爲飾地復柔輭如兜羅綿及如妙氎下足隨陷舉足隨起有天曼陀羅華散布其地深可膝量香風時來吹去萎華更雨新者城中街衢長二百五十由旬闊二千五由旬金沙布地觸處徧灑栴檀香水金繩交絡垂金鈴鐸以界道側街衢左右復有種種清淨池沼金銀瑠璃頗胝迦寶以布其底池之四面有四梯陛四寶所成底及層級亦四寶作又池沼中有四寶臺間錯莊嚴若金爲臺即銀

爲柱及以梁棟若銀爲臺即金爲柱及以梁棟若瑠璃爲臺即頗胝迦爲柱及以梁棟若頗胝迦爲臺即瑠璃爲柱及以梁棟清凉甘美水滿池中優鉢羅華鉢訥摩華俱母陀華奔拏利迦華等徧覆其内復有種種水鳥遊戲其中出妙音聲謂高遠聲悦意聲美妙聲等彼池周帀復有種種華樹果樹直生端立圓無缺減如結鬘師取以妙線妙巧安布盤結成鬘華果樹林亦復如是彼樹復有種種飛鳥遊止其上出妙音聲謂高遠聲悦意聲美妙聲等又彼宮中有青黄赤白四種劫波衣樹其樹所出四色妙衣若彼天男及天女等思其衣者纔起心時而自至手又彼宮中有其種種妙音樂樹所謂簫笛琴箜篌等若彼天男及天女等思音樂者纔起心時其樂自鳴又彼宮中有其種種妙莊嚴樹彼樹所出手釧足環及身莊嚴妙好之具若彼天男及天女等思莊嚴具者纔起心時而自至手又彼宮中有四種酥陀味食謂青黄赤白若彼天男及天女等思其食者纔起心時而自至手又有四種所飲之漿謂末度漿摩達網漿迦譚末梨漿播曩漿等而彼宮中有妙莊嚴殿堂樓閣諸天女衆或處其中安隱而坐或觀視游行悉有種種乘輿服飾莊嚴之具天女駢闐擊鼓奏歌爇衆名香豐諸飲食彼增長天王與諸眷屬嬉戲娛樂隨自福力受斯勝果復次須彌山西有大天王名曰廣目所居宮城亦號廣目其城縱廣正等二百五十由旬周帀千由旬内外嚴麗殊妙可觀城有金墻高半由旬金城之上有四女墻金銀

瑠璃頗胝迦作復有重墻通往來道亦四寶作其城中地殊妙莊嚴有百一種綵繪爲飾地復柔輭如兜羅綿及如妙氎下足隨陷舉足隨起有天曼陀羅華散布其地深可膝量香風時來吹去萎華更雨新者城中街衢長二百五十由旬闊二十五由旬金沙布地觸處徧灑梅檀香水金繩交絡垂金鈴鐸以界道側街衢左右復有種種清淨池沼金銀瑠璃頗胝迦寶以布其底池之四面有四梯陛金銀瑠璃頗胝迦作底及層級亦四寶作又池沼中有四寶臺間錯莊嚴若金爲臺即銀爲柱及以梁棟若銀爲臺即金爲柱及以梁棟若瑠璃爲臺即頗胝迦爲柱及以梁棟若頗胝迦爲臺即瑠璃爲柱及以梁棟清涼甘美水滿池中優鉢羅華鉢訥摩華俱母陀華奔拏利迦華等徧覆其内復有種種水鳥遊戲池中出妙音聲謂高遠聲悅意聲美妙聲等彼池周帀復有種種華樹果樹直生端立圓無缺減如結鬘師取以妙線妙巧安布盤結成鬘華果樹林亦復如是彼樹復有種種飛鳥遊止其上出妙音聲謂高遠聲悅意聲美妙聲等又彼宮中有青黃赤白四種劫波衣樹其樹所出四色妙衣若彼天男及天女等思其衣者纔起心時而自至手又彼宮中有其種種妙音樂樹所謂簫笛琴箜篌等若彼天男及天女等思音樂者纔起心時其樂自鳴又彼宮中有其種種妙莊嚴樹彼樹所出手釧足環及身莊嚴妙好之具若彼天男及天女等思莊嚴具者纔起心時而自至手又彼宮中有四色酥陀味食謂青黃赤白若

彼天男及天女等思其食者纔起心時而自至手又有四種所飲之漿謂末度槳摩達網槳迦譚末棃漿播曩漿等而彼宮中有妙莊嚴殿堂樓閣諸天女衆或處其中安隱而坐或觀視遊行悉有種種乘輿服飾莊嚴之具天女駢隘擊鼓奏歌藝衆名香豐諸飲食彼廣目天王與諸眷屬嬉戲娛樂隨自福力受斯勝果復次須彌山北有大天王名曰多聞所居宮城號阿拏迦嚩帝其城縱廣正等二百五十由旬周帀千由旬內外嚴麗殊妙可觀城有金墻高半由旬金城之上有四女墻金銀瑠璃頗胝迦作復有重墻通往來道亦四寶作其城中地殊妙莊嚴有百一種綵繪爲飾地復柔輭如兜羅綿及如妙氎下足隨陷舉足隨起有天曼陀羅華散布其地深可膝量香風時來吹去萎華更雨新者城中街衢長二百五十由旬闊二十五由旬金沙布地觸處徧灑栴檀香水金繩交絡垂金鈴鐸以界道側街衢左右復有種種清淨池沼金銀瑠璃頗胝迦寶以布其底池之四面有四梯陛金銀瑠璃頗胝迦作底及層級亦四寶作又池沼中有四寶臺間錯莊嚴若金爲臺即銀爲柱及以梁棟若銀爲臺即金爲柱及以梁棟若瑠璃爲臺即頗胝迦爲柱及以梁棟若頗胝迦爲臺即瑠璃爲柱及以梁棟清涼甘美水滿池中優鉢羅華鉢訥摩華俱母陀華奔拏利迦華等徧覆其內復有種種水鳥遊戲池中出妙音聲謂高遠聲悅意聲美妙聲等彼池周帀復有種種華樹果樹直生端立圓無缺減如結鬘師取以妙線妙巧安

布盤結成鬘華果樹林亦復如是彼樹復有種種飛鳥遊止其上出妙音聲謂高遠聲悅意聲美妙聲等又彼宮中有青黃赤白四種劫波衣樹其樹所出四色妙衣若彼天男及天女等思其衣者纔起心時而自至手又彼宮中有其種種妙音樂樹所謂簫笛琴箜篌等若彼天男及天女等思音樂者纔起心時其樂自鳴又彼宮中有其種種妙莊嚴樹彼樹所出手釧足環及身莊嚴妙好之具若彼天男及天女等思莊嚴具者纔起心時而自至手又彼宮中有四色酥陀味食謂青黃赤白若彼天男及天女等思其食者纔起心時而自至手及有四種所飲之漿謂末度漿摩達網漿迦譚末黎漿播囊漿等而彼宮中有妙莊嚴殿堂樓閣諸天如衆或處其中安隱而坐或觀視遊行悉有種種乘輿服飾莊嚴之具天女駢闐擊鼓奏歌爇衆名香豐諸飲食彼多聞天王與諸眷屬嬉戲娛樂隨自福力受斯勝果如是又經六帝釋滅復次持雙山側向者五百仙人棲止其間遥見頂生王來時醜面仙人忿恚而言彼鬭諍王又復來此即舉雙手掬水灑彼導翼兵衆遮止前進時主兵神謂仙衆言修淨行者若生忿恚於一切處所作不成今此頂生王是大仁王非汝向者呪力能加時頂生王漸至其所問言何人遮止兵衆不令前進主兵神答言仙衆遮止王言此諸仙衆於諸愛中何爲最上主兵神答言仙尊所愛辮髮爲上王言今斷其髮悉驅爲我導翼之者王纔言已時彼仙衆其髮自斷自然各各手持弓矢將俟前驅時

王女寶前白王言天子此等仙衆是修行者
頗王放捨王言隨意時諸仙衆以精進力故
證五神通彼頂生王與自勝力兵衆舉身空
中漸復前進其須彌山出水入水各八萬由
旬四面各廣八萬由旬周帀三十二萬由旬
下踞金所成地種種嚴麗四寶所成彼須彌
山有四方面東面頗胝迦所成西面白銀南
面瑠璃北面黃金又山四角凡有四峯彼東
南峯縱廣正等一百二十五由旬周帀五百
由旬高四由旬半瑠璃所成金剛手夜叉神
止住其中西南峯縱廣正等一百二十五由
旬周帀五百由旬高四由旬半頗胝迦所成
金剛手夜叉神止住其中西北峯縱廣正等
一百二十五由旬周帀五百由旬高四由旬
半黃金所成金剛手夜叉神止住其中東北
峯縱廣正等一百二十五由旬周帀五百由
旬高四由旬半金剛手夜叉神止住其中又
須彌山有四層級其第一層傍出一萬六千
由旬四寶所成有堅首天居止其中去第二
層高一萬由旬其第二層傍出八千由旬四
寶所成有持鬘天居止其中去第三層高一
萬由旬其第三層傍出四千由旬四寶所成
有常憍天居止其中去第四層高一萬由旬
其第四層傍出二千由旬四寶所成有四大
王天居止其中

佛說頂生王因緣經卷第二

佛說頂生王因緣經卷第三

宋西天三藏朝奉大夫試光祿卿傳法大師施護等奉　詔譯

復次大王其上即是三十三天所居之處彼有龍王住於水際所謂難陁龍王烏波難陁龍王阿說多哩龍王毋唧隣那龍王摩那斯龍王伊羅鉢怛羅龍王等住壽經劫護持世間力無能敵是諸龍王與堅首天持鬘天常憍天四大王天同爲守護三十三天若阿脩羅來鬪戰時即各對敵及爲震警爾時頂生王將復前進爲諸龍王遮止導翼兵衆王乃問言何不進耶時主兵神答言天子此是龍王遮止兵衆王言而龍王者旁生之類非我所敵今悉驅令爲我導翼言已諸龍即導王前至堅首天王所彼天王問言汝等何故奔馳來此諸龍答言人間有王名曰頂生彼將至此故我導前時堅首天王即復遮止不令前進王乃問言何不進耶主兵神答言天子此有堅首天王遮止兵衆王言此堅首天亦使爲我導翼之者言已彼天即導王前至持鬘天王所彼天王問言汝今何故奔馳來此天王答言人間有王名曰頂生彼將至此故我導前時持鬘天王即復遮止不令前進王乃問言何不進耶主兵神答言天子此有持鬘天王遮止兵衆王言此持鬘天亦使爲我導翼之者言已彼天即導王前至常憍天王所彼天王問言汝今何故奔馳來此天王答言人間有王名曰頂生彼將至此故我導前時常憍天王即復遮止不令前進王乃問言何不進耶主兵神答言天子此有常憍天王遮止兵衆王言此常憍天亦使爲我導翼之

者言已彼天即導王前至四大天王所彼天王問言汝今何故奔馳來此天王答言人間有王名曰頂生彼將至此故我導前爾時四大天王互相議曰此人間王具大福德有大名稱我等豈能與相違背言已俱詣帝釋天主所具陳上事時帝釋天主言此大福德有大名稱我亦不應與相違背言已即持妙關伽瓶前起承迎爾時頂生王遙見須彌山上樹林蓊鬱其密如雲聳直紺青色狀殊麗乃問導翼夜叉神祢舞迦言前有樹林斯名何等祢舞迦答言天子此是三十三天中波利質多羅樹及俱毗陀羅樹等彼諸天衆夏四月中於其樹下五欲娛樂嬉戲自在天子今時往彼亦受斯樂時王聞已謂諸臣佐言汝等前見樹林如雲紺青不臣佐答言唯然已見王言此是三十三天中波利質多羅樹及俱毗陀羅樹等彼諸天衆夏四月中於其樹下五欲娛樂嬉戲自在汝等往彼亦受斯樂時頂生王又復前進見須彌山上白雲高起聚若山峯復問祢舞迦言前有白雲聚若高峯斯名何等祢舞迦答言天子此是三十三天中善法之堂彼天子衆與四大天王常共集會思惟觀察稱量世間若天若人諸所有事天子今時宜應往彼其王聞已謂諸臣佐言汝等前見白雲高起聚若山峯不臣佐答言唯然已見王言此是三十三天中善法之堂彼天子衆與四大天王常共集會思惟觀察稱量世間若天若人諸所有事汝等今時宜應往彼復次須彌山王三十三天中有善見城其城縱廣正等二千五百由旬周帀十

千由旬有七重城彼一一城高一由旬半純金所成金城之上一一復有四種女墻金銀瑠璃頗胝迦成復有重墻通往來道亦四寶成彼城中地有百一種綵繪嚴飾又復柔輭如兜羅綿及如妙氍下足隨陷舉足隨起有天曼陀羅華散布其地深可膝量香風時來吹去萎華更雨新者彼善見城有一千一門其一一門長二由旬半闊半由旬皆以牛頭栴檀香木所成彼一一門金銀瑠璃頗胝迦寶間錯莊嚴狀如星象及半月相又一一門各有五百青衣夜叉身被甲冑而作守衛又能護持三十三天諸天子衆作諸善利城中街衢長二百五十由旬闊一二由旬種種莊嚴金沙布地觸處徧灑栴檀香水金繩交絡垂金鈴鐸以界道側街衢左右復有種種清

淨池沼金銀瑠璃頗胝迦等以布其底池之四面有四梯陛金銀瑠璃頗胝迦成彼池沼中有四寶臺金銀瑠璃頗胝迦等間錯莊嚴若金爲臺即銀爲柱及以梁棟若銀爲臺即金爲柱及以梁棟若瑠璃爲臺即頗胝迦爲柱及以梁棟若頗胝迦爲臺即瑠璃爲柱及以梁棟清淨甘美水滿池中優鉢羅華鉢訥摩華俱母陀華奔拏利迦華等徧覆其内復有種種水鳥遊戲池中出妙音聲謂高遠聲悦意聲美妙聲等復有種種華樹果樹直生端立圓無缺減如結鬘師取以妙線妙巧安布盤結成鬘華果樹林亦復如是彼樹復有種種飛鳥遊止其上出妙音聲又彼城中有青黄赤白四色劫波衣樹其樹所出四色妙衣若彼天男及天女等思其衣者纔起心時

而自至手又有種種妙音樂樹所謂簫笛琴箜篌等若彼天男及天女等思音樂者纔起心時其樂自鳴又有種種妙莊嚴樹彼樹所出手釧足環及身莊嚴妙好之具若彼天男及天女等思莊嚴具者纔起心時而自至手又有四色酥陀味食謂青黃赤白若彼天男及天女等思其食者纔起心時而自至手又有四種所飲之漿謂末度漿摩達網漿迦譚末梨漿播曩漿等復有種種殊妙莊嚴殿堂樓閣諸天女衆或處其中安隱而坐或觀視遊行悉有種種輿輦服用莊嚴之具天女駢隘擊鼓奏歌藝衆名香豐諸飲食而彼天衆與諸眷屬嬉戲娛樂隨自福力受斯勝果復次善見城東二十由旬有園名寶車縱廣正等二百五十由旬周帀千由旬內外嚴麗殊妙可觀園有金墻高半由旬金墻之上有四女墻金銀瑠璃頗胝迦成復有重墻通往來道亦四寶作其園中地有百一種綵繪嚴飾又復柔輭如兜羅綿及如妙氎下足隨陷舉足隨起有天曼陀羅華散布其地深可膝量香風時來吹去萎華更雨新者寶車園中有大池沼縱廣正等五十由旬周帀二百由旬金銀瑠璃頗胝迦等以布其底池之四面有四梯陛金銀瑠璃頗胝迦成彼池沼中有四寶臺金銀瑠璃頗胝迦等間錯莊嚴若金爲臺即銀爲柱及以梁棟若銀爲臺即金爲柱及以梁棟若瑠璃爲臺即頗胝迦爲柱若頗胝迦爲臺即瑠璃爲柱及以梁棟清涼甘美水滿池中優鉢羅華鉢訥摩華俱母陀華奔那利迦華等徧覆其內復有種種水鳥遊戲

池中出妙音聲謂高遠聲悦意聲美妙聲等復有種種華樹果樹直生端立圓無缺減如結鬘師取以妙線妙巧安布盤結成鬘華果樹林亦復如是彼樹復有種種飛鳥遊止其上出妙音聲觸處皆有青黄赤白四色劫波衣樹其樹所出四色妙衣又有種種妙音樂樹所謂簫笛琴箜篌等又有種種妙莊嚴樹彼樹所出手釧足環及身莊嚴妙好之具又有四色酥陀味食謂青黄赤白若彼天男及天女等隨所思者纔起心時而皆自至又有四種所飲之漿謂末度漿摩達網漿迦譚末黎漿播曩漿等復有種種殊妙莊嚴殿堂樓閣諸天女衆或處其中安隱而坐或觀視遊行悉有種種輿輦服用莊嚴之具天女駢隘擊鼓奏歌歎衆名香豐諸飲食而彼天衆與諸眷屬嬉戲娛樂隨自福力受斯勝果園中道路長二十由旬闊半由旬清淨嚴飾金沙布地觸處徧灑栴檀香水金繩交絡垂金鈴鐸道路左右亦有種種華果樹林飛鳥遊戲出妙音聲亦有四色劫波衣樹及音樂樹莊嚴樹等復有四種莊嚴輿輦謂象乘馬乘車乘寶輿若彼天男及天女等思其乘馭往遊戲者纔起心時隨思即至乘已遊行受諸快樂此園何故名爲寶車謂此園中所有池沼華果樹林衣服嚴具及天女等皆以衆寶所莊嚴故又有寶車諸天子衆乘馭遊戲以是緣故名寶車園復次寶車園東二十由旬有寶嚴地縱廣正等二百五十由旬周帀千由旬有百一種綵繪嚴飾清淨柔輭其地中間有四寶臺間錯莊嚴天曼陀羅華散布其地

道路長二十由旬闊半由旬清淨嚴飾華果樹林衣服音樂莊嚴等樹一一具足亦有輿輦隨思即至受諸快樂彼有天仙修習梵行復次善見城南二十由旬有園名麤堅縱廣正等二百五十由旬周帀千由旬內外嚴麗殊妙可觀園有金墻高一由旬金墻之上有四女墻金銀瑠璃頗胝迦成復有重墻通往來道亦四寶作其園中地有百一種綵繪嚴飾又復柔輭如兜羅綿及如妙氎下足隨陷舉足隨起有天曼陀羅華散布其地深可膝量香風時來吹去萎華更雨新者麤堅園中有大池沼縱廣正等五十由旬周帀二百由旬金銀瑠璃頗胝迦等以布其底池之四面有四梯陛金銀瑠璃頗胝迦成彼池沼中有四寶臺金銀瑠璃頗胝迦等間錯莊嚴若金爲臺即銀爲柱及以梁棟若銀爲臺即金爲柱及以梁棟若瑠璃爲臺即頗胝迦爲柱及以梁棟若頗胝迦爲臺即瑠璃爲柱及以梁棟清涼甘美水滿池中優鉢羅華鉢訥摩華俱母陀華奔拏利迦華等徧覆其內復有種種水鳥遊戲池中出妙音聲謂高遠聲悅意聲美妙聲等復有種種華樹果樹直生端立圓無缺減如結鬘師取以妙線妙巧安布盤結成鬘華果樹林亦復如是彼樹復有種種飛鳥遊止其上出妙音聲觸處皆有青黃赤白四色劫波衣樹其樹所出四色妙衣又有種種妙音樂樹所謂簫笛琴箜篌等又有種種妙莊嚴樹彼樹所出手釧足環及身莊嚴妙好之具又有四色酥陀味食謂青黃赤白若彼天男及天女等隨所思者纔起心時而

皆自至又有四種所飲之漿謂末度漿摩達網漿迦譚末梨漿播曩漿等復有種種殊妙莊嚴殿堂樓閣諸天女等或處其中安隱而坐或觀視遊行悉有種種輿輦服用莊嚴之具天女騈臨擊鼓奏歌藝衆名香豐諸飲食而彼天衆與諸眷屬嬉戲娛樂隨自福力受斯勝果園中道路長二十由旬闊半由旬清淨嚴飾金沙布地觸處徧灑栴檀香水金繩交絡垂金鈴鐸道路左右亦有種種華果樹林飛鳥遊戲出妙音聲亦有四色劫波衣樹及音樂樹莊嚴樹等復有四種莊嚴輿輦謂象乘馬乘車乘寶輿若彼天男及天女等思其乘馭往遊戲者纔起心時隨思即至乘已遊行受諸快樂此園何故名爲麤堅謂此園中所有池沼華果樹林衣服嚴具及天女等悉麤堅故又此園中諸天子衆若身若心皆悉麤猛而好鬬戰由是緣故名麤堅園

佛説頂生王因緣經卷第三

音釋

皰（皮教切）傭（丑凶切均直也）袤（莫候切長也）餌（忍止切食也）瘳（丑鳩切病瘉也）袮（乃里切）杼（丈呂切機之持緯者）秕（補履切不成粟也）頻胝迦（梵語也此云水玉即蒼玉頻普禾切胝張尼切）繪（胡對切畫文也）萎（邕危切蔫也）陛（部比切階也）釧（樞絹切）環（胡關切）騈（蒲眠切騈聯不絶也）隘（幺解切阨隘也）爇（儒劣切燒也）掬（居六切兩手奉物也）辮（婢典切編也）蓊鬱（蓊烏孔切蓊鬱草木盛貌）

佛説頂生王因緣經卷第四第五第六同卷

宋西天三藏朝奉大夫試光禄卿傳法大師施護等奉　詔譯

復次麤堅園南二十由旬有麤堅地縱廣正等二百五十由旬周帀千由旬有百一種綵繪嚴飾清淨柔軟其地中間有四寶臺間錯莊嚴天曼陀羅華散布其地道路長二十由旬闊半由旬清淨嚴飾華果樹林衣服音樂莊嚴等樹一一具足亦有輿輦隨思即至受諸快樂彼有天仙修習梵行復次善見城西二十由旬有園名雜種縱廣正等二百五十由旬周帀千由旬内外嚴麗殊妙可觀園有金墻高一由旬金墻之上有四女墻金銀瑠璃頗胝迦成復有重墻通往來道亦四寶作其園中地有百一種綵繪嚴飾又復柔軟如兜羅綿及如妙氎下足隨陷舉足隨起有天曼陀羅華散布其地深可膝量香風時來吹去萎華更雨新者雜種園中有大池沼縱廣正等五十由旬周帀二百由旬金銀瑠璃頗胝迦等以布其底池之四面有四梯陛金銀瑠璃頗胝迦成彼池沼中有四寶臺金銀瑠璃頗胝迦等間錯莊嚴若金為臺即銀為柱及以梁棟若銀為臺即金為柱及以梁棟若瑠璃為臺即頗胝迦為柱及以梁棟若頗胝迦為臺即瑠璃為柱及以梁棟清涼甘美水滿池中優鉢羅華鉢訥摩華俱母陀華奔拏利迦華等徧覆其内復有種種水鳥遊戲池中出妙音聲謂高遠聲悦意聲美妙聲等復有種種華樹果樹直生端立圓無缺減如結鬘師取以妙線妙巧安布盤結成鬘華果樹林亦復如是彼樹復有種種飛鳥遊止其上

出妙音聲觸處皆有青黄赤白四色劫波衣樹其樹所出四色妙衣又有種種妙音樂樹所謂簫笛琴箜篌等又有種種妙莊嚴樹彼樹所出手釧足環及身莊嚴妙好之具又有四色酥陀味食謂青黄赤白若彼天男及天女等隨所思者纔起心時而皆自至又有四種所飲之漿謂末度漿摩達網漿迦譚末梨漿播曩漿等復有種種殊妙莊嚴殿堂樓閣諸天女等或處其中安隱而坐或觀視遊行悉有種種輿輦服用莊嚴之具天女駢隘擊鼓奏歌藝衆名香豐諸飲食而彼天衆與諸眷屬嬉戲娛樂隨自福力受斯勝果園中道路長二十由旬闊半由旬清淨嚴飾金沙布地觸處徧灑栴檀香水金繩交絡垂金鈴鐸道路左右亦有種種華果樹林飛鳥遊戲出

妙音聲亦有四色劫波衣樹及音樂樹莊嚴樹等復有四種莊嚴輿輦謂象乘馬乘車乘寶輿若彼天男及玉女等思其乘馭往遊戲者纔起心時隨思即至乘已遊行受諸快樂此園何故名爲雜種謂此園中所有池沼華果樹林衣服嚴具及天女等種種雜故又此園中諸天子衆以雜種類嬉戲娛樂由是緣故名雜種園復次雜種園西二十由旬有雜種地縱廣正等二百五十由旬周帀千由旬有百一種綵繪嚴飾清淨柔輭其地中間有四寶臺間錯莊嚴天曼陀羅華散布其地道路長二十由旬闊半由旬清淨嚴飾華果樹林衣服音樂莊嚴等樹一一具足亦有輿輦隨思即至受諸快樂彼有天仙修習梵行復次善見城北二十由旬有園名歡喜縱廣正

等二百五十由旬周帀千由旬内外嚴麗殊妙可觀園有金墻高一由旬金墻之上有四女墻金銀瑠璃頗胝迦成復有重墻通往來道亦四寶作其園中地有百一種綵繪嚴飾又復柔軟如兜羅綿及如妙氎下足隨陷舉足隨起有天曼陀羅華散布其地深可膝量香風時來吹去萎華更雨新者歡喜園中有大池沼縱廣正等五十由旬周帀二百由旬金銀瑠璃頗胝迦等以布其底池之四面有四梯陛金銀瑠璃頗胝迦成彼池沼中有四寶臺金銀瑠璃頗胝迦等間錯莊嚴若金爲臺即銀爲柱及以梁棟若銀爲臺即金爲柱及以梁棟若瑠璃爲臺即頗胝迦爲柱及以梁棟若頗胝迦爲臺即瑠璃爲柱及以梁棟清淨甘美水滿池中優鉢羅華鉢訥摩華俱母陀華奔拏利迦華等徧覆其内復有種種水鳥遊戲池中出妙音聲謂高遠聲悅意聲美妙聲等復有種種華樹果樹直生端立圓無缺減如結鬘師取以妙線妙巧安布盤結成鬘華果樹林亦復如是彼樹復有種種飛鳥遊止其上出妙音聲觸處皆有青黃赤白四色劫波衣樹其樹所出四色妙衣又有種種妙音樂樹所謂簫笛琴箜篌等又有種種妙莊嚴樹彼樹所出手釧足環及身莊嚴妙好之具又有四色酥陀味食謂青黃赤白若彼天男及天女等隨所思者纔起心時而皆自至又有四種所飲之漿謂末度漿摩達網漿迦譚末梨漿播曩漿等復有種種殊妙莊嚴殿堂樓閣諸天女等或處其中安隱而坐或觀視遊行悉有種種輿輦服用莊嚴之具

天女駢隘擊鼓奏歌藝衆名香豐諸飲食而彼天衆與諸眷屬嬉戲娛樂隨自福力受斯勝果園中道路長二十由旬闊半由旬清淨嚴飾金沙布地觸處徧灑栴檀香水金繩交絡垂金鈴鐸道路左右亦有種種華果樹林飛鳥遊戲出妙音聲亦有四色劫波衣樹及音樂樹莊嚴樹等復有四種莊嚴輿輦謂象乘馬乘車乘寶輿若彼天男及天女等思其乘馭往遊戲者纔起心時隨思即至乘已遊行受諸快樂此園何故名爲歡喜謂此園中所有池沼華果樹林衣服嚴具及天女等彼諸天衆隨所受用嬉戲娛樂隨自福力心生適悅歡喜快樂以是緣故名歡喜園復次歡喜園北二十由旬有歡喜地縱廣正等二百五十由旬周帀千由旬有百一種綵繪嚴飾清淨柔輭其地中間有四寶臺間錯莊嚴天曼陀羅華散布其地道路長二十由旬闊半由旬清淨嚴飾華果樹林衣服音樂莊嚴等樹一一具足亦有輿輦隨思而至受諸快樂彼有天仙修習梵行復次善見天城東北有樹名波利質多羅俱毗陀羅其樹盤根五十由旬一一樹枝出五十由旬彼第一枝東出五十由旬第二枝南出五十由旬第三枝西出五十由旬第四枝北出五十由旬中枝上出高聳虛空五十由旬其樹高一百五十由旬徑五十由旬周帀三百由旬妙香順風聞百由旬逆風五十由旬色光明照八十由旬枝葉華果開落依時所有三十三天衆若見此樹半務鉢羅輸時心生歡喜彼諸天衆遊行戲樂其樹非久又見尸蘭拏鉢羅輸彼諸

天衆心生歡喜遊行戲樂其樹非久又見惹羅迦惹覩彼諸天衆心生歡喜遊行戲樂其樹非久又見又囉迦惹覩彼諸天衆心生歡喜遊行戲樂其樹非久又見骨砧摩羅迦惹覩彼諸天衆心生歡喜遊行戲樂其樹非久又見迦迦寫葛惹覩彼諸天衆心生歡喜遊行戲樂其樹非久又見芳盛普徧開敷彼諸天衆見是波利質多羅俱毗陀羅樹徧開敷已心生歡喜夏四月中於其樹下五欲娛樂嬉戲自在隨自福力受斯勝果佛言大王福威力故彼三十三天中波利質多羅俱毗陀羅樹勝異如是復次三十三天波利質多羅俱毗陀羅樹下有雜飾地縱廣正等五十由旬周帀二百由旬殊麗可觀有百一種綵繪嚴飾清淨柔輭如兜羅緜及如妙氎下足隨陷舉足隨起天曼陀羅華散布其地香風時來吹去萎華更雨新者其中布以純金所成最勝賢座帝釋天主處于座上彼三十三天諸天子衆夏四月中遊止其間五欲娛樂嬉戲自在又復雜飾柔輭周帀於地復有種種華樹果樹直生端立圓無缺減如結鬘師取以妙線妙巧安布盤結成鬘華果樹林亦復如是有衆飛鳥遊止其上出妙音聲又有四色劫波衣樹其樹所出四色妙衣又有種種妙音樂樹所謂簫笛琴箜篌等又有種種妙莊嚴樹彼樹所出手釧足環及身莊嚴妙好之具又有四色酥陀味食謂青黃赤白若彼天男及天女等隨所思者而皆自至又有四種所飲之漿謂末度漿摩達網漿迦譚末黎漿播曩漿等復有種種殊妙莊嚴殿堂樓閣

諸天女等或處其中安隱而坐或觀視遊行悉有種種輿輦服用莊嚴之具天女駢隘擊鼓奏歌藝衆名香豐諸飲食而彼天衆與諸眷屬夏四月中五欲娛樂嬉戲自在隨自福力受斯勝果

佛說頂生王因緣經卷第四

佛説頂生王因緣經卷第五

宋西天三藏朝奉大夫試光禄卿傳法大師施護等奉　詔譯

復次三十三天有大象王名愛囉嚩拏守衛園苑身相可觀純色潔白如俱母陀華七支拄地象王頭相最勝妙好内赤外青如帝青色具有六牙身長二由旬半前後平闊各一由旬周帀七由旬高一由旬半又彼象王有八十象而爲眷屬身皆白色如俱母陀華七支拄地一一象頭具足色相亦如帝青各有六牙若彼天衆思出遊賞諸園苑時其愛囉嚩拏象王即自知時應彼所欲乃以神力出三十二頭其一一頭各有六牙一一牙上有七七池沼一一池沼有七七蓮華一一華中有七七臺一一臺中有七七樓閣一一樓閣中有七七守衛者一一守衛者有七七天女一一天女有七七侍女一一侍女鳴七七天鼓而象王所有最勝頭相帝釋御之其三十二天於所化頭如次安處餘諸天衆隨應而住象王行時迅猶風轉天子天女皆悉不能瞻其前後又復愛囉嚩拏象王乗載天衆周行三十三天中出一一城至一一園皆以神通變化之力攝自本形如諸天子天女神通威德之相同彼天衆五欲娯樂嬉戲自在隨應福力受斯勝果佛言大王彼三十三天中守護園苑者愛囉嚩拏象王威力如是復次善見天城西南有善法堂長三百由旬闊共三百由旬周帀九百由旬高三百五十由旬殊麗可觀其善法堂以頗胝迦爲地樓閣梯陛亦頗胝迦所成有四寶臺金銀瑠璃頗胝迦等間錯莊嚴若金爲臺即銀爲柱及以梁

棟若銀為臺即金為柱及以梁棟若瑠璃為臺即頗胝迦為柱及以梁棟若頗胝迦為臺即瑠璃為柱及以梁棟又善法堂道路回還清淨嚴飾金沙布地觸處徧灑栴檀香水金繩交絡垂金鈴鐸以界道側復有種種華樹果樹直生端立圓無缺減如結鬘師取彼妙線妙巧安布盤結成鬘華果樹林亦復如是彼樹復有種種飛鳥遊止其上出妙音聲又有青黃赤白四色劫波衣樹其樹所出四色妙衣又有種種妙音樂樹所謂簫笛琴箜篌等又有種種妙莊嚴樹彼樹所出手釧足環及身莊嚴妙好之具又有四色酥陀味食謂青黃赤白又有四種甘美之漿謂末度漿摩達網漿迦譚末梨漿播曩漿等若彼天男及諸天女隨所思者纔起心時而皆自至復有種種殊妙莊嚴殿堂樓閣諸天女衆或處其中安隱而坐或觀視遊行悉有種種輿輦服用莊嚴之具天女駢隘擊鼓奏歌爇衆名香豐諸飲食而彼天衆與諸眷屬嬉戲娛樂隨自福力受斯勝果又善法堂側有七流渠各各深廣一由旬量金銀瑠璃頗胝迦等以布其底渠水四面有四梯陛亦四寶成及四寶臺金銀瑠璃頗胝迦等間錯莊嚴若金為臺即銀為柱及以梁棟若銀為臺即金為柱及以梁棟若瑠璃為臺即頗胝迦為柱及以梁棟若頗胝迦為臺即瑠璃為柱及以梁棟而彼渠水清涼甘美充滿其中優鉢羅華鉢訥摩華俱母陀華奔拏利迦華等徧布其內復有種種水鳥遊戲出妙音聲華果樹林衣服音樂莊嚴等樹一一具足是七渠內復有種

種殊麗亭臺彼諸天衆遊戲快樂又善法堂其門崇麗上有重閣傍列梯陛殊妙莊嚴一一梯陛有十六柱及有七重道路行列回環於道路傍有八角柱瑠璃所成清淨嚴好上布如毛端量微妙樓閣不相觸礙於善法堂中有最勝賢座純金所成帝釋天主安處其上餘諸天衆如次設座最後安布頂生王座爾時帝釋天主與諸天衆持閼伽缾前起承迎彼頂生王時頂生王大威德者依次而入餘諸侍從各列于外王乃惟忖我今亦應處是座耶又念帝釋天主若分半座命我同坐豈不快哉佛言大王彼頂生王作是念時帝釋即知乃分半座命其同坐時頂生王與帝釋天主共處其座大小身相容止威光音聲語言及莊嚴具悉無有別唯王目瞬異於天主佛言大王彼頂生王止于三十三天如是又經六帝釋滅

復次後時彼三十三天衆與阿脩羅而共鬬戰若阿脩羅兵力退敗即入自宮扃鐍其門潛伏而住若天退敗即入天宮扃鐍其門潛伏而住復次三十三天又有象王名曰善住身相可觀純色潔白如俱母陀華七支拄地象王頭相内赤外青如帝青色具有六牙身長二由旬半前後平闊各一由旬周帀七由旬高一由旬半有八千象而爲眷屬身皆白色如俱母陀華七支拄地一一象頭具足色相亦如帝青各有六牙其善住象王冬四月中與自眷屬於阿脩羅所居之處鄰近棲止復次香醉山北二十由旬近阿脩羅所居之處有一高阜縱廣正等五十由旬周帀二百

由旬高三由旬半純金所成其地嚴飾布以金沙觸處徧灑栴檀香水金繩交絡垂金鈴鐸自然除去荆棘沙礫於其四面復有八千諸小丘阜亦金所成地布金沙觸處徧灑栴檀香水金繩交絡垂金鈴鐸自然除去荆棘沙礫其中道路長二十由旬闊一由旬半皆悉清淨嚴麗可觀若善住象王夏四月中於彼高阜之處隨棲止時而彼八千諸象眷屬亦悉次第圍繞而住爲其象王密以守護復次高阜之南二十由旬有大娑羅樹王名曰善住七重行列衆娑羅樹周帀圍繞其善住樹王盤根十四搩手第一行樹盤根十三搩手第二行樹十二搩手第三行樹十一搩手第四行樹十搩手量第五行樹九搩手量第六行樹八搩手量第七行樹七搩手量善住

樹王枝葉繁茂鬱密垂覆第一行樹第一行樹還復垂覆第二行樹如是第三乃至第六次第垂覆第七行樹枝葉扶踈高出寥廓其地清淨嚴麗可觀彼中道路長二十由旬闊一由旬半亦悉清淨若時善住象王從棲止處往彼善住娑羅樹王之所或起本形隨意而往或以神通威德之力現天人相還乘一象或御其肩或御其頭自然空中鼓樂歌音遊戲而行若復象王於樹王所隨棲止時即彼八千諸象眷屬於七重行列娑羅樹間内向而住如其第一行樹内向而住第二第三乃至第七内向亦然爲其象王密以守護復次善住娑羅樹王之東二十由旬有大池沼名滿陁吉你縱廣正等五十由旬周帀二百由旬清涼甘美水滿池中優鉢羅華鉢訥摩

華俱毋陀華奔拏利迦華等徧布其内水鳥
遊戲出妙音聲謂高遠聲悦意聲美妙聲等
池中蓮華大若車輪華莖復大如車之軛葉
妙而廣同牛王領其藕臑圓如士夫䏶藕味
最上其甘如乳池之四面復有八千池沼而
悉嚴麗池水充滿亦有妙華徧布其内水鳥
遊戲出妙音聲池中蓮華大如車輪莖葉及
根亦悉廣大復次彼中道路長二十由旬闊
一由旬半嚴麗清淨金沙布地觸處徧灑栴
檀香水金繩交絡垂金鈴鐸自然除去荆棘
沙礫若時善住象王從善住娑羅樹王之所
往彼滿陀吉你池沼或起本形隨意而往或
以神通之力現天人相還乘一象或御其肩
或御其頭自然空中鼓樂歌音遊戲而行若
復象王入彼池中娛樂之時所有八千諸象
眷屬亦於其中圍繞而住爲其象王常以守
護復次善住象王於其池内恣娛樂已憩於
池岸時八千象中最上首者即入池内取以
藕芽浣滌潔淨奉象王前而供飼之象王食
已飽滿豐足諸象眷屬次第還入彼池沼中
各各隨意共嬉戲已亦取藕芽滌淨而食佛
言大王彼三十三天所有善住象王威力如
是復次其後彼阿脩羅嚴整四兵所謂象兵
馬兵車兵步兵而被四種堅固甲冑金銀瑠
璃頗胝迦等間錯莊嚴執持四種鋒鋭器仗
謂弓劍槍刀從自宮出求與三十三天衆而
共鬬戰時水居龍王見是阿脩羅嚴四兵衆
被以甲冑執持利器出阿脩羅宮求天鬬戰
龍王見已亦整四兵被以甲冑金銀瑠璃頗
胝迦等四寶莊嚴執持器仗與阿脩羅而共

鬭戰若龍王得勝阿脩羅衆退敗之時其阿脩羅即入自宮若阿脩羅得勝龍王退敗之時是即三十三天第一守護者兵力破敗乃從大海奔詣須彌山王第一層級彼有堅首天王止住其間爾時堅首天王乃與水居龍王合集同力而共戰彼阿脩羅衆若二守護者得勝阿脩羅衆退敗之時即入自宮若阿脩羅得勝彼二守護者退敗之時是即三十三天二守護者兵力破散乃從須彌山王第一層級詣第二層彼有持鬘天王止住其間

佛說頂生王因緣經卷第五

佛説頂生王因緣經卷第六

宋西天三藏朝奉大夫試光禄卿傳法大師施護等奉　詔譯

爾時持鬘天王堅首天王水居龍王三守護者合集同力與阿脩羅而共鬬戰若三守護者得勝阿脩羅衆退敗之時即入自宮若阿脩羅得勝三守護者退敗之時是即三十三天三守護者兵力破散乃從須彌山王第二層級詣第三層彼有常憍天王止住其間爾時常憍天王持鬘天王堅首天王水居龍王合集同力與阿脩羅而共鬬戰若四守護者得勝阿脩羅衆退敗之時即入自宮若阿脩羅得勝四守護者退敗之時是即三十三天四守護者兵力破散乃從須彌山王第三層級詣第四層彼有四大天王止住其間爾時四大天王常憍天王持鬘天王堅首天王水居龍王合集同力與阿脩羅而共鬬戰若五守護者得勝阿脩羅衆退敗之時即入自宮若阿脩羅得勝五守護者退敗之時是即三十三天五守護者兵力破散乃從須彌山王第四層級上起至于三十三天帝釋居處迄至最後阿脩羅衆戰敵破散五護兵已復整四兵詣帝釋所以求鬬戰爾時四大天王即詣帝釋宮中到已白言天主阿脩羅衆嚴以四兵力來求戰天中五護破散奔馳于今還來至天主所彼衆强勝我等不加天主今時願施戰力爾時帝釋天主聞是語已告三十三天衆言仁等當知阿脩羅衆强力鬬敵五護破散還復來此求戰於我仁等今時宜施勇力爾時帝釋天主即起是念善住象王所應乘御時善住象王知天主念譬如壯士屈

伸臂項於贍部洲所居處隱詣三十三天乃現三十二頭其一一頭各有六牙一一牙上有七七池沼一一池沼有七七蓮華一一華中有七七臺一一臺中有七七樓閣一一樓閣中有七七守衛者一一守衛者有七七天女一一天女有七七侍女一一侍女鳴七七天鼓而象王所有最勝頭相帝釋御之其三十二天於所化頭如次安處餘諸天衆隨應而住象王行時迅猶風轉天子天女皆悉不能瞻其前後時善住象王至三十三天已出于南門詣麤堅園以自神力現天人相與諸天衆嬉戲娛樂爾時帝釋天主乘御象王嚴整四兵悉被四寶莊嚴甲冑執持四種鋒鋭器仗將與阿脩羅衆而共鬬戰時頂生王見斯事已白帝釋言天主汝今且置戰事我欲與之較其兵力天主答言隨汝所欲今正是時時頂生王與十八俱胝勝力兵衆上升空中調弓振弦迅發其聲阿脩羅衆聞是聲已問言何人振弦之聲智者答曰是頂生王振弦之聲時阿脩羅心生驚異又復法爾阿脩羅衆與天戰時兵力齊等無所增減其頂生王纔出兵衆勇力强勝過阿脩羅升空而住時阿脩羅作是念言我久聞其人中王者名曰頂生勇猛正士具大福德威德特尊無與等者高出虛空踰於我等作是言已即懐怯怖退入自宮時頂生王問臣佐言今此兵衆孰爲勝耶臣佐答言王今得勝王輙思念而我勝此三十三天我已統治南贍部洲東勝身洲西牛貨洲北俱盧洲具足七寶及有千子最上色相勇猛無畏能伏他軍又於宮中

雨金錢七日復至三十三天入帝釋宮登善法堂處于半座若帝釋天主於此座中即謝世去我統天界亦爲人王天人中勝豈不快哉其王纔起念時神通威力即便滅失還復墮於贍部洲中本居宮室旋生病惱逼切其身加復羸困近死邊際是時臣佐之中有耆年上首者前詣王所而白王言天子後或有人來發問言頂生大王臨謝世時有何言說當云何答王謂之曰我謝世後或有人來發是問時汝應答云頂生大王威德特尊七寶具足獨具人中四種神力何等爲四頂生大王得壽命長久住世間總經一百一十有四帝釋謝滅是爲第一壽命神力又頂生王最上容儀殊妙可觀超人狀貌具天色相是爲第二色相神力又頂生王諸所受用皆悉具足少病少惱色力康强飲噉味全食銷無患不冷不熱時序合度隨所資治悉獲安樂是爲第三無病神力又頂生王一切人衆見者愛樂瞻仰無猒猶子戀父又復王者撫育人民生喜樂心如父愛子或時王出遊觀園苑謂御者言汝可徐徐駕車而進使其容緩人獲觀瞻又復衆人告御者曰仁者駕車幸當徐進令我盤桓覩王相好是爲第四愛樂神力又頂生王統四大洲爲最勝主後詣三十三天帝釋分其半座具如是事復於五欲不生猒足將謝世時説伽陀曰

苦哉世間貪欲境　金寶雖豐無猒足
是中樂少苦還多　智者如應能覺了
乃至天中妙欲樂　貪愛心故不解脱
何人能盡於愛源　唯佛如來聖弟子

假使廣積其眞金　與須彌山量齊等
無人能生猒足心　智者於斯而善覺
若思所欲爲苦因　彼於欲境何貪愛
貪等是爲世所憂　智者調伏應善學
佛言大王彼頂生王以是緣故又作是説諸
世間人少能於其五欲境中覺了知足後趣
命終而世間人多於五欲境中不能覺了不
生猒足後趣命終復次頂生王廣爲利益於
後人故復説伽陀曰
極惡生死流轉中　了知壽命隨減少
應當速修諸福門　不修福行斯爲苦
是故修福爲勝欲　隨應行施如法儀
此世及於他世中　由修福故生歡喜
爾時國中一切人民無數百千之衆聞王寢
疾悉來奔詣瞻仰致問時頂生王爲諸人衆
以如是種貪欲等緣廣説對治使諸人輩捨
家學道是時即有無數百千人衆聞所説巳
而悉出家修四梵行復有多人斷除欲貪生
于梵世佛言大王彼頂生王始自初居童子
之位及南贍部洲東勝身洲西牛貨洲北俱
盧洲統輪王位又於七金山住乃至詣彼三
十三天歷諸分位於其中間總經一百一十
有四帝釋謝滅大王當知帝釋壽量者人間
百年三十三天爲一晝夜三十晝夜而爲一
月亦十二月乃成一年天中千年是彼壽量
以彼千年校計人間即三俱胝六百萬歲復
次大王其頂生王昔於三十三天起念欲其
帝釋天主分于半座是時迦葉苾芻方爲帝
釋又頂生王復起是念若帝釋天主於此座
中即謝世去天上人間我爲王者豈不快哉

是時迦葉如來為帝釋天主其頂生王具大勝福有大名稱於一念中起心過失滅沒神通還復退墮疾惱所纏而謝世去佛言大王彼頂生王者豈異人乎即我身是我於爾時廣施衆生利益安樂趣無上智然於阿耨多羅三藐三菩提多諸魔障由因緣力之使然故爾時憍薩羅國主勝軍大王忽生疑念前白佛言世尊彼頂生王久遠因中修何行業而能感此宮中自然雨金錢七日佛言大王過去久遠有佛出世號一切增上如來應供正等正覺明行足善逝世間解無上士調御丈夫天人師佛世尊是時有長者子於彼國中與一童女依世法儀媾夫婦事其婦持以四寶所成妙華及甘美飲饍而奉於夫受已持是寶華乘車而歸於其中路見彼一切增上如來應供正等正覺次第經遊庠序而行其長者子見佛世尊三十二相殊妙莊嚴即起最上清淨信樂下車肅恭持華奉獻以佛世尊威神力故即變其華大如車輪盤旋空中或飄或止時長者子起清淨心說伽陀曰

以此布施廣大因　得佛世間自然智
願我速越生死流　先佛未度者皆度
一切增上佛大僊　我所奉上悅意華
願我以此廣大因　圓滿所求無上道

佛言大王彼頂生王以是因故於自宮中雨金錢七日爾時勝軍大王復白佛言世尊彼頂生王又以何緣於四大洲統輪王位乃能至于三十三天佛言大王過去久遠有佛出世號毗婆尸如來應供正等正覺明行足善逝世間解無上士調御丈夫天人師佛世尊

是佛以其正法教化衆生次第至于滿度摩帝城一時如來入城乞食時有商主名曰廣作見於如來巡行乞食勝相希有發清淨心持少緑豆擲置鉢内以奉世尊時豆四粒入于鉢中一粒旋轉擊鉢振聲然後墮地餘豆亦還流散于地時彼商主見是相已起清淨心即以伽陀發誓願言

以此布施廣大因　得佛世間自然智
願我速越生死流　先佛未度者皆度

佛言大王是時商主於毗婆尸如來所雖以少物施佛世尊由心清淨彼時四豆入於鉢中後感報應於四大洲統輪王位其有一豆擊鉢振聲方墮地者後感報應能至三十三天又復大王而彼一豆若不墮地得置鉢中後必報應爲天中主由墮地故但統人間不爲天主大王彼商主者即頂生王是由於佛所種是善根以彼世尊大悲攝受故得大果報具大名稱有大威光是故大王其有智者於佛世尊隨力所應修諸施行如其所說當如是學

佛說頂生王因緣經卷第六

音釋

閼伽（梵語也此云水閼阿葛切伽求迦切）瞬（輸閏切目動也）扃鐍（扃涓熒切關也鐍古穴切環之有舌者）搩（陟格切）軛（乙革切轅端橫木也）髀（部禮切股也）憇（去例切息也）飼（祥吏切以食飤之也）媾（古候切婚媾也）

佛説大乘隨轉宣説諸法經

宋明教辯才法師充譯經三藏沙門紹德等奉　詔譯

清刻龍藏佛說法變相圖

佛說大乘隨轉宣說諸法經卷上 中下同卷

宋明教辯才法師充譯經三藏沙門紹德等奉 詔譯

如是我聞一時佛在王舍城鷲峯山中與大比丘衆千二百五十人俱諸大菩薩摩訶薩衆二千人俱其名曰莊嚴菩薩師子遊戲菩薩不動光菩薩歡喜無垢光菩薩日光燄菩薩甚深離垢菩薩蓮華相菩薩師子智菩薩金色相菩薩梵天音菩薩師子慧王菩薩無垢金光菩薩微妙色身菩薩放光壞魔菩薩寂靜諸根菩薩陀羅尼王菩薩吉祥清淨相菩薩妙吉祥摧伏壞魔菩薩等而爲上首爾時師子遊戲菩薩在大衆中覩佛身色金光晃耀心生愛樂即從座起繞佛三下右膝著地合掌恭敬而說伽陀曰

如來眞金色　相好端嚴身　於塵沙劫中

積集諸功德　福智悉圓滿　證於無上道
興運大悲心　應現娑婆界　人天八部衆
瞻仰無厭足　從於自性中　演出微妙法
甚深難可測　唯佛乃能知　衆生性昏懵
聞說不能解　如來大導師　方便能善巧
誘彼諸羣迷　漸次得開悟　衆生妙明心
本來常湛寂　清淨無垢染　具足諸功德
體性如虛空　無有諸罣礙　不生亦不滅
無去亦無來　安住於法性　不動如須彌
一切悉平等　真實不思議　衆生無始劫
貪著於諸欲　墮入苦海中　不能求出離
如來甚深法　微妙極難思　於上中下機
隨順而演說　如天一味雨　徧灑於十方
草木及叢林　根莖隨大小　而於大地中
無不蒙滋益　如來所說法　悉亦復如是
以一微妙音　演說無量義　根器有差殊
聞之各得解　故於一會中　咸皆入佛慧
是佛神通力　名爲不思議　我於往昔劫
常隨佛所化　而今此會中　亦預佛座下
如來所說法　我悉能揔持　見在及未來
願佛爲宣說

爾時佛告師子遊戲菩薩摩訶薩言善哉善哉善男子世間一切衆生妙明元心本來清淨無諸垢染圓滿十方湛然寂靜猶如虛空本無塵翳寂然清淨衆生眼病空華發生華生華滅病眼所見眼翳旣消空華亦滅清淨虛空本來不動妙明元心亦復如是本來清淨無諸垢染衆生顛倒背覺合塵於諸塵境分別心生眼見於色耳聞於聲鼻嗅諸香舌嘗於味身受諸觸意了法塵此六根識各各

自偶諸塵境界於諸塵境妄想執著便生愛染造種種業業成受報墮諸苦海生死輪迴受大苦惱如旋火輪無有休息如來大慈憐愍一切設諸方便說奢摩他三摩鉢提禪那止觀法門令彼攝心漸漸熏修證於佛果免斯惡道善男子諸阿闍黎與諸世間一切衆生欲求菩提用真實心直行正道若心行染欲諂曲不實是行邪道希求菩提無有是處善男子若諸衆生心行善行除彼妄想無諸分別了法空寂無空見無願見不起妄見無性見無相見無佛見無菩提見常行正見種諸善根菩提願足如是之人身如無價珍乃至過去未來現在三世諸佛盡行此道而得菩提名爲解脫斷盡疑惑無分別心清淨語業說真實法得一切智顯現自然相顯現無文字無非文字真實相說菩提心相說布施說平等無貪故持戒說無諸染欲故忍辱說心無嗔恨故精進說無諸懈怠故禪定說安住寂靜故智慧說善能揀擇故如是各各開說奢摩他三摩鉢提禪那門百千俱胝那庾多門甚深無比旁生地獄諸有情等聞說法音悉離諸惡趣了知空無相無願解脫如是恭敬供養三業清淨尊重功德得心安樂猶如平地一切聲聞緣覺菩薩摩訶薩晝夜恭敬甚深解脫最上第一世尊如是說已師子遊戲菩薩摩訶薩讚歎歡喜深生領解爾時世尊而說偈言

汝與世間　一切衆生　心無有二　了諸法空
而得菩提　離貪嗔癡　無令更作　自性清淨
虛妄不生　平等一心　無有散亂　求法有情

當如是會　觀想幻夢　了知不實　趣佛菩提
定知不遠　得如是道　得而無得　明而無明
惟契如來　智慧明了　如是而知　世間第一
名大丈夫　人皆敬仰　始自迴心　親近善友
瞻仰承事　無有懈怠　漸漸增進　了法性空
勤修諸行　更無退轉　生於勝處　獲得菩提
禪定現前　湛然不動　亦不持戒　亦不分別
有戒無戒　體性一故　得菩提已　心入佛乘
安住法性　體如虛空　無有罣礙　演說正法
度諸有情　平等一心　與佛無異　復有比丘
貪著放逸　不學聖道　身心散亂　一如狂人
又似巫神　晝夜常作　三毒重罪　愚夫凶惡
性難調伏　至極癡人　終無利益　親近惡友
耽戀五欲　迷惑女人　未曾暫捨　彼人一心
造破戒罪　愚癡不覺　毀盡尸羅　破戒人中
斯爲第一　於諸善道　無毫髮許　力行闡提
忿恨憍傲　造罪畢已　當受苦報　於諸善法
心不好樂　聞音樂聲　歡喜踊躍　心戀不捨
朋習惡人　身語不善　隨順貪嗔　共相娛樂
漸漸遊行　至一聚落　彼聚落中　人多修善
聞誦佛聲　不生敬仰　唯尋惡友　共造欲樂
墮惡趣中　失菩提路　若阿闍梨　比丘知識
作諸功德　求大乘行　聞小法音　不樂親近
常行忍辱　無憍慢心　遠訪法師　精求妙法
持陀羅尼　祕密章句　書寫經卷　無數百千
智慧發明　歡喜踊躍　如是之人　得佛功德
與佛無異　經俱胝劫　更無退轉　安住佛道
湛然不動

爾時師子遊戲菩薩摩訶薩白佛言世尊我等今者聞佛所說甚深妙法得未曾有心生

歡喜瞻覩威光遵仰慈誨誓懃熏習無敢懈怠有樂法者隨為開説是時復有天龍夜叉乾闥婆阿蘇囉迦樓那緊那羅摩睺羅伽與其眷屬及世間衆生皆來親近供養恭敬尊重禮拜咸求解脱復有八千天子與其眷屬捨天快樂來詣佛所聽聞妙法而求解脱復有二千藥叉與其眷屬捨除暴惡皆發阿耨多羅三藐三菩提心復有三千大龍亦與眷屬發菩提心來詣佛所希求出離復有五百比丘尼衆皆來親近恭敬禮拜尊重讃歎歡喜踊躍聽受教法求菩提道復有二千俱胝菩薩摩訶薩衆聞佛説法除障解脱爾時世尊告師子遊戲菩薩言善男子我昔與汝於然燈如來應供正等正覺所聞説法要修忍辱行安受苦忍無有缺犯諸惡不生具足圓滿復聞演説六波羅蜜所謂布施波羅蜜持戒波羅蜜忍辱波羅蜜精進波羅蜜禪定波羅蜜智慧波羅蜜因是得聞最上妙法增長善根得不退轉由於彼時聞佛教法懃行精進證於道果獲大人相尊重佛法常當供養十方諸佛及大菩薩事善知識了法性空得正念現前善男子汝又於過去無數阿僧祇劫有佛出世號須彌王如來應供正遍知明行足善逝世間解無上士調御丈夫天人師佛世尊彼佛壽命無量百千俱胝那庾多歲世界名曰瑠璃金光其佛國土地平如砥金銀瑠璃琿璖碼碯衆寶合成而嚴飾之無諸穢惡瓦礫荆棘善男子爾時彼佛會中有八十百千俱胝那庾多比丘皆是阿羅漢一切漏盡無諸結使心得解脱復有無數百千比

丘尼衆復有無數百千優婆塞衆無數百千優婆夷衆俱來會集善男子時彼世尊説法教化三乘衆生爲諸聲聞説四諦法爲諸緣覺説十二因緣法爲諸菩薩説六波羅蜜法甚深微妙諸善法要令諸大衆安住法中各得解脱善男子時彼瑠璃金光世界寶地平正多諸寶樹行列道側金繩界道寶網交絡微風吹動互相振觸出微妙音聲其聲演説諸法無常苦空無我諸妙法音所謂空聲無相聲無願聲不生聲不滅聲無色聲無性聲其中衆生聞是種種微妙音聲心生歡喜各得解脱善男子汝於彼須彌王如來應供正等正覺清淨法中而作比丘名曰勸慧愛樂正法求佛種智無諸貪欲戒根清淨心常歡喜讚歎大乘晝夜懃修恭敬供養有來求法

隨爲演説不生慳悋種種開説令其解脱心無希求安住平等具足善根滿菩提願善男子時彼比丘爲求法故樂誦經典增長智慧歸命大乘無量功德復事闍黎知識盡劫供養曾無懈倦多諸方便安樂一切善男子彼勸慧比丘爲利衆生捨離舊止遊諸聚落次第循門而行乞食其中衆生清信男女有來親近生敬重心種種供養勸慧比丘爲説法要忍辱禪定功德難量令其信解堅固道意彼聚落中復有一類下劣衆生見僧恐怖意不樂見避走遠去以其過去惡業因緣譬諸禽畜無有異也時勸慧比丘見彼惡人心生慈愍不憚辛勤漸次親近開誘示導爲説法要各各省已悔過歸命三寶善男子時勸慧比丘舊住精舍善友知識各相謂言彼勸慧

比丘宿植善本深達法要於其衆中而爲上首今以何緣捨離精舍遠遊聚落極受勤苦教化衆生而行乞食我等比丘心生憶念相率遠去迎請歸還到於彼處遥見勸慧咸生歡喜各各問訊起居輕利善住安隱我等今者遠來尋訪願還舊居依時供養精妙飲食香華燈果長時無缺唯願慈悲同歸舊止是時勸慧比丘不受其請樂居寂靜復捨聚落遠行前去遇一蘭若屏棄諸緣寂然安住精修苦行積集功德種智增明勸慧比丘復於一時不樂蘭若又入深山人所不到歎羨此境堪可安居精持結夏修習禪觀遵佛禁制然於此中多諸走獸虎狼師子野干飛禽皆來親近銜華獻果種種供養時彼勸慧心生歡喜轉更精懃無諸退轉善男子往昔世中一類比丘於佛教法不生愛樂不修梵行不護尸羅毀謗大乘虛食信施無有慚愧遠善知識常黨惡人上品貪毒人皆避見愚癡惡作失袈裟服墮在地獄九十俱胝百千劫受大苦惱畢是罪已復受六十百千俱胝劫苦中極苦不可比喻後遇勸慧比丘種種開示說有如來應供正等正覺清淨教乘令生信解善男子勸慧比丘又復阿閦如來應供正等正覺於彼法中亦作比丘欣樂正法求佛智慧用眞實心供養恭敬尊重佛法書寫經典作諸功德心無懈怠近善知識多諸方便發歡喜心勸化有情令皆出離時諸衆生歡喜敬仰善男子時彼如來復爲勸慧比丘說諸法要令增種智苦惱不生貪嗔不作不隨惡友墮諸惡趣防護自身無諸過咎一心供

養講說正法晝夜常持清淨法寶漸次增進無有退轉善男子當爾之時三千大千世界衆生聞佛所說行十善業安住法中一切菩薩行六波羅蜜具足功德安樂一切爾時佛告師子遊戲菩薩言彼時勸慧比丘者今汝身是也

佛說大乘隨轉宣說諸法經卷上

佛說大乘隨轉宣說諸法經卷中

宋明教大師法賢奉 詔譯

爾時文殊師利童真菩薩白佛言世尊云何離除業障得清淨心佛告文殊師利要離惡業當學一切法了知諸法分別心生虛妄不實空智現前業障自除心得清淨復次文殊師利一切衆生從無始劫來妄想顛倒貪嗔癡三爲因造殺盜婬業無量無邊墮落諸趣輪迴生死受大苦惱無有休息業障熾盛惡魔嬈惱故心不得清淨復次文殊師利汝今欲知一切衆生離諸業障心得清淨當學如來一切法於身口意三業清淨晝夜精勤修持梵行遠離苦惱分別不生希求菩提恭敬供養佛法僧寶長時誦習大乘經典祕密陀羅尼身心堅固無有退轉觀想了知生住異滅念念無常刹那生滅一切虛妄無有真實安住禪定漸漸增進心無散亂一切惡魔不得其便自然快樂意地發明積諸功德滋長慧命證佛菩提無上道果是名出家是真佛子乃知如來甚深法藏廣大如海饒益有情無有窮盡得無上法寶復修禪定觀想法空無諸苦惱獲功德力行平等行心常護持晝夜恭敬尊重讚仰一切解脫身心快樂了知生滅一切皆是幻夢安住法中生於勝處具足圓滿更無退失如是而修惡業自除心得清淨爾時文殊師利童真菩薩白佛言世尊云何四聖諦佛告文殊師利四聖諦謂苦集滅道是名四聖諦文殊師利白佛言世尊當云何學佛言當學一切法得彼法智現前於此分別不生善與不善觀想自性清淨了知

一切悉皆虛妄文殊師利白佛言一切衆生云何不學佛言愚夫異生爲毀謗教法不生善心不修梵行不讀誦經典不受教誨於佛教法不肯少學常作惡行流浪三界而生歡喜即不知一切法如幻如夢如陽燄虛妄不實若諸衆生學一切善法修習奢摩他定觀想自性清淨了知貪嗔癡悉皆虛妄安住法中得彼定力身心快樂愚夫不學善法不知有佛法僧寶普徧虛空微妙難見文殊師利白佛言云何此法微妙衆生難見佛告文殊師利此法如風生浪起只見浪起不見風生唯汝文殊須菩提能知餘皆不解爾時文殊師利白佛言世尊云何四念處佛言文殊師利四念處謂觀身不淨觀受是苦觀心無常觀法無我是名四念處文殊師利言當云何學佛言一切衆生當觀想自身五種不淨觀受有苦受樂受捨受三悉皆是苦觀心無常念念無常刹那生滅觀法無我四大五陰無實我體是名四念處一切衆生當如是學文殊師利白佛言世尊云何五根謂信進念定慧是名五根文殊師利白佛言當云何學佛言學法衆生於一切法中觀想此法深遠能生信故名信根了知此法勤行精進除障解脫名精進根然於此法一心想念不忘名念根了知一切法定知心生名定根以慧揀擇一切法空名慧根是名五根文殊師利白佛言世尊云何七覺支佛告文殊師利念覺支擇覺支精進覺支喜覺支輕安覺支定覺支捨覺支是名七覺支文殊師利白佛言世尊當云何學佛告文殊師利學法衆生於自性

中了知一切善不善法棄捨世緣勤念正法名念覺支擇謂以自性智於三界能揀擇故名擇覺支精進謂了知一切法勤行不捨名精進覺支喜謂於一切諸行發生晝夜喜行妙性快樂歡喜故名喜覺支輕安謂安住一切法中不為魔嬈心得自在故謂輕安覺支定謂了一切法本無自性修三摩地名定覺支捨謂心安住一切法不住智不住佛捨離諸緣名捨覺支是名七覺支文殊師利白佛言世尊云何八正道佛告文殊師利八正道謂正見正思惟正語正業正命正精進正念正定是名八正道文殊師利白佛言世尊當云何學佛告文殊師利彼一切衆生了知一切法三業恭敬是名正見彼於一切法分別不分別喜不喜名正思惟彼了知一切法眞實言説名正語彼於一切法了知唯造善業名正業彼於一切法安住平等眞心名正命彼於一切法勤修大乘名正精進彼於一切法不生惡業名正念彼於一切法不散不亂名正定是名八正道彼學法衆生一心了知四聖諦四念處五根七覺支八正道如是等法一一修學已得到彼岸生諸佛國無有恐怖得金剛堅固心一切羅漢聲聞沙門婆羅門及小婆羅門等聞佛説此微妙最上法門有大神力能除熱惱獲得心地清涼諸比丘若能展轉勤行心無退轉與我無異而諸天人晝夜作諸音樂持衆名香種種奇華珍妙飲食堪受供養文殊師利彼諸比丘若不斷嗔入王城持鉢循行乞食為魔所惱染著諸欲非佛弟子與俗無異復有比丘心無嗔故

了知大乘微妙法行法義言句於眞實正行而得解脱爾時三千二百天子持天曼陀羅華種種名香上妙飲食恭敬供養心大歡喜互相讃歎出家功德與如來佛國而無有異爾時文殊師利白佛言世尊我聞佛說祕密陀羅尼章句云何佛告文殊師利我爲汝說祕密句槃句金剛句慧句是名陀羅尼章句法門此法門菩薩得一切法句發生刹那刹那得忍辱法文殊師利言云何名祕密句法門佛言我爲汝說祕密句眞實章句於一切法中心愛樂祕密句爲第一如汝文殊師利於一切菩薩中而得第一祕密句亦復如是復次文殊師利祕密句如虛空我身徧滿虛空一切法亦如是徧滿虛空一切菩薩現前不現前都是一如名眞實祕密句文殊師利

白佛言世尊云何槃句佛告文殊師利我爲汝說槃句不動貪法界住一切法動我不動大乘不作種種世事是名槃句文殊師利白佛言世尊云何金剛句佛言我爲汝說金剛句瞋衆生長時有嗔金剛能斷一切法是名金剛句文殊師利白佛言世尊云何慧句佛言我爲汝說慧句癡是學佛智一切衆生非學佛智不到彼岸若諸衆生學佛智一切慧具足有慧無慧悉能了知此是甚深文殊師利悉能了知衆生無智但樂諸惡於一切法不能遠離是名祕密句文殊師利白佛言世尊云何祕密句識佛告文殊師利識如幻化妄生一切法空無自性無自相如是五蘊如五指不實如虛空悉是假名衆生惛懵不能曉了是名祕密句文殊師利白佛言世尊云

何祕密句色佛告文殊師利色一切法衆生心癡眼癡毀謗正法不好勤學愛樂於色不知虛妄文殊師利汝於色塵悉能了知是名祕密句文殊師利白佛言世尊云何祕密句聲佛告文殊師利聲空發生不可得見種種語言音響之聲耳識聽受是名祕密句文殊師利白佛言世尊云何祕密句香佛告文殊師利香發諸塵不可得見但識所聞識亦無故皆是虛妄是名祕密句文殊師利白佛言世尊云何祕密句味佛告文殊師利味無自性妄生於舌衆生分別愛樂貪著是名祕密句文殊師利白佛言世尊云何祕密句觸佛告文殊師利觸本無故觀想一切法如虛空衆生愚迷於境於身種種貪著以爲妙觸是名祕密句文殊師利白佛言世尊云何祕密句地佛告文殊師利地性質實於法思惟無自體性亦無自相衆生顛倒妄執爲有種種戀著是名祕密句文殊師利白佛言世尊云何祕密句水佛告文殊師利觀諸水性猶如陽燄虛妄不實故是名祕密句文殊師利白佛言世尊云何祕密句火佛告文殊師利火性猛烈苦惱衆生此法滅故自性寂靜分別不生最上極樂是名祕密句文殊師利白佛言世尊云何祕密句風佛告文殊師利風一切法不可得見衆生貪著動作往來風力所轉是名祕密句文殊師利白佛言世尊云何祕密句佛亦如是佛告文殊師利一切不善法十方諸佛各各開說教詔衆生是名祕密句文殊師利白佛言世尊云何祕密句法亦如是佛告文殊師利一切法不可取不可捨

觀想無我無自相無自性心不散亂是名祕密句文殊師利白佛言世尊云何祕密句僧亦如是佛告文殊師利彼無數妙住法界於三摩地平等持戒修平等慧平等解脫於平等法中善安住故餘無所學是名祕密句文殊師利白佛言世尊云何橛句虛空境界佛告文殊師利一切法虛空境界不思議境界於諸境界不可取不可捨不可住無有住處是名橛句文殊師利白佛言世尊云何橛句一切法住虛空佛告文殊師利一切法不離虛空住不生煩惱住寂靜故是名橛句文殊師利白佛言世尊云何橛句一切法無分別心佛告文殊師利一切法不學不問不作不親近不發願不生愛樂寂靜如虛空是名橛句文殊師利白佛言世尊云何橛句一切法

微妙佛告文殊師利一切法離垢安住清淨光自在妙圓滿清淨虛空圓滿清淨發生微妙身安住於法是名橛句文殊師利白佛言世尊云何橛句一切法安住虛空佛告文殊師利一切法安住虛空不可見一切法離垢安住亦不可見是名橛句文殊師利白佛言世尊云何橛句一切法教詔學佛告文殊師利一切法教詔衆生不來勤學不學觀想不作意晝夜六時不學又不問隣座不會解釋不能宣說無有智慧不能分別亦不愛樂不親善友我慢貢高遠離教詔不得解脫是名橛句文殊師利白佛言世尊云何橛句一切法最上遠離佛告文殊師利一切衆生於諸善法而不肯學唯造罪惡不親賢善無有智慧是名橛句文殊師利白佛言世尊云何橛

句衆生難教詔佛告文殊師利若諸衆生心不散亂唯勤學法親近供養自然往詣教詔求法福慧乃生若衆生不學一切法唯造惡業欲求福慧無有是名橛句文殊師利白佛言世尊云何橛句衆生得一切智佛告文殊師利一切衆生勤求學法得一切智發歡喜心生大乘行明了自性得一切智是名橛句文殊師利白佛言世尊云何橛句衆生得一切智智具足佛告文殊師利一切衆生自性自性中於如來平等一切智慧悉皆曉解一體性相是名橛句文殊師利白佛言世尊云何橛句一切衆生菩提道場佛告文殊師利菩提道場惟求佛法一切法寂靜道場一切法性道場一切法求道場文殊師利言菩提道場我一心求法不求餘相一切衆生一切人民常樂往彼求此菩提道場是名橛句文殊師利白佛言世尊云何橛句一切衆生得此忍辱佛告文殊師利學法衆生息念觀想淨慧發生於諸名相不生分別得忍辱平等是名橛句文殊師利白佛言世尊云何橛句一切衆生善友說法佛告文殊師利一切衆生與十方天人諸小天人各各說法希求菩提心生歡喜供養恭敬除障平等於無體相安住是名橛句文殊師利白佛言世尊云何橛句一切衆生得此陀羅尼佛告文殊師利一切衆生學觀想色聲香味觸任持甚深圓滿分別圓滿不分別是名橛句文殊師利白佛言世尊云何橛句一切衆生慈心具足佛告文殊師利一切衆生樂修慈心了知一切法得平等慈是名橛句文殊師利白佛言世

尊云何橛句一切衆生悲心具足佛告文殊師利一切衆生勤學如來平等大悲心大悲體具足是名橛句文殊師利白佛言世尊云何橛句一切衆生不得三摩地佛告文殊師利一切衆生不修禪不樂不喜妄語顛倒性惡剛暴多諸障礙非有智慧無剎那頃愛樂禪定是名橛句文殊師利白佛言世尊云何橛句一切衆生貪具足佛告文殊師利一切衆生貪愛具足煩惱多生無歡喜心不樂寂靜不行平等而於貪性無有覺悟不得菩提是名橛句文殊師利白佛言世尊云何橛句一切衆生嗔具足佛告文殊師利一切衆生嗔具足安住嗔體性安住悉皆具足是名橛句文殊師利白佛言世尊云何橛句一切衆生癡具足佛告文殊師利一切衆生不求佛法一切慢一切行非梵行癡平等住癡體性住不學菩提是名橛句文殊師利白佛言世尊云何橛句一切衆生癡身具足佛告文殊師利一切衆生身住癡一切法不誦經典不信不讀性惡憎嫌不樂大乘安住最上不善是名橛句文殊師利白佛言世尊云何橛句一切衆生邪見具足佛告文殊師利一切衆生邪見歸依十身佛不眞實歸依常作十惡行十邪見不悟邪見體性愛樂安住五慾中安住貪嗔癡中安住障不得菩提是名橛句文殊師利白佛言世尊云何橛句一切衆生住處聽法佛告文殊師利一切衆生一心恭敬聽受當爲汝説一切衆生眞實求法一心不動不生怕怖佛福廣大愚夫不知我有眞實言教不生恭敬不安住聽受貪平等住嗔

平等住癡平等住五慾中平等住障難平等住愛樂平等住不讃歎佛有如是無上正等正覺如是貪體性安住嗔體性安住癡體性安住五慾中體性安住障難體性安住愛樂體性安住不讃歎佛有如是無上正等正覺解脱佛告文殊師利汝若不問不爲汝説汝今問我當爲汝説一切善法當學如來正等正覺一切善法平等具足如是師僧善友歡喜學大乘教行大乘行有大勢力捨離於此更無餘事專心發願求法最上精勤專心觀想五智如來境界如來境界無別境界一切境界平等晝夜如是學法一心供養文殊師利若諸衆生作如是求法得佛菩提了知善法一切善法具足如是若不學佛法與諸禽畜實無有異

佛説大乘隨轉宣説諸法經卷中

佛說大乘隨轉宣說諸法經卷下

宋明教辯才法師充譯經三藏沙門紹德等奉　詔譯

爾時蓮華遊戲天子與十千天子皆來供養世尊及文殊師利菩薩各持上妙名華優曇鉢羅華青色蓮華白色蓮華曼陀羅華摩訶曼陀羅華曼殊沙華摩訶曼殊沙華發恭敬心種種語言歡喜讚歎世尊文殊師利不好世樂超出三界心無煩惱亦無諸惡語言眞實甚深眞實法界吉祥眞實吉祥微妙吉祥無數最上第一吉祥天子如是讚歎世尊文殊師利爾時佛告蓮華遊戲天子諸天子中汝得第一天子於身內外心無分別得最上第一法衆中最上第一微妙第一極妙第一眞實心處大衆中能最上供養而得第一佛言天子汝無貪嗔癡不生煩惱若有如是與愚夫不異諸天子不得學鬬戰失菩提路若愛樂一切法菩提薩埵佛法樂修十地行如是天子宿種善根恭敬供養諸佛菩薩遠離諸惡心放光明勤學佛法於十地行妙安住故示現光明學佛教法勇猛愛樂若不如是好樂佛法多諸諍訟不生供養心智慧尠薄如是天子心高我慢不愛樂一切法不親近善友此天子爲衆所嫌於菩提而不和合無恭敬心輕慢三寶不學教法愚夫無異菩提道場甚深恭敬求一切智具足得天子行於善衆安住彼諸天子不住貪不住嗔不住癡不戀資生不行邪見恭敬問訊世尊文殊師利禮拜供養於貪嗔癡悉皆遠離世尊如義而說天子愛樂如義而住是時世尊讚歎文殊師利安住大乘不行邪行亦無邪見諸天

子聞佛説已往詣文殊師利所稱讃供養學一切法圓滿無分別無有邪行爾時十千天子聞佛於大衆中説無生忍辱法安住於此皆修文殊行得最上妙法於金剛句祕密句橛句了色本空體性不邪無有諍訟得菩提解脱法已恭敬供養修習禪定任持讀誦宣説書寫如是熏習五法人皆歡喜三業清淨於一切法一切佛法圓滿宣説得安樂行爾時佛告蓮華遊戲天子言如是聲色今世後世無智菩薩不樂佛法貪戀外聲外色不怕不怖於一切聲愛著迷惑無有福德世尊如是説蓮華遊戲天子讃歎於虛空中往來種種變化諸妙音聲宿世善根福業所作得佛菩提生上種姓禮貌具足圓滿福業了悟色聲一切具足世尊記言汝當生天子菩薩摩訶薩真實殑伽沙劫尊重法師恭敬供養一切安樂衣食卧具飲食湯藥如是種種上妙香華燈塗晝夜不絶一切具足安住法中決定求得上妙福報無諸忿怒如是天子了悟色聲速得往詣菩薩殑伽沙劫一切安樂彼天子於殑伽沙劫不生煩惱心無輕慢圓滿言説法味真實如是天子生決定心聞佛法音了悟聲色無諸苦惱亦無毀謗歡喜讃歎得一切最上安樂佛言天子今一切人不求佛法貪戀資生不怕不怖不似娑羅王世人善根成熟世尊如是説已蓮華遊戲天子聞是法音了色體性深入佛慧若諸衆生不學佛法不修禪定於一切法不好不問非菩薩行常作惡想不學正智聞女人聲愛樂貪著不怖罪業世尊説已蓮華遊戲天子言諸菩

薩天子身心散亂不受世尊教學三業不善毀謗聽法貪聲住嗔聲住癡聲住不近善友不學佛法貪著女人無有猒足不學歡喜聲愛樂慾樂聲喜聽惡人聲不學好人聲不學書寫聲不學佛聲貪著女色常如醉人不學安樂聲不樂出家聲愛樂無佛慧聲喜聞外道聲戀女人聲不學佛法布施聲不學佛法持戒聲不學佛法忍辱聲不學佛法精進聲不學佛法禪定聲不學佛法智慧聲戀女人聲遠尋放逸親近惡友不學善人聲戀世間聲晝夜不捨不得涅槃戀著女人不學佛法不得解脫轉尋鄉村聚落從生戀著常與女人共相娛樂不親善友不行大乘行不行比丘行不行在家正行唯行邪道只於女人路行聽女人聲心生歡喜聞佛音聲不生敬仰不修梵行安住煩惱嬈亂衆人修外道行無福果報不學持戒行戀破戒行體性下劣戀下劣體性不親善友不學佛法戀著貪不學佛法戀著嗔不學佛法戀著癡不學佛法愚昧不會不受教誨其心壅塞不能領解不學諸佛行不學菩薩行不學聲聞行於佛菩薩法不問不學業障深重遠離而去造不善業貪戀女色心迷自作煩惱憔悴不信眞實菩提展轉遠離一切人嫌如是之人貪著女色不得安樂亦不寂靜不禮拜不恭敬自不覺知不得菩提若菩薩天子勤修十善眞實圓滿積集善根心中歡喜此菩薩天子往詣博學多聞菩薩天子所修一切善根圓滿具足離除業障心得清淨除業障已身心輕安遠離諸慾晝夜更無女人想安住法性爾時文

殊師利童眞菩薩白佛言世尊諸佛法海無有邊際不可觀見微妙色相不可聽聞微妙音聲歡喜微妙音聲極喜微妙音聲一心專注修微妙佛性遠離障染到於彼岸安住於法不住涅槃不住聚落不去不來無布施持戒忍辱精進禪定智慧無有忿怒無貪嗔癡悉皆平等世尊如義而說眞實微妙法門佛言蓮華遊戲具大智慧天子文殊師利童眞菩薩是二大士宿種善根於過去無量無數阿僧祇劫諸佛國土聽受教法修大乘行斷諸業障宿福深厚積集功德無量無邊過去因緣獲斯福報今此會中實無有對如是蓮華遊戲天子遠離色聲用眞實心以上妙種種香華燈燭珍妙飲食供養人皆不及親近佛聲聽文殊師利演說甚深平等眞實法門

爾時佛告文殊師利童眞菩薩言汝往昔劫於我法中了如是色聲最上色相一切業障悉皆遠離安住福業萬德圓備餘皆不及乃至過去菩薩亦皆不及文殊師利言如是色業障嗔業障一切惡業障我已了知悉當遠離決定守護親近世尊如是說離一切染法得清淨福業心無煩惱是我宿生於無量無邊阿僧祇劫發廣大心修作福業思惟圓滿善行具足乃過去修習今時受報得值師子鼓音自在王如來應供正徧知明行足善逝世間解無上士調御丈夫天人師佛世尊彼佛壽命無量百千那庚多歲三界衆生了知圓滿世界名曰大光其佛國土多諸寶樹金繩界道寶樹行列香風吹動枝葉振觸出妙音聲其聲演說空聲無相聲無願聲不生聲

不滅聲無色聲無自性聲如是音聲衆生聞已皆得解脱時彼如來有二十七俱胝聲聞衆皆來聽法大比丘衆斷諸煩惱去除重擔得慧解脱心解脱是比丘心不散亂往來聽法求佛菩提彼如來復有二十七俱胝衆及大比丘衆皆來聽受荷擔如來尊重教法得慧解脱心解脱如是他方菩薩皆來聽法各各得一切忍辱法具足安樂如是十方諸佛國土無數百千俱胝佛皆來聽法聞阿難多目佉陀羅尼三摩地無數百千那庾多衆生得寂靜安樂心生歡喜共相論議乃至宿世今生無有他求決定安住菩薩摩訶薩是時如來於彼國土宣説妙法一切界已正法住世六十百千歲時彼如來復爲寂靜諸根菩薩説一切菩薩法人所讚歎心無外緣此菩

薩往昔劫中修菩薩法淨道行住不樂世間一切法諸根不亂甚深解脱眞實最上妙法了知色相言説歡喜踊躍專心書寫與善知識共相論議非人不言恐生誹謗然彼衆生貪體性一切法住著嗔體性一切法住著癡體性一切法住著此菩薩唯愛樂一切佛法不樂世間一切法非衆生方便愛樂唯樂菩提行種種善行無分別心常行忍辱無貪無嗔無是無非安住如來甚深法界爾時復有比丘名曰勝意愛樂菩提是時世尊爲説一切妙法得四禪定四無色定十二頭陀功德常行是行爾時佛告勝意比丘寂靜諸根菩薩了知一切最上行勝意比丘聞佛所説合掌聽受遠離遠處寂靜安住修一切最上行爾時寂靜諸根菩薩發廣大無邊心王城持

鉢引導衆生循門教化乞食詣長者居士善友門化有智慧人心生歡喜供養讚歎或有居士善友惡言毀謗不生惡念少語知足眞實言行心不嗔人和顏悅色彼居士善友讚歎時寂靜諸根菩薩説諸色法諸比丘僧多不了知入諸邪見僻居小處貪慢障安住嗔慢障安住癡慢障安住一切法愛樂障不聽眞實言行寂靜諸根菩薩復勸在家居士善友不得貪煩惱不得造諸惡業居士善友不能行得忍辱行自往詣貪處自往詣多貪處往詣東西南北方四維上下方生五種毀謗云何謂愛樂貪嗔癡心多煩惱故時寂靜諸根菩薩於王城中遊行教化與居士善友言讚歎勝意比丘是眞實僧人皆供養今不住王城歸寂靜處安住及不樂寺院香華供養諸比丘僧多不喜見此勝意比丘眞善知識諸比丘僧深入邪見貪心障嗔心障癡心障不能遠離諸惡業障復次寂靜諸根菩薩言諸比丘僧不學善法不習一切觀想不學甚深妙法不求菩提爾時寂靜諸根菩薩爲比丘僧而説伽陀曰

若有貪嗔癡　不修菩提行　菩提無貪性
一切當遠離　愚夫不覺知　耽著諸慾樂
非寂靜禪那　不能趣佛國　高傲於放逸
功德無少分　諸佛清淨戒　而生疑惑心
貪戀造諸惡　無佛法僧寶　設若學文字
心中多巧妙　於眞實菩提　云何得解脫
丈夫學菩提　無煩惱分別　親近佛觀想
得正見具足　於法不能解　衆生墮邪見
遠離佛教法　安住貪嗔癡　不恭敬禮拜

不親近法師　苦惱生分別　無有忍辱心
迷惑不自知　愚癡作諸惡　去佛道甚遠
不受人勸化　疾速得菩提　若人有忍辱
平等解脫界　超出世間眼　一切悉知見
觀想忍辱法　而得佛菩提　於此安住故
決定無魔事　禪定力現前　如是解脫已
趣佛涅槃界　衆生勤學法　實不可稱量
得不生不滅　無貪嗔癡故　歷遊諸聚落
亦無分別心　若有人毁謗　不生嗔恨故
或遇人讚歎　亦無歡喜故　安住佛菩提
一切悉平等　佛法如虛空　不可稱量故
無上佛菩提　愚夫不了悟　不修寂靜觀
於此不解脫　衆生貪放逸　無心學聖道
馳騁諸慾樂　與狂人無異　愚癡不寂靜
不肯學菩提　云何離業障　衆生若了知
遠離諸慾樂　專心習禪那　衆中爲上首
曉解一切法　而行於正道　常念佛菩提
更無分別想　真實心愛樂　最上菩提道
龍天皆歡喜　安住佛功德　於微妙法中
不生諸惡想　唯求佛菩提　更不學餘事
故於此會中　德行爲上首　我聞佛所說
種種學外道　營務作事業　不如佛法中
熏習諸善本　彼愛樂眷屬　及貪戀資生
不求佛菩提　好世間榮貴　無有刹那頃
學如來正法　多生分別心　安住諸慾樂
慾性本虛妄　如陽燄空谷　愚癡都不覺
心常生我慢　不讚佛菩提　實無有知見
不了法空義　堅固執爲有　有爲及無爲
一切悉平等　衆生若曉了　勤修大乘行
趣佛菩提道　此非是凡夫　安住於法中

得諸佛心印　圓滿功德業　與佛無有異
一念貪心起　犯波羅夷罪　貪心若不斷
爲之所纏縛　不肯護尸羅　無禪定觀想
見佛不歡喜　長夜造諸惡　墮入地獄中
受俱胝劫罪　由是破戒故　少法亦不解
云何得菩提　與愚夫無異　設若修福業
其心不淳淨　不修大乘行　無禪定觀想
此人如何得　無上法王印

爾時寂靜諸根菩薩爲比丘僧說此偈已三千二百天人得忍辱法八萬比丘聞法各得解脫彼勝意比丘得三業清淨離除業障爾時文殊師利白佛言世尊如來宣說甚深法義晝夜思惟如來一切法十號功德愚夫難可稱量如來無生忍辱法亦難可稱量如來所說法義不可思議與我心法義都是一說

爾時文殊師利菩薩慈氏菩薩摩訶薩白佛言世尊如來眞實法義後五百歲人多不信不怕不怖乃至諸天亦復如是我決定親近供養如來法義以身命布施如殑伽沙數讚歎詠謌三時供養於殑伽沙世界法義安住復說如殑伽沙衆生聲聞得忍辱法安住法義爾時尊者阿難聞佛一切法義信受任持誓願展轉爲人宣說時文殊師利菩薩慈氏菩薩師子遊戲菩薩蓮華遊戲菩薩眞實大菩薩衆與無數比丘僧尊者阿難一切世間天人阿脩羅乾闥婆等聞佛所說皆大歡喜作禮而退

佛說大乘隨轉宣說諸法經卷下

音釋

懵母總切暗也砥諸氏切振觸振除庚切觸樞玉切振觸抵揬也

憚杜晏切忌難也櫱句櫱其月切殑伽梵語也此云天堂來河名殑巨升切伽求迦切憔悴憔慈焦切悴秦醉切

佛說大乘入諸佛境界智光明莊嚴經
宋西天三藏朝散大夫試光祿卿傳梵大師法護等奉 詔譯

清刻龍藏佛說法變相圖

佛說大乘入諸佛境界智光明莊嚴經卷第一 第二第三同卷

宋西天三藏朝散大夫試光祿卿傳梵大師法護等奉 詔譯

如是我聞一時世尊在王舍城鷲峯山半月妙峯法界殿中與大苾芻衆二萬五千人俱皆阿羅漢一切漏盡離諸煩惱心善解脫如大龍王諸所應作修作已辦去除重擔逮得已利盡諸有結心智解脫諸心自在到於彼岸阿若憍陳如等十八大聲聞而爲上首復有七百二十萬俱胝那庚多菩薩摩訶薩其名曰妙吉祥童眞菩薩摩訶薩財吉祥菩薩摩訶薩覺吉祥菩薩摩訶薩藥王菩薩摩訶薩藥上菩薩摩訶薩等是諸菩薩皆悉善轉不退轉法輪悉於寶積方廣正法而善請問住法雲地其慧高廣猶若須彌善能觀察一

切法空無相無願無生無起無性照明廣大甚深法理善威儀道而諸菩薩皆是各各世界百千俱胝那庾多諸佛如來遣來至此悉能出生諸神通事安住諸法自性清淨爾時世尊即作是念此諸菩薩摩訶薩衆具大威德爲求法故從殑伽沙數等大威德世界迅疾如風來此集會我今應爲開明宣說廣大正法或現光明廣大照曜復令此諸菩薩摩訶薩衆於此會中聞所說法請問其義爾時世尊即放光明徧照十方不可思議如微塵等三千大千世界即時十方一一方分各有十佛刹不可說如微塵等百千俱胝那庾多菩薩摩訶薩衆來集此會一一菩薩各現不可思議菩薩所有神通而來到佛會已各以不可思議妙色供養而供養佛各各處自願

力出生蓮華座中瞻仰世尊是時法界殿中自然出現大寶蓮華藏師子之座縱廣正等阿僧祇俱胝由旬次第高顯以衆光明摩尼寶所成以電光明摩尼寶而爲界道不思議光明摩尼寶爲蓮華莖無比喻摩尼寶而爲間錯超越譬喻光明摩尼寶作殊妙鬘自在王摩尼寶網垂覆其上豎立種種光明摩尼寶蓋及寶幢旛而彼大摩尼寶蓮華藏師子座上普徧出現十阿僧祇百千俱胝那庾多光明其光普照十方世界是時十方一一方分有十佛刹不可說微塵數等百千俱胝那庾多天龍夜叉乾闥婆阿脩羅迦樓羅緊那羅摩睺羅伽帝釋梵王護世天等皆來集會是中或有處寶樓閣與不思議百千俱胝那庾多天女衆等奏妙音樂或處妙華所成樓

閣或處龍堅栴檀香所成樓閣或處眞珠所成樓閣或處大金剛寶所成樓閣或處金剛光明摩尼寶所成樓閣或處渾金所成樓閣或處一切光明積集摩尼寶王所成樓閣或處自在王摩尼寶所成樓閣或處如意寶所成樓閣或處帝青摩尼寶所成樓閣或處大海之中清淨莊嚴普徧光明大摩尼寶所成樓閣皆有阿僧祇不思議百千俱胝那庾多天女衆等奏妙音樂乘空而來到佛會已皆以不思議無等比超越分量諸妙供養供養佛已各各於自願力出生座中瞻仰世尊時此三千大千世界悉成閻浮檀金殊妙色相自然出現種種摩尼寶莊嚴樹妙衣服樹龍堅栴檀香樹妙寶所成電光明摩尼寶網垂覆其上竪立寶蓋及寶幢旛其諸樹間皆有阿僧祇百千俱胝那庾多天女執持半身眞珠瓔珞或復持摩尼寶鬘時彼大摩尼寶蓮華藏師子座中自然有聲説伽陀曰

人中王來就此座　本從福力所出生
普令衆願悉成就　勝二足尊願攝受
此我身相寶所成　中一寶謂蓮華座
隨其意樂人中尊　能滿諸願救世者
今此寶成蓮華座　於此世間最殊妙
爲俱胝衆説法門　聞者皆令得此座
汝身出現千光相　普徧照曜諸世間
我觀此相歡喜生　願佛今就我此座
速就座已攝受我　此座數有八俱胝
今自然智牟尼尊　登座普攝諸羣品

爾時世尊從本座起即於寶蓮華藏師子座上跏趺而坐普徧觀察一切菩薩人天大衆

爲諸菩薩欲當宣説最上妙法爾時一切大菩薩衆咸作是念若我今時得聞妙吉祥童眞菩薩請問如來應供正等正覺不生不滅甚深正法斯爲慶幸爾時妙吉祥童眞菩薩先在會中知諸菩薩摩訶薩衆心之所念即從座起前白佛言世尊如佛所説不生不滅此所宣説當是世尊何法增語即説伽陀而伸請問

不生與不滅　此是佛所説　大慧相云何
於此中宣演　若法不生滅　即無見無因
佛大牟尼尊　復云何宣説　此十方菩薩
諸佛故遣來　求大智法門　願尊説正法

爾時世尊讚妙吉祥童眞菩薩汝今善能請問如來如是義理如汝意者廣爲多人作大利益悲愍世間令其修行普得安樂復能利樂諸天人衆今此所來諸大菩薩摩訶薩衆爲得佛地故不生恐怖是處施作亦無所畏復無驚慄妙吉祥彼等皆得實智所攝如來今此説如是法所謂不生不滅妙吉祥不生滅者此説即是如來增語譬如吠瑠璃寶成大地相於彼所成大地相中而有忉利天中帝釋天主所居之處大廣勝殿而彼天主常處其中受天五欲勝妙快樂嬉戲自在彼諸天衆呼彼閻浮提中若男若女童男童女一切人衆謂言善來汝等且觀帝釋天主大廣勝殿天主於中受勝妙樂汝等來此廣行布施修作福事積集戒行汝等當知今此帝釋天主所居大廣勝殿神通具足汝等宜應修作福事願當獲報如彼天主安處天宮受勝妙樂是時閻浮提中若男若女童男童女一

切人衆見此吠瑠璃寳所成大地帝釋天主大廣勝殿見已合掌執持香華向空散擲作如是言願我等當來亦獲是相如帝釋天主居廣勝殿受勝妙樂嬉戲自在然彼人衆而悉不知影像對現瑠璃大地忉利天中帝釋天主大廣勝殿清淨所成猶如影像妙吉祥彼帝釋天主以廣行布施修作福事積集戒行宿善根力廣成熟故感彼天中勝妙宮殿妙吉祥而彼吠瑠璃地本無所有忉利諸天及彼帝釋天主所居大廣勝殿亦無所有皆是清淨所成影像對現而亦常住而實不生亦復不滅妙吉祥一切衆生亦復如是以清淨心如實觀想如來即爲對現身相復以如來威神力故令諸衆生得見如來然本無實不生不滅無性非無性無見非無見非世間非非世間無狀貌非無狀貌妙吉祥一切衆生但以如來對現影像而爲所緣散擲香華衣服妙寳而爲供養作如是言願我當來獲勝妙報同彼如來應供正等正覺彼諸衆生求佛智故廣行布施修作福事積集戒行迴向願當得如來智復次妙吉祥又如吠瑠璃寳所成大地帝釋天主對現影像無動轉無領受無戲論無分別不離分別無計度不離計度非思惟作意寂靜清淨無生無滅無見無聞無齅無味無觸無想無施設無表了妙吉祥如來應供正等正覺亦復如是無動轉無領受無戲論無分別不離分別無計度不離計度非思惟作意寂靜清淨無生無滅無見無聞無齅無味無觸無想無施設無表了妙吉祥如來應供正等正覺亦復如是無動

轉無領受無戲論無分別不離分別無計度不離計度非思惟作意寂靜清淨無生無滅無見無聞無齅無味無觸無想無施設無表了如是等如來無所生趣向諸所對現皆如影像隨諸衆生信解差別現諸色相壽命分限但爲成熟信解力故是菩提器彼衆生者即爲對現隨其意樂隨其信解令諸衆生得聞法要如所樂欲知三乘相如所樂欲悉得解脱妙吉祥又如忉利天中帝釋天主以福力成辦故有大法鼓出妙法音處虛空中大廣勝殿上彼諸天子極目徹視不能觀見妙吉祥彼大法鼓若或忉利天中諸天子衆耽婳嬉戲五欲自娛心生放逸而不樂入善法堂中歌詠法音或時帝釋天主五欲娛樂亦復放逸不處法座爲衆說法彼大法鼓處虛空中極目徹視超眼境界不可觀見自然出聲令諸天子開明警覺謂言諸仁者色聲香味觸是無常法汝等今時勿生放逸無令速疾離失宮殿諸行是苦諸行皆空諸法無我勿生放逸此苦蘊滅他趣復生汝諸仁者宜當精勤歌詠正法遊戲法園求法眞實愛樂正法於正法中隨念作意即得不離天中五欲娛樂妙吉祥然大法鼓無分別無離分別超眼境界不生不滅出語言道離心意識其大法鼓所出法音令彼天衆常所開覺驚怖迷亂即入善法堂中歌詠正法遊戲法園求法眞實愛樂正法於正法中隨念作意天趣歿已勝處受生又復帝釋天主入善法堂處于法座爲諸天衆宣說法要若時與彼阿脩羅衆而共鬪戰天衆或負彼大法鼓自然出

聲阿脩羅衆驚怖迷亂馳走而去妙吉祥然彼法鼓亦無我相復無言說自然隱殁大法鼓者無所觀矚住於眞實無心無思無相無色無聲無性亦復無二超眼境界妙吉祥以彼忉利天中諸天子衆宿善業故有大法鼓出妙法音令彼天衆一切嬈亂隨煩惱等皆悉寂止彼大法鼓而亦常在然其無心亦無所思無相無色無聲無性亦復無二如來應供正等正覺亦復如是無見無觀然亦常在而無我相無心無思無色無聲無性超眼境界但隨衆生宿善業報隨其信解爲說法音令其開曉聞法音故使諸衆生一切嬈亂隨煩惱等皆得寂止彼法音聲當知即是如來音聲妙吉祥是法音聲而無其實如來但爲一切世間權巧施設隨諸衆生宿善業報如來乃爲出法音聲隨諸衆生各各意樂而生解了爲令一切衆生皆得安樂諸放逸者咸皆警悟妙吉祥一切衆生聞法音巳皆願當得如來身相彼新發意菩薩及諸愚夫異生但以如來善法出生而爲所縁令其得聞如來法音妙吉祥如來應供正等正覺所說不生不滅甚深法理應如是知

佛說大乘入諸佛境界智光明莊嚴經卷第一

佛說大乘入諸佛境界智光明莊嚴經卷第二

宋西天三藏朝散大夫試光祿卿傳梵大師法護等奉　詔譯

復次妙吉祥譬如炎夏向殘雨際初月時景方來以諸衆生宿業報故此大地中一切種子禾稼藥草樹林而悉成長時虛空中大風吹擊大水流注是時大地而悉滋養閻浮提中一切人衆見是相已咸生歡喜其心適悅想此世間有大雲起妙吉祥而此空中有大水蘊流注大地是時閻浮提中一切人衆即作是念今此大地大水流注豈非此中有大雲起作是念已咸發是言奇哉大雲降注大水充滿大地妙吉祥而彼大水非雲所有非雲施設但以大風吹擊故有大水充滿大地即彼水蘊以其衆生宿業報力隨時隱沒風所攝持風所破散如雲注水妙吉祥但由衆生宿業報故乃於空中大水流注非雲所有非雲施設雲無所生非從心入離於來去彼善根成熟諸菩薩摩訶薩及聲聞緣覺諸異生等亦復如是謂由彼等隨智所樂積集勝行種善根故如來應供正等正覺出現世間爲諸衆生示涅槃道對現無礙如來處於天人衆中諸有所說名字建立悉無別異妙吉祥應知如來於天人衆中所出音聲而無其實都無所有妙吉祥如來無相離諸相故無方處不離方處無實所成無生無滅如來爲諸天人世間隨宜對現廣說正法悉充足已而彼新發意菩薩及諸愚夫異生以宿善業報樂涅槃法而化度者不見如來有所對現皆謂如來入大涅槃妙吉祥如來若生若滅

悉無所有以佛如來不生滅故如來應供正等正覺本來寂靜如來無實如其大水所緣無實雲亦無實無生無滅雲無實故乃於世間假施設有如來諸有說法所緣亦復如是而無其實不生不滅本來如是如來應供正等正覺於是無生法中爲諸世間假名安立妙吉祥又如大梵天王勝中最勝於十三千大千世界百三千大千世界中而得自在日月觀察一切天衆下至四大王天乃爲邊際以其大梵天王徧於諸天常觀察故彼彼一切諸天子衆各各天中五欲娛樂彼娛樂已鼓吹歌音復止息已捨諸樂事各各合掌尊重恭敬瞻仰梵王目不暫捨諸天子衆各各願求大梵王出現世間成熟善根是時大梵天王於須臾頃即爲出現若此大梵天王天報滅時別有大梵王安立宫殿若十若百三千大千世界之中以宿願力故而得自在彼諸天子亦以宿世善根成熟故感彼大梵天王日月觀察一切天衆乃至大梵天王於須臾頃即爲出現妙吉祥彼大梵天王都無所有無處所無動轉悉空無實無文字無音聲無說無性無思無相離心意識無生無滅爲彼諸天子衆隨宜對現以其大梵天王宿世善根願力所建立故諸天子衆宿世善根亦成熟故然彼諸天子衆亦不作是念今此大梵天王諸所化現於空自在無有實無文字無音聲無說無性無相狀非思惟離心意識無生無滅妙吉祥如來應供正等正覺亦復如是於空自在無有實無文字無音聲無說無性無相狀非思惟離心意識無生無滅如

來應供正等正覺但以宿昔菩薩行願力等所建立故又以彼諸新發意菩薩及一切聲聞緣覺諸愚夫異生等宿昔善根成熟建立故如來乃以百千種相而爲莊嚴出現世間皆如影像無處所無動轉亦無新發意菩薩無一切聲聞緣覺愚夫異生亦無如來於空自在無有實無文字無音聲無說無性無相狀非思惟離心意識無生無滅妙吉祥以諸法空故如來身相乃有百千種相而爲莊嚴現起如來諸威儀道設諸法用隨諸衆生種種信解說廣大法其所說法令諸衆生一切嬈亂隨煩惱等皆得寂止如來平等於一切處住平等捨離諸疑惑亦無差別妙吉祥以是緣故當知不生不滅皆是如來方便增語爾時世尊說伽陀曰

如來無生法本常　一切法與善逝等
有所執相乃愚癡　無實法於世間轉
如來所成如影像　一切善法皆無漏
一切皆徧佛真如　三種影像世間現

復次妙吉祥如日光明行閻浮提從東方出先照須彌山王次照鐵圍山大鐵圍山次照餘諸大山次照黑山次照一切高顯地方次照一切此閻浮提低下地方然彼日光悉無分別不離分別非思惟非不思惟離心意識又日光明無生無滅無諸相狀以離相故復無作意離作意故無諸戲論離戲論故無諸損惱離損惱故非此非彼非高非下非縛非解非有智非無智非有煩惱非離煩惱非真實語非虛妄語非此岸非彼岸非平非不平非水非陸非尋伺非離尋伺非色非非色妙

吉祥爲由大地有高下中容故光明照亦下中上影像差別如來應供正等正覺亦復如是無生無滅無諸相狀以離相故復無作意離作意故無諸戲論離戲論故無諸損惱離損惱故非此非彼非高非下非縛非解非有智非無智非有煩惱非離煩惱非眞實語非虛妄語非此岸非彼岸非平非不平非水非陸非一切智非非一切智非尋伺非離尋伺非積集非不積集非有念非無念非思惟非離思惟非意生非非意生非名非非名非色非非色非說非非說非表了非無表了非見非無見非眼境非非眼境非開導非不開導非得果非不得果非分別非不分別非離分別非不離分別妙吉祥日輪光明於三界中普偏照曜所照亦無中邊障礙如來所放智日光明先照菩薩深固大山次照住緣覺乘諸衆生等次照住聲聞乘諸衆生等次照善根深固信解衆生次照著邊執者及邪定聚衆生如來所放智日光明但爲成熟長養諸衆生故出生未來因故增長善法語故如來平等於一切處住平等捨離諸疑惑亦無差別妙吉祥如來智日光明不作是念此衆生類具大信解我當爲說廣大之法此衆生類不爲說法亦不分別此類衆生具菩薩信解此類衆生具緣覺信解此類衆生具聲聞信解此類衆生有善意樂此類衆生下劣邪意又復不作如是思惟此大信解衆生我當爲說菩薩之法此中信解衆生我當爲說緣覺之法此中信解衆生我當爲說聲聞之法此善意樂及正見衆生我當爲彼清淨意樂乃

至住邪定聚諸衆生等隨其所樂當爲説法如來智日光明不生如是種種分別何以故如來智日光明照破一切分別徧計及分別所起妙吉祥當知爲諸衆生種種意樂有差別故如來智日光明所照亦復差別復次妙吉祥又如大海之中有能圓滿一切意樂大摩尼寶置高幢上隨諸衆生所有意樂自然有聲令其知覺隨意皆得然彼大摩尼寶都無分別不離分別非心非離心非思惟非不思惟離心意識妙吉祥如來亦復如是無分別不離分別非心非離心非思惟非不思惟離心意識無能取無所取無當得無已得無差別諦無貪無瞋無癡無實無虛非常非無常無光明非無光明非世間非非世間無尋無伺無生無滅非思惟非離思惟無自性無自性空無出無入無性可取無言説言説斷故無喜愛無離喜愛喜愛斷故無數量離數量故無趣類無趣類所向諸趣斷故一切所行而悉斷故無見無觀無所取非容受非不容受非和合非不和合無分別無計度無障礙無表示非染非淨無名無色相無業無業報無過去無未來無現在無少法可得無文字無音聲離諸音聲故無相狀離諸相故非內非外亦非中間而有所得妙吉祥如來智寶深心清淨安置大悲最上勝幢隨諸衆生意樂信解出妙音聲隨宜説法令諸衆生咸得解了如來平等於一切處住平等捨離諸疑惑亦無差別復次妙吉祥如響應聲隨彼響聲衆生知覺是聲無實非過去非未來非現在非內非外亦非中間而有所得無生無

滅非斷非常非有智非無智非有慧非無慧非明非非明非解脫非不解脫非有罪非無罪非念非無念非有住非無住非空非不空非地界非水火風界非有爲非無爲非戲論非離戲論非有造作非無造作非見非無見無文字無音聲超越音聲故非稱量出過稱量故無相狀離諸相故非寂靜非不寂靜非長非短非思非無思非狀貌非無狀貌非世間非非世間諸見自性空無念無作意無尋無伺離心意識一切處平等離諸分別出過三世妙吉祥如來所出種種音聲皆如響應但隨一切衆生種種意樂乃出音聲隨宜施設令諸衆生皆得解了如來亦然非過去未來現在非內非外亦非中間而有所得不生不滅不斷不常非有智非無智非有慧非無慧非明非非明非解脫非不解脫非有罪非無罪非念非無念非有住非無住非空非不空非地界非水火風界非有爲非無爲非戲論非離戲論非見非無見無文字無音聲超越音聲故非稱量出過稱量故無相狀離諸相故非寂靜非不寂靜非長非短非思非無思非狀貌非無狀貌非世間非非世間諸見自性空無念無作意無尋無伺離心意識一切處平等離諸分別出過三世妙吉祥如來隨諸衆生種種信解種種意樂出妙音聲隨宜說法令諸衆生咸得解了譬如世間依止於地由地安立一切樹林藥草悉得生成廣多增長然彼大地都無分別不離分別一切處平等無差別分別離心意識一切衆生亦復如是依止如來皆由之所安立一切善根

悉得生成廣多增長所謂聲聞乘緣覺乘菩薩乘及餘外道梵志尼乾陀等一切邪外總略乃至邪定聚衆生彼彼所有善根皆悉依止如來安立悉得生成廣多增長然佛如來都無分別不離分別一切分別非分別所緣作意皆悉斷故妙吉祥如來應供正等正覺離心意識無尋伺無觀示無思惟無作意於一切處住平等捨悉無差別譬如虛空於一切處無高無下亦無差別無生無滅非過去未來現在無色相無戲論無表示無繫著無稱量無比喻無安立無所取超眼境界離心意識乃至超越諸語言道於一切處悉無所住

佛說大乘入諸佛境界智光明莊嚴經卷第二

佛說大乘入諸佛境界智光明莊嚴經卷第三

宋西天三藏朝散大夫試光祿卿傳梵大師法護等奉　詔譯

復次妙吉祥衆生相狀有下中上故乃謂虛空有下中上如來應供正等正覺亦復如是一切處平等無差別分別無生無滅非過去未來現在無色相無戲論無表示無施設無覺觸無繫縛無稱量過諸稱量無比喻超越比喻無住無取超眼境界離心意識無狀貌無文字無音聲無作意無出無入無高無下超言境界於一切處隨知隨入但爲衆生有下中上性故見如來有下中上妙吉祥如來亦不作是念今此一類下品信解衆生我當爲現下品身相此之一類中品信解衆生我當爲現中品身相此之一類上品信解衆生我當爲現上品身相如來說法亦復如是但以一音爲衆生說隨衆生類各得解了如來又復不作是念此類衆生下品信解我當爲說聲聞乘法此類衆生中品信解我當爲說緣覺乘法此類衆生上品信解我當爲說菩薩乘法如來又復不作是念此類衆生信解布施我當爲說布施波羅蜜多法此類衆生信解持戒忍辱精進禪定智慧我當爲說彼等諸波羅蜜多法如來於諸法中不生分別何以故如來法身畢竟無生如來以無生故不以名色宣說隨識而轉如來於刹那間暫無分別如來具無盡相盡際實際皆決定故是即一切法平等際如來應供正等正覺一切處平等無下中上差別分別一切法平等無下中上差別分別亦復如是何以故以一

切法無所得故妙吉祥若一切法無所得即一切法平等若法平等即法常住若常住即無動轉若無動轉即無依若一切法無所依止即心無所住心無住故即無生而生若如是觀即心心所轉而不顛倒彼不顛倒心即如說而行若如說而行即無戲論若無戲論即無所行若無所行即無流散若無流散即無聚集若法無流散即法性無違若法性無違即一切處而悉隨順若一切處隨順即法自性無動若法自性無動即法自性乃有所得若法自性有所得者即無有少法而可決擇何以故當知因緣所生性故若因緣生性即畢竟無生若畢竟無生即得寂靜若得寂靜即一切法作意悉同無依若一切法作意悉同無依即都無依止若無依止即無得無非得若無得無非得即得法常住若得法常住即深固法相應若深固法相應即無有少法可住亦無佛法何以故覺了空性故若覺了空性即是菩提如是空無相無願無造作無著無生無取無依悉覺了故即是菩提菩提者與深固法相應相應之名由是建立是故無高無下法相應無作非無作相應無縛無解相應無一性無多性相應無來無去相應是即深固法相應若深固法相應彼即無所相應亦無所斷復無果證何以故心法本來自性明亮但爲客塵煩惱之所坌污而實不能染污自性若自性明亮即無煩惱若無煩惱即無對治謂以對治煩惱皆悉斷故所以者何無已淨無當淨不離清淨本來如是若清淨即無生若無生即無動若無動即斷

諸喜悅一切所愛皆亦斷滅若諸愛滅彼即無生若法無生即是菩提若菩提即平等若平等即眞如若眞如即一切有爲無爲法而悉無住若眞如中無彼有爲及無爲法即無二施設若有爲無爲法無二施設彼即眞如若彼眞如即無異眞如若無異眞如即無種類眞如若無種類眞如即無來眞如若無來眞如即無去眞如若無去眞如即如所説眞如若如所説眞如即無生眞如若無生眞如即無染無淨若無染無淨即無生無滅若無生無滅即涅槃平等若涅槃平等即無生死亦無涅槃若無生死亦無涅槃即無過去未來現在若無過去未來現在即無下中上法若無下中上法彼即是眞如眞如之名由是建立此説眞如亦名實性此説實性亦名如性此説如性亦名眞如眞如與我而本無二亦無種類無二義者即是菩提菩提者覺了義此所説義即是證入三解脱門之智宣説一切法智解入一切法三世平等一切法無破壞義此所説義即是無義無音聲無記説無詮表及詮表所起此説名智所謂義隨知智識隨知智此説智義即是如性智義識隨知智義如是勝義即是法性彼法性義即是義隨知智識隨知智勝義隨知智如其法性即如其義若法性即法住性法寂靜性彼法寂靜即無所轉即文與義而悉平等若文義平等即無二之義平等若彼義平等義識亦平等此即是爲入無二門平等之智由是世俗勝義而悉平等世俗義平等故即空義平等性平等若空性義平等故即補特伽羅平

等性平等若補特伽羅平等故即法平等性平等若法平等故即信解平等性平等若信解平等彼覺了故即是菩提妙吉祥若於色平等性有著有礙者即於眼有礙以色及眼自性智無所礙故若於諸見有著有礙者即於身有礙以諸見趣身中自性空智無所礙故若於不深固作意有著有礙者即於法光明有礙以深固作意伺察諸法自性空智無所礙故若於疑惑垢染有著有礙者即於解脱有礙以信解解脱如實之智無所礙故若於懈怠垢染有著有礙者即於現證堅固精進有礙以如所説法覺了之性無所礙故若於諸障有著有礙者即於七覺支法有礙以無障解脱智無所礙故應知一切法自性清淨但由因緣和合而轉而諸菩薩當善了知

一切法中染因淨因若染因若淨因皆清淨已即無所住謂我所起及見所起是染因入無我法忍辱是淨因我我所見是染因於内寂靜外無所行是淨因欲瞋害尋是染因慈悲喜捨入伺察法忍辱是淨因四顛倒是染因四念處是淨因五蓋是染因五根是淨因六處是染因六念是淨因七不正法是染因七覺支法是淨因八邪法是染因八正法是淨因九惱處是染因九次第定是淨因十不善業道是染因十善業道是淨因總要而言一切不善作意皆是染因一切善作意皆是淨因若染因若淨因彼一切法自性皆空無衆生無壽者無養者無補特伽羅無主宰無攝受無所作如幻無相内心寂靜若内寂靜是即徧寂若徧寂即自性若法自性即無所

得若無所得即無依止若無依止即如虛空當知染淨彼一切法與虛空等然彼虛空亦不壞法性何以故妙吉祥是中無有少法可得若生若滅妙吉祥白佛言世尊若爾者如來取證菩提皆謂何乎佛言妙吉祥如來以無根本無住故得菩提妙吉祥言何名根本復何名住佛言妙吉祥有身為根本依虛妄分別而住諸佛如來以菩提平等故即是一切法平等智是故說名無根本無住如來以如是故現成正覺妙吉祥當知諸法寂靜近寂何名寂靜何名近寂內謂寂靜外謂近寂何以故以眼空故我我所自性亦空此名寂靜知眼空已色無所取此名近寂以耳空故我我所自性亦空此名寂靜知耳空已聲無所取此名近寂以鼻空故我我所自性亦空

此名寂靜知鼻空已香無所取此名近寂以舌空故我我所自性亦空此名寂靜知舌空已味無所取此名近寂以身空故我我所自性亦空此名寂靜知身空已觸無所取此名近寂以意空故我我所自性亦空此名寂靜知意空已法無所取此名近寂妙吉祥菩提自性明亮心自性明亮以何因故說自性明亮謂即自性無染污故與虛空等虛空自性而悉周徧如虛空性畢竟自性本明亮故又妙吉祥菩提無入無出何名無入無出謂無攝取故名無入謂無棄捨故名無出如來證解無入無出如所證解即同眞如無此無彼以一切法離彼此故是故如來現成正覺又妙吉祥菩提無相亦無所緣何名無相及無所緣謂眼識無所得此名無相色無所觀此

名無所緣耳識無所得此名無相聲無所聞此名無所緣鼻識無所得此名無相香無所齅此名無所緣舌識無所得此名無相味無所嘗此名無所緣身識無所得此名無相觸無所覺此名無所緣意識無所得此名無相法無所分別此名無所緣妙吉祥此等皆是諸聖境界所有三界非聖境界由是應行聖境界故又妙吉祥菩提非過去未來現在三世平等故三輪斷故三輪者謂過去心不轉未來識無取現在意無動彼心意識設有所住而無分別不離分別無計度不離計度無過去已作無未來領納無現在戲論又妙吉祥菩提非身得無所爲故非身得者謂即眼識無所了知耳鼻舌身意識無所了知以非心意識所了知故即是無爲此說無爲謂即無生無住無滅三輪清淨如其無爲於有爲法應如是知何以故一切法無自性故以法無自性即法無有二又妙吉祥菩提是無差別句何名無差別復何名句謂無想是無差別真如是句無住是無差別法界是句無種種性是無差別實際是句無所緣是無差別無動是句空是無差別無相是句無尋伺是無差別無想是句無求願是無差別無衆生是句衆生無自性是無差別虛空是句無所得是無差別無生是句無滅是無差別無爲是句無所行是無差別菩提是句寂止是無差別涅槃是句無所取是無差別無生是句又妙吉祥菩提者非身可證何以故身雖有生無思無動如草木瓦礫其心如幻空虛不實無所造作妙吉祥若於身心如實覺了即

是菩提世俗所行非勝義諦何以故勝義諦中無身無心無法無非法無實無不實無眞無妄無語言無非語言一切法是菩提所以者何菩提無處所非語言詮表猶如虛空無處所故亦無造作無生無滅非語言詮表如來以菩提無處所無造作無生滅無詮表故如實如理審伺察時彼一切法悉無言說菩提亦復如是如實伺察時亦無言說何以故語言無實故無生滅故又妙吉祥菩提無所取無舍藏何名無所取何名無舍藏了知眼故名無所取色無所得名無舍藏了知耳故名無所取聲無所得名無舍藏了知鼻故名無所取香無所得名無舍藏了知舌故名無所取味無所得名無舍藏了知身故名無所取觸無所得名無舍藏了知意故名無所取法無所得名無舍藏如來以是無所取無舍藏故現證菩提證菩提已於眼無所取色無所得眼識無住耳無所取聲無所得耳識無住鼻無所取香無所得鼻識無住舌無所取味無所得舌識無住身無所取觸無所得身識無住意無所取法無所得意識無住以識無住故乃名如來應供正等正覺又妙吉祥當知衆生有四種法而住於心何等爲四謂色受想行一切衆生而住其心謂以衆生於四法中心有住故如來乃說不生不滅無所了知建立菩提名之爲空以菩提空故即一切法空如來亦空以是空故現成正覺妙吉祥非爲空故取證菩提亦空當知法中有一理智所謂空性以菩提不空故即菩提無二是故菩提及空悉無種類何以故彼一切法

本無二故無狀貌無種類無名無相離心意識無生無滅無行無不行亦無積集無文字無忘失由如是故乃說諸法空無所取此中所說非勝義諦謂勝義諦中無法可得乃說名空妙吉祥譬如虛空故此說虛空者謂無言故名爲虛空妙吉祥空亦復如是此所說空謂無言故名之爲空若如是解入即一切法無名以無名故彼一切法假名施設妙吉祥名者不在方不離方如名不在方不離方故於法名字乃有所說其所說法亦不在方不離方彼一切法亦復如是如來了知本來如是不生不滅無起無相離心意識無文字無音聲如所了知亦然解脫妙吉祥當知一切法無縛無解

佛說大乘入諸佛境界智光明莊嚴經卷第三

音釋

慄（力質切懼也）齅（許救切鼻擸氣也）伺（斯義切）坌汙（坌蒲悶切塵坋也汙烏故切穢也）

佛說大乘入諸佛境界智光明莊嚴經卷第四（第五同卷）

宋三藏朝散大夫試光祿卿光梵大師惟淨等奉　詔譯

佛言妙吉祥菩提者與虛空等謂以虛空無高無下菩提亦然無高無下由是如來成等正覺雖成正覺亦無少法如微塵許若高若下諸所施作此如是法若如是知即是實智妙吉祥以何義故名爲實智謂一切法了無根本無生無滅彼無實性亦無所得若有實性即是滅法彼雖有生而無主宰復無攝受妙吉祥若無主宰無攝受法即是滅法此等諸法若生若滅當知皆是緣法所轉亦非此中有少法可轉然佛如來不於諸法說斷滅相復次妙吉祥菩提者即是如說句以何義故名如說句如說句者即是菩提如其菩提色受想行識亦然而不離眞如如其菩提眼耳鼻舌身意色聲香味觸法處亦然而不離眞如如其菩提眼界色界眼識界耳界聲界耳識界鼻界香界鼻識界舌界味界舌識界身界觸界身識界意界法界意識界亦然而不離眞如如其菩提地界水界火界風界亦然而不離眞如此等諸法如是施設其所施設謂蘊處界由是如來成等正覺所成正覺離顚倒法如其先法後法亦然中法亦然前際不生後際不去中際性離此如是法是即名爲如所說句如其一法多法亦然如其多法一法亦然妙吉祥若一性若多性皆無所得若有相若無相無入無住何名爲相何名無相所言相者謂即生起一切善法言無相者謂一切法無所得故又相者謂即心無所

住分位無栢者即無相三摩地解脫法門又相者即一切法思惟稱量筭數伺察無相者謂出過稱量何名出過稱量謂識法無故又相者即有爲伺察無相者即無爲伺察復次妙吉祥菩提者即是無漏無取何名無漏何名無取無漏者謂離四種有漏之法何等爲四一者欲漏二者有漏三者無明漏四者見漏無取者謂離四種取著之法何等爲四一者欲取二者見取三者戒禁取四者我語取如是四取悉由無明暗蔽愛法滋潤互相取著妙吉祥若或本初於我語取根本能了知者即我清淨我清淨已隨知一切衆生清淨由我清淨故即彼一切衆生清淨若一切衆生清淨即法無二無二種類彼無二義即無生無滅妙吉祥若無生無滅即無心意識可轉若無心意識可轉即無分別若無分別即深固作意相應無明不能發起若彼無明不發起者即十二有支亦不生長若十二有支不生長者即法無生若法無生即法決定若法決定即調伏義若調伏義即是勝義若其勝義即離補特伽羅義若離補特伽羅義即不可說義若不可說義即緣生義若緣生義即是法義若法義即如來義如是所說若見緣生即能見法若能見法即見如來彼諸所見若其如理審伺察時是中亦無少法可見妙吉祥何名少法謂心所緣若無心所緣即無所見由如是法故如來成等正覺平等故平等復次妙吉祥菩提者是清淨義無垢義無著義何名清淨何名無垢何名無著謂空解脫門即是清淨無相解脫門即是無垢無

願解脱門即是無著無生是清淨無作意是無垢無起是無著自性是清淨圓淨是無垢明亮是無著無戲論是清淨離戲論是無垢戲論寂止是無著眞如是清淨法界是無垢實際是無著虚空是清淨寥廓是無垢廣大是無著了知内法是清淨外無所行是無垢内外無所得是無著了知蘊法是清淨界法自性是無垢離諸處法是無著過去盡智是清淨未來無生智是無垢現在法界安住智是無著妙吉祥此如是等清淨無垢無著諸義於一句中普能攝入謂寂靜句若寂靜即徧寂若徧寂即近寂若近寂即寂止若寂止此説即是大牟尼法復次妙吉祥如其虚空菩提亦然如其菩提諸法亦然如其諸法衆生亦然如其衆生刹土亦然如其刹土涅槃亦然妙吉祥此説即是涅槃平等爲一切法畢竟邊際清淨之因無對治離對治因本來清淨本來無垢本來無著如來了知彼一切法如是相故現成正覺然後觀察諸衆生界建立清淨無垢無著遊戲法門以是名字於諸衆生大悲心轉復次妙吉祥云何是菩薩所行菩薩勝行謂若菩薩無盡不盡無生無不生於畢竟盡相無所領受然亦不壞畢竟無生妙吉祥菩薩若如是行是爲菩薩勝行復次妙吉祥菩薩於過去心已盡此無所行未來心未至此無所行現在心無住此無所行菩薩於其過去未來現在諸心悉無所著菩薩若如是行是爲菩薩勝行又復布施之法諸佛如來與諸菩薩而無其二無二種類菩薩若如是行是爲菩薩勝行持戒忍辱精

進禪定智慧亦復如是諸佛如來與諸菩薩而無其二無二種類菩薩若如是行是爲菩薩勝行又妙吉祥菩薩不行色空不行色不空菩薩若如是行是爲菩薩勝行何以故色即是空色是性空受想行識亦復如是是故不行識空不行識不空菩薩若如是行是爲菩薩勝行何以故謂心意識無所得故妙吉祥此中無少法可有若知若斷若修若證悉無所有由如是故此説名盡如是乃爲畢竟盡相若畢竟盡即無所盡無盡亦無盡何以故如所説盡故若如所説盡彼即無法可盡若無法可盡即是無爲若無爲即無生亦無滅若佛出世若不出世法性常住以法住故即是法界如法界住故智無所轉亦非無轉以智無轉非無轉故如是法理若悟入者即得無漏無生無滅此名漏盡妙吉祥是故當知雖復世俗音聲文字緫聚施設是中無有少法若生若滅爾時妙吉祥童眞菩薩摩訶薩即從座起偏袒右肩右膝著地向佛合掌以妙伽陀伸讃歎曰

無形顯色無狀貌　是中無滅亦無生
無住亦復根本無　無所緣尊今讃禮
以無住故無出入　亦復無彼諸分位
已能解脱六處門　無所緣尊今讃禮
一切法中無所住　有性無性皆遠離
諸行平等得圓成　無所緣尊今讃禮
已能出離於三界　虛空平等性中住
世間諸欲不染心　無所緣尊今讃禮
三摩呬多常安處　行住坐卧亦復然
諸威儀事妙肅成　無所緣尊今讃禮

平等而來平等去　平等性中妙安住
不壞平等性法門　無所緣尊今讚禮
大聖善入平等性　諸法皆住等引心
徧入無相妙法門　無所緣尊今讚禮
大聖無住無所緣　定中高積慧峯峻
普徧諸法得圓成　無所緣尊今讚禮
衆生威儀及色相　語言音聲亦復然
普能示現刹那間　無所緣尊今讚禮
大聖已離於名色　於蘊界法亦普斷
復能善入無相門　無所緣尊今讚禮
大聖善離於諸相　諸相境界亦遠離
已能善入無相門　無所緣尊今讚禮
無所思惟無分別　淨意亦復無所住
無諸作意無念生　無所緣尊今讚禮
譬如虛空無含藏　已離戲論無所著
其心平等復如空　無所緣尊今讚禮
譬如虛空無中邊　諸佛法性亦如是
已能超越三世門　無所緣尊今讚禮
諸佛猶如虛空相　即此虛空亦無相
已能解脫事及因　無所緣尊今讚禮
一切法中無依止　如水中月無所取
無我相亦無音聲　無所緣尊今讚禮
大聖不依止蘊法　界處諸法亦復然
已能解脫顛倒心　無所緣尊今讚禮
大聖已離於二邊　亦復斷除於我見
法界平等得圓成　無所緣尊今讚禮
色相名數已解脫　亦復遠離不正法
無取無捨平等心　無所緣尊今讚禮
已能超越諸魔法　一切法中悉通達
妙入無障礙法門　無所緣尊今讚禮

正智不説諸法有　亦復不説諸法無
無語言道無發生　無所緣尊今讚禮
聖不依止於二法　久已摧折我慢幢
解脱二無二法門　無所緣尊今讚禮
所有身語意過失　大聖久已普除斷
不可譬喻不可思　無所緣尊今讚禮
大聖無轉無發悟　一切過失悉遠離
智爲先導徧所行　無所緣尊今讚禮
無漏淨念最微妙　實不實法悉了知
亦無繫著無思惟　無所緣尊今讚禮
大聖於心無所緣　而能徧知一切心
亦無自他想念生　無所緣尊今讚禮
無所緣中有所緣　於一切心不迷著
無障礙法已圓明　無所緣尊今讚禮
大聖於心無所緣　亦復自性無所有
無心平等得圓成　無所緣尊今讚禮
大聖不依於智法　而能徧觀諸刹土
一切衆生行亦然　無所緣尊今讚禮
智者於心無所得　是中亦復畢竟無
於一切法正徧知　無所緣尊今讚禮
知一切法皆如幻　即此幻亦無所有
已能解脱幻法門　無所緣尊今讚禮
正覺雖行於世間　亦不依止於世法
復無世間分別心　無所緣尊今讚禮
大聖於彼空中行　由空所成空境界
空與非空聖所宣　無所緣尊今讚禮
現大神通起化事　悉依如幻三摩地
離種種性徧入門　無所緣尊今讚禮
了知非一非多性　若近若遠無所轉
無高無下平等心　無所緣尊今讚禮

金剛喻定現在前　一刹那中成正覺
徧入無對礙法門　無所緣尊今讃禮
雖知涅槃無所動　亦於三世善調伏
具足種種方便門　無所緣尊今讃禮
於彼一切衆生類　善解智慧及方便
然亦不動涅槃門　無所緣尊今讃禮
大聖無相無發悟　已離戲論無對礙
無我故無對悟心　無所緣尊今讃禮
已離疑惑無過失　無我我所亦復然
於一切處正徧知　無所緣尊今讃禮

佛說大乘入諸佛境界智光明莊嚴經卷第四

佛說大乘入諸佛境界智光明莊嚴經卷第五

宋三藏朝散大夫試光祿卿光梵大師惟淨等奉　詔譯

稽首十方度煩惱　稽首廣大施無畏
善住不共諸法中　稽首世間尊勝者
稽首能斷衆結縛　稽首已住於彼岸
稽首救世諸苦尊　稽首不住於生死
普徧通達衆生行　於一切處離意念
如蓮不著於水中　淨空寂默常親近
聖師種種無上句　稽首無緣度染海
普徧善觀諸相門　於諸願求無所有
佛大威力不思議　猶如虛空無依止
稽首廣持勝德門　稽首猶如妙高勝

爾時世尊讃妙吉祥童眞菩薩摩訶薩言善哉善哉妙吉祥如是如是妙吉祥勿於諸佛起色相見勿於諸法謂其無相勿謂諸佛獨居法界亦勿謂佛處大衆中當知諸佛無見無聞無所供養無供養者諸佛如來無有少法若一性若多性而可施作亦勿謂佛得菩提果亦勿謂佛有法可現無見無聞無念無知佛亦無言已說現說當說諸法亦非諸佛現成正覺亦無有法能成正覺亦非諸佛斷染證淨設有所作離見聞覺知何以故妙吉祥當知一切法本來清淨故復次妙吉祥汝等當知此經功德不可思議若有菩薩以三千大千世界微塵等數一切衆生普令建立成緣覺果然於此正法不生信解若有菩薩於此正法生信解者其所獲福比前福蘊廣多無量何況自書或教人書所得福蘊倍復增勝又妙吉祥若復有人以三千大千世界

所有一切衆生之類若卵生若胎生若濕生若化生若有色若無色若有想若無想若非有想若非無想若二足若四足若無足若多足彼如是等諸衆生類普令建立皆得人身得人身已悉令發起大菩提心發大菩提心已一一菩薩於不可思議殑伽沙數佛刹土中爲微塵等諸佛菩薩并聲聞衆以飲食衣服坐卧之物病緣醫藥及諸樂具供給供養經殑伽沙劫彼彼諸佛入涅槃後造七寶塔廣一由旬高百由旬衆寶界道摩尼眞珠殊妙嚴飾豎立種種寶幢旛蓋自在王寶妙網垂覆種種莊嚴若復有人深心清淨能於如是入諸佛境界智光明莊嚴甚深正法聞已信解或復悟入起清淨心少略乃至一四句偈爲人演說此所獲福不可稱數現證佛智成辦福行殊勝事業比前菩薩布施福蘊百分不及一千分不及一百千分不及一千俱胝分不及一百千俱胝分不及一筭分數分及譬喻分乃至烏波尼殺曇分皆不及一又妙吉祥若有在家菩薩於阿僧祇殑伽沙數諸佛菩薩及聲聞所以其飲食衣服坐卧之具病緣醫藥經阿僧祇殑伽沙劫恭敬供養或有出家菩薩戒行清淨深心具足於其一切牛畜聚中少略乃至施以一食此獲福蘊比前福蘊百分不及一千分不及一百千分不及一千俱胝分不及一百千俱胝分不及一筭分數分及譬喻分乃至烏波尼殺曇分皆不及一又妙吉祥者三千大千世界如微塵等出家菩薩戒行具足深心清淨者一一菩薩於十方世界阿僧祇殑伽沙數諸佛菩

薩及聲聞所以其飲食衣服坐卧之具病緣醫藥經阿僧祇殑伽沙數劫中供給供養彼諸菩薩所獲福蘊其數無量若有菩薩或在家者或出家者戒行具足深心清淨於此正法聞已信解若自書寫或教人書此所獲福比前菩薩布施福蘊倍復增勝百分不及一千分不及一百千俱胝筭數譬喻皆不及一又妙吉祥若有菩薩以三千大千世界滿中七寶經三千大千世界微塵數劫布施供養佛菩薩等若有菩薩於此正法少略乃至一四句偈能解入者此所獲福比前福蘊百分不及一千分不及一百千俱胝筭數譬喻皆不及一妙吉祥且置如上經三千大千世界微塵數劫布施福行妙吉祥假使阿僧祇殑伽沙數等諸菩薩一一菩薩皆於阿僧祇殑伽沙數佛剎土中以閻浮檀金所成諸妙寶樹及殊妙衣服普徧光明眞珠摩尼寶網垂覆自在王摩尼寶所成樓閣以電光明摩尼寶而爲界道豎立殊妙幢旛寶蓋圓滿作已普爲阿僧祇殑伽沙數佛世尊等日日供養如是經于阿僧祇殑伽沙劫修布施行或有菩薩於此最上甚深正法生信解已少略乃至一四句偈爲餘菩薩如理宣說令其解入此獲福蘊比前菩薩布施福蘊百分不及一千分不及一百千俱胝筭數譬喻皆不及一又妙吉祥正使三界成已所有一切地獄餓鬼畜生趣中諸衆生類若有在家菩薩爲彼地獄餓鬼畜生趣中一切衆生普令救拔得出離已皆悉建立成緣覺果若有出家菩薩於諸牛畜聚中少略乃至施以一食此所護

福無有稱量又妙吉祥正使十方所有一切佛刹土中不可說俱胝那庾多百千如微塵等出家菩薩一一菩薩於十方世界一一方分皆有十佛刹不可說俱胝那庾多百千如微塵等諸佛世尊彼一一佛并諸菩薩聲聞大衆經十佛刹不可說俱胝那庾多百千微塵數劫以飲食衣服坐卧之具病緣醫藥爲彼一一諸佛如來於日日中以十佛刹不可說俱胝那庾多百千如微塵等世界充滿自在王摩尼妙寶布施供養若有菩薩於此正法生信解已於其牛畜聚中少略乃至施以一食此所獲福比前菩薩布施福蘊百分不及一千分不及一百千俱胝筭數譬喻皆不及一何以故今此正法若得聞者即得不退轉諸大菩薩大智印故又妙吉祥若有菩薩能爲十方一切世界一切衆生悉令建立皆住隨信行地若有菩薩爲一衆生建立令住隨義行地此所獲福無有稱量又妙吉祥若有菩薩能爲十方一切世界一切衆生建立令住隨法行地若有菩薩爲一衆生建立令住須陀洹果此所獲福無有稱量又妙吉祥若有菩薩能爲十方一切世界一切衆生建立令住須陀洹果若有菩薩爲一衆生建立令住斯陀含果此所獲福無有稱量又妙吉祥若有菩薩能爲十方一切世界一切衆生建立令住斯陀含果若有菩薩爲一衆生建立令住阿那含果此所獲福無有稱量又妙吉祥若有菩薩能爲十方一切世界一切衆生建立令住阿那含果若有菩薩爲一衆生建立令住阿羅漢果此所獲福不可稱量又

妙吉祥若有菩薩能爲十方一切世界一切衆生建立令住阿羅漢果若有菩薩爲一衆生建立令住緣覺之果此所獲福無有稱量又妙吉祥若有菩薩能爲十方一切世界一切衆生建立令住緣覺之果若有菩薩爲一衆生建立令發大菩提心此所獲福無有稱量又妙吉祥若有菩薩能爲十方一切世界一切衆生建立令發菩提心已若有菩薩爲一衆生建立令住不退轉位此所獲福無有稱量又妙吉祥正使菩薩普爲一切衆生建立皆住不退轉位若有菩薩發清淨心於此最上甚深正法生信解已能自書寫或教人書或復爲他廣大宣說少略乃至令一衆生於此最上甚深正法信解悟入者所獲福蘊無量無數不可稱計爾時世尊普爲大衆說伽陀曰

若有諸菩薩　供十俱胝佛　受持正法門
極盡時邊際　復於甚深典　愛樂而聽受
此福廣無邊　果報中最勝　若有諸菩薩
神力往十方　十俱胝佛所　親近而供養
徧禮人中尊　最上諸正士　悲愍諸衆生
增長衆利樂　今此甚深經　諸佛共宣說
若能爲他人　須臾數演者　是即佛教中
善開發淨信　彼所獲福果　廣大復最勝
諸佛大悲愍　宣示此正法　如廣大燈明
普照人天界　中有猛利慧　及具大力者
能發信解心　速得成佛果　如是善逝教
若有得聞者　聞已復爲他　展轉而宣演
如爲彼諸佛　最上人中尊　入大無餘依
清淨涅槃已　能建立寶塔　增聳復殊妙

眾寶所莊嚴　高踰有頂際　竪立勝旛蓋
寶鈴出妙聲　上徹有頂天　嚴好而廣大
若有諸菩薩　愛樂此經典　於如是相中
聞已發淨信　於彼清淨處　安布是正法
此所獲福蘊　廣大而最勝　若有諸菩薩
受持此正法　廣為他流通　滌除恪法垢
此所獲福蘊　功德勝無量　趣求大菩提
隨願而獲得　此甚深經典　諸佛之所宜
諸大菩薩眾　多受持宣演　十方一切佛
悉於虛空界　普現諸佛身　令一切瞻仰
佛說此經已妙吉祥菩薩摩訶薩幷餘無數
不思議不可說諸菩薩眾及大聲聞一切世
間天人阿脩羅乾闥婆等聞佛所說皆大歡
喜信受奉行

佛說大乘入諸佛境界智光明莊嚴經卷第
五

佛說大乘智印經

西天三藏寳法大師賜紫沙門智吉祥等奉　詔譯

清刻龍藏佛說法變相圖

佛說大乘智印經卷第一 第二第三同卷

西天三藏寳法大師賜紫沙門智吉祥等奉　詔譯

如是我聞一時世尊入王舍大城次第乞食受施充足還迦蘭陀林食時食已結跏趺坐與大比丘衆及諸菩薩百萬人俱歡喜圍繞是諸大衆皆得陀羅尼平等無礙心悟總持得三摩地安住空性無相無願解脫法門具足無量殊勝功德言議思惟皆不可及爲衆所知爲衆所識寂靜安住如是法門於諸分別悉皆平等不隨世間衆所好樂了知衆生差別識性於一切時所知善惡離諸憎愛一味平等爾時世尊忽於眉間放大光明是諸衆會咸皆悚慄肅恭合掌瞻仰如來目不暫捨世尊告言汝等應當繫心思惟安住如來所知境界於我我所好惡分別悉皆遠離若

於自身毁譽等觀苦樂一切審知衆生由染污緣受差别相遊處好樂晝夜不捨以方便自悉使斷除觀諸衆生種種造作諸不善業隨順他教競共馳逐與諸同分安處動作無義利業斯由有情識心愚昧於眞實境無所了知失勝善心逐惡朋友不解思惟深遠勝法眞實義諦起諸分别謂爲眞實無揀擇慧闕定信心於佛言教及衆妙行不生好樂設復修善無應正理著有著空互爲究竟我以如來智印三摩地力悉能了知汝等應當於是有情深心憐愍是諸大衆聞如是説讃歎如來勝定功力悉能了知如是差别爾時世尊作是語已乃入如來智印三摩地是諸大衆覩佛如來入是勝定於佛身相及種種相一切衆會忽皆不見不能了知如來所著法衣及近身衣亦復不見不能了知如來所有四威儀相乃至一切動轉之相皆不可見不能了知如來所有音聲差别不能聽聞不能了知所以者何以是安住如是智印三摩地勝功德力心無動轉不可測量故復次如來由勝定力於諸外境種種莊嚴一切衆會皆不可見不能了知於諸所住清淨國土皆不得見不能了知所以者何以是安住如來智印三摩地勝功德力心無動轉不可測量故爾時大衆於佛形相既無所見各各稱讃勝定功德承佛威力深心所求離諸怖畏爾時如來復於定中放大光明徧照三千大千世界其間所有日月星辰電火藥珠種種光明悉皆掩蔽復於定中發生異香其香微妙不與世間栴檀沉水諸香爲比是時色無色天

梵王帝釋及諸天人四衆八部大鐵圍山小鐵圍山及須彌山衆山之王水陸空界幽暗之處一切有情咸覩光明歎未曾有各尋是光至迦蘭陀林各隨所有香華衣服寶冠瓔珞以爲供養見是會中諸大菩薩及聲聞衆如大池中蓮華開敷異香芬馥集在衆會時諸人天聞是香已各各皆得智慧明了復於空中有寶瓔珞上妙衣服處處垂下嚴飾供養時諸大衆咸皆歡喜恭敬禮拜退坐一面爾時東方如一䵩胝殑伽沙數一一沙數爲一䵩胝爾所國土一切如來皆是釋迦分身化利如是如來各集衆會菩薩摩訶薩阿僧祇數不可稱量是諸菩薩悟證平等當得阿耨多羅三藐三菩提諸身色相微妙具足人天衆會皆無與等爾時一切分身如來各各

告語諸菩薩言善男子娑婆世界有佛世尊號釋迦牟尼應正等覺出現於世化諸有情離衆罪垢經無量時演説正法示佛知見甚深難解有陀羅尼門名如來智印三摩地三摩鉢提我今爲汝略而讃説諸善男子汝等諦聽諸菩薩摩訶薩於百千劫具足修行六到彼岸具大智慧福德無量悟證修習常無懈廢永離罪垢捨衆惡緣住三摩地得佛智慧心無動轉以無動心了悟諸法若諸有情親近如來及大菩薩熏修智慧三業恭敬以勝法財修諸供養經無量時不如於此一刹那頃安住如是勝三摩地所獲功德不可較量常生勝處諸佛國土爾時諸佛作是語已安住禪定以神通力攝諸菩薩詣娑婆世界示同一身入王舍城次第乞食受施充足至

迦蘭陀林乃與衆會分食妙供是諸衆會無不霑足飯食已訖攝斂衣鉢跏趺而坐一切國土所來諸佛及諸菩薩亦復如是無二無別復次南方如一酤胝爾所國土一切諸佛攝諸菩薩從彼國來集會亦爾如東方南方西方北方四維上下一切諸佛諸大菩薩皆來集會亦復如是爾時釋迦牟尼應正等覺見所分身一切諸佛皆來集會心相怡悅唯佛與佛乃得相見時諸如來同入如是智印三摩地三摩鉢提靜意廓如動亂止息以不動心明照諸法無二無別諸佛身相亦復不現爾時此會人天大衆見是十方無數諸佛皆來集會以勝定力身相不現咸皆驚喜整衣合掌右繞三帀以寶蓮華及衆妙華諸色具足持以供養是時集會無量世界諸大菩薩得清淨心具正法眼於一切時心相澄寂各各當得阿耨多羅三藐三菩提者見釋迦牟尼如來應正等覺與諸如來安住如是智印三摩地三摩鉢提由勝定力隱諸色相志願希求深心歡喜以精意力不起於坐覺智現前入佛境界得陀羅尼門時諸菩薩告此娑婆世界諸大衆言善男子汝等應當於佛功德眷戀希求於諸有情繫心憐愍知諸菩薩摩訶薩於百千劫行六波羅蜜具大智慧福德無量於一切法悉皆了知離諸戲論處深禪定不忘不愚達諸性相於是勝法應當願求爾時三千大千世界聲聞緣覺具大智慧得大神通捨生死岸離煩惱縛於自涅槃修證圓滿大苾芻衆及諸宰官婆羅門鄔婆索迦鄔婆斯

迦如是等衆咸來至此王舍大城迦蘭陀林釋迦如來應正等覺及分身佛會繞百千帀恭敬禮拜各以上妙雜色蓮華其華千葉七寶間錯過無量數以爲供養復有八十酤胝那庾多數諸大菩薩摩訶薩衆是諸菩薩皆是他方國土中諸佛如來之所遣使有大勇猛不怖生死有大慈悲不樂涅槃各以神力入大禪定現諸威儀從彼彼土如彈指頃到王舍城迦蘭陀林釋迦牟尼應正等覺及分身佛會三業恭敬以清淨妙音尊重讚歎見諸佛身隱晦不現渴仰世尊圍繞衆會頭面作禮退處一面各各皆於寶蓮華上結跏趺坐復有三億諸比丘衆樂修已利求解脫者承於如來智印三摩地力而來集會是時他方三千大千世界帝釋梵王大自在天淨居天子日月星辰及諸一切天龍樂叉乾闥婆阿蘇囉緊那囉摩虎囉伽及比丘比丘尼優婆塞優婆夷人非人等各幷眷屬覩佛光明皆來集會如是等衆譬如有人髮密修長將一一髮剪如微塵如一人髮至千萬人髮亦復如是以一髮塵爲一衆生是赴會衆復過是數爾時尊者大目乾連摩訶俱絺羅摩訶迦栴延摩訶迦葉波摩訶富樓那彌多羅尼子摩訶須菩提等知諸大衆雖在會中而不覩見如來身色及與住處于時尊者舍利弗從座而起至妙吉祥童眞菩薩前白言仁者今此世尊入是如來智印三摩地而我等輩云何不能見如來身及與住處時妙吉祥童眞菩薩告舍利弗言汝諸聲聞具大智慧得諸解脫常修梵行離諸怖畏一切人天悉皆

恭敬汝等應當各各依自所得三摩地門以智慧力觀察如來身色住處時舍利弗等即時各各入自所得三摩地門以智慧力觀察推求如來色身及與住處徧於三千大千世界微塵剎土窮盡神力皆不能見時舍利弗白妙吉祥童真菩薩言我等依自所得三摩地門以智慧力觀察推求如來色身及與住處了不可見惟願仁者爲我等輩分別指示咸令得見時妙吉祥童真菩薩告舍利弗言汝諸聲聞雖具智慧及與神通而於如來智印三摩地門不能思惟故於佛身及所住處不能得見所以者何汝諸聲聞以差別心觀視如來色身住處由此分別自爲障礙是如來身非分別心所能覩見若以汝身即如來身汝等所住即如來住乃至一切有情之身即如來身一切有情之所住處即如來住空有一相自他無二不舍有爲而證無爲不離無爲而悟有爲以如是心觀如來身及與住處爾乃可見汝等既用有分別心欲見如來無相境界設經無量塵沙劫數莫復能得於是衆會悲感懊惱離分別心安住正念身心內外猶如虛空寂靜而住爾時世尊從禪定起其心廣大如海汪洋澄清映徹如淨瑠璃普觀衆生若身若土與諸如來平等不二身相廓然衆會皆覩是時三千大千世界皆大振動一切諸天心大歡喜離諸怖畏於虛空中雨天寶華其華微妙繽紛而下又於空中作天妓樂種種歌詠上妙音聲琴瑟箜篌琵琶笙簫是諸樂器不鼓自鳴於是會中以爲供養于時舍利弗從座而起至世尊前曲躬

合掌而白佛言大悲世尊如來所入智印三昧而我等輩無所覺知各以神通入自所得三摩地門以智慧力周徧推求如來身色及與住處杳不可得不能了知是我等輩先自所得三摩地門及智慧力狹劣短促未得如來無相正智自在法門惟願世尊大慈悲力深加憐愍與我等輩而爲開導於佛知見定慧法門使令悟入於無相境任運現前爾時佛告舍利弗我入如是智印三摩地非汝聲聞及諸緣覺所得智慧之所了解及能推求唯佛與佛乃能知之何以故如來色身由無動心離諸希求捨分別緣絶自他相凝然湛寂勝智功力之所任持大定如如爲一體相若汝聲聞及諸緣覺唯求自利不樂利他所證法門及智慧境未解融通自他隔閡空有互違於佛如來法空無相智印三昧難解難入是故汝等於佛身相及與住處不可得見亦不了知

佛說大乘智印經卷第一

佛說大乘智印經卷第二

西天三藏寶法大師賜紫沙門智吉祥等奉　詔譯

爾時佛告舍利弗諸佛如來若身若心所獲功德難修難證亦難悟入何以故舍利弗諸佛如來眼觀諸色是識不以色境而動耳聽諸聲是識不以聲境而動鼻齅諸香是識不以香境而動舌嘗諸味是識不以味境而動身取諸觸是識不以觸境而動所以者何識智自在不於外境妄計好醜起愛憎故舍利弗諸佛如來意緣諸法勝智相應了知所觀無生非無生是得最上無生寂靜非寂靜是得最上寂靜禪定非禪定是得最上禪定律儀非律儀是得最上律儀戲論非戲論是離最上戲論分別非分別是離最上分別斷滅非斷滅是得最上斷滅舍利弗諸佛如來凡有所說離諸虛妄無不眞實義味充饒止息諍論心相平等離諸異相不平等法能令聞者除去惡欲不生邪見離邪思惟舍利弗諸佛如來若於所證無去無來不常不斷非空非有離見離聞無大小形無方圓相舍利弗諸佛如來於能證道相性圓滿智慧光明遠離異相及非異相無諸揀擇及非揀擇體若金剛無破壞故用如虛空無取捨故於勝善法無所愛著於廣大行亦無怖畏心相空寂離論聞見舍利弗諸佛如來於所安住邊際勝定清淨圓滿不猒闠閙不樂空寂於一切時而常遊戲於法非法情器差別悉能了悟無不如境定力堅固縱遇惡緣不可破壞舍利弗諸佛如來於諸世間尊貴富饒一切樂境於夢如幻如棄遺跡不依輔相宰官大婆

羅門而有所求是故不爲名聞利養之所繫縛舍利弗諸佛如來或有所聞情非情聲不緣此故而生差別無差別心亦復遠離舍利弗諸佛如來於諸所緣決定境相不生勝解非勝解心亦復遠離舍利弗諸佛如來於諸時分不計延促有盡無盡成壞差別非差別心亦復遠離了知諸法無言無說離去來今於心心所無有相應無不相應思惟計念悉皆不生無有此岸無有彼岸於諸情器無上中下深心堅固不可破壞舍利弗諸佛如來所有身相無所動作離諸事業怨憎違戾信向親厚以平等慈隱顯不二由昔因中離無邊障修無邊行於諸衆生施大悲智眞實觀察隨其所宜具能饒益令諸有情應自所求歡喜滿足故於所得身相智慧唯自證知餘無所解於自身色無有齊限與虛空等無有隱顯周徧一切勝功德力之所莊嚴相好圓滿無有缺減於蘊處界中無在無不在於諸有情所習事業悉能棄捨除方便智示現修作內心清淨外色清淨舍利弗如上所說皆是如來若身若心勝善功德莊嚴之相周徧平等若以汝等分別之心欲見如來勝定任持所有身相是如來身不可得見爾時舍利弗重白佛言世尊云何如來色身圓滿得名無相云何智印三摩地周徧平等爾時世尊欲重宣此義而說偈言

如來身心相　由定智所生　不假外境牽
識相分別動　意緣一切法　與身無有異
離是非差別　所得爲最上　若以小智力
欲見善逝身　如月印晴空　妄謂水中現

身相本微妙　復由勝定持　離長短方圓
無去來住立　内心寂不動　澄靜若虛空
息泯身心相　自然無所有　以無所有心
不著香味觸　離諸蘊處界　以此觀如來
如見水中月　雖不得真實　既離分別心
是亦名爲見　如來智印門　非我獨能證
若大心衆生　希求無猒倦　得最上等持
依此勝定力　於佛智印門　亦當無所得
此經所生福　無盡如虛空　我以方便智
少略而讚説　十方諸佛土　百千酤胝刹
滿中諸珍寶　若人持供養　時經無量劫
不如聞是經　書寫或受持　是人所得福
比前行施者　復倍河沙數　若人行慈心
饒益諸有情　不如依此經　悟佛三摩地
若於衆生界　心常行忍辱　不如彈指頃
修習殊勝定　其所生功德　猶如須彌山
將以對微塵　大小莫爲比　若人行精進
勇猛爲諸善　不如聞此經　依教悟其理
所獲諸功德　百千萬億分　若以共較量
比況不及一　若人修禪定　安住無量劫
坐卧若經行　周徧諸佛刹　不如一時中
聞此經功德　若於塵沙劫　能修習智慧
斷除煩惱纏　名聞普周徧　不如刹那時
讚佛智印海　如以大海水　比較於一滴
若欲觀佛者　須離諸名相　了知諸法性
非空亦非有　若但了知空　設如蘇部底
於佛智印門　亦無所悟入

爾時世尊説是偈已告舍利弗如我所説如來智印三摩地法若諸菩薩能於十方諸佛世界爲欲圓滿無礙智慧應當修學是三摩

地晝夜精進身心安住而不散亂亦不懈廢舍利弗如是菩薩摩訶薩若欲願見十方世界諸佛國土一切如來悉皆能見舍利弗此三摩地是菩薩摩訶薩無量無邊最勝法門甚深法眼而於諸法得無障礙通達了知無所忘失是名如來最勝總持陀羅尼門若諸菩薩心欲圓滿一切說相爲欲成就無上菩提微妙體性應當志心精勤修學是三摩地智印法門若諸菩薩隨欲遠離諸惡業行無諸障礙成就最上清淨之法以智慧力摧伏怨魔遠離不善諸相平等如如來智無諸染穢諸業障盡清淨無垢安住如來究竟智地能使諸惡一切魔怨咸皆止息無所退動覺智明了知彼一切諸衆生等種種分別愛樂境相善不善業因果差別了知一切諸衆生等意地微細煩惱結縛善能知彼解諸有情一切縛法應當修學如來所說方便最上勝三摩地智印法門若諸菩薩欲令衆生志樂堅固心欲思惟求無上法應當精勤修習如是三摩地門自然成就無上勝法若諸菩薩意欲宣說諸佛如來應諸有情種種根病對治等法應當精勤修習如是三摩地門自然於法分別演說無有障礙若諸菩薩心欲於彼三乘聖法分別曉悟眞俗諦相甚深法義應當精勤修習如是三摩地門自然於法智慧明了不生闇鈍若諸菩薩欲於酤胝百千劫數了悟生滅幻化不堅能證諸法眞實自性清淨解脫應當精勤修習如是勝三摩地若諸菩薩欲於生滅十二因緣無明爲始發生業行招集苦報貪染執著愛欲增盛假有

聚成生死病相變易無常流轉諸趣於生滅因而自覺悟應當精勤修習如是勝三摩地若諸菩薩欲了一切雜類有情起見造業報相差別心識明昧正念顛倒異分有情如實了知根性利鈍方便教示漸令悟入眞實正法住信行地應當精勤修習如是勝三摩地若諸菩薩意樂成就諸佛國土清淨業因純善境界身心寂靜眷屬調順遠離嫉妬憍慢過失親近恭敬平等愛樂無怨憎想應當精勤修習如是勝三摩地若諸菩薩意欲發萌自身智慧勝妙光明照曜自他生死黑暗愚癡重障斷三界惑滅諸苦報自在解脱應當精勤修習如是勝三摩地若諸菩薩欲知十方所有世界一切有情死此生彼壽命延促所經長劫及以刹那生滅分限定由先業招引勢力所感如是自類果報如實了知前後決定壽命根本應當精勤修習如是勝三摩地若諸菩薩欲知聲聞及辟支迦菩薩如來從自因地所行妙行於四聖諦斷滅修證十二因緣逆順觀察寂然自覺微妙甚深十到彼岸清淨因行各各獲得究竟果報應當精勤修習如是勝三摩地若諸菩薩欲於一切語言音聲角論辯捷應時詶對不疎不謬方便善巧於諸世俗及以勝義顯示明了令人易解不生疑惑印證決定應當精勤修習如是勝三摩地若諸菩薩意欲了知佛法正因三乘善行方便隨順根本差別有上中下稱性悟入菩薩因地漸以熏修植諸善本得如來智應當精勤修習如是勝三摩地若諸菩薩意欲成就諸佛如來圓滿覺智不起分別

現種種身以平等慈任運攝受一切有情令各生起歡喜愛樂修學菩薩心地行願應當精勤修習如是勝三摩地舍利弗如我所説三摩地法是爲最勝如摩尼珠一切有情凡所樂欲悉得如意無不滿足舍利弗若諸菩薩摩訶薩等得此如來三摩地法一切所須諸法聖財及微妙行悉得如意行願圓滿是故應當精勤修學爾時世尊欲重宣此義而說偈言

如來所有智　最上更無等　隨性相差別
一切皆能證　平等智光明　普照諸縛著
能入智慧門　得無量自在　智相及智性
能印證諸法　分别諸善惡　及世俗勝義
曉了如是法　智慧無有盡　譬如大明日
光照於三界　普於諸幽暗　一切皆破壞
成就平等法　是眞實聖智　一切三摩地
皆從智印出　名爲諸佛種　亦名大摩尼
利益諸有情　亦如世間人　有最勝珍寶
財富無有盡　濟諸貧乏者　皆令得充足
法財施衆生　亦復無有盡　神通及智慧
最勝妙法門　皆從三摩地　智印寶所生
譬如諸國土　有大摩尼珠　諸王皆愛樂
臣佐普護持　如是摩尼寶　諸寶無有上
我説智印寶　殊勝最第一　總持智光明
破壞於諸見　境界悉明了　遠離諸冥暗
安住寂靜心　不分别好醜　修清淨智慧
財法無窮盡　貪染無所著　無六十二見
正念悉平等　入甘露法門　速得如來智
成就相好身　具足三十二　得最勝菩提
第一切佛覺　妙智已圓明　到菩提彼岸

證涅槃自性　具自他圓滿　功德悉成就
無量無邊際　甚深微妙法　總持陀羅尼
解脱常寂靜　能具足十力　又以大願海
布施波羅蜜　持戒及忍辱　精進與禪定
智慧常堅固　安住六度中　長時無間斷
無有諸怖畏　離煩惱苦業　魔羅與眷屬
不能得其便　能引導衆生　不捨於正法
漸入如來家　得遊智印門　能於賢劫中
及十方世界　一切諸佛會　親近皆隨喜
是名眞佛子　無有能破壞　若有信解人
能書寫此經　或讀誦受持　愛樂廣流布
長時無懈倦　於義味明了　當知如是經
三世諸佛母　出生智印寶　如來功德藏

佛説大乘智印經卷第二

佛説大乘智印經卷第三

西天三藏寶法大師賜紫沙門智吉祥等奉　詔譯

爾時會中復有殑伽沙那庾多數一切菩薩聞佛如來説是三摩地離諸障礙心得解脱於陀羅尼祕密深法隨意悟入印證明了決定住持復有六十八那庾多菩薩於百千劫巳修習禪定解脱離諸妄想生死怖畏常樂熏修微妙勝行聞此最上三摩地法心懷踴躍於阿耨多羅三藐三菩提得不退轉證陀羅尼音聲辯才得無礙解復有六十億諸天及人聞佛所説智印法門歡喜無量恭敬讚歎禮拜供養而於阿耨多羅三藐三菩提心生愛樂於三摩地甚深勝法無有疑惑咸生信解於菩提心堅固不捨於智印門勇猛精進由大願力修諸善本根性成熟便得住於阿惟越致信受如來所行行願心意決定無諸退屈于時世尊知彼善根因緣純熟欲授其記告諸菩薩言善哉善哉汝等從此過三十億劫各各於諸佛國土具足修習六波羅蜜所有難行最勝行願一切皆能圓滿成就種習俱盡得大菩提皆當作佛悉同一號名無畏如來汝天人衆諸善男子巳於過去無量佛所植衆善本信樂大乘今於此會得聞如是微妙甚深希有之法欣樂受持諸善男子汝等從此過億千劫同得作佛皆同智印如來爾時世尊爲彼菩薩及天人衆授佛記巳普觀衆會以柔輭音語妙吉祥童眞菩薩言我觀此會菩薩天人雖各於彼最上菩提發堅固心勇猛不退未能於彼末世邪見道中建立正法唯汝能於三千世界五濁惡時

利益安樂一切衆生方便守護分別演說於一切處廣令流布使離虚妄及諸愛染不為名譽之所縛著爾時妙吉祥童真菩薩從座而起端容整服右膝著地胡跪合掌頂禮世尊持種種華以為供養瞻仰讃歎得未曾有而白佛言善哉世尊如我觀察一切諸法皆不可得而我願樂守護無上正等菩提及願樂心亦不可取世尊此菩提道性離分別非在内外中間無見無聞非取非捨圓滿寂靜不可相求離戲論故是時會中復有三百酤胝菩薩從座而起頭面作禮恭敬讃歎而白佛言我等亦當守護世尊無量阿僧祇那庾多酤胝數劫所得阿耨多羅三藐三菩提祕密甚深難解之法於未來世方便為人受持讀誦敷繹妙義書寫恭敬供養于時一切菩薩作是語已各各脫身所著上衣而用供養發是願竟退坐一面爾時世尊告彌勒菩薩摩訶薩言汝能具足廣大慈悲於後末世若諸衆生不樂正法於如是時護持此法令諸衆生不生邪見爾時彌勒菩薩摩訶薩於世尊前頭面作禮而白佛言我當願於五濁惡世方便守護是三摩地令不斷絕使諸邪見散亂衆生漸次悟入摩訶衍曩最勝妙法世尊復告彌勒菩薩言今此會中三百八千酤胝菩薩安住是法信解受持心生願樂精進修學誓不退捨復有菩薩心未堅固而於是法不能受持亦不愛樂於後末世五濁劫中不能護持如來無量阿僧祇劫庾多酤胝劫數所修阿耨多羅三藐三菩提法於是法中轉生諍訟及諸煩惱不能任持愛樂修學彌

勒菩薩復白佛言世尊云何菩薩而不愛樂最上勝法若有菩薩意欲修習如是法行發幾種心而能成就爾時世尊告彌勒菩薩言諦聽諦聽善男子由諸菩薩俱生我法愚癡闇鈍以爲障礙雖有智慧而不明了故於菩提無決定心數數退捨多不愛樂若有菩薩欲於如是勝三摩地智印上乘堅固趣求意樂證入應於菩提發七種心云何七種一者如佛世尊往昔因地訪善知識不惜身命爲求佛道發菩提心二者於諸微妙一切勝法愛樂修學專心守護爲如是等發菩提心三者現諸有情有種種苦晝夜憂惱無解脫時起大悲心普欲救拔爲如是等發菩提心四者普欲利益一切衆生無怨親想皆得快樂自在解脫爲如是等發菩提心五者普於一切諸衆生等歡喜布施方便攝受令離怖畏於如來法不生怯弱爲如是等發菩提心六者見諸菩薩發菩提心而生欣樂親近修學同諸菩薩發菩提心七者爲聞如來身相殊勝功德圓滿第一清淨爲求出世無垢聖果發菩提心善男子如是菩薩發此七種最勝妙心能於無上正等正覺漸次成就不捨衆生守護正法是名七種發菩提心善男子若諸菩薩善能修習四無量心學佛如來甚深法藏復能成就五種勝法是諸菩薩具足名曰阿惟越致彌勒菩薩復白佛言世尊云何五法得不退轉善男子一者於諸衆生起平等心於自眷屬不生親昵於他有情亦不猒捨二者見諸有情而得利養深生歡喜善言讚美不生憎嫉煩惱之心三者於佛如來微

妙勝法意願聽聞及欲宣説爲欲護持如是法藏不惜身命廣布流通相續不斷四者所有資生種種財寶無有慳悋悉能惠施一切有情及以上妙飲食湯藥平等普濟皆令充足五者於諸如來所得最上勝功德法廣大智慧祕密總持歡喜愛樂精勤修學是爲菩薩五種勝法應當於此決定趣求心不退轉佛告彌勒菩薩摩訶薩復有五法其性剛强能障菩提不得解脱云何五法一者於三乘法不能解了二者貪求利養而無猒足三者常懷慳惜不能惠捨四者諂曲不實無時間斷五者口但談空不了諸相彌勒菩薩如是五法慣習剛强覆障菩提不能成就無上聖果復有五法若諸菩薩而能具足即於如來所説勝法開導演説堅固修習入聖性地如是菩薩名爲阿惟越致云何五法一者無我遠離相縛不執自他二者無法遠離封著世俗勝義軌持自性三者智性智相平等不二無諸憎愛寂靜湛然四者不著菩提及與衆生不愚善惡因果漸次五者了知如來功德色身神通變化成道入滅差别之相善男子如是五法具足了知名阿惟越致能成無上正等正覺爾時世尊而説偈言

無智衆生類　妄説法非法　論世俗語言
研求於好醜　自身口意業　而不能守護
專意修習者　愛樂於寂靜　行持戒忍辱
言語常柔輭　能護持菩提　如犀樂獨處
捨離於閙閙　常樂居空寂　如鹿在深山
悉無諸怖畏　如是修行者　如風無所著
爲護持深法　能捨於身命　其心無所欲

動靜與施爲　咸皆爲饒益　智慧常明敏
不愚諸境相　後五濁惡世　無信諸有情
不能受是法　觸處生疑惑　無所能覺了
妄行於邪行　狂亂心顛倒　如是愚癡人
於此菩提法　而不能守護　亦不樂修習
我念過去世　於燈明佛所　聞是三摩地
而發意修習　復過於百千　酤胝劫數已
復有佛出世　號名曰髻幢　爲無量衆生
說此三摩地　第一會說法　而有八十億
那庾多菩薩　心得不退轉　第二會衆數
七十那庾多　第三會說法　復有七十三
那庾多菩薩　皆住不退地　其佛壽長遠
身所出光明　廣六十由旬　復有比丘僧
九百千酤胝　遠離諸苦縛　皆得阿羅漢
時有轉輪王　號名曰福上　統領閻浮提
地里計其數　七百千由旬　王者四天下
嬪妃及婇女　其數六酤胝　而有千王子
諸相悉具足　其土號光慧　人民皆快樂
有八百酤胝　諸城及園苑　上妙衆華果
種種皆嚴好　摩尼寶莊嚴　如諸天境相
爾時轉輪王　而於睡夢中　聞有佛出世
其名曰髻幢　於是夢覺已　尋將所領衆
臣佐及人民　百六十酤胝　而來至佛所
爲聞三摩地　時王聞是經　甚深眞實法
心生大歡喜　即以諸國土　咸皆施於佛
而以爲供養　於一切國土　用上妙栴檀
各起諸精舍　園林皆具足　金銀諸珍寶
種種而嚴飾　如是供養佛　經於八萬歲
安住佛法中　能遠離諸惡　於情及非情
常興修勝善　棄捨諸愛樂　深心無所欲

唯以眞實語　化利諸眷屬　而於一日中
所伸諸供養　其數無有邊　如是供養佛
爲求三摩地　得名生佛家　是最上眞實
甚深微妙法　非住相能求　非妄心所得
而此三摩地　名如來智印　時王聞是法
棄國而出家　經於八萬歲　常習三摩地
而於晝夜中　未曾有懈廢　佛於長時中
說法廣開悟　是髻幢如來　後入般涅槃
王造窣覩波　六十四酤胝　一一窣覩波
各五百傘蓋　七寶以莊嚴　及諸衆妓樂
然百千香燈　光明普照曜　種種供養具
皆悉廣嚴備　積累計其數　七萬三千歲
復爲諸衆生　說是三摩地　無相殊勝法
其心無所住　若爲人恭敬　供養讚歎者
心亦不生喜　遠離諸有相　及以諸呪術
常護持正法　經八千酤胝　七十那庾多
安住如來法　寂然常快樂　於一切學處
而無不具足　成就菩提法　三業悉清淨
於諸已受學　繫心無間斷　於所未學法
精進勤修習　以大智慧力　及勝解印持
思惟常憶念　而無有忘失　遠離諸戲論
及以諸異想　非如惡世中　妄行菩提行
雖敎化有情　貪求於名譽　爲利養說法
安住諸有相　言一切皆空　實不了空性
是即名爲著　悟心與說異　邪命不清淨
及行於非法　口但能談空　心爲相所縛
若修如是行　究竟無所得　時福上輪王
即今安樂國　無量壽佛是　爾時王千子
今此賢劫中　千佛世尊是　今此大會中
我前聽法者　時同王出家　爲比丘者是

憶念於往昔　酤胝那庚多　一切佛法中
出家聞正法　聞悉能解了　由是無量劫
行種種方便　供養於諸佛　不著菩提相
安住實際中　得見燈明佛　福智皆平等
如爲我授記　未來世成佛　號名曰釋迦

佛說大乘智印經卷第三

音釋

酤胝（酤果五切胝張尼切）懊（烏皓切懊恨也）闠閙（闠胡對切闠市外門也閙女教切不靜也）嬪（毘賓切婦官也）窣覩波（梵語也此云方墳亦云高顯窣蘇骨切覩董五切）

佛說大乘智印經卷第四 第五同卷

西天三藏寶法大師賜紫沙門智吉祥等奉　詔譯

爾時會中有頻婆娑王其王夫人名賢吉祥亦名酤胝金光阿闍世王是彼所生從座而起五體投地禮如來足如是禮已雙膝踞地長跪合掌色相怡悅以妙音聲讚歎佛德復以百千無價衆寶微妙衣服奉上世尊以爲供養復以五百七寶之華散虛空中成華雲蓋徧覆衆會時賢吉祥作是種種諸供養已而白佛言世尊我念未來濁惡世中諸有情類信根薄劣煩惱增多我願於彼信解受持此三摩地最勝法門若見有人書寫受持聽聞讀誦爲人演說開示導化展轉流通使不斷絕普令見聞而生信解精進修習如是之人名爲法器我當於彼受持之者歡喜讚歎親近承事供給所須飲食衣服卧具醫藥諸供養具令無歉乏復以大乘甚深之法更令悟入令彼所住大乘種性速得成熟於阿耨多羅三藐三菩提法不妄分別是空不空了知諸法離言執故隨悟隨學不生戲論爲護正法於諸身命無所悋惜況復世間資生之物增益煩惱生死之具唯當修學如是殊勝三摩地法作是語已退坐一面時頻婆娑王後宮八千婇女聞如是說各各發起阿耨多羅三藐三菩提心而皆願樂無上大乘欲學安住如是殊勝三摩地門各從座起合掌恭敬頭面作禮而白佛言世尊我等咸當於後未來末世之中受持如是甚深圓滿微妙之法及願守護供養受持之者時摩竭國烏波索迦烏波斯迦六十萬衆見是事已咸皆歡

喜亦各發起阿耨多羅三藐三菩提心於此智印三摩地法深心隨喜作是願言我等亦願於後未來濁惡世中於是妙法圓滿護持爾時世尊知彼摩竭陀國烏波索迦烏波斯迦并賢吉祥酤胝金光夫人與後宮婇女八千人等心口所願信解受持如是妙法長時修習無間無斷知諸佛果從此法生示現歡喜忻然微笑緣是笑故有百千種微妙色光從佛口出所謂青黃赤白及頗胝迦種種色相普徧世界其中衆生覩此光明離諸驚怖摧伏一切煩惱魔怨其光上照至有頂天日月光明所不照處悉皆通徹下至一切諸大地獄及諸惡趣苦惱休息穢惡悉除皆得清淨其光廻旋還至佛所右繞千帀覆世尊頂隱而不現爾時賢吉祥酤胝金光夫人見是光已不知如來放光義利復從座起整肅衣容恭敬合掌雙膝長跪頂禮世尊精勤三業讃歎佛德而說偈言

佛德差別無邊際　三界最勝無與等
如華開敷正芬芳　似月印空已圓滿
佛心平等離憂喜　云何今者現微笑
我今仰測笑因緣　應當演說微妙法
具足安樂十力尊　處衆猶如星中月
所說言辭義味豐　爲諸世界衆生眼
法如一雨無差別　隨諸根性令生解
梵音清徹福無邊　凡在聽聞皆歡喜
由是聞法勝因緣　得未曾有諸快樂
願佛爲作師子吼　蠲除種種諸報業
衆生聞法皆悅可　隨喜平等諸義味
自他見聞及受持　應根應時能解了

由茲開發菩提心　悉於所聞生尊重
八種圓滿無漏音　普應無邊諸性欲
一切說法功德中　相應諸數無違背
令諸受化諸有情　悟入聞持心堅固
不爲煩惱嬈其心　使於所得無退轉
受持禁戒衆律儀　縱遇違緣悉能忍
遠離塵勞無衆苦　身心安住寂滅樂
於此菩提勝行中　思惟修作常精進
佛身猶如妙金山　亦如寶塔光明聚
蓮華出水正開敷　凡是見聞悉瞻仰
如師子王遊戲時　吼大音聲伏衆獸
惟願演是笑因緣　令我衆會除疑惑
佛於諸法得自在　契合無相眞實理
令差別性諸有情　各各三業淨無垢
不捨衆生常護持　令轉善因獲勝果
十方世界諸衆生　聞已思惟正修作
摧伏一切煩惱熱　如飲甘露心清涼
如來所有說法聲　世間衆音莫能比
琵琶笙笛及角貝　箜篌鼓瑟妙歌唱
桴擊揵椎及鐃鈸　如是諸樂共振作
命命頻伽及鸚鵡　如是衆鳥皆和鳴
佛發微妙柔輭音　衆音相共莫能比
此十方衆來集會　毀持好惡心差別
惟願方便隨宜說　調伏彼中㦬愌者
咸使憸華不善心　普圓無邊勝善願
彼從酤胝刹土來　爲聞世尊說法故
願令領悟正法音　離諸怖畏獲安樂
惟願世尊雨法雨　慈悲演說無上法
冀能圓滿無漏音　究竟得成菩提果
爾時世尊聞是賢吉祥酤胝金光夫人說是

偈已復於衆會而說偈言

我於無量世　殑伽沙劫中　時有大法王
名無相福光　佛壽極長遠　七十六酤胝
化諸四天下　彼土聲聞衆　其數無有量
以智印法門　引導衆生類　時有轉輪王
號名曰勝慧　王有二夫人　一名曰帝幢
其次號日光　聞是智印門　晝夜常精進
勤修諸善業　於一酤胝年　護持正法眼
經六十酤胝　爲師導衆類　已於三十億
無量諸佛所　積集諸功德　無量世界中
法眼常救護　三十殑伽沙　未來世諸佛
於彼彼世間　平等普護持　如是正法眼
皆令不斷絶　時彼勝慧王　今阿閦佛是
彼會清淨衆　夫人與眷屬　各各同俱生
如是佛國土　護法心不息　復於後後時
轉彼女人身　得成於男子　即生於無量
安樂佛世界　如今末世中　唯汝賢吉祥
能護如來法　任持不破壞　應以菩提心
普徧諸佛刹　正法欲盡時　一切皆救護
使彼覺法人　同生安樂國　坐千葉蓮華
得諸佛相好　莊嚴皆具足　既生彼土已
復供養諸佛　末後當次第　於彼莊嚴劫
得成無上道　以阿耨菩提　轉授諸人天
令發無上心　同守護正法　彼土離魔怨
及以三毒業　不生諸罪戾　諸惡悉無有
不處於胎臟　清淨而化生　與無數菩薩
皆集於此會　無有諸聲聞　亦不聞名字
遠離諸惡緣　常修菩提行　捨名聞利養
不戀著親昵　捐棄身命財　饒益有情類
方便爲說法　普令生信解　若有能修習

佛無上菩提　安住此法中　不求世間樂
如說而修行　普徧諸佛土　常生恭敬心
護持諸佛法　有懷嫉妬者　應當密護持
以大憐愍心　教誡諸有情　令如是修學
咸離諸苦厄　如我往昔時　爲求菩提故
於酤胝劫中　捨頭目髓腦　珍寶及妻兒
一切無愛戀　若於我法中　不能生諦信
雖剃髮染衣　愚忘眞實相　貪求名譽財
爲利養說法　親近不律儀　廢受持讀誦
雖欲學沙門　有失沙門行　佛說是語時
是會人天衆　有八十酤胝　咸生悲愍心
念彼如是人　當沈淪惡趣　同作如是言
我願於未來　以菩提心力　平等普護持
作如是語已　三千大千界　悉皆大震動
諸天雨衆華　於是國土中　荊棘及便穢
以此勝因緣　一切皆除滅　無異於諸天
周徧悉清淨　於未來世中　有人聞如是
摩訶衍曩者　得最勝慧命　十方天人衆
歡喜咸恭敬　讃歎大乘經　種種諸妙義
一切諸龍王　夜叉羅刹衆　捨除毒惡心
皆恭敬供養　若末世有情　得聞此最上
甚深智印法　而能信解者　其人所得福
今略爲譬喻　如以殑伽沙　爲佛國土數
滿中盛珍寶　悉施供養佛　修如是勝行
過殑伽沙劫　其所得功德　不如聞於此
無上智印門　開導復演說　所獲過於彼
無量無邊數　是福無形相　非有爲心知
若因聞佛說　微妙智印法　發生菩提心
與諸法相應　依佛所宣說　如說而修行
又於末世中　勤觀察護念　樂於空寂處

一心求解脱　積集無數量　勝善諸功德
常以三種戒　教授諸有情　愛護憐憫心
如母念其子　歡喜柔輭音　教令離怨賊
於佛正法中　不生顛倒想　自他皆饒益
速令至正覺　若於三摩地　廣大智印門
能書寫受持　讀誦正開演　展轉授衆生
自他得開解　亦令俱獲得　勝善諸果報
言議與思惟　皆悉不能及　是人咸得生
諸佛安樂國　世尊見彼已　而生親善想
憐憫心護持　歡喜而攝受

爾時彌勒菩薩摩訶薩白佛言世尊有幾乘性人而能受持此三摩地智印法門於彼未來世之中護持正法於是正法而生愛樂能於如來祕密甚深智印法門而生信解好樂修行于時世尊語彌勒菩薩摩訶薩言彼五濁時惡世衆生諸苦逼惱不可稱數唯有菩薩於此惡世荷負正法而生信解如是之人甚爲希有而彼末世諸衆生等常聞鬬諍妄言綺語或壞善根於此智印最勝法門所有言說不能解了唯有菩薩於是五濁惡世之中法欲滅時於苦衆生慈念憐憫以諸方便饒益攝受如是諸人苦惱所逼若無菩薩接化引導即於深法不能信解受持讀誦於是彌勒菩薩摩訶薩白佛言善哉世尊意爲憐憫安樂有情宣說如是甘露妙法令彼未來一切衆生得是義利生悲感心愛樂修習若彼菩薩得是法門隨順如來最上勝行堅固趣求無有破壞無上道心速能證得阿耨多羅三藐三菩提契佛道中相應勝行而不退捨爾時世尊復語彌勒菩薩摩訶薩言若有

菩薩已於往昔百世尊所親近恭敬承事供養發菩提心種種善根植衆德本於彼未來濁惡世中於此廣大無上菩提甚深妙義未能信解於此廣大智印法門不能悟入復次彌勒若有菩薩於往昔中千世尊所發菩提心親近恭敬種種善根植種德本如是菩薩於彼未來五濁世中雖遇善友發菩提心而於廣大智印法門微妙義理未能悟解數起疑惑不生愛樂不能受持讀誦書寫流通亦復不能為人演說令生信解復次彌勒復有菩薩於往昔中經百千佛發菩提心種諸善根植衆德本於彼未來濁惡世中雖遇善友發菩提心於此廣大甚深最上智印法門信解微劣於深遠義未能悟入亦復不能受持讀誦為人稱讚及與講說如是無上廣大菩提甚深義利復次彌勒若有菩薩乃至往昔於一酤胝佛所發菩提心種諸善根植衆德本彼於未來末世之中雖遇善友發菩提心於此廣大微妙最勝智印法門雖復聽聞書寫讀誦好樂受持於甚深義未能解了不能為人分別解說於第一義大菩提心未能印定於此智印三摩地門無所了悟復次彌勒若有菩薩於彼往昔三十酤胝諸世尊所發菩提心種諸善根植衆德本彼於未來末世之中雖遇善友發菩提心聞此廣大智印法門亦能聽聞讀誦受持書寫流通為人演說然於智印三摩地法無決定心任持印可不能成就眞實義利復次彌勒若有菩薩於八十酤胝諸世尊所聞此最上三摩地法如說修行復能化利諸有情類悉令信受於是佛

所發菩提心種諸善根植衆德本於彼未來末世之中菩提心力聞是廣大甚深智印無上法門而能解了受持讀誦書寫流通爲人解說深心愛樂堪任護持令速圓滿於是微妙三摩地門正解了已於一切法悉皆通達復於無上菩提廣大法中離諸分別摧伏一切諸惡魔怨破壞一切不善業障無量劫中隨有所造諸苦因行於未來世當受報者皆得解脫又於往昔造不善因至後惡世法欲滅時善心微劣破壞正法樂著外道世俗言教增長戲論行非法行出無義言不擇高下多所貪求諸惡有情見不恭敬輕慢陵辱於自所須一切乏少如是苦因由此一生證悟勝法大功德力皆得除滅復由往昔親近供養如上所說一切諸佛所集善根於彼未來末世之中發菩提心而能任持是三摩地最勝法門離諸苦縛得不退轉三業堅固不生散亂精進趣求菩提聖果復次彌勒若諸菩薩於往昔中造不善業應墮惡道於彼未來末世之中法欲滅時聞是法門好樂受持以是因緣或以病苦怖畏交煎先世罪業即得除滅諸根不具受諸苦惱生邪見家顚愚聚會生下賤家爲人所使生貧窮家衣食歉乏生慳貪家不能拯濟若有所說人不信受王法所加怨敵會遇親知猒棄心多憂惱慈悲法會而多障阻縱欲說法人不樂聞所欲資生飲食衣服卧具醫藥及看視人不逢惠施貧窮親附豪富棄捐或被惡人來相嬈亂憎嫉殘害所修善法不能增長或於夢中見諸惡相以是輕微諸苦逼迫先世罪業即得消

滅業障滅已設遇苦緣及諸怨賊不能爲害與魔相隨雖不遠離而能了知諸魔境界於諸名聞及與利養心不愛樂爲人親近及以恭敬尊重讚歎不以爲喜修諸善行惠施有情不生慳吝而求解脫守護尸羅無所毀壞修忍辱行饒益有情拔苦與樂修精進行策勵三業勤求衆善離諸惡欲修習禪定散亂不生以大智慧悟諸法性方便願力利樂有情聞無量法心無忘失修種種善爲利有情於世樂果不生希望令諸衆生速登彼岸復次彌勒彼諸菩薩曾於往昔百世尊所發菩提心眞實平等種諸善根植衆德本離諸苦縛由爲末世諸惡衆生而來惱害不能於此信解修習何況末世諸惡衆生不種善根迷惑散亂而能覺悟是故末世諸不善人於此最勝甚深之法不能信受如理修學復次彌勒若諸菩薩能於是法深生信解志意堅固被忍辱鎧降伏諸魔長時修行保護任持不生退屈廣大智慧無量善法從此法生一心希求無上菩提念念相應堅固不捨復於未來敷演妙義精進不倦究竟護持是三摩地最上法門了達一切善惡事業安住法中勤修衆行

佛說大乘智印經卷第四

佛説大乘智印經卷第五

西天寶輪大師賜紫沙門金總持等奉　詔譯

爾時歡喜王菩薩彌勒菩薩妙吉祥菩薩幷六十不可思議菩薩摩訶薩等在大衆中而爲上首合掌恭敬咸白佛言大悲世尊我等今者得聞如是微妙勝法於彼未來堅固守護教諸衆生發無上慧於此勝法如説而行遠離諸惡不生憍慢亦不貢高無有諂曲愛憎之心於彼自他怨親之境悉皆平等於諸如來無數酤胝百千萬億那庾多劫所得無上大法總持智印法要愛樂受持書寫讀誦乃至展轉相續流通而無間斷于時世尊聞是歡喜王菩薩彌勒菩薩妙吉祥菩薩幷六十不可思議菩薩摩訶薩等發生無上護正法心安樂衆生利益語已於大衆中以清淨音而説偈言

種諸善根離諂慢　寂靜安住無諸惡
深忍堅固不動揺　常正憶念於勝慧
如是安住具大力　而能守護法財聚
離諸惡行無過患　不爲名聞與利養
無有諍訟離染著　普皆平等如虛空
如是之人能守護　漸次得成此三昧
深忍堅固樂菩提　晝夜精進無懈廢
守護威儀離諸惡　於甚深法而增長
世間一切諸財寶　眷屬親姻無所愛
悉皆猒捨離諸著　無怨親想心平等
如是之人得成就　無上大寶三摩地
於晝夜中勤精進　能於是法生覺悟
尊重恭敬於善友　歡喜稱讚是三昧
能解世間無盡法　故於染境無所著

印忍諸法心清淨　如百酤胝日光照
智慧光明破諸暗　能入如是深法義
是人智解離諸著　猶如日月處虛空
與大雪山等堅厚　鎮壓大地能莊嚴
亦如釋梵轉輪王　有大威儀人恭敬
亦名無上大醫王　能除種種諸病苦
盡諸業障心清淨　摧破魔羅諸眷屬
漸次成就他心智　了別種種差別心
憶念過去那庾劫　滅除煩惱熾盛火
此人善逝所稱讚　證悟菩提真空理
能入如來智印門　獲諸無邊諸寶藏
了達名相無自性　不著空有處中道
觀察五蘊如塵幻　印證四大體非真
一切有爲皆生滅　妄心造作成輪迴
勝智三昧性寂靜　離諸分別難思議
湛然三世本自如　無去無來無所動
若見末世邪見人　於佛正法著空有
又復於此無所證　自言我得法性空
是名增長衆生見　世世遠離菩提心
復見有人隨順學　涕淚悲泣身毛舉
又復末世諸釋種　具諸衰損無威儀
爲求菩提而出家　於彼菩提不安住
破戒破見毀威儀　晝夜親近不善人
爲貪利養及資生　所得還將利親族
如渡大海失浮囊　是必遙觀彼岸遠
其有上乘真釋子　棄捨如是諸世間
猶如蓮華出淤泥　本性清淨無所染
我今教汝歡喜王　應當正念常守護
摧伏妄想生真智　於此希求具衆德
精進修學無懈怠　是即名爲諸佛子

譬如世間穀麥種　數如河沙那庾多
以此種子致良田　展轉相生無量劫
所得子實莫可量　筭數譬喻尚不及
如是展轉盡東方　河沙數種亦如是
乃至十方佛國土　所種子實無差別
如是一種爲一佛　一佛設復有百頭
一頭而現於百舌　共讚如來三摩地
於彼殑伽沙劫中　亦復宣說不能盡
如將芥子等須彌　又如纖草敵空界
或以毛頭一滴水　用對無涯四大海
如是功德共較量　譬如筭數不能及
應當於此甚深經　長時精進而修學

爾時歡喜王菩薩彌勒菩薩妙吉祥菩薩并六十不可思議菩薩摩訶薩等聞佛世尊說是偈已發起堅固大菩提心踴躍精進復白佛言大悲世尊所有第一義諦最勝涅槃甚深法義我等衆會雖生信心不能深解惟願世尊爲我等輩分別解說于時世尊以一圓音語歡喜王菩薩彌勒菩薩妙吉祥菩薩并六十不可思議菩薩摩訶薩等言善男子如是勝法本來寂靜離諸分別絕諸戲論假有名言顯示宣說諸菩薩言大悲世尊云何此法離諸分別絕諸戲論假有言說方便顯示佛告善男子如是勝法雖有言說體不可得故無分別云何此法體不可得以是勝法無修無作故不可得云何此法無修無作以是勝法本無生滅故非修作云何此法無有生滅以是勝法性離所取亦非能取故無生滅云何此法無能所取以是勝法無住無處云何此法而無住處以是勝法無變易相故無

住處云何此法無變易相以是勝法無彼無此故無變易云何此法無彼無此以是勝法非有爲亦非無爲故云何此法非有爲亦非無爲以是勝法非虛非實故云何此法非虛非實以是勝法非心亦非非心故云何此法非心亦非非心以是勝法不可了別故云何此法不可了別以是勝法無有識變故云何此法無有識變以是勝法非相應非不相應故云何此法非相應非不相應以是勝法自性平等故云何此法自性平等以是勝法不可相求故云何此法不可相求以是勝法無安住相故云何此法無安住相以是勝法無有自相故云何此法無有自相以是勝法本性空寂故云何此法本性空寂以是勝法無染著故云何此法無染著以是勝法離彼言說清淨故善男子由是勝法離諸分別無修無作乃至離彼言說性清淨故名爲涅槃爾時歡喜王菩薩彌勒菩薩妙吉祥菩薩廾六十不可思議菩薩摩訶薩等而白佛言世尊如是勝法人所難解世尊一切諸法入法界性了無所得如是法性令我等輩云何守護佛告歡喜王菩薩妙吉祥菩薩廾六十不可思議菩薩摩訶薩言善男子等如是勝法不可思議離諸分別及以戲論若於是法起分別想及以戲論則法有二若法有二則墮生滅何以故此無上法第一義諦亦無有生亦無有滅如是了知是名守護爾時世尊爲諸菩薩復說偈言

無作勝法非空有　離諸言說及分別
若有得法著二邊　是名分別諸戲論

而於是法不相應　但能增長於染慧
此法無相無憎愛　離諸推求無所得
若自說言我忍空　自生分別諸戲論
彼諸空性不可得　以分別心難思量
若於諸法無疑謗　是即名爲不退轉
離煩惱縛得解脫　於此勝法心印忍
若人妄了生分別　尋求推度失正解
籌量諸法著有空　以性以相本無二
用智求智不可得　智外更無餘智慧
演說輪迴有爲相　是智非智迷眞空
若言少分是實有　虛妄想故成生滅
若證眞實即能知　一切諸法本常住
愚人妄想成流轉　猒生死故求涅槃
增長我見有差別　智者了知法無二
明與無明本同體　田不信故懷驚怖
是人堅固執邊見　增長言說諸戲論
說有爲法名涅槃　是於正法生破壞
心與非心無自性　而彼自性亦非心
一切諸法本無相　無言無說湛然空
法從緣起非眞實　諸法滅盡亦非諦
八諦四諦明眞俗　亦名如來方便智
如來實智不可得　所說諸法亦復然
譬如醫師治諸病　隨病處方無執著
若能如是生覺悟　是則名爲善逝子
涅槃本性皆平等　廓如太虛無邊際
三乘聖智同涅槃　無滅無增無戲論
法界實無一衆生　亦無一字可言說
有情執自分別心　謂是涅槃無所住
無明妄念結輪迴　惑業生苦常相續
一眞實諦離聞見　或言四種亦隨宜

有苦報故説集因　由滅理故明道諦
末世衆生多妄想　不爲淨行而出家
以名利故破威儀　積煩惱故興鬭訟
修習功德諸比丘　於此勝法能成就
遠離名聞及資生　樂居蘭若無求取
譬如麟角獨居山　思惟如是三摩地
八十𩋙胝兩足尊　慈心加被修習者
諸天見已咸歡喜　潛形晝夜常守護
智慧破暗如日光　出生勝法同甘露
其有受者智印門　夢中常與諸佛會
汝等當懷勇猛心　堅固修習無退捨
爾時世尊復告妙吉祥童眞菩薩言妙吉祥
若諸菩薩及末世衆生爲欲成就無上菩提
於是三摩地智印深法相應修學爲欲成就
如來八十種好於是三摩地智印深法相應

修學爲欲成就如來十八不共勝法於是三
摩地智印深法相應修學爲欲成就如來十
力四無所畏四無量心大慈大悲大喜大捨
於是三摩地智印深法相應修學爲欲成就
諸佛五眼於是三摩地智印深法相應修學
欲得諸佛廣大壽命種種莊嚴勝妙國土威
德自在於此三摩地智印深法相應修學爲
欲成就諸大菩薩利根聲聞欲得如來智慧
色身廣大總持勝妙法門及解一切衆生言
音差別心行根性具足神通辯才無礙曉了
諸法於是三摩地相應修學所以者何菩薩
摩訶薩若於是三摩地而得相應所獲如是
種種功德普徧具足成就菩提無上大法諸
法所依名無上道智出世間號正徧知自性
寂靜名爲如來如説修行而無有等非等等

故無起無滅出世究竟離諸言説名第一諦眞實義諦無所破壞堅固調伏是名如來不可思議最勝之法妙吉祥我由往昔修習安住是三摩地智印深法見然燈佛得無生忍授菩提記時妙吉祥菩薩而白佛言世尊如來於然燈佛所悟無生忍得菩提記於無量劫在生死中云何修諸難行苦行得成菩提佛告妙吉祥菩薩摩訶薩言我於往昔爲求佛道成熟一切諸衆生等清淨善根以大願力經無量時勤修苦行化利有情隨其根性有上中下各令悟入三乘法義漸次修行而有所證妙吉祥我於爾時因是願行而得菩提及與涅槃爾時世尊而説偈言

若欲是法而相應　獲得如來無量慧
十方百億諸世尊　皆悉來護修習者
若於甘露甚深法　能解一切諸妙義
是名總持陀羅尼　修習之者皆獲得
解了言音滅諸罪　能破執著解諸縛
涅槃無生亦無滅　無去無來無住處
莊嚴十力諸相好　成就一切佛功德
圓滿清淨解脱音　普應無量諸含識
所出音聲能解了　一切聞者皆歡喜
遠離邪見無分別　最勝清淨盡無垢
能於是經相應學　究竟能得菩提道
若人於彼三七日　一心思惟如是法
不生懈怠捨親緣　晝夜修習得增長
慈悲遠離於嫉妬　守護尸羅絶諍訟
獲得平等正徧知　深心歡喜常解脱
遠離造作諸緣起　譬如蓮華不染著
堅固不起諸貪愛　亦如飛禽離繫縛

得此最勝法門時　三千世界皆震動
諸天競奏妙音樂　散施末香及沈水
百千幢旛及天衣　清淨華鬘及瓔珞
摩尼珠冠及寶蓋　金鈴間錯悉莊嚴
一切諸天作歌舞　諸龍金翅脩羅王
比丘僧與優婆塞　比丘尼及烏婆夷
各各脫身上妙衣　以用散佛爲供養
恭敬讚歎意思惟　誓求於此無上道
我說如是甚深法　發生菩提心不退
此會河沙信解人　究竟皆得無生忍
諸餘剎土未來衆　展轉聞法心歡喜

爾時世尊說是偈已阿僧祇數諸衆生等各各踊躍發菩提心復有八十那庾多數諸大菩薩得聞是法於無上道得不退轉復有六萬三酤胝菩薩摩訶薩得無生法忍復有六十三酤胝菩薩摩訶薩而得三摩地無數衆生而得聖果十方所來諸大菩薩得悟如是智印三昧佛說此經已六十不可思議菩薩歡喜王菩薩彌勒菩薩妙吉祥菩薩摩訶薩等而爲上首與賢劫中諸大菩薩弁賢吉祥金光夫人諸大聲聞一切世間天人四衆乾闥婆王阿脩羅等聞佛所說皆大歡喜信受奉行

佛說大乘智印經卷第五

音釋

歉苦簟切不滿也 桴房鳩切擊鼓椎也 揵椎梵語也此云磬亦云鐘律云隨有瓦木銅鐵鳴者皆名揵椎揵巨言切椎音槌 儱悷儱力董切悷郎計切儱悷多惡不調也 昵尼質切相近也 顓朱緣切蒙也 拯之等切助也救也

佛說法乘義決定經
西天三藏明因妙善普濟法師金總持等奉　詔譯

清刻龍藏佛說法變相圖

佛說法乘義決定經卷上 中下同卷

西天三藏明因妙善普濟法師金總持等奉　詔譯

如是我聞一時薄伽梵在舍衛國祇園精舍與大比丘衆千二百五十人俱時有一比丘名曰甚深勇猛美妙音聲善問法要初中後善利益自他能修梵行清淨圓滿敬禮合掌前白佛言世尊如來往昔鹿野苑中所說法乘決定之義是事云何唯願世尊敷演分別開示衆生皆令悟入世尊歎言善哉比丘汝如是問甚深法要最勝利益不可思議汝應諦聽善思念之吾當爲汝分別解說我於爾時說四諦法義無窮盡所謂五蘊五取蘊十二處十八界十二緣生支四聖諦法二十二根五三摩地四禪天定四無色定四三摩地四念處四正勤五根五力七覺支八聖道十

六心念聲聞四果如來十力四無所畏四無礙辯十八不共法三十二大丈夫相八十種隨形相好佛言比丘如上所説是名法乘決定之義比丘復白佛言世尊云何五藴世尊答言所謂色藴受藴想藴行藴識藴比丘是名五藴云何五取藴佛言所謂色取藴受取藴想取藴行取藴識取藴比丘是名五取藴云何十二處佛言所謂眼爲内處色爲外處耳爲内處聲爲外處鼻爲内處香爲外處舌爲内處味爲外處身爲内處觸爲外處意爲内處法爲外處比丘是名十二處云何十八界佛言所謂眼界色界眼識界耳界聲界耳識界鼻界香界鼻識界舌界味界舌識界身界觸界身識界意界法界意識界比丘是名十八界云何十二緣生支佛言所謂無明緣

行行緣識識緣名色名色緣六入六入緣觸觸緣受受緣愛愛緣取取緣有有緣生生緣老盡憂悲苦惱無明滅則行滅行滅則識滅識滅則名色滅名色滅則六入滅六入滅則觸滅觸滅則受滅受滅則愛滅愛滅則取滅取滅則有滅有滅則生滅生滅則老盡憂悲苦惱滅比丘是名十二緣生支比丘復白佛言世尊云何名無明世尊答言所謂癡惑暗蔽無他明慧故前際無智後際無智現在際無智内無智外無智内外無智業無智果無智業果無智善作業無智惡作業無智因無智果無智因果法無智緣無智緣生無智緣生法無智無佛智無法智無僧智苦無智集無智滅無智道無智有恥無智無恥無智有恥無恥無智有恥無恥法無智乃至愛支有

恥無恥法無智世無智出世無智世出世法無智依止無智非依止無智依止非依止法無智有爲無智無爲無智有爲無爲法無智過去無智現在無智未來無智過去現在未來法無智比丘是名無明云何無明緣行佛言所謂身行語行意行是名無明緣行云何身行動轉所作身爲濟渡住持諸法爲依止處是名身行云何語行能詮能顯分别校量諸法實性是名語行云何意行心所愛樂心所思惟心所攝受心所依止是名意行云何行緣識佛言所謂眼識耳識鼻識舌識身識意識比丘是名行緣識云何識緣名色佛言名謂非色四蘊受想行識色謂形質體即四大是名識緣名色云何四大佛言所謂地大水大火大風大云何四大體相差别所謂地以堅硬爲性水以濕潤爲性火以温熱爲性風以輕動爲性比丘是名四大體相差别云何名色緣六入佛言所謂眼入處耳入處鼻入處舌入處身入處意入處比丘是名名色緣六入云何六入緣觸佛言所謂眼觸耳觸鼻觸舌觸身觸意觸比丘是名六入緣觸云何觸緣受佛言所謂眼觸生受謂生苦受樂受非苦非樂受耳鼻舌身意生受亦復如是比丘是名觸緣受比丘復白佛言世尊云何受緣愛佛言所謂色愛聲愛香愛味愛觸愛法愛云何色愛所謂一切有色可愛可樂深心戀著無有厭離是名色愛聲香味觸法愛亦復如是比丘是名受緣愛云何愛緣取佛言所謂欲取見取戒禁取我語取比丘是名愛緣取云何取緣有佛言所謂欲有色有無

色有云何欲有謂欲界五趣及四王天忉利天焰摩天兜率天化樂天他化自在天是名欲有云何色有佛言所謂梵衆天梵輔天大梵天少光天無量光天極光天少淨天無量淨天極徧淨天無雲天福生天廣果天無煩天無熱天善現天善見天色究竟天比丘是名色有云何無色有佛言所謂空無邊處識無邊處無所有處非想非非想處是名無色有比丘如是三種是謂取緣有云何有緣生佛言所謂一切衆生以愛取爲緣潤生五蘊住世動作隨順流轉種種差別所與及取皆從蘊起身之所生以命爲本比丘是名有緣生云何生緣老盡佛言所謂四大遷變諸根衰朽身體羸弱動輙疲苶博識多知智已昧劣一切衆生身識欲離諸根欲滅性境冥昧無所覺知比丘是名生緣老盡比丘復白佛言世尊云何四聖諦法佛言所謂苦聖諦法集聖諦法眞聖諦法道聖諦法云何苦聖諦法所謂生苦老苦病苦壞苦愛别離苦寃憎會苦求不得苦五盛陰苦比丘是名苦聖諦法云何苦集諦法佛言所謂衆生愛著世間一切有及有具隨順貪欲比丘是名苦集諦法云何苦眞諦法佛言所謂以智慧刀斷除愛著世間一切有及有具隨順貪欲未盡無餘入勝義諦證寂滅理是名苦眞諦法云何苦道諦法佛言所謂八聖道支正見正思惟正語正業正命正念正定正精進是名苦道諦法云何二十二根佛言所謂眼等五根謂眼耳鼻舌身信等五根謂信進念定慧五受根謂苦樂憂喜捨三無漏根謂未知當知根

已知根具知根及意命男女比丘是名二十二根云何五三摩地佛言所謂身支五體可喜可樂無毀無損深生戀著於一切身皆生愛樂由如是心隨順染欲種種愛著不了虚幻妄執爲實是故應當如實觀察如是五體皆從四大緣會而生一心思惟安住悟入妙三摩地名身定智譬如山上散水於下流布四方如是散已不見其水地復乾涸時有天人空中告言汝若須水我有天水大泉自然湧出潔淨清涼甚可愛樂濟渡潤益無有窮盡身生定智利益無窮亦復如是復告比丘當審思惟觀察籌量此身不實勿應愛著譬如優曇鉢羅華鉢頭摩華俱勿陀華奔茶利迦華如是青黄赤白四種蓮華衆色殊好甚可愛樂皆生於水而壞於水此身變異虚幻不實亦復如是復告比丘身語意業圓滿清淨獲得勝解如實安住三摩地門以清淨心觀一切身皆非堅固譬如長者及長者子以衆珍寶新淨妙衣嚴飾其身色相雖好體非堅固能以清淨身語意業而爲莊嚴是名堅固復告比丘如是觀察善思念之此身五體有爲無常應行住坐卧四威儀中繫念思惟清淨定智堅固攝受比丘是名五三摩地比丘復白佛言世尊云何四禪定地佛言所謂離生喜樂地離諸欲染一切煩惱故定生喜樂地已離尋伺降伏障染故離喜妙樂地安住方便作利樂行故捨念清淨地苦樂已離善惡心伏非苦非樂念已離故方便修習圓滿清淨比丘是名四禪定地云何四無色定佛言所謂空無邊處定一切色想俱已遠離

平等持心如實安住故識無邊處定內識無邊如實安住故無所有處定於一切法皆無所有故非想非非想處定麤想非有細想非無故比丘是名四無色定爾時比丘復白佛言世尊云何名爲四無量心佛言所謂慈無量心悲無量心喜無量心捨無量心云何名爲慈無量心謂一切時處慈心隨順利益衆生不損害他離諸冤結以廣大心等示衆生愍念救護猶如赤子於冤親所而無差别令斷纒蓋皆得解脱如是名爲慈無量心悲心隨順喜心隨順捨心隨順亦復如是比丘如是名爲四無量心復有四種苦樂皆應了知所謂了知衆苦了知有苦了知衆樂了知有樂云何名爲了知衆苦謂觀一種補特伽羅所著者貪所著者嗔所著者癡於貪不怖因貪故生苦憂悲隨順於嗔不怖因嗔故生苦憂悲隨順於癡不怖因癡故生苦憂悲隨順皆悉了知於出世間五種善根精勤修習所謂信根進根念根定根慧根次第獲得三摩地門名曰漏盡比丘此則名爲了知衆苦云何名爲了知有苦謂觀一種補特伽羅少貪少嗔少癡雖少分貪不懼貪過故生苦憂悲隨順雖少分嗔不懼嗔過故生苦憂悲隨順雖少分癡不懼癡過故生苦憂悲隨順皆悉了知於出世間五種善根精勤修習次第獲得三摩地門名曰漏盡比丘此則名爲了知有苦云何名爲了知衆樂所謂一種補特伽羅皆悉了達此貪嗔癡三不善根爲生苦本能永除斷於出世間信等五種無漏善根精勤修習次第獲得三摩地門名曰漏盡比丘

此則名爲了知衆樂了知有樂精勤修習次第獲得三摩地門亦如上説比丘如是四種苦樂皆應了知比丘復白佛言世尊云何名爲四三摩地佛言所謂信解受持如法修行能斷貪欲故信解受持如法修行通達一切諸妙法門故信解受持如法修行獲得一切甚深智見故信解受持如法修行獲得一切清淨妙慧故云何能斷貪欲佛言比丘汝等應當於顯露處或林間或樹下或空寂處常坐不卧安住禪定應觀此身三十六物和合而成體非清淨虛幻不實不應妄生愛念戀著如是思惟深生厭離比丘如是名爲能斷貪欲云何三十六物佛言所謂外相十二髮毛爪齒眵淚耵聹涕唾垢汗大小便溺中相十二皮膚血肉筋脉骨髓肪膏腦膜内相十二脾腎心肺肝膽腸胃赤白二痰生熟二臓比丘是名三十六物復告比丘又諸世間地中所生百穀苗稼須假耕種亦非清淨自然而生是故汝應於顯露處或林樹下一心安住如實觀察此身不淨虛假浮脆眼耳等處常行垢濁而不堅固極可厭離如是安住三摩地門信解受持如法修行求斷貪欲云何通達一切諸妙法門佛言比丘汝等應當於顯露處或林樹下或空寂處常坐不卧修習禪定護念憐愍一切衆生而爲引導皆令了悟一切有爲虛幻不實譬如優曇鉢羅華顔色殊好既開敷已非能堅固此身非堅亦復如是是故汝應於顯露處或林樹下寂靜之處安住禪定觀一切身有爲不實如夢如幻方便開示引導衆生皆令信受愛樂禪定比

丘是名於三摩地信解受持如法修行通達一切諸妙法門云何獲得一切甚深智見佛言比丘安住禪定悟此甚深微妙法已深心愛樂決定堅固晝夜繫念精進無懈智光徧照無明暗蔽求盡無餘譬如虛空密雲暗蔽於日中時雲忽退散得見日光普照一切無有障礙三摩地門一切智光除其煩惱無明暗蔽亦復如是是故汝應善思念之如實安住晝夜無懈於一切智堅固攝受比丘是名於三摩地門信解受持如法修行獲得一切甚深智見云何獲得一切清淨妙慧佛言比丘汝等應當於顯露處或林樹下或空寂處常坐不卧正念安住三摩地門苦受樂受憂受喜受及與捨受皆已離故勝定熏修圓滿清淨則爲安住四三摩地悉能了知四種信解攝受通達作大導師若攝受者若通達者則爲安住善平等地觀察度量一切智智如是如是復告比丘汝應於顯露處或林樹下或空寂處苦已離故樂已離故憂已離故喜已離故捨已離故勝定解脱圓滿清淨如實安住四三摩地比丘是名於三摩地門信解受持如法修行獲得一切清淨妙慧比丘如是名爲四三摩地

佛説法乘義決定經卷上

佛説法乘義決定經卷中

西天三藏明因妙善普濟法師金總持等奉　詔譯

爾時勇猛甚深比丘復白佛言世尊云何名爲住四念處佛言比丘所謂應觀内身外身内外身住有色不淨一切世間憂悲苦惱正念了知觀内受外受内外受住種種諸苦一切世間憂悲苦惱正念了知觀内心外心内外心任虛幻無常一切世間憂悲苦惱正念了知觀内法外法内外法住悟無我理一切世間憂悲苦惱正念了知比丘是名住四念處比丘復白佛言世尊云何四正斷佛言所謂未生不善法以精進力攝伏斷除令永不生故已生不善法以精進力攝伏斷除令永斷滅故未生善法以精進力正念攝受令生起故已生善法以精進力堅固安住正念攝受令增長故是名四正斷比丘復白佛言世尊云何四神足佛言所謂欲定斷行具神足力自欲獲得思惟依止離欲依止寂滅依止於此攝受伏除諍論勤定斷行具神足力自勤獲得思惟依止離欲依止寂滅依止於此攝受伏除諍論心定斷行具神足力自心獲得思惟依止離欲依止寂滅依止於此攝受伏除諍論觀定斷行具神足力自觀獲得思惟依止離欲依止寂滅依止於此攝受伏除諍論佛言比丘是謂四神足比丘復白佛言世尊云何五根佛言所謂信根進根念根定根慧根云何信根謂於因果而生信樂輪迴世間信行正見業報差别若作諸業或善或惡彼彼業果如如招報於自信根如實了知是名信根云何進根謂於妙法而生信樂勤

加精進如法修行是名進根云何念根以精進力積集善行念念修習而無退轉是名念根云何定根謂於法念專心一境而無散動是名定根云何慧根謂於定中觀照一切通達無礙是名慧根比丘復白佛言世尊云何五力佛言所謂信力進力念力定力慧力云何信力謂諸有情受如來法信爲根本善能安住而無流轉若沙門婆羅門若天魔梵若世間法皆能信解隨順攝受是名信力云何進力謂能勇猛精進堅固安住善法無有疲懈雖被衆苦而能堪忍不捨善軛行大精進是名進力云何念力謂於念中安住分位堅固憶持常無散動亦無忘失是名念力云何定力謂能摧伏欲染業果諸不善法乃至安住四禪三昧是名定力云何慧力謂住世間

發起正慧於聖道行具足修行擇不善法離諸苦際是名慧力比丘復白佛言世尊云何七覺支佛言所謂擇法覺支念覺支定覺支精進覺支輕安覺支捨覺支喜覺支云何擇法覺支謂於諸法而能揀擇思惟依止離欲依止寂滅依止攝伏諍論故云何念覺支謂於諸法正念修習思惟依止離欲依止寂滅依止攝伏諍論故云何定覺支謂能發起清淨妙慧思惟依止離欲依止寂滅依止攝伏諍論故云何精進覺支謂於善行精進無懈思惟依止離欲依止寂滅依止攝伏諍論故云何輕安覺支謂於諸法遠離麤重調暢身心思惟依止離欲依止寂滅依止攝伏諍論故云何捨覺支謂於諸法遠離放逸令心寂靜思惟依止離欲依止寂滅依止攝伏諍論

故云何喜覺支謂於諸法而生喜受思惟依止離欲依止寂滅依止攝伏諍論故佛告比丘是名七覺支比丘復白佛言世尊云何八聖道佛言所謂正見正思惟正語正業正命正勤正念正定云何正見於所見境有取有與有善惡行有善惡行所招之果有世出世間一切衆生所作之業乃至須陀洹果斯陀含果阿那含果阿羅漢果此世他世微妙善行皆以正見通達明了淨修梵行永斷惑障所作已辦到於彼岸是名正見云何正思惟謂以智慧分別揀擇令身語意三業無失離諸過咎是名正思惟云何正語謂能永斷妄言綺語惡罵兩舌是名正語云何正業謂諸有情永離殺生偷盜染欲是名正業云何正命謂受世間衣服卧具飲食醫藥而爲資養非邪命故是名正命云何正精進謂能勇猛破煩惱魔常修善行無有懈怠是名正精進云何正念謂憶過去所修善法念念攝持而無錯謬是名正念云何正定謂心能安住於奢摩他毗鉢舍那寂然不動是名正定佛告比丘是名八聖道爾時勇猛甚深比丘復白佛言世尊云何十六心念佛言所謂念心和合故和合平等如實了知念心相應故相應平等如實了知念法自性和合故和合平等如實了知念法自性相應故相應平等如實了知念法增長和合故和合平等如實了知念法增長相應故相應平等如實了知念身正知和合故和合平等如實了知念身正知相應故相應平等如實了知念身行正知和合故和合平等如實了知念身行正知相應

故相應平等如實了知念一切身正知和合故和合平等如實了知念一切身正知相應故相應平等如實了知念一切身行正知和合故和合平等如實了知念一切身行正知相應故相應平等如實了知念輕安身行和合故和合平等如實了知念輕安身行相應故相應平等如實了知念喜正知和合故和合平等如實了知念喜正知相應故相應平等如實了知念樂正知和合故和合平等如實了知念樂正知相應故相應平等如實了知念心正知和合故和合平等如實了知念心正知相應故相應平等如實了知念心行正知和合故和合平等如實了知念心行正知相應故相應平等如實了知念輕安心行知相應故相應平等如實了知念輕安心行相應故相應平等如實了知念喜樂心和合故和合平等如實了知念喜樂心相應故相應平等如實了知念勝解心和合故和合平等如實了知念勝解心相應故相應平等如實了知念等引心和合故和合平等如實了知念等引心相應故相應平等如實了知如是乃至無常觀離欲觀寂滅觀出離觀和合平等如實了知相應平等如實了知佛言比丘如是名爲十六心念比丘復白佛言世尊云何聲聞四果佛言所謂須陀洹果斯陀含果阿那含果阿羅漢果如是四果諸聲聞衆皆能信解如來十號功德圓滿了知正法清淨流布無有窮盡了知僧伽具足衆善功德圓滿於無我理皆悉了達如是信解淨修梵行具戒定慧無礙解脱解脱知見出世功德轉

正法輪證須陀洹果功德具足證斯陀含果功德具足證阿那含果功德具足證阿羅漢果功德具足淨戒圓滿聖智現前自在安隱離諸熱惱清淨無染盡未來際無有間斷亦無退轉以方便智觀察一切通達無礙佛言比丘如是名爲聲聞四果比丘復白佛言云何如來十力佛言所謂處非處智力因果相應及不相應如實了知故自業智力三世三業如實了知故靜慮解脱等持等至智力皆能了知故根勝劣智力信等五根或輭中上皆能了知故種種勝解智力觀一切法勝解明了皆能通達故種種界智力無量世界種種界性皆能了知故徧趣行智力諸趣徧行種種差别皆能了知故宿住隨念智力過去世境宿住隨念皆能了知故生滅智力諸有情類生滅因緣皆能了知故漏盡智力根隨諸惑淨盡無餘故佛告比丘如是名爲如來十力比丘復白佛言云何四無所畏佛言所謂正等覺無畏佛於正覺諸法等覺諸法皆悉了知心無所畏故諸天魔梵沙門婆羅門天人阿脩羅等皆悉恭敬漏盡智無畏如來諸漏欲染煩惱皆已盡故住安隱地無有驚怖於大衆中作師子吼梵釋諸天轉輪聖王尊重讃歎出障道無畏如來通達三乘聖道於一切法無有障礙故心無所畏諸天魔梵沙門婆羅門等皆悉恭敬出苦道無畏如來於無數劫修習善法乃能決定出離苦道諸天魔梵沙門婆羅門等皆悉恭敬佛告比丘如是名爲四無所畏比丘復白佛言云何四無礙辯佛言所謂法無礙辯義無礙辯詞無

礙辯辯才無礙辯法無礙辯於無漏法智無退轉故義無礙辯於所詮理智無退轉故詞無礙辯隨諸衆生所有問難一音解釋普令歡喜故辯才無礙辯世出世間一切諸法皆悉通達智無退轉故佛告比丘如是名爲四無礙辯比丘復白佛言云何如來十八不共法佛言所謂如來無悞失無卒暴語無種種想無不定心無忘失念無不擇捨欲無減念無減精進無減定無減慧無減解脫無減身業隨智慧行語業隨智慧行意業隨智慧行知過去世無著無礙知未來世無著無礙知現在世無著無礙佛告比丘如是名爲十八不共法比丘復白佛言云何如來三十二相佛言所謂足下平滿高下等觸相足下千輻輪文網轂圓滿相手足柔輭如覩羅綿相手足指間咸有網鞔金色交絡相手足諸指纖長圓滿相足跟廣長與趺相稱相足趺脩高充滿柔輭與跟相稱相雙腨纖圓如翳泥耶鹿王腨相雙臂脩圓如象王鼻平立過膝相密處深隱如龍象王相身諸毛孔一一毛生柔輭紺青右旋宛轉相髮毛上靡柔輭紺青螺文右旋相身眞金色光潔晃曜衆寶莊嚴相皮膚薄潤塵垢不住相手足掌中頸及雙肩七處平滿相肩項之間妙好充滿相膊腋清淨悉皆充實相容儀圓滿端嚴殊妙相身相脩廣端直相稱相體相縱廣量等周帀圓滿如諾瞿陀相其身上半如師子王威容廣大相身常放光面各一尋相具四十齒齊平淨密相四牙鋒利白逾珂雪相於諸味中得最上味相舌相廣薄徧覆面輪相梵音洪雅

隨衆等聞相眼睫齊整猶若牛王相其目紺青鮮白紅環間飾皎潔相面如滿月雙眉皎淨如天帝弓相眉間白毫右旋宛轉如覩羅綿鮮白光淨相其頂上現烏瑟膩沙高顯周圓如天蓋相佛告比丘如是名爲三十二相

佛說法乘義決定經卷中

佛說法乘義決定經卷下

西天三藏明因妙善普濟法師金總持等奉　詔譯

爾時世尊復告勇猛甚深比丘言如來所現三十二相金色之身皆由過去修種種行之所感得亦爲汝等分別解說時比丘衆唯然諦聽佛言所謂諸佛世尊經無量劫修菩薩行於戒禁忍及惠捨中善能安住堅固平等故感得足下平滿之相有情苦惱方便救護孝順父母嚴飾布施未嘗退轉故感得足下千輻輪文相給侍尊長塗身按摩沐浴衣服莊嚴之具未嘗退轉故由是感得手足柔輭相以四攝法饒益有情平等護念無有差別由是感得手足指間金色網輓相於諸尊長恭敬和順於他有情遠離損害及不與取能以妙法密護衆生由是感得手足諸指纖長圓滿相以方便智勸導覆護一切有情令修善行未嘗退轉故由是感得足跟廣長與趺相稱相足趺脩高充滿柔輭與跟相稱相自於正法如實攝受皆能了解廣爲人說及正爲他善作給使是故感得雙腨纖圓如翳泥耶鹿王腨相修習善行無有懈倦令諸善法展轉增長是故感得雙臂脩圓平立過膝相於被他擯無依有情能以正法慈悲攝受令知慚愧是故感得密處深隱如龍象王相自善觀察明智賢善樂欲親近唯一住故依一支故入微義故又能蠲除客塵垢故是故感得身諸毛孔一一毛生柔輭紺青右旋宛轉相髮毛上靡柔輭紺青螺文右旋相能施悅意法喜飲食騎乘衣服嚴飾之具資身什物永離嗔恚由此感得身眞金色皮膚薄潤塵

垢不住相廣以上妙餚饌飲食普施衆生皆令充足由此感得其身七處皆悉平滿相於諸有情隨所生起如法所作能爲上首而作助伴離於我慢心無獷悷能爲有情與利益事由此感得其身上半如師子王於一切事稟性勇決又復感得肩項圓滿膞腋充實容儀端嚴身相脩廣能自防護身語意業見疾病人給施良藥於不平等事業皆不攝受於界互違能令隨順由此感得身相圓滿如諾瞿陀常光一尋遠離一切破壞親友離間語言設已乖離能以善言方便和合由是感得具四十齒齊平淨密修廣大慈思惟法義由是感得四牙鋒利白逾珂雪愍念衆生猶如一子方便救護給施醫藥由是感得於諸味中得最上味遠離殺害修慈心故於廣大法能正行故由是感得其頂上現烏瑟膩沙舌相廣薄徧覆面輪常修諦語愛語法語及悅意語由是因緣得大梵音言詞辯雅能悅衆意於諸世間行大慈悲憐愍饒益一切有情由是感得目紺青色睫如牛王見有德者如實讚歎稱揚其美由是感得面如滿月眉若帝弓眉間白毫右旋宛轉鮮白光潔如覩羅綿佛告比丘如是諸佛三十二相往昔因緣應如是知比丘復白佛言云何世尊八十種好佛言所謂世尊指爪狹長薄潤光潔世尊諸指纖圓𦟛直世尊手足各等指間充密世尊骨節深隱不現世尊手足如意柔輭世尊筋脉盤結深隱世尊兩踝俱隱不現世尊行步庠序如龍象王世尊進止儀雅猶如鵝王世尊右旋廻顧舉身隨轉如龍象王世尊肢

節膚圓妙善安布世尊容貌敦肅無有所畏世尊身支安定無有掉動世尊骨節交絡無隙猶如龍蟠世尊膝輪圓滿殊妙世尊密處清淨無垢世尊肢節稠密堅固世尊身相周帀端嚴世尊身光常自照曜世尊臍深圓妙殊異世尊臍厚不窊不凸世尊身體光潔離垢世尊皮膚無疣贅等世尊手掌平滿潤澤世尊腹間方正柔輭世尊手紋深長明直不斷世尊脣色丹輝如頻婆果世尊面如滿月端嚴稱量世尊舌相廣長徧覆面輪世尊梵音圓滿猶如天鼓世尊鼻高脩直其竅不現世尊諸齒方整齊密世尊四牙鋒利鮮白世尊目淨紺青青白分明世尊眼相脩廣如青蓮華葉世尊上下眼睫齊整稠密世尊雙眉不白長緻細輭世尊身分上半威嚴最上如師子王世尊額廣圓滿平正殊妙世尊耳厚脩長輪埵圓滿世尊兩耳綺麗齊平離諸過失世尊儀容能令見者無捨無染皆生恭敬世尊雙眉綺靡順次其色紺青世尊雙眉高顯光潤猶如初月世尊首髮紺青脩長稠密不白世尊首髮香潔細輭潤澤旋轉世尊首髮齊整光淨世尊首髮堅固不落世尊首髮塵垢不著世尊身分充實堅固世尊身相脩長端直世尊諸竅清淨妙好世尊身相勢力殊勝無與等者世尊身相衆樂瞻仰無有厭足世尊面輪脩廣相稱皎潔光淨如秋滿月世尊顏貌舒泰光顯含笑先言唯向不背世尊面貌光澤熈怡遠離嚬蹙無青赤色世尊肢體清淨無垢亦無臭穢世尊所有身毛孔中常出如意微妙之香世尊面門常出最上

殊勝之香世尊首相周圓妙好猶如天蓋世尊身毛光淨紺青如孔雀項紅輝綺錯世尊法音隨衆等聞應理無差世尊頂相無能見者世尊手足指節分明莊嚴妙好世尊行時其足去地如四指量而現印紋世尊自持不待他衛身無傾動亦不逶迤世尊威德遠震一切嗔心見喜恐怖見安世尊音聲不高不下隨衆生意和悅與言世尊能觀諸有情類言音意樂而爲說法世尊一音演說諸法隨有情類各令得解世尊說法咸依次第必有因緣言無不善世尊等觀諸有情類讚善毀惡而無愛憎世尊所爲先觀後作軌範具足令識善淨世尊相好一切有情不能觀盡世尊頂骨堅實圓滿世尊顏容無衰老相世尊手足及胸臆前皆有吉祥喜旋德相佛告比丘如是名爲八十種好爾時世尊說是經已復告勇猛甚深比丘言吾今所說法乘妙理決定之義所詮法要初中後善利益安樂汝善誦持敷演分別引導衆生令修梵行一食如法三衣具足住頭露處或住塚間或林樹下或空寂處修頭陀行常勤精進無有懈怠永離惑染究竟解脫時勇猛甚深比丘與俱來會中諸大比丘衆及天人阿脩羅等一切大衆聞佛所說歡喜作禮信受奉行

佛說法乘義決定經卷下

音釋

疲苶 疲蒲糜切勞力也 苶奴結切萎苶也 耵聹 耵都領切 聹乃頂切 耵聹耳垢也 便溺 便毗連切 溺奴弔切 肪膏 肪分房切 脂也 膏居勞切 肥液也 腦膜 腦乃老切 頭髓也 膜末各切 肉間膜也 膽 覩敢切 肝膽也 痰 徒甘切 病液也 脆 此芮切 物易斷也 輻 方六切 轂 古祿切 鞔 母官切

切

跟趺　跟古痕切足踵也　趺風無切足背也

腨　時兗切腓腸也

頸　經郢切頭莖也

膞腋　膞伯各切肩甲也　腋夷益切肘脅之間也

擯　必刃切斥也

餚饌　餚何交切葅醢也　饌雛戀切具食也

獷　古猛切

踝　户瓦切足骨也

窊凸　窊烏瓜切污下也　凸徒結切高起也

疣贅　疣疑求切贅朱芮切瘤也

竅　詰弔切孔也

睫　即涉切目旁毛也

緻　直利切密也

逶迤　逶邑危切　迤余支切

佛說大白傘蓋總持陀羅尼經
元天竺俊辯大師唧嘹銘得哩連得囉磨寧及譯主僧真智等譯

清刻龍藏佛說法變相圖

佛說大白傘蓋總持陀羅尼經

元天竺俊辯大師唧嚕銘得哩連得囉磨寧及譯主僧眞智等譯

敬禮一切最妙上師

夫欲修習白傘蓋佛母者寂靜室内於輭穩氈上坐已然發願云爲六道一切有情於輪廻中令得解脱故願我成究竟正覺而發願已面前空中想白傘蓋佛會彼等處以眞實心念三歸依已佛會消融爲光融入自身自身成光然後念莎末斡呪想一切皆空於其空中華月輪上想白色唵字唵字放光其光復回字種變成白傘金柄柄上嚴唵字其字放光復回字種變成白傘蓋佛母一面二臂具三目金剛跏趺而坐右手作無怖畏印左手執白傘當胷嚴飾種種瓔珞身色潔白如雪山上日光明照具喜悦相顯無自性應觀

如鏡中像然欲誦呪時自已心中蓮華日輪上唵字周圍繞心呪及長短總持等於彼放光遣除自他一切罪障及間斷等想已然後讀誦若疲倦時欲奉施食則面前置施食念唵啞吽三字呪攝受變成甘露面前空中召請白傘蓋佛母爲首幷二十二山塚所居陰毋及七種佛幷十方正覺三種具美淨梵帝釋伴繞等已想舌變成金剛光筒誦奉食呪曰

唵薩嘌斡(二合)怛達渴哆烏室祢折席嘛怛末喝哩吽發(怛)哝擔末哩渴渴渴兮渴兮

誦三遍或五遍已然誦讚歎禱祝求索願事等畢奉送佛會其施食弃於淨處回向善根矣

啞吟耶怛達遏哆烏室祢折西嘛(引)怛末喝哩搽麻啞末囉啣怛嘌囉祢(梵語)

聖一切如來頂髻中出白傘蓋佛母餘無能敵總持敬禮最上三寶(華言)

如是我聞一時出有壞住三十三天善法妙好諸天所居之處與大比丘幷大菩提勇識及天主帝釋衆等集爾時出有壞坐蓮華座入於普觀頂髻三昧速然出有壞從頂髻中出現如是總持密呪法行敬禮正覺及一切菩提勇識敬禮正覺敬禮妙法敬禮大衆敬禮七俱胝真實究竟正覺及聲聞大衆等敬禮所有世間壞怨等敬禮所有預流等敬禮所有一來等敬禮所有不還等敬禮所有世間真實超越等敬禮所有入實者等敬禮天仙呪咀及有加祐力能等敬禮所有誦持明呪獲成就者等敬禮淨梵敬禮帝釋敬禮緊

威具美能令退屈苦行之主者等敬禮具美嚴五手印無愛子之所歸敬處敬禮具美能摧壞三層宮城住於墓地之中一切陰母所歸敬處敬禮出有壞如來種佛敬禮蓮華種佛敬禮金剛種佛敬禮寶珠種佛敬禮大象種佛敬禮少童種佛敬禮龍種佛敬禮勇固部器械王佛敬禮無量光佛敬禮不動佛敬禮藥師瑠璃光王佛敬禮娑羅主王華實圓滿佛敬禮釋迦牟尼佛敬禮寶上王佛敬禮最妙普賢佛敬禮衆明主佛敬禮目圓滿烏巴辣香上王佛彼等處敬禮已出有壞母一切如來頂髻中出白傘蓋佛母餘無能敵大迴遮母以此決斷一切出者邪魔亦能決斷餘者一切明呪亦能迴遮非時横夭亦能令有情解脫一切繫縛亦能迴遮一切憎嫌惡夢亦能摧壞八萬四千邪魔亦能歡悅二十八宿亦能折伏八大房宿亦能迴遮一切寃讎亦能摧壞最極暴惡一切憎嫌惡夢亦能救度毒藥器械水火等難

無有能敵大緊母　大撥朴母大力母
大熾然母大威力　大白蓋母大力母
熾然掛纓白衣母　聖救度母具嗔皺
勝勢金剛稱念珠　蓮華昭明金剛名
無有能敵具念珠　金剛墻等摧壞母
柔善佛等供養母　柔相威力具大母
聖救度母大力母　不歿金剛鐵鋸母
金剛少童持種母　金剛手種金念珠
大赤色及寶珠母　種明金剛稱頂髻
種相窈窕金剛母　如金色光具眼母
金剛燭及白色母　蓮華眼及月光母

手印聚彼等一切力故願令擁護於我擁護
於我
唵吟室遏捺不囉(二合引)折嚛(引)也怛達遏哆
烏室祢折席嚛怛巴嘚哩(二合)吽嚨隆(二合)撈(沒)
末捺葛囉吽嚨隆(二合)席怛(沒)末捺葛囉吽嚨
隆(二合)麻曷覔(得)也三(合口)末室渴捺葛囉吽嚨
隆(二合)撥囉覔能(二合)惹(舌上)三(合口)末室渴捺葛囉
吽嚨隆(二合)薩(沒)斡仸(舌上)室達捺(能)席擔(沒)末
捺葛囉吽嚨隆(二合)薩斡也室渴囉室渴薩屹
囉曷捺覔(得)嚛(能)薩捺葛囉吽嚨隆(二合)撈仸
囉室帝捺(能)屹囉曷薩曷悉羅覔嚛(能)薩捺
葛囉吽嚨隆(二合引)啞室捺唥(能)折帝嚛(能)捺
色曷(上腭引)得得囉捺麻不囉薩怛捺葛囉吽
嚨隆(二合引)啞希怛捺麻麻渴屹囉曷捺(能)覔
(能)捺(能上腭)薩捺葛囉吽嚨隆(二合引)囉塞訖囉

鴆(沒)擁護於我
出有壞母一切如來頂髻中出白傘蓋佛母
金剛頂髻大迴遮母具千大臂母有千大首
母具十萬俱胝目不二熾燃具種相金剛寬
廣大白母主宰三界中圍母一切時中擁護
於我擁護於我
唵國王難盜賊難火難水難毒藥難器械難
外國軍兵難飢饉難寃讎難疾疫難霹靂難
非時橫夭難地震動難星箭難國王刑罰難
天難龍難閃電難飛空難惡獸忿怒難
又復天魔龍魔非天魔風神魔飛空魔尋香
魔疑神魔大腹行魔施㝵魔夜叉魔餓鬼魔
空行母魔食肉魔出者魔瓶袋魔臭魔身臭
魔令枯瘦魔令忘魔令顛狂魔令魘寐魔令
鎮伏魔奎宿魔彼等一切之中願我獲得安

穩吉祥
又奪威力鬼奪容顔鬼食産宮鬼飲血鬼食
胞胎鬼食肉鬼食脂鬼食髓鬼食脂衣鬼取
命鬼食嘔吐鬼食大便鬼食小便鬼食竅流
鬼食殘鬼食唾鬼食涕鬼食涎鬼食膿鬼食
施食鬼食鬘鬼食香氣鬼食香鬼奪意鬼食
華鬼食果鬼食苗鬼食燒施鬼等之中願我
獲得安穩吉祥
彼等一切及一切魔所造明呪以此決斷將
杵擊之遍遊行所造明呪以此決斷將杵擊
之空行與空行母所造明呪以此決斷將杵
擊之大獸主所造明呪以此決斷將杵擊之
無愛子所造明呪以此決斷將杵擊之飛空
及眞實作等所造明呪以此決斷將杵擊之
大黑及陰母等所造明呪以此決斷將杵擊
之持人頭器所造明呪以此決斷將杵擊之
令勝及作蜂蜜與令義昔成所造明呪以此
決斷將杵擊之四姊妹所造明呪以此決斷
將杵擊之甲上膀屹哩帝及喜主與集主等所
造明呪以此決斷將杵擊之無善淨所造明
呪以此決斷將杵擊之壞怨所造明呪以此
決斷將杵擊之離欲所造明呪以此決斷將
杵擊之密主金剛手所造明呪以此決斷將
杵擊之
敬禮出有壞母一切如來頂髻中出白傘蓋
佛母擁護於我擁護於我
唵啞席怛捺辣室渴不囉末悉不怛哈遏能
塞嗏怛末嘚哩二合嘬辣嘬辣渴嗏渴嗏嗏囉
嗏囉覓嗏覓嗏泰能捺泰能捺覓能捺覓能
捺吽吽發怛發怛沙曷

馨馨登怛和和登怛啞母屹英登怛啞不囉
帝曷怛登怛不囉末囉怛登怛啞須囉呤嘚
囉末渴登怛
薩嘌末帝併群登怛薩嘌末併京群登怛薩
嘌末啞須哩群登怛薩嘌末麻嚕寧群登怛
薩嘌末割嚕矴群登怛薩嘌末葛能嘇冷呤
群登怛薩嘌末悉屹哩二合捺冷群登薩嘌末
麻和囉寧群登怛薩嘌末也塞輕群登怛薩
嘌末囉塞屹囉星群登怛薩嘌末不哩矴群
登怛薩嘌末呤哳嘴群登怛薩嘌末母矴群
登怛薩嘌末孤能引末能引寧嘌登怛薩嘌末莫
怛矴群登怛薩嘌末葛怛布怛祢群登怛薩
嘌末厮葛能寧群登怛薩嘌末烏能麻能寧
群登怛薩嘌末捞英群登怛薩嘌末啞不塞
麻哩群登怛薩嘌末啊喉音重怛囉雞帝群登

怛薩嘌末㐲冷辣上腭屹矴群登怛薩嘌末㐲
冷併令屹矴群登怛薩嘌末撮哩群登怛薩
嘌末屹哩怛葛囉麻祢葛戈冷矴群登怛屹
囉捺併咄怛群登怛唧嘚㩒不囉折葛㐲舌上
㩒冷帝矴群登怛哆冷直布屹矴群登怛薩喋
末帝哩提屹群登怛薩嘌末室囉麻祢群登
怛薩嘌末呤得夜嘇哩群登怛捞耶葛囉麻
㐲舌上葛囉也群登怛薩嘌末啞冷達薩怛京
群登怛覔嘇舌上捞哩群登怛捞㐲冷滅舌上重
末屹祢英群登怛薩嘌末戈烏麻哩英群登
怛呤怛囉祢英群登怛麻曷不囉怛上腭屹哩
群登怛末喇囉二合山上腭葛辣也不囉怛上腭屹
囉囉捞也登怛麻曷葛辣也麻得哩葛捺捺
麻塞屹哩怛英登怛
呤折嘇併英登怛不囉黑末祢也登怛啞屹

愛祢英發怛麻曷葛哩英發怛葛辣噤能上[illegible]
帝英發怛㖡能上舌嘚哩英發怛哴烏得哩英
發怛孤名哩英發怛不囉吃英發怛拶摩能
帝英發怛囉嘚哩英發怛葛辣囉嘚哩英發
怛耶麻怛能帝英發怛葛巴哩英發怛啞帝
麽吃帝塞麻折捺末席捺英發怛
凡有有情於我起憎嫌心等者起暴惡心等
者能奪威力等者又復奪顏容鬼食産宮鬼
等食血鬼等食凝脂鬼等食肉鬼等食脂鬼
等食髓鬼等食胎衣鬼等取命鬼等食嘔吐
鬼等食大便鬼等食小便鬼等食竅流鬼等
食殘鬼等食涎鬼等食涕鬼等食唾鬼等食
膿鬼等食施食鬼等食鬘鬼等食香氣鬼等
食香鬼等食華鬼等食果鬼等食苗鬼等食
燒施鬼等

具罪愆心者等具忌嫌心者等具暴惡心者
等又復所有天魔等龍魔等非天魔等風神
魔等飛空魔等尋香魔等疑神魔等大腹行
魔等施㝵魔等夜叉魔等餓鬼魔等食肉魔
等出者魔等瓶袋魔等臭魔等身臭魔等令
枯瘦魔等令顛狂魔等令厭魅魔等令忘魔
等鎮伏魔等空行毋魔等奎宿魔等獄帝魔
等陰毋令喜魔等遍遊行具瓔魔等拔刺魔
等又復一日疫病亦所有二日病三日病四
日病七日病恒常疫病無盡疫病癩痛病出
者依風起病依膽起病依痰起病依俱集起
病一切疾病身病等願令遣除
又復身分病不進飲食病眼病鼻病口病項
頸病心病咽喉病耳病齒病心熱惱病腦病
半肋病背節病腹病腰病穀道病腿胳病脛

病手病足病肢病衆肢病等願令遣除願令擁護大白傘蓋佛母金剛頂髻大迴遮毋以此十二由旬內出者起屍者空行毋者又復疫病疥瘡癢瘡疸瘡癩瘡皴烈瘡痔瘡燒瘡疙瘩瘡妙瘡又枯瘦恐怖病及寶毒及和合毒厭禱毒并火難水難又鬬爭結怨損害非時夭壽又復嘚哩二合麻布割蟲嘚哩辣怛蟲蝮蝎蚖虵鼠狼獅子虎熊羆并熊狼水獸及猶如蟲蠅取他性命彼等一切明呪悉皆繫縛一切威儀繫縛餘者一切明呪繫縛一切諸魔明呪悉皆願令繫縛

旦得也達唵啞捺吟啞捺吟唅折得帝唅折得帝唅引囉末喇囉嗦哩末上腭嗦末嗦末喇囉鉢祢癹怛吽吽癹怛癹怛吽喍隆二合末捺癹怛莎曷

凡有行人以此一切如來頂髻中出白傘蓋佛母餘無能敵大迴遮毋或樺皮或白氎或樹皮上書寫已或戴身上或項頸上則能直至終身以毒不能害以器械不能害以火不能焚以水不能漂以寶毒不能中以和毒不能害以呪毒不能壞非時夭壽不能侵一切冤魔及所有惡友等凡一切處爲悦愛所愛敬也又能恒河沙俱胝八萬四千金剛種等亦擁護亦救護亦覆護彼等作悦意所愛敬之又能八萬四千大劫之中得宿命智又世世生處不受施㝵羅刹餓鬼臭及身臭等身又不受人中貧窮之身又具足無量無數恒河沙數正覺出有壞之福祿也又能一切如來頂髻中出白傘蓋佛母餘無能敵大迴遮毋恒受持則不行梵行亦成梵行不能忍則

亦能成忍不清淨則亦爲清淨無近住戒得近住戒不持齋戒亦成齋戒設爾所造五無間罪則能清淨無餘往昔業障悉皆消滅若欲女人求子則能受持一切如來頂髻中出白傘蓋佛母餘無能敵大廻遮母者獲得具足壽命福德威力之子命終之後往生極樂世界又人病牛病畜病疫病及損害及惹病㝵及鬬戰餘他一切軍兵之中則能以此一切如來頂髻中出白傘蓋佛母餘無能敵大廻遮母安置於幢頂上作廣大供養已將幢置大城門上或宫宅之中或村坊之中或聚落之中或川原之中或寂靜之處於餘無能敵大廻遮母處作廣大供養則能速然國界安寧亦能柔善疫病㝵與損害鬬爭餘他一切軍兵也

末唎囉鉢祢遺魔擁護呪

寧引得也達唵室哆没末膀上嗱末膀上嗱擁護於我擁護於我莎曷室渴囉室渴麻没唵吽室哆没末能嗱末能嗱末唎囉合二擁護於我囉室渴囉室渴麻没末唎囉末祢英吽發怛莎曷

恒常持心呪

唵薩嘌末怛達遏哆烏室祢折啞斡浪屹帝摩冷嗱叮嚈囉室祢唵嘬辣嘬辣嗱渴嗱渴嗱囉嗱囉覓能嗱囉覓能嗱囉秦嗱秦嗱覓没嗱覓没嗱吽吽發怛發怛莎曷

增長身親心呪

唵薩嘌末怛達遏哆烏室祢折吽發怛發怛莎曷

攝受呪

寧(得)也達唵啞捺令啞捺令渴薩銘渴薩銘

唅(引)囉唅(引)囉星(烏祢榮切身)星(上同)薩嘌末莫嗦

啞溺室達捺啞溺室提矴薩嘌末怛達過哆

烏室祢折席怛怛末嘚哩吽登(怛)莎曷

堅甲呪

吽麻麻吽祢莎曷

應作明滿修習彼所有龍王等依時降雨矣

正覺與菩提勇識天及非天并人與尋香一

切世間等皆大歡喜出有壞所說之處現前

讚揚

佛說大白傘蓋總持陀羅尼經

大白傘蓋佛母總讚歎禱祝偈

唵蓮華月輪妙座上　金剛跏趺身色白

左手當胷執白蓋　具白傘處稱讚禮

右手結於無畏印　喜笑及身具窈窕

一切正覺所攝受　佛母汝處稱讚禮

一切所伏有情處　隨類化現種種身

大寶莊嚴極美妙　悅意母處稱讚禮

唵無有能敵大緊母　大撥朴母大力母

大熾然母大威母　大白蓋母大力母

熾然掛纓白衣母　聖救度母大嗔皺

勝勢金剛稱念珠　蓮華昭明金剛名

無有能敵具念珠　金剛墻等摧壞母

柔善佛等供養母　柔相威力具大母

聖救度母大力母　不殁金剛鐵錠母

金剛少童持種母　金剛手種金念珠

大赤色及寶珠母　種明金剛稱頂髻
種相窈窕金剛母　如金色光具眼母
金剛燭及白色母　蓮華目及月光母
手印聚處稱讃禮　出有壞母白蓋母
釋迦頂髻中出母　金剛頂髻迴遮母
千臂千手大具母　大俱胝之具眼母
不二熾燃具種相　金剛賡慱大白母
主宰三界中圍母　最極於我求擁護
最極於我乞覆護
唵國王賊怖水火毒　器械飢饉邪魔疾
霹靂非時弁夭壽　地震國王刑罰等
閃電飛空諸怖散　惡獸虎等大難中
一切時中乞覆護　其天魔等諸魔礙
能奪威力并餓鬼　風膽痰等大病中
一切時中乞覆護　貪癡嗔等諸煩惱
十不善業五無間　所遮自性罪業等
惡趣苦果怖畏中　愚資我今求覆護
以大慈悲之鐵鉤　猶如愛子乞護持
一切時中擁護我

大白傘蓋總持讃歎禱祝偈竟

音釋

斡烏活切　撥朴撥都括切朴匹各切　皺側救切　鋜士角切　魘於撿切睡中魘也　嘔於口切吐也　瘌盧達切癘也　腿吐猥切股也　胋古果切髀也　癢以兩切欲搔也　肎　疙魚乞切癡貌　癆力到切瘌病也　嘌音栗　吟力丁切　[口能]乃等切　膀五各切與齶同　矴丁定切　[口捺]奴帶切　㝵五愛切與礙同　[口依]嘬喻[口精][口得][口浪]喇嘁已上字篇韻無出按經註云咒内字多從口但依本音轉舌呼之　丅六群鶴三字　切本身

佛說一切如來眞實攝大乘現證三昧大教王經

宋西天三藏朝奉大夫試光祿卿傳法大師施護　奉詔譯

清刻龍藏佛說法變相圖

佛說一切如來眞實攝大乘現證三昧大教王經卷第一第二同卷

宋西天三藏朝奉大夫試光祿卿傳法大師施護奉詔譯

金剛界大曼拏羅廣大儀軌分第一之一

如是我聞一時世尊大毗盧遮那如來具足一切如來金剛加持種種最勝三昧耶智獲得一切如來殊勝寶冠三界法王最上灌頂成就一切如來一切智智大相應主能作一切如來一切智印平等增上種種事業悉能圓滿普盡無餘諸有情界一切意願常住三世一切身語心金剛大慈悲者爲一切如來勸請稱讚在色究竟天王宮中安處廣大摩尼寶殿彼有衆色珠鬘瓔珞鈴鐸繒旛間錯垂布微風吹擊出和雅音半滿月等衆所莊嚴與九十九倶胝大菩薩衆倶所謂金剛手

菩薩摩訶薩觀自在菩薩摩訶薩虛空藏菩薩摩訶薩妙吉祥菩薩摩訶薩起平等心轉法輪菩薩摩訶薩虛空庫菩薩摩訶薩摧諸魔力菩薩摩訶薩如是等菩薩摩訶薩而爲上首復有殑伽沙數等諸如來示現彼天乃至徧滿閻浮提中猶如胡麻而彼無量無數諸如來身一一身中悉現無量無數佛刹一一佛刹還復説此祕密法門是時世尊大毗盧遮那如來以一切如來互相涉入故平等安住一切虛空身語心金剛以一切如來無邊故爲一切金剛界覺悟智大士開發一切盡虛空界極微塵量金剛加持出生智藏施設大金剛智大灌頂寶盡一切虛空舒徧眞如智現成正等覺以一切如來身自性清淨故即一切法自性清淨以一切如來不空事業勝所作故徧一切虛空悉現諸色普盡無餘諸有情界起善調伏一切勝行廣作一切無等無上種種事業從是出生一切賢聖所謂一切如來大菩提堅固大士一切如來鈎召三昧一切如來愛樂智自在一切如來善所作一切如來大灌頂寶一切如來日輪光明一切如來大摩尼寶幢一切如來大笑一切如來大清淨法一切如來大智慧一切如來大輪一切如來祕密語一切如來不空種種事業一切如來大精進妙堅固鎧一切如來徧持護金剛藥叉一切如來身語心金剛縛智印是諸賢聖總攝頌曰

金剛薩埵普賢尊　妙不空王金剛王
摩羅謂即金剛愛　金剛善哉極喜王
聖虛空藏金剛寶　大妙光曰金剛光

妙寶幢即金剛幢　大喜笑謂金剛笑
能觀自在金剛法　妙吉祥智金剛利
諸曼拏羅金剛因　無言是即金剛語
種種事業金剛業　精進甲冑金剛護
猛惡吞噉金剛牙　堅固執持金剛拳
慓㦰金剛鉤箭喜　寶日幢旛及大笑
蓮華劒并妙輪語　羯磨甲冑怖堅持
無始無終常寂靜　暴惡忿怒大安忍
夜叉羅刹善無畏　威勢猛惡大富盛
烏摩天主并世主　堅固勝根大寂默
護世空居與地居　三世及彼三界等
大種善作衆生益　一切設嚩宗祖等
生死涅槃常如是　正所流轉大復大
覺性清淨大乘法　於三有中常利益
彼降三世寂靜生　寂靜生主能調伏
堅固主宰妙勝地　大智波羅蜜多法
一切菩薩解脫門　一切如來諸勝行
正覺善利諸佛心　一切菩提無有上
毗盧遮那最勝尊　自然總持諸正念
摩訶薩埵大智印　三摩地生佛事業
成就一切諸佛身　覺悟衆生常利益
彼大根本即大黒　而大貪济爲大樂
諸大方便大勝上　一切勝宫大自在

爾時具德大菩提心普賢大菩薩住一切如來心時一切如來示現徧滿此佛刹中猶如胡麻皆悉雲集詣一切義成菩薩坐菩提場所即爲示現受用身告彼菩薩言善男子若不能知一切如來眞實智忍諸難行行云何證得阿耨多羅三藐三菩提是故汝今於此應起勇悍之意成所作故爾時一切義成菩

薩摩訶薩由諸如來爲警覺已即從阿娑頗那迦三摩地起頂禮一切如來已作是白言世尊如來願教示我云何所行云何是眞實智忍時諸如來異口同音向彼菩薩咸作是言大士汝應觀察自心三摩地如是所行是眞實忍當以自性成就大明隨所樂而誦大明曰

唵引唧多鉢囉二合底微引鄧迦嚕引彌句一

時彼菩薩白諸如來言以世尊一切如來教示我故我見自心淨月輪相諸如來言善男子心自性光明猶如徧修功行隨作隨成亦如白衣易成染色爾時一切如來以自性光明心智豐盛成所作故爲彼菩薩復說大明曰

唵引冐引地唧多畝怛波二合引捺夜引彌句一

即以如是自性成就大明爲令發起大菩提心時彼菩薩得諸如來教示發菩提心已復白諸如來言世尊如來如其所有淨月輪相我亦如是得見自心淨月輪相諸如來言一切如來心從普賢心生齊等堅固如善所行以一切如來自普賢心出生堅固成所作因應於自心淨月輪中思惟金剛相說是大明曰

唵引底瑟姹二合嚩日囉句一

時彼菩薩白諸如來言世尊如來我已得見淨月輪中妙金剛相諸如來言汝堅固此一切如來大普賢心眞實金剛說是大明曰

唵引嚩日囉引二合怛摩二合酤引欱呼郎切下同一句

是時徧一切虛空界互相涉入一切如來身語心大金剛界以一切如來加持力混入薩

埵金剛中時諸如來乃爲具德一切義成大菩薩立祕密名號金剛界即以金剛大灌頂法而爲灌頂爾時金剛界大菩薩白諸如來言世尊如來我見一切如來身即是已身諸如來言大士薩埵金剛諸相具足如理應觀諸佛影像當以如是自性成就大明隨所樂而誦大明曰

唵引野他引薩哩嚩合二怛他引誐多引一薩怛合二他引欲二

時諸如來如是説已彼金剛界大菩薩以一切如來身即是已身將成正覺向一切如來徧頂禮已作是白言唯願世尊一切如來加持於我我所現成正等正覺令得堅固一切所作時諸如來即入金剛界如來薩埵金剛中爾時具德金剛界大菩薩於刹那中以一切如來平等智現成正覺已即入一切如來金剛平等最上智印祕密三昧現證一切如來法平等智自性清淨成就一切如來一切平等自性光明智是故成滿如來應供正等正覺時諸如來即從一切如來薩埵金剛中出持虛空藏大摩尼寶爲作灌頂從觀自在法智發生一切如來種種事業善安立已咸詣須彌山頂金剛摩尼寶峯樓閣中是時金剛界如來得一切如來所加持已於一切如來師子座中隨諸方面如理安住爾時阿閦如來寶生如來觀自在王如來不空成就如來是諸如來以世尊釋迦牟尼如來成一切如來所加持身一切平等善通達故向一切方普徧觀察於其四方隨方而坐爾時世尊大毗盧遮那如來以一切如來普賢心證覺

未久已受一切如來虛空所生大摩尼寶最上灌頂已待一切如來觀自在法智最上波羅蜜多已於一切如來種種事業不空無礙教中圓滿所作圓滿意樂為一切如來自身加持故即入一切如來普賢大菩薩三昧出生薩埵加持金剛三摩地此名一切如來大乘現證三昧即一切如來心從自心出說是大明曰

嚩日囉(二合)薩埵(一句)

纔出一切如來心時即彼如是具德普賢大菩薩成衆多月輪同時出現普淨一切有情大菩提心已於一切如來周帀而住是諸月輪從一切如來智金剛出即入世尊大毗盧遮那如來心以普賢性妙堅牢故安住金剛薩埵三摩地以一切如來所加持故合為一體成五峯光明鬘盡虛空界周徧為量是中出現一切如來身語心金剛所成金剛杵相是相從一切如來心出已住佛掌中然後復從金剛杵中現金剛相淨妙光明具有種種殊勝色相普徧照耀一切世界復從金剛光明門出現一切世界極微塵量等如來像徧滿法界互相涉入究竟一切盡虛空界普徧一切世界雲海具足一切如來平等智通發生一切如來大菩提心成辦普賢種種勝行承事一切如來往菩提場摧諸魔軍證成一切如來平等無上大菩提果轉正法輪於普盡無餘諸有情界廣作一切拔濟利樂成就一切如來三昧智通最上悉地示現一切如來神通遊戲以普賢性於金剛薩埵三摩地妙堅牢故合為一體從是出生普賢大菩薩

身安住世尊大毗盧遮那如來心說此頌曰

大哉清淨我普賢　堅固薩埵自然生

由彼堅固本無身　金剛薩埵身出現

爾時普賢大菩薩身從世尊心下於一切如來前月輪中如理而住復請教示爾時世尊即入一切如來智三昧金剛三摩地受用一切如來戒定慧解脫解脫知見從大智方便大精進力起大智三昧轉妙法輪廣爲一切普盡無餘諸有情界拔濟利益爲一切主宰普令獲得適悅快樂乃至得一切如來平等智通最上大乘現證三昧殊勝悉地等即以一切如來成就金剛杵授與一切如來大轉輪王一切佛身寶冠繒帛所灌頂者普賢大菩薩雙手掌中然後一切如來即爲立名號金剛手以金剛手灌頂法而爲灌頂爾時金剛手菩薩摩訶薩現高舉相右手戲擲彼金剛杵安自心間作勇進勢說此頌曰

此是一切大覺尊　成就無上金剛杵

今得授於我掌中　金剛中住金剛相

爾時世尊復入不空王大菩薩三昧出生薩埵加持金剛三摩地此名一切如來鉤召三昧即一切如來心從自心出說是大明曰

縛日囉(二合)囉(引)惹(句一)

纔出一切如來心時即彼如是具德金剛手菩薩乃成一切如來大金剛鉤爲出現已即入世尊大毗盧遮那如來心合爲一體從是出現大金剛鉤相住佛掌中然後從彼金剛鉤相中出現一切世界極微塵量等如來像作一切如來請召等事於一切世界施設諸佛神通遊戲已彼不空王性於金剛薩埵三

摩地妙堅牢故合爲一體出生不空王大菩薩身住於世尊入毗盧遮那如來心說此頌曰

大哉我此不空王　金剛出生金剛鉤
普徧觀察一切佛　平等悉召作成就

是時不空王大菩薩身從世尊心下於一切如來右月輪中如理而住復請教示爾時世尊即入一切如來請召三昧金剛三摩地以是一切如來請召三昧於普盡無餘諸有情界普徧鉤召爲作利益悉令獲得適悅快樂乃至令得一切如來集會加持最上悉地然後以彼大金剛鉤授與不空王大菩薩雙手掌中時諸如來即爲立名號金剛鉤以金剛鉤灌頂法而爲灌頂爾時金剛鉤菩薩摩訶薩即以所授大金剛鉤普召一切如來說此頌曰

此是一切大覺尊　最勝無上金剛智
所有諸佛成就事　最上悉地皆能召

佛說一切如來眞實攝大乘現證三昧大教王經卷第一

佛說一切如來真實攝大乘現證三昧大教王經卷第二

宋西天三藏朝奉大夫試光祿卿傳法大師施護等奉　詔譯

金剛界大曼拏羅廣大儀軌分第一之一

爾時世尊復入摩囉大菩薩三昧出生薩埵加持金剛三摩地此名一切如來隨愛樂三昧即一切如來心從自心出說是大明曰

嚩日囉二合囉誐引一句

纔出一切如來心時即彼如是具德持金剛者成一切如來華器仗爲出現已即入世尊大毗盧遮那如來心合爲一體從是出現大金剛箭相住佛掌中然後從彼金剛箭相中出一切世界極微塵量等如來像作一切如來隨愛樂事等以一切佛神通遊戲於一切世界廣施作已彼摩囉性於金剛薩埵三摩地妙堅牢故合爲一體出生摩囉大菩薩身在世尊大毗盧遮那如來心說此頌曰

大哉我本自性淨　一切隨染自然生

由本清淨離諸染　是故以染而調伏

是時摩囉大菩薩身從世尊心下於一切如來左月輪中如理而住復請教示爾時世尊即入一切如來隨愛樂金剛三摩地以一切如來摧伏金剛三昧於普盡無餘諸有情界悉使愛樂皆令獲得適悅快樂乃至得一切如來摩囉事業最上悉地殊勝之果即以金剛箭授與摩囉大菩薩雙手掌中時諸如來即爲立名號金剛弓以金剛弓灌頂法而爲灌頂爾時金剛弓菩薩摩訶薩以彼金剛箭向一切如來作摩囉事說此頌曰

此是一切大覺尊　染智清淨無瑕穢

以彼染法害清淨　是故常施諸安樂

爾時世尊復入歡喜王大菩薩三昧出生薩埵加持金剛三摩地此名一切如來極喜三昧即一切如來心從自心出說是大明曰

縛日囉二合娑引度一句

纔出一切如來心時即彼如是具德持金剛者成金剛善哉相即入世尊大毗盧遮那如來心合爲一體從是出現金剛喜像住佛掌中然後從彼金剛喜像中出一切世界極微塵量等如來像廣作一切善哉等事以一切如來神通遊戲於一切世界廣施作已彼極喜王性於金剛薩埵三摩地妙堅牢故合爲一體出生極喜王大菩薩身住世尊大毗盧遮那如來心說此頌曰

大哉我此大善哉　是即一切諸勝智
若有能斷分別者　能生究竟大歡喜

是時極喜王大菩薩身從世尊心下於一切如來後月輪中如理而住復請教示爾時世尊即入一切如來等喜金剛三摩地以一切如來無上極喜智三昧於普盡無餘諸有情界等作一切利益歡喜普令獲得適悅快樂乃至得一切如來無上喜味勝悉地果即以金剛喜像授與極喜王大菩薩雙手掌中時諸如來即爲立名號金剛喜以金剛喜灌頂法而爲灌頂爾時金剛喜菩薩摩訶薩即以所授金剛喜像向一切如來作金剛善哉歡喜之相說此頌曰

此是一切大覺尊　能轉一切善哉相
善作一切喜金剛　金剛妙喜令增長

此是大菩提心　一切如來鉤召三昧一切如

來隨染智大歡喜一切如來大三昧大士爾時世尊復入虛空藏大菩薩三昧出生寶加持金剛三摩地此名一切如來灌頂三昧即一切如來心從自心出說是大明曰

縛日囉二合羅怛那二合一句

纔出一切如來心時以一切虛空平等性智善通達故金剛薩埵三摩地妙堅牢故合爲一體即彼如是具德持金剛者成一切光明爲出現已是彼光明周徧照耀一切世界成一切虛空界爾時一切如來所加持一切虛空界混入世尊大毗盧遮那如來心妙徧修故從金剛薩埵三摩地胎藏所成一切虛空界中出現大金剛寶像等一切世界周徧爲量住佛掌中然後從彼金剛寶像中出一切世界極微塵量等如來像作一切如來灌頂等以一切如來神通遊戲於一切世界廣施作已彼一切虛空界性出生於金剛薩埵三摩地妙堅牢故合爲一體出生虛空藏大菩薩身住世尊大毗盧遮那如來心說此頌曰

大哉我此妙灌頂　金剛大寶勝無上

由彼諸佛無所著　是故名爲三界主

是時虛空藏大菩薩身從世尊心下於一切如來前月輪中如理而住復請教示爾時世尊即入一切如來大摩尼寶金剛三摩地以一切如來圓滿意樂三昧於普盡無餘諸有情界悉令獲得一切義利及得一切適悅快樂乃至得一切如來成就勝義最上悉地即以金剛摩尼寶及金剛寶輪金剛寶牙灌頂授與虛空藏大菩薩雙手掌中時諸如來即爲立名號金剛藏以金剛藏灌頂法而爲灌

頂爾時金剛藏大菩薩以彼金剛摩尼寶安自灌頂處說此頌曰

此是一切大覺尊　灌頂一切有情界
今得授於我掌中　此即寶中安寶相

爾時世尊復入大威光大菩薩三昧出生寶加持金剛三摩地此名一切如來光明三昧即一切如來心從自心出說是大明曰

嚩日囉(二合)帝(引)惹(一句)

纔出一切如來心時即彼如是具德持金剛者成衆多日輪爲出現已即入世尊大毗盧遮那如來心合爲一體從是出現金剛日輪之相住佛掌中然後從彼金剛日輪相中出一切世界極微塵量等如來像放一切如來大光明等以一切如來神通遊戲於一切世界廣施作已彼大妙光性於金剛薩埵三摩地妙堅牢故合爲一體出生大威光大菩薩身住世尊大毗盧遮那如來心說此頌曰

大哉無喻大妙光　徧照一切有情界
救世一切大覺尊　能淨一切清淨者

是持無垢大威光大菩薩身從世尊心下於一切如來右月輪中如理而住復請教示爾時世尊即入一切如來大光明輪加持金剛三摩地以一切如來光明三昧令普盡無餘諸有情界悉獲無喻光明照觸及得一切適悅快樂乃至得一切如來自心光明最上悉地即以金剛日相授與大威光大菩薩雙手掌中時諸如來即爲立名號金剛光以金剛光灌頂法而爲灌頂爾時金剛光菩薩摩訶薩即以所授金剛日相普徧照耀一切如來說此頌曰

此是一切大覺尊　能破一切無智闇
於微塵數日光中　此日光明勝增上

爾時世尊復入寶幢大菩薩三昧出生寶加持金剛三摩地此名一切如來圓滿意願三昧即一切如來心從自心出說是大明曰

嚩日囉二合計引覩一句

纔出一切如來心時即彼如是具德持金剛者成彼種種巧妙色相莊嚴幢旛爲出現已即入世尊大毗盧遮那如來心合爲一體從是出現金剛幢相住佛掌中然後從彼金剛幢相中出一切世界極微塵量等如來像建立一切如來妙寶幢等以一切佛神通遊戲於一切世界廣施作已彼大寶幢性於金剛薩埵三摩地妙堅牢故合爲一體出生寶幢大菩薩身住世尊大毗盧遮那如來心說此頌曰

大哉無等妙寶幢　我作一切義成就
若欲諸願圓滿者　令彼一切事圓滿

是時寶幢大菩薩身從世尊心下於一切如來左月輪中如理而住復請教示爾時世尊即入一切如來建立加持金剛三摩地以一切如來如意王大摩尼幢建立三昧於普盡無餘諸有情界悉令圓滿一切意願獲得一切適悅快樂乃至得一切如來廣大義利最上悉地之果即以金剛幢授與寶幢大菩薩雙手掌中時諸如來即爲立名號金剛喜以金剛喜灌頂法而爲灌頂爾時金剛喜菩薩摩訶薩以彼金剛幢安立一切如來施波羅蜜多說此頌曰

此是一切大覺尊　能滿一切諸意願

此名如意大寶幢　布施波羅蜜多法
爾時世尊復入常歡喜根大菩薩三昧出生寶加持金剛三摩地此名一切如來歡喜三昧即一切如來心從自心出說是大明曰
縛日囉二合賀引娑一句
纔出一切如來心時即彼如是具德持金剛者成一切如來大笑相爲出現已即入世尊大毗盧遮那如來心合爲一體從是出現金剛笑像住佛掌中然後從彼金剛笑像中出一切世界極微塵量等如來像作一切如來希有事等以一切如來神通遊戲於一切世界廣施作已彼歡喜性於金剛薩埵三摩地妙堅牢故合爲一體出生常歡喜根大菩薩身住世尊大毗盧遮那如來心說此頌曰
大哉我此大喜笑　一切最上大希有
安立諸佛衆利益　是故常住妙等引
是時常歡喜根大菩薩身從世尊心下於一切如來後月輪中如理而住復請教示爾時世尊即入一切如來希有加持金剛三摩地以一切如來希有出生三昧於普盡無餘諸有情界悉令圓滿無上諸根獲得一切適悅快樂乃至得一切如來諸根清淨智神通果等即以金剛笑相授與常歡喜根大菩薩雙手掌中時諸如來即爲立名號金剛喜以金剛喜灌頂法而爲灌頂爾時金剛喜菩薩摩訶薩以彼金剛笑相於一切如來作大歡喜說此頌曰
此是一切大覺尊　希有示現所出生
此大歡喜智善作　而彼他師不能知
此是大灌頂尋光輪大利有情金剛大笑一

切如來灌頂大士爾時世尊復入觀自在大菩薩三昧出生法加持金剛三摩地此名一切如來大法三昧即一切如來心從自心出說是大明曰

嚩日囉(二合)達哩摩(二合一句)

纔出一切如來心時即彼如是具德持金剛者以自性清淨法平等智已通達故於金剛薩埵三摩地中成正法光明爲出現已是光徧照一切世界混然成一淨妙法界而彼普盡廣大法界乃入世尊大毗盧遮那如來心合爲一體周徧一切虛空界量從是出現大金剛蓮華相住佛掌中然後從彼金剛蓮華相中出一切世界極微塵量等如來像施作一切如來三摩地智神境通等以一切佛神通遊戲於一切世界廣施作已彼觀自在性於金剛薩埵三摩地妙堅牢故合爲一體出生觀自在大菩薩身住世尊大毗盧遮那如來心說此頌曰

大哉我此第一義　本來清淨自然生
所有諸法如筏喻　是故清淨而可得

是時觀自在大菩薩身從世尊心下於一切如來前月輪中如理而住復請教示爾時世尊即入一切如來三摩地智金剛三摩地以一切如來清淨三昧令普盡無餘諸有情界自他清淨成諸利益及得一切適悅快樂乃至得一切如來法智神通果等即以金剛蓮華及正法轉輪一切如來法身灌頂授與觀自在菩薩摩訶薩雙手掌中時諸如來即爲立名號金剛眼以金剛眼灌頂法而爲灌頂爾時金剛眼菩薩摩訶薩以彼金剛蓮華妙

開敷故即貪清淨以自性無染善觀察故乃徧觀察說此頌曰

此是一切大覺尊　覺悟貪染真實性
今得授於我掌中　是即法中安於法

佛說一切如來真實攝大乘現證三昧大教王經卷第二

音釋

鎧可亥切甲也　冑直又切兜鍪也　酤公土切

佛說一切如來眞實攝大乘現證三昧大教王經卷第三 第四同卷

宋西天三藏朝奉大夫試光祿卿傳法大師施護等奉 詔譯

金剛界大曼拏羅廣大儀軌分第一之三

爾時世尊復入妙吉祥大菩薩三昧出生法加持金剛三摩地此名一切如來大智慧三昧即一切如來心從自心出說是大明曰

嚩日囉(二合)底(引)刹拏(二合一句)

纔出一切如來心時即彼如是具德持金剛者成大慧劒爲出現已即入世尊大毗盧遮那如來心合爲一體從是出現金剛劒相住佛掌中然後從彼金剛劒相中出一切世界極微塵量等如來像起一切如來大智慧等以一切佛神通遊戲於一切世界廣施作已彼妙吉祥性於金剛薩埵三摩地妙堅牢故合爲一體出生妙吉祥大菩薩身住世尊大毗盧遮那如來心說此頌曰

大哉一切大覺尊　即我名爲妙音聲
由彼正慧無色故　是故音聲而可得

是時妙吉祥大菩薩身從世尊心下於一切如來右月輪中如理而住復請教示爾時世尊即入一切如來大智慧金剛三摩地以一切如來斷結使三昧於普盡無餘諸有情界令斷諸苦悉獲利益及得一切適悅快樂乃至得一切如來隨順音聲大慧圓滿最上悉地即以金剛劒授與妙吉祥大菩薩雙手掌中時諸如來即爲立名號金剛慧以金剛慧灌頂法而爲灌頂爾時金剛慧菩薩摩訶薩即以所授彼金剛劒向一切如來作揮斫相說此頌曰

此是一切大覺尊　般若波羅蜜多理
能斷一切勝怨敵　滅除一切諸罪垢

爾時世尊復入起平等心轉法輪大菩薩三昧出生法加持金剛三摩地此名一切如來大輪三昧即一切如來心從自心出說是大明曰

䮧日囉二合呬四引覩一句

纔出一切如來心時即彼如是具德持金剛者成金剛界大曼拏羅等一切如來曼拏羅爲出現已即入世尊大毗盧遮那如來心合爲一體如是出現金剛輪相住佛掌中然後從彼金剛輪相中出一切世界極微塵量等如來像乃起平等心轉妙法輪等以一切佛神通遊戲於一切世界廣施作已而彼起平等心轉法輪性於金剛薩埵三摩地妙堅牢故合爲一體出生起平等心轉法輪大菩薩身住世尊大毗盧遮那如來心說此頌曰

大哉金剛所成輪　即我金剛最上法
由纔發起平等心　即轉無上妙法輪

是時起平等心轉法輪大菩薩身從世尊心下於一切如來左月輪中如理而住復請教示爾時世尊即入一切如來大輪金剛三摩地以一切如來大曼拏羅三昧於普盡無餘諸有情界悉令入於不退轉輪獲諸利益及得一切適悅快樂乃至得一切如來轉正法輪最上悉地勝妙之相即以金剛輪授與起平等心轉法輪大菩薩雙手掌中時諸如來即爲立名號金剛場以金剛場灌頂法而爲灌頂爾時金剛場菩薩摩訶薩以彼金剛輪安立一切如來不退轉性說此頌曰

此是一切大覺尊　一切諸法清淨者
金剛不退轉大輪　此即名爲菩提場

爾時世尊復入無言大菩薩三昧出生法加持金剛三摩地即一切如來心從自心出説是大明曰

嚩日囉(二合)婆(引)沙(一句)

纔出一切如來心時即彼如是具德金剛手成一切如來法文字爲出現已即入世尊大毗盧遮那如來心合爲一體從是出現金剛念誦之像住佛掌中然後從彼金剛念誦像中出一切世界極微塵量等如來像放一切如來法光明等以一切佛神通遊戲於一切世界廣施作已彼法自性性於金剛薩埵三摩地妙堅牢故合爲一體出生無言大菩薩身住世尊大毗盧遮那如來心説此頌曰

大哉自然大祕密　我説此爲祕密語
如理宣説正法門　所説語言離戲論

是時無言大菩薩身從世尊心下於一切如來後月輪中如理而住復請教示爾時世尊即入一切如來祕密語金剛三摩地以一切如來語念誦三昧於普盡無餘諸有情界悉令獲得語密成就及得一切適悦快樂乃至得一切如來語祕密性最上悉地即以金剛念誦像授與無言大菩薩雙手掌中時諸如來即爲立名號金剛語以金剛語灌頂法而爲灌頂爾時金剛語菩薩摩訶薩即以金剛念誦像與一切如來談論説此頌曰

此是一切大覺尊　名爲金剛眞念誦
而彼一切佛如來　是速成就大明者

此是金剛大法性智一切如來轉大輪智一

切如來隨轉語輪戲論之智一切如來大智大士爾時世尊復入一切如來巧業大菩薩三昧出生羯磨加持金剛三摩地此名一切如來羯磨三昧即一切如來心從自心出説是大明曰

嚩日囉(二合)羯哩摩(二合一句)

纔出一切如來心時以一切羯磨平等智於金剛薩埵三摩地善通達故即彼如是具德持金剛者成一切如來羯磨光明爲出現已以是光明徧照一切世界混成一切如來大羯磨界而彼普盡一切如來大羯磨界即入世尊大毗盧遮那如來心合爲一體從是出生大羯磨金剛像周徧一切虛空界量住佛掌中然後從彼大羯磨金剛像中出一切世界極微塵量等如來像廣作一切勝事業等以一切佛神通遊戲於一切世界廣施作已彼一切如來無邊事業性於金剛薩埵三摩地妙堅牢故合爲一體出生一切如來巧業大菩薩身住世尊大毗盧遮那如來心説此頌曰

大哉諸佛妙不空　而我一切事業多
無功用心作佛事　此即能轉金剛業

是時一切如來巧業大菩薩身從世尊心下於一切如來前月輪中如理而住復請教示爾時世尊即入一切如來不空金剛三摩地以一切如來轉大供養無量不空一切事業廣大儀軌於普盡無餘諸有情界令得一切事業成就及得一切適悦快樂乃至得一切如來金剛事業性神境智通最上悉地殊勝之果即以彼羯磨金剛杵一切羯磨轉輪一

切如來金剛羯磨灌頂授與一切如來金剛巧業大菩薩雙手掌中時諸如來即爲立名號金剛尾溼縛以金剛尾溼縛灌頂法而爲灌頂爾時金剛尾溼縛菩薩摩訶薩以彼羯磨金剛杵安自心巳即安立一切如來住巧業性說此頌曰

此是一切大覺尊　善作最上妙巧業
今得授於我掌中　於巧業中安巧業

爾時世尊復入極難敵精進大菩薩三昧出生羯磨加持金剛三摩地此名一切如來善護三昧即一切如來心從自心出說是大明曰

縛日囉(一合)犖(力角切)叉(一句)

纔出一切如來心時即彼如是具德金剛手成堅固甲胄爲出現巳即入世尊大毗盧遮那如來心合爲一體從是出生大金剛甲胄像住佛掌中然後從彼金剛甲胄像中出一切世界極微塵量等如來像作一切如來善護廣大儀軌事業等以一切佛神通遊戲廣施作巳彼極難敵精進性於金剛薩埵三摩地妙堅牢故合爲一體出生極難敵精進大菩薩身住世尊大毗盧遮那如來心說此頌曰

大哉我此精進鎧　極堅固我堅固身
由堅固性本無身　故金剛身勝所作

是時極難敵精進大菩薩身從世尊心下於一切如來右月輪中如理而住復請教示爾時世尊即入一切如來堅固金剛三摩地以一切如來精進波羅蜜多三昧於普盡無餘諸有情界救拔利益悉令獲得適悅快樂乃

至得一切如來妙金剛身最上悉地殊勝之果即以金剛甲冑授與極難敵精進大菩薩雙手掌中時諸如來即爲立名號金剛慈友以金剛慈友灌頂法而爲灌頂爾時金剛慈友菩薩摩訶薩即以金剛甲冑於一切如來作勝被甲說此頌曰

此是一切大覺尊　最上大慈勝甲冑
堅固精進大護身　此即名爲大慈友

爾時世尊復入摧諸魔大菩薩三昧出生羯磨加持金剛三摩地此名一切如來方便三昧即一切如來心從自心出說是大明曰

嚩日囉(二合)藥叉(一句)

纔出一切如來心時即彼如是具德持金剛者成金剛大牙器仗爲出現已即入世尊大毗盧遮那如來心合爲一體從是出生金剛牙像住佛掌中然後從彼金剛牙像中出一切世界極微塵量等如來像作一切如來暴怒調伏等事以一切佛神通遊戲廣施作已彼摧諸魔性於金剛薩埵三摩地妙堅牢故合爲一體出生摧諸魔大菩薩身住世尊大毗盧遮那如來心說此頌曰

大哉我此大方便　是即諸佛悲愍者
由衆生利寂靜故　乃現暴怒諸所作

是時摧諸魔大菩薩身從世尊心下於一切如來左月輪中如理而住復請教示爾時世尊即入一切如來極忿金剛三摩地以一切如來能調難調三昧於普盡無餘諸有情界施大無畏悉令獲得適悅快樂乃至得一切如來大方便神境智通最上悉地殊勝之果即以金剛大牙器仗授與摧諸魔大菩薩雙

手掌中時諸如來即爲立名號金剛暴怒以金剛暴怒灌頂法而爲灌頂爾時金剛暴怒菩薩摩訶薩即以所授金剛大牙器仗安自口中向一切如來作恐怖相説此頌曰

此是一切大覺尊　能調一切極難調
大利金剛牙器仗　大悲方便心所生

爾時世尊復入一切如來拳大菩薩三昧出生羯磨加持金剛三摩地此名一切如來身語心金剛縛三昧即一切如來心從自心出説是大明曰

縛日羅(二合)散提(引一句)

纔出一切如來心時即彼如是具德持金剛者成一切如來一切印縛爲出現已即入世尊大毗盧遮那如來心合爲一體從是出生金剛縛像住佛掌中然後從彼金剛縛像中出一切世界極微塵量等如來像於一切世界普印一切如來智等及一切如來神通遊戲廣施作已彼一切如來拳妙縛性於金剛薩埵三摩地妙堅牢故合爲一體出生一切如來拳大菩薩身住世尊大毗盧遮那如來心説此頌曰

大哉我妙堅固縛　即我三昧堅固身
以一切願悉成就　彼解脱者乃爲縛

是時一切如來拳大菩薩身從世尊心下於一切如來後月輪中如理而住復請教示爾時世尊即入一切如來縛三昧金剛三摩地以一切如來印縛三昧於普盡無餘諸有情界悉令獲得一切如來賢聖加持一切願成就及得一切適悦快樂乃至得一切如來一切智智印主最上悉地殊勝之果即作金剛

縛相授與一切如來拳大菩薩雙手掌中時諸如來即爲立名號金剛拳以金剛拳灌頂法而爲灌頂爾時金剛拳菩薩摩訶薩即以金剛縛於一切如來作妙縛相說此頌曰

此是一切大覺尊　秘密印縛大堅固
以一切佛速成就　不越金剛大三昧

此是一切如來供養廣大羯磨儀軌大精進堅固甲胄一切如來大方便一切印智一切如來大羯磨大士爾時世尊阿閦如來以世尊大毗盧遮那如來及一切如來智所成巳印一切如來智故即入金剛波羅蜜多三昧出生金剛加持三摩地此名一切如來金剛三昧即一切如來印從自心出說是大明曰

薩埵(引)縛日哩(二合一句)

纔出一切如來心時即現種種金剛光明具德持金剛者於是金剛光明門中成一切世界極微塵量等如來像以一切如來金剛波羅蜜多智印巳復聚爲一體從是出現周徧一切世界爲量大金剛像於世尊大毗盧遮那如來前月輪中　理而住說此頌曰

大哉一切正覺尊　薩埵金剛我堅固
由堅固性本無身　是故金剛身出現

爾時世尊寶生如來印世尊大毗盧遮那如來及一切如來智故即入寶波羅蜜多三昧出生金剛加持三摩地此名金剛寶三昧即自印從自心出說是大明曰

囉怛那(二合)縛日哩(二合一句)

纔出一切如來心時即現大寶光明具德持金剛者於是寶光明中成一切世界極微塵量等如來像徧印一切如來智巳復聚爲一

體從是出現周徧一切世界爲量大金剛寶
像於世尊大毗盧遮那如來右月輪中如理
而住說此頌曰
大哉一切正覺尊　我即名爲寶金剛
彼一切印一切願　是即灌頂堅固理
爾時世尊觀自在王如來印世尊大毗盧遮
那如來及一切如來智故即入法波羅蜜多
三昧出生金剛加持三摩地此名大法三昧
即自印從自心出說是大明曰
達哩摩合二𭓣日哩一二合句
纔出一切如來心時即現蓮華光明具德持
金剛者於是蓮華光明中成一切世界極微
塵量等如來像徧印一切如來智已復聚爲
一體從是出現周徧一切世界爲量大金剛
蓮華像於世尊大毗盧遮那如來後月輪中
如理而住說此頌曰
大哉一切正覺尊　大法金剛我清淨
由本自性清淨故　令諸貪染悉無垢
佛說一切如來眞實攝大乘現證三昧大教
王經卷第三

佛說一切如來真實攝大乘現證三昧大教王經卷第四

宋西天三藏朝奉大夫試光祿卿傳法大師施護等奉　詔譯

金剛界大曼拏羅廣大儀軌分第一之四

爾時世尊不空成就如來印世尊大毗盧遮那如來及一切如來智故即入一切波羅蜜多三昧出生金剛加持三摩地此名一切如來羯磨三昧即自印從自心出說是大明曰

羯哩摩(二合)嚩日哩(二合一句)

纔出一切如來心時即現一切羯磨光明具德持金剛者於是羯磨光明中成一切世界極微塵量等如來像徧印一切如來智已復聚爲一體從是出現大金剛羯磨像周徧一切世界爲量隨向方面於世尊大毗盧遮那如來左月輪中如理而住說此頌曰

大哉一切正覺尊　多業金剛即我是
由一成於無盡故　於有情界善作業

此是一切如來智三昧大灌頂金剛法性一切供養一切如來大波羅蜜多法門爾時世尊大毗盧遮那如來復入一切如來悅樂供養三昧出生金剛三摩地即一切如來部大明妃從自心出說是大明曰

嚩日囉(二合)邏(引)細(引一句)

纔出一切如來心時即出大金剛印具德持金剛者於是金剛印門中成一切世界極微塵量等如來像復聚爲一體出現金剛嬉戲大明妃像如金剛薩埵身相無異具種種形色妙好威儀衆莊嚴具而爲莊嚴總攝一切如來部金剛薩埵明妃於世尊阿閦如來曼拏羅左月輪中如理而住說此頌曰

大哉我有無等比　諸佛上妙之供養
由知欲樂供養故　乃能轉彼諸供養

爾時世尊復入一切如來寶鬘灌頂三昧出生金剛三摩地即一切如來部大明妃從自心出説是大明曰

嚩日囉(二合)摩(引)黎(引)(一句)

纔出一切如來心時即出大寶印具德持金剛者於是大寶印中成一切世界極微塵量等如來像復聚爲一體出現金剛鬘大明如像色相莊嚴如前無異於世尊寶生如來曼拏羅左月輪中如理而住説此頌曰

大哉我此無等比　是即稱爲寶供養
而彼三界最勝王　受教令故作供養

爾時世尊復入一切如來妙歌三昧出生金剛三摩地即一切如來部大明妃從自心出説是大明曰

嚩日囉(二合)詣(引)帝(引)(一句)

纔出一切如來心時即出一切如來法印具德持金剛者於是一切如來法印中成一切世界極微塵量等如來像復聚爲一體出現金剛妙歌大明妃像於世尊觀自在王如來曼拏羅左月輪中如理而住説此頌曰

大哉莊嚴大妙歌　我當供養諸見者
由彼適悦供養故　即一切法如響應

爾時世尊復入一切如來舞供養三昧出生金剛三摩地即一切如來部大明妃從自心出説是大明曰

嚩日囉(二合)涅哩(二合)帝(引)(一句)(重呼)

纔出一切如來心時即現一切如來舞供養廣大法用事具德持金剛者於是一切如來

舞供養廣大法用事中成一切世界極微塵量等如來像復聚爲一體出現金剛舞大明妃像於世尊不空成就如來曼拏羅左月輪中如理而住説此頌曰

大哉廣大我供養　廣作一切供養事
以金剛舞法用故　安立諸佛妙供養

此名一切如來無上悅樂三昧一切如來鬘一切如來歌詠一切如來作無上事業即一切如來祕密供養復次世尊阿閦如來以對世尊大毗盧遮那如來供養事故即入一切如來大笑三昧出生金剛三摩地即一切如來誐尼迦大明妃從自心出説是大明曰

嚩日囉(二合)度閉(引一句)

纔出一切如來心時即現種種香供養雲海莊嚴周徧一切金剛界量具德持金剛者於是種種香供養雲海莊嚴中出一切世界極微塵量等如來像復聚爲一體出現金剛香大明妃像於世尊金剛摩尼寶峯樓閣隅左月輪中如理而住説此頌曰

大哉我此大供養　金剛大笑具端嚴
由彼衆生徧入故　速得無上菩提果

爾時世尊寶生如來以對世尊大毗盧遮那如來供養事故即入一切如來寶莊嚴供養三昧出生金剛三摩地即一切如來鉢囉帝訶陵大明妃從自心出説是大明曰

嚩日囉(二合)布瑟閉(二合引一句)

纔出一切如來心時即現一切華供養莊嚴周徧一切虛空界量具德持金剛者於是一切華供養莊嚴中出一切世界極微塵量等如來像復聚爲一體出現金剛華大明妃像

於世尊金剛摩尼寶峯樓閣隅左月輪中如理而住說此頌曰

大哉我此華供養　一切莊嚴妙所作
由諸如來寶性故　速得成就諸供養

爾時世尊觀自在王如來以對世尊大毗盧遮那如來供養事故即入一切如來燈供養三昧出生金剛三摩地即一切如來訥頂大明妃從自心出說是大明曰

嚩日囉(二合引)路(引)計(引一句)

纔出一切如來心時即現一切燈供養莊嚴周徧法界具德持金剛者於是一切燈供養莊嚴中出一切世界極微塵量等如來像復聚為一體出現金剛燈大明妃像於世尊金剛摩尼寶峯樓閣隅左月輪中如理而住說此頌曰

大哉我此妙廣大　所成供養燈端嚴
由是速具光明故　即得見彼一切佛

爾時世尊不空成就如來以對世尊大毗盧遮那如來供養事故即入一切如來塗香供養三昧出生金剛三摩地即一切如來際徵大明妃從自心出說是大明曰

嚩日囉(二合)巘提(引一句)

纔出一切如來心時即現一切塗香供養莊嚴周徧一切世界為量具德持金剛者於是一切塗香供養莊嚴中出一切世界極微塵量等如來像復聚為一體出現金剛塗香大明妃像於世尊金剛摩尼寶峯樓閣隅左月輪中如理而住說此頌曰

大哉塗香成供養　我此微妙大悅意
由諸如來徧塗香　普熏一切清淨身

此名一切如來徧入智大菩提分三昧一切如來法光明戒定慧解脫解脫知見勝妙之香是即一切如來教令事業爾時世尊大毗盧遮那如來復入一切如來三昧鉤大士三昧出生薩埵金剛三摩地即一切如來印衆主從自心出說是大明曰

縛日嚩(二合引)酤舍(一句)

纔出一切如來心時具德持金剛者成一切如來鉤召三昧金剛印衆爲出現已於是一切如來鉤召三昧金剛印衆中出一切世界極微塵量等如來像復聚爲一體出生金剛鉤菩薩身於世尊金剛摩尼寶峯樓閣金剛門月輪中如理而住作一切如來鉤召三昧說此頌曰

大哉一切正覺尊　平等鉤召我堅固
由我普徧鉤召故　即得集會曼拏羅

爾時世尊復入一切如來三昧引入大士三昧出生金剛三摩地即引入一切如來印鉢囉帝訶囉從自心出說是大明曰

縛日囉(二合)播(引)舍(一句)

纔出一切如來心時具德持金剛者成一切如來引入三昧大印衆爲出現已於是一切如來引入三昧大印衆中出一切世界極微塵量等如來像復聚爲一體出生金剛索菩薩身於世尊金剛摩尼寶峯樓閣寶門月輪中如理而住即引入一切如來說此頌曰

大哉一切正覺尊　我金剛索妙堅固
設入一切極微中　亦復引入此三昧

爾時世尊復入一切如來三昧鎖大士三昧出生金剛三摩地即一切如來三昧縛一切

如來訥多從自心出說是大明曰

嚩日囉(二合)塞普(二合引)吒(一句)

纔出一切如來心時具德持金剛者成一切如來三昧縛大印衆爲出現已於是一切如來三昧縛大印衆中出一切世界極微塵量等如來像復聚爲一體出生金剛鎖菩薩身於世尊金剛摩尼寶峯樓閣法門月輪中如理而住於一切如來作妙縛相說此頌曰

大哉一切正覺尊　我金剛鎖妙堅固
由縛一切解脫者　爲衆生利還作縛

爾時世尊復入一切如來徧入大士三昧出生金剛三摩地即一切如來一切印際吒從自心出說是大明曰

嚩日囉(二合引)吠(引)舍(一句)

纔出一切如來心時具德持金剛者成一切如來普徧警覺印衆爲出現已於是一切如來普徧警覺印衆中出一切世界極微塵量等如來像復聚爲一體出生金剛鈴菩薩身於世尊金剛摩尼寶峯樓閣羯磨門月輪中如理而住普徧警覺一切如來說此頌曰

大哉一切正覺尊　此金剛鈴我堅固
由爲一切主宰故　亦復作彼諸僕使

此名一切如來三昧鉤召一切如來引入一切如來妙縛一切如來敬愛如是等依一切如來教令所作復次世尊大毗盧遮那如來以加持力作彈指相普徧召集一切如來說此召集加持心明曰

嚩日囉(二合)三摩(引)惹(一句)

由是羅嚩刹那牟呼栗多中即一切如來互警覺已普徧一切世界雲海一切世界極微

塵量等諸如來并菩薩衆悉來集此大曼拏羅金剛摩尼寶峯樓閣至世尊大毗盧遮那如來所說是普禮大明曰

唵引薩哩嚩二合怛他引誐多播引捺滿捺喃引迦嚕引彌引一句

以如是自性成就大明隨所樂誦普禮一切如來足已說此頌曰

大哉諸佛大普賢　是諸菩薩妙敬儀
一切如來大輪壇　影現一切如來像

作是說已是時十方世界所來集會一切如來并諸菩薩以彼一切如來加持力故混入世尊大毗盧遮那如來心復從一切如來心各各出自菩薩衆會於世尊金剛摩尼寶峯樓閣周帀圍繞同住三摩地中說此頌曰

大哉一切正覺尊　廣大無始本來生
由是一切微塵數　同證清淨一佛性

爾時十方一切世界所來集會一切如來咸悉於此金剛界大曼拏羅中以加持力於普盡無餘諸有情界廣作救護悉令獲得利益安樂乃至得一切如來平等智通最上悉地殊勝果等時諸如來咸共勸請具德一切如來增上主宰自金剛薩埵無始無終大持金剛者以是一百八名勸請稱讚頌曰

金剛勇猛大正士　是即金剛諸如來
由普賢性金剛初　聖金剛手我頂禮
彼金剛王妙勝覺　金剛鉤即諸如來
金剛最上不空王　金剛鉤召我頂禮
金剛敬愛大妙樂　而金剛箭善調伏
魔欲最勝大金剛　彼金剛弓我頂禮
金剛善哉妙生勝　金剛極喜即大樂

最上金剛歡喜王　彼金剛喜我頂禮
金剛妙寶堅固利　金剛虛空大摩尼
金剛豐盛虛空藏　彼金剛藏我頂禮
金剛妙光大熾燄　金剛聖日即佛光
金剛圓光大照明　大金剛光我頂禮
金剛寶幢善利生　金剛表刹妙歡喜
妙寶幢相即金剛　彼金剛刹我頂禮
金剛喜笑大適悅　金剛笑即大希有
大喜大樂金剛初　金剛妙悅我頂禮
金剛妙法眞實理　金剛蓮華妙清淨
觀照自在金剛眼　彼金剛眼我頂禮
金剛利即大乘法　而金剛劒大器仗
金剛甚深妙吉祥　彼金剛慧我頂禮
金剛因即金剛場　金剛妙輪大理趣
如教善轉金剛起　彼金剛場我頂禮
最上妙明金剛語　金剛持誦善成就
無言金剛勝悉地　彼金剛語我頂禮
金剛事業妙教令　如金剛業善徧行
金剛不空極廣大　金剛巧業我頂禮
金剛守護大精進　金剛甲冑大堅固
最勝勤勇極難敵　金剛精進我頂禮
金剛藥叉大方便　金剛利牙大恐怖
摧伏魔力勝金剛　金剛暴怒我頂禮
妙金剛拳大威力　而金剛拳善解脫
金剛堅固勝三昧　彼金剛拳我頂禮
如是百八寂靜名　若有常能受持者
彼於金剛灌頂等　一切所作勝成就
如是最上祕密名　大持金剛此稱讚
若有常伸歌詠者　得與金剛手無異
我所稱讚如是等　持金剛者百八名

大乘現證三昧門　此即流布妙理趣
我所勸請汝聖尊　願說最上自儀軌
謂一切佛大智輪　最勝金剛曼拏羅

佛說一切如來真實攝大乘現證三昧大教王經卷第四

音釋

斫職畧切擊也　溼失入切與濕同　閦昌六切

佛說一切如來眞實攝大乘現證三昧大教王經卷第五同卷第六

宋西天三藏朝奉大夫試光祿卿傳法大師施護等奉　詔譯

金剛界大曼拏羅廣大儀軌分第一之五

爾時具德持金剛者聞諸如來勸請語已即入一切如來三昧出生金剛加持三摩地說此金剛界大曼拏羅頌曰

復次我今當演說　最上廣大曼拏羅
其相猶如金剛界　是故名爲金剛界
如教次第應安立　曼拏羅中諸相分
先以大薩埵大印　普徧加持作觀想
於前印處即當起　如理觀視於諸方
以高舉相次第行　金剛薩埵應念誦
應取新線堅妙合　稱其分量而善用
行人持線以抨量　隨力應作曼拏羅
其壇四方及四門　復以四刹而嚴飾
及以四線而交絡　繒帛妙線等莊嚴
於其四隅諸分位　及諸門户相合處
各各鈿飾金剛寶　次第抨外曼拏羅
外壇中心如輪相　復次漸入於中宮
以金剛線善抨量　設以八柱而間飾
於彼金剛勝住處　而復飾以五輪壇
於是所立輪壇中　如教安立佛形像
於彼中心曼拏羅　佛像周圍當安布
四勝三昧耶印契　如其次第應圖畫
以金剛步而漸進　次第安四曼拏羅
所謂阿閦佛等四　一切佛像皆安立
先畫阿閦曼拏羅　持金剛等衆齊等
次畫寶生曼拏羅　金剛藏等衆圓滿
次無量壽曼拏羅　金剛眼等衆清淨

不空成就曼拏羅　金剛巧業等應畫
於内輪壇諸隅分　當畫金剛明妃衆
其外輪壇四隅處　應畫佛供養等四
然後於彼四門中　安四護門大明王
次復於外輪壇處　各應安立大薩埵
然後如其本部儀　結勝三昧耶印契
金剛阿闍梨入已　開印普徧爲警覺
次誦金剛警覺心　阿字是爲所教令
作自加持稱自名　然後金剛作成就
金剛阿闍梨次結　薩埵金剛鉤召印
復作彈指徧警覺　召請一切佛菩薩
即刹那間一切佛　金剛薩埵同集會
徧滿一切曼拏羅　普徧召請咸來集
然後次應結大印　金剛薩埵乃親近
一徧應誦百八名　依法次第而稱讃

既集會已施歡喜　一切如來悉堅固
金剛薩埵本法成　作大慈友而安住
然後於其四門處　金剛鉤等應作法
勝大羯磨印等作　以三昧法而安立
勝三昧耶等諸印　薩埵金剛等亦然
應誦惹吽鑁呼明　求大薩埵法成就
然後佛等一切衆　并大薩埵咸集會
依法鉤召即徧入　悉得相應而敬愛
然作祕密供養事　諸大我者悉歡喜
如教利益諸衆生　能作一切成就事
如是一切曼拏羅　於中所有諸法用
是即金剛阿闍梨　如教所作諸事業
復次宣説金剛界中諸曼拏羅所有弟子入
壇法等廣大儀軌今先説彼弟子入曼拏羅
儀諸欲入者謂應先於普徧無餘諸有情界

起救護心悉令獲得適悅快樂及得一切最上悉地諸有入此大曼拏羅者不應揀擇是器非器何以故世尊謂有有情造大罪業彼或於此大曼拏羅見已入已即得當離一切惡趣世尊或有有情受諸飲食五欲娛樂世間義利堅著不捨即以此世間之法而爲先行但能於此曼拏羅中隨欲所作亦得一切意願圓滿世尊或有有情愛樂戲笑歌舞飲食快樂等事又復於此一切如來大乘現證三昧法性不了知故入餘天族壇中爲求一切意願圓滿取著彼中愛樂快樂戲笑等事乃於一切如來曼拏羅中受學法等妄生怖畏而不能入於彼惡趣壇路門中生住著心如是等類若能於此金剛界大曼拏羅相應而入爲求一切適悅快樂勝愛樂事最上悉地者亦得成就即能轉彼入諸惡趣現前道等世尊或有有情修正法者愛樂一切如來戒定慧法最上方便悉地果等爲求無上佛菩提故修習一切禪定解脫地位等法徧歷無量無邊苦者如是等類入此金剛界大曼拏羅中如來之果即能速證不爲難得況餘一切成就法等復次宣說禮敬儀軌謂先普禮四方一切如來先作金剛合掌全身委地禮東方如來大明曰

唵引薩哩嚩二合怛他引誐多一布儒上相波塞他引二合那引野引怛摩引二合喃你哩夜二合引怛夜引彌薩哩嚩二合怛他引誐多二嚩日囉二合薩埵引提瑟姹二合莎䂎切身引下同三

如前金剛合掌安於心間即以額禮南方如來大明曰

唵引薩哩嚩二合怛他引誐多一布惹引毗尸引哥引夜引怛摩引二合喃你哩夜引二合怛夜引彌薩哩嚩二合怛他引誐多二嚩日囉二合囉怛那二合阿毗詵左鈐引三

如前金剛合掌復安於頭即以口禮西方如來大明曰

唵引薩哩嚩二合怛他引誐多一布惹引鉢囉二合嚩哩多二合那引夜引怛摩引二合喃你哩夜引二合怛夜引彌薩哩嚩二合怛他引誐多二嚩日囉二合達哩摩引二合鉢囉二合嚩哩多二合野鈐引三

如前金剛合掌從頭漸下安於心間即以頂禮北方如來大明曰

唵引薩哩嚩二合怛他引誐多一引布惹引葛哩摩二合尼引怛摩引二合喃你哩夜引二合怛夜引彌薩哩嚩二合怛他引誐多二嚩日羅二合葛哩摩二合酤嚕引鈐引三

然後金剛阿闍梨令金剛弟子以緋帛覆面結薩埵金剛印誦此大明曰

三摩野薩怛鑁三合一句

然後以二中指持於華成鬘印即入曼拏羅誦此大明曰

三摩野吽引一句

入曼拏羅已然後授此誓誠言汝今已得入一切如來曼拏羅中當觀我即從彼金剛智所生由是金剛智故汝即當得一切如來一切悉地況餘所有悉地法耶若有不見大曼拏羅者汝不應爲說此三昧法若爲說者違越三昧然後金剛阿闍梨自結薩埵金剛印安於金剛弟子頂安已作是言諸不應說人

汝爲說者以此三昧金剛摧碎汝頂次以三昧印水誦是心明加持一徧然後授與弟子令飲說此誓心大明曰

嚩日囉(二合)薩埵莎煬帝(引)鞑(切身下同一)紇哩(二合)捺曳(引)三摩嚩悉體(二合)多(引二)你哩毗(二合)鞑怛剎(二合)赦夜(引)夜(引三)鞑禰突嚕(二合引)夜(引)禰鉿那野(四)嚩日嚕(二合引)捺迦姹(五)

然以誓誡告弟子言汝從今已後想我即同金剛手尊如我所作汝亦應作汝當於我勿生輕慢無令於汝返招殃咎命終之後墮大地獄復授誓誡心曰

薩哩嚩(二合)怛他(引)誐多(引)室左(二合引)提底瑟姹(二合)當(引一)嚩日囉(二合)薩都(引)彌(引)阿(引)尾舍覩(二)

然後金剛阿闍梨即結薩埵金剛印說是大明曰

阿煬多怛三(二合)摩踰(引)嚩日覽(二合一)嚩日囉(二合)薩埵彌帝三蜜哩(二合)多(一)阿(引)尾舍野覩帝捺曳(二合引)嚩(三)嚩日囉(二合)夜(引)那末耨多覽(四)嚩日囉(二合引)尾(引)舍惡(五)

然後開前薩埵金剛印復結忿怒拳如大乘現證三昧等法以金剛語隨其所樂應當持誦然作召入法當召入時從微妙智生以是智故即能如應覺了他心知過去未來等事得心堅固能於一切如來教中息除諸苦及得遠離一切怖畏得一切薩埵一切如來威力加持得一切悉地現前成辦得未曾有歡喜適悅妙樂出生於彼妙樂中或得成就諸三摩地或得成就諸陀羅尼或得圓滿一切意願或復得成一切如來然後即用彼印安

於自心以解弟子誦是大明曰

唵引底瑟姹二合嚩日囉一捺哩二合廚引彌引娑嚩二賒引說都引彌引娑嚩三紇哩二合捺野彌引提底瑟姹二合四薩哩嚩二合悉亭左彌引鉢囉二合野嗟五吽引六訶訶訶訶呼引七

次令弟子以所持華鬘拋於曼拏羅中誦是大明曰

鉢囉二合底引嗟嚩日囉二合呼引句一

然後華所墮處即是本尊成就次復以其華鬘繫弟子頭上誦是大明曰

唵引鉢囉二合帝屹哩二合恨拏二合埵一彌鉿薩埵摩賀引末羅二合怛夜引末馱夜引底二引那摩賀引薩怛吠引二合那三鉢囉二合底柰覩引娑嚩帝四尸引竭覽二合左引寫悉頗切身底五

然後阿闍梨為其弟子除去面帛誦是大明曰

唵引嚩日囉二合薩埵莎惕底𪐏一作勿訥伽二合引乇那怛怛鉢二合囉二烏訥伽引二合乇野底薩哩嚩二合引勿二合引嚩日囉二合作勿囉耨多覽四哂嚩日囉二合播舍五

然令弟子於大曼拏羅中次第觀視弟子於曼拏羅中纔觀視時即得一切如來威力加持金剛薩埵安住自心即見曼拏羅中有其種種光明輪等諸神通事入一切如來妙加持性或見具德大持金剛者為現本身或見如來等從是已後所有一切義利一切意願隨欲所作皆得成就乃至得成持金剛尊及成一切如來如是大曼拏羅徧觀視已然後金剛阿闍梨以金剛加持寶瓶香水灌弟子頂誦是大明曰

嚩日囉引二合毗詵左句一

然後阿闍梨隨以一印而爲繫髮作自幖幟安雙手中如是告言汝今已受諸佛如來金剛灌頂得一切佛攝受於汝汝當善得金剛成就說是大明曰

唵引嚩日囉引二合提鉢底埵一引阿毗詵左引彌底瑟姹二二合嚩日囉合二三摩野薩怛鑁二合三

次當授與弟子金剛灌頂名說是大明曰

唵引嚩日囉合二薩埵埵一引摩毗詵左引彌嚩日囉合二那引摩引毗尸引哥多二呬引嚩日囉合二那引摩三

若爲弟子授金剛名應如係字隨用而呼如上說入一切曼拏羅廣大儀軌復次問弟子言汝愛樂義利出生悉地智耶神通成辦悉地智耶持明成辦悉地智耶乃至一切如來最上成辦悉地智耶然後隨其所樂如應爲說應先教示義利成辦悉地印智頌曰

金剛影像先安立　如應觀想在心中
隨方觀想彼地形　是處即當見伏藏
金剛影像徧圖畫　如應觀想在空中
隨所墮處乃應觀　是處即當見伏藏
金剛影像住於舌　智者隨應如理觀
自言是處有伏藏　如言隨現即眞實
金剛影像徧所成　如應觀想於已身
觀其徧入隨墮處　是處即當見伏藏

彼等心大明曰

嚩日囉合二你提句一
囉怛那合二你提句一
達哩摩合二你提句一
迦哩摩合一你提句一

次當教示金剛神通成辦悉地印智頌曰

金剛徧入所生已　金剛水成金剛形
如應觀想速成就　即能於其水上行
金剛徧入所生已　隨其所宜自色形
如應觀想彼相應　即得自身同佛色
如前徧入已身已　自身即同於虛空
如應觀想隨所欲　即得隱身而自在
金剛徧入自生性　觀想自身如金剛
然後騰踊而高升　即能隨意虛空行

彼等心大明曰

嚩日囉(二合)惹羅(一句)
嚩日囉(二合)嚕(引)波(一句)
嚩日囉(引二合)哥(引)舍(一句)
嚩日囉(二合)摩欱(呼郎切一句)

次當教示金剛持明成辦悉地印智頌曰

妙日影像徧圖畫　上踊空中隨意行
觀想雙手持金剛　金剛持明得成就
妙月影像淨周徧　金剛大寶如應觀
隨其所欲清淨身　於剎那中即騰踊
升於淨月輪相中　手持金剛妙蓮華
觀想金剛眼清淨　即得持明法成就
次於淨妙月輪中　羯磨金剛當觀想
速持金剛妙巧業　一切持明得成就

彼等心大明曰

嚩日囉(二合)達囉(一句)
囉怛那(二合)達囉(一句)
達哩摩(二合)達囉(一句)
迦哩摩(二合)達囉(一句)

次當教示一切如來最上成辦悉地印智頌曰

巧業金剛三摩地　思惟徧滿虛空界
隨其所欲金剛身　於刹那中即騰踊
薩埵清淨三摩地　觀想最上亦復然
獲得自在五神通　速疾大智得成就
金剛薩埵衆所成　猶如虛空極廣大
堅固隨念速疾成　自身即得持金剛
諸佛影像衆所成　離障寥廓等空界
於一切佛等持門　是中證得諸佛果

彼等心大明曰

嚩日囉(二合)嚩日囉(二合一句)
戍馱戍馱(一句)薩埵薩埵(一句)没馱没馱(一句)

如是一切悉地智成辦已復次宣說祕密總持堪忍法門先爲宣說誓心明曰

唵(引)嚩日囉(二合)薩埵莎煬帝鞞(一)(切身)紇哩(二合)捺曳(引)三摩嚩悉體(二合引)多(二)你哩毗(二合引)鞞怛怛刹(一合)赧夜(引)夜(引三)鞞禰没嚕(二合引)夜禰摩那煬(四)

次說誓誡言汝今不應違越於此誓心三昧無令於汝返招殃咎勿使此身命終之後墮大地獄然後教示祕密印智頌曰

金剛徧入發生已　以金剛掌微細指
一切等攝而齊指　山石尚能作敬愛
金剛徧入法相應　金剛妙縛能摧壞
彼微細指和合時　山石亦能徧警震
即以如前徧入法　彼金剛縛悉展舒
而復諸指使徧開　刹那能壞於百族
微細徧入法相應　所有諸指皆等攝
以金剛縛而作解　能奪一切極惡苦

復次宣說祕密成就若男子若女人謂應徧入於娑儗中彼徧入已想彼諸身普徧展舒

彼心大明曰

嚩日囉(二合)嚩舍(一句)　嚩日囉(引二合)吠舍(句)

嚩日囉(二合)訶那(一句)　嚩日囉(二合)訶囉(一句)

授彼心已然後教示本尊四種印智復說此誓誡言諸餘未知此一印者汝當慎勿爲其指示何以故是彼有情以不見大曼拏羅故輒結是印者不得成就彼即生疑返招殃咎速趣命終墮於無間大地獄中復墮惡趣復次宣說一切如來薩埵成就大印智是即一切如來現證菩提印頌曰

先從心智發生已　次應觀想金剛月

自身即是諸佛形　復當觀想金剛界

由此纔獲成就間　即得智壽及力年

一切隨意悉能行　乃至佛果不難得

次說結金剛薩埵成就大印頌曰

以高舉相戲擲杵　作金剛慢自在勢

安住身語心金剛　金剛薩埵即已是

由此一切能徧行　一切欲主獲妙樂

壽力勝色及神通　金剛薩埵等無異

而彼身語心金剛　如其圖畫順修習

具足所有幖幟印　即作大薩埵成就

復次宣說於諸教　能成及彼所成法

諸成就者大事業　今當次第而宣說

日日先當依時分　如應作自加持等

諸成就法善作已　然後隨欲而自在

復說大印成就廣大儀軌頌曰

金剛徧入發生已　大印所作如儀軌

其印如前法所結　隨應觀想大薩埵

彼智薩埵得見已　即應觀想於自身

結印鉤召徧入已　作敬愛已得成就

彼心大明曰

嚩日囉二合薩埵惡一句

此是金剛徧入心

嚩日囉二合薩埵捺哩二合舍一句

此是大士隨念心

惹吽引鑁呼引一句

此是大薩埵鉤召徧入妙縛敬愛心復次頌曰

此三摩耶薩怛鑁　徧入於彼後月輪
觀自身即薩埵故　誦三摩耶薩怛鑁
由彼薩埵大印故　觀想已身即彼身
以金剛語妙成就　即一切印皆能成
若誦惹吽鑁呼明　即能徧入一切佛
起如善意妙相應　即得廣大勝成就
復次我説羯磨法　金剛羯磨勝無上
諸佛隨念妙悉地　速疾得成正覺尊
薩埵金剛妙成就　獲得一切印主宰
大寶金剛成就故　即爲一切寶主宰
妙法金剛由成就　即能任持諸佛法
羯磨金剛印相應　能辦金剛衆事業
金剛薩埵法成就　由結薩埵大智印
金剛鉤召法相應　持金剛者悉能召
金剛妙愛大印智　即能善愛一切佛
金剛善哉法相應　即得諸佛皆歡喜
金剛寶印如儀軌　即得諸佛授灌頂
金剛妙光法相應　金剛光明悉獲得
持習金剛幢相應　即得一切願圓滿
金剛大笑法相應　得與諸佛同喜笑
金剛妙法理相應　即能任持金剛法
由金剛利法相應　即得諸佛勝妙慧

持習金剛輪因故　即能轉彼大法輪
金剛妙語若相應　即得諸佛語成就
金剛勝業成就故　速得金剛勝事業
金剛甲冑若被身　得金剛身妙堅固
金剛藥叉由成就　金剛藥叉等無異
以金剛拳妙縛成　得一切印皆成就
金剛嬉戲成就故　即得金剛妙樂事
金剛寶鬘法相應　得一切佛施灌頂
金剛妙歌相應故　即得金剛妙歌詠
金剛旋舞法相應　普能供養一切佛
金剛燒香法相應　普施世間大適悅
金剛妙華法相應　能作世間敬愛事
金剛燈明大印契　以供養故得淨眼
金剛塗香妙相應　能除一切諸苦惱
金剛鉤召法相應　能作鉤召諸勝業
以金剛索相應故　普令一切徧引入
金剛鎖法相應故　即能堪任一切縛
由金剛鈴徧警覺　一切徧入令歡喜

佛說一切如來眞實攝大乘現證三昧大教王經卷第五

佛說一切如來眞實攝大乘現證三昧大教王經卷第六

宋西天三藏朝奉大夫試光祿卿傳法大師施護等奉 詔譯

金剛界大曼拏羅廣大儀軌分第一之六

復次今說一切如來金剛三昧印智法門頌曰

先作堅固金剛掌　謂以十指互相交
即此所說金剛掌　不改便結金剛縛
所有一切三昧印　皆從金剛縛所生
我今宣說成結儀　彼金剛結爲最上
薩埵金剛堅固作　豎二中指如牙相
二中指間復微屈　此名阿閦佛勝印
大指中指如寶形　復屈中指如蓮相
即以此印屈頭指　三佛之印應如次
我今次第當演說　中方最勝如來部
所有三昧耶勝印　成結事業皆成就
先以二手如月相　離二中指如金剛
餘諸指面皆不著　此名薩埵金剛印
頭指如鉤頭指交　復作善哉彈指相
金剛薩埵此四印　能成一切諸印衆
寶金剛印豎大指　復以頭指面相合
不改前印以中指　無名小指皆展舒
豎無名指如幢相　復以二小指相合
即以此印作旋轉　而復安置於笑處
復次展舒二大指　彼二頭指而微屈
即此中指面相合　是爲金剛利劒印
即此豎二無名指　及二小指交如輪
復次解彼大指縛　然後展舒從口起
小指大指面相合　集會羯磨金剛印
即以此印豎頭指　復次展舒於心住

屈二頭指如牙相　二小指合而復解
小指大指二中間　屈二頭指而相附
豎二大指於心中　即復展舒成鬘印
即以勝掌從口散　然後旋舞頂上合
以金剛縛而下施　復金剛掌而上獻
豎二大指而相附　然後展舒如塗勢
由一頭指先微屈　復二大指而結縛
大指頭指二如鎻　然後金剛勝拳合
次當說彼印成就　金剛成就爲最上
先以自印安於心　是爲薩埵金剛定
我今次說彼事業　金剛事業爲最上
金剛界等諸勝印　普徧集會諸如來
曼拏羅中阿闍梨　刹那加持於弟子
由結薩埵金剛印　得如執金剛無異
由結金剛鉤妙印　即能普召一切佛

妙愛金剛相應故　尚能隨愛等覺者
由結金剛善哉印　即得諸佛施歡喜
以金剛喜妙相應　諸佛咸讚善哉語
由結寶金剛印故　即獲諸佛妙灌頂
以結金剛日妙印　得與佛光等無異
由成金剛幢印故　即能圓滿一切願
金剛大笑法相應　得與諸佛同喜笑
徧持金剛法相應　即得金剛法無異
金剛利劒徧持故　即能斷除諸煩惱
堅結金剛輪印故　諸曼拏羅爲主宰
金剛語印相應故　成就最上金剛語
羯磨金剛印和合　得同金剛羯磨事
堅結金剛甲冑印　即獲金剛所成身
由結金剛牙勝印　能破一切魔惡者
堅結金剛拳印故　能令一切印順伏

由金剛戲得妙樂　金剛鬘得勝莊嚴
金剛歌得語威肅　金剛舞得諸供養
金剛香得大悅懌　金剛華得妙端嚴
世清淨由金剛燈　金剛塗香獲妙香
金剛鉤能普鉤召　以金剛索能引入
由金剛鎖能善縛　金剛鈴故徧警悟

復次宣說一切法印

金剛智攝一切佛　能作堅固金剛界
我今次第當演說　彼諸法印如儀軌
誦三昧耶薩怛鑁　得爲一切印主宰
若誦阿那野薩縛　即能普召於諸佛
阿呼蘇佉若稱誦　能令諸佛生妙愛
娑度娑度稱念時　悉得善哉咸歡喜
若誦蘇摩賀怛鑁　諸佛即爲授灌頂
嚕布你庚多誦時　獲得勝妙法光明
阿哩他鉢囉必帝　稱誦即能滿諸願
訶訶吽訶此笑聲　得與諸佛同喜笑
若誦薩哩縛迦哩　所有非法皆清淨
羇佉砂那稱誦時　速能斷除一切苦
没馱冒地如是誦　得爲曼拏羅主宰
誦鉢囉帝攝没那　能與諸佛同語論
若誦蘇縛始怛鑁　得一切處皆自在
你哩娑野薩怛鑁　稱誦刹那離怖畏
若誦設咄嚕薄叉　而能吞伏諸怨敵
若誦薩哩縛悉提　圓滿一切成就法
若誦摩賀囉帝語　能得微妙最上樂
嚕波輸娑稱誦時　即具莊嚴妙色相
率嚕怛囉爍契野　稱誦即能獲妙樂
若誦薩哩縛布惹　而得最上妙供養
鉢囉賀羅你你語　隨誦能生適悅心

頗羅誐摩稱誦時　隨應獲得諸勝果
若誦蘇帝惹屹哩　而能得彼大妙光
蘇曮唐儗稱誦時　得妙塗香常清淨
阿耶呬弱普鉤召　阿呬吽吽能引入
呬薩普吒鑁能縛　健吒惡惡能警動
今說如上諸法印　所有清淨成就法
於舌觀想彼金剛　一切事業皆成就

復次今說諸羯磨印成結儀則

先作堅固金剛拳　二羽等引而兩分
由此成二金剛印　然後當說結儀則
左金剛指而平受　右手起立以成印
此印名爲覺最勝　由此即成佛菩提
阿閦如來觸地印　寶生如來施願相
無量壽尊勝定儀　不空成就施無畏
復次如應今演說　所有羯磨印次第
金剛薩埵等大士　金剛事業皆隨轉
高舉勢擲金剛杵　二手復如持鉤相
然後相應如射法　次善哉相住於心
二手金剛灌頂相　於心復示月輪形
左手持箭右射勢　復次旋轉向口散
二手開蓮右邊住　左劒安心揮斫相
又復旋轉如火輪　二羽金剛從口散
以金剛舞旋復解　次從兩頰於頂住
小指甲胄頭指牙　二金剛拳復相附
次作金剛高舉相　合掌頂禮心戰慄
先作繫鬘次口散　後金剛舞而旋轉
次以金剛拳儀則　香等供養應如次
此即一切佛供養　如教分別供養印
復以二頭指如鉤　次二小指如大鉤
後復如索二如鎖　又二手背相逼附

復次説上成就法　金剛事業平等作
衆金剛成妙金剛　於自心中應觀想
次説羯磨印事業　金剛事業具種種
是中由結智拳故　即能徧入諸佛智
由結阿閦佛印故　獲得堅固意無動
以結寶生佛印故　即能攝受他所作
由結正法輪印故　而善轉彼大法輪
以無畏印得勝速　能與衆生施無畏
堅結金剛高舉印　即得金剛薩埵樂
以金剛鉤能普召　刹那集會諸如來
金剛箭印妙愛故　金剛眷屬尚能成
由彼金剛大喜印　諸佛咸施善哉聲
以結金剛大寶印　即能從師受灌頂
徧持金剛大日故　得與金剛日無異
由竪金剛勝妙幢　即能普雨諸寶雨

徧持金剛大笑故　速與諸佛同喜笑
金剛妙華徧持故　即能善觀金剛法
堅結金剛利劍印　速能斷除一切苦
徧持金剛輪印故　即能轉彼妙法輪
由彼諸佛離語言　金剛念誦即成就
金剛舞印供養故　諸佛尚能生妙愛
以結金剛甲冑印　乃獲金剛眞實性
金剛利牙徧持故　即彼金剛尚能壞
以金剛拳摧一切　善得諸印皆成就
由金剛戲得妙樂　金剛鬘故獲妙色
金剛歌得妙歌音　金剛舞故生善愛
金剛香得大悦懌　金剛華感淨莊嚴
金剛燈供得妙光　金剛塗香獲香體
彼金剛鉤能普召　而金剛索能引入
由金剛鎖善縛門　金剛鈴故徧警動

復次今説一切印相都結儀則所謂先應結
金剛縛次以諸指摧拍自心誦此心明曰
嚩日囉二合滿馱怛囉二合吒半音一句
然後乃可結一切印即能於自身語心金剛
中而得自在次結金剛徧入印誦此心明曰
嚩日囉二合引吠引舍惡一句
由是心明即能徧入皆同親友和合而住然
後即得密印三昧誦此大士隨念心明曰
摩賀引三摩耶薩都引欱引一句
由是心明於一切印悉得成就此即都結一
切印儀軌
復次宣説都成就儀謂彼最先應結自印以
是自印觀自身薩埵誦此心明曰
三摩踰引欱一句
如是觀自身薩埵已復用此大明加持

三摩耶薩埵阿提底瑟姹二合莎緺一句
復次宣説諸成就儀若欲求彼義利成就者
誦此心明曰
阿哩他二合悉提一句
由是心明得印成就獲大義利又若欲求神
通成就者誦此心明曰
哩提悉提一句
又若欲求金剛持明成就者誦此心明曰
嚩日囉二合尾鄲引切身達囉一句
由是心明隨其所樂即得最上持明成就又
若欲求最上成就者當以自印心明如理加
持即得成就
復次宣説一切印衆通用法儀謂即如應堅
固所作乃能於自身語心金剛中得如金剛
諸所作用若所用印加持緩慢或自欲解散

亦應堅固所作誦此心明曰

唵引嚩日囉二合薩埵三摩耶一摩耨播引羅野二嚩日囉二合薩埵堆奴引波底瑟姹二合捺哩二合廚引彌引婆嚩三蘇都引沙踰引二合彌引婆嚩四阿耨囉訖都引二合彌引婆嚩五蘇補引沙踰引二合彌引婆嚩六薩哩嚩二合悉提孕二合彌引鉢囉二合野蹉七薩哩嚩二合葛哩摩二合蘇左彌唧多室哩二合野酤嚕八吽引訶訶訶訶呼九引婆誐鍐薩哩嚩二合怛他引誐多嚩日囉二合摩引彌引捫左嚩日哩二合婆嚩十摩賀引三摩耶薩埵惡一引十

由是心明故設有違背如來毀謗正法造是五無間業及餘一切惡作之人於一切如來密印欲求成就者於現生中亦得金剛薩埵堅固體性隨其所樂若最上成就若金剛成就若金剛薩埵成就乃至一切如來勝上成就等一切成就皆悉獲得此即具德一切如來金剛薩埵作如是說

復次宣說彼一切印都解儀則

謂彼等如是　彼彼所生印　隨彼彼處解

應誦是心明

嚩日囉二合穆句一

然後從自心起結金剛寶印安自灌頂處以二頭指作灌頂相分手纏頭復作繫鬘印以此印成甲冑印誦此心明曰

唵引嚩日囉二合囉怛那二合阿毗詵左薩哩嚩二合母捺囕引二合彌引捺哩二合池引酤嚕一縛囉葛縛際引那鍐二

然後解此甲冑繫鬘印已次當齊掌而拍成金剛歡喜印誦此心明曰

嚩日囉(合二)覲沙野(合二)呼(引)(句一)
以是印明解灌頂縛作歡喜已即得金剛堅固之體與金剛薩埵等無有異復次頌曰

一稱金剛薩埵名　隨其所欲得妙樂
纔稱念間悉能成　如金剛手之所說

此即具德普賢菩薩作如是說復次頌曰

金剛薩埵等大士　善作一切成就事
隨意持誦於此中　一切教法得成就
密句心印及諸明　隨其所樂諸理趣
依教所說及自作　於一切處皆成就

復次宣說四種祕密勝供養事以金剛歌而為歌詠彼彼大明曰

唵(引)嚩日囉(合二)薩埵僧屹囉(合二)賀(引)(句一)
嚩日囉(合二)囉怛那(合二)摩耨多覽(句一)
嚩日囉(合二)達哩摩(合二)誐(引)野迺(句一)
嚩日囉(合二)葛哩摩(合二)葛嚕婆嚩(句一)

然後若欲入曼拏羅者先於內曼拏羅中以是四明作金剛歌詠及金剛舞等以二手掌結彼祕密四供養印作供養事次於外曼拏羅作金剛香等四種供養各安本處次當啓白一切如來隨所樂欲獻香等供養已復獻上味諸飲食等一切樂具後如其儀軌引弟子入即授弟子一切如來成就金剛禁戒

此是一切佛體性　金剛薩埵手中住
汝今應當常受持　金剛薩埵堅固禁

復授是大明曰

唵(引)薩哩嚩(合二)怛他(引)誐多(一)悉提嚩日囉(二合)(三)摩耶底瑟姹(二二合)伊沙怛網(引二合)馱(引)囉野(引)彌(三)嚩日囉(合二)薩埵呬呬呬呬吽(引四)

然後告弟子言汝於一切時不應以此祕密

法門説示他人即爲隨應授誓心明後於一切時如應入曼拏羅隨力獻諸供養啓曰一切如來作用事已當結薩埵金剛印從下向上次第而解誦此心明曰

唵引訖哩二合都引嚩薩哩嚩二合薩埵引哩他二合悉提哩捺二合多引一野他引搙誐引二蘖嗟特網二合没馱尾沙焰三布那囉引誐摩那引野覩四嚩日囉三合薩埵穆五

以是心明於一切曼拏羅中應如是作及以三昧耶勝印如應而解

金剛祕密曼拏羅廣大儀軌分第二之一

爾時世尊大毗盧遮那如來入一切如來金剛總持三昧出生金剛加持三摩地於是三摩地中從一切如來心成具德金剛手大執金剛者殊妙色相及普徧熾盛藏金剛總持三昧印諸賢聖衆爲出現已所有一切世界諸佛如來金剛總持智悉成辦已乃現一切如來智印影像安立一切如來金剛界大曼拏羅法用於淨月輪中依止而住説此頌曰

大哉無上菩提心　而諸衆生悉歡喜
爲令無畏順伏故　由斯示作明妃相

是時世尊大毗盧遮那如來復入一切如來智印三昧金剛界加持三摩地説此最上自心明曰

唵引嚩日囉二合馱引堆説哩吽引嚩日哩二合尼一句

爾時世尊阿閦如來即入一切如來金剛薩埵三昧智印曼拏羅加持三摩地説此最上自心明曰

唵引嚩日囉二合嚩日哩二合尼吽引一句

爾時世尊寶生如來即入一切如來金剛寶
三昧智印曼拏羅加持三摩地說此最上自
心明曰
唵引囉怛那合二嚩日哩合二尼吽引句
爾時世尊無量壽如來即入一切如來金剛
法三昧智印曼拏羅加持三摩地說此最上
自心明曰
唵引達哩摩合二嚩日哩合二尼吽引一句
爾時世尊不空成就如來即入一切如來金
剛羯磨三昧智印曼拏羅加持三摩地說此
最上自心明曰
唵引葛哩摩合二嚩日哩合二尼吽引一句
爾時金剛手菩薩摩訶薩即說一切如來大
總持三昧印四大明曰
唵引嚩日囉合二薩埵玉四野合二三摩曳引吽

引一句
此明即是普賢
唵引玉四野合二嚩日嚫引二合酤尸吽引一句
此明即是如來鉤
唵引玉四野二嚩日囉合二囉引詣引囉引誐
野吽引一句
此明即是欲樂
唵引玉四野合二嚩日囉合二馱引堆引說哩吽
引一句
此明即是大善哉是等名爲金剛總持門
復次四明曰
唵引嚩日囉合二玉四野合二囉怛那合二三摩曳
引吽引一句
此明即是寶上
唵引嚩日囉合二玉四野合二鉢囉合二毗引吽一句

此明即是寶光明
唵(引)嚩日囉(二合)特嚩(二合)惹(引)屹囉(二合)玉呬曳(引二合)吽(引句一)
此明即是勝旛瓔珞
唵(引)玉呬野(二合)賀(引)娑嚩日哩(二合)尼吽(引句一)
此明即是大笑是等名爲寶總持門
復次四明曰
唵(引)嚩日囉(二合)達哩摩(二合)玉呬野三摩曳(句一)
此明即是金剛雲生
唵(引)嚩日囉(二合)酤(引)舍玉呬野(二合)吽(引句一)
此明即是阿陀囉尼
唵(引)嚩日囉(二合)玉呬野(二合)曼拏梨(引)吽(引句一)
此明即是一切輪
唵(引)嚩日囉(二合)玉呬野(二合)惹(引)波三摩曳(引)
吽(引句一)

此明即是轉大千是等名爲法總持門
復次四明曰
唵(引)嚩日囉(二合)玉呬野(二合)葛哩摩(二合)三摩曳(引)吽(引句一)
此明即是勝成就
唵(引)嚩日囉(二合)玉呬野(二合)葛嚩際(引)吽(引句一)
此明即是一切護
唵(引)嚩日囉(二合)玉呬野(二合)能瑟吒囉(引二合)馱(引)哩尼吽(引句一)
此明即是伏威光
唵(引)嚩日囉(二合)玉呬野(二合)母瑟致(二合)吽(引句一)
此明即是總持印是等名爲衆總持門
爾時金剛手菩薩摩訶薩復說一切如來金剛祕密三昧印四大明曰
唵(引)玉呬野(二合)薩埵嚩日哩(引二合)吽(引句一)

唵引玉四野合二囉怛那合二嚩日哩引二合吽句一
唵引玉四野合二達哩摩合二嚩日哩引二合吽句一
唵引玉四野合二葛哩摩合二嚩日哩引二合吽句一
如是金剛波羅蜜等四祕密明即彼一切如來祕密三昧大總持門三昧印攝於金剛界主宰大曼拏羅熾盛月輪中依止而住

復次金剛手菩薩摩訶薩宣說一切如來祕密供養三昧四大明曰

唵引嚩日囉合二玉四野合二囉底布引惹引三摩曳引薩哩嚩合二布引惹引鉢囉合二嚩哩多合二野吽二引
唵引嚩日囉合二玉四野引二合毗試引葛布引惹引三摩曳一引薩哩嚩合二布引惹引鉢囉合二嚩哩多合二野吽二引
唵引嚩日囉合二玉四野合二詣引多布引惹引三摩曳一引薩哩嚩合二布引惹引鉢囉合二嚩哩多合二野吽二引
唵引嚩日囉合二玉四野合二涅哩合二多布引惹引三摩曳一引薩哩嚩合二布引惹引鉢囉合二嚩哩多合二野吽二引

如是金剛嬉戲等四大明各各本部慓幟具有光明及彼自印於金剛曼拏羅四隅而住

佛說一切如來眞實攝大乘現證三昧大教王經卷第六

音釋

抨補耕切彈也　緋芳微切絳色也　寧也寧也切　赧乃版切　煬餘亮切
屹魚質切　頰古協切面旁也　懌夷益切悅也　孽魚列切

佛說一切如來眞實攝大乘現證三昧大教王經卷第七

宋西天三藏朝奉大夫試光祿卿傳法大師施護等奉　詔譯

金剛祕密曼拏羅廣大儀軌分第二之二

爾時具德金剛手菩薩摩訶薩復說祕密大曼拏羅頌曰

我今次第當演說　最上金剛曼拏羅
其相同彼金剛界　此說名爲金剛密
大曼拏羅法相應　諸曼拏羅亦然畫
諸曼拏羅中依法　應當悉畫於佛印
中方安處跏趺相　此名金剛界主宰
金剛跏趺金剛相　此即金剛部金剛
彼金剛寶跏趺相　如是名爲自灌頂
金剛蓮華跏趺相　此說名爲持壽命
羯磨金剛跏趺相　是爲巧業金剛法
應當徧畫蓮華位　又復悉畫圓光相
座中應畫金剛杵　及金剛鉤而起立
畫二金剛相相合　二手作拳善哉相
復畫寶聚有熾燄　日光輪印亦復然
勝幢熾盛光圍遶　諸齒行列金剛笑
金剛中畫蓮華相　利劒熾燄亦復然
復畫金剛大火輪　及畫舌相具光燄
諸相徧畫金剛杵　應畫金剛甲冑相
依法次畫金剛牙　二手拳印如應畫
薩埵金剛等隨畫　如大壇中所說儀
悉畫本印及幖幟　金剛戲等壇中畫
於外壇中如儀軌　悉畫本部自幖幟
慈氏菩薩等亦然　隨其所樂咸應畫
復次宣說入金剛祕密曼拏羅儀所謂金剛
阿闍梨先應自結薩埵金剛印依教入曼拏

羅中作右旋繞以所結印獻金剛手尊如其所說於壇四門誦自心明作解散已復結金剛鉤羯磨印如教所說作事業已即應順向出曼拏羅乃令金剛弟子依金剛界大曼拏羅法用如次而入入已然後依法解拳次當授與祕密成就金剛標幟教授金剛祕密印智等法

復次此中如應教授金剛祕密身印智

淨月曼拏羅中住　觀想金剛作奮迅
手足指面悉動摇　金剛明妃尚生愛
屈臂猶如持鉤勢　觀想金剛在頭上
手掌相擊使振聲　想金剛鉤作鉤召
又復應作射箭法　起奮迅相射心中
如應殺彼諸惡魔　妙樂金剛自當得
又應作縛繫於臂　從自心中徧自身
彼金剛法用相應　自得諸佛常衛護

即說如是等心明曰

縛日囉二合囉引誐野呼引一句

縛日覽二合引酤舍弱一句

摩引囉摩引囉野發吒半音一句

滿馱犖力角切又欱句

復次教授金剛祕密觀視印智

諸金剛視生妙愛　所謂歡喜開華眼
以其觀視明妃故　即能得彼常順愛
又復極惡動摇眼　眼睫照明鉤召相
此說名為光明視　一切世間悉鉤召
又復顰眉破壞相　刹那能現忿怒勢
此名徧持忿怒視　乃至三世尚降伏
又作堅固慈愛眼　猶如須彌諸山石
此說名為慈愛視　能破病毒及執魅

即説如是等心明曰

嚩日囉合二捺哩合二瑟致合二末吒半音一句

襧引鉢多合二捺哩合二瑟啗引一合酤尸弱句一

骨嚕引二合馱捺哩合二瑟致合二傺句引一

捺哩合二荼捺哩合二瑟致合二怛羅合二吒半音一句

復次教授金剛祕密語印智

呼呼呼呼此稱時　刹那即得離語言

令諸衆生善愛與　得金剛語悉明焕

弱弱弱弱此稱時　一切聲語得明焕

普能鉤召諸世間　即得執金剛無異

吽吽吽吽徧持故　諸忿怒語得明焕

殺害一切惡有情　等同須彌諸山石

欣欣欣欣此稱時　諸微妙語悉明焕

而能普護諸世間　即得同佛金剛身

即説如是等心明曰

嚩日囉合二呼句引

嚩日囉合二弱句一

嚩日囉合二吽引句一

嚩日囉合二欣句一

復次教授金剛祕密心印智

如應觀想於自身　所有諸相皆具足

自身即是金剛手　得彼諸佛生妙愛

如應觀想於自身　所有諸相皆具足

自身即是金剛藏　而能鉤召金剛手

如應觀想於自身　所有諸相皆具足

自身即是金剛眼　以諸正法摧魔惡

如應觀想於自身　所有諸相皆具足

自身即是巧金剛　得衆金剛常衛護

即説如是等心明曰

嚩日囉合二播引尼嚩舍一摩引那野薩哩合二

没談引呼二引

嚩日囉二合誐哩婆一二合嚩日囉二合播引尼孕二合尸竭囉二合摩引葛哩沙二合野吽引弱二嚩日囉二合泥引怛囉二合薩哩嚩二合達哩給二合一摩引囉野吽引發吒半音二句嚩日囉二合尾說拏又薩哩嚩二合嚩日囉引二合欣句一

復次教授金剛祕密印智

薩埵金剛徧持故　於自心中觀自身
作金剛視普徧觀　一切世間徧警悟
大寶金剛徧持故　於自心中觀自身
作光明現普徧觀　鉤召一切令順愛
妙法金剛徧持故　於自心中觀自身
作忿怒視普徧觀　殺諸世間魔惡者
羯磨金剛徧持故　於自心中觀自身
作慈愛眼普徧觀　一切世間善作護

即說如是等心明曰

嚩日囉二合玉呬野二合三摩野阿句一

嚩日囉二合玉呬野二合三摩野呼引句一

嚩日囉二合玉呬野二合三摩野吽引句一

嚩日囉二合玉呬野二合三摩野欣句一

復次教授金剛祕密大印成結儀則

從金剛掌所生印　此說名爲大祕密
彼諸大印如次第　成結之儀我今說
二手大指相鉤結　復屈頭指頭相執
豎三中指而向上　此金剛界主宰印
即此中指金剛相　又復中指如寶形
中指無名指如蓮　舒掌四印應如次
一二頭指如金剛　又二大指皆藏攝
彈指及頭指如寶　即復頭指寶光相

豎二無名指如寶　即以此印向口轉
復以諸指頭展舒　豎二大指於中住
展舒諸指如輪相　即以此印從口散
並豎大指如金剛　豎二頭指中間住
開二大指復如牙　後入掌中成拳印
而復金剛祕密法　從彼金剛縛所生
復次法祕密幖幟　觀想内心自相合
羯磨祕密亦中住　羯磨幖幟應表示
今説法印次第所謂最上祕密彼彼種子
阿引[口*弱]呼引索一句　唵引盎引怛囉二合郝一句
紇哩引二合談鉿囕一句　尚欣吽引鍐一句
二羽應結祕密印　如教分別羯磨印
乃至三昧耶勝印　二羽所成亦如是
次當宣説成就儀　稱三昧耶薩怛鍐
若結自印即能成　得一切欲勝妙樂

若一若多諸密印　一切餘時不應結
或成大事或密中　智者和合如應作
常時身住於此中　金剛眷屬自然生
行人堅固妙愛心　乃至盡壽不應捨
復次宣説彼一切印成結等事業
金剛徧入發生已　是中或自或他人
若結諸印若解時　隨應誦是心明曰
嚩日囉二合吽引滿馱一句
次説解印儀則
由彼彼所生　一切印次第　於彼彼處解
應誦是心明
唵引嚩日囉二合穆一句
次説堅固護身所作法儀
結實金剛堅固拳　二頭指結甲冑印
從心至頂次第解　隨應誦是心明白

唵引捺哩合一荼嚩日囉合二葛嚩左特哩合三吒半音一句

次說三昧縛儀

隨處如應徧解巳　當結堅固護身印
解縛齊掌作摧拍　即誦如是心明曰

唵引玉呬野合二三摩野多引羅薩句一

金剛密句隨意誦　善修一切壇事業
此中三昧法相應　能作最上諸成就

金剛智法曼拏羅廣大儀軌分第三

爾時具德金剛手菩薩摩訶薩復入一切如來微妙金剛智印三昧曼拏羅加持三摩地說此最上自心明曰

唵引速引叉摩合二嚩日囉合二倪也引二合那三摩野吽引一句

爾時世尊阿閦如來即入一切如來金剛薩埵微妙金剛智印三昧曼拏羅加持三摩地說此最上自心明曰

唵引嚩日囉合二薩埵速引叉摩合二倪也引二合那三摩野吽引一句

爾時世尊寶生如來即入一切如來金剛寶微妙智金剛印三昧曼拏羅加持三摩地說此最上自心明曰

唵引嚩日囉合二囉怛那合二速引叉摩合二倪也引二合那三摩野吽引一句

爾時世尊無量壽如來即入一切如來金剛法微妙金剛智印三昧曼拏羅加持三摩地說此最上自心明曰

唵引嚩日囉合二達哩摩合二速引叉摩合二倪也引二合那三摩野吽引一句

爾時世尊不空成就如來即入一切如來金

剛羯磨微妙智印三昧曼拏羅加持三摩地

說此最上自心明曰

唵引嚩日囉二合葛哩摩二合速引叉摩二合倪也二合引那三摩野吽引一句

爾時世尊大毗盧遮那如來即入一切如來微妙智金剛三摩地於是三摩地中從一切如來心成具德執金剛者微妙智金剛光明爲出現已普照一切世界於一切如來衆及一切如來微妙智金剛三摩地三摩鉢底中堅固作已復成一聚三摩地智妙金剛身徧觀察已合爲一體出生如來智身於世尊大毗盧遮那如來心中如理而住

是時具德金剛手菩薩摩訶薩即入一切如來智心如是入已說此一切如來微妙智大三昧金剛大明曰

速引叉摩二合嚩日囉二合一句

說是大明時從一切如來心中出現具德金剛手菩薩摩訶薩以一切如來微妙智金剛加持影像身於一切如來鼻端而住說此頌曰

大哉一切正覺尊　微妙金剛我廣大

由廣大性微妙故　普能舒徧於三界

時具德金剛手菩薩摩訶薩作是說已即於一切如來鼻端以微妙金剛智相舒徧一切如來身如是舒徧已又復徧周法界與虛空界合由是微妙金剛智相舒徧普盡虛空界故即於一切如來智金剛加持影像身中如理而住如是影像身於刹那間混入一切如來智金剛中觀察金剛法性已即於一切如來及一切如來微妙智金剛三摩地中如理

而住然後從一切如來智金剛中說一切如
來三摩地智心明曰
嚩日囉(二合)那(引)毗怛他(引)誐多吽(引句)
說是心明時具德金剛手菩薩摩訶薩復入
自心微妙智與一切如來身合如是入已於
自心中成金剛影像如理而住
是時一切如來即說薩埵金剛等四大智心
明曰
嚩日囉(二合引)怛摩(二合)葛(句一)
此即金剛薩埵智印
紇哩(二合一)捺嚩(二合)日覽(二合引)酤舍(句一)
此即一切如來集會加持智印
底瑟姹(二合一)囉(引)誐嚩日囉(二合)鉢囉(二合)尾舍紇
哩(二合)捺煬(句一)
此即一切如來隨愛樂智印

阿呼(引)嚩日囉(二合)覩瑟致(二合一句)
此即大歡喜智印是等名為一切如來大金
剛等持門
爾時具德金剛手菩薩摩訶薩復入一切如
來心微妙智與自心合如是入已於自心中
以金剛加持影像身如理而住即此金剛影
像相說四心明曰
嚩日囉(二合)囉怛那(二合引)怛摩(二合)葛紇哩(二合)捺
野(句一)
此即一切如來灌頂智印
嚩日囉(二合)蘇(引)哩野(二合)底瑟姹(二合一句)
此即大光明曼拏羅莊嚴智印
嚩日囉(二合)特嚩(二合)惹(引)誐囉(二合)鑁(句一)
此即一切如來意願圓滿智印
紇哩(二合)捺野嚩日囉(二合)賀(引)薩(句一)

此即一切如來大喜出生智印是等名爲一切如來寶等持門

爾時具德金剛手菩薩摩訶薩復入自微妙智與自心合如是入已以金剛加持影像身如理而住即此金剛影像相說四心明曰

嚩日囉(二合)鉢訥摩(二合引)怛摩(二合)葛(一句)

此即一切法平等性智印

紇哩(二合)捺嚩(二合)日囉(二合)酤(引)舍(一句)

此即一切如來智慧印

底瑟姹(二合)嚩日囉(二合)作訖囉(二合)紇哩(二合)捺煬鉢囉(二合)尾舍(一句)

此即入大輪智印

嚩日囉(二合)吽賀嚩(二合引)誐囉(二合)紇哩(二合)捺野

此即一切如來法語離戲論智印是等名爲一切如來法等持門

爾時具德金剛手菩薩摩訶薩復從自心金剛心入金剛微妙智與金剛心合如是入已復以極微妙金剛影像身加持而住說此極微妙金剛影像等四心明曰

薩哩嚩(二合)嚩日囉(二合引)怛摩(二合)葛(一句)

此即一切如來巧業智印

紇哩(二合)捺嚩(二合)日囉(二合)葛嚩左(一句)

此即極難敵精進智印

底瑟姹(二合)嚩日囉(二合)藥叉紇哩(二合)捺野(一句)

此即破一切魔境界智印

嚩日囉(二合)母瑟耻(二合)紇哩(二合)捺野(一句)

此即一切如來縛智印是等名爲一切如來羯磨等持門

爾時具德金剛手菩薩摩訶薩又復舒徧微妙智相與一切如來身合從是出已即現金

剛手大菩薩身復成金剛薩埵等大菩薩像
各各標幟安自心已即復安立金剛界大曼
拏羅相應法用於淨月曼拏羅自心等持等
至中依止而住
復次具德金剛手菩薩摩訶薩爲欲成辦一
切如來三摩地智神通事等說此金剛智微
妙智曼拏羅
我今次第當演說　最上妙月曼拏羅
其相猶如金剛界　金剛微妙故此說
大曼拏羅法相應　如教安立大薩埵
金剛壇中畫佛相　佛曼拏羅如是立
壇中徧畫大薩埵　自印安心如教說
應作三摩地坐相　二手當結金剛縛
復次宣說金剛微妙法曼拏羅鉤召等儀軌
謂於大曼拏羅中依相應法所有入等儀軌
隨應作已然後授與大智標幟當隨自心所
作事業
復次教授大印智法
從舌及齶漸出已　次復繫想於鼻端
微妙金剛樂觸生　即得心住於等引
微妙金剛樂觸中　從是出生殊勝相
是相廣大舒徧故　心亦廣大徧一切
隨心所樂而舒徧　廣大即徧於三界
復次漸略應旋復　乃至鼻端而攝入
從是已後諸所有　常應觀想妙等引
堅固所作徧一切　三摩地智即安立
即說如是等心明曰
速引叉摩二合縛日囉二合一句
颯頗二合囉縛日囉二合一句
僧訶囉縛日囉二合一句

嚩日囉二合捺哩二合荼底瑟姹二合引一句

若於有情起慈心　與大堅固應同起
由心廣大法相應　一切有情亦廣大
由慈廣大相應故　所起悲心亦復然
一切有情利相應　徧諸所行悉廣大
自性光明徧一切　本來清淨虛空等
是中若法若非法　普觀清淨悉歡喜
所有一切極惡者　彼等非佛菩提器
以大捨心平等觀　亦爲彼等皆攝受

即說如是等心明曰

摩賀引梅引怛哩野二合颯頗二合囉一句
摩賀引葛嚕拏引颯頗二合囉引一
薩哩嚩二合戍馱鉢囉二合摸引捺颯頗二合囉一句
薩哩嚩二合薩埵引三冒引馱野一句

復次教授一切如來隨念智

若處虛空若餘方　微妙金剛應和合
若坐若起威儀中　金剛影像常觀想
於一切處亦如是　微妙金剛常和合
而諸菩薩心金剛　觀想常住妙等引
彼金剛手大影像　於一切處常觀想
微妙金剛法相應　如其所說依次第
觀佛影像徧一切　所有諸相皆具足
如其所說依次第　隨應觀想妙等引

即說如是等心明曰

嚩日囉二合引自契引娑嚩一句
摩賀引冒引地薩埵引尾舍一句
嚩日囉二合播引尼捺哩舍二合野莎嚕半一句
没馱引努塞蜜哩三合爹引尾舍一句

微妙金剛相應故　即當觀想於自身
自身現月影像中　淨菩提心應觀想

復於淨妙月輪中　如應觀想於自身
自身即是金剛像　薩埵金剛想無異
微妙金剛法相應　如應觀想於自身
自身薩埵金剛心　薩埵金剛想無異
如應觀想於自身　所有諸相皆具足
自身即是佛影像　諸佛菩提應觀想

即說如是等心明曰

三滿多跋捺囉(引二合)尾舍(句一)

薩埵嚩日囉(引二合)尾舍(句一)

嚩日囉(二合)薩埵三摩(引)提倪也(引二合)那舍一怛他(引)誐都(引)欱(二)

復次教授一切如來法性祕密印智

我即等同於諸佛　一稱金剛祕密語
金剛蓮華二相合　令諸有情同妙愛
我即等同大金剛　一稱金剛祕密語
金剛蓮華二相合　決定鉤召諸世間
我即等同金剛法　一稱金剛祕密語
金剛蓮華二相合　普徧世間悉調伏
我即等同巧金剛　一稱金剛祕密語
金剛蓮華二相合　即能成就諸事業

復次教授一切如來智金剛加持三摩地印智

微妙金剛法相應　觀想金剛住心中
自身即是佛影像　由是觀故即成佛

復次教授金剛薩埵三摩地印智

微妙金剛相應故　心金剛等彼諸衆
金剛薩埵等應觀　能施一切自成就

復次教授一切如來部三摩地三昧印智

從彼金剛縛出生　等持三昧耶勝印
十六大士應如次　彼等縛印今當說

所謂跏趺相高起勢撚箭勢向心住相頭額處背間肩上笑處持口門心劒心開敷從口散頂胷處面處大指處心前等

復次教授最上法印次第

吒計引一句 誐羅二合誐羅二合一句
末吒半音一句 阿屹羅二合一句
怛覽二合怛覽二合一句 盎盎一句
唐唐一句 怛哩引二合吒一句
特哩二合吒一句 勃哩二合吒一句
酤引舍一句 郝郝一句
嚩嚩一句 鍐鍐一句
癹吒半音一句 屹囉二合薩一句

復次教授最上法羯磨所謂諸欲作者依三昧法應結微妙金剛智拳皆從二羽和合而作

佛說一切如來真實攝大乘現證三昧大教王經卷第七

音釋

㗁音諤逆各切 齒弱齒齗根肉也 撚乃珍切指撚也 鍐七紫切

佛說一切如來眞實攝大乘現證三昧大教王經卷第八 第九同卷

宋西天三藏朝奉大夫試光祿卿傳法大師施護等奉　詔譯

金剛事業曼拏羅廣大儀軌分第四

爾時具德金剛手菩薩摩訶薩復入一切如來無上供養廣大儀軌舒徧羯磨三昧金剛加持三摩地說此最上自心明曰

唵引薩哩嚩合二怛他引誐多一嚩日囉合二馱引埵耨多囉布引惹引颯頗合二囉拏二葛哩摩合二三摩曳引吽引三

爾時世尊阿閦如來入一切如來金剛薩埵無上供養廣大儀軌舒徧羯磨三昧金剛加持三摩地說此最上自心明曰

唵引薩哩嚩合二怛他引誐多一嚩日囉合二薩埵引耨多囉布引惹引颯頗合二囉拏二葛哩摩合二三摩曳引吽引三

爾時世尊寶生如來入一切如來金剛寶無上供養廣大儀軌舒徧羯磨三昧金剛加持三摩地說此最上自心明曰

唵引薩哩嚩合二怛他引誐多一嚩日囉合二囉怛那引二合耨多囉布引惹引二葛哩摩合二颯頗合二囉拏三摩曳引吽引三

爾時世尊無量壽如來入一切如來金剛法無上供養廣大儀軌舒徧羯磨三昧金剛加持三摩地說此最上自心明曰

唵引薩哩嚩合二怛他引誐多一嚩日囉合二達哩摩引二合耨多囉布引惹引颯頗合二囉拏二葛哩摩合二三摩曳引吽引三

爾時世尊不空成就如來入一切如來金剛羯磨無上供養廣大儀軌舒徧羯磨三昧金

剛加持三摩地説此最上自心明曰
唵引薩哩嚩合二怛他引誐多一嚩日囉合二葛哩摩引二合耨多囉布引惹引颯頗合二囉拏二葛哩摩合二三摩曳引吽三引
爾時世尊大毗盧遮那如來復入一切如來供養廣大儀軌普盡法界舒徧羯磨三昧金剛三摩地於是三摩地中從一切如來心出現具德金剛手菩薩摩訶薩普盡法界舒徧一切虛空界互相涉入故即成一切衆妙供養莊嚴廣大儀軌流徧雲海一切賢聖是諸賢聖從一切世界流徧雲海悉集一切如來大會曼拏羅中從一切如來無上大菩提心出生一切如來部隨愛樂智成辦普賢最上勝行詣大菩提場降伏諸魔軍以一切如來平等性現成正覺一切如來大曼拏羅所生

普徧三界最勝轉正法輪於普盡無餘諸有情界廣作一切利益等事示現諸佛神通遊戲時彼供養雲海一切賢聖依一切如來儀軌所説各結本印作供養已於金剛界大曼拏羅相應月輪中依止而住説此頌曰
大哉諸佛我供養　我作轉諸供養者
由諸佛性廣大故　即一切佛施成就
爾時具德金剛手菩薩摩訶薩復説一切如來供養等羯磨廣大儀軌金剛羯磨曼拏羅大明曰
唵引薩哩嚩合二怛他引誐多一二合薩哩嚩合二怛摩合二你哩也引二合怛那布引惹引颯頗合二囉拏二葛哩摩合二嚩日哩引二合阿引三
此即一切如來極妙樂
唵引薩哩嚩合二怛他引誐多一薩哩嚩引二合

怛摩合二你哩也引二合怛那引葛哩沙合二拏布
引惹引颯頗合二囉拏二葛哩摩引二合屹哩合二
弱三

此即一切如來鉤召

唵引薩哩嚩合二怛他引誐多一薩哩嚩引二合
怛摩合二你哩也引二合怛那引耨囉引誐拏布
引惹引颯頗合二囉拏二葛哩摩合二縛引尼引
吽引呼引三

此即一切如來隨愛樂

唵引薩哩嚩合二怛他引誐多一薩哩嚩引二合
怛摩合二你哩也引二合怛那娑引度葛引囉布
引惹引颯頗合二囉拏二葛哩摩合二覩瑟致合二
惡三

此即一切如來徧歡喜是等名爲一切如來
大供養

復次大明曰

唵引那莫薩哩嚩合二怛他引誐多一葛引野
引毗尸引葛囉怛泥引毗踰引二合嚩日囉合二
摩尼唵引二

此即大主宰

唵引那莫薩哩嚩合二怛他引誐底一引蘇引哩
曳引二合毗踰引二合嚩日囉合二帝引吽你入嚩
引二合囉唧引二

此即大光明

唵引那莫薩哩嚩合二怛他引誐多一阿賖引
波哩布引囉拏進多引摩尼特嚩合二惹引屹
哩引二合毗踰引二合嚩日囉合二特嚩合二惹引屹
哩引二合怛覽二合三

此即大寶雨

唵引那莫薩哩嚩合二怛他引誐多一摩賀引

必哩二合引底鉢囉二合引謨引鞑葛哩引毗踰
二合引嚩日囉二賀引細引郝三
此即大喜悅是等名爲一切如來灌頂供養
復次大明曰
唵引薩哩嚩二合怛他引誐多一嚩日囉二合達
哩摩二合多引三摩引提毗寗覩二合奴引彌二
摩賀引達哩摩二合引屹哩二合紇哩二合引三
此即大智歌
唵引薩哩嚩二合怛他引誐多一鉢囉二合倪也
二合引播引囉彌多引你哩賀二合引賴寗覩二合
奴引彌二摩賀引瞿引沙引耨諳引談三
此即大音聲
唵引薩哩嚩二合怛他引誐多一作訖囉二合引
叉囉波哩嚩哩多二合引二薩哩嚩二合蘇引怛覽
二合引多那拽寗覩二合奴引彌三薩哩嚩二合曼

拏梨引吽引四
此即徧入一切曼拏羅
唵引薩哩嚩二合怛他引誐多一散馱引婆引
沙沒馱僧倪引底毗哩誐二合引餤寗覩二合奴
引彌二嚩日囉二合嚩引際引鍐三
此即密句行是等名爲一切如來法供養
復次大明曰
唵引薩哩嚩二合怛他引誐多一度引波彌引
伽颯頗二合囉拏布引惹引葛哩彌二合引二葛囉
葛囉三
此即大勇猛
唵引薩哩嚩二合怛他引誐多一補瑟波二合鉢
囉二合薩囉拏颯頗二合囉拏布引惹引葛哩彌
二合引二吉哩吉哩三
此即大覺分

唵引薩哩嚩合二怛他引誐多一阿路引葛入嚩引二合羅颯頗合二囉拏布引惹引葛哩彌合二引二婆囉婆囉三

此即大明照

唵引薩哩嚩合二怛他引誐多一巘馱三母捺囉合二颯頗合二囉拏布引惹引葛哩彌引二合二酤嚕酤嚕三

此即大塗香是等名爲一切如來羯磨供養
復次宣説金剛事業曼拏羅謂轉普盡無餘
一切如來諸供養事
我今次第當演説　最上羯磨曼拏羅
其相猶如金剛界　金剛事業故此説
大曼拏羅法相應　依彼安布佛影像
金剛薩埵等相應　彼賢聖印依法畫
次説金剛事業曼拏羅入等儀則謂依金剛界大曼拏羅法用隨應當入如是入已謂弟子言此一切如來供養三昧汝日日中常應供養十六大士然當隨力作諸事業如是言已乃爲弟子除去面帛即令觀視曼拏羅中授與羯磨本部幖幟尚得一切如來爲作供養況復餘耶

復次教授大菩提心成辦供養印智
堅固菩提心出生　我此觀想於諸佛
我以嬉戲供養故　即得諸佛勝妙樂
堅固菩提心出生　我此觀想於諸佛
我以寶鬘供養故　普供養已得灌頂
堅固菩提心出生　我此觀想於諸佛
歌音妙樂供養故　由普供養得妙愛
堅固菩提心出生　我此觀想於諸佛
我以旋舞供養故　尚得諸佛爲供養

即説如是等大明曰

没駄(引)怛摩(二合引)欱(句一)

没駄摩毗誂左(引)彌(句一)

没駄窣覩(二合)底蒿嚕(引)彌(句一)

没駄布(引)惹(引)蒿嚕(引)彌(句一)

復次教授一切佛供養印智

最上身語心金剛　應作頂禮相應相

以此供養一切佛　定得一切常信禮

彼一切佛大福聚　從身語心金剛生

我以隨喜供養故　由是即得速成佛

彼身語心金剛體　奉獻如是微妙身

諸佛一切供養中　以此供養而供養

所有一切勝善行　從身語心金剛生

以此迴向供養故　得與諸佛等無異

即説如是等大明曰

鉢囉(二合)拏摩(引)彌(句一)

阿耨謨(引)你(引句一)

没駄布(引)惹(引句一)

波哩拏(引)摩(句一)

復次教授法供養印智

諸法自性悉明亮　自性本來皆清淨

以如是法供養故　即得諸佛勝妙樂

相門施設言説已　即一切法皆合集

謂由如是法印門　而能斷除一切苦

如是諸法徧一切　因中此法即如來

以正法輪供養故　供養得成持法者

於一切法自性中　所説諸法如響應

即以此法供養故　而能速獲正覺音

即説如是等大明曰

薩哩嚩(二合)戍駄(句一)

三滿多跋捺囉(二合)(一句)

達哩摩(二合)作訖囉(二合)(一句)

你瑟鉢囉(三合)半左(一句)

復次教授三摩地印智

彼身語心金剛中　自身猶如微塵量
悉想金剛影像相　而能速得金剛身
彼身語心金剛中　自身猶如微塵量
觀想即徧一切佛　而能速得妙法身
彼身語心金剛中　自身猶如微塵量
觀想金剛薩埵身　金剛薩埵得無異
彼身語心金剛中　自身猶如微塵量
觀想即佛影像相　速得成佛真實體

即說如是等大明曰

嚩日囉(二合)葛(引)野(一句)

達哩摩(二合)葛(引)野(一句)

薩埵葛(引)野(一句)

没馱葛(引)野(一句)

復次教授祕密印智

彼一切身悉和合　自然妙樂成供養
以此奉獻速能獲　金剛薩埵等無異
真實妙愛相應故　隨應所向樂觸生
以此奉獻於諸佛　得金剛寶等無異
堅固喜樂常相續　隨觸隨應勝樂生
以此奉獻於諸佛　得金剛法等無異
金剛蓮華杵相合　相應妙樂徧一切
以此奉獻作供養　得金剛業等無異

即說如是等大明曰

囉底嚩日囉(二合)(一句)

囉(引)誐嚩日囉(二合)(一句)

必哩(引二合)底嚩日囉(二合)(一句)

葛引摩䌫日囉二合一句

復次教授一切如來供養羯磨大印智

所謂心兩脇及背　兩乳兩肩喉與額

兩耳頭頂至腰間　如是十六處依法

復次教授一切如來供養羯磨三昧耶印智

所謂堅結金剛縛　是即大印相應法

心等諸處如本儀　安布供養於諸佛

復次教授一切如來供養羯磨法印智所謂

唵引屹哩野三合藥娑引句

帝哩二合引覽旂諾一句

亢商吽引呬一句

舍挲室桑

次說羯磨印所謂依法如其次第應以二羽作羯磨拳隨成諸印

現證三昧大儀軌分第五

爾時世尊大毗盧遮那如來以一切如來加持力故宣說一切如來部所生一切如來族大儀軌廣大法用攝一切成就事一切如來印大明曰

唵引薩哩䌫二合怛他引誐多母瑟致二合鍐一句

爾時世尊阿閦如來以一切如來加持力故宣說一切如來部所生一切如來族大儀軌廣大法用攝一切成就事一切如來印大明曰

唵引䌫日囉二合薩埵母瑟致二合阿一句

爾時世尊寶生如來以一切如來加持力故宣說一切如來部所生一切如來族大儀軌廣大法用攝一切成就事一切如來印大明曰

唵引䌫日囉二合囉怛那二合母瑟致二合怛覽一句

爾時世尊無量壽如來以一切如來加持力故宣說一切如來部所生一切如來族大儀軌廣大法用攝一切成就事一切如來印大明曰

唵引嚩日囉合二達哩摩合二母瑟致合二欱句一

爾時世尊不空成就如來以一切如來加持力故宣說一切如來部所生一切如來族大儀軌廣大法用攝一切成就事一切如來印大明曰

唵引嚩日囉合二葛哩摩合二母瑟致合二欱句

爾時具德金剛手菩薩摩訶薩以自加持及世尊毗盧遮那如來加持力故宣說一切如來部所生一切如來族大儀軌廣大法用攝一切成就事金剛悉地四印曼拏羅

我今次第當演說　最上四印曼拏羅

其相猶如金剛界　金剛悉地故此說

如大曼拏羅法用　智者隨應當抨線

依法安佛影像等　及畫四印曼拏羅

當於淨妙月輪中　金剛印等依法畫

次說金剛成就四印曼拏羅中鉤召等儀軌謂當隨應依法作已入曼拏羅誡弟子言汝慎勿以此祕密法門輒爲他人開示教授何以故謂有有情具諸惡見復造罪業無善方便不能了知衆妙事業以下劣精進故於一切如來部曼拏羅中雖復作已返起思念怖不能入彼等於是金剛成就曼拏羅一切如來印契曼拏羅一切如來部三昧眞實曼拏羅中不能廣爲普盡無餘諸有情界作彼救度利益安樂乃至一切如來金剛最上成就建立事相悉不能作是故汝今勿得於此一

切如來部三昧印契諸祕密中不生淨信斯爲破壞夭喪其命無令當墮三惡道中如是言已即爲弟子除去面帛乃令觀視曼拏羅中然後爲說一切如來部印契三昧

所有所有結諸印　隨應隨應大主宰
依法持誦於心明　觀想自身亦如教
若於如是智相應　印得大士勝成就
一切印於一切處　如金剛手之所說

復次爲說一切印祕密法

斂攝調伏自諸根　次應執持金剛拳
是印若有隨觸者　刹那得彼生妙愛

復次爲說一切印法性

微妙金剛所用法　是中應結於智印
如是儀軌若相應　此即智印妙愛法

復次爲說一切印羯磨法

若歌若舞若飲食　諸所行等諸樂法
以此獻佛及聖賢　即羯磨印妙愛理

復次教授一切曼拏羅成就祕密印智

先當安固於自身　居座凝然而寂住
狀同塔廟不傾搖　觀想成自金剛界
次結堅固金剛縛　二手中指豎如牙
小指頭指面皆仰　三昧中勝三昧印
微妙金剛勝法用　是中觀想妙等引
微妙金剛曼拏羅　即三摩地自在理
二羽應結金剛印　執持金剛二堅固
小指頭指皆結縛　即金剛身勝壇印

然後如金剛薩埵等所結四大印依金剛界大曼拏羅中廣大法用所有阿閦如來曼拏羅等一切曼拏羅四印法用並如金剛成就四印曼拏羅畫各各應用本部印契即得一

切所作成就若畫諸幡像先於幡面畫如虛空色然於諸處依法而畫如教安布彼曼拏羅即得一切所作成就從是已後隨所樂欲或入大曼拏羅作成就事或於一日中起首修習或復四日或十六日隨應所作設有造五無間罪隨其所欲一切愛樂飲食受用所行所作受諸快樂者若求成就於一年中尚能獲得最勝成就此即具德金剛手菩薩所說

爾時世尊大毗盧遮那如來復入一切如來最上成就三昧金剛三摩地於是三摩地中以一切如來心從自心出說是一切如來大乘現證三昧大明曰

嚩日囉二合一薩埵句一

爾時具德金剛手菩薩摩訶薩廣爲救度利樂普盡無餘諸有情界乃至令得一切如來無上成就故說此大乘現證三昧曼拏羅

我今次第當演說　最上薩埵曼拏羅
其相猶如金剛界　金剛薩埵故此說
依大曼拏羅法用　如次抨外曼拏羅
應於淨妙月輪中　安布金剛薩埵相

然後如教所說此中鉤召入等儀軌皆從一切如來智所出生依法作已誡弟子言若有不見三昧不能了知此諸祕密法者不應爲說若爲說者極爲破壞夭喪其命無令當墮諸惡趣中

復次教授金剛薩埵最上悉地成就智印

安處滿月曼拏羅　皆於大印中所攝
金剛薩埵即自身　如應觀想速成就

復次教授一切曼拏羅祕密三昧印智

應知三界中無別　見貪可離斯爲罪
是故染淨性眞常　此中知者無餘事
如是大明曰
摩賀引三摩野喝那癹吒半音一句
然後乃爲授誓心明及一切如來部曼拏羅
廣大儀軌三昧禁戒
復次教授金剛薩埵四大印等如是成就法
如是幰像等一切聖像隨意所樂依法而作
即得一切所求成就如是皆依金剛界大曼
拏羅廣大儀軌
爾時一切如來又復雲集稱讚具德一切如
來增上主宰大菩提心金剛界金剛手菩薩
摩訶薩言善哉善哉即說如是金剛歡喜大
明曰
唵引

復次頌曰
善哉金剛大勇猛　金剛大寶復善哉
金剛妙法善難思　善哉金剛衆羯磨
善能宣說此正法　無上廣大金剛乘
如來所有祕密門　大乘現證法中攝
若聞金剛薩埵名　尚得一切勝成就
若以淨心作法時　即得諸佛勝妙樂
所有相應金剛法　即諸欲樂中妙樂
求成就者於現生　得樂無盡而無滅

佛說一切如來眞實攝大乘現證三昧大教
王經卷第八

佛說一切如來眞實攝大乘現證三昧大教王經卷第九

宋西天三藏朝奉大夫試光祿卿傳法大師施護等奉　詔譯

降三世曼拏羅廣大儀軌分第六之一

爾時世尊一切如來又復雲集以一百八名稱讚金剛手菩薩摩訶薩大轉輪王頌曰

金剛薩埵大金剛　妙金剛尊善哉者
金剛灌頂金剛光　金剛勝幢我頂禮
喜笑金剛大妙法　金剛利劍大執持
諸曼拏羅最上王　遠離戲論我頂禮
金剛羯磨大作護　暴怒藥叉大攝伏
堅固大印金剛拳　一切印契我頂禮
妙菩提心大菩提　清淨妙覺諸如來
金剛智起大智門　最上大乘我頂禮
一切義利諸實義　大勇猛義徧一切
徧作自在一切智　一切示現我頂禮
金剛身妙勝金剛　金剛精進金剛主
大三昧耶實義生　摩訶薩埵我頂禮
金剛大鉤大妙欲　極妙勝樂大妙光
金剛光明現光明　佛大光照我頂禮
勝金剛主金剛上　勝大明上人中尊
上首金剛大勝上　無極大明我頂禮
大金剛界大祕密　金剛祕密妙祕心
金剛微妙大禪那　金剛事業我頂禮
佛金剛勝佛中勝　三佛菩提大智悟
諸佛勝智大徧覺　自覺覺他我頂禮
爲佛供養大供養　薩埵供養妙供者
廣大方便大成就　金剛成就我頂禮
一切如來大智身　一切如來勝辯才
一切如來大愛心　金剛金剛我頂禮

行佛教敕佛勝主　爲諸佛子勝上生
徧照尊勝一切師　寂靜威暴我頂禮
一切如來大眞實　諸法實際大理趣
一切波羅蜜多智　第一義諦我頂禮
廣大普賢最勝行　一切中勝平等智
自伏諸魔降衆魔　一切通達我頂禮
諸佛大智本大智　金剛大智善調者
衆金剛身勇金剛　頂禮歸命金剛手
金剛薩埵汝所說　是即金剛堅固心
由斯得彼諸如來　禮拜供養咸恭信
汝自在力成正覺　能現一切如世父
汝得一切善出生　爲諸如來所依止
如是最勝稱讚語　以孝愛心善讚揚
若以歌詠讚汝尊　得執金剛等無異
我今勸請汝聖尊　善作諸佛妙愛事
廣爲利益諸有情　願說本部所生法

爾時一切如來增上主宰具德金剛手菩薩摩訶薩聞諸如來勸請言已以金剛杵安於自心白一切如來言世尊如來非我所行諸如來言此何因耶金剛手言世尊如來有大自在天等諸惡有情一切如來猶尚不能調伏彼等我今何能調伏於彼爾時世尊大毗盧遮那如來以一切如來所加持故即入一切如來大方便智金剛三摩地於是三摩地中彼一切如來普盡虛空界如微塵量舒徧一切互相涉入乃至須彌山頂及彼金剛摩尼寶峯大樓閣中時諸如來還復聚集徧觀察已從世尊大毗盧遮那如來吉祥勝相心中而入爾時世尊大毗盧遮那如來以一切如來心自所加持由一切金剛平等故廣爲

救度利樂普盡無餘諸有情界一切有情令得最上諸悉地故爲欲調伏一切惡者以一切如來大悲方便三摩地智徧觀察已復入一切如來大悲方便忿怒三昧金剛三摩地於是三摩地中一刹那間從一切如來心出宣說一切如來心一切如來金剛三昧祕密心明曰

吽引

說是心明時從金剛手心金剛中出現具德執金剛者徧身光明大熾燄藏顰眉蹙面張目利牙大忿怒相執金剛鉤利劒羂索等諸器仗復有金剛火燄光明徧聚其前無數衆妙色相莊嚴金剛手像如是現已爲於一切世界調伏一切惡者故住世尊大毗盧遮那如來周帀金剛界大曼拏羅相應月輪中說此頌曰

大哉方便善調伏　具大方便中復大
若以方便化有情　現忿怒身即無染

爾時世尊大毗盧遮那如來普觀一切如來離戲論法性已即入一切如來大忿怒金剛三昧金剛加持三摩地說此一切如來金剛大智一切如來心本部最上大明曰

唵 遜婆你遜婆吽引一 屹哩合二 恨拏合二 屹哩合二 恨拏合二 吽引二 屹哩合二 恨拏引二合 播引 野吽引三 阿引 那野呼引四 婆誐鑁縛日囉合二 吽引 發吒半音五

說是大明時復從一切如來心出現具德金剛手菩薩舒徧一切世界雲海乃至一切如來菩薩衆會普徧加持鉤召悉入金剛三昧大曼拏羅中如是入已集諸三昧復聚爲一

體成大金剛忿怒之身於世尊大毗盧遮那如來心住說此頌曰

大哉無上菩提心　普徧賢善性清淨
若令有情得調伏　即由忿恚生妙愛

是時大金剛忿怒身從世尊大毗盧遮那如來心下於一切如來前月輪中依止而住復請教令

爾時世尊一切如來即入三昧鉤召金剛三摩地說一切如來三昧鉤召一切如來心自心明曰

吽引吒枳弱一句

說是心明時舒徧一切世界雲海乃至三界主宰大自在天等一切世間普盡無餘彼集會衆而共圍繞以一切如來三昧金剛鉤召故悉召來詣須彌山頂金剛摩尼寶峯樓閣佛會周帀圍繞而住

爾時具德金剛手菩薩摩訶薩執金剛杵於心戲擲一切大會普盡三界徧觀察已作如是言汝諸聖者當於一切如來教中依我教勑護特而行時大自在天言汝今令我當云何行金剛手言汝當歸命佛法僧寶是爲所行汝諸聖者若如是行即得一切智智時此世界極三界主大自在天以彼三界勝主宰故起高倨勢現忿怒相作如是言汝金剛手大藥叉王我爲三界主最大自在若成若壞一切部多中我得自在是天中大天云何令我依汝藥叉王教勑而行爾時具德金剛手菩薩摩訶薩戲擲金剛杵復授教勑言汝大自在天極惡有情令應速入大曼拏羅我三昧中依教而住是時大自在天前白世尊大

毗盧遮那如來言世尊今此大士云何於我大自在天授教勑耶爾時世尊大毗盧遮那如來普告大自在天等諸天衆言汝等應當歸依三寶三昧戒中如是所行若不然者此金剛手菩薩大藥叉王現暴怒相極惡威猛無令以彼勝金剛杵出火光燄盡此三界悉使破壞時三界主大自在天以其三界主宰自智自在故爲具德金剛手菩薩現大怖畏極惡忿怒大威猛相出大熾燄大惡大笑并自眷屬同時出現作如是言金剛手今我極三界主授汝教勑依我所行爾時具德金剛手菩薩摩訶薩復擲金剛杵熈怡微笑作如是言汝是羯吒布單那所生以人肉屍灰雜惡爲食牀座服飾而悉邪弊如是所行云何令我同汝教行時大自在天起大忿怒相以自威力復作是言汝旣然者我亦守護自教自三昧中依教而行爾時具德金剛手菩薩摩訶薩大忿怒王即白佛言世尊此大自在天恃自智力大富主宰高倨自在故於一切如來清淨教中不生歸信我今云何隨所能作

爾時世尊即說一切如來心出生大金剛二昧大明曰

唵引你遜婆嚩日囉二合吽引發吒半音一句

吽引

是時金剛手大菩薩亦說自金剛心明曰

說是心明時普盡三界所來集會大自在天等皆悉覆面迷悶躃地發苦惱聲向金剛手菩薩歸依求救而彼大自在天等既躃地已諸識不行將趣命終爾時世尊知如是事即

告金剛手菩薩言金剛手汝今宜應以自所行於此普盡三界衆施其無畏勿令此等咸失其命時金剛手大忿怒王聽受世尊如是語已告大自在天等衆言汝等若欲活其命者應當歸命佛法僧寶依我教勑隨順而行大自在天言我若歸命佛法僧寶然汝教中所有教勑我亦不知爾時世尊大毗盧遮那如來告大自在天言汝今當知此一切如來增上主宰一切如來父一切如來教勑所作一切如來最上子具德普賢金剛手菩薩摩訶薩爲諸衆生作調伏事故受大忿怒王灌頂所以者何以汝大自在天等諸極惡衆一切如來猶尚不能寂靜制止由是菩薩爲令惡業諸有情等皆悉調伏安住三昧汝今宜應依我教勑三昧中住大自在天言世尊我今不能存活其命願汝救我如汝所授我之教勑我當隨行佛告大自在天言若能歸依金剛手菩薩彼即是汝真實救護餘無護者是時普盡三界所來會衆咸悉對向金剛手菩薩前異口同音發苦惱聲作是曰言金剛手願救護我願救護我今我死苦唯願攝護爾時金剛手大菩薩告彼衆言汝諸惡者於我教中如教所行無令我此大金剛杵發火光明都爲一聚廣大熾燄焚燒一切悉爲灰燼時彼衆言汝即普賢一切如來心所出生寂靜善調利益一切有情普施無畏云何於我不爲饒益時金剛手大忿怒王告彼衆言諸聖者我雖具普賢心然由一切如來教勑所作以汝極惡有情生罪業心不於如來三昧住者使我爲彼調伏令得清淨時彼衆言

我等如是悉住三昧

爾時具德金剛手菩薩摩訶薩大忿怒王且置大自在天即爲餘天衆等安慰令起說此金剛起一切如來心大明曰

䌓日嚕引二合底瑟姹二合一句

說是大明時除彼大自在天餘三界衆并諸眷屬前所躃地諸迷悶者即時咸得安慰其心獲妙樂觸遠離怖畏身毛喜豎瞻仰具德金剛手菩薩即能俱起

爾時世尊告金剛手大菩薩言大士此三界主大自在天何故不起于地而此將非壞失命耶時金剛手大菩薩即爲宣說獲命大明曰

䌓日囉引二合踰一句

說是大明時大自在天欲從地起雖竭其力竟復不能即白佛言世尊于今何人爲我師歸佛言我非汝師歸彼金剛手大士是所歸處汝今何不依彼教勑隨應所行大自在天言世尊若汝非是我師歸者誰能救護諸惡有情佛言爲救護者即彼金剛手非我所能大自在天言所以者何佛言彼金剛手是一切如來增上主宰故大自在天言我不解佛所說義佛如來者爲三界主云何金剛手大士復增上耶我竟不能曉明斯義爾時具德金剛手菩薩摩訶薩復告大自在天言汝惡有情何故不依我教勑行是時大自在天聞金剛手菩薩作是語已復現暴怒大猛惡相作如是言我寧趣死終不於汝教中所行

時金剛手菩薩大忿怒主從自心現執金剛阿耨左囉忿怒之像說是大明曰

唵引播引那引葛哩沙合二拏嚩日囉合二吽句一

爾時世尊大毗盧遮那如來即舉足心亦現金剛阿耨左囉忿怒之像周帀熾燄顰眉利牙大面可畏住金剛手大菩薩前復請教令是時金剛手大菩薩爲大自在天作清淨故說是大明曰

唵引播引那引葛哩沙引二合葛哩沙合二野一薩哩嚩合二嚩日囉合二達囉引耨左囉二建茶三嚩日囉合二吽引弱四

說是大明已時大自在天及烏摩天后偃仆於地雙足上起裸露形體醜惡之相一切觀者咸生戲笑是時即以足心所現忿怒之像鉤召悉於金剛手前足踵而住時具德金剛手菩薩摩訶薩前白佛言世尊此極暴惡天及天后作何制止

爾時世尊即說大明曰

唵引嚩日囉合二訖囉合二摩呼引一句

說是大明已金剛手大菩薩即舉左足踏大自在天右足踏烏摩天后逼附乳間說是大明曰

唵引嚩日囉引二合尾舍合二喝那野引怛覽合二一怛囉合二吒二半音

說是大明時大自在天由逼迫故舉自千手打其千面時彼摩尼寶峯樓閣之外所有天衆俱發大聲唱如是言今我主宰大自在天已爲金剛手大士之所降伏

爾時世尊爲大自在天故起勝上大悲心說一切佛慈護心明曰

唵引沒馱昧底哩引二合嚩日囉合二犖叉放一句

說是心明時彼大自在天即入三昧入三昧

已諸苦皆息又以金剛手菩薩足心觸故即
時獲得無上悉地勝妙灌頂及三摩地解脫
總持神通智等如是得入一切如來三摩地
解脫總持門已彼大自在天身從金剛手菩
薩足心而出下方過三十三殑伽沙數極微
塵量等世界至一世界名跋娑摩餋那有佛
出世號跋娑彌莎囉你哩瞿沙如來應供正
等正覺時大自在天出現本身於彼佛前說
伽陀曰

大哉一切正覺尊　諸佛大智無有上
若法墮於文句中　涅槃亦是假施設

說是伽陀已還復本處復次具德金剛手菩
薩摩訶薩告那羅延天等諸餘一切三界主
言汝諸聖者宜應咸入一切如來金剛三昧
大曼拏羅悉當護持一切如來所有三昧那
羅延天等言如汝教勑我等奉行
爾時金剛手大菩薩普告三界諸衆會言我
今攝受汝諸聖者汝等復當歸命三寶受三
昧戒於我三昧中如理而住時彼衆言我等
奉教皆如是住然汝三昧我所不知是時金
剛手大菩薩即爲普授自三昧法

大菩提心出生已　最上法儀如次第
大智所應隨力行　三摩呬多汝善住

金剛手菩薩摩訶薩普爲大自在天等諸天
衆會結入大三昧印悉令如是依法所作說
是大三昧大明曰

唵引嚩日囉二合三摩野一屹哩一合恨拏滿馱
三摩野二縛日囉二合薩埵三摩野三摩耨三
摩二合囉四薩哩嚩二合怛他引誐多三摩野薩
怛鑁二合涅哩二合蔚引彌引婆縛五悉體二合嚕

引彌引婆嚩六阿引賀引哩喻引一合彌引婆
嚩七阿鉢羅二合底賀引哩喻引二合彌引婆嚩
八薩哩嚩二合葛哩摩二合蘇左彌引唧多室哩
二合爍酤引嚕引九賀賀賀賀吽引十

說是大明時所有一切三界衆會皆悉鉤召
授與金剛忿怒帝哩帝哩印依法而結普令
一切堅固而住

佛說一切如來眞實攝大乘現證三昧大教
正經卷第九

音釋

幀朱孟切開張畫繢也　倨居御切傲也　燼徐刃切火餘也　偃仆偃於幰切仆方故切偃仆卧也

佛說一切如來眞實攝大乘現證三昧大教王經卷第十 第十一同卷

宋西天三藏朝奉大夫試光祿卿傳法大師施護等奉 詔譯

降三世曼拏羅廣大儀軌分第六之二

爾時具德金剛手菩薩摩訶薩如其所說鉤召天衆入曼拏羅已一切皆如大曼拏羅法用次第普令觀視曼拏羅中然後爲授金剛寶灌頂及標幟已一切如來廣爲有情作利樂故悉與一切三界主衆建立金剛灌頂名字其名曰大自在天號忿怒金剛那羅延天號幻化金剛童子天號金剛鈴梵天號寂默金剛帝釋天號金剛器仗如是等五即金剛灌頂明王又復飛行諸天主衆其名曰甘露軍荼利號金剛軍荼利月天號金剛光大勝杖號金剛杖冰誐羅號金剛冰誐羅如是等四即金剛灌頂忿怒主又復虛空行諸天王衆其名曰末度末多號金剛舜拏作甘露號金剛鬘最勝號金剛愛持勝號最勝金剛如是等四即金剛灌頂誐拏主又復地居諸天主衆其名曰守藏號金剛母娑羅風天號金剛風火天號金剛火俱尾囉天號金剛大惡如是等四即金剛灌頂努多主又復水居諸天主衆其名曰嚩囉賀號金剛鉤餤摩天號金剛葛羅必哩體尾祖梨葛號金剛頻那夜迦水天號龍金剛如是等四即金剛灌頂際吒迦主復次所有彼三界主后及母天衆爲授金剛寶灌頂及本部標幟金剛加持已一切如來爲利樂故悉與建立金剛灌頂名字其名曰烏摩天后號忿怒金剛火銀色天后號金剛金色天沙瑟恥天后號金剛童女天

梵天后號金剛寂靜帝釋天后號金剛拳如是等五即金剛灌頂明妃又復飛行諸母天衆其名曰甘露母天號金剛甘露嚕呬尼母天號金剛光持杖母天號金剛火杖惹多訶哩尼母天號金剛寶帯如是等四即金剛灌頂忿怒母天又復虛空行諸母天衆其名曰摩哩尼母天號金剛隱沒吞伏母天號金剛吞伏嚩舍那母天號金剛自在那囉爹母天號金剛愛如是等四即金剛灌頂誐尼迦母天又復地居諸母天衆其名曰寂靜母天號金剛女使風母天號速疾金剛火母天號熾盛金剛俱尾梨母天號金剛利如是等四即金剛灌頂女使母天又復水居諸母天衆其名曰縛囉曳號金剛口左捫尼號金剛迦梨親那那娑號金剛布單那水母天號金剛摩葛哩如是等四即金剛灌頂際吒母天

爾時具德金剛手菩薩摩訶薩普爲彼等一切天衆入曼拏羅者教授諸佛大智一切印契及授金剛三昧誓心

此金剛杵大金剛　爲一切佛所加持
若有越此三昧者　速壞本族如灰燼

大明曰

唵引喝那三摩野吽引發吒半音一句

次授攝心大印

二手當結金剛印　相結二頭指如鉤
猶如繫鬘撚箭勢　有所爲事隨心欲
是印安於汝心前　安已一切事成就
得此三昧勿違越　無令破壞於身命
堅固復結金剛縛　曲二頭指而宛轉
復以二大指相合　後二中指相逼附

此即金剛大持明　大縛三昧祕密印
汝此三昧不應破　破者即得違越罪
二手應結金剛印　次以二小指相結
背屈二大指入中　旋轉頭上而安置
今此大士三昧印　謂即金剛持明縛
若作忿怒觀視時　隨應安置於彼前
堅固應結金剛護　作金剛縛而相逼
此即地行三昧印　一切有情現護者
若或爲作救護事　應以忿怒縛相合
隨欲救護諸有情　當以此印安其背
二手先結金剛印　左手金剛頭指逼
如撚箭勢次作已　小指如鎖即成印
若有忿怒事起已　以此三昧當作用
是印隨應安彼前　即得一切勝成就
二手先結金剛縛　次以二頭指堅固
中指大指面相合　此即金剛安立印
是印旋轉當於額　安已隨應作鉤召
若欲救令活命時　此印即安於彼前

次說普盡三界攝心三昧如上諸印所用大明曰

唵(引)嚩里都(引)捺嚩(二合)里多嚩日囉(引二合)哩沙(二合)野吽(引)弱(句一)

即此亦是繫鬘金剛印母天鉤召大明

吽(引)嚩日囉(引二合)屹囉(二合)閉(引)拏野三摩野吽(引一句)

此是虛空行母天大明

唵(引)嚩日囉(二合)摩(引)羅(引)屹囉(二合)鑁(句一)

此是持鬘母天大明

唵(引)嚩日囉(二合)滿馱欣(句一)

此是地居母天大明

唵引嚩日囉合二播引多引羅一伴惹伴惹二吽引發吒三半音

此是水居母天大明

唵引呬引嚕引葛嚩日囉合二三摩野一薩哩嚩合二訥瑟吒合二三摩野母捺囉引二合伴惹葛吽引發吒二半音

此是一切母天衆大明

爾時具德金剛手菩薩摩訶薩白佛言世尊我已調伏一切惡者一切如來已爲建立灌頂名字善哉世尊復授我教令今此諸惡者所結曼拏羅我當云何行

爾時世尊聞是語已即說大明曰

唵引嚩日囉合二遜婆你遜婆吽引發吒一半音句

時金剛手大菩薩廣爲救拔利樂一切有情故說此一切曼拏羅鉤召大明曰

唵引嚩日囉合二三摩野引葛哩沙合二野薩哩嚩合二曼拏覽一引嚩日囉合二達囉薩玷二摩引底訖囉合二摩吽引發吒三半音

如是大明所用印契

二手當作金剛鉤　是印於心作旋轉

復二頭指外如鉤　最上鉤召曼拏羅

說是印明時所有一切曼拏羅衆鉤召悉集須彌山頂周帀而住爾時金剛手大菩薩普告諸曼拏羅彼衆會言諸聖者汝等當行永不殺生我以三昧攝受於汝時外曼拏羅諸有情等作是白言大士我等諸惡有情皆以食肉而爲活命如大士教勑我命云何得存活耶

時金剛手大菩薩即說極惡金剛忿怒大明曰

唵引訥瑟吒二合嚩日囉二合胃嚕引二合馱一喝那二捺喝三鉢左四尾摶引娑野五尾計囉薩哩嚩二合訥瑟吒二合三摩野母捺囉引二合曼拏覽引六伴惹伴惹七摩哩那二合摩哩那二合八珂引那珂引那九波囉滿怛囉引二合嚩日囉二合三摩野吽引發吒半音十

如是大明所用印契

齊竪金剛忿怒指　復以諸指甲相合

指面相合亦堅固　是印能調諸惡者

説是印明時所有一切極惡曼拏羅衆合爲一聚將起種種破散之相彼彼本部三昧亦破是諸有情心如燒熱極大逼迫發大號叫苦惱之聲向具德執金剛者前合掌白言大士願救護我願救護我我命將終勿以見棄

爾時具德金剛手菩薩摩訶薩白佛言世尊如是極惡曼拏羅衆我復令彼當云何行唯願世尊授我教令

爾時世尊即説大明曰

唵引你遜婆一喝那二捺喝三鉢左四屹哩二合恨拏二合滿馱吽引發吒半音五

時金剛手大菩薩亦説金剛暴怒大明曰

唵引摩賀引嚩日囉二合胃嚕二合囉胃嚕引二合唐播引多野一薩哩嚩二合訥瑟吒二合三摩野曼拏覽引二尾那引舍野三薩哩嚩二合訥瑟吒二合吒野四伴惹伴惹五薩哩嚩二合訥瑟吒二合三二合三摩煬引尾計囉尾摶娑野尾塞普引二合摩野母捺囉引二合滿唐引屹哩二合恨拏二合六喝那七捺喝八鉢左九薩哩嚩二合訥瑟吒二合三摩野薩怛網引二合嚩日囉二合三摩野吽引發吒半音十

說是大明時所有一切惡三昧印曼拏羅衆
復爲一聚咸悉墮於大海之中
爾時金剛手大菩薩復白佛言世尊我已調
伏一切惡者復請世尊授我教令所有一切
拏枳你等諸惡執魅者我復令彼當云何行
爾時世尊即說大明曰
唵引喝那喝那一嚩日囉二合吽引發吒半音二
時金剛手大菩薩亦說鉤召拏枳你等諸惡
執魅者大明曰
唵引嚩日囉引二合葛哩沙二合野尸引竭覽二合
薩哩嚩二合訥瑟吒二合屹囉二合欱引一嚩日囉二合
達囉薩帝曳二合引那吽引弱二
說是大明時彼拏枳你等諸惡執魅者鉤召
悉來須彌山頂外曼拏羅周帀而住爾時金
剛手大菩薩普告拏枳你等諸惡執魅者言

汝等當行永不殺生受三昧戒無令我此大
金剛杵發火光明都爲一聚廣大熾燄焚燒
汝族時拏枳你等彼諸惡衆悉向金剛手大
菩薩合掌白言大士我等皆是食肉之類如
汝教勑我何能行爾時世尊告金剛手大菩
薩言金剛手汝今應以自所行法爲此一切
極惡有情起大悲心施其方便時金剛手菩
薩即以大悲心爲一切有情救拔死苦說是
智印大明曰
唵引嚩日囉二合鉢囉二合底屹哩二合恨拏二合一
紇哩二合捺野摩引葛哩沙二合野二拽[illegible]身切煬
薩覩引摩引娑引哩提引二合那密哩二合野帝
引三怛捺寫紇哩二合喃你瑟訖囉三合彌都引三
摩野吽引弱四
如是大明所用印契

二手相合金剛縛　二臂堅固住於心
其諸指面如金剛　於自腋間而振擊

如是印明即能攝取一切有情紇哩那野而爲所食時拏枳你等諸惡執魅者聞是大明已擊千振聲驚怖馳走還本住處

爾時金剛手大菩薩復白佛言世尊我以一切如來所加持故普爲調伏一切惡者唯願世尊復授教令所有一切彼瘧疾等諸持病鬼云何調伏

爾時世尊即說大明曰

唵引吽引發吒半音一句

時金剛手大菩薩亦說鉤召一切瘧疾等鬼大明曰

唵引嚩日囉二合三摩野引那野一薩哩嚩二合訥瑟吒二合入嚩二合囉引禰引那引舍野吽引發吒半音二

說是大明時彼瘧疾等諸持病鬼鉤召悉來須彌山頂外曼拏羅周帀而住爾時金剛手大菩薩告彼等言汝等當行永不侵嬈一切有情受攝伏戒瘧疾等鬼作如是言大士我等諸鬼吸人精光以爲活命如汝教勑我何能行

時金剛手大菩薩即爲宣說清淨自業智印大明曰

唵引嚩日囉二合葛哩摩二合尾輸引達野一薩哩嚩二合嚩囉拏引你二馱薩帝曳二合引那三摩野吽引三

如是大明所用印契

二手堅作金剛掌　次當屈彼二頭指
餘指皆竪復相交　此印旋轉破惡趣

如是印契隨應顯示已汝諸瘧疾等鬼速當馳散若不然者必壞其命時諸鬼等受教勑已依教所行各還本處

爾時具德金剛手菩薩摩訶薩前白諸如來言我爲普令清淨息除諸業障故從自心出彼彼大明願諸如來復教示我彼地獄等諸惡趣中云何清淨

爾時諸如來即說大明曰

唵引刹鉢野嚩日囉二合莎引賀引句一

時金剛手大菩薩亦說鉤召號叫地獄等諸惡趣衆大明曰

唵引薩哩嚩二合引播引野引葛哩沙二合拏一尾輸引達那嚩日囉二合三摩野吽引叒吒半音二

說是大明時所有號叫大號叫地獄等諸惡趣中彼彼衆類鉤召悉來須彌山頂外曼拏羅周帀而住爾時金剛手大菩薩普告彼等三惡趣中諸有情言我今攝受汝等汝等悉當歸命三寶受三昧戒我爲汝說解脫一切惡趣大明印契時彼衆等異口同音作是白言大士願救護我我等危逼苦切其心我今如教勑歸依佛法僧

時金剛手大菩薩即爲宣說破一切惡趣大明曰

唵引嚩日囉二合播引尼尾塞怖二合引吒野一薩哩嚩二合引播引野滿馱那引你鉢囉二合謨引叉野二薩哩嚩二合播引野誐底毗藥二合薩哩嚩二合薩怛網二合引三薩哩嚩二合怛他引誐多嚩日囉二合三摩野怛囉二合吒半音四

如是大明所用印契

二手堅結金剛縛　次二中指面相合

餘指入中面不著　此印名爲破惡趣

說彼大明時隨結此印即爲表示所有三惡趣中一切有情悉入外曼拏羅中如理而住是諸有情於金剛手大菩薩所得見如是祕密印已即滅彼彼三惡趣業悉從世尊大毗盧遮那如來足踵而生彼惡趣處亦悉清淨

爾時具德金剛手菩薩摩訶薩復白諸如來言世尊如來我於普盡無餘諸有情界廣爲救度利益安樂乃至令得一切如來最上悉地由得最上悉地果故即得一切如來授與金剛成就此等皆是一切如來威神建立而我今從一切如來復請教令所有人趣之中令住法者當云何行

爾時一切如來即說大明曰

唵引嚩日囉二合播引尼摩賀引曼拏梨引鉢囉二合吠引舍野一薩哩縛二合訥瑟吒二合勞捺囉二合引你嚩引囉野二播引閉毗藥二合鉢囉二合謨引叉野二訥哩捺哩三合瑟致二合波哩夜二合引半那引喃引尾輸引達野四那引舍野尾那引舍野五訶訶訶吽引六

時金剛手大菩薩聞諸如來教勅語已廣爲救度諸有情界令得一切殊勝快樂最上成就乃至得一切如來智神通果等說此一切如來金剛三昧出生三界最勝大曼拏羅

我今次第當演說　廣大最上曼拏羅

其相猶如金剛界　一切成就中最勝

此名三界最勝壇　金剛三昧所出生

諸佛菩提隨轉門　一切惡者皆能破

即說抨線結界大明曰

唵引嚩日囉二合三摩野蘇引怛嚩二合摩引底

訖囉合二摩句一

其壇四方與四門　及四樓閣衆莊嚴
四線抨量等無差　繒帛珠鬘妙嚴飾
其壇所有四隅分　及諸門户相合處
以金剛寶飾其間　如次分布外壇界
智者於中善分別　金剛寶等妙莊嚴
四方四門八柱間　鈿飾樓閣而殊妙
金剛勝柱應安立　五曼拏羅爲嚴飾
曼拏羅中依法抨　五色隨抨令圓滿

即說抨線所用大明曰

唵引嚩日囉合二啝怛囉合二三摩野吽引句一

其中分位安布已　作法者住等引心
依法注意開壇門　彼金剛門開其四

即說開壇門所用大明曰

唵引嚩日嚕引二合訥伽引二合吒野三摩野鉢囉合二吠引舍野吽引句一

所有四方佛形像　隨方依法應安布
或金或銀或土塼　造立佛座當如教

即說普召一切如來大明曰

唵引嚩日囉合二入嚩引二合羅引屹你合二鉢囉合二禰引鉢多引二合葛哩沙合二野一薩哩嚩合二怛他引誐旦引摩賀引嚩日囉合二三摩野吽引弱二

東方佛前應安置　火燄中有金剛杵
南西北方燄亦然　寶及蓮華羯磨仗

次說安布金剛三昧諸印大明曰

吽引薩埵嚩日羅合二入嚩引二合囉引摩引囉吽引發吒半音句一

唵引囉怛那合二嚩日囉合二入嚩引二合囉引摩引羅吽引怛囉二合句

唵引達哩摩二合嚩日囉二合入嚩引二合羅引摩引羅吽引紇哩二合引一句

欱葛哩摩二合嚩日羅二合入嚩引二合羅引摩引羅吽引惡一句

次作金剛步出已　亦然當於彼佛前

智者如應依法畫　金剛吽迦囉勝壇

即説如是金剛步大明曰

唵引嚩日囉二合吠引誐引訖囉二合摩吽引一句

如是依法從金剛界等一切曼拏羅界出已

凡諸所往隨欲無礙

佛説一切如來真實攝大乘現證三昧大教王經卷第十

佛說一切如來眞實攝大乘現證三昧大教王經卷第十一

宋西天三藏朝奉大夫試光祿卿傳法大師施護等奉　詔譯

降三世曼拏羅廣大儀軌分第六之三

復次宣說印智頌曰

注意抨其壇界文　依法應用金剛線
若出若入分量中　不應違越破三昧
彼中應畫大薩埵　所謂金剛手聖尊
彼尊乘大青蓮華　金剛吽迦囉勝相
利牙外出極威猛　復現忿怒喜笑眼
舉金剛步善妙相　俱彼䫌鬘大光明
左足平步現威勢　踏彼大自在天身
右足如應畫亦然　烏摩天后乳間置

即說根本心明曰

吽引

於其金剛手四面　東布金剛忿怒尊
皆具䫌鬘大光明　忿怒利牙而可畏

此等四大士心明曰

吽引

唵引嚩日囉二合薩埵骨嚕引二合馱吽引發吒半音一句

唵引嚩日囉二合骨嚕引二合馱引葛哩沙引二合葛哩沙合二吽引發吒半音一句

唵引嚩日囉二合哥引摩骨嚕引二合馱囉引誐野吽引發吒半音一句

唵引嚩日囉二合覩瑟致合二骨嚕引二合馱娑引度娑引度吽引發吒半音一句

以金剛步而漸進　南布第二勝壇場
彼安金剛灌頂尊　及畫忿怒衆圍繞

此等四大士心明曰

吽引

怛囉二合一句
唵引縛日囉二合勃哩二合俱胝骨嚕引二合馱一
訶囉訶囉吽引發吒半音二
唵引縛日囉二合蘇引哩野二合摩賀引入縛二合
引羅引摩引羅引一骨嚕引二合馱入嚩引二合羅
野吽引發吒半音二
唵引縛日囉二合骨嚕引二合馱計引覩禰引四
吽引發吒半音一句
唵引縛日囉二合引吒重呼賀引娑骨嚕引二合馱
郝郝郝郝吽引發吒半音一句
以金剛步而漸進　西布第三勝壇場
彼中應畫金剛軍　忿怒大士衆圍繞
此等四大士心明曰
紇哩二合一句
唵引縛日羅二合達哩摩二合骨嚕引二合馱尾那

引設野尾輸引馱野吽引發吒半音二
唵引嚩日囉二合的引剎拏二合骨嚕引二合馱覩
那吽引發吒半音一句
唵引縛日囉二合四覩骨嚕引二合馱一鉢囉二合
尾舍鉢囉二合吠引舍野曼拏覽薩哩嚩引二合
吽引發吒半音二
唵引嚩日囉二合骨嚕引二合馱婆引沙嚩捺嚩
捺吽引發吒半音一句
以金剛步而漸進　北布第四勝壇場
中畫金剛徧入尊　金剛忿怒衆圍繞
此等四大士心明曰
惡
吽引嚩日囉二合葛哩摩二合一句
唵引嚩日囉二合葛嚩左骨嚕引二合馱一犖力魚切
叉犖叉吽引發吒半音二

唵引嚩日囉二合藥叉骨嚕二合引馱一珂引那
珂引那吽引發吒半音二
斂嚩日囉二合骨嚕二合引馱母瑟致二合一娑引
達野三摩野吽引發吒半音二
復次於其壇四隅　如其所說依次第
同彼金剛界法用　祕密供養應徧畫
此等四大士心明曰
唵引嚩日囉二合邏引細引一囉引誐野吽引發
吒半音二
唵引嚩日囉二合摩引梨引一阿毗詵左吽引發
吒半音二
唵引嚩日囉一合詣引帝一誐引那野吽引發
吒半音二
唵引嚩日囉二合涅哩二合底一嚩尸引酤嚕引
吽引發吒半音二

以金剛步而漸出　如應布外勝壇場
於其外壇四隅中　應安四供養賢聖
此等心明曰
唵引嚩日囉二合度引波布引惹引颯頗二合囉
拏三摩曳引吽引發吒半音一句
唵引嚩日囉二合補澁波二合布引惹引颯頗二合
囉拏三摩曳引吽引發吒半音一句
唵引嚩日囉二合引路引哥布引惹引颯頗二合
囉拏三摩曳引吽引發吒半音一句
唵引嚩日囉二合巘馱布引惹引颯頗二合囉拏
三摩曳引吽引發吒半音一句
金剛鉤等四明王　依法安布四門中
如應施設外壇場　外金剛部應如教
此等心明曰
唵引嚩日嚂二合引酤舍摩賀引骨嚕二合引馱

引葛哩沙合二野一薩哩縛合二三摩煬引吽引
弱二
唵引嚩日囉合一播引舍摩賀引骨嚕引二合馱
一鉢囉合二吠引舍薩哩嚩合二三摩煬引吽引
吽二引
唵引縛日囉合二娵普引二合乇摩賀引骨嚕合二
馱一滿馱滿馱薩哩縛合二三摩煬引吽引鍐
句二
唵引嚩日囉引二合吠引舍一摩賀引骨嚕合二
引馱引吠引舍野二薩哩嚩合二三摩煬引吽
引惡三

復次宣說降三世亦名三界最勝大曼拏羅入等儀軌廣大法用所謂先當金剛阿闍梨自結金剛忿怒帝哩帝哩印入曼拏羅如是入已即當啓白一切如來言世尊如來我作忿怒敬愛法應調伏者我爲調伏應攝受者我當攝受唯願世尊授我教勅我當云何如應所行作是言已即以所結金剛忿怒帝哩帝哩印如教所說安於自心廣作金剛鉤等事業作已復結衆三昧印然後即得一切如來威神建立次作四種祕密供養作已復獻香等供養復次宣說引金剛弟子入曼拏羅儀軌謂金剛阿闍梨以自所結金剛忿怒帝哩帝哩印令弟子結授是大明曰

唵引屹哩合二恨拏合二嚩日囉合二三摩野吽引
鍐句一

然後絡以青繒青帛纏頂青帛覆面引入曼拏羅授是大明曰

唵引嚩日囉合二三摩煬鉢囉合二尾舍引彌句一

入已然後爲結金剛徧入三昧印授是徧入

出生大明曰

嚩日囉引二合吠舍惡一句

作是徧入法已由此徧入故即得一切如來所共加持於瞬息間而能了知過去未來現在等事不爲魔惡所制復得隱身他不能見如是降三世法得相應故悉能隨應調伏攝受一切有情所有金剛手菩薩摩訶薩一切事業皆悉能作復能常作諸成就事然後授彼誓心大明次當爲其去面帛已乃令觀視一切大曼拏羅而彼弟子纔見曼拏羅時即能滅除一切罪垢善能降伏普盡三世此降三世法相應故所有大自在天等一切天衆悉能鉤召及作警悟禁縛敬愛調伏等事得一切如來神力加持金剛手菩薩摩訶薩常時營衛復得金剛手施成就法然以金剛灌頂法爲授灌頂即以金剛劒授彼手中復授是大明曰

唵引嚩日囉二合播引尼嚩日囉二合葛哩摩二合葛嚕引娑嚩一句

然後乃名已授金剛灌頂者復授是大明曰

唵引嚩日囉二合胃嚕二合馱埵引摩毗詵左引彌那引摩引毗尸引哥一呬引嚩日囉二合那引摩二

謂所有名隨諸所作悉與呬聲相應和合然後爲說大智出生頌曰

金剛影像應徧畫　具大燄光安於心
金剛忿怒法相應　一切世間能警悟
金剛寶相置於額　如應徧畫亦復然
金剛忿怒法相應　一切有情皆敬愛
金剛蓮華安於喉　具有熾燄大光明

金剛忿怒法相應　一切有情悉調伏
巧業金剛杵安頂　具有熾燄大光明
金剛忿怒法相應　一切世間能衛護

復次宣說智印心明曰

吽引薩埵嚩日囉二合骨嚕引二合馱引吠舍惡一句

呼引囉怛那二合嚩日囉二合骨嚕引二合唐怛囉二合一句

吽引達哩摩二合嚩日囉二合骨嚕引二合馱發吒半音句

欱葛哩摩二合嚩日囉二合骨嚕引二合馱舉叉一句

復次宣說鉤召天等印智

彼金剛鉤應徧畫　想吽字現手心中
諸指動搖忿怒心　鉤召諸天此最勝
彼金剛鉤應徧畫　如應以自足心履
從出生門過亦然　決定鉤召諸天眾
彼金剛鉤應徧畫　從出生門而等起
動搖諸指普能鉤　烏摩后等母天眾
彼金剛鉤應徧畫　諸流注門履亦然
彼中作用依法儀　如應鉤召此最勝

此等大明曰

唵引嚩日囉二合骨嚕引二合馱引誐囉引二合葛哩沙二合野吽引發吒半音一句

唵引嚩日囉引二合訖囉二合鉢引酤引舍骨嚕引二合馱引葛哩沙二合野吽引發吒半音一句

唵引嚩日囉二合骨嚕引二合馱難拏引誐囉二合引葛哩沙二合野吽引發吒半音一句

唵引嚩日囉二合骨嚕引二合馱引娑那引誐蹉引葛哩沙二合野引彌一帝引嚩日囉合一三摩野摩耨三摩二合囉吽引發吒二半音

復次教授四種印智

作金剛步平穩勢　金剛警悟法相應
一稱吽字剎那間　一切世間能警悟
金剛語言爲正語　與四吽字悉和合
諸佛世尊想於心　決定一切尚能召
金剛忿怒和合故　金剛忿怒最勝觀
金剛吽字法相應　世間諸惡皆能破
意爲甲胄身能護　是中若自若他人
彼大甲胄法相應　一切世間能衛護

此等大明曰

唵引縛日囉二合骨嚕引二合馱哥引野引吠舍

吽引惡一句

唵引縛日囉二合尾爾踰引二合怛摩摩賀引骨嚕引二合馱引那野呼引婆誐鑁一縛日囉二合吽引發吒二半音

唵引縛日囉二合骨嚕引二合馱捺哩二合瑟致二合訶那一捺訶二鉢左三尾那引舍野四吽引哥引梨引拏揩引多野五縛日囉二合三摩野吽引發吒六半音

唵引摩努引捺哩二合荼縛日囉二合曷縛左一骨嚕引二合馱拏叉吽引發吒二半音

復次教授普印一切有情印智

金剛忿怒法和合　如應所應身相合
稱誦金剛吽字時　決定一切皆能印
凡諸言論大語言　一稱吒枳吽發吒
從是發現忿怒光　以金剛杵現前破
以金剛視普徧觀　金剛忿怒等持故
隨應所破惡有情　彼彼即當壞其命
意中所欲破諸惡　住金剛心而諦觀
一切應稱吽字明　以自智印現前印

隨諸有情欲調伏　發意是即爲所印
現前印印現前事　一切事業能成就

此等大明曰

吒計引惡一句
吒計引弱一句
吒計引吽一句
吒計引欱一句

此一一印與四種羯磨四種印明而悉相應

復次教授祕密忿怒印智

一切身分皆相合　吽字相應依法用
蓮華金剛杵相合　所欲破者壞其命
脣齒相合依法用　吽字相應法中攝
蓮華金剛杵相合　如應所應皆相向
若依吽字相應法　彼獲樂受現滋澤
蓮華金剛杵相合　即得苦樂二平等
若依吽字相應法　一切身分相逼附
蓮華金剛杵合時　彼諸身分亦相合

此等心明曰

吽引惡一句
吽引弱一句
吽引呼引一句
吽引欱一句

復次教授降三世大曼拏羅三昧眞實大印智

金剛界法相應故　念佛三昧得成就
若爲有情利益故　如應決定得成佛
大自在天烏摩后　隨應依法畫於地
如其所畫順修習　彼得薩埵印成就
如是密印結中間　即能降伏於三世
速得成就最上明　與降三世相無異

熾盛曼拏羅中間　如應圖畫順修習
以彼身語心金剛　當結薩埵諸印契
我今説彼羯磨法　金剛羯磨爲最上
念佛三昧成就故　如應速疾得成佛
若結降三世大印　即成降三世聖尊
金剛壽命徧所行　降三世相等無異
金剛灌頂最上王　世間一切法自在
羯磨金剛大忿怒　善作金剛衆事業
薩埵忿怒大堅固　勝鉤忿怒能普召
大愛忿怒妙愛生　善哉忿怒施歡喜
蟬眉善調伏一切　日輪忿怒妙光明
寶幢忿怒奪非利　大笑忿怒破諸惡
妙法忿怒壞非法　金剛利劒斷一切
正因忿怒摧苦輪　密語忿怒破非語
羯磨忿怒善作業　金剛作護能衞護
利牙忿怒吞伏寃　智拳忿怒施成就

復次宣説金剛三昧印成結儀軌

二羽金剛所出生　此説名爲勝三昧
我今如應説結儀　而忿怒結爲最上
二臂相合如金剛　小指如鉤二相結
二頭指如期剋相　此名降三世大印
即以頭指面不著　而復微屈如寶形
復竪中指如蓮華　中指頭指期剋相
復二頭指如金剛　即屈二指如鉤相
不改前印復相並　即彼當作彈指相
顰眉尊印拳相並　頭指日輪住於心
次復舒臂頂上安　頭指向口如笑相
又復頭指甲相著　右拳如應執劒勢
竪起中指如輪相　二拳向口金剛語
頭指中指如金剛　復以頭指纏於頸

又二頭指如大牙　二金剛拳後相並
金剛嬉戲等相合　彼如是印吽字攝
彼諸法印亦皆然　復於吽字相應攝
復次宣說金剛三昧印
吽字所謂智金剛　怛囉字即金剛藏
紇哩字爲金剛軍　惡字金剛衆羯磨
復次法印次第如是所謂
吽引　呼引
怛嚩二合引句　當
唵　唵引
禰引　郝
狄俱半音二合一句　提引
吽引　誐嚩二合一句
訖哩二合一句　鍐
涅哩二合
惡

此等法印即是金剛忿怒聖衆善作成就
復次宣說金剛三昧諸羯磨印
二羽應結忿怒拳　金剛高舉等相應
所有羯磨印次第　如大金剛部中說
如應所應諸印相　及彼左右羯磨衆
處處依法而安置　彼彼諸印皆和合
此所謂一切印廣大儀軌
佛說一切如來眞實攝大乘現證三昧大教
王經卷第十一

音釋
捫音門　瞬輸閏切目開閤數　犖力角切

佛說一切如來真實攝大乘現證三昧大教王經卷第十二 第十三同卷

宋西天三藏朝奉大夫試光祿卿傳法大師施護等奉　詔譯

降三世曼拏羅廣大儀軌分第六之四

復次宣說降三世大曼拏羅中通用印

所有降三世印契　謂即金剛勝三昧
金剛吽字諸呪明　刹那能施諸成就
小指如鉤二相結　二金剛拳上復下
此名三昧鉤勝印　刹那鉤召於一切
一切明中最尊上　所謂降三世呪明
普令一切敬愛生　善作一切勝事業
二金剛指頭皆竪　相合緊密而等引
此印名爲金剛起　令諸死者得還命
先二金剛頭指竪　次復結成金剛縛
後當旋轉項間安　增長壽命獲安樂
二羽當結金剛縛　竪二大指入縛中
堅密頭指復微屈　累足當依鉤召勢
欲降伏者左足踏　依法安布彼形像
結降三世印相應　於半月中得成就
二羽應結金剛印　是印此中相振擊
所應降伏有情身　普令警悟而相擊
二羽應結金剛印　復二頭指而相纏
是印自他爲甲冑　得一切時常作護
平掌應作金剛縛　緊密九指如金剛
覆藏印起忿怒心　得金剛部大成就
薩埵金剛堅固作　二大指並於中指
小指開如金剛門　利三昧印此所攝
二羽應結金剛印　屈二頭指而鉤結
作撚箭勢復如應　鉤召諸天此最上
堅固應作金剛縛　屈二頭指而相合

大指逼附中指間　此印飛行三昧印
二羽應結金剛印　復以二小指相結
後二頭指背相並　旋轉亦爲飛行印
堅固應作金剛護　以金剛縛而逼附
此名地行三昧印　一切所作不違越
二羽當結金剛印　金剛頭指左逼附
即復頭指普徧開　此能鉤召地居衆
二羽應結金剛縛　以二頭指而堅密
中指大指如金剛　此印能破諸惡者
二羽應結金剛印　是印安心而等攝
以忿怒拳逼附時　能破邪外諸壇法
左手金剛指藏攝　右手頭指而微屈
後復忿怒悉徧開　彼須彌山尚能壞
左手金剛指藏攝　右手頭指而微屈
起忿怒心悉鉤召　一切執曜皆敬愛

二羽金剛縛相合　二臂堅固安於心
二頭指置二腋間　鉤彼惡者心破壞
復二頭指面相向　起忿怒意相逼附
後二大指捻二根　鉤召破壞諸瘧疾
堅固應作金剛掌　次復屈彼二頭指
後二大指亦相合　是印能破諸惡趣
先以二頭指相結　後金剛印入其中
舉印刹那能上騰　諸有墮者亦能起
又作堅固金剛縛　次二中指面相合
餘四指面内不著　是印刹那摧諸罪
復次宣説一切如來曼拏羅法中所用印相
枰曼拏羅應先用　結彼智拳金剛印
次後執線用印同　此説即彼枰壇印
豎二頭指而相合　二羽當結金剛印
是印五色以加持　作光明視能普召

二手金剛指皆竪　次復堅固仰相合
作彼忿怒打擊相　開壇門印此最上
復次宣說諸金剛部一切印成就法
所作金剛步作已　善轉金剛忿怒語
忿怒視復忿怒容　一切事業皆成就

忿怒祕密印曼拏羅廣大儀軌分第七

爾時具德金剛手菩薩摩訶薩復入一切金剛總持三昧出生金剛加持三摩地宣說自部最上大明曰

唵引薩哩嚩二合嚩日哩二合尼嚩日囉二合摩引帝引阿引那野一薩哩嚩二合嚩日囉二合薩帝引那吽引弱二

說是大明時即從具德金剛手菩薩摩訶薩心出現金剛手像一切身相與金剛手菩薩摩訶薩等無有異即成金剛忿怒祕密三昧印賢聖出現已於一切世界成辦一切如來事業復爲成就具德金剛薩埵祕密明妃諸隱顯事由是身語心金剛印影像成已於世尊大毗盧遮那如來降三世大曼拏羅相應月輪中如理而住說此頌曰

大哉一切正覺尊　祕密大智而無上
爲成如來妙樂因　金剛明妃如應作

爾時金剛手菩薩摩訶薩復說本部三昧印金剛三昧祕密曼拏羅頌曰

我今次第當演說　最上金剛曼拏羅
其相猶如金剛界　忿怒祕密故此說
依大曼拏羅法用　如教抨諸曼拏羅
五曼拏羅依法安　各各布列祕密印
金剛曼拏羅中間　依法安布佛形像
及彼忿怒三昧衆　智者如應依法畫

以金剛步而漸進　布金剛手曼拏羅
彼中周帀應先畫　金剛叉及金剛杵
是中復畫熾燄光　如其所説依次第
金剛杵及金剛鉤　金剛箭并彈指相
以金剛步而漸進　南布第三曼拏羅
依法畫寶金剛尊　於大輪中而安置
金剛鞶眉即寶相　金剛日輪并寶幢
諸齒行列如金剛　於其周帀應圖畫
以金剛步而漸進　西布第三曼拏羅
微妙金剛蓮華尊　畫彼蓮華中安置
於熾燄中復當畫　蓮華劒及金剛輪
彼金剛舌亦如應　於其周帀當圖畫
以金剛步而漸進　北布第四曼拏羅
依法中畫金剛杵　周帀亦畫杵及光
於其四面復當畫　熾盛緊密大燄光

巧業金剛并甲冑　金剛牙拳依次畫
壇隅及外所安置　依法如應當圖畫
我今次説彼最上　諸印大明如次第

種子大明曰

劑

唵引嚩日囉二合骨嚕引二合馱三摩曳引劑句一

唵引嚩日囉二合嚕引釤引酤舍野引二合那野

薩哩鍐引二合劑句一

唵引嚩日囉二合嚕引尸引哥引摩嚩日哩二合

尼一嚩商彌引阿引那夜引呬劑

唵引嚩日囉二合覩瑟致二合骨嚕引二合提引都

引沙野薩哩嚩引二合尼劑句一

此名金剛劑字曼拏羅

復次種子大明曰

吽

唵引嚩日囉二合勃哩二合酤致骨嚕引二合提一
訶囉薩哩嚩引二合哩湯引二合𠯍二
唵引嚩日囉二合入嚩引二合囉引摩引羅引鉢
囉二合毗一引摩賀引骨嚕引二合馱引屹泥二合入
嚩引二合囉野薩哩鍐二合囉尾嚕引口合引𠯍二
唵引嚩日囉二合特嚩二合惹引誐囉二合計引俞
引哩引摩賀引骨嚕引二合提一引禰引呬彌引
薩哩鍐二合𠯍二
唵引嚩日囉二合引吒賀引悉泥一訶娑訶娑
引吒吒賀引西引那摩引囉野𠯍二
此名金剛𠯍字曼拏羅
復次種子大明曰
禰
唵引嚩日囉二合秣馱骨嚕引二合提一引喝那摩
引囉野薩哩嚩二合訥瑟詀引二合禰二

唵引嚩日哩囉二合的刹拏二合骨嚕引二合提一引
覩那嚩日囉二合酤引尸引那薩哩鍐二合禰二
唵引嚩日囉二合係引覩摩賀引骨嚕引二合提
一引鉢囉二合尾舍作訖覽二合鉢囉二合吠引設野
薩哩鍐引二合禰二
唵引嚩日囉二合𠯍喝嚩引二合摩賀引骨嚕二合
引馱一引娑引尸嚩引昝捫左禰二
此名金剛禰字曼拏羅
復次種子大明曰
紇泥二合一句
唵引薩哩嚩二合目契引葛哩摩二合嚩日哩二合
尼摩賀引骨嚕引二合提一引酤嚕薩哩鍐二合紇
泥二合二
唵引嚩日嚩二合葛嚩左骨嚕引二合提一引拏叉
跆引紇泥二合一

唵引賛拏骨嚕引二合提引摩賀引藥吒尼
嚩日囉二合能瑟吒囉引三合葛囉引羅呲引沙
尼二呲引沙引鉢野紇泥二合三
唵引嚩日囉二合骨嚕引二合馱母瑟致二合滿馱
紇泥二合一句

此名金剛紇泥字曼拏羅

次說曼拏羅隅金剛祕密供養賢聖根本大明曰

嚩日囉二合吽引揭[穴*頁]二合引一句
嚩日囉二合吽引箜重呼一句
嚩日囉二合吽引鼎引一句
嚩日囉二合吽引悉鼎二合引一句

次說外隅歌樂供養賢聖大明曰

嚩日囉二合帝引帝引一句
嚩日囉二合詁吒一句
嚩日囉二合馱引湅一句
嚩日囉二合屯引馱一句

次說護門供養賢聖大明曰

嚩日囉二合吽引吽引一句
嚩日囉二合[口*弱][口*弱]一句
嚩日囉二合鍐鍐一句
嚩日囉二合惡惡一句

復次此金剛部祕密曼拏羅中入等儀軌即彼如是所有法用皆如降三世大曼拏羅引入法儀金剛阿闍梨如是入已即以金剛祕密金剛部三昧印對印小印智印作彼現前執金剛供養事所謂旋舞等諸作用即彼如是旋舞對舞小舞智舞是爲作用印智謂先以彼金剛界攝受心明及金剛歌歌詠稱讚一切如來作已然後金剛阿闍梨應當開示

薩埵金剛印後以應用入印所應入者現前

引入

當依金剛旋舞法　即以二手忿怒指
依法當於自心間　結彼降三世大印
然後旋舞如儀軌　以彼金剛忿怒鉤
普徧鉤召諸如來　舉金剛箭善射相
由金剛箭善射故　即得金剛喜成就
次當解印如所說　齊掌結縛而摧拍
如是供養大儀軌　當得金剛手歡喜
由彼聖尊歡喜因　剎那所樂事成就

此等三昧印大明曰

悉馱縛日囉(二合)(一句)

阿(引)那野縛日囉(二合)(一句)

囉(引)誐野縛日囉(二合)(一句)

娑(引)度嚩日囉(二合)(一句)

次當以彼對舞作用事供養

亦如金剛旋舞相　左手當執右手拳
旋轉還復額前安　頭指次應置於口
旋舞又作日輪相　是印旋轉能普召
次應豎立金剛幢　作喜笑相金剛笑
如是供養大儀軌　能令國王等人衆
咸生敬愛惠威光　或施財寶或歡喜

此等對印大明曰

阿(引)哂縛日囉(二合)(一句)

入嚩(二合)(引)羅野嚩日囉(二合)(一句)

禰(引)哂嚩日囉(二合)(一句)

訶娑訶娑嚩日囉(二合)(一句)

又復解其旋舞相　二拳齊密而相合
頭指復安於心間　頂禮意生於戰悚
次應又作旋舞相　能斷金剛利劔尊

旋轉其相復如輪　是爲旋轉輪壇相
以金剛語妙歌詠　供養金剛手聖尊
如是供養大法儀　一切究竟得成就
此等小印大明曰
哥引野嚩日囉一二合句
親那野嚩日囉二二合句
勃囉二合引摩野嚩日囉三二合句
没嚕二合引呬嚩日囉四二合句
次竪金剛忿怒指　即復仰起面相合
後復旋轉置頂間　頭指還於口門住
金剛羯磨依法用　作諸事業勝壇場
顯示隨應旋舞儀　後復於自心安置
依法次應作旋舞　結縛是爲金剛護
相合二手金剛牙　二金剛拳相逼附
如是供養大法儀　能成一切羯磨法
如是四種供養儀　解印如應依本教
此等智印大明曰
涅哩二合爹嚩日囉一二合句
拏叉嚩日囉二二合句
珂引那嚩日囉三二合句
滿馱嚩日囉四二合句
復次教授忿怒金剛印智
二手執彼金剛杵　起忿怒意作破壞
隨欲破者某甲名　以所執杵破其心
下脣附齒而相合　隨欲破者應摧逼
若有違越教勑者　速當破壞其頭頂
金剛忿怒大觀視　二目隨應瞬動間
所欲破者即當觀　彼即二目俱破壞
金剛忿怒相合故　於自心中觀自身
以金剛縛逼附間　即彼惡者心破壞

此等大明曰

吽(引)嚩日囉(二合)塞怖(引二合)吒咤(入聲一句)

吽(引)日珂嚩日囉(二合)咤(入聲一句)

吽(引)嚩日囉(二合)泥(引)怛囉(二合)咤(入聲一句)

吽(引)摩努(引)嚩日囉(二合)咤(入聲一句)

復次教授大金剛部祕密印智此中最先應結大印

安布金剛忿怒拳　二手小指相鉤結
左手三叉相背安　此名降三世大印
左手頭指次展舒　即以此指當上起
後應旋轉亦復然　還於左面金剛住
齊掌應作金剛縛　起忿怒意而隱覆
堅豎大指如金剛　忿怒帝哩帝哩印
作拳先屈二頭指　即復二指如鉤相
二頭指面如金剛　後二頭指彈指相
二頭指面如金剛　心中復示日輪相
豎二頭指頂間安　旋轉還至於笑處
豎二頭指緊密相　二拳猶如執劍勢
相合二頭指如輪　豎二大指向口散
次復應舒二頭指　後二頭指纏其喉
二手如牙口邊住　堅密二手成拳相

如是分別大印次第

次結金剛部祕密三昧印

從祕密拳所出生　此說是即諸三昧
我今說彼成結儀　而金剛結勝無上
先以二拳安於心　次復二拳置兩脇
鉤召持箭悉左邊　後復從心而起散
次顰眉尊寶旋轉　後當作彼日輪相
舒臂亦應頂上安　旋轉還置於笑處
二拳向口善安置　次持利劍揮斫相

下擲其輪表示相　後復二拳向口散
身曼拏羅頂最勝　一肩次心復二膀
作金剛護亦復然　牙相堅固拳逼附
外曼拏羅諸印契　結中慓幟如次第
是即三昧金剛縛　及金剛拳亦如是

復次宣説金剛部法印所謂

癹吒一句　設吒一句
摩吒一句　薩吒一句
囉吒一句　怛吒一句
提哩二合吒一句　喝吒一句
鉢吒一句　怛囉二合吒一句
葛吒一句　縛吒一句
酤吒一句　哩吒一句
竭吒一句　末吒一句

次結金剛部祕密羯磨印

所有羯磨印次第　謂金剛拳依法作
依教隨處如應安　忿怒視即忿怒法

佛説一切如來真實攝大乘現證三昧大教王經卷第十二

佛說一切如來真實攝大乘現證三昧大教
王經卷第十三

宋西天三藏朝奉大夫試光祿卿傳法大師施護等奉　詔譯

金剛部法智三昧曼拏羅廣大儀軌分第八

爾時世尊復入一切如來金剛部三摩地智
印加持三摩地說此最上大明曰

唵引薩哩嚩合二怛他引誐多一速引剎摩合二
嚩日囉合二骨嚕引二合馱吽引發吒半音下同二

爾時金剛手菩薩摩訶薩說此降三世微妙
金剛最上大明曰

唵引速引剎摩合二嚩日囉合二骨嚕引合馱引
訖囉合二摩吽引發吒句一

爾時金剛藏菩薩摩訶薩說此降三世微妙
金剛最上大明曰

唵引速引剎摩合二嚩日囉合二囉怛那合二骨嚕
引二合馱引訖囉合二摩吽引發吒句一

爾時金剛眼菩薩摩訶薩說此降三世微妙
金剛最上大明曰

唵引速引剎摩合二嚩日囉合二鉢訥摩合二骨嚕
引二合馱引訖囉合二摩吽引發吒句一

爾時金剛巧業菩薩摩訶薩說此降三世微
妙金剛最上大明曰

唵引速引剎摩合二嚩日囉合二葛哩摩合二骨嚕
引二合馱引訖囉合二摩吽引發吒句一

爾時金剛手菩薩摩訶薩從本部中所出生
已復徧安立金剛界大曼拏羅相應法用已
說諸大士大明曰

唵引嚩日囉合二薩埵一速引剎摩合二倪也合二
引那骨嚕引二合馱吽引發吒二

唵引速引剎摩合二嚩日囕引二合酤舍引葛哩

沙二合野一摩賀引骨嚕二合引駄吽引發吒二
唵引速引剎摩二合嚩日囉二合囉引誐一骨嚕
二合引駄引耨羅引誐野帝引没覽二合吽引發
吒二
唵引速引剎摩二合嚩日羅二合覩瑟致一二合骨
嚕二合引駄吽引發吒二
唵引速引剎摩二合嚩日囉二合勃哩二合酤牴骨
嚕二合引駄一訶囉訶囉吽引發吒二
唵引速引剎摩二合嚩日囉二合入嚩二合引羅引
曼拏羅骨嚕二合引駄一蘇引哩也二合入嚩二合
引羅野吽引發吒二
唵引速引剎摩二合嚩日囉二合特嚩二合惹引誐
囉二合骨嚕二合引駄一薩哩嚩二合引哩湯二合引
彌引鉢囉二合野蹉尸引竭囉二合吽引發吒二
唵引速引剎摩二合嚩日囉二合賀引娑骨嚕二合

引駄一訶訶訶訶吽引發吒一
唵引速引剎摩二合嚩日囉二合葛哩摩二合骨嚕
二合引駄一輸引駄野吽引發吒二
唵引速引剎摩二合嚩日囉二合砌引捺骨嚕二合
引駄一親那頻那吽引發吒二
唵引速引剎摩二合嚩日囉二合骨嚕一合引駄一
摩賀引作訖囉二合親那播引多野室囉二合鉢
囉二合尾賒紇哩二合捺野頻那吽引發吒三
唵引速引剎摩二合嚩日囉二合吽引哥引囉骨
嚕二合引駄一訶那播引多野嚩引吒摩二合引
帝哩二合引拏吽引發吒二
唵引速引剎摩二合嚩日囉二合葛哩摩二合骨嚕
二合引駄一薩哩嚩二合葛哩摩亻二合葛嚕引娑嚩
二合薩哩嚩二合哥引哩也二合引尼娑引達野吽
引發吒三

唵引速引刹摩合二嚩日囉合二莎嚩左骨嚕合二
引馱一舉叉舉叉吽引發吒二
唵引速引刹摩合二嚩日囉合二藥叉骨嚕引二合
馱一訶那薄叉野薩哩嚩合二訥瑟詀引二合唧
底多摩引帝哩引二合一嚩日囉合二能瑟吒囉合二
引吽引發吒三
唵引嚩日囉合二速引刹摩合二母瑟致合二骨嚕
二合引馱一滿馱滿馱吽引發吒二

復次金剛手菩薩摩訶薩說此金剛部微妙智三昧曼拏羅頌曰

我今次第當演說　法曼拏羅勝無上
其相猶如金剛界　此說名爲忿怒智
依大曼拏羅法用　如教抨諸曼拏羅
以智金剛爲中分　是中應畫佛形像
次復於其佛周帀　應畫彼彼諸印契
後以金剛步漸進　依法布四曼拏羅
所有降三世等尊　如教次第當安立
於其周帀亦隨應　布列金剛忿怒衆

如是金剛部微妙智曼拏羅一一如教廣大安布已依法隨應入曼拏羅入已爲其弟子授誓誡言汝得一切如來金剛忿怒及金剛手菩薩摩訶薩灌頂已汝善所行當於普盡無餘諸有情界爲作救度乃至令得一切如來廣大利樂最上悉地殊勝果等汝今當知此金剛忿怒尚能摧伏一切有情悉令清淨何況世間所有惡者作是言已即去面帛然後乃令觀諸曼拏羅觀已依法授其金剛杵次當教授金剛忿怒微妙智法

微妙金剛堅固作　金剛吽字相應攝
此吽字法若相應　彼諸惡者壞其命

微妙金剛堅固作　漸廣法儀如教說
由此漸廣法相應　彼諸寃敵皆摧壞
微妙金剛諸法用　金剛吽字相應攝
漸廣忿怒法相應　彼諸惡者皆調伏
復次漸略法亦然　行人乃至隨所欲
一切漸略悉無餘　復令惡者還其命
此等大明曰
吽引
吽引那引設野嚩日囉二合一句
吽引尾那引設野薩哩網二合引嚩日囉二合一句
唵引速引刹摩二合嚩日囉二合鉢囉二合爹引野
那尸引竭嚩二合吽引一句
諸惡有情寃對者　一切同成大堅固
慈心廣大若相應　廣大寃對悉破壞
廣大寃對相應故　由斯乃有悲心起

若彼悲心悉相應　一切惡者皆破壞
世間若法若非法　彼等自性本清淨
如是觀想彼有情　以吽字法悉破壞
一切極惡諸有情　是等非佛菩提器
爲令彼等清淨故　以吽字法悉破壞
此等大明曰
吠引囉嚩日囉二合骨嚕引二合馱吽引發乇一句
哥嚕拏引嚩日囉二合骨嚕引二合馱吽引發吒一句
吽引尾戍馱嚩日囉二合骨嚕引二合馱吽引發吒一句
吽引尾輸引馱那嚩日囉二合骨嚕引二合馱吽引發吒一句
金剛影像應徧畫　若有破者當起意
隨意即墮彼舍中　而彼惡者壞其族

復次依彼微妙法　如應觀想心金剛
大菩薩像想亦然　惡者即壞於彼族
世間背法造過者　若男若女悉同然
金剛手像觀想時　彼過失者皆破壞
依法觀想佛影像　諸相具足用相應
世間掌法背法行　作觀想已彼破壞

此等大明曰

吽引嚩日囉合二播引多句一

吽引冐引地薩埵鉢囉合二播引多句一

吽引嚩日囉合二馱囉鉢囉合二播引多句一

吽引沒馱鉢囉合二播引多句一

微妙金剛依法用　如應觀想於自身
自身即是月影像　隨欲破者皆能破
依法觀想於自身　即是月中金剛杵
起忿怒意欲破時　隨應刹那破其族
如應觀想於自身　自身即是金剛手
隨欲破壞於何方　彼方不久速破壞
如應觀想於自身　自身即是佛影像
若欲破其背法人　彼人不久當破壞

此等大明曰

冐馱屹囉合二鉢囉合二播引多野吽引句一

薩哩嚩合二嚩日囉合二鉢囉合二播引多野吽句一

嚩日囉合二薩埵鉢囉合二播引多野吽引句一

沒馱鉢囉合二播引多野吽引句一

復次教授金剛部法祕密印智

金剛忿怒相合故　自身應作纏繞相
作吽字法纏繞時　隨何惡者當破壞
微妙金剛相合故　一入息間妙法成
稱彼吽字用相應　乃至三世尚能壞
微妙金剛法相應　忿怒眼作金剛視

隨應觀其惡者時　彼即喪目或趣死
於祕密門得入已　起意隨應作法用
以心鉤召等相應　餤魔王尚生敬愛

此等大明曰

吽引縛日囉合二嚩里多骨嚕引二合馱摩引囉
野吽引發吒句一
唵引速引剎摩合二嚩日囉合二說引娑引尾設
播引多野吽引發吒句一
唵引嚩日囉合二捺哩合二瑟致合二尾那引設野
吽引發吒句一
吽引紇哩合二捺野引葛哩沙合二拏一骨嚕合二
引馱鉢囉合二尾設哥引餤紇哩合二捺餤二親
那親那三葛荼葛荼發吒四

復次教授金剛部法曼拏羅印智此中應先
結彼大印

金剛大智相應法　悉具餤鬘大光明
金剛忿怒即自身　觀想剎那皆成就

復次教授金剛部中法三昧印智

所有三摩地智心　謂即二吽字相合
隨處安布依法儀　能作一切勝成就

復次教授金剛部法三昧法印智所謂
發吒設二合半音下同吒摩合二吒娑合二吒囉合二吒多
二合吒特哩合三吒喝合二吒波合二吒怛囉合三吒葛
二合吒嚩合二吒訖哩合二吒哩吒　揭吒　末吒
如是十六大士法印次第

復次教授金剛部法羯磨印智

法羯磨拳依法作　隨處作用悉相應
如應羯磨印次第　所作成就皆如教

金剛部羯磨曼拏羅廣大儀軌分第九之一

爾時世尊一切如來悉入金剛羯磨三昧出

生加持三摩地說此大明曰
唵引薩哩嚩二合怛他引誐多葛哩彌二合引說
哩吽引一句
爾時金剛手菩薩摩訶薩復次說此自部最
上大明曰
唵引薩哩嚩二合怛他引誐多一達哩摩二合馱
引覲颯頗二合囉拏摩賀引布引惹引葛哩摩
二合尾提尾薩多二合囉三摩曳引二底哩二合路引
哥尾惹皺葛哩三薩哩嚩二合訥瑟吒二合引捺
引摩野嚩日哩二合尼吽引四
爾時金剛藏菩薩摩訶薩復次說此自部最
上大明曰
唵引薩哩嚩二合怛他引誐多一阿哥引舍馱
引覲三摩嚩薩囉拏二摩賀引布引惹引葛
哩摩二合尾薩多二合囉三摩曳引吽引三

爾時金剛眼菩薩摩訶薩復次說此自部最
上大明曰
唵引薩哩嚩二合怛他引誐多一達哩摩二合馱
引覲颯頗二合囉拏二摩賀引布引惹引葛哩
摩二合尾提尾薩多二合囉三摩曳引吽引三
爾時金剛巧業菩薩摩訶薩復次說此自部
最上大明曰
唵引薩哩嚩二合怛他引誐多　薩哩嚩二合路
引哥馱引覲尾尾馱二摩賀引布引惹引葛
哩摩二合尾提尾薩多二合囉三摩曳引吽引三
爾時金剛手菩薩摩訶薩復以本部供養廣
大儀軌賢聖從自心出已於一切世界普召
一切如來作敬愛妙樂事成辦一切羯磨悉
地諸法用等及一切如來神通事業廣施作
已於世尊大毗盧遮那如來金剛界大曼拏

羅相應月輪中依止而住說此金剛羯磨三
昧廣大儀軌羯磨曼拏羅頌曰

我今次第當演說　最上羯磨曼拏羅
其相猶如金剛界　此名羯磨金剛法
依大曼拏羅法用　依次抨五曼拏羅
中心依法應安布　分列佛像當如教
次復於其佛周帀　施設最上三昧像
以金剛步而漸進　依次布四曼拏羅
隨方安四金剛尊　如教所說當分布
又彼周帀皆隨應　安大薩埵如儀軌

復次宣說羯磨曼拏羅羯磨印明曰

唵引嚩日囉合二薩埵悉提倪也引二合那三摩
曳引吽引弱句一

唵引嚩日囉引二合葛哩沙合二拏葛哩摩合二倪
也引二合那三摩曳引吽引弱句一

唵引嚩日囉合二囉底囉引誐葛哩摩合二倪也
引二合那三摩曳引吽引弱句一

唵引嚩日囉合二娑引度葛哩摩合二倪也引二合
那三摩曳引吽引弱句一

唵引嚩日囉合二勃哩酤胝嚩尸引酤嚕吽句一

唵引嚩日囉合二蘇引哩也合二曼拏梨引嚩尸
引酤嚕吽引句一

唵引嚩日囉合二特嚩合二惹引誐囉合二計引俞
引哩引嚩尸引酤嚕吽引句一

唵引嚩日囉引二合屹賀引西引嚩尸引酤嚕
吽引句一

唵引嚩日囉合二鉢訥摩合二囉引詣引囉引誐
野吽引句一

唵引嚩日囉合二的引剎拏合二囉引詣引囉引
誐野吽引句一

唵引嚩日囉合二曼拏羅囉引詣引囉引誐野
吽引一句
唵引嚩日囉合二嚩引杌囉引二合詣引囉引誐
野吽引一句
唵引嚩日囉合二葛哩摩合二三摩曳引布引惹
野欨呼郎切一句
唵引嚩日囉合二哥嚩左滿提引犖叉犖叉吽
引一句
唵引嚩日囉合二藥吒尼摩引囉野嚩日囉合二
能瑟吒囉三合引野引頻捺紇哩合二捺餤摩目
哥寫吽引癹吒一句
唵引嚩日囉合二葛哩摩合二母瑟致二合一悉馱
悉馱吽引癹吒二
所有羯磨曼拏羅諸作用等如教次第廣施
作已然從金剛部勝羯磨智出生諸法

佛説一切如來真實攝大乘現證三昧大教
王經卷第十三

音釋

剤才詣切　顊乃定切　詀竹咸切

佛說一切如來眞實攝大乘現證三昧大教王經卷第十四 第十五同卷

宋西天三藏朝奉大夫試光祿卿傳法大師施護等奉 詔譯

金剛部羯磨曼拏羅廣大儀軌分第九之二

復次教授如前法中息災等印智

吉木爲柴并蜜用　佉等攝心作護摩
金剛忿怒法相應　擲彼胡麻摧諸罪
復用前柴作護摩　依法舉火大熾然
常擲粳米作法時　定於其舍得增益
吉木爲柴并蜜用　行人作法火熾然
吉祥草及珊瑚枝　與酥同用增壽命
復用前柴作護摩　依法舉火大熾然
草并珊瑚枝和油　隨擲作已常衛護

此等護摩大明曰

唵引薩哩嚩二合播引波捺賀那嚩日囉引二合野莎引賀引一句

唵引嚩日囉二合補瑟吒二合曳引莎引賀引一句

唵引嚩日囉引二合褕尸引莎引賀引一句

唵引阿鉢囉二合底賀多嚩日囉引二合野莎引賀引一句

剌木爲柴屈曲者　棘刺同用火熾然
金剛忿怒等持心　作護摩者能鉤召
復用前柴作護摩　忿怒心然火熾燄
赤色華果擲爐中　能令世間悉敬愛
吉木爲柴依法用　忿怒心舉火熾然
碎鐵如塵擲爐中　得金剛尊常營衛
復用前柴作護摩　等攝心舉火熾然
以苦味果擲爐中　剎那能壞諸惡者

此等大明曰

吽引嚩日囉引二合葛哩沙二合野莎引賀引一句

吽引嚩日囉二合囉引誐野莎引賀引一句

吽引嚩日囉二合滿馱野莎引賀引一句

吽引嚩日囉二合摩引囉拏引野莎引賀引句

酸木爲柴依法用　忿怒心舉火熾然

酸味華果作護摩　即成最上敬愛事

復用前柴作護摩　等攝心然火熾燄

以迦摩果擲爐中　即成迦摩嚕波事

依法應用同前柴　忿怒心然火熾燄

想取曠野無形華　隨擲即得隱身法

復以前柴依法用　等攝心舉火熾然

想取空中行列華　隨擲即能空中行

此等大明曰

唵引嚩日囉二合嚩商葛囉引野莎引賀引一句

唵引哥引摩嚕引波嚩日囉引二合野莎引賀引一句

唵引阿禰哩二合引舍嚩日囉二合引野莎引賀引一句

唵引嚩日囉二合竭左引哩尼引莎引賀引一句

苦味堅勁木爲柴　等攝心然火熾燄

忿怒意爇金剛華　得依金剛教令作

復以前柴依法用　忿怒心舉火熾然

隨取華鬘擲爐中　使彼悉依教令作

吉木爲柴忿怒意　等攝心舉火熾然

擲彼金剛手華鬘　依彼教令成所作

復用前柴作護摩　忿怒心然火熾燄

衣服作法擲爐中　刹那令彼隨教令

此等大明曰

吽引嚩日囉二合嚩商葛囉引野莎引賀引句

吽引燥引哩嚩日囉二合嚩商葛囉引野莎引賀引一句

吽引嚩日囉二合播引尼嚩商葛囉引野莎引賀引一句

吽引没馱嚩商葛囉引野莎引賀引一句

復次教授祕密羯磨印智

同彼所愛作法者　安膳那用出生門
和合設法置其中　得樂觸故生敬愛
雌黃用於出生門　作金剛縛而打擲
隨四種相作相應　即獲四種成就法
牛黃安置出生門　以祕密拳而逼附
即於彼處熾焰生　得與執金剛無異
鬱金用於出生門　彼作薩埵金剛法
隱覆彼中熾焰然　得與執金剛無異

此等大明曰

唵引虞呬也二合囉底嚩日囉二合嚩商葛囉悉馱切身下同吽引一句

唵引虞呬也二合嚩日囉二合悉馱吽引一句

唵引嚩日囉二合馱囉虞呬也二合悉馱吽引一句

唵引嚩日囉二合虞呬也二合悉馱吽引一句

復次教授金剛部羯磨大印智

金剛事業依法用　所有大印如次第
金剛忿怒法相應　以金剛拳善作用
勝三昧印亦如是　當依降三世指法
所有法印用亦然　即唵字等諸文字
彼諸羯磨印次第　以羯磨拳依法作
金剛羯磨法相應　作諸成就皆清淨

大金剛部廣大儀軌分第十

爾時世尊復入一切如來金剛三昧印加持三摩地宣說自部最上大明曰

唵引薩哩嚩二合怛他引誐多嚩日囉二合三摩曳引吽引一句

爾時金剛手菩薩摩訶薩宣説自部金剛三昧印明曰

唵引嚩日哩合二摩吒半音一句

爾時金剛藏菩薩摩訶薩宣説自部寶三昧印明曰

吽引勃哩合二酤胝嚩日哩合二囉吒半音一句

爾時金剛眼菩薩摩訶薩宣説自部法三昧印明曰

吽引鉢訥摩合二嚩日哩合二涅哩合二吒半音一句

爾時金剛巧業菩薩摩訶薩宣説自部羯磨三昧印明曰

吽引嚩日囉合二葛哩摩引二合屹哩合二訖哩合二吒半音一句

爾時金剛手菩薩摩訶薩復次宣説降三世四印曼拏羅

我今次第當演説　最上四印曼拏羅
其相猶如金剛界　金剛忿怒故此説
依大曼拏羅法用　如次抨諸曼拏羅
降三世等隨所應　周帀當畫於佛像
所有四印曼拏羅中鉤召等法廣大儀軌皆悉依彼大曼拏羅法用作已行人依法應入四印曼拏羅中入已教授祕密印智
自當依法畫四印　清淨法性曼拏羅
與相應者同語言　常得所作皆成就
自當依法畫四印　清淨法性曼拏羅
同彼妙愛語言時　由觀視故得成就
自當依法畫四印　清淨法性曼拏羅
妙相相應者轉時　即得妙樂事成就
自當依法畫四印　清淨法性曼拏羅
同妙愛語樂合時　即獲一切勝悉地

此等清淨法性印明曰

唵引薩哩嚩合二怛他引誐多秫馱達哩摩合二帝引呼引一

唵引嚩日囉合二尾秫馱捺哩合二瑟徵合二弱句一

唵引莎婆引嚩秫馱目契吽引一句

唵引薩哩嚩合二秫馱哥引野嚩引乇摩合二那塞哥合二哩摩合二嚩日哩合二欣句

復次教授四印曼拏羅中祕密中祕密印智

此曼拏羅得入已　五欲妙樂悉能成

他相應者法合時　即得最上成就事

此大明曰

呼引嚩日囉合二哥引摩句一

然後如教所説以金剛寶蓮華三叉印等如是四三昧印廣大儀軌如應教授已即當依此四印法用作金剛歌樂及金剛薩埵嬉戲歌音歌詠奉獻一切聖賢次以印對印小印智印現前一切旋舞作供養事由是旋舞供養故即得旋舞供養事業成就

當依金剛旋舞法　即以二手忿怒指

依法當於自心間　結彼降三世大印

金剛旋舞亦復然　左手當執右手拳

旋轉還復額前安　頭指次應置於口

又復解其旋舞相　二拳齊密而相合

頭指復安於心間　頂禮意生於戰悚

次豎金剛忿怒指　即復仰起面相合

後復旋轉置頂間　頭指還於口門住

此名四印曼拏羅

爾時金剛手菩薩摩訶薩復説自部金剛忿怒三昧大明曰

吽引

復次說此曼拏羅

我今次第當演說　外界最上曼拏羅
其相猶如金剛界　應知此即降三世
依大曼拏羅法用　外曼拏羅應徧畫
彼中所畫依法儀　月輪中布金剛杵
金剛杵即降三世　依法執持於大印
作金剛步妙威勢　色相隨應如教說

所有外祕密曼拏羅中一切所用儀軌廣大作已次說金剛降三世祕密印智

此曼拏羅當入已　以忿怒指而堅密
出生門中作法時　一切事業善成就

求成就大明曰

吽引嚩日囉二合三摩野訖哩二合出半音一句

復次教授金剛降三世祕密成就印智

此曼拏羅善入已　最勝大印應安置
金剛吽字和合時　即能善作諸事業

彼成就大明曰

吽引嚩日囉二合三摩野吽引一句

如其所說四印依法教授成結儀則然後從是出生諸成就事隨其曼拏羅如是幀像等諸有畫者作諸形像應悉通用此成就法爾時金剛手菩薩摩訶薩向諸如來作是白言世尊一切如來願加持我我此部中所作法用悉爲一切有情隨其所欲作利益事普令獲得諸成就故爾時世尊一切如來爲欲建立此降三世大儀軌故即復雲集作是讚言

金剛薩埵善哉者　金剛大寶復善哉
善哉金剛妙法門　善哉金剛勝羯磨
能善宣說此正法　無上金剛祕密乘
一切如來祕密門　大乘現證法中攝

三世輪大曼拏羅廣大儀軌分第十一之一

爾時世尊一切如來如是悉知金剛手菩薩摩訶薩已咸作是言金剛手汝今當依一切如來教令所行彼大自在天以降伏故久踐足心而今宜應舉足放釋是時金剛手菩薩摩訶薩白諸如來言我首受於一切如來忿怒灌頂使我調伏一切惡者今此云何令我放釋久踐足心爾時一切如來爲令普盡三世增上主宰大自在天得活命故從一切如來出是大明曰

唵(引)嚩日囉(二合)薩埵吽(引)[口*弱](句一)

此大明印

堅固應作祕密鉤　諸指向外而舒展
是印相合置頂中　死者能令得還命

說是印明時而彼下方跋娑摩餐那世界跋娑彌莎羅你哩瞿沙如來忽從大自在天身中出現說此頌曰

大哉一切正覺尊　諸佛大智無有上
能令死者有情身　去識還來得活命

爾時金剛手菩薩摩訶薩即說此舉足大明曰

唵(引)嚩日囉(二合)目(句一)

此大明印

齊豎金剛忿怒指　指面不著堅固住
旋轉還成二金剛　從下漸起至頂上

說是印明時金剛手菩薩摩訶薩即舉足心彼大自在天從是得起還活其命時大自在天由彼如來威神建立得活命已於彼世界當受灌頂即於彼界爲諸有情作利益事亦使調伏諸惡有情爾時金剛手菩薩摩訶薩

從自足心出生大明名爲月足是即一切如來菩薩智印大明曰

唵引賛捺嚕引二合多哩引三滿多跋捺囉合二枳囉尼一引摩賀引嚩日哩合二尼吽引二

此大明印

堅固應作金剛縛　小指大指二皆竪

起是印住等攝心　此說名爲月光印

出是印明時即從金剛手大菩薩足心出現月上如來如是出現已時大自在天舉頭置於金剛手大菩薩足菩薩即爲灌其半月頂相得灌頂已乃於金剛手大菩薩左面如理而住然後一切如來以金剛叉授大自在天雙手掌中令與金剛手大菩薩作助伴者復以金剛最上明灌頂法而爲灌頂乃立其名號金剛最上明菩薩

佛說一切如來真實攝大乘現證三昧大教王經卷第十四

佛說一切如來真實攝大乘現證三昧大教王經卷第十五

宋西天三藏朝奉大夫試光祿卿傳法大師施護等奉 詔譯

三世輪大曼拏羅廣大儀軌分第十一之二

爾時金剛最上明菩薩摩訶薩即以所受天金剛又如輪旋轉作妙旋舞供養事業說此頌曰

大哉一切正覺尊　大菩提心無有上
聖尊勝足若觸時　由斯我當得成佛

爾時金剛手菩薩摩訶薩從金剛忿怒三摩地起前白佛言世尊我初手受一切如來大金剛杵而復授我金剛手灌頂法彼時大自在天等悉處外界諸金剛部令此建立降三世大曼拏羅已如我所作由斯因故此等有情悉得不退轉於阿耨多羅三藐三菩提爾時世尊大毘盧遮那如來應供正等正覺即說一切如來大士頂輪大明曰

唵引嚩日囉二合薩都引瑟尼引二合沙吽引發吒半音一句

說是大明時從一切如來頂中出現具德金剛手大菩薩像像中復現無數色光普照世界照已旋還合於金剛手大菩薩上然後乃成一切如來頂輪光聚於是光聚中出此一切如來頂輪大明曰

唵引那莫薩哩嚩二合怛他引誐都引瑟尼二合引沙帝引儒仁祖切囉引尸引那嚩路引吉多母引哩馱二合吽引一入嚩二合囉二達哥達哥三尾捺囉尾捺囉四親那五頻那吽引發吒半音六

爾時金剛手菩薩摩訶薩說此自部最上大

明曰

唵引你遜婆嚩日囉合二吽引發吒半音一句

復次金剛手菩薩摩訶薩重說自心等大明曰

唵引吒枳嗡句一

爾時金剛藏菩薩摩訶薩說此自部最上大明曰

唵引嚩日囉合二囉怛努引二合怛摩一入嚩合二囉野吽引發吒半音二

爾時金剛眼菩薩摩訶薩說此自部最上大明曰

唵引莎婆引嚩秣駄一嚩日囉合二鉢訥摩合二輸引駄野二薩哩網引二合尾擲踰引二合怛摩吽引發吒半音三

爾時金剛巧業菩薩摩訶薩說此自部最上大明曰

唵引嚩日囉合二葛哩謨引二合怛摩一嚩日囉合二駄囉三摩野摩鞞三摩合二囉二遜婆你遜婆引葛哩沙合二野三鉢囉合二吠引設野引吠引設野四滿駄野三摩煬屹囉引二合賀野五薩哩嚩合二葛哩摩引二合尼彌引酤嚕六摩賀引薩埵吽引發吒半音七

爾時金剛最上明菩薩摩訶薩爲禮敬奉獻金剛手菩薩摩訶薩足故說自心明曰

唵引遜婆你遜婆一嚩日囉合二尾擲喻引二合怛摩吽引發吒半音二

爾時忿怒金剛明王爲禮敬奉獻金剛手菩薩摩訶薩足故說自心明曰

嚩日囉合二戍引羅句一

爾時摩邪金剛明王說自心明曰

唵引嚩日囉二合摩引野引捺哩舍二合野薩哩
嚩二合吽引發吒半音一句

爾時金剛鈴明王說自心明曰

唵引嚩日囉二合健吒一囉拏囉拏吽引發吒
半音二

爾時寂默金剛明王說自心明曰

唵引嚩日囉二合謨引那摩賀引沒囉二合多吽
引發吒半音一句

爾時金剛器仗明王說自心明曰

唵引嚩日囉二合引喻馱捺引摩哥吽引發吒
半音一句

如是等明王衆

爾時金剛軍拏梨金剛忿怒王爲禮敬奉獻
金剛手菩薩摩訶薩足故說自心明曰

唵引嚩日囉二合軍拏梨一摩賀引嚩日羅二合
骨嚕二合引馱屹哩二合恨拏二合二賀那三捺賀
四跛左五尾特網二合薩野六嚩日哩二合引拏
毋引哩馱二合引曩颯頻二合引羅野七頻那紇
哩二合捺煬八嚩日囉二合骨嚕二合引馱吽引發
吒半音九

爾時金剛光金剛忿怒王說自心明曰

唵引嚩日囉二合鉢囉二合婆一摩引囉野二爍
咩骨嚕二合引馱吽引發吒半音三

爾時金剛杖金剛忿怒王說自心明曰

唵引嚩日囉二合難拏一多引拏野薩哩嚩二合
訥瑟詀竹感切下同二合引二摩賀引骨嚕二合引馱吽
引發吒半音三

爾時金剛冰誐羅金剛忿怒王說自心明曰

唵引嚩日囉二合冰誐羅毘引沙野薩哩嚩二合
訥瑟詀二合引一毘引摩骨嚕二合引馱吽引發吒

二半音
如是等金剛忿怒王衆
爾時金剛舜拏大魔主爲禮敬奉獻金剛手
菩薩摩訶薩足故說自心明曰
唵引嚩日囉二合舜引拏摩賀引誐拏鉢底
拏叉薩哩嚩二合訥瑟致二合引毘蹦引二合嚩日
囉二合達囉引俔談二合播引羅野吽引發吒半音
三
爾時金剛鬘大魔主說自心明曰
唵引嚩日囉二合摩引羅誐拏鉢帝引一摩引囉
引葛哩沙二合野二鉢囉二合吠引設野引吠引
設野三滿馱野滿馱野四嚩尸引酤嚕摩引
囉野吽引發吒半音五
爾時金剛敬愛大魔主說自心明曰
唵引嚩日囉二合嚩尸引摩賀引誐拏鉢多曳

一引嚩尸引酤嚕吽引發吒半音二
爾時最勝金剛大魔主說自心明曰
唵引嚩日囉二合尾惹野尾惹煬酤嚕一摩賀
引誐拏鉢底吽引發吒半音二
如是等大魔主衆
爾時金剛穆娑羅金剛使者爲禮敬奉獻金
剛手菩薩摩訶薩足故說自心明曰
唵引嚩日囉二合穆娑羅一酤吒酤吒薩哩嚩
二合訥瑟吒引二合嚩日囉二合努引多吽引發吒
半音三
爾時金剛風金剛使者說自心明曰
唵引嚩日囉二合阿你羅一摩賀引吠引誐引
那野薩哩嚩二合訥瑟詀引二合吽引發吒半音二
爾時金剛火金剛使者說自心明曰
唵引嚩日囉二合阿那羅摩賀引努引多一入

嚩(引二合)羅野薩哩嚩(二合)跛悉彌(二合引)酤嚕(二合)(二)薩哩嚩(二合)訥瑟詀(二合引)吽(引)癹吒(半音三)

爾時金剛陪囉嚩金剛使者說自心明曰

唵(引)嚩日囉(二合)陪囉嚩努(引)多(一)薄叉野薩哩嚩(二合)訥瑟詀(二合引)摩賀(引)藥叉吽(引)癹吒(半音三)

如是等金剛使者衆

爾時金剛鉤金剛僕使爲禮敬奉獻金剛手菩薩摩訶薩足故說自心明曰

唵(引)嚩日覽(二合引)酤舍(引)葛哩沙(二合)野薩哩嚩(二合一)摩賀(引)際(引)吒(半音)吽(引)癹吒(半音二)

爾時金剛哥羅金剛僕使說自心明曰

唵(引)嚩日囉(二合)哥(引)羅摩賀(引)蜜哩(二合)怛融(二合一)嗢怛播(二合引)捺野吽(引)癹吒(半音二)

爾時金剛尾那野哥金剛僕使說自心明曰

唵(引)嚩日囉(二合)尾那(引)野哥(引)寫(一)尾覲曩(二合)酤嚕吽(引)癹吒(半音二)

爾時龍金剛金剛僕使說自心明曰

唵(引)那(引)誐嚩日囉(二合一)阿(引)那野薩哩嚩(二合)達那馱(引)鞑(切身下同二)呬囉尼也(二合)蘇嚩蘭拏(二合)摩尼目訖多(引二合)覽哥(引)囉(引)禰(引)你(三)薩哩舞(引二合)波葛囉拏(引)你(四)嚩日囉(二合)達囉(三)摩野摩耨三摩(二合)囉(引五)葛茶(六)屹哩(二合)恨拏(二合七)滿馱(八)賀羅賀囉鉢囉(二合引)赦(引九)摩賀(引)際(引)吒(半音)吽(引)癹吒(半音十)

如是等金剛僕使衆

爾時金剛手菩薩摩訶薩說此一切金剛部鉤召三昧大明曰

唵(引)嚩日覽(二合引)酤舍(引)葛哩沙(二合)野吽(引一)句

次說引入大明曰

唵引嚩日囉二合播引設葛茶吽引一句

次說三昧嚩大明曰

唵引嚩日囉二合颯怖引二合吒鍐一句

次說羯磨大明曰

唵引嚩日囉二合葛哩摩二合娑引達野訖哩二合咄半音一句

爾時金剛手菩薩摩訶薩說此一切金剛部大曼拏羅

我今次第當演說　大曼拏羅勝無上
其相猶如法輪壇　依次抨諸曼拏羅

抨線大明曰

唵引嚩日囉二合蘇引怛囉引二合葛哩沙二合野一薩哩嚩二合曼拏覽引二

曼拏羅中應當用　揭禰囉木作於橛
其線二倍依法儀　作已隨量抨壇位

用橛大明曰

唵引嚩日囉二合計引羅一計羅野薩哩嚩二合尾覲曩引二合吽引發吒半音二

四線依法而和合　如次應抨被輪壇
漸出抨其外界中　亦復如前二倍作
或復三倍隨應作　如次抨外曼拏羅
彼諸隅分依本儀　抨其隅界當如量

此即抨線儀軌

然後隨其所抨線　用五種色淨圓滿
左手作大金剛拳　次第隨意粉壇界

五色大明曰

唵引嚩日囉二合覽誐三摩野吽引一句

壇中依法所成已　阿闍梨住等引心
次當注意開壇門　彼金剛門開其四

開門大明曰

唵引嚩日嚕引二合訥伽引二合吒野一三摩野鉢囉二合尾設尸引竭覽二二合三摩二合囉嚩日囉二合三摩野吽引發吒半音三

依法或用金或銀　或塑或繪於幀像
隨應安布於四方　四佛形像當如教

諸佛大明曰

唵引薩哩嚩二合尾咄半音二句

復次於其佛四面　應畫祕密四大士
中安金剛手聖尊　作降三世忿怒相

四大士大明曰

唵引遜婆你遜婆吽引一屹哩二合恨拏二合屹哩二合恨拏二合吽引二屹哩二合恨拏引二合波野吽引三阿引耶野呼引婆誐鍐四嚩日囉二合吽引發吒半音五

唵引嚩日囉二合勃哩二合酤胝骨嚕引二合馱引耶野一薩哩嚩二合囉怛曩引二合係引發吒半音二

唵引嚩日囉二合捺哩二合瑟致一二合骨嚕引二合馱捺哩二合瑟吒野引三合摩引囉野吽引二

唵引嚩日囉二合尾說骨嚕引二合馱酤嚕一薩哩網二合尾說嚕引波多野引娑引達野吽引發吒半音二

若下線時當注念　不應出入違分限
以金剛步依次行　彼諸壇界皆依法

金剛步大明曰

嚩日囉二合吠引誐句一

以金剛步而漸進　東布第一曼拏羅
依其次第如軌儀　安摩耶等四明王

此等大明曰

唵引嚩日囉合二作訖囉合二吽引一句

唵引嚩日囉合二健吒吽引一句

唵引嚩日囉合二難拏崗引嚩吽引一句

唵引嚩日囉合二喻馱吽引一句

以金剛步而漸進　南布第二曼拏羅

安布金剛忿怒尊　軍拏梨等四如次

此等大明曰

唵引嚩日囉合二鉢囉合二入嚩合二里多鉢囉合一

禰引鉢多合二嚩日囉合一吽引一句

唵引嚩日囉合二燥引貌吽引一句

唵引嚩日囉合二難拏吽引一句

唵引嚩日囉合二尾訖哩合二多吽引句

以金剛步而漸進　西布第三曼拏羅

金剛穆娑羅等四　金剛使者依次第

此等大明曰

唵引嚩日囉合二穆娑羅吽引一句

唵引嚩日囉合二鉢吒吽引一句

唵引嚩日囉合二入嚩引二合羅吽引一句

唵引嚩日囉合二屹囉合二訶吽引一句

以金剛步而漸進　北布第四曼拏羅

金剛鉤等四僕使　如教次第當安置

此等大明曰

唵引嚩日囉合二能瑟吒囉合二吽引一句

唵引嚩日囉合二摩引囉拏吽引一句

唵引嚩日囉合二尾竭那合二吽引一句

唵引嚩日囉合二賀囉拏吽引一句

以金剛步而漸進　依法應畫於四門

金剛舜拏等魔主　如其次第當安布

此等大明曰

唵引嚩日囉合二摩那吽引一句

唵引嚩日囉二合摩引羅吽引一句
唵引嚩日囉二合引哩他二合吽引一句
唵引嚩日囉二合阿室吽引一句
以金剛步而漸進　布外曼拏羅分位
周帀應畫諸毋天　如教次第當分列
所有四金剛門中　護門賢聖前所說
而我說彼勝壇儀　一一皆如儀軌說
如是三世輪大曼拏羅中所有鉤召等事業
一一皆依本教作已金剛阿闍梨應當自結
金剛忿怒帝哩帝哩印乃謂弟子言我今從
彼金剛三昧智所出生汝不應以此三昧法
輙爲人說無令返招殃咎壞失身命命終之
後墮大地獄如是言已復爲授其誓心大明
後以所結金剛忿怒帝哩帝哩印乃爲表示
又作是言若有違越三昧縛者此金剛忿怒
三昧從頂發起破壞其身是故應當依法所
作

佛說一切如來眞實攝大乘現證三昧大教
王經卷第十五

音釋

竭丘謁切　爇如劣切　鬘莫還切　屹魚迄切　抨補庚切以繩直物也　欻火切郎　幀猪孟切畫繪也　颯蘇合切　咩彌爾切　嗢烏沒切　赧奴板切　鍐立感切

佛說一切如來眞實攝大乘現證三昧大教
王經卷第十六 第十七同卷
宋西天三藏朝奉大夫試光祿卿傳法大師施護等奉 詔譯
三世輪大曼拏羅廣大儀軌分第十一之三
爾時金剛阿闍梨應結金剛持羯磨印此印
大明曰
唵引 薩哩嚩合二 怛他引 誐多嚩日囉合二 馱囉
一 屹哩合二 恨拏合二 滿馱三摩耶吽引二
次說其印相
小指大指二相結　二金剛手上復下
此名羯磨三昧印　善作一切勝羯磨
然後以金剛水當爲弟子授其灌頂大明曰
唵引 嚩日囉合二 毘戶哥引 毘詵左句一 嚩日囉
二合 馱囉怛吠引二合 三摩野誐囉二合 誐囉二合二
然後取以繒帛覆面引其弟子入曼拏羅授

是大明曰
唵引 鉢囉合二 尾設嚩日囉合二 鉢囉合二 吠引 設
野一 嚩日囉引二合 尾設二 嚩日囉引二合 提底
瑟姹合二 嚩日囉合二 吽引三
入曼拏羅已次當依法舉華隨擲授是大明
曰
唵引 鉢囉合二 帝引 蹉引 提底瑟姹合二 嚩日囉
二合 呼引一 句
然後隨其華所墮處即是本尊成就次當爲
其弟子除去面帛如其次第普令觀視曼拏
羅中復授誓誡言不應以此三昧輙爲人說
何以故爲有一類邪見不信者彼何知此諸
佛世尊不空大智亦不能受如來金剛部中
此金剛手灌頂三昧但於餘天而生信向授
誓誡已次爲授彼金剛幖幟鬘灌頂後以羯

磨金剛杵授其手中乃爲安立金剛名字然
後依彼金剛三昧大曼拏羅法儀即爲教授
成結大印
二羽堅作金剛縛　次當展舒二頭指
復屈頭節二相並　此爲大士頂輪印
相合又作金剛縛　豎二頭指内中指
此名光聚頂輪印　即光聚佛勝三昧
二羽應結金剛印　小指大指二相合
復以大指入縛中　此名最上大明印
最上大明所成故　次結諸印善施作
頭指安心如二門　此即名爲縛心印
即此無名指入中　諸指如應當善轉
依彼金剛寶法儀　轉已還於口中住
即此復作仰起相　次第旋轉住於心
如是名爲四華印　此即蓮華最上明
即此復從於頂起　於身旋轉勝輪印
此名金剛巧業印　金剛羯磨善成就
薩埵金剛堅固作　小指相合如金剛
此名一切佛心印　是印能成一切事
小指大指二相結　左手中指如叉相
此即三叉中一叉　如是金剛印所攝
金剛最上大明印　此印即是金剛叉
所有諸印次第宣　摩邪金剛等施作
如是等佛菩薩印
二羽堅作金剛縛　左手金剛而逼附
此即名爲金剛拳　一切金剛部中用
二羽當作金剛相　依法安布諸幖幟
一切金剛諸部中　是印速疾能鉤召
以二頭指背展舒　復二大指執向下
唵字印相頂間安　布金剛相亦如是

如是等金剛明王大印

復次舒二吉祥手　二手相背亦復然
又以半臂作拳相　後復旋轉口邊住

如是等金剛忿怒王大印

左手大指善安置　又作繫鬘依法用
右手復如施財相　頭指作拳爲劒印

如是等金剛大魔王印

左手如執穆婆羅　舒臂成印亦復然
右手如現熾盛光　作金剛拳後振動

如是等金剛使者印

作高舉面利牙相　執杖復如擊害勢
屈臂成印亦如應　左右手作侵奪相

如是等金剛僕使印

分别壇中諸印契　左手皆如執金剛
所有諸印次第宣　如是羯磨善成就
所有大士諸印契　皆於自身作成就
由彼觀想自身故　即得最上印成就
大士頂輪印大護　光聚大印施成就
降三世印一切作　一切鉤召從心出

如是等佛印

諸佛印得衆惡地　金剛最上明最勝
而彼金剛又大印　即能善施諸成就
摩邪金剛善成就　金剛鈴能徧警悟
彼執杖相善寂靜　金剛器杖金剛破
最勝熾燄調諸惡　勝善光明摧一切
勝杖擊害亦復然　彼怖畏眼作諸怖
調伏殺害極最勝　勝鬘善作衆羯磨
敬愛所欲皆能成　最勝一切善摧伏
穆婆羅能破諸惡　彼鉢吒相能善繫
最勝熾燄調諸惡　藥叉執持諸惡者

利牙吞噉於一切　金剛哥羅破諸惡
作諸障難善障者　侵奪一切侵奪者

一切金剛部金剛曼拏羅廣大儀軌分第十二

爾時世尊復入一切如來金剛總持三昧出生加持三摩地說此自部最上大明曰

唵引嚩日囉合二娑引尾帝哩引二合莎引賀引一句

爾時金剛手菩薩摩訶薩說此自部最上大明曰

唵引嚩日囉合二馱引哩吽引一句

嚩日囉合二尾訖囉合二彌引吽引末吒半音一句

爾時金剛藏菩薩摩訶薩說此自部最上大明曰

唵引嚩日囉合二囉怛那合二作引帝哩引二合莎引賀引一句

爾時金剛眼菩薩摩訶薩說此自部最上大明曰

唵引嚩日囉合二鉢訥摩合二泥引帝哩引二合吽引癹吒半音一句

爾時金剛巧業菩薩摩訶薩說此自部最上大明曰

唵引嚩日囉合二葛哩摩合二葛哩吽引一句

爾時金剛最上明菩薩摩訶薩說此自部最上大明曰

唵引嚩日囉合二輸引羅引屹哩引二合莎引賀引一句

爾時摩邪金剛明王說此自印大明曰

唵引嚩日囉合二作訖哩引二合吽引一句

金剛鈴明王說此大明曰

嚩日囉(二合)健致枳(引)吽(引一句)

寂默金剛明王說此大明曰

唵(引)嚩日囉(二合)難拏哥(引)瑟恥(二合引)吽(引一句)

金剛器仗明王說此大明曰

唵(引)嚩日哩(二合引)吽(引一句)

如是等金剛明王三昧印明

爾時金剛軍拏梨金剛忿怒王說此自三昧印明曰

唵(引)入嚩(二合引)羅(引)嚩日哩(二合引)吽(引一句)

金剛光忿怒王說此大明曰

唵(引)嚩日囉(二合)爍(引)摩曳(二合引)吽(引一句)

金剛杖忿怒王說此大明曰

唵(引)嚩日囉(二合)難尼(引)吽(引一句)

金剛冰誐羅忿怒王說此大明曰

唵(引)嚩日囉(二合)毘(引)沙尼(引)吽(引一句)

如是等金剛忿怒王三昧印明

爾時金剛舜拏大魔主說此自三昧印明曰

唵(引)嚩日囉(二合)舜(引)尼(引)吽(引一句)

金剛鬘大魔主說此大明曰

唵(引)嚩日囉(二合)摩(引)梨(引)吽(引句)

金剛敬愛大魔主說此大明曰

唵(引)嚩日囉(二合)嚩尸(引)吽(引一句)

最勝金剛大魔主說此大明曰

唵(引)嚩日囉(二合)阿波囉(引)爾帝(引)吽(引一句)

如是等金剛大魔主三昧印明

爾時金剛穆娑羅金剛使者說此自三昧印明曰

唵(引)嚩日囉(二合)穆娑羅屹哩(二合)係(引)吽(引一句)

金剛風金剛使者說此大明曰

唵(引)嚩日囉(二合)鉢致(引一句)

金剛火金剛使者說此大明曰

唵(引)嚩日囉(二合)入嚩(二合引)梨(引)吽(引句)一

金剛陪囉嚩金剛使者說此大明曰

唵(引)嚩日囉(二合)屹囉(二合)係(引句)一

如是等金剛使者三昧印明

爾時金剛鉤金剛僕使說此自三昧印明曰

唵(引)嚩日囉(二合)能瑟致哩(三合引)吽(引句)一

金剛哥囉金剛僕使說此大明曰

唵(引)嚩日囉(二合)哥(引)里尼吽(引句)一

金剛尾那野哥金剛僕使說此大明曰

唵(引)嚩日囉(二合)尾覲你(引二合)吽(引句)一

龍金剛金剛僕使說此大明曰

唵(引)嚩日囉(二合)喝囉尼吽(引句)一

如是等金剛僕使三昧印明

爾時金剛手菩薩摩訶薩說此一切金剛部

曼拏羅頌曰

我今次第當演說　最勝金剛曼拏羅
其相四方與四門　如次抨其外壇界
依法安布中宮位　東向爲門法亦然
彼中次第依法儀　如應安置於佛像
分列降三世尊等　此四大士佛周帀
曼拏羅前當依法　普徧畫彼金剛印
復次於彼諸左右　依法悉畫本部印
金剛舜拏等魔主　應爲四門守護者
怖與吉祥并辯才　訥詵等四居内隅
外隅應當依法儀　徧畫如前賢聖印
又復於外曼拏羅　依法應畫天等相
其壇次第諸法儀　悉如廣大儀軌說

此金剛曼拏羅中隨所樂欲依法施作所有

金剛鉤等此部三昧羯磨作已然後金剛阿

闍梨自結金剛持印乃謂弟子言汝不應以此三昧印於不入三昧不見法者前說是法無令破壞祕密三昧作是說已然後取彼羯磨金剛杵安於金剛持印之上依本法儀引其弟子入曼拏羅入已即當擲羯磨杵隨杵墮處即得本尊三昧智印敬愛成就由是因故一切羯磨所作悉成然後爲其弟子除去面帛普令觀視曼拏羅已說是祕密三昧印言今此三昧印常能作彼一切羯磨所欲敬愛者一切皆得如母如子如妻如女悉來隨順次爲授是大明曰

唵引薩哩嚩二合誐引彌你一薩哩嚩二合薄翅引二娑引馱野虞呬野二合嚩日哩二合尼吽引癹吒半音三

如是大明若誦一徧即得一切所愛之者悉來敬愛隨意所作離諸過失如所愛樂獲得一切受用成就然後一切得淨心性發最上意所應觀察一切智印餘復能作一切事業此即具德執金剛尊作如是說次當教授彼三昧印

三昧忿怒指安頂　堅固作縛住於心
面眉還復口門散　後復二羽置於頂
左手金剛頭指縛　作三叉相而遍附
此印成結依法儀　得自最上明成就
一切金剛諸部中　皆在金剛頭指攝
我今說彼結印儀　諸三昧法如儀軌
諸頭指遍如輪相　金剛鈴印亦復然
唵字印相此還同　師子耳攝器仗印
如是等金剛明王印
熾燄印攝亦如是　金剛光印攝還同

杖拳印攝即如前　最後印於口邊轉

如是等金剛忿怒王印

彼波那印及鬘印　金剛禁伏等鉤相

彼最勝印頂處安　此四魔主護門者

如是等金剛大魔主印

次當屈臂如輪相　二手背轉依法儀

解脫印相熾焰光　擊害印於口邊住

如是等金剛使者印

二指內入安口門　逼附還爲打擊勢

纏臂成印亦如應　作險惡相侵奪印

如是等金剛僕使印

佛說一切如來真實攝大乘現證三昧大教王經卷第十六

佛說一切如來真實攝大乘現證三昧大教王經卷第十七

宋西天三藏朝奉大夫試光祿卿傳法大師施護等奉　詔譯

一切金剛部法三昧曼拏羅廣大儀軌分第十三

爾時世尊復入一切如來法三昧出生金剛加持三摩地說此自部最上大明曰

唵引嚩日囉二合尾咄半音一句

爾時金剛手菩薩摩訶薩說此自法三昧大明曰

唵引喝那喝那吽引發吒半音一句

爾時金剛藏菩薩摩訶薩說此自法三昧大明曰

唵引喝囉喝囉吽引發吒半音一句

爾時金剛眼菩薩摩訶薩說此自法三昧大明曰

唵引摩囉摩囉吽引發吒半音一句

爾時金剛巧業菩薩摩訶薩說此自法三昧大明曰

唵引酤嚕酤嚕吽引發吒半音一句

爾時金剛最上明菩薩摩訶薩說此自法三昧大明曰

唵引吽引吽引發吒半音一句

摩邪金剛等四金剛明王大明曰

唵引親那親那吽引發吒半音一句

唵引阿引尾舍引尾舍吽引發吒半音一句

唵引部引哩部二合嚩莎吽引發吒半音一句

唵引親那親那吽引發吒半音一句

四金剛忿怒主大明曰

唵引捺摩捺摩吽引發吒半音一句

唵引摩引囉野摩引囉野吽引發吒半音一句

唵引伽引多野伽引多野吽引發吒半音一句

唵引娑野娑野吽引發吒半音一句

四金剛大魔主大明曰

唵引摩捺摩捺吽引發吒半音一句

唵引滿馱滿馱吽引發吒半音一句

唵引縛尸引娑嚩吽引發吒半音一句

唵引惹野惹野吽引發吒半音一句

四金剛使者大明曰

唵引毘踰引二合毘踰引二合吽引發吒半音一句

唵引蛩蛩吽引發吒半音一句

唵引入嚩二合羅入嚩二合羅吽引發吒半音一句

唵引珂引那珂引那吽引發吒半音一句

四金剛僕使大明曰

唵引喝那喝那吽引發吒半音一句

唵引摩引囉摩引囉吽引發吒半音一句

唵引屹哩二合恨拏二合屹哩二合恨拏二合吽引發吒半音一句

唵引必嚩必嚩吽引發吒半音一句

爾持金剛手菩薩摩訶薩説此一切金剛部法三昧曼拏羅頌曰

我今次第當演説　大法三昧曼拏羅
其相猶如三世輪　此曼拏羅如是畫
是中一切依次第　佛及執金剛等尊
依彼法曼拏羅儀　以心幖幟普徧畫

此法三昧曼拏羅中如教所説依法作已彼金剛阿闍梨以金剛鈴同結金剛持印依法引弟子入曼拏羅謂弟子言若有不入此三昧中不知此部法者汝勿爲彼輙説此法授誓誡已即當振鈴復爲授此誓心頌曰

隨此振鈴大智聲　所作如應皆決定
而此羯磨金剛杵　所應破壞亦決定
若不尊敬阿闍梨　金剛助伴爲非友
惡者返向以慈心　此作是爲輪迴道
說是頌已乃爲弟子除去面帛　次當顯示法
三昧印智
佛及執金剛等尊　如法曼拏羅所說
一切有情寂靜因　此即金剛最上明
若此世間如幻化　若如鈴聲亦復然
寂靜一切諸苦因　金剛器仗此無上
調伏有情勝忿怒　彼善妙光決定破
擊害無勝金剛杖　警怖一切邪見者
寃敵無勝於驕倨　繫縛無勝金剛鬘
世間敬愛所欲人　破寃無勝勝魔王
善破無勝勝調者　周徧隨轉金剛風
最勝大光火金剛　受用無勝勝貪者
大牙清淨能警召　一切死者能還命
怖畏無勝尾覲那　諸飲味中無勝水

一切金剛部羯磨曼拏羅廣大儀軌分第十四

爾時世尊復入一切如來羯磨三昧出生金剛加持三摩地說此自部最上大明曰

唵引嚩日囉二合葛哩摩二合鉢囉二合嚩哩帝二合引你三摩曳引吽引一句

爾時金剛手菩薩摩訶薩說自羯磨最上大明曰

唵引嚩日囉二合尾邏引西引布引惹野吽引句

爾時金剛藏菩薩摩訶薩說自羯磨最上大明曰

唵引嚩日囉二合引毘尸引枳引毘詵左吽引
句
爾時金剛眼菩薩摩訶薩說自羯磨最上大
明曰
唵引嚩日囉二合諂引帝引誐引四吽引一句
爾時金剛巧業菩薩摩訶薩說自羯磨最上
大明曰
唵引嚩日囉二合你哩二合怛曳二合引吽引一句
爾時金剛最上明菩薩摩訶薩說自羯磨三
昧大明曰
唵引嚩日囉二合尾禰踰引二合怛摩一你哩二合
爹你哩二合爹二尾酤哩嚩二合尾酤哩嚩二合吽
引癹吒半音三
爾時金剛忿怒金剛火大明妃說自羯磨三
昧大明曰

唵引嚩日囉二合骨嚕二合引馱嚩日囉二合引屹
你二合入嚩二合引羅野一底哩二合輸引覽二頻
那紇哩二合捺煬嚩日哩二合引拏吽引癹吒半音
三
爾時金剛四摩大明妃說自羯磨三昧大明
曰
唵引嚩日囉二合係引彌引親那作訖哩二合引
拏一嚩日哩二合尼吽引癹吒半音二
爾時金剛驕摩哩大明妃說自羯磨三昧大
明曰
唵引嚩日囉二合驕摩引哩一引尸引竭囉二合摩
引尾引舍野二健吒引攞没你二合引那縛日
囉二合播引尼必哩二合曳三引嚩日囉二合三摩野
摩耨娑摩二合囉四囉拏囉拏吽引癹吒半音五
爾時金剛寂靜大明妃說自羯磨三昧大明

曰

唵引嚩日囉合二扇引底一惹波惹播引叉摩引羅野二薩哩鍐引二合摩引囉野扇引多禰哩合二瑟吒野合三吽引發吒半音三

爾時金剛拳大明妃說自羯磨三昧大明曰

唵引嚩日囉合二母瑟致一二合喝那喝那嚩日哩合二拏二頻那頻那三閉引拏野閉引拏野四薩哩嚩合二訥瑟吒合二紇哩合二捺野引你五

唵引遜婆你遜婆吽引發吒半音六

爾時金剛甘露忿怒王后說自羯磨三昧大明曰

唵引嚩日囉合二蜜哩合二帝一引薩哩嚩合二訥瑟啗引二合屹哩合二恨拏二二合滿馱三喝那四波左尾馱鍐合二薩野五尾那引舍野六親那七頻那八跋悉彌引二合酤嚕毋引哩馱合二引那九多引拏野嚩日哩引二合拏十曳引枳引訥鋡合二阿穆葛寫尾覩那合二尾那引野哥十引一娑擔引二合那引摩野二十禰引鉢多合二骨嚕引二合馱嚩日哩合二尼吽引發吒半音十三

爾時金剛光忿怒王后說自羯磨三昧大明曰

唵引嚩日囉合二斡引底一摩引囉野爍吽嚕引閉二引鉢囉合二禰引鉢多引二合鞞囉引詣引拏三尸引竭覽合二塞怖引二合吒野紇哩合二捺煬四嚩日囉合二馱囉薩怛曳引二合那五摩賀引嚩踰引二合蹉那引二合葛囉引羅六尸引多囉室嚩合二嚩日哩合二尼吽引發吒半音七

爾時金剛勝杖忿怒王后說自羯磨三昧大明曰

唵引嚩日囉合二難拏引屹哩引二合伽引多野

吽引癹吒半音一句

爾時金剛寶帶忿怒王后說自羯磨三昧大明曰

唵引嚩日囉二合彌引珂羅一珂拏珂拏二攝沒禰引二合那嚩尸引酤嚕三禰哩二合瑟吒野三合引摩引囉野毘引沙尼吽引癹吒半音四

爾時金剛隱覆大魔主后說自羯磨三昧大明曰

唵引嚩日囉二合尾羅曳引一親那引悉那引頻那嚩日哩二合引拏二摩引捺蹄引訥摩二合引捺野三必嚩必嚩吽引癹吒半音四

爾時金剛雹大魔主后說自羯磨三昧大明曰

唵引嚩日囉二合引舍你一薄乂野訥瑟咍二合引二嚩日囉二合捺舍泥爍訖底二合馱引哩尼三摩引耨沙滿引娑賀引哩引四那囉嚕提囉引舍嚩必哩二合曳引摩惹嚩娑引耨里鉢多二合誐引帝哩二合引五阿引那野薩哩嚩二合馱那馱引齞四囉尼野二合蘇嚩蘭拏二合禰引你六僧訖囉二合引摩野嚩囉禰引薄叱尼吽引癹吒半音七

爾時金剛敬愛大魔主后說自羯磨三昧大明曰

唵引嚩日囉二合嚩娑泥引一阿引那野薩哩嚩二合縛娑怛囉三合安那播引那引禰引那踰二合波哥囉拏引你二尸引竭覽二合嚩尸引酤嚕三伊難彌引鉢囉二合野蹉引尾舍引尾舍四薩怛煬二合葛他野嚩日囉二合骨嚕二合引馱馱引哩尼吽引癹吒半音五

爾時金剛自在大魔主后說自羯磨三昧大

明曰

唵引嚩日囉二合引嚩尸引一阿引那野嚩尸引酤嚕二薩哩嚩二合引悉底哩三合野薩哩嚩二合布嚕衫引那引悉引酤嚕三骨嚕二合引唐引娑引馱野咩嚩賀引哩引毘踰二合引四毘踰二合多引囉野尾惹煬哥哩五嚩日囉二合鉢多引哥引馱引哩尼吽引癹吒半音六

爾時金剛穆娑羅金剛女使者說自羯磨三昧大明曰

唵引嚩日囉二合訥引底句一阿引那野薩哩鍐二合引二曼拏羅鉢囉二合吠引舍野吠引舍野三滿馱野薩哩嚩二合葛哩摩二合引尼彌引酤嚕尸引伽覽二合四羅瞿羅瞿五怛囉二合引娑野六摩引囉野囉引吠引拏七嚩日囉二合羯樁引誐馱引哩尼吽引癹吒半音八

爾時金剛迅疾金剛女使者說自羯磨三昧大明曰

唵引吠引誐嚩日哩二合尼句一瞿瞿瞿瞿攝沒祢二合引那二摩引囉野尾枳囉尾馱鍐二合娑野三嚩日囉二合鉢吒馱引哩尼吽引癹吒半音四

爾時金剛熾盛金剛女使者說自羯磨三昧大明曰

唵引嚩日囉二合入嚩二合引羅野句一薩哩鍐二合嚩日囉二合入嚩二合引羅野二引捺喝捺喝三跛悉彌二合引酤嚕吽引癹吒半音四

爾時金剛猛利金剛女使者說自羯磨三昧大明曰

唵引嚩日囉二合尾葛致引一鉢囉二合尾葛致引鉢囉二合尾葛吒二能瑟吒囉三合引葛囉引羅毘引沙拏嚩訖帝哩三合引三尸引竭覽二合屹哩

二合恨拏引二合吠引舍野四薄叉野嚕提覽必嚩五摩賀引藥叱尼六嚩日囉二合播引舍馱引哩尼吽引發吒半音七

爾時金剛面金剛女使説自羯磨三昧大明曰

唵引嚩日囉二合目契一阿引那野嚩日囉二合能瑟致哩三合婆哩也二合引你枳二合引播引多引羅你嚩引悉你三珂那珂那四珂引四珂引四五薩哩嚩二合目契引鉢囉二合吠引舍野六塞怖引二合吒野十摩哩摩引二合尼薩哩嚩二合訥瑟吒引二合喃八嚩日囉二合你始多引悉馱引哩尼吽引發吒半音九

爾時金剛哥梨金剛女使説自羯磨三昧大明曰

唵引嚩日囉二合哥引里摩賀引必哩引二合多嚕引必尼二摩引耨沙滿引娑嚕提囉必哩二合曳引三伊呬伊呬四屹哩二合恨拏二合屹哩二合恨拏二合五薄叉野拏引枳你六嚩日囉二合商葛羅薩哩嚩二合禰引嚩誐拏摩引底哩二合部帝引七喝囉喝囉鉢囉引二合拏引八阿毋葛寫葛播引羅摩引羅引覽訖哩二合多薩哩嚩二合哥引曳引九緊唧囉引野悉嚩日囉二合揭椿誐馱引哩尼十必哩引二合多摩引耨沙設哩引鹻引尸引竭囉二合摩引吠引舍野十一鉢囉二合吠引舍野十二滿馱野十三摩引囉野十四嚩日囉二合犖引叉西十五吽引吽引吽引吽引發吒半音十六

爾時金剛布單那金剛女使説自羯磨三昧大明曰

唵引嚩日囉二合布引怛泥一引摩引耨沙滿引

娑嚩娑引嚕提囉毋引怛囉二合布哩引沙室
梨二合引瑟摩二合二星賀拏葛哩引覩引三誐哩
婆二合引賀哩拏野二合引四野引呬尸引竭囉二合
彌捺摩寫酤嚕五嚩日囉二合娑引馱你幹馱
引哩尼六薩哩嚩二合葛哩摩二合引尼彌引酤
嚕吽引發吒半音七

爾時金剛摩羯哩金剛女使說自羯磨三昧
大明曰

唵引嚩日囉二合摩葛哩引一誐囉二合娑誐囉二合
娑二尸引竭覽二合尸引竭覽二合二鉢囉二合吠
引舍野四播引多引覽薄叉野五嚩日囉二合
摩葛囉馱引哩尼吽引發吒半音六

爾時金剛手菩薩摩訶薩說此一切金剛部
羯磨曼拏羅頌曰

我今次第當演說　最勝羯磨曼拏羅
依彼金剛壇法儀　如應抨此曼拏羅
諸曼拏羅最初位　於中先安其佛像
而彼左右行列間　依法安布諸大士
中畫金剛最上明　及彼明妃亦同畫
金剛嬉戲等祕密　旋舞供養尊悉畫
彼中賢聖諸次第　皆如輪壇法用作
自印對印及旋舞　隨應次第如前畫
金剛香等四供養　及彼金剛旋舞法
四隅并其四門間　如前所說依法作

此羯磨曼拏羅中所有鉤召等諸羯磨法依法作已如教所說金剛阿闍梨當結羯磨三昧印乃謂弟子言若有不見此部法者汝不應爲說此羯磨祕密三昧無令汝等返招殃咎作是言已金剛阿闍梨復結自羯磨金剛持三昧印作忿怒視說此大明曰

唵引嚩日囉二合馱引哩也二合引吠引舍野一滿馱野二屹哩二合恨拏二合引波野三薩哩嚩二合葛哩摩二合悉亭鉢囉二合野蹉吽引惡四吽引阿五羅羅羅羅羅嚩日哩二合六

然後依法引其弟子入曼拏羅隨其所應即以印及對印作妙旋舞諸供養事從是已後彼身語心及所觀察一切事業皆得成就然後爲其弟子除去面帛即當教授旋舞作用印智

佛及執金剛等尊　二羽和合勝三昧
金剛嬉戲等供養　是即金剛最上明
彼一切明亦復然　如其所說依次第
旋舞作用勝供養　供養羯磨曼拏羅
金剛旋舞諸法用　大印教授法亦然
二羽和合勝三昧　對印現前得解脫
現前於舞作用事　供養一切大勝尊
所謂大執金剛等　決定羯磨皆成就

爾時金剛手菩薩摩訶薩爲令一切有情皆悉安立於金剛部中住不退轉地故前白佛言世尊我持一切如來祕密法已得灌頂受如來教勑而此祕密其復云何爾時世尊即入一切如來祕密金剛三摩地說此一切如來祕密頌曰

隨應所有諸法儀　皆從有情自性出
斯由爲利有情故　所作貪等皆清淨

爾時金剛手菩薩摩訶薩說自祕密法

爲利一切有情故　以佛教法爲正因
由是殺害諸有情　此中無罪亦無染

爾時金剛藏菩薩摩訶薩說自寶祕密法

爲利一切有情故　即與佛身自和合

由是破壞於他心　此中無罪亦無染

爾時金剛眼菩薩摩訶薩說自羯磨祕密法

貪性真樂無等比　彼一切佛同所行
所欲隨行利有情　如是行者得勝福

爾時金剛巧業菩薩摩訶薩說自羯磨祕密法

為利一切有情故　以佛教法為正因
徧作一切事業成　彼得廣多勝妙福

爾時世尊大毗盧遮那如來為稱讚金剛手菩薩摩訶薩故說是頌曰

金剛薩埵善哉者　金剛大寶復善哉
善哉金剛妙法門　善哉金剛勝羯磨
能善宣說此正法　無上金剛祕密乘
一切如來祕密門　大乘現證法中攝

佛說一切如來真實攝大乘現證三昧大教王經卷第十七

音釋

慓懺（慓甫遙切　懺職吏切）　仵（疑古切）　蛩（渠容切）　啗（徒感切）　[illegible]（年含切）　犖（呂角切）

佛說一切如來眞實攝大乘現證三昧大教王經卷第十八 第十九同卷

宋西天三藏朝奉大夫試光祿卿傳法大師施護等奉 詔譯

調伏一切世間大曼拏羅廣大儀軌分第十五之一

爾時一切如來又復雲集爲勸請具德執金剛一切法主觀自在菩薩摩訶薩故說是一百八名頌曰

蓮華薩埵大蓮華　世自在王大主宰
觀自在王勝勇尊　稽首歸命金剛法
勝妙法王大清淨　大意最上勇猛王
大蓮華生蓮華身　稽首歸命蓮華尊
妙蓮華光蓮華生　蓮華清淨善淨者
金剛蓮華妙蓮身　歸命蓮華蓮華主
勝大光明大巧業　廣大善喻大勝身
具大勇猛大無畏　稽首歸命大勤勇
知有情心大乘法　相應法及大父祖
息災淨利寂靜生　稽首歸命覺華秀
法眞實義持正法　爲清淨法善作法
是勝妙法大法門　稽首歸命正法輪
覺智大士妙勝勇　薩埵勝主法大士
一切最上妙勇尊　歸命勇猛勝大士
觀照自在最上尊　普徧觀察大勝主
爲世光明利世間　稽首歸命世自在
世間文字大文字　最上文字字爲喻
一切文字字中字　稽首歸命文字輪
蓮華手復廣大手　施者普令安隱者
即佛即法佛大尊　稽首歸命佛威德
佛妙色相大色相　金剛色相善相者
大法光明勝妙光　稽首歸命世光耀

蓮華吉祥尊勝主　法吉祥尊勝尊者
最上大梵梵中尊　稽首歸命梵生子
勝上法燈燈勝燈　發燈光明善照者
爲光耀尊大照明　稽首歸命佛光相
得佛灌頂最上覺　爲諸佛子大覺智
大覺灌頂勝頂輪　稽首歸命覺中覺
已具佛眼即大眼　復爲法眼大觀視
三摩地智一切主　稽首歸命金剛眼
汝此一百八名讚　若人全身恭敬禮
或復觀想或稱揚　彼人當得世自在
今勸請汝無畏者　大牟尼尊當善說
本部出生妙相應　法曼拏羅勝事業

爾時聖觀自在菩薩摩訶薩聞一切如來勸請語已即向世尊釋迦牟尼如來前住以金剛蓮華安於自心說此頌曰

大哉最上大清淨　我此金剛妙蓮華
如世大祖出生子　此善加持本部法

爾時世尊大毘盧遮那如來即入一切如來金剛法三昧出生加持蓮華三摩地說此一切如來法三昧即一切如來心從自心出說是心明曰

紇哩一二合引句

說是心明時從一切如來心出現蓮華相有無數色殊妙光明其光普照一切世界即以貪等清淨法智徧清淨已其光旋復從聖觀自在菩薩摩訶薩心入

爾時世尊一切如來同說自部法三昧最上大明曰

唵引嚩日囉二合鉢訥謨引二合怛摩紇哩引二合一句

爾時金剛手菩薩摩訶薩說此自部最上大明曰

唵引嚩日囉二合吽引發吒半音一句

爾時金剛藏菩薩摩訶薩說此自部最上大明曰

唵引嚩日囉二合囉怛奴引二合怛摩怛囉二合一句

爾時金剛眼菩薩摩訶薩說此自部最上大明曰

唵引嚩日囉二合尾捺踰引二合怛摩紇哩二合一句

爾時金剛巧業菩薩摩訶薩說此自部最上大明曰

唵引嚩日囉二合尾輸引怛摩惡一句

爾時聖觀自在菩薩摩訶薩即入現一切色三摩地說此調伏一切世間自心大明曰

唵引吽引紇哩引二合呼引一句

說是心明時從聖觀自在菩薩摩訶薩心出現具德執金剛尊如聖觀自在菩薩摩訶薩相安處蓮華結蓮華印衆妙色相莊嚴具足融現如來等一切大士體相如是大菩薩像出現已於一切世界現自色相普盡無餘諸有情界廣爲一切有情如應調伏作衆事業已還復金剛界大曼拏羅中世尊釋迦牟尼如來月輪周帀依止而住說此頌曰

大哉一切正覺尊　悲及方便爲主宰
所有惡趣若調伏　彼即成就天趣果

爾時具德聖觀自在菩薩摩訶薩從自部出生已爲欲成辦一切如來一切菩薩無畏現前最上悉地金剛法性神通智果故說此調伏一切世間大曼拏羅頌曰

我今次第當演說　大曼拏羅勝無上

其相猶如金剛界　此説名爲調世間
其壇四方與四門　及四樓閣而殊妙
四線和合法相應　繒綵珠瓔爲嚴飾
彼曼拏羅諸隅分　及諸門戸相合處
鈿金剛寶以莊嚴　依法應抨外壇界
次當分其中宮位　如教抨量作四方
第二重壇門隅間　應當布設蓮華相
分其八柱依法用　八葉蓮華應次畫
於彼蓮華蘂中間　隨教安置佛形像
當依本教誦安像大明曰
於佛周帀復當畫　蓮華中安四慓幟
金剛杵寶及蓮華　衆色蓮華爲第四
此等大明曰
唵(引)吽(引)提訖哩(二合)(一句)
以金剛步而漸進　依法東布曼拏羅

中安觀自在勝尊　具足一切妙色相
彼尊左右依法畫　金剛高舉等大士
所有佛等大士尊　一一畫執蓮華相
此等大明曰
唵(引)薩哩嚩(二合)怛他(引)誐多達哩摩(二合)吽(一句)
唵(引)嚩日囉(二合)鉢訥鈴(二合引)骨舍(一)酤(引)舍
馱囉嚩日囉(二合)薩埵吽(引)發吒(半音)(二)
唵(引)摩(引)囉野摩(引)囉野(一)鉢訥摩(二合)酤藾
摩(引)欲馱馱囉(引)謨(引)伽舍囉呼(引)(二)
唵(引)鉢訥摩(二合)三婆嚩(一)鉢訥摩(二合)賀娑多
(二合)娑(引)度吽(引)(二)
以金剛步而漸進　南布第二曼拏羅
彼中應畫本部尊　頂冠中有如來像
彼尊左右應徧畫　毘俱胝等諸大士
各執蓮華爲慓幟　如其所諸依次第

此等大明曰

唵引鉢訥摩二合勃哩二合酤胝一怛胝怛囉二

唵引鉢訥摩二合蘖引哩也二合入嚩二合囉吽一句

唵引鉢訥摩二合摩尼計引覩馱囉一贊捺囉

二合鉢囉二合喝邏二合引捺野二阿哩也二合引嚩

路引枳帝引三嚩路引枳帝引說囉四禰引呬

彌引薩哩嚩二合引哩湯二合引尸引竭覽二合三

摩野吽引五

唵引鉢訥摩二合引吒賀引賽哥引捺舍目珂

目哥一郝郝郝郝吽引二

以金剛步而漸進　西布第三曼拏羅

本部大士依次第　皆畫安處蓮華座

彼尊左右應徧畫　如其所說依次第

蓮華光等大士尊　依法次第當安布

此等大明曰

唵引多引囉引鉢訥摩二合引嚩路引葛野鈴

引一三摩野薩埵吽引二

唵引鉢訥摩二合酤摩引囉爍吉底二合馱囉一

珂訥詣二合引那親那頻那吽引發吒半音二

唵引鉢訥摩二合泥引羅建姹一商珂作訖囉

二合誐捺引二鉢訥摩二合播引尼引三吽引竭囉二合

左哩摩二合你嚩娑那四訖哩二合瑟拏二合薩哩

鉢二合野倪踰二合引鉢尾引多引五彌那左哩摩

二合嚩引摩蹇建二合度引怛哩引野六那引囉

引野拏嚕引波馱囉七底哩二合泥引怛囉二合

捫左引吒賀引桑八鉢囉二合吠引舍野三摩

煬引禰引呬彌悉亭九阿嚩路引枳帝引說

囉吽引十

唵引沒囉二合賀摩二合鉢訥摩二合三婆嚩一惹

波惹波二鉢訥摩二合婆引沙吽引三

以金剛步而漸進　北布第四曼拏羅
蓮華四面依法儀　當畫持蓮華叉相
彼尊左右諸分位　當畫金剛舞等尊
各執蓮華爲幖幟　此等大士如教畫

此等大明曰

唵引鉢訥摩二合那致引說囉一那吒那吒二布引惹野薩哩嚩二合怛他引誐擔引三嚩日囉二合葛哩摩二合三摩野引葛哩沙二合野四鉢囉二合吠引舍野滿馱野引吠引舍野五薩哩嚩二合葛哩摩二合悉亭彌引鉢囉二合野蹉引嚩路引枳帝引說囉吽引六

唵引阿婆煬捺捺引嚩路引枳帝引說囉華叉滿馱二鉢訥摩二合葛嚩昝三摩野欲二

唵引摩賀引鉢囉二合賛拏尾說嚕引波一尾葛吒鉢訥摩二合能瑟吒囉引三合葛羅引羅毘沙拏嚩俱怛囉二合三怛囉二合引娑野薩哩網二合引鉢訥摩二合藥叉三珂引捺珂引捺四提俱半音提俱半音提俱半音提俱五半音

唵引鉢訥摩二合毋瑟致二合三摩野薩怛嚩三合滿馱吽引癹吒半音一句

以金剛步而漸進　布曼拏羅諸隅分
依金剛戲等法儀　當畫蓮華戲等尊

此等大明曰

唵引鉢訥摩二合邏引西引囉引誐野一摩賀引禰引尾囉引誐布引惹引三摩曳引吽引二

唵引鉢訥摩二合摩引梨引一毘詵左毘尸引哥布引惹引三摩曳引吽引二

唵引鉢訥摩二合詣引帝引一誐引捺誐引捺二詣引多布引惹引三摩曳引吽引三

唵引鉢訥摩二合儞哩二合怛曳引二合儞哩二合爹

一薩哩嚩二合布引惹引鉢囉二合嚩哩多二合那
三摩曳引吽引二
以金剛步而漸出　布外曼拏羅分位
所有蓮華香等四　供養賢聖依法畫
此等供養印明曰
唵引鉢訥摩二合度引波布引惹引三摩曳引一
鉢囉二合喝邏引二合捺野二鉢訥摩二合酤羅捺
曳帝引摩賀引誐尼三鉢訥摩二合囉底吽引四
唵引鉢訥摩二合補瑟波二合布引惹引三摩曳
引一鉢訥摩二合嚩引悉你二摩賀引室哩二合曳
引三鉢訥摩二合酤羅鉢囉二合帝引賀引哩四薩
哩嚩引二合哩湯引二合娑引達野吽引五
唵引禰引波布引惹引三摩曳引鉢訥摩二合
酤羅遜捺哩二摩賀引奴引爹引路引哥散
惹那引野三鉢訥摩二合娑囉跛底吽引四

唵引獻馱布引惹引三摩曳引一摩賀引鉢訥
摩二合酤羅唧引致二酤嚕酤嚕三薩哩嚩二合
葛哩摩引二合尼彌引鉢訥摩二合悉提吽引四
次於蓮華四門間　依法當畫四魔主
彼等心印依次第　如教所説應徧畫
此等大明曰
唵引喝野屹哩引二合嚩一摩賀引鉢訥給二合
引骨舍引葛哩沙二合野二尸引竭囕二合鉢訥
摩二合酤羅三摩煬三引酤舍馱囉吽引弱四
唵引阿謨引伽鉢訥摩二合播引舍一骨嚕二合
引馱引葛哩沙二合野引吠引舍野二摩賀引
鉢戍鉢底三野摩嚩嚕拏酤吠引囉沒囉二合
賀摩二合吠沙馱囉四鉢訥摩二合酤羅三摩煬
引吽引吽五引
唵引鉢訥摩二合颯怖引二合吒一滿馱滿馱二

薩哩嚩合二鉢訥摩合二酤羅三摩煬引尸引竭
囕合二吽引鍐三
唵引殺吒月合二珂婆那怛酤合二摩引囉吠引
沙馱囉一鉢訥摩合二健吒夜引吠引舍野二
薩哩嚩合二鉢訥摩合二酤羅三摩野三引薩哩嚩
合二母捺囉二合引滿馱野四薩哩嚩合二三摩踰
引彌鉢囉合二野蹉五鉢訥摩引二合吠引舍惡
惡惡惡六
此調伏一切世間曼拏羅所有法用皆如廣
大儀軌所説謂彼最先蓮華阿闍梨自結金
剛蓮華三昧印入曼拏羅已依彼金剛界大
曼拏羅法儀作諸事業説是心明曰
唵引鉢訥摩合二颯怖引二合吒引提底瑟姹合二
惡句一
阿闍梨所應施作如是教勑如是三昧印如
是自部灌頂法儀執持蓮華自蓮華名蓮華
鉤等自部事業一一如應依法作已如羯磨
印大士成就法此亦如是作成就事然後依
法將引蓮華弟子入曼拏羅先爲弟子授誓
誡言今此所作是即蓮華薩埵自部祕密汝
不應以此祕密法輒爲人説無令返招殃咎
身壞命終墮大地獄然後令結三昧印授是
大明曰
唵引嚩日囉合二鉢訥摩合二三摩野薩怛鍐合三
句一
次令著以白衣白繒覆面依法引入曼拏羅
中授是大明曰
唵引鉢訥摩合二三摩野吽引一句
次當如教所説作羯磨已除去面帛阿闍梨
執以蓮華授其弟子授是大明曰

唵引鉢訥摩合二喝娑多一二合鉢訥摩合二達哩摩合二擔引播引羅曳引底二

彼弟子言何等是彼蓮華法性時阿闍梨以頌答言

此蓮華性即貪性　而彼種性本無染
觀想一切清淨因　罪性亦然本無染
此即是爲蓮華法性然後教授蓮華部印智
心中想畫蓮華相　觀想蓮華現心中
蓮華吉祥敬愛成　豈餘所愛不成者
想佛影像畫於額　依法觀想而相續
由彼觀想堅固因　速得相應灌頂法
想佛影像住口中　次復想現於舌端
自部辯才大明妃　即於口中而常在
以等攝心善安布　蓮華想現頂輪中
由想頂中現蓮華　諸沖飛者尚敬愛

此等大明曰

鉢訥摩合二室哩合二煬嚩舍摩引那野呼引句
鉢訥摩引二合毘始引哥鉢囉合二野蹉鍐句一
鉢訥摩合二娑囉莎帝引輸引達野吽引句一
鉢訥謨引二合哩馱合二昂引嚩尸酤嚕嚩句一

如是等蓮華部印智

佛說一切如來真實攝大乘現證三昧大教王經卷第十八

佛說一切如來真實攝大乘現證三昧大教
王經卷第十九

宋西天三藏朝奉大夫試光祿卿傳法大師施護等奉　詔譯

調伏一切世間大曼拏羅廣大儀軌分第十
五之二

復次頌曰

或居地上或空中　觀想最上淨蓮華
是即一切有情類　善作最勝敬愛事
若在虛空若餘方　觀想蓮華勝無上
隨見隨取悉如應　即得隱身而自在
或居地上或空中　衆色蓮華想徧畫
隨見隨取悉如應　即得成就衆色相
若在虛空若餘方　觀想金剛蓮華相
彼剎那間取亦然　即成蓮華持明者

此等大明曰

唵(引)薩哩嚩(合二)惹誐捺嚩(合二)室多(一引)倪也(合二)
(引)那鉢訥摩(引二合)尾舍惡(二)

唵(引)倪也(引二合)那鉢訥摩(合二)底瑟姹(引二合)穪
哩(引二合)商酤嚕鑁(句一)

唵(引)三摩(引)提尾說鉢訥摩(合二)底瑟姹(一二合)
吠說嚕(引)必煬(合二)彌(引)捺哩舍(合二)野娑誐鑁
二

唵(引)三摩(引)提嚩日囉(一二合)鉢訥謨(引二合)底
瑟姹(合二)尸(引)竭囕(合二)紇哩(引二合)

曼拏羅等一切處　觀自在尊應徧畫
彼尊前結勝鉤印　是即馬頭明王印
曼拏羅等一切處　觀自在尊應徧畫
不空索印若結時　善作世間敬愛事
曼拏羅等一切處　觀自在尊應徧畫
蓮華鏁印若結時　即得現前事增長

曼拏羅等一切處　觀自在尊應徧畫
蓮華鈴印若結時　作諸警悟斯最勝
此等大明曰
唵引鉢訥鉿合二骨舍引葛哩沙合二野一薩哩嚩合二薩怛鍐引二合吽引弱
唵引阿謨引伽播引舍骨嚕引二合馱吽引呼引一句
唵引鉢訥摩合二颯怖引二合吒鍐
唵引鉢訥摩合二健吒引吠引舍野薩哩鍐合二惡句一
四蓮華門四大士　如應觀想即自身
由彼自身成就因　刹那速得具衆相
觀想蓮華中蓮華　是即自身中身相
由金剛法等持因　即得眞實文字句
觀自在尊勝冠中　觀想即是自身相
自身即佛影像因　與無量壽尊無異
如應觀想於自身　即具等持衆色像
由彼等持衆色因　與觀自在尊無異
此等大明曰
鉢訥摩合二尾説句一
達哩摩合二哥引野句一
鉢訥摩合二没馱句一
阿毘尸引哥路引計引詵囉句一
然後教授大曼拏羅一切印智
此中先當授大印智
妙月曼拏羅中間　隨其所畫順修習
大士安處於蓮華　觀想彼即自身相
次授羯磨印智
依法若結佛大印　得與無量壽同等
金剛蓮華相合時　與觀自在尊無異

若結佛灌頂大印　得善逝尊妙灌頂
蓮華蓮華中等持　即得長壽而自在
巧業色相善寂靜　得施大寶佛灌頂
蓮華薩埵等持門　蓮華忿怒勝自在
金剛觀自在成就　最上蓮華貪清淨
佛自在因得成佛　金剛蓮華善成就
欲自在因成妙愛　金剛善哉施歡喜
毘俱胝尊忿怒寂　蓮華日光妙光照
蓮華妙月大威光　金剛大笑妙悅樂
最上成就多羅尊　大利善分蓮華劍
泥羅建姹徧鉤召　白衣大尊善成就
自在成就蓮華舞　無畏尊善施無畏
利牙暴怒調諸惡　蓮華拳施成就者
金剛嬉戲得妙樂　金剛寶鬘施大財
金剛妙歌獲妙音　金剛旋舞成妙樂
妙香滋澤華莊嚴　塗香妙香燈觀視
能善鉤召馬頭尊　彼不空索善敬愛
蓮華鏁即成大縛　金剛鈴能徧警悟

復次教授蓮華部中三昧印智

相合二羽金剛縛　豎二大指內相合
此印名爲法三昧　能施一切佛正法
相合二羽金剛縛　頭指無名中指豎
此名佛最上明印　是印能施成佛果
相合二羽金剛縛　合二中指如金剛
此金剛最上明印　是印能成金剛尊
即此中指如寶形　能施金剛寶成就
中指緊曲依法儀　蓮華悉地此能施
相合二羽金剛掌　善作金剛衆羯磨
法金剛印相合時　刹那成就諸三昧
作金剛縛豎頭指　此印能施佛成就

我今次第依法宣　彼諸大士最勝印
相合二羽金剛掌　竪立中指亦復然
小指大指二各開　此名衆色蓮華印
即此大指相鉤結　次屈二頭指頭節
中指金剛冠安頂　此即名爲佛冠印
二羽堅作金剛縛　齊二大指而向下
次以二頭指微屈　仰起即成等持印
諸指齊竪而相合　中指逼附如金剛
開二大指如二門　此名不空自在印
二羽堅作金剛縛　即以此縛而仰起
次竪大指作蓮華　此名蓮華佛勝印
先二大指如金剛　頭指如鉤又如劒
二指入內作開相　中指無名指緊屈
齊竪諸指而相合　次當屈彼二大指
後以頭指執頭指　蓮華箭印作鉤召

齊掌復作仰起相　作縛乃成善哉印
此印能作大善哉　故名蓮華善哉印
二羽堅固作齊掌　屈二頭指向於口
復次小指二悉開　此名蓮華顰眉印
二羽堅作金剛縛　展舒諸指次於心
諸指悉如妙光輪　此名蓮華日光印
二羽堅固作齊掌　次二頭指如寶形
舒臂漸向於頂間　此名蓮華寶幢印
作金剛縛安頭頂　展舒頭指向口笑
由於自面現笑容　即成十一面尊相
蓮華三摩地相合　竪二大指而齊立
此名蓮華多羅尊　勝印能施諸成就
即此蓮華多羅印　頭指作縛蓮華劒
由此蓮華劒印成　劒從多羅法安立
堅密內曲如大蓮　次二大指依法用

後屈頭指如大螺　作金剛縛成輪印
二羽堅作金剛掌　右唵字印纏繞相
左頭大指如持誦　諸指開敷如蓮相
二羽金剛掌相合　左右勢分依法儀
宛轉自在旋舞成　舞相安頂蓮華母
二羽堅作金剛掌　諸指頭開法亦然
作旋轉已成蓮華　依法安心堅固作
二羽堅作金剛掌　祕密藥叉依法用
展舒指掌悉如應　向口蓮華吞啖相
二羽堅作金剛拳　以二大指背藏攝
依法屈入中指中　此名蓮華拳大印
依彼金剛界法用　以金剛掌而竪立
諸勝供養諸明妃　最勝三昧縛成印
二羽堅作金剛縛　次以二頭指相合
後亦相合屈於前　此名馬頭尊勝印
二手蓮華掌相合　次二頭指互纏結
此名不空索勝印　頭指大指後如鏁
二手蓮華掌相合　依彼金剛警悟法
以二大指相逼附　小指無名指入内

復次宣說蓮華部法智印明

係引 屹哩二合引一句
必哩二合引一句 係引
室哩二合引一句 尸引
禰引 係引
諦引 提引
訖哩二合引一句 尾引
提引 隸引
瑟致哩三合一句 惡

次應二羽作蓮華拳是爲羯磨諸印次第

蓮華祕密印曼拏羅廣大儀軌分第十六

爾時世尊復入一切如來法摠持三昧出生加持蓮華三摩地說此自部最上大明曰

唵引薩哩嚩合二怛他引誐多達哩摩合二三摩曳引吽引句一

爾時金剛手菩薩摩訶薩說此自部最上大明曰

唵引嚩日囉合二三摩曳引吽引句一

爾時金剛藏菩薩摩訶薩說此自部最上大明曰

唵引摩尼囉怛那合二三摩曳引吽引句一

爾時金剛眼菩薩摩訶薩說此自部最上大明曰

唵引鉢訥摩合二三摩曳引吽引句一

爾時金剛巧業菩薩摩訶薩說此自部最上大明曰

唵引葛哩摩合二三摩曳引吽引句一

爾時具德聖觀自在菩薩摩訶薩說此自部三昧印曼拏羅頌曰

我今次第當演說　勝三昧印曼拏羅
其相猶如金剛界　此名蓮華祕密法
依大曼拏羅法用　如此扦此曼拏羅
彼中徧畫妙蓮華　及畫金剛界主宰
於彼左右亦隨應　勝三昧印如前說
所有法金剛等尊　自明和合依法畫

此等大明曰

唵引薩哩嚩合二怛他引誐多達哩彌引二合說哩吽引句一

唵引達哩摩合二三摩曳引嚩日囉合二鉢訥彌合二儞吽引句一

唵引沒馱引毘始引哥囉怛那合二三摩曳引

吽引一句

唵引多引囉引三摩曳引吽引一句

唵引尾說目契引吽引一句

以金剛步而漸進　布衆色勝曼拏羅
彼中應畫蓮華尊　復以衆蓮華圍繞
於彼左右當依法　次第安布蓮華印
蓮華幖幟畫亦然　彼諸聖尊即自印

此等大明曰

紇哩引二合

唵引鉢訥摩二合怛他引誐帝引一句

唵引三滿多跋捺哩引二合一鉢訥摩二合嚩日覽引二合骨舍酤引舍播引舍馱引哩尼吽引二

唵引鉢訥摩二合囉底句

唵引鉢訥摩二合覩瑟致二合一句

以金剛步而漸進　南布第二曼拏羅
依法畫佛灌頂尊　頂冠中有大蓮華
於彼左右當依法　如前所說應次第
蓮華幖幟具周圓　安布最勝三昧印

此等大明曰

室哩引二合

唵引勃哩二合酤胝一怛胝二吠引怛胝鉢訥彌引二合吽引三

唵引鉢訥摩二合入嚩引二合里引吽引一句

唵引爍彌你鉢訥彌引二合吽引一句

唵引鉢訥摩二合賀引悉你一伊哥引捺舍嚩俱帝哩引三合二禰哩禰哩三壹胝引嚩胝引四左里引鉢囉二合左里引五酤蘇摩達哩引六壹里鉢囉二合尾舍悉亭彌引鉢囉二合野蹉吽引七

以金剛步而漸進　西布第三曼拏羅
彼中應畫妙蓮華　依法安布蓮華印

於彼左右當依法　如前所説應次第
蓮華幖幟具周圓　如教悉畫蓮華座
此等大明曰

提引
唵引多引哩引咄多引哩引吽引一句
唵引提引吽引一句
唵引鉢訥摩二合作訖囉二合商珂誐捺引馱引
哩尼一泥引羅建恥引二悉皷切身下同悉皷吽引三
唵引半拏囉嚩引悉你一鉢訥摩二合三婆吠
引嚩捺嚩捺吽引二

以金剛步而漸進　北布第四曼拏羅
蓮華中復畫蓮華　具有熾鬘本部光
於彼左右當依法　如前所説應次第
蓮華幖幟畫亦然　一一蓮華中安處
此等大明曰

悉帝哩引三合
唵引鉢訥摩二合那哩帝引二合説哩一布引惹
野薩哩嚩二合怛他引誐擔引二那吒那吒吽引三
唵引阿婆曳引一句鉢訥摩二合葛嚩左滿提引二
犖叉鈴引吽引郝三
唵引摩賀引鉢囉二合賛尼一鉢訥摩二合藥叱
尼二尾説嚕引波馱引哩尼三毘引沙引鉢
野薩哩嚩二合訥瑟哈二合引四珂引捺珂引捺吽
引癹吒半音五
唵引鉢訥摩二合母瑟致二合惡惡一句

以金剛步而漸進　安布徧畫佛供養
蓮華鉤等諸印尊　蓮華幖幟如次第
此等蓮華供養尊大明曰

唵引鉢訥摩二合囉底布引嚩引呼引一句
唵引鉢訥摩二合毘始引哥布引嚩引囉吒一句

唵引鉢訥摩合二詣引多布引嚩引詣引一句

唵引鉢訥摩合二涅哩合二多布引嚩引訖哩合二

吒半音一句

唵引度引波鉢訥彌合二称吽引一句

唵引鉢訥摩合二補瑟閉合二吽引一句

唵引鉢訥摩合二酤羅遜捺哩一達哩摩引二合

路引枳引布引惹野吽引二

唵引鉢訥摩合二囐提引吽引一句

蓮華鉤等尊大明曰

唵引鉢訥鉿引二合骨舍野引二合葛哩沙合二野

一摩賀引鉢訥摩合二酤羅二喝野屹哩引二合

嚩三摩曳引吽引弱三

唵引阿謨引伽播引舍骨嚕引二合馱三摩曳

一引鉢囉合二尾舍鉢囉合二吠引舍野二薩哩嚩

合二三摩煬引吽引三

唵引鉢訥摩合二商葛羅鍐一句

唵引鉢訥摩合二健吒引馱引哩尼一尸引竭

囉合三摩引吠引舍野三摩野二引刹吒目合二契

惡三

此三昧印曼拏羅所有鉤召等廣大儀軌依法作已蓮華阿闍梨依法引其蓮華弟子入曼拏羅授誓誡言汝不應以此祕密法輙爲人説無令於現生中墮在地獄受諸苦惱言已復謂其弟子言汝當觀視此曼拏羅中見何等光相後當隨應授汝何等成就法門若見白光即當授汝最上悉地智法若見黃光即當授汝義利成辦智法若見赤光即當授汝敬愛智法若見黑光即當授汝降伏智法若見衆色光相即當授汝一切成就智法如是教令弟子知已乃爲弟子除去面帛然後

隨其根器當爲教授智所出生印智等法如上所說彼金剛界等一切曼拏羅中悉當如是隨其根器依此揀擇已隨應教授彼彼印智

佛說一切如來眞實攝大乘現證三昧大教王經卷第十九

音釋

賽（先代切）　巘（語偃切）

U0138144